Sommer 1983: Matthias und Kaj sind zwölf Jahre alt und schon immer unzertrennlich gewesen. Auf ihren Fahrrädern und mit einem Kassettenrecorder ausgestattet machen sie Våmhus unsicher, werden zu Spionen und Detektiven und decken die Geheimnisse der Nachbarschaft auf – auch solche, die besser verborgen geblieben wären. Ein Jahr später trifft die ehemalige Polizistin Ingrid in der schwedischen Provinz ein, um sich als Privatdetektivin ein neues Leben aufzubauen. Doch als eine verzweifelte Mutter sie bittet, nach ihrem verschwundenen Sohn zu suchen, droht ihre neue Welt aus den Fugen zu geraten. Je länger sie nachforscht, desto weiter tut sich ein dunkler Abgrund auf – in dem auch ihre eigene Vergangenheit lauert.

Ninni Schulman, geboren 1972, hat lange Jahre als Journalistin für einschlägige schwedische Tageszeitungen gearbeitet, bevor sie sich ganz dem Schreiben widmete. Allein in Schweden haben sich ihre Bücher inzwischen über eine Million Mal verkauft. *Den Tod belauscht man nicht*, der erste Band ihrer neuen Krimireihe um die Privatdetektivin Ingrid Wolt, wurde auf Anhieb ein Bestseller. Der zweite Band, *Das Paradies verrät man nicht*, schaffte es auf Platz 1 der Bestsellerliste in Schweden.

Susanne Dahmann hat Geschichte, Skandinavistik und Philosophie studiert und als Verlagslektorin gearbeitet. Seit 1992 übersetzt sie Belletristik und Sachbücher, hauptsächlich aus dem Schwedischen, aber gelegentlich auch aus dem Englischen. Sie lebt in Marbach am Neckar, wo sie zusammen mit Kolleginnen ein Literaturbüro für Lektorat, Übersetzung und Kulturprojekte betreibt.

Ninni Schulman

DEN TOD BELAUSCHT MAN NICHT

Schwedenkrimi

Aus dem Schwedischen von
Susanne Dahmann

Hoffmann und Campe

Die Originalausgabe erschien 2023 unter dem Titel *Som vi lekte* bei Bazar.

1. Auflage 2025
Taschenbuchausgabe
Copyright © Ninni Schulman 2023
Published by agreement with Paloma Agency
Für die deutschsprachige Ausgabe:
Copyright © 2024 Hoffmann und Campe Verlag, Hamburg
Harvestehuder Weg 42, 20149 Hamburg, produktsicherheit@hoca.de
www.hoffmann-und-campe.de
Umschlaggestaltung: © wilhelm typo grafisch, zürich
Umschlagabbildung: © Mickes Photos / Malshak / S. N. Ph / Shutterstock.com
Satz: Pinkuin Satz und Datentechnik, Berlin
Gesetzt aus der Minion Pro
Druck und Bindung: C.H. Beck, Nördlingen
Printed in Germany
ISBN 978-3-455-01952-0

HOFFMANN
UND CAMPE

Ein Unternehmen der
GANSKE VERLAGSGRUPPE

Prolog

Er fuchtelte wild mit den Armen und trat, so fest er konnte. Doch der Griff war eisern und er kam nicht los. Panik übertönte alles andere.

»Beruhige dich, sage ich! Ich werde dir nicht wehtun! Wenn du dich einfach nur beruhigst, dann …«

Doch so fühlte es sich überhaupt nicht an. Diese Augen, sonst so freundlich, waren jetzt nicht wiederzuerkennen. Der Blick völlig verändert, und der Atem, der Mund jetzt ganz nah, stank eklig nach Bier. Gleich würde er sich übergeben müssen.

»Still, sage ich! Ich will nur mit dir reden! Du kennst mich doch, oder?«

Ein rotglühender Schmerz durchflutete seinen Kopf.

Er schrie, so laut es ging, brüllte, dass ihm der Hals brannte. Er konnte nicht anders. Hörte ihn denn niemand?

Eine schmutzige Hand drückte sich fest auf seinen Mund. Er musste würgen.

»Halt die Schnauze, sage ich!«

Er biss so fest in einen der Finger, wie er nur konnte.

Ein unterdrückter Schrei durch zusammengebissene Zähne war zu hören.

»Bist du bescheuert, du verdammter dummer Junge?«

Der Geschmack von Blut breitete sich in seinem Mund aus, doch der eiserne Griff lockerte sich nicht.

Hier würde er niemals rauskommen, das wurde ihm jetzt klar. Niemals.

Kapitel 1

Ingrid Wolt warf sich die Tasche über die Schulter und trat in die Freiheit hinaus. Obwohl es erst halb neun Uhr am Morgen war, flimmerte die Luft auf dem Anstaltsparkplatz schon vor Hitze. Hinter ihr schloss sich quietschend das hohe Gittertor.

Der Schatten der Stacheldrahtreihen auf dem Zaun zeichnete sich schwarz auf dem trockenen Kies ab. Die neue Jeans, die sie bei ihrem letzten überwachten Freigang gekauft und für diesen Tag aufgehoben hatte, fühlte sich auf eine herrliche Weise steif an. Die Turnschuhe drückten etwas.

Nach ein paar hundert Metern bemerkte sie ein gefliktes Loch im Zaun. Vielleicht war Kiki aus dem Nordflügel im vorigen Sommer ja dadurch abgehauen. Ab und zu passierte es, dass Gefangene den Maschendrahtzaun aufschnitten und hindurchkrochen. Manche wagten sogar, obendrüber zu klettern, das Baumwollkleid in die Unterhose gestopft, um nicht am Stacheldraht hängen zu bleiben.

Die Straße runter nach Frövi fühlte sich bedeutend länger an als drei Kilometer, und sie musste mehrmals die Schulter für die Tasche wechseln, doch schließlich wichen die Bauernhöfe den Einfamilienhäusern. Sie versuchte aufrecht zu gehen, erhobenen Hauptes, obwohl ihr klar war, dass alle, die sie sahen, genau wussten, woher sie kam.

Erst am Bahnhof fand sie eine Telefonzelle. Sie schubste die unförmige Tasche in das Häuschen, nahm den Geldbeutel, dick befüllt mit all den Scheinen ihres Abschlusslohns, hinaus und fischte ein paar Ein-Kronen-Münzen heraus. Sie hielt sie eine Weile in ihrer umschlossenen Hand. War es zu früh, um anzurufen? Nein, sie waren um diese Zeit bestimmt schon wach. Sie steckte eine Krone in den Münzschlitz und wählte die Nummer, die sie auswendig konnte.

In der Telefonzelle war es heiß wie in einer Sauna. Während es klingelte, schob sie die Tür auf, um ein bisschen Sauerstoff reinzulassen. Sie wollte schon wieder auflegen, als endlich eine Stimme zu hören war.

»Karlsson.«

Die Frau war ans Telefon gegangen.

»Hallo, ich bin es. Ingrid Wolt.«

»Aha. Hallo.«

Die Stimme distanziert, fast schon unfreundlich.

»Ich würde gern mit Anna sprechen.«

»Sie ist nicht da.«

»Ach so«, sagte Ingrid und schluckte. »Wo ist sie denn?«

»Bei einer Freundin.«

»Um diese Uhrzeit?«, fragte Ingrid und warf einen Blick auf die Bahnhofsuhr. »Es ist doch noch nicht mal neun.«

»Sie hat dort übernachtet.«

Ingrid hatte sich so sehr nach diesem Gespräch gesehnt und es in ihrem Innern Hunderte Male durchgespielt. Dass Anna nicht zu Hause sein könnte, war ihr überhaupt nicht in den Sinn gekommen.

»Dann probiere ich es später noch mal«, erwiderte Ingrid. »Jedenfalls bin ich jetzt raus.«

»Okay.«

»Vielleicht können Sie ihr das ausrichten und sagen, dass ich später noch mal anrufe. Und dass ich sie liebe wie nichts anderes auf der Welt.«

»Ja, klar. Das werde ich tun.«

Ingrid hängte den Hörer auf die Gabel und seufzte tief. In den letzten Tagen hatte sie an nichts anderes denken können, als diesen Anruf in Freiheit zu tätigen und die Stimme ihrer Tochter wieder zu hören.

Die nicht benutzte Münze war in ihrer Hand klebrig geworden, und sie ließ sie wieder in den Geldbeutel fallen. Jetzt hätte sie gern auch Thomas angerufen, aber der war im Urlaub und würde erst nächste Woche wiederkommen.

Ingrid stieß die Tür mit der Schulter auf und versuchte, die Enttäuschung abzuschütteln. Sie würde Anna später am Tag sprechen, und ihr Bruder würde auch irgendwann nach Hause kommen. Sie war nicht völlig allein auf der Welt. Eigentlich.

Genau wie Thomas versprochen hatte, stand das Auto, ihr alter Saab 99, in einer Seitenstraße hinter dem Bahnhof. Abgesehen von etwas Flugrost auf den Kotflügeln war er überhaupt nicht so mitgenommen, wie sie befürchtet hatte. Der Schlüssel lag auf dem rechten Vorderrad, und als sie den Kofferraum öffnete, um ihre Tasche reinzulegen, musste sie die Hockeytasche beiseite schieben, die sie an jenem Tag, an dem alles schiefging, gepackt hatte und die nunmehr alles enthielt, was sie noch besaß. Sie fuhr leicht mit der Hand über den Nylonstoff, wagte aber nicht, den Reißverschluss aufzuziehen, um zu sehen, was drin war.

Sie schloss die Fahrertür auf, ließ sich auf dem brennend heißen Sitz nieder und umfasste prüfend das Lenkrad. Im Handschuhfach fand sie den Zettel mit ihrer neuen Adresse und der Telefonnummer des Vermieters, einem Gert Boström. Ihr Bruder hatte ihr außerdem mit Kugelschreiber auf einem karierten Ringbuchblatt eine hilfreiche Karte gezeichnet. Mora. Våmhus. Kumbelnäs. Den Siljan-See hatte er mit viel blauer Tinte eingefärbt. Ingrid war noch nie in ihrem Leben in Dalarna gewesen, und das war genau die Idee. Ein Ort, wo niemand sie kannte, war genau richtig, um neu anzufangen.

Sie legte die Karte auf den Beifahrersitz und blickte in den Rückspiegel, als rechnete sie damit, dass eine Wachpatrouille hinter ihr hergerannt käme, um sie am Wegfahren zu hindern. Doch es war niemand zu sehen. Sie war nun ein freier Mensch und konnte tun und lassen, was sie wollte.

Ein Schauder des Glücks durchfuhr sie, als sie den Zündschlüssel herumdrehte, vom Parkplatz ausscherte und Frövi hinter sich ließ.

Draußen auf der Landstraße schaltete Ingrid das Radio ein, kurbelte die Scheibe ganz herunter und ließ sich den Wind durchs Haar wehen. Viel kühler wurde es dadurch nicht. Die Jeans klebte am Oberschenkel, und der Schweiß lief.

Allmählich ging die offene Landschaft in einen dichten Wald über, nur ab und zu durch kleine, von hügeligen Feldern umgebene Dörfer unterbrochen. Als sie im Gefängnis über ihr neues Leben draußen und darüber nachgedacht hatte, wo sie wohl neu anfangen könnte, war unwillkürlich Dalarna in ihren Gedanken aufgetaucht. Nach einer Weile hatte sie gemerkt, dass es sie dorthin zog, weil Benny immer von den Sommern seiner Kindheit dort erzählt hatte. Er war genau wie sie in der Stadt aufgewachsen, aber manchmal, wenn sie gemeinsam vor irgendeiner Kaschemme Dealer ausspähten, genügte schon der Geruch von frisch gemähtem Gras, um ihn in Gedanken zurück zu einem Mittsommerfest oder einer Angeltour zu versetzen.

Manchmal hatte sie sich gefragt, was Benny wohl jetzt von ihr dachte, nach all dem, was passiert war. Bestimmt wusste er alles. Ingrid konnte sich gut vorstellen, wie unter den Kollegen in der Polizeizentrale getratscht worden war. Aber vielleicht hatte er, der sie besser kannte als die meisten, seinen Glauben an sie doch nicht verloren.

Nach ein paar Stunden hinter dem Steuer bekam Ingrid Hunger. Inzwischen näherte sie sich schon Leksand am Siljan-See, und so fuhr sie ab und fand an einem kleinen Platz ein China-Restaurant, das nett aussah.

Ehe sie aus dem Auto stieg, fischte sie eine Bürste aus der Handtasche, fuhr sich ein paarmal durch die Haare und band sie dann zu einem Pferdeschwanz.

Hier kennt mich niemand, und man sieht mir nicht an, woher ich komme, dachte sie gebetsmühlenartig und schlug die Autotür zu. Auch wenn ich hier bei 25 Grad in einer Jeans rumlaufe. Trotzdem wird niemand erkennen, dass ich fast drei Jahre lang im Knast gesessen habe.

Sie streckte sich, fuhr sich noch einmal mit der Hand übers Haar und ging dann so stolz, wie sie nur konnte, an den draußen sitzenden Touristen vorbei und hinein in das dunkle Restaurant.

Ingrid steuerte einen Fenstertisch mit Blick über den Platz an. Außer ihr saß nur noch eine junge Familie im Lokal. Mama, Papa und zwei Kinder. Das kleine Mädchen im Kindersitz hatte ein kariertes Kleidchen an und kleine Schleifen in den Haaren. Ingrid konnte den Blick nicht von ihr wenden.

Ob Anna immer noch frittierte Garnelen mochte? Bekam sie die wohl manchmal? Oder war die Pflegefamilie von der Sorte, die sich niemals einen Restaurantbesuch gönnte?

Als das Mädchen merkte, dass es beobachtet wurde, grinste es Ingrid breit an, und Ingrid erwiderte das Lächeln. Doch nun drehte sich der Vater zu ihr um, und als sie seinen skeptischen Blick bemerkte, verging ihr die gute Laune. Der Mann sah sie kaum an, sondern drehte ihr gleich wieder den Rücken zu und redete weiter mit seiner aufgehübschten Frau.

Der sieht mich an, als wäre ich eine alte Säuferin in einer Vorortskneipe, dachte sie. Als würde ich hier verkatert und lichtscheu das erste Bier des Tages bestellen.

Ihr brannte das Gesicht vor Scham, und sie wollte gerade aufstehen und das Restaurant verlassen, als eine junge Bedienung an ihrem Tisch auftauchte.

»Was darf es sein?«

Ingrid haderte mit sich selbst. Der Hunger zog im Magen, und sie hatte jedes Recht, hier zu sitzen. Geld hatte sie auch. Sie hatte ihre Strafe abgesessen.

»Drei Vorspeisen, bitte«, sagte sie rasch, damit sie es sich gar nicht erst anders überlegen konnte und die Bedienung nicht genug Zeit haben würde, das billige Waschmittel in ihren Kleidern zu riechen. »Und ein Glas Fanta.«

Die Bedienung nickte, legte Besteck und eine Serviette hin und verschwand.

Als das beschlagene Glas mit der Limonade kam, nahm Ingrid ein paar Schluck und schaute aus dem Fenster, darauf bedacht, nicht die Familie anzusehen.

Der Platz war voller normaler Menschen, die wiederum zu anderen normalen Menschen gehörten.

Würde sie selbst jemals wieder irgendwo dazugehören? Eine Gemeinschaft haben, eine Herde? Oder würde sie für den Rest ihres Lebens wie ein räudiger Fuchs einsam umherstreichen?

Sie wurde aus ihren Grübeleien gerissen, als plötzlich ein dampfender Teller vor ihr stand. Frittierte Garnelen mit süßsaurer Soße, Fleisch mit Bambussprossen, Hühnchen in Curry. Das war doch mal etwas anderes als Leberpfanne und lauwarme Fleischwurst in der Gefängniskantine.

Als sie aufgegessen hatte, trank sie den Rest der Fanta und winkte die Bedienung herbei, um zu bezahlen. Es war noch ungewohnt, in den Scheinen zu blättern, die man ihr eben erst ausgezahlt hatte. Eine verblichene Quittung vom Supermarkt in Hammarbyhöjden fiel aus dem Geldbeutel und landete auf dem Tisch. Milch, Dickmilch, Brot, eine Glühbirne, Hackfleisch. 12. November 1980. Vier Tage vorher.

Ingrid legte das Geld auf den Tisch, gab ordentlich Trinkgeld und flüchtete hinaus in den Sonnenschein.

Bei einem Brunnen stand eine Telefonzelle, und sie beschloss, noch einmal anzurufen. Der Schweiß lief ihr den Rücken herunter, als sie zum zweiten Mal an diesem Tag die Nummer wählte.

Es klingelte und klingelte, und am Ende musste sie einsehen, dass wohl niemand zu Hause war. Enttäuscht hängte sie auf, und die nicht benutzte Krone rasselte ins Münzfach.

Da sie nun schon mal vor einem Telefon stand, konnte sie genauso gut die Gelegenheit nutzen, ihren zukünftigen Vermieter anzurufen, Bescheid zu geben, dass sie auf dem Weg war, und ihn zu fragen, wie das mit den Schlüsseln und allem anderen funktionierte. Sie holte den Zettel mit der Telefonnummer heraus und wählte zum ersten

Mal die unbekannte Nummer. Es klingelte ein paarmal, dann ging ein Mann mit dunkler Stimme ran.

»Hallo, mein Name ist Ingrid Wolt. Ich würde gern mit Gert sprechen.«

»Am Apparat.«

Er klang streng, oder zumindest entschieden. Überhaupt nicht höflich oder entgegenkommend. Ingrid sah grobe Hände und einen sonnengebräunten Nacken vor sich. Hoffentlich würde sich herausstellen, dass er trotzdem nett war.

»Wie gut«, erwiderte Ingrid. »Dann bin ich ja richtig. Ich werde über den Sommer Ihr Haus mieten.«

»Ach so, hallo. Wenn ich Ihren Mann richtig verstanden habe, kommen Sie heute.«

Jetzt klang er ein wenig freundlicher, aber vielleicht war das auch nur der singende Dialekt.

Ingrid machte sich nicht die Mühe, ihn wegen der Sache mit dem Mann zu korrigieren, sondern fuhr fort:

»Genau. Ich bin auf dem Weg, im Moment in Leksand. Sie wissen ja wahrscheinlich besser als ich, wie lange man von hier aus noch braucht.«

»Eine knappe Stunde ist es schon«, sagte Gert. »Haben Sie eine Wegbeschreibung, damit Sie uns hier finden?«

Jetzt sah sie auch Falten in den Augenwinkeln vor sich, die nach vielen Stunden des Spähens in die Sonne weiß waren.

»Ja, doch. Ich habe hier eine Karte, das kriege ich hin.«

»Also gut. Wenn Sie zum Mittsommerbaum kommen, biegen Sie ab Richtung See. Dann liegt das Haus auf der linken Seite, direkt vor der Reihe mit Briefkästen.«

»Das finde ich«, versicherte Ingrid. »Ich müsste unterwegs noch ein bisschen einkaufen. Wo mache ich das am besten?«

»Wir haben hier im Ort auch Läden, aber wenn sie etwas Größeres wollen, dann müssen Sie nach Mora«, antwortete Gert.

Okay. Es würde Mora werden. Obwohl sie allein war, würde sie sich heute Abend, an ihrem ersten Abend in Freiheit, ein gutes Stück Fleisch und ein Glas Wein gönnen.

»Dann sehen wir uns in ein paar Stunden«, sagte sie.

»So machen wir das. Auf der Straße zwischen Mora und Våmhus sind viele Elche unterwegs, fahren Sie also vorsichtig.«

Da schlug ein fürsorgliches Herz. Ingrid hängte auf, gerührt über eine Freundlichkeit, die sie so gar nicht gewohnt war.

Am Ende würde womöglich alles gut werden.

Kapitel 2

Ein paar Stunden später war Ingrid endlich in dem Ort angekommen, von dem sie am selben Morgen noch nicht einmal gewusst hatte, dass er existierte. Ochsenblutrote Häuser und alte, langgezogene Scheunen standen ganz dicht an der Straße. Manche Schuppen sahen aus, als wären sie mehrere hundert Jahre alt. Hier und da standen zwischen den Höfen Pferde und Kühe und schlugen mit den Schwänzen. Das alles erinnerte sie an Skansen, das große Freilichtmuseum in Stockholm. Nur ein bisschen größer, dachte Ingrid. Und echt. Unterhalb des Orts lag blank wie ein Spiegel der See Orsasjön.

Der hohe Mittsommerbaum war schon aus der Ferne zu sehen. Er war weiß gestrichen und in eine Laubgirlande gewickelt, und neben den beiden Blumenkränzen war er mit von Pfeilen durchschossenen Herzen aus Holz dekoriert. Kein Wunder, dass Benny so deutliche Erinnerungen an seine Sommerferien hatte. Hier nahm man das Mittsommerfest wirklich noch ernst.

Sie blieb auf der Höhe des Mittsommerbaums stehen und studierte ein weiteres Mal die Karte, dann bog sie zwischen den alten Höfen ab. Hinter einem Gatter, zum Teil von zwei großen Birken versteckt, war ihr Zuhause für diesen Sommer zu erkennen. Das zweistöckige rote Haus war deutlich größer als erwartet. Was hatte Thomas hier denn für sie aufgetan? Sie wusste, dass er überall Kontakte hatte, aber dass er so etwas aus dem Ärmel schütteln konnte, hätte sie nie geahnt.

Der Geruch von frisch gemähtem Gras schlug ihr entgegen, als sie aus dem Auto stieg. Ein Stück entfernt sah sie einen jungen Mann über einen Mäher gebeugt zwischen Obstbäumen auf und ab marschieren. Als er sie sah, hob er die Hand zum Gruß.

Aus dem Wohnhaus näherte sich in Arbeitshosen, kurzärmeligem Hemd und Gummistiefeln ein anderer Mann.

»Da sind Sie ja«, sagte er und streckte ihr die Hand hin. »Gert. Ich wollte mir gerade schon Sorgen machen.«

Ungefähr vierzig, riet sie, bedeutend jünger, als er am Telefon geklungen hatte. Aber große Hände hatte er, und ein wettergegerbtes Gesicht. Der Körperbau ließ Ingrid vermuten, dass er einmal Fußball gespielt hatte, vielleicht sogar Hockey. Aus dem Halskragen stak etwas Brusthaar hervor.

Es war lange her, dass Ingrid mit einem Mann allein gewesen war, und sie tat ihr Bestes, um das Unbehagen zu unterdrücken. Es gab keinen Grund, sich zu fürchten.

»Sollen wir uns mal das Haus ansehen?«, fragte Gert.

Er musste etwas lauter sprechen, um den Motor des Rasenmähers zu übertönen.

Als er vor ihr zum Haus ging, sah Ingrid, dass Mücken um seinen Kopf schwirrten und das Hemd im Nacken schweißnass war. Er öffnete die Tür und ließ sie zuerst über die Schwelle gehen.

»Also, das hier ist mein Elternhaus«, fuhr Gert fort, während er sich selbst mit der Handfläche auf den Nacken haute.

Ingrid machte ein paar Schritte in eine dunkle Diele, die nach Pfeifenrauch und altem Holz roch. Ein starker Geruch, aber nicht unangenehm.

»Erwischt«, erklärte Gert und zeigte die Hand, auf der eine erschlagene Mücke klebte. »Am Abend sind sie aggressiv, aber im Badezimmer gibt es Mückenmittel und Salubrin. Hier stehen auch ein paar Insektengitter für die Fenster, falls Sie mal lüften wollen.«

Als sich Ingrids Augen an die Dunkelheit in der dämmerigen Diele gewöhnt hatten, konnte sie zwei Rahmen mit eingespannten Netzen erkennen, die an der Wand lehnten. Da gab es auch noch einen Spiegel und ein Schuhregal, das abgesehen von einem Paar Holzschuhe leer war.

Gert führte sie in eine große Küche mit Kiefernholztisch und blau gestrichenen Stühlen. An der Wand hing ein gesticktes Tuch und verkündete »*Willkommen Groß, willkommen Klein, willkommen alle, die sind mein*«.

»Speisekammer«, sagte Gert und wies mit der Hand auf eine Tür zwischen Spüle und dem freistehenden Kühlschrank.

Ingrid nickte.

»So, Sie sind also zum Urlaub hier?«, fragte er und drehte am Wasserhahn. Die Rückenmuskulatur war deutlich durch das dünne Hemd zu erkennen.

»Ja, genau«, sagte Ingrid. »Die Gegend um den Siljan ist doch so schön.«

Diese Antwort hatte sie vorbereitet. Sie brauchte einen langen Urlaub mit viel Ruhe, und das hier würde einfach perfekt sein.

Gert sah sie mit zusammengekniffenen Augen an, etwas länger, als ihr angenehm war. Als würde er darüber nachdenken, was eine Frau Mitte dreißig dazu bewog, ganz allein in einem kleinen Dorf, wo sie niemanden kannte, Ferien zu machen. Wovor floh sie?

Doch er sagte nichts, sondern stieg vor ihr über eine hohe Schwelle in ein Zimmer, das er »den Saal« nannte. Eine Sofagruppe aus Plüsch, ein Teakregal, auf dem das Telefon stand, ein Esstisch mit Armlehnstühlen.

»Das Telefon ist noch angemeldet. Die Nummer steht da«, sagte er und zeigte auf einen Zettel an der Vorderseite des Apparats. »Wir können die Rechnung dann aufteilen, wenn sie kommt.«

Auf dem Boden lagen hübsche Flickenteppiche, und die Wände hingen voller Bilder, meist Elche in Öl und typische Dalarna-Bauernmalerei. Ein handgewebter Wandbehang, der mit seinen klaren Farben an einen Sonnenuntergang am Meer erinnerte, war das schönste Einrichtungsobjekt.

»Meine Mutter ist voriges Jahr gestorben, und bis wir Geschwister übereingekommen sind, was wir mit dem Haus wollen, vermieten wir es.«

Er öffnete den Mund, als wollte er weitersprechen, besann sich dann aber, drehte sich um und murmelte etwas, was Ingrid nicht verstand.

»Entschuldigung, was haben Sie gesagt?«

Sie drehte den Kopf, wandte ihm das Ohr, auf dem sie hörte, zu und trat ein paar Schritte näher.

»Der Fernseher ist schwarz-weiß«, wiederholte er, »funktioniert aber tadellos, genau wie der Schallplattenspieler.«

Ingrid ging zu dem einfachen Plattenspieler und klappte vorsichtig den Deckel hoch, der mit einer dünnen Staubschicht bedeckt war.

Da hörte man draußen auf der Veranda laute Schritte, und kurz darauf stand der junge Mann, der den Rasen gemäht hatte, auf der Schwelle zum Saal. Er war von ganz anderer Statur als Gert, hochgewachsen und schlank, Wuschelfrisur und ein schwarzes T-Shirt mit Hardrock-Aufdruck.

»Bin fertig«, sagte er und schob sich das lange Haar aus dem Gesicht.

»Verdammt noch mal, Patrik«, schimpfte Gert, »du trägst ja überall Gras rein. Deine Mutter hat hier heute auf den Knien gelegen und den Fußboden geschrubbt.«

Patrik machte auf dem Absatz kehrt und ging ohne ein Wort wieder raus.

»Mein Sohn«, erklärte Gert überflüssigerweise. »Manchmal fragt man sich, ob er überhaupt irgendetwas denkt.«

Dann rief er in die Diele hinaus:

»Wenn du die Stiefel schon anbehalten hast, dann kannst du auch der Dame hier mit ihrem Gepäck helfen.«

»Das ist wirklich nicht nötig«, erklärte Ingrid.

»Er soll sich ruhig mal nützlich machen.«

Gert stieg eine knarzende Treppe zum oberen Stockwerk hinauf. Oben gab es eine kleine Toilette mit Handwaschbecken und drei Schlafzimmer in unterschiedlichen Größen.

»Hier können Sie sich einrichten«, sagte er und machte eine ausholende Geste. »Im großen Schrank unten im Saal gibt es Handtücher und Bettwäsche, nehmen Sie sich einfach, was sie brauchen.«

Als sie die Treppe wieder herunterkamen, standen Ingrids Einkaufstüten und die große Hockeytasche mitten in der Diele. Patrik saß auf einer Holzbank vor der Tür und ließ eine Snus-Dose zwischen den Fingern kreiseln. Ein Bein wippte nervös auf und ab.

Gert schob sich an der Hockeytasche vorbei, warf Patrik einen wütenden Blick zu und schloss dann demonstrativ die Eingangstür, um die Mücken auszusperren.

Anstatt die große Tasche noch einmal zu umrunden, wollte er sie zur Seite heben, musste allerdings mit beiden Händen zupacken, so schwer war sie.

»Teufel noch mal«, stöhnte er. »Was haben Sie da denn drin? Eine Leiche?«

»Woher wissen sie das?«, entgegnete Ingrid lächelnd.

Gert erwiderte das Lächeln, doch es war unmöglich zu erkennen, was er wirklich dachte.

»Die Waschküche ist im Keller«, sagte er und zeigte auf eine Tür. »Aber die kann ich Ihnen auch ein andermal zeigen. Vielleicht müssen Sie ja nicht heute Abend schon waschen.«

Nachdem er ihr einen weiteren unergründlichen Blick zugeworfen hatte, kehrte Gert in die Küche zurück, öffnete den Kühlschrank und sagte etwas, was Ingrid nicht verstand.

»Wie bitte?«, fragte sie und lehnte sich vor.

»Er ist eingeschaltet und kalt«, wiederholte er.

»Ich bin auf dem rechten Ohr fast taub, deswegen verstehe ich manchmal was nicht«, erklärte sie. »Nur dass Sie das wissen. Ein Unfall.«

»Okay.«

Gert machte die Kühlschranktür zu und blieb dann stehen.

»Ja, dann ist da noch das mit der Miete«, begann er. »Wir haben einen Monat im Voraus vereinbart, Ihr Mann und ich.«

»Das geht in Ordnung«, erwiderte Ingrid. »Aber Thomas ist nicht mein Mann, sondern mein Bruder.«

Es gab so viel zu verschweigen, da wollte sie, wann immer möglich, ehrlich sein.

Sie holte ihre Brieftasche raus und legte zwei Hunderter auf den Küchentisch.

»Wie lange wollen Sie denn bleiben?«, fragte Gert.

»Ich weiß noch nicht genau«, antwortete Ingrid. »Aber auf jeden Fall den ganzen Sommer.«

Gert sah sie eingehend an, als würde er eine konkretere Zeitangabe erwarten, doch als nichts kam, sagte er:

»Nun gut. Dann sagen wir mal so.«

Er faltete die Geldscheine in der Mitte und schob sie in seine Tasche.

»In der Garage stehen übrigens Fahrräder«, erklärte er. »Da können Sie sich einfach eins nehmen.«

Ingrid dankte ihm und begleitete ihn zur Tür.

Als Gert endlich die Eingangstür hinter sich geschlossen hatte, sank sie auf die Küchenbank. Der Kühlschrank brummte in der Ecke vor sich hin, und eine einsame Hummel flog immer wieder gegen die Scheibe. Sie zog die Gardine beiseite, öffnete das Fenster weit und sah die Hummel in den hellen Abendhimmel verschwinden.

Dann ging sie in den Saal und nahm den Telefonhörer ab.

Funktionierte – genau wie Gert gesagt hatte.

Sie ließ sich auf einem gepolsterten Hocker mit Kreuzstich-Bezug nieder und wählte wieder die Nummer. Während es klingelte, malte sie ein Herz in die dünne Staubschicht auf dem Regalbrett.

Diesmal war er am Telefon.

»Anna kann jetzt nicht telefonieren. Sie sitzt in der Badewanne.«

Jetzt konnte Ingrid sich nicht länger zurückhalten.

»Dann sagen Sie ihr doch vielleicht, dass sie mal rauskommen soll, oder? Und dass ihre Mutter mit ihr sprechen will.«

Sie wartete auf eine Antwort, doch da kam nur Schweigen.

»Ich habe jetzt ein eigenes Telefon«, sagte sie. »Können Sie vielleicht meine Nummer aufschreiben und ihr helfen, mich anzurufen, wenn sie fertig gebadet hat?«

»Ich weiß nicht, ob das eine so gute Idee ist.«

»Warum denn nicht?«

»Wenn Sie mit ihr gesprochen haben, ist sie immer so aufgewühlt, dann schläft sie nur schwer ein.«

»Das wird sicher besser werden, wenn wir uns jetzt öfter sehen können«, entgegnete Ingrid. »Wann kann ich denn mal vorbeikommen?«

»So einfach ist das nicht«, sagte er. »Das muss Ihnen doch klar sein. Ich finde, wir sollten dieses Gespräch jetzt beenden.«

»Sie meinen, ich darf nicht mit ihr sprechen?«

»Alles Gute, Ingrid«, erwiderte er.

Ehe sie etwas sagen konnte, war am anderen Ende der Leitung ein Klicken zu hören.

Ingrid legte den Hörer auf und blieb sitzen, während ihr die Tränen hinter den Augenlidern brannten. So hatte sie sich ihren ersten Tag in Freiheit nicht vorgestellt.

Konnten die das wirklich machen? War es erlaubt, den Kontakt auf diese Weise zu verweigern?

Nach dem Wochenende würde sie das Jugendamt anrufen und um einen Umgangsplan bitten. Anna war trotz allem ihr Kind und sie musste die Chance bekommen, sie wieder kennenzulernen.

Aber jetzt würde sie erst einmal versuchen, die Sache loszulassen und das Beste aus ihrem ersten Abend in Freiheit zu machen.

Ingrid wischte sich die Tränen ab und stand vom Hocker auf.

Um die seltsame Stille im Haus zu verjagen, ging sie zur Musikanlage und fing an, die Schallplatten durchzublättern. Zwischen Evert Taube und Jussi Björling fand sie zu ihrer Überraschung ein paar von Johnny Cash und Elvis Presley. Waren die vielleicht noch von Gert?

Sie wählte Cash, platzierte die Nadel und klappte vorsichtig den Deckel zu.

Was war eigentlich aus ihrer eigenen Schallplattensammlung geworden? Sie wünschte, sie hätte wenigstens die allerbesten mitnehmen können, aber für solche Entscheidungen war keine Zeit gewesen. Und so wie sie Kjell kannte, war das alles auf der Müllkippe gelandet.

Ingrid drehte die Lautstärke ein wenig höher, dann ging sie in die Diele, um die Einkaufstüten zu holen, die sie nach dem Telefongespräch schon fast vergessen hatte.

Schnell packte sie die Milcherzeugnisse in den Kühlschrank und hoffte, dass Milch und Dickmilch die Wärme überstanden hatten. Die Speisekammer war bereits voller Lebensmittel. Hier standen auch lange Reihen von Marmeladengläsern: Himbeere, Blaubeere, Preiselbeere und Multbeere. Doch ein Regalbrett war freigeräumt worden, und da sortierte sie ihre Makkaroni und die Konservendosen ein.

Monatelang hatte sie geplant, was sie sich am ersten Tag nach der Freilassung zum Abendessen kochen würde. Das war ihre persönliche Gutenachtgeschichte gewesen, die sie sich selbst erzählte. Und jetzt lag da auf der Arbeitsfläche eine dicke Scheibe Rinderfilet. Dazu würde sie sich ein Kartoffelgratin mit selbstgemachter Béarnaise-Soße machen. Außerdem hatte sie sich eine gute Flasche Rotwein gegönnt. Das hier war allein ihr Abend, und nichts durfte ihn ruinieren.

Ingrid fand einen Korkenzieher und ein Weinglas, öffnete die Flasche und schenkte sich ein. Während aus dem Saal Johnny Cashs *Walk the Line* zu hören war, schnitt sie Zwiebeln, schälte Kartoffeln und nippte am Wein.

Als sie das Gratin in den Ofen geschoben hatte, ging sie mit dem Weinglas in den Garten hinaus. Die Bäume warfen lange Schatten auf das frisch gemähte Gras, das jetzt in der Abenddämmerung noch mehr duftete. Scheunen, Wirtschaftshäuser und Wagenschuppen umgaben den Hof, schirmten sie vom Rest der Welt ab und gaben ihr Sicherheit. Ein Stück weiter auf dem Rasen, wo die Sonne immer noch schien, stand ein graues Vorratshaus.

Ingrid ging schräg über den Hof und setzte sich auf eine abgenutzte Treppenstufe. Sie fuhr mit der Hand über das warme, glatte Holz.

Wie viele Menschen diese Treppe im Laufe der Jahrhunderte wohl schon hinaufgestiegen waren. Sie nahm einen kleinen Schluck vom Wein und schloss die Augen.

Dass sie hier sitzen und den Abend exakt so lange genießen konnte, wie es ihr selbst behagte. Niemand würde sie zwingen können, reinzugehen.

Wieder blubberte das Freiheitsgefühl in ihr hoch.

Sie ließ den Wein im Glas kreiseln und nahm noch einen Schluck. In der Ferne wieherte ein Pferd.

Aber würde sie es schaffen? Konnte man neu anfangen, sich ein ganz anderes Leben zulegen, als man es bisher gehabt hatte?

Nach Stockholm würde sie lange nicht zurückkehren können, vielleicht niemals.

Sie könnte sich Tiere anschaffen: Hühner, Schafe. Das wäre doch vielleicht schön. Immerhin besaß sie nach ein paar furchtbaren Monaten im Hühnerstall der Gefängnisanstalt Hinseberg ein Diplom in Hühnerzucht.

Nein, eigene Tiere würden zu viel Arbeit machen, und sie brauchte einen richtigen Job, der auch Geld brachte. Aber auf jeden Fall konnte sie doch von einem eigenen Garten träumen. Während einer anderen, bedeutend angenehmeren Phase ihrer Haftstrafe hatte sie nämlich im Gewächshaus des Gefängnisses gearbeitet und ein ganz neues Interesse für Pflanzenzucht entwickelt. Eigentlich nur da, in der feuchten Wärme und umgeben vom schweren Erdgeruch, war es ihr einigermaßen gut gegangen.

Als die Sonne hinter Wolken verschwand und die Mücken ihr um den Kopf zu summen begannen, ging sie ins Haus.

Das Gratin bekam allmählich eine schöne Farbe. Es duftete herrlich.

Wenn die Mücken nicht gewesen wären, hätte sie gern draußen gegessen, aber so musste sie sich damit begnügen, einen großen Strauß Blumen zu pflücken, den sie mitten auf den Tisch stellte. Sie zündete zwei Kerzen an, deren Schein dem Silberbesteck einen sanften Schimmer verlieh.

Ich darf nicht vergessen, gut zu mir selbst zu sein, auch wenn das manchmal schwerfällt, dachte sie.

Ehe sie mit der Soße anfing und das Fleisch briet, wechselte sie die Musik. Diesmal musste es Elvis sein, die alte Lieblingsplatte ihres Vaters. Das fühlte sich gut an.

Als alles fertig war, drapierte sie das Essen so schön sie konnte auf dem Teller und ließ sich dann am Tisch nieder.

Es würde schwer sein, in ein Leben außerhalb der Mauern zurückzukehren, das wusste sie. Sie hatte viele Menschen kennengelernt – sowohl in ihrem alten Leben als auch im Gefängnis –, die zuvor schon eine oder zwei Strafen abgesessen hatten. Aber Ingrid war nicht wie sie. Sie hatte weder Drogenprobleme, noch ging sie in kriminellen Kreisen um. Sie hatte ein ganz normales Leben mit Arbeit, Mann und Kind gehabt. Aber was half das jetzt schon?

Die Mahlzeit war viel zu schnell vorüber. Sie blieb noch am Tisch sitzen und betrachtete ihr eigenes verschwommenes Spiegelbild in der Fensterscheibe.

Um sich nicht in weiteren Grübeleien zu verlieren, stand sie auf, drehte die Musik ab und schaltete den Fernseher ein. Sie machte es sich auf dem Sofa gemütlich und sah gerade noch den Wetterbericht in den Nachrichten. Danach begann eine Krimiserie, die sie noch nicht kannte – sie war sehr unterhaltsam, und Ingrid blieb sitzen und schaute die ganze Folge.

Erst gegen Mitternacht, als das Fernsehprogramm zu Ende war und der Himmel draußen tiefblau, schaltete sie das Gerät aus und holte sich Bettwäsche aus dem Schrank. Sie wählte das Schlafzimmer mit dem Doppelbett, schlug sorgfältig die Decke zurück und bezog das Bett neu. Heute Nacht würde sie sich endlich richtig ausbreiten können.

Ehe sie unter die Decke kroch, holte sie den Fotorahmen aus der Tasche, wischte das Bild mit einem Zipfel ihres Nachthemds ab und stellte es auf den Nachttisch. Dann holte sie das Tagebuch heraus. »An meine Tochter, von Mama«, hatte sie auf das erste Blatt geschrieben. Zu Beginn ihrer Zeit auf Hinseberg hatte sie mehrere Seiten am Tag geschrieben. Alle Sätze, die sich in ihrem Kopf drängten, hatten herausgemusst. Eines Tages, wenn Anna so weit war, dann würde sie das alles lesen und vielleicht verstehen können.

Heute bin ich endlich freigelassen worden. Sowie ich ein Telefon gefunden hatte, habe ich dich angerufen, um es dir zu erzählen. Ich habe mich so danach gesehnt, deine Stimme zu hören, aber du warst nicht zu Hause und konntest nicht mit mir sprechen. Ich wohne jetzt in einem großen Haus in Dalarna, und ich hoffe, dass du bald hierherziehen kannst. Ich habe ein riesiges Bett, in dem wir zusammen schlafen können, und es gibt einen großen Garten, in dem wir spielen und auf Bäume klettern können. Es ist so schön. Fast wie in Bullerbü. Erinnerst du dich, wie ich dir die Bücher abends vor dem Einschlafen vorgelesen habe? Die Bilder vom Lämmchen haben dir so gefallen. Weißt du noch? Aber manchmal bist du eingeschlafen, ehe wir es bis da geschafft hatten. Hier gibt es im Frühjahr sicherlich massenhaft Lämmchen. Kühe und Pferde habe ich jedenfalls schon gesehen.

Ingrid legte das Buch auf den Nachttisch. Als sie die Lampe ausschaltete, wurde es sehr dunkel und sehr still. Kein Laut war von draußen zu hören, kein Auto fuhr vorbei, keine Kuh muhte. Nicht einmal das Summen einer Mücke.

Sie lag lange da und starrte in die Dunkelheit. Die Stille war so umfassend, dass es sich anfühlte wie Druck auf beiden Ohren. Sie hätte nie gedacht, dass sie das Gedudel von Gittes Radio einmal vermissen würde, aber jetzt sehnte sie sich nach einem kleinen Zeichen der Nähe anderer Menschen.

Vielleicht sollte sie in die Küche runtergehen und das Radio holen, das da auf dem Fensterbrett stand.

Plötzlich hörte sie ein knarrendes Geräusch. Dann etwas wie Schritte. War da jemand auf dem Weg die Treppe hinauf? Ingrid hielt die Luft an und horchte angespannt, doch es kam nicht wieder. Stattdessen ein neuer Laut, wie ein Knipsen, aus dem Zimmer nebenan.

»Das Haus macht Geräusche«, sagte sie zu sich selbst. »Wie Holzhäuser es nun mal so tun.«

In Wirklichkeit hatte sie keine Ahnung davon, wie es in alten Häusern klang, aber unrealistisch war es ja nicht. Das Radio wagte sie trotzdem nicht zu holen. Stattdessen legte sie sich auf die Seite, drückte sich fest ein Kissen aufs Ohr und kniff die Augen zu. Irgendwann schlief sie ein.

Kapitel 3

Solveig wischte die Krümel weg, die vom Frühstück auf dem Tisch übrig geblieben waren, und stellte die Stühle richtig hin. Mechanisch begann sie, die Schüsseln abzutrocknen, die auf dem Geschirrständer tropften. Drei Schüsseln statt vier. Drei Löffel statt vier. Immer eins zu wenig.

Sie schaute auf den Kalender an der Wand. Heute war es ein Jahr her, dass Mattias auf seinem Fahrrad losgeradelt war, um niemals zurückzukehren. Elchjagd, Weihnachten, Ostern waren gekommen und gegangen. Jetzt die Sommerferien. Ein ganzes Jahr.

Trotzdem standen die Zeiger der Küchenuhr seit jenem Tag still.

Esbjörns Schritte, wie er aus dem oberen Stockwerk die Treppe hinunter kam, das Stampfen der Gummistiefel in der Diele und dann die Tür, die aufging und zugeschlagen wurde. Nicht sanft, nicht hart. Einfach so, als wäre alles ganz normal.

Durchs Fenster konnte Solveig sehen, wie er einen Holzkloben hochkant auf den Hauklotz stellte, der Rücken gebeugt, dann schwang er mit schlafwandlerischer Sicherheit die Axt. Es war Gottes Vorsehung, dass er den Kloben noch nie verfehlt hatte. Bei der Kraft würde er sich das Bein abschlagen.

Solveig legte den letzten Löffel in die Schublade, schüttelte das nasse Geschirrtuch aus und hängte es zum Trocknen auf. Dann wischte sie noch einmal mit dem Lappen über die Spüle, bevor sie in die Diele hinausging und ihre Turnschuhe anzog.

Sie beschloss, zu der Lichtung am Fluss zu gehen, vielleicht auch noch ein Stück weiter. Meist überlegte sie sich nicht im Vorhinein, wohin sie wollte, sie ging einfach drauflos, bis die Füße schmerzten und es im Kopf endlich still wurde. Esbjörn hatte schon lange aufgehört zu fragen.

Ehe sie ging, schrieb sie einen Zettel, den sie auf den Küchentisch legte, falls Linda sich wundern sollte: »Bin draußen und laufe. In ein paar Stunden wieder zu Hause.«

Wie es jetzt ihre Gewohnheit geworden war, ging sie hinten raus und bog durch die Lücke in der Hecke direkt auf den Waldweg ein. Das ersparte ihr selbst und den Nachbarn das Unbehagen, sich zu begegnen und ein paar Worte wechseln zu müssen. Sie war der wandelnde Tod, schwarz und stumm. So jemand passte am besten in die Schatten zwischen den Bäumen.

Solveig ging mit langen Schritten los, versuchte, sich auf nichts anderes zu konzentrieren, als vorwärtszukommen und zu atmen. Nicht nachdenken. Sie hatte diesen Tag gefürchtet, hatte ihn schon lange herannahen sehen. Und jetzt war er hier.

Wie üblich nahm sie den Schotterweg durch den Wald nach Bäck. Nach Myran ging sie nicht mehr – wenn es nötig war, musste Esbjörn hinfahren und einkaufen. Post- und Bankangelegenheiten regelte sie in Orsa oder Mora.

Den Blick immer auf den Wegesrand gerichtet, ging sie schneller, bis es in Oberschenkeln und Waden brannte.

Die wenigen Male, dass ihr ein Auto entgegenkam, hob sie, ohne aufzusehen, die Hand zum Gruß. Es war immer eine Erleichterung, Björkvassla hinter sich zu lassen. Nach ungefähr einem Kilometer öffnete sich der Wald ein wenig. Kühe weideten unter den Birken und schauten sie unter stetigem Wiederkäuen stumm an, doch Olssons Arbeitspferd bewegte sich Richtung Zaun, um sie zu begrüßen.

Solveig sprang über den Graben und wartete, während der Gaul gemächlich auf sie zuschaukelte.

»Heute ist es schwer«, sagte sie und kraulte ihn, wie er es gernhatte, unter der Stirnmähne.

Das Pferd antwortete, indem es sie sanft mit der Schnauze stupste.

Solveig streichelte es noch ein Weilchen, legte ihre Wange an seine. Dann stieg sie zurück über den Graben.

»Bis bald, mein Freund«, sagte sie. Das Pferd folgte ihr auf der anderen Seite des Zaunes, solange es konnte.

Schon oft hatte sie erwogen, sich einfach ins Moos zu legen und nie wieder aufzustehen. An Mattias' Geburtstag im Dezember hatte sie eine Flasche Captain Morgan mitgenommen, in der Absicht, sich vollzusaufen, unter den großen Wurzeln eines umgestürzten Baumes versteckt einzuschlafen und nie wieder aufzuwachen. Aber der Alkohol hatte widerwärtig geschmeckt, und als sie kein Gefühl mehr in Fingern und Zehen hatte, überlegte sie es sich anders. Sie konnte doch Linda nicht ein paar Wochen vor Weihnachten verlassen. Sie schaffe es, mithilfe ihrer eigenen Spuren zurückzukehren, und war wieder zu Hause, noch ehe irgendjemand gemerkt hatte, dass sie weg gewesen war.

Heute ragten die Wurzeln dieses Baumes aus dichten Blaubeersträuchern hervor, und ringsherum wuchsen kleine Moosglöckchen. Sie warf einen raschen Blick darauf, ohne jedoch ihre Schritte zu verlangsamen.

Die Sonne brannte ihr auf dem Rücken, als sie das letzte Stück bis zum Fluss ging. Hier im Gras, ein paar Meter vom Ufer entfernt, hatte man Mattias' Fahrrad und den Haufen seiner Kleider gefunden.

»Hallo«, sagte sie zu der hohen Kiefer, die dem Wasser am nächsten stand, die alles gesehen und gehört haben musste. Der Stamm war so dick, dass ihre Arme fast nicht herum reichten, aber sie umfasste ihn fest, drückte die Wange an die sonnenwarme Borke. Die Kiefer wisperte beruhigend, versuchte aber nicht, Trost zu spenden. Sie stand einfach nur da, mit den Wurzeln tief in der Erde, und hörte zu. Wenn sie treten und schlagen musste, ließ der Baum das zu, musste sie weinen, dann verbarg er ihre Tränen unter seiner Rinde und bewahrte sie wie kleine Geheimnisse auf.

Die Kiefer wusste alles von Mattias. Solveig hatte von dem Morgen erzählt, als er im Krankenhaus von Mora geboren wurde und wie gerne er Tigermuffins buk und wie er sich mal mit dem Schnitzmesser verletzt hatte und mit fünf Stichen genäht wurde. Wenn sie nichts von ihm erzählte, dann würde er für immer von ihr verschwinden, genau wie der Geruch auf seinem Kissen.

»Du weißt, was passiert ist«, flüsterte sie, die Stirn auf die Rinde gelegt.

»Sag mir, wer es getan hat.«

Doch wie gewöhnlich antwortete die Kiefer nicht, sondern ließ sie allein.

»Hilf mir!«, rief sie jetzt lauter. »Steh doch nicht einfach nur da.«

Die Wut in ihrer eigenen Stimme ließ sie noch zorniger werden.

»Verdammte, blöde Kiefer!«, schrie sie. »Zum Teufel!«

Sie hämmerte wie wahnsinnig mit den Fäusten gegen den Stamm, aber die Kiefer stand stumm da. Wiegte sich nur im Takt des Windes.

»Bitte«, schluchzte Solveig. »Hilf mir.«

Sie sank im Moos zusammen und weinte, bis sie keine Tränen mehr hatte. Dann leckte sie sich das Blut von den Händen und machte sich ein weiteres Mal auf den langen Weg nach Hause. Einen anderen gab es nicht.

Kapitel 4

Ingrid schlug die Augen auf und starrte im hellen Schlafzimmer auf eine Tapete mit kleinen Blumensträußen. Kein Donnern an die Tür um Viertel nach sieben hatte sie geweckt, kein Schlüssel im Schloss. Kein barscher Befehl, aufzustehen.

Sie schaute sich unruhig in diesem Zimmer um, das sie überhaupt nicht wiedererkannte. Es dauerte einige Momente, bis sie begriff, wo sie sich befand, und die Erinnerung an den Tag zuvor holte sie ein.

Das hier war nicht ihre Zelle auf Hinseberg. Sie lag in nach Lavendel duftendem Bettzeug ganz allein in einem Doppelbett in Dalarna.

Sie war frei.

Das Sonnenlicht strömte durch die Ritze zwischen Rollo und Wand, und ihre nächtliche Angst kam ihr nun albern vor. Ein ganzer Tag lag vor ihr, und sie konnte alles tun, was ihr in den Sinn kam. Lange Zeit lag sie einfach nur da und dachte darüber nach, womit sie diesen Tag ausfüllen würde. Eine Fahrradtour durch den Ort. Vielleicht ein Bad im See, wenn sie einen schönen Badeplatz fand.

Sie setzte sich auf die Bettkante, lächelte das Foto auf dem Nachttisch an und berührte Annas Wange leicht mit den Fingerspitzen.

Die Tasche aus Hinseberg stand unausgepackt neben dem Bett. Am Abend zuvor hatte sie lediglich ihr Nachthemd und die Zahnbürste herausgeholt.

Ingrid tappte auf nackten Füßen zur Tasche und zog den Wintermantel und die Lederstiefel heraus, die sie an jenem Nachmittag getragen hatte, als alles zur Hölle ging. In einem der Schränke fand sie einen freien Bügel und hängte den Mantel an die Tür. Im Sonnenschein sah sie ganz unten mehrere dunkle Flecken. War das Blut?

Es war schwer vorstellbar, dass sie diese Stiefel oder den alten Mantel je wieder tragen würde, doch fürs Erste konnte er da hängen bleiben. Sie fischte einen Pullover und eine Strickjacke aus der Tasche, zwei Kleidungsstücke aus einer anderen Jahreszeit und einem anderen Leben. Ihre Garderobe musste eindeutig aufgefrischt werden.

Bevor sie in die Küche hinunterging, machte sie sorgfältig das Bett, steckte den Überwurf so fest, dass keine einzige Falte zu sehen war. Dann zog sie die viel zu warmen Jeans und denselben Pullover an wie am Tag zuvor.

Bis das Teewasser kochte, nahm sie ihren Geldbeutel heraus und leerte Scheine und Münzen auf den Küchentisch. Bei ihrer Freilassung wurde sie für ihre gute Arbeit in der Nähwerkstatt gelobt, und sie hatte auch keinen einzigen Abzug für ruinierte Kleider bekommen. Außerdem hatte sie ein paar Ersparnisse auf der Bank, aber auch alles zusammen erlaubte keine großen Sprünge.

Ingrid nahm Teetasse, Block und Stift mit und setzte sich auf die Treppe. Weiße Wattewolken zogen langsam über den Himmel. Es sah aus, als würde es ein weiterer schöner Tag werden, heiß, aber nicht drückend. Der Garten war voller Beerenbüsche unterschiedlicher Sorten, und eine prächtige Kletterrose bedeckte eine Hälfte des Schuppengiebels. Der Pfingstrosenbusch neben der Treppe verbreitete einen wunderbaren Duft.

Sie musste Thomas wirklich dafür danken, dass er diesen Ort für sie gefunden hatte.

Ingrid nahm ein paar vorsichtige Schlucke vom Tee und legte sich den Block auf den Schoß.

Wie baute man sich ein neues Leben auf? Wo fing man an? Zu wem hatten diese Jahre sie gemacht? Und wer wollte sie sein?

Vor dem Gerichtsurteil hatte sie genau wie die meisten anderen geglaubt, ein guter Mensch zu sein. Doch jetzt wusste sie, dass man erst dann, wenn man wirklich auf die Probe gestellt wurde, wirklich begriff, wie weit man seine Grenzen überschreiten konnte. In den Jahren hinter Gittern hatte sie auch erkennen müssen, dass sie imstande war, jemandem das Essen zu stehlen, weil ihr eigenes gestohlen worden war, und dass sie Leute, die sie schikanierten, an die Wand drücken konnte, bis sie vor Schmerz schrien und bettelten, losgelassen zu werden.

Sie schlug eine leere Seite auf und beschloss, die philosophischen Fragen bis auf weiteres beiseitezuschieben. Wie gewöhnlich, wenn sie sich verloren fühlte, musste sie etwas Praktisches tun. Eine Liste zu schreiben und dann eine Sache nach der anderen abzuhaken war besser für sie, als hier zu sitzen und zu grübeln.

Ingrid griff nach dem Stift.

Zuerst würde sie saubermachen: den Boden wischen und die Fenster putzen, abstauben und alle Teppiche ausklopfen. Auch wenn Gerts Frau den Boden gescheuert hatte, ehe sie kam, wollte sie es doch selbst noch einmal tun. Der ganze alte Staub musste weg.

»Grüne Seife« und »Glasreiniger«, landeten auf der Liste. Scheuerbürste und Lappen müssten eigentlich da sein.

Als nächsten Punkt schrieb sie: »Postfach«. Während der Zeit auf Hinseberg war sie bei Thomas gemeldet gewesen, und das wollte sie sicherheitshalber auch weiterhin bleiben. Doch von jetzt an würde er die Post anstatt ins Gefängnis nach Mora nachschicken. Hoffentlich würde Kjell ihren Bruder auch weiterhin in Frieden lassen.

Dann die Kleidung. Sie brauchte Shorts, ein paar Pullover und T-Shirts, vielleicht einen Badeanzug, ein Kleid, Sandalen. Eine Strickjacke.

Kleider und Postfach würde sie leicht organisieren können, aber sie musste auch einen Job finden, und der Gedanke machte sie nervös. Ihre Betreuerin war bereits in Kontakt mit der Arbeitsvermittlung gewesen, und hoffentlich würde sie etwas finden, aber jetzt war Wochenende, und heute konnte sie da nicht viel tun.

Ingrid goss den Rest des kalt gewordenen Tees ins Blumenbeet und ging rein, um den Geldbeutel zu holen.

In einem der Schuppen fand sie ein Damenfahrrad mit Korb. Sie radelte gemächlich los, der Kies knirschte unter den Reifen, und der Wind streifte sanft ihr Gesicht.

Nachdem sie an einer Tankstelle vorbeigefahren war, kam sie schließlich in ein kleines Ortszentrum. Eine Bushaltestelle mit einem Kiosk, ein paar Lebensmittelgeschäfte, Post und Bank, eine Bibliothek und eine Telefonzelle. In einer Metropole war sie nicht gerade gelandet.

Sie stellte das Fahrrad an der Bushaltestelle ab und drehte eine Runde durch die Geschäfte, um sich einen Überblick zu verschaffen.

Die kühle Luft im Lebensmittelgeschäft ließ sie schaudern. An diesem frühen Samstagmorgen waren fast keine anderen Kunden dort, nur ein älterer Mann mit einem Hackenporsche und ein paar kleine Mädchen, die vor dem Süßigkeitenregal hingen, und doch hatte sie das Gefühl, alle würden sie anstarren.

Sie glotzen mich an, weil sie mich nicht kennen, versuchte sie sich einzureden. In einem kleinen Ort wie diesem kennen sich alle. Ich bin Touristin, ich miete ein Haus, und das ist überhaupt nicht seltsam.

Die Kassiererin mit toupiertem Haar und baumelnden Plastikohrringen sah Ingrid neugierig an, als sie die Putzmittel auf dem Band aufreihte. Ingrid lächelte etwas steif zurück und musste sich zwingen, die Ware nicht in die Tüte zu schmeißen und schlagartig zu fliehen, sondern in aller Ruhe einzupacken.

Als sie aus dem Laden kam, holte sie ein paarmal tief Luft und blieb vor der Anschlagtafel stehen. Das größte Plakat bewarb einen Auftritt der Schlagersängerin Carola Häggkvist im Folkets Park von Älvdalen, der am Abend zuvor stattgefunden hatte. Außerdem gab es diverse Ankündigungen von Freiluftgottesdiensten und Flohmärkten.

Doch ein Zettel zog Ingrids Blick auf sich, eine ausgeblichene Kopie in DIN A4 mit dem Text: »Hast du Mattias gesehen?« Das schwarzweiße Bild war sehr unscharf, aber man konnte einen Jungen mit wuscheligem Haar und einem breiten Lächeln erkennen.

Ingrid trat einen Schritt näher, um den Text unter dem Bild lesen zu können.

»Mattias Holm ist am Samstag, dem 3. Juli, von zu Hause verschwunden. Wenn du Mattias gesehen oder Informationen hast, dann nimm bitte Kontakt zur Polizei oder zu seinen Eltern auf.«

»Das ist einfach zu traurig.«

Eine Frau mit Haarknoten war links von Ingrid aufgetaucht und nickte zu dem Bild hin, während sie eine Schachtel mit Reißzwecken aus der Tasche ihres Kleides holte. In der Hand hatte sie einen Zettel, den sie anpinnen wollte. Es fiel ihr schwer, die Reißzwecken zu platzieren, wieder und wieder hüpften sie weg, und eine nach der anderen fiel zu Boden.

»Warten Sie, ich helfe Ihnen«, sagte Ingrid.

Die Frau reichte ihr die Schachtel und antwortete etwas, was Ingrid überhaupt nicht verstehen konnte. Das klang wie eine andere Sprache.

»Entschuldigung?«

»Försteht se, wassich sak?«

»Äh, nein?«, erwiderte Ingrid und nahm die Reißzwecken entgegen.

»Das ist aber nett von Ihnen«, sagte die Frau jetzt mit einem Dialekt, den man verstehen konnte. »Ich sehe inzwischen einfach so vermaledeit schlecht.«

»Wenn Sie den Zettel festhalten, dann pinne ich ihn an«, erklärte Ingrid.

Die Frau presste den Zettel mit beiden Händen auf eine freie Fläche der Pinnwand, und Ingrid drückte eine Reißzwecke nach der anderen hinein.

»Hilfe gesucht«, las sie. »Wegen Krankheit brauchen wir Hilfe beim Ausführen unserer Donna. Grüße, Rut und Sixten.« Und dann Adresse und eine Telefonnummer ohne Vorwahl.

Bevor Ingrid die Schachtel zumachte, sammelte sie noch die Reißzwecken auf, die zu Boden gefallen waren.

»Sie sind nicht von hier?«, fragte die Frau, die offensichtlich Rut hieß.

»Nein. Das stimmt.«

»Sind Se von Stockom wech?«

»Entschuldigung?«, musste Ingrid erneut fragen.

»Stockholm«, wiederholte Rut. »Kommen Sie aus Stockholm?«

»Ja. Sie haben mich erwischt.«

Rut nickte.

»Was ist denn mit dem Jungen passiert?«, fragte Ingrid und zeigte auf den Zettel.

»Die Polizei glaubt, er ist ertrunken, aber die Leiche ham se nie gefunden. Manche meinen, er ist gekidnappt oder ermordet worden.«

Rut schob die Schachtel mit den Reißzwecken wieder in die Tasche ihres Kleides.

»Seine Mama macht jeden Tag lange Spaziergänge und sucht nach ihm«, fuhr sie fort. »Jedes Mal, wenn man sie trifft, ist sie noch dünner und dünner geworden. Es ist herzzerreißend, das mitanzusehen.«

Ingrid stellte ihre Tasche in den Fahrradkorb.

»Eltern geben niemals auf«, sagte Rut. »So ist es einfach. Solange es die kleinste Hoffnung gibt, klammert man sich dran fest.«

»Das ist wahr«, sagte Ingrid.

Rut dankte für die Hilfe und verschwand im Laden.

Ehe Ingrid aufs Fahrrad stieg, sah sie noch einmal zu dem Jungen hinüber. Wohin war er wohl verschwunden?

Kapitel 5

Mai 1982

Mattias kroch so tief in die Hecke, wie er nur konnte, und zog sich die Kapuze seines Pullovers über den Kopf. In dem Grün hatte sich eine kleine Grotte gebildet – perfekt, um sich darin zu verstecken. Er setzte sich auf den Boden und bog ein paar Äste zur Seite, damit er einen guten Überblick über das Haus hatte. Die Fenster zur Rückseite sahen finster aus, aber der nigelnagelneue Opel Rekord stand draußen, der Alte war also sicherlich zu Hause.

»Kaj hier, over«, klang es aus dem Walkie-Talkie in Mattias' Hand.

»Vollen Überblick über die Rückseite, over«, flüsterte Mattias.

»Siehst du was, over?«

»Alles ruhig, over.«

Beim Anblick der leeren Fenster musste Mattias daran denken, wie er versucht hatte, dem Alten eine Weihnachtszeitung zu verkaufen. Er war reingebeten worden und musste sich an den Küchentisch setzen, während der Alte den Katalog durchblätterte. Drinnen hatte es komisch gerochen, fast wie im Schwimmbad, beißend und sauber. Als der Alte ein Glas Erdbeersaft mit Bodensatz vor ihn hingestellt hatte, trank Mattias es aus, obwohl er es eigentlich gar nicht wollte.

Während er eine Ewigkeit den Katalog durchblätterte, hatte Mattias allmählich dringend aufs Klo gemusst. Als der Alte endlich fertig war, schob er die Zeitung einfach über den Tisch und sagte, er hätte nichts gefunden, was ihn ansprechen würde.

Seitdem hatte Mattias nie wieder bei ihm geklingelt und auch nicht versucht, ihm ein Maiblümchen gegen eine Spende für die Schule zu verkaufen oder einen Osterbrief abzugeben.

»Bewegung im Küchenfenster, over«, klang es aus dem Walkie-Talkie.

Als der Alte sich ein neues Auto gekauft hatte, meinte sein Papa, es sei doch unglaublich, was manche Leute sich leisten könnten.

»Vielleicht hat er auf der Rennbahn gewonnen«, hatte seine Mutter gesagt, aber da hatte der Vater nur geschnaubt.

Doch Mattias und Kaj hatten eins und eins zusammengezählt und waren ganz sicher, dass es der Alte gewesen sein musste, der das Abendmahlsilber und die kostbaren Kerzenständer aus der Kirche von Våmhus geklaut hatte. Seit sie in der Woche zuvor Bilder von den Sachen in der Zeitung gesehen hatten – unter anderem eine schöne silberne Dose mit einem Schaf drauf und die Brautkrone, die Mama von der Kirche hatte ausleihen dürfen und im Haar gehabt hatte, als sie und Papa geheiratet hatten – wollten sie unbedingt den Dieb finden. Und jetzt wussten sie, wer es war.

Das ganze Wochenende über hatten sie das Haus des Alten unter Beobachtung gehabt und alles Verdächtige notiert. Wonach sie genau suchten, wussten sie nicht so recht, aber sie waren sicher, dass es nur eine Frage der Zeit war, bis er sich auf die eine oder andere Weise verraten würde. Erst war ihr Ziel gewesen, das Diebesgut zu finden und es zur Polizei zurückzubringen. Doch dann hatte Kaj, ziemlich schlau, wie Mattias fand, darauf hingewiesen, dass der Alte sicherlich alles verkauft hatte, um Geld für sein Auto zu bekommen. Also hatten sie den Plan etwas verändern müssen und sich darauf konzentriert, stattdessen Beweise zu sammeln.

Sie hatten eine Tatortuntersuchung durchgeführt. Mattias konnte mehrere deutliche Schuhabdrücke vor der hinteren Kirchentür fotografieren, und jetzt mussten sie nur noch Spuren von dem Alten finden, um sie damit zu vergleichen.

Langsam tat Mattias vom Sitzen der Hintern weh, ein paar harte Wurzeln bohrten sich in seine Pobacken.

Auf der Rückseite des Hauses gab es eine Veranda mit umlaufendem Holzgeländer. Einen Tisch oder schöne Möbel, auf denen man sitzen könnte, hatte der Alte nicht, sondern nur einen einsamen Sprossenstuhl direkt an der Wand. An der kurzen Seite des Hauses gab es eine kleine Tür, die zum Abstellraum unter der Veranda führte.

Lange betrachtete Mattias die Tür, die mit einem Haken verschlossen war. Wenn der Alte die Silberdinger noch hatte, waren sie dort versteckt, da war Mattias ganz sicher.

Irgendetwas musste jedenfalls passieren, ehe er vor Langeweile starb.

»Mattias an Kaj, over«, flüsterte er.

»Hier Kaj, over.«

»Ich gedenke den Abstellraum unter der Veranda zu untersuchen«, sagte er. »Stell dich so hin, dass du was siehst und mich warnen kannst, over.«

»Verstanden, over.«

Das Walkie-Talkie schwieg eine Weile. Von seinem Versteck aus sah Mattias, wie Kaj entlang der Hecke auf der anderen Seite des Grundstücks angekrochen kam. Im Schutz einiger Beerensträucher hielt er inne.

»Bereit, over«, sagte Kaj.

Vorsichtig erhob sich Mattias, bewegte ein wenig den einen Fuß, der fast eingeschlafen war, und begann, aus der Hecke zu kriechen.

»Zähl bis drei, wenn die Luft rein ist, over«, flüsterte Mattias und machte sich bereit, über den Rasen zu rennen.

Die Beine fühlten sich wie Gelee an, und das Herz pochte laut in der Brust.

»Eins ... zwei ... drei«, klang es aus dem Walkie-Talkie.

Er rannte so schnell er konnte Richtung Veranda, die Kamera schlug ihm auf den Bauch. Schnell klappte er den Haken hoch und stürzte sich in die Dunkelheit. Da wurde ihm klar, dass er eine Taschenlampe hätte mitnehmen sollen. Richtige Spione hatten immer

Taschenlampen dabei. Die Holzgitterwände ließen zum Glück etwas Licht herein und warfen kleine helle Rauten auf den Lehmboden.

Entlang einer Wand lagen ein paar Rechen unterschiedlicher Modelle, daneben stand eine Schubkarre. Mattias stieg über einen Liegestuhl mit Stoffbezug, so einen von der Sorte, die unmöglich aufzuklappen waren. Bei dem Gedanken an den Alten in Badehose musste er so furchtbar lachen, dass er über einen rostigen Rasenmäher stolperte und einfach auf den Boden knallte.

»Was ist passiert, over«, rief Kaj in den Apparat.

»Ich bin hingefallen«, flüsterte Mattias und wischte etwas Erde von der Kamera.

Wenn bloß nicht irgendein Schmutz ins Objektiv gekommen war. Nein, es schien nochmal gut gegangen zu sein.

»Mayday! Mayday!«

Kajs aufgeregte Stimme brummte in Mattias' Hand.

Im selben Moment ging die Verandatür leise quietschend auf. Über Mattias' Kopf rumste es, als der Alte heraustrat. Das Geräusch seiner Schritte bewegte sich langsam vor und zurück, als würde er auf der Veranda herumgehen und in verschiedene Richtungen spähen.

Mattias verkroch sich hinter der Schubkarre und hielt die Luft an.

Jetzt quietschte die Tür zur Abstellkammer. Mattias kniff die Augen so fest zu, wie er nur konnte, und presste die Stirn aufs Knie.

Gleich findet er mich. Gleich.

Aber stattdessen quietschte es wieder, die Tür wurde mit einem Rums zugeschlagen und der Haken vorgelegt. Er war eingeschlossen.

Plötzlich hörte er eine bekannte Stimme.

»Mattias!«, brüllte sein Vater. »Essen ist feeeertig!«

Er musste die Fahrräder gesehen haben, die sie ein paar hundert Meter entfernt bei der Anschlagtafel abgestellt hatten, und wusste somit, dass sie irgendwo in der Nähe waren.

»Mattias!« Jetzt rief er lauter und wütender.

Mattias sah auf die Uhr. Oje, er hätte schon vor zwanzig Minuten zu Hause sein sollen. Jetzt musste er sich beeilen.

Er begann auf dem Fußboden herumzukriechen, auf der Suche nach etwas, womit er den Haken von innen hochdrücken könnte. Er versuchte es mit einem trockenen Ästchen, das aber abbrach, das nächste war zu weich und bog sich, doch schließlich fand er einen passenden kleinen Ast, den er so zurechtbrechen konnte, dass eine kleine Gabel entstand. Diesmal müsste es gehen.

Atemlos schob er das Ästchen durch den Türspalt und begann zu fischen. Endlich glitt der Haken aus der Öse.

Mattias hielt die Tür fest, damit sie nicht aufging, ehe er bereit war.

Wenn er doch nur Kaj anfunken könnte, um zu hören, ob die Luft rein war, doch das wäre zu laut. Er musste es ganz einfach wagen.

Vorsichtig öffnete er die Tür einen Spalt weit und steckte den Kopf hinaus. Niemand zu sehen. Wie im Zeitraffer trat er durch die Öffnung, schloss die Tür und legte den Haken vor. An die Hauswand gepresst schlich er um die Ecke, den Blick nach oben zu den Fenstern über ihm gerichtet. Als er zu dem Zimmer kam, von dem sie annahmen, dass es das Schlafzimmer des Alten sei, blieb er stehen und sammelte sich. Dann rannte er so schnell er konnte quer über den Rasen, durch die Hecke des Nachbarn und weiter ins Wäldchen, das da anfing, wo ihr eigenes Grundstück endete.

Weit hinter sich hörte er den Alten aus dem offenen Küchenfenster rufen:

»Wartet nur, bis ich euch kriege, ihr verdammten Lausebengel!«

Mattias rannte weiter. Kaj war ihm keuchend auf den Fersen. Erst als sie bei der Waldhütte waren, blieben sie stehen. Mattias sank ins Blaubeergestrüpp und fing an zu lachen. Er lachte, bis die Tränen nur so liefen. Es war völlig unmöglich aufzuhören. Auch Kaj lachte, er lag am Boden und krümmte sich, als hätte er Krämpfe.

»Das war echt knapp.«

»Guck mal, wie ich zittere«, sagte Mattias und hielt seine Hand hoch.

Kaj antwortete mit einer weiteren hysterischen Lachsalve.

»Ich muss nach Hause zum Essen«, sagte Mattias und stand auf.

Die Beine zitterten immer noch.

Lachend gingen sie durch den Wald zurück nach Hause. So sollte es immer sein. Mattias und Kaj, beste Freunde auf ewig.

Kapitel 6

Ingrid füllte warmes Wasser in einen Eimer und gab einen ordentlichen Spritzer Seife dazu. In einem Putzschrank hatte sie Lappen und einen Fensterabzieher gefunden.

Sie machte die Tür auf, und der Durchzug trocknete alles schön.

Bevor sie mit dem Küchenfenster loslegte, suchte sie sich eine Schallplatte aus – diesmal Evert Taube – und drehte die Lautstärke auf.

Sie hatte schon immer gern geputzt und Ordnung um sich herum geschaffen. Die Zelle auf Hinseberg hatte sie versucht so gemütlich wie möglich einzurichten, mit Zimmerpflanzen und Naturbildern, die sie aus alten Zeitschriften ausgeschnitten hatte.

Mit Abzieher und Lappen kam sie schnell in einen Rhythmus, und ein Fenster nach dem anderen wurde abgearbeitet, bis alle Scheiben im Erdgeschoss strahlend sauber waren.

Hier gab es keine Gitter vor den Fenstern.

Sie drehte die Schallplatte herum und wechselte das Wasser im Eimer, ehe sie ihn die Treppe in den oberen Stock hinauftrug, um ihre Arbeit dort fortzusetzen.

In der Diele thronte die Hockeytasche wie ein riesiger Koloss und nahm fast den gesamten Raum ein. Was hatte sie an dem Tag alles eingepackt? Sie erinnerte sich deutlich, dass sie die Tasche an einem kalten Samstagvormittag, als Kjell arbeitete, in einem Sportgeschäft auf der Götgatan-Straße gekauft und auf dem Dachboden versteckt hatte, bis es so weit war. Aber was sie am Ende reingepackt hatte, daran konnte sie sich kaum erinnern.

Ingrid umrundete die Tasche mit dem Eimer in der einen Hand

und dem Fensterabzieher in der anderen. Irgendwann würde sie reinschauen. Vielleicht morgen.

Vom oberen Stockwerk hatte sie eine gute Aussicht über die kleine Dorfstraße. Besonders gefiel ihr das mit Gras bewachsene Dach des Nachbarhauses. Dass es so was wirklich gab. Und die hohen Schornsteine, in denen die Ziegel Kreuze und andere kunstvolle Muster bildeten. Einige erinnerten fast an kleine Kirchtürme.

Würde sie auch nach dem Sommer noch hierbleiben?

Der kleine Raum neben ihrem Schlafzimmer war mit einem weiß gestrichenen Bett und einem kleinen Schreibtisch mit Messingbeschlägen möbliert. Im Fenster, von dem aus man eine Schafweide überblickte, hingen dünne Spitzengardinen.

Das sollte Annas Zimmer werden, entschied Ingrid.

Sie wischte das Fensterbrett und staubte vorsichtig ein kleines Porzellanpferd ab, das hinter der Gardine versteckt stand.

Dann rollte sie alle Teppiche zusammen und trug sie hinaus auf die Veranda.

Nachdem sie in der Diele ein weiteres Mal über die Hockeytasche gestolpert war, hockte sie sich doch hin und zog langsam den Reißverschluss auf.

Das Erste, was sie sah, war Annas Lieblingskuscheltier, ein Kaninchen, das so abgenutzt war, dass der flauschige Stoff allen Glanz verloren hatte. Ein Ohr war nach einer notwendigen Wäsche abgegangen, und der Hals war vom festen Griff ihrer kleinen Hände unnatürlich schmal geworden. Ingrid stiegen Tränen in die Augen. All die Jahre hatte das Tier in dieser Tasche gelegen. Anna hatte an jenem verfluchten Tag alles verloren, was in ihrem Leben etwas bedeutete, und dazu auch noch Kanino.

Sie strich mit der Hand über den zerschlissenen Pelz des Kaninchens und roch daran, doch da war nicht einmal mehr eine Andeutung von Annas Geruch, nur der chemische Plastikgeruch der neu gekauften Tasche und eine muffige Note nach den Jahren im Keller von Thomas.

Sie steckte die Hand blind in die Tasche, als würde sie Lose aus einer Tombola ziehen, und bekam ein Tagebuch zu fassen, das sie ans Licht brachte. Es war das mit dem Sonnenuntergang auf der Vorderseite.

Sie schlug es auf und las ein paar Zeilen.

27. April. Endlich sind wir in unsere Zweizimmerwohnung gezogen. Von Kurre konnten wir eine Sackkarre leihen und er und Jocke von der Arbeit haben uns mit den Möbeln und den schwersten Umzugskartons geholfen. Ich kann ja nicht. Die Wohnung ist so schön, mit Blick über einen Spielplatz und nahe zur U-Bahn. Dass sie jetzt uns gehört. Dass man doch so ein Glück haben kann.

Damals hatte sie eine schöne Handschrift gehabt und gemeint, was sie schrieb.

Als Ingrid auf eine andere Seite blätterte, fiel ein Foto auf den Boden. Kjell grinste sie in schwarz-weiß an.

Sie hob das Foto vorsichtig mit Daumen und Zeigefinger auf und hielt es auf dem Weg in die Küche weit von sich. Dann riss sie es in Stücke und warf es in den Mülleimer. Sie schob das Tagebuch wieder in die Tasche und schleifte das ganze Ding in den Keller hinunter.

Damals war damals und jetzt war jetzt.

Nachdem sie das ganze Haus geputzt hatte, ließ sich Ingrid erschöpft am Telefon nieder. Sie nahm den Hörer und begann mit zitternden Fingern die Nummer des Jugendamts zu wählen, die sie in ihrem Adressbuch notiert hatte. In ihren Ohren rauschte es vor Nervosität. Als noch zwei Ziffern fehlten, legte sie den Hörer ruckartig wieder auf.

Sie musste sich ein wenig beruhigen. Wenn sie da anrief und wie ein Kaninchen vor der Schlange klang, dann würde das nie funktionieren. Sie musste eine selbstbewusstere Stimme finden, musste glaubwürdig und logisch wirken. Von einer Beamtin zur anderen.

Aber sie war keine Beamtin mehr. Alle Macht lag beim Jugendamt.

Ihre Hände waren nass vor Schweiß.

Als die Telefonistin abnahm, versuchte Ingrid es mit ihrer kompetentesten Stimme. Die Hand klebte am Hörer, während sie weiterverbunden wurde. Diesmal dauerte es ewig, ehe jemand ranging, doch am Ende war eine heisere Frauenstimme zu hören:

»Jugendamt, Berit Sundhed.«

Das war eine neue Frau, mit der Ingrid noch nie zuvor gesprochen hatte. Sie holte tief Luft, stellte sich vor und erläuterte ihr Anliegen so sachlich sie es vermochte. Die Stimme hielt stand. Erst als sie zum letzten Punkt kam, brach sie.

»Ich bin jetzt also entlassen und möchte das Sorgerecht zurückhaben«, sagte sie gepresst.

»So einfach ist das allerdings nicht«, erwiderte Berit und nahm hörbar einen Zug von einer Zigarette. »Wir müssen immer vom Kindeswohl ausgehen.«

Als ob ich das nicht wüsste, dachte Ingrid. Ich kenne die Paragrafen genauso gut wie du.

Aber das sagte sie nicht, denn sie war eine vernünftige Person, die Ruhe bewahrte.

»Das verstehe ich«, erwiderte sie stattdessen. »Aber ich habe meine Strafe abgeleistet und habe mich auf Hinseberg vorbildlich verhalten. Ich bin voll und ganz imstande, mich um mein Kind zu kümmern.«

»Das ist sehr gut möglich. Aber wie gesagt, wir müssen an das Kindeswohl denken.«

»Ein Kind möchte bei seiner Mutter sein«, sagte Ingrid. »Ich habe über den Sommer ein großes Haus in einem kleinen Dorf in Dalarna gemietet und habe alle Zeit der Welt, mich um sie zu kümmern. Hier gibt es einen See, in dem man baden kann, und Pferde und Kühe. Einen besseren Ort kann man sich nicht vorstellen.«

Es klang, als würde Berit ein paarmal rasch auf den Knopf eines Kugelschreibers drücken.

»Und wie haben Sie sich das mit der Versorgung vorgestellt?«, fragte sie dann.

»Ich bin ja erst ein paar Tage entlassen, weshalb ich es noch nicht geschafft habe, mir einen Job zu besorgen. Aber ich habe Geld auf der Bank und wir werden eine Weile klarkommen. Meine Miete hier ist sehr niedrig.«

Berit räusperte sich.

»Anna hat sehr lange Zeit gebraucht, sich an ihre neue Familie zu gewöhnen. Sie war sehr unruhig und ängstlich, hat viel geweint und hatte insgesamt Probleme, Vertrauen aufzubauen.«

»Das ist kein Wunder.«

»Nein, natürlich nicht. Aber in den letzten Monaten ist es ihr recht gut gegangen. Wenn die Eltern geeignet sind, dann ist es unser Ziel, dass ein Kind zu ihnen zurückkommen soll. Aber das verlangt wie gesagt Stabilität, ein geborgenes Zuhause und ein festes Einkommen. Sie kann nicht noch ein paarmal rausgerissen werden, das wäre für sie nicht gut.«

»Wie steht es mit ihrem Vater?«, fragte Ingrid, obwohl Kjell der Letzte war, über den sie reden und an den sie denken wollte.

»Er hat regelmäßigen Kontakt, bisher ist das Sorgerecht aber noch kein Thema. Vor allen Dingen aus gesundheitlichen Gründen.«

In ihrem Kopf rauschte und brauste es. Falls Berit noch etwas sagte, hörte sie es nicht.

»Er wird niemals geeignet sein«, erwiderte Ingrid. »Aber ich muss sie auf jeden Fall sehen können.«

»Nach Ihren letzten Begegnungen war Anna leider sehr auf-gewühlt.«

»Ich weiß«, sagte Ingrid und schluckte. Sie wollte noch etwas sagen, etwas Kompetentes, doch die Worte blieben ihr im Hals stecken.

Bei den ersten Zusammentreffen im Familienzimmer auf Hinse-berg hatte sich Anna so fest an ihren Arm geklammert, dass die Pflegemutter und die Assistentin sie mit Gewalt losreißen mussten, als die Besuchszeit vorüber war. Die letzten Male dann war Anna so scheu gewesen, dass Ingrid fast nicht gewagt hatte, sie in den Arm zu nehmen.

Die Erinnerung schmerzte.

»Wenn Sie mir Ihre Nummer geben, dann werde ich mich melden, sobald eine Entscheidung getroffen wurde.«

Ingrid las die Nummer vor, die auf dem Telefon stand – sie hatte sie noch nicht auswendig gelernt.

»Danke«, sagte Berit, und man konnte hören, dass sie die Zigarette zwischen den Lippen hatte. »Ich werde mich melden.«

»Was meinen Sie, wann das sein wird?«, fragte Ingrid.

»Das kann ich nicht sagen. Es ist schließlich Sommer und Urlaubszeit, aber ich werde mein Möglichstes tun. Konzentrieren Sie sich erst mal darauf, eine Arbeit zu finden. Das ist im Moment das Allerwichtigste für Sie.«

Kapitel 7

Solveig spülte ein Glas nach dem anderen, die Hände arbeiteten wie von selbst unten im Schaum. Die Stimmen aus dem Radio plauderten, ohne dass sie die Worte verstand.

Wann hatten die Tränen aufgehört zu fließen? Sie erinnerte sich, wie sie in der ersten Zeit in die Spüle getropft waren, wie sie darauf geachtet hatte, sie nur dann zuzulassen, wenn sie mit dem Rücken zum Raum stand und Linda es nicht sehen konnte. Ein völlig lautloses Weinen, ohne Schluchzen, während sie unendlich langsam ihre Arbeiten ausführte. Tränen, die liefen und liefen, heißes Spülwasser, das die Hände verbrühte. Am Ende half keine Handcreme mehr gegen die Risse. In den ersten Wochen hatte sie manchmal Esbjörns Arme um sich gespürt, seinen großen Körper hinter ihrem, sie hatte sich an ihn gelehnt und er war stehen geblieben.

Irgendwann hörte er damit auf. Vielleicht konnte er ihre oder seine eigenen wortlosen Vorwürfe nicht ertragen. Mattias hätte auch verschwinden können, wenn er an jenem Samstagmorgen nicht mit Esbjörn gestritten hätte, doch wer konnte das schon wissen. Die Ungewissheit und die Schuld mussten sie jeder für sich tragen.

»Mama!«

Lindas Stimme aus der Diele.

Noch ehe Solveig den Mund öffnen konnte, um zu antworten, stand schon die Tochter neben ihr.

»Kannst du uns zum Musitjärn zum Baden fahren? Bitte, bitte, bitte.«

Solveig griff nach einem neuen Glas, drehte die Bürste darin und versuchte, ihre Stimme in den Griff zu bekommen, die eigentlich schreien wollte.

»Kannst du nicht Papa fragen?«, erwiderte sie sanft.

»Das hab ich schon, aber er will nicht. Und Malins Mutter hat uns gestern und vorgestern hingefahren.«

Diesmal würde Solveig nicht davonkommen.

»Ja, ja«, sagte sie. »Ich spüle nur eben fertig.«

»Yippie!«, kreischte Linda und schlang ihre Arme um Solveigs Taille.

»Und wir fahren zum Campingplatz.«

Zum Musitjärn mitten im Kiefernwald fanden fast nur Leute aus dem Ort, und Solveig wollte niemandem begegnen, den sie kannte. Unter den Touristen am Campingplatz hingegen konnte man sich leichter verstecken.

Für Linda schien das in Ordnung zu sein, und sie rannte raus zum Wäscheständer, wo ihr Badeanzug und das Minnie-Maus-Badetuch zum Trocknen hingen.

Solveig spülte fertig und bereitete dann ein paar Butterbrote und eine Flasche Saft vor, die sie in den Ausflugskorb legte. Schwimmsachen für sich selbst nahm sie nicht mit.

Die Mädchen saßen schon auf dem Rücksitz, als sie rauskam. Malin hatte sogar ihre Taucherbrille dabei. Das Gummiband schob ihr blondes Haar oben auf dem Kopf zu einem Pilz zusammen.

»Na, dann mal los«, sagte Solveig.

Auch jetzt funktionierte die gewöhnliche Stimme fast. Das Kratzen war kaum vernehmbar.

Auf dem Parkplatz beim Campingplatz Våmhus standen die Autos an diesem heißen Tag dicht an dicht. Solveig suchte nach einem freien Platz und ließ ein paar barfuß dahintippelnde Kinder mit aufgepustetem Badespielzeug vorbei.

Kaum, dass sie den Motor ausgeschaltet hatte, waren beide Mädchen schon zum Ufer gerannt.

Reiß dich zusammen und halte einfach durch, sagte sie zu sich selbst. Linda hat keine Schuld. Sei froh, dass es sie gibt und dass sie heute fröhlich ist.

Der Strand am See war genauso stark bevölkert, wie sie es sich vorgestellt hatte. Fast jeder Quadratmeter war besetzt.

Solveig hielt nach den Mädchen Ausschau, die bereits weit raus auf den Steg gelaufen waren, und suchte gleichzeitig nach einem Platz, an dem sie sich selbst niederlassen könnte. Am liebsten hätte sie sich ein Stück vom Wasser entfernt im Schatten unter einem Baum versteckt, aber von dort aus könnte sie Linda und Malin nicht ordentlich beaufsichtigen.

Durch ihre Sonnenbrille bemerkte sie die Familie Lidman, Nachbarn, die drei Häuser weiter wohnten. Anna, Sören und die Zwillinge drängten sich alle zusammen auf eine geblümte Decke. Solveig nickte ihnen kurz zu, aber um die fröhliche Stimmung nicht zu ruinieren, breitete sie ihre eigene Decke ein Stück weiter neben ein paar Touristen am Uferrand aus. Sie wusste, dass sie eine Erinnerung für andere war, dass alles jederzeit verloren gehen konnte.

Solveig setzte sich, wandte den Lidmans den Rücken zu und schaute stattdessen zum Steg hinaus, wo die Mädchen bereits angefangen hatten, alle möglichen Arten von Sprüngen zu üben.

Die Sonne brannte heftig. Solveig zupfte an ihrem Hemd, um sich abzukühlen, und trank ein wenig Saft, ohne jedoch den Blick von den Springerinnen zu wenden. Eine Gang halbwüchsiger Jungen rannte vorbei, sodass der Sand nur so umherflog. Sie jagten einander auf den Steg hinaus. Ihre Schritte auf den Holzplanken knallten, als sie kreischend und rufend immer schneller wurden. Am Ende des Stegs legten sie einer nach dem anderen einen Kopfsprung ins Wasser hin.

Erst als sie wieder zurückkamen, erkannte sie die Jungen. Peter, Carl und Sigge, Mattias' Klassenkameraden. Wie groß sie in nur einem Jahr geworden waren. Deutlich definierte Armmuskeln und behaarte Beine, die vom Seewasser glänzten.

Sigge begegnete ihrem Blick mit einem Lächeln des Wiedererkennens, doch ehe sie es erwidern konnte, schaute er in eine andere Richtung. Schnell rannten sie wieder an ihr vorbei, doch diesmal etwas weiter entfernt und ohne mit Sand um sich zu werfen.

Warum hatte nicht einer von ihnen verschwinden können? Warum ausgerechnet ihr Mattias?

Solveig schob den Gedanken beiseite, noch bevor sie ihn zu Ende denken konnte. So durfte man nicht argumentieren. Das war absolut verboten.

Nach einer Weile kamen die Mädchen zum Ufer geschwommen und legten sich wie zwei Seehunde auf dem Bauch in den Sand.

»Willst du nicht baden, Mama?«, rief Linda.

»Nein.«

»Wieso nicht?«, rief Linda wieder. »Ich schwöre, das Wasser ist echt warm.«

»Ich habe einfach keine Lust«, erwiderte Solveig und lächelte angespannt.

»Du bist so langweilig«, rief Linda lachend. »Laaangweilig, laaangweilig.«

Linda spritzte etwas Wasser in Solveigs Richtung, doch ohne zu treffen. Nur die Decke wurde nass.

»Hör auf damit«, schimpfte Solveig strenger als beabsichtigt.

Malin machte große Augen, aber Linda war das egal, sie spritzte noch mehr. Diesmal reichte die Kaskade bedeutend weiter. Als das kalte Wasser Solveig im Gesicht traf, fuhr sie von der Decke hoch.

»HÖR AUF, HABE ICH GESAGT!«, schrie sie. »HÖRST DU SCHLECHT?«

Die Mädchen sprangen auf und rannten in das seichte Wasser hinaus, bis sie das Gleichgewicht verloren und hinplumpsten. Was sie da draußen zueinander sagten, war nicht zu verstehen. Malin sah verstohlen in Solveigs Richtung, aber Linda ignorierte sie vollkommen.

Solveig sank wieder auf ihre Decke und spürte die Blicke der Nachbarn im Nacken.

Auf der Fahrt nach Hause saßen die Mädchen schweigend im Auto und schauten jede aus ihrem Fenster. Die Brote lagen alle noch im Korb, jetzt warm und klebrig.

»Entschuldigung, dass ich geschrien habe«, sagte Solveig schließlich und versuchte, Lindas Blick im Rückspiegel einzufangen, doch ohne Erfolg.

Offensichtlich hatte das Mädchen die Konfliktstrategie ihres Vaters geerbt, nämlich einfach so zu tun, als wäre Solveig Luft. Diese Erkenntnis ließ die Wut wieder in ihr hochkochen.

Solveig bremste abrupt in der Hofeinfahrt, knallte die Autotür zu und marschierte direkt ins Haus, ohne Malin tschüss zu sagen oder Linda aufzufordern, ihre Badesachen auf die Wäscheleine zu hängen.

Esbjörn sah ihr nach, als sie in der Küche an ihm vorbeieilte. Als sie in Mattias' Zimmer kam, machte sie die Tür hinter sich zu und schloss ab. Dann legte sie sich aufs Bett und weinte in sein Kissen.

Kapitel 8

Mai 1982

Mattias und Kaj polterten in die Diele und schleuderten ihre Turnschuhe von sich. Das Herz pochte immer noch laut in Mattias' Brust, und er hatte eine Menge vom Schreck ausgelöstes Lachen in sich, das nur darauf wartete, hochzublubbern. Kaj war ganz rot im Gesicht, und seine Augen leuchteten. Als sich ein neuer Lachanfall anbahnte, schlug er sich die Hand vor den Mund.

Mattias schaute auf die Uhr und spähte in die Küche. Von der Spüle her klapperte es, ein entspanntes Klappern, wie er erleichtert feststellte.

Dann waren sich nähernde Schritte zu hören. Kajs Impuls zu lachen verschwand, sobald Mattias' Vater in die Diele trat.

»Wo warst du denn?«, schimpfte er, doch als er Kaj hinter Mattias erblickte, wurde seine Stimme ein wenig sanfter. »Du hättest schon vor einer Dreiviertelstunde zu Hause sein sollen.«

»Entschuldigung.«

»Du hast eine Uhr geschenkt bekommen, damit du sie benutzt«, sagte sein Vater ruhig, obwohl sein Blick immer noch zornig war.

»Ja, aber ich hab's vergessen«, erwiderte Mattias. »Tut mir leid.«

Kaj stand still und unbeweglich hinter ihm.

»Und wie du aussiehst!«, fuhr sein Vater fort. »Die neue Jeans und alles. Weißt du, was so was kostet?«

Jetzt konnte er seinen Ärger doch nicht mehr unterdrücken, auch wenn Kaj dabei war. Im Rücken des Vaters tauchte seine Mutter auf, und Mattias versuchte, den gröbsten Schmutz von der Hose zu klopfen. Wenigstens waren es keine Grasflecken, sondern nur normaler Dreck.

»Das ist nicht schlimm«, sagte sie. »Das geht bei der Wäsche raus.«

Mattias' Vater murmelte etwas und kehrte zum Fernseher zurück.

»Geht und wascht euch die Hände«, sagte seine Mutter. »Ich wärme die Suppe ein bisschen auf.«

Als Mattias und Kaj sich um das Waschbecken drängten, blubberte in Mattias das Lachen wieder hervor, doch Kaj sah immer noch ernst aus.

In der Küche war der Tisch vom Abendessen bereits abgedeckt, und Linda saß auf ihrem Platz und malte mit ihren neuen Filzstiften in einem Malbuch. Sie war tief konzentriert und schaute nicht auf, als die Jungen sich hinsetzen.

»Was habt ihr denn heute für ein Abenteuer unternommen, das so spannend war, dass ihr die Zeit vergessen habt?«, fragte Mattias' Mutter und deckte Teller, Gläser und Löffel auf.

»Wir waren in der Waldhütte«, erklärte Mattias. »Und dann haben wir Spion gespielt.«

»Wen habt ihr ausspioniert?«

Mattias und Kaj sahen einander an und einigten sich stillschweigend darauf, dass der Alte ihr Geheimnis war.

»Alle Möglichen«, sagte Mattias.

Sie nahmen von der Fleischsuppe und begannen zu essen. Ab und zu sah Kaj verstohlen zum Wohnzimmer hinüber.

»Dürfen wir da irgendwann mal übernachten?«, fragte Mattias.

»In der Waldhütte?«, sagte seine Mutter und wischte sich die Hände an der Schulter ab. »Würdet ihr euch das wirklich trauen?«

Mattias nickte.

»Das glaube ich nicht«, sagte Linda, ohne vom Malbuch aufzusehen. »Nie im Leben.«

»Doch, natürlich. Oder, Kaj?«

»Klar trauen wir uns das.«

»Das muss dann aber später im Sommer sein, wenn es wärmer ist«, sagte die Mutter.

»Was, wenn ein Mörder kommt?«, fragte Linda. »Oder ein Gespenst.«

»Es gibt hier weder irgendwelche Mörder noch Gespenster«, erwiderte ihre Mutter lachend.

Linda sah nicht überzeugt aus.

»Oder Diebe«, beharrte sie. Seit Linda *Der Junge mit den Goldhosen* im Fernsehen gesehen hatte, fürchtete sie sich schrecklich vor Dieben und konnte abends nicht mehr gut einschlafen.

»Oder der Schluckspecht kommt«, sagte sie dann.

Der Schluckspecht war ein Säufer, der in einer Bruchbude im Nachbardorf wohnte. Hatte er getrunken, was fast immer der Fall war, wenn er sich mal unten im Ort zeigte, wollte er mit jedem reden, aber vor allen Dingen mit Kindern.

»Unsere Waldhütte findet sowieso niemand«, sagte Mattias.

»Ihr traut euch trotzdem nicht«, sagte Linda. »Wetten?«

»Natürlich trauen wir uns. Wetten.«

Kapitel 9

Die Fußgängerzone in Mora war voller Touristen, die zwischen Kunsthandwerksbuden und Messergeschäften flanierten. Ingrid tat ihr Möglichstes, nicht an das Gespräch mit Berit zu denken, und versuchte zu genießen, ein Teil des Feriengewimmels zu sein. Nachdem sie in dem verqualmten Postamt angestanden und es geschafft hatte, sich ein Postfach zuzulegen, beschloss sie, einen Spaziergang zu machen und sich mit ihrem neuen Wohnort bekannt zu machen, anstatt ihre restlichen Besorgungen so schnell wie möglich zu erledigen. Zu weinen half ja doch nicht, es war besser, alles in einem helleren Licht zu betrachten.

Eltern standen Schlange, um ihre Kinder auf ein riesiges Dalapferd zu hieven und Fotos zu machen. Was würde Anna wohl davon halten, so hoch über dem Boden zu sitzen? Würde sie Angst haben oder es einfach nur lustig finden? Vor der Rutsche hatte sie sich immer gefürchtet, Ingrid musste mitrutschen und sie zwischen die Beine nehmen. Auch hoch zu schaukeln, war ihr unangenehm gewesen. Aber vielleicht war sie inzwischen mutiger geworden.

Am Ende der Fußgängerzone ragte die Kirche in den Himmel. Sowohl die Kirche als auch den Glockenturm daneben kannte sie aus Fernsehübertragungen vom Wasalauf. Und ein paar hundert Meter entfernt entdeckte sie auch schon den Zieleinlauf und die Gustav Wasa-Statue und schlenderte gemächlich dorthin.

Nachdem sie eine Weile auf den Siljan-See gestarrt hatte, der sich auf der anderen Seite der Eisenbahn ausbreitete, wurde sie unruhig. Sie hatte keine Zeit für so was.

Im Amt für Arbeitsvermittlung stand die Luft und es roch nach

Scheuermittel und Linoleumfußböden. Während sie darauf wartete, an die Reihe zu kommen, schaute sie ein wenig die Jobangebote an den Anschlagtafeln durch. Es waren noch weniger, als sie erwartet hatte, meist nur kurze Vertretungen oder Arbeiten, die eine Ausbildung oder Erfahrungen verlangten, die sie nicht besaß.

Nach einer Weile wurde ihre Nummer aufgerufen, und trotz ihrer Zweifel ging sie zu dem angezeigten Platz und setzte sich.

Der Mann, der laut Schild auf seinem Schreibtisch Jon hieß, sah sie mehrmals abschätzig von oben bis unten an. Ingrid schaute verstohlen auf ihren Pullover, um zu sehen, ob sie sich vielleicht schmutzig gemacht hatte, doch das war nicht der Fall.

Die Brille und der Bart machten es schwer, sein Alter einzuschätzen. Ingrid riet um die vierzig, doch konnte er genauso gut fünfundzwanzig sein. Der dünne Hals ragte aus einem karierten Hemd, in dessen Brusttasche Kugelschreiber steckten.

»Sind Sie schon länger hier gemeldet?«, fragte er.

»Nein«, erwiderte sie. »Ich bin neu zugezogen. Ich glaube, dass …«

Ingrid warf einen Blick über die Schulter, ehe sie mit leiser Stimme fortfuhr:

»… die Bewährungsstelle in Borlänge sollte schon Kontakt mit Ihnen aufgenommen haben.«

Jon sah sie mit demselben Blick an, der ihr in den letzten Jahren schon so viele Male begegnet war. Der Blick, der sagte, dass man ihr nicht trauen konnte, und der ihre Haut jucken und kribbeln ließ.

»Ach ja«, sagte er. »Sie sind das also.«

Dann begann er in seinen Papierstapeln zu wühlen. Am Ende holte er ein Dokument heraus, aus dem er laut vorlas.

»Ingrid Wolt?«, fragte er.

»Genau.«

»Nun, dann beginnen wir mal mit den Formalien«, fuhr er in übertrieben pädagogischem Tonfall fort und holte einen der Stifte aus der Brusttasche. »Adresse und Telefonnummer?«

Er lächelte angestrengt, und obwohl er versuchte, ganz vorurteilsfrei zu klingen, konnte Ingrid doch heraushören, wie skeptisch er war.

Wie lautete noch die Nummer des Postfachs, das sie bekommen hatte?

»Box 306.« Sie wurde unsicher. »Nein, einen Moment.«

Sie stellte sich ihre große Handtasche auf den Schoß und holte den Zettel heraus, den sie im Postamt bekommen hatte. Jon starrte sie an.

»Entschuldigen Sie, 308. Box 308. Und dann die Postleitzahl, ja, wie ist denn die Postleitzahl hier?«

Zumindest hatte sie die neue Telefonnummer inzwischen gelernt.

»Ich kann Ihnen jetzt schon sagen, dass die Arbeitslosigkeit hier in der Gegend hoch ist«, sagte Jon, immer noch in belehrendem Tonfall. »Ihre Kontaktperson hat von möglicher Bereitschaftsarbeit gesprochen, aber jetzt mitten in der Urlaubszeit passiert da gerade nicht so viel. Was ist denn Ihre Ausbildung und welche beruflichen Erfahrungen bringen Sie mit?«

Er hielt den Stift bereit und legte den Kopf schief.

»Ich habe zwei Jahre lang Jura studiert«, erklärte Ingrid. »Aber dann habe ich das Studium abgebrochen, um stattdessen auf die Polizeihochschule zu gehen.«

Jon sah sie erstaunt an.

»Ich passe nicht so gut hinter einen Schreibtisch, sondern fühle mich draußen in der Wirklichkeit am wohlsten«, sagte sie. »Nach dem Examen habe ich fast vier Jahre lang als Streifenpolizistin in der Stockholmer Innenstadt gearbeitet und zwei Jahre lang als Ermittlerin.«

»Also, ich habe ja keine Vorurteile, aber da bin ich dann doch erstaunt«, gestand Jon.

Er beugte sich über den Schreibtisch und betrachtete sie mit einem konzentrierten, aber doch bedeutend freundlicheren Blick.

»Nein, das kann ich verstehen.«

Ihre Geschichte würde niemals in die Kästchen seiner Formulare passen.

»Auf der einen Seite scheinen Sie, gelinde gesagt, für die wenigen freien Arbeitsplätze, die es hier gibt, überqualifiziert zu sein. Aber dann, wenn man Ihre jüngste Erfahrung bedenkt, weiß ich ehrlich gesagt nicht, wie ich Ihnen helfen soll, zumindest nicht jetzt im Moment. Im Herbst könnte eventuell eine Art von Ausbildung für Sie infrage kommen, bis dahin weiß ich aber tatsächlich nichts.«

»Okay«, sagte Ingrid. »Dann muss ich irgendwie anders klarkommen.«

Sie stand auf und floh auf die Straße hinaus. Eine Fortbildung würden ihr ebenso wenig helfen, Anna zurückzubekommen, wie irgendwelche Arbeitsmarktmaßnahmen. Eine feste Arbeit wurde verlangt, und wenn sie eine solche finden wollte, dann war sie gezwungen, das auf irgendeine Weise selbst zu bewerkstelligen.

Als Ingrid am Buchladen vorbeikam, entdeckte sie einen Ständer mit Postkarten. Plötzlich überkam sie die Lust, ein paar Zeilen an ihre Tochter zu schreiben, und sie blieb stehen, um eine schöne Karte auszusuchen, die Anna gefallen würde. Erst wollte sie eine nehmen, auf der ein Mädchen in Dalarna-Tracht vor einem Holzschuppen zu sehen war, doch sie überlegte es sich anders. Wenn es nun leider so war, dass Kjell Anna ab und zu besuchte, dann bestünde Gefahr, dass er die Karte sehen und mit der Region verbinden würde. Leider war er ziemlich schlau dafür, dass er so ein Idiot war. Somit schieden auch alle Postkarten mit Dalarna-Holzpferden aus, und am Ende wählte sie ein Katzenjunges in einem Korb. Das war gut. Der Poststempel war natürlich ein weiteres Problem. Um einen Stempel von Mora auf der Karte zu vermeiden, kaufte sie einen Umschlag, in den sie die Karte stecken konnte. Ein ganz gewöhnliches Kuvert würde Anna hoffentlich nicht aufheben oder zumindest nicht rumliegen lassen.

Eine Welle von Hass überkam sie. Sie konnte ihrer Tochter nicht einmal eine ganz gewöhnliche Postkarte schicken, ohne um ihr eigenes Leben zu fürchten.

Vielleicht übertreibe ich ja, dachte sie beim Bezahlen.

Die Gedanken kreisten weiter, während Sie die Papiertüte mit der Postkarte und dem Kuvert in ihre Tasche steckte.

Nein, das tue ich nicht. Er ist bereit, alles zu tun, um mich zu finden, und ich darf kein Risiko eingehen.

Sie ging weiter und suchte nach einem Café. Das Helmers war geöffnet, und sie kaufte eine Zimtschnecke und eine Tasse Kaffee und setzte sich an einen Fenstertisch. Als sie die Schnecke aufgegessen hatte, holte sie die Postkarte heraus und bat das Mädchen an der Kasse um einen Stift.

Hallo, Anna! Ich hoffe, du hast einen herrlichen Sommer und kannst oft baden. Ich habe es auch gut in unserem neuen Haus, das direkt an einem See liegt. Ich sehne mich danach, dass wir wieder zusammenwohnen können und dass ich dir all das Schöne, was es hier gibt, zeigen kann. Ich liebe dich mehr als alles auf der ganzen weiten Welt.

Kuss von Mama.

Sie strich mit dem Daumen über das Katzenjunge, bevor sie die Postkarte in den Umschlag steckte und die Gummierung anleckte. Um den widerlichen Geschmack loszuwerden, nahm sie erst einen Schluck Kaffee, bevor sie die Adresse aufschrieb, die sie schon seit langem auswendig kannte.

Ihre Sehnsucht nach Anna war so stark, dass es wehtat, aber sie wusste, dass viel erforderlich sein würde, um ihr Kind zurückzubekommen. Und zuerst musste sie sich ein paar neue Kleider besorgen – modern werden und etwas mehr aussehen wie alle redlichen Bürger.

Als Ingrid nach Hause kam, stellte sie die Kleidertüten in den Saal und begann Teile, die sie gekauft hatte, auf dem Sofa auszubreiten. Weil sie immer noch nicht wusste, wer sie sein würde, hatte sie exakt dieselbe Kombination aus Kleidern und Accessoires gekauft, die eine der Schaufensterpuppen im Laden getragen hatte. Einfach alles. Einen dünnen gestrickten Pullover mit Schärpe in der Taille, eine Halskette aus Holz und weiße Hosen. Im Sportgeschäft hatte sie einen rosafarbenen Adidas-Trainingsanzug mit weißen Streifen erstanden, den sie auf der Straße an vielen anderen Frauen gesehen hatte.

Sie stand eine Weile da und betrachtete die Kleider, dann packte sie die Tüte aus dem Radio- und Fernsehgeschäft aus, in dem sie lange herumgewandert war und sich schließlich für *Let's Dance* entschieden hatte, die neue LP von David Bowie. So vorsichtig sie konnte, nahm sie die Schallplatte aus der Hülle und legte sie auf den Plattenspieler.

Als der erste Song losging, drehte sie die Lautstärke hoch und begann ihre neuen Schaufensterpuppenkleider anzuprobieren. Im Kaufhaus hatte sie Ohrgehänge aus Plastik, einen rosa Lippenstift und ein Paar Wildlederschuhe mit Fransen gekauft, die *in* zu sein schienen. Als die ganze Montur, inklusive Ohrringe, angebracht war, stellte sie sich vor den großen Wandspiegel im Saal und drehte sich herum.

»Guten Tag«, sagte sie laut und streckte sich. »Mein Name ist Ingrid und ich suche einen Job als Kassiererin.«

Sie streckte die Hand aus und versuchte auf unterschiedliche Arten zu lächeln und kühl, aber gleichzeitig einigermaßen energisch auszusehen.

Ja, ich sehe tatsächlich aus wie jede andere, fand sie und machte einen Schritt näher zum Spiegel.

Morgen würde sie anfangen, ernsthaft nach einer Arbeitsstelle zu suchen. Da sollte Berit Sundhed nur sehen.

Kapitel 10

Das Ziegelsteingebäude des Anders-Zorn-Museums türmte sich vor Ingrid auf, und sie schickte ein stilles Gebet zum Himmel, ehe sie die Tür öffnete. Jetzt war es so weit. Jede ihrer Bewerbungen der letzten Tage war abgelehnt worden, und sie hatte so ziemlich alles versucht, was ihr einfiel.

Das hier war ihre letzte Chance.

Der Museumsladen befand sich direkt hinter dem Eingang und war voller Souvenirs unterschiedlichster Art. Sie machte sich nicht die Mühe, das Angebot näher zu studieren, sondern drängte sich zwischen den Touristen hindurch und nahm den Tresen in den Blick, an dem zwei uniformierte Frauen saßen.

Ingrid stellte sich vor und erklärte, dass sie einen Gesprächstermin mit dem Museumsleiter habe.

»Einen Moment«, sagte die Ältere der beiden und klapperte auf hochhackigen Schuhen durch eine Tür, auf der »Nur Personal« stand.

Während Ingrid wartete, schaute sie sich Untersetzer und Flaschenöffner mit badenden Mädchen darauf an, die im Regal direkt neben ihr aufgereiht waren.

Im Pflegeheim in Mora – eine der wenigen ausgeschriebenen Stellen bei der Arbeitsvermittlung – hatte man Erfahrung in der Krankenpflege verlangt, die sie nicht besaß, und als Lagerarbeiterin bei Wibe brauchte man einen Lastwagenführerschein.

Sie hatte sich durch die Firmenanzeigen ganz hinten im Telefonbuch geblättert und eine lange Liste möglicher Arbeitgeber angefertigt. Restaurants, Geschäfte, Hotels, Wirtschaften. Dann hatte sie angefangen anzurufen.

Über dreißig Absagen hatte sie bekommen. Nicht einmal zum Treppenputzen wollte man sie einstellen.

Die Arbeit im Museum war der letzte annoncierte Job in der Gemeinde. Wenn sie den nicht kriegte, wusste sie nicht mehr, was sie tun sollte.

Ingrid spielte mit ein paar Kühlschrankmagneten, als die Frau in Uniform wieder auftauchte.

»Ja, dann kommen Sie mal mit«, sagte die Frau und machte eine Geste mit der Hand.

Ingrid schob den Gurt ihrer Umhängetasche auf der Schulter zurecht und fühlte mit den Händen nach, ob die beiden Ohrringe noch an Ort und Stelle saßen.

Der Museumsleiter empfing sie im zweiten Stock in einem Eckzimmer mit Fenstern in zwei Richtungen. Auch er war in Uniform und Schlips gekleidet, säuberlich gekämmt, blank polierte Fingernägel und ein Handschlag, der ein wenig zu schlapp war.

»Mats Insulander«, sagte er. »Bitte setzen Sie sich doch.«

Aus irgendeinem Grund hatte Ingrid Dalmål, den regionalen Dialekt, erwartet, doch dieser Mann sprach Hochschwedisch mit einem Einschlag von Oberschichtakzent.

Plötzlich war ihr sein Blick unangenehm. Als sie von zu Hause losgefahren war, hatte sie sich schick gefunden, aber hier wirkten die Plastikohrringe mit einem Mal völlig daneben.

Wenn sie ihre alte Lederjacke anhätte, würde sie sich viel sicherer fühlen. Wo war die eigentlich hingekommen? Hatte sie etwa vergessen, die einzupacken? Wenn sie wieder in Våmhus war, würde sie noch einmal in die Hockeytasche schauen.

»Sie möchten also in unserem Laden arbeiten?«, sagte Mats und beugte sich über den Schreibtisch.

»Ja, genau.«

Nervös führte Ingrid die eine Hand zum Ohrring.

»Wie Sie sehen, ist das Museum ein sehr populäres Ausflugsziel«, sagte er. »Haben Sie schon mal an einer Kasse gestanden?«

»Ich habe in meiner Jugend im Supermarkt in Vällingby gejobbt. Das ist schon eine Weile her, aber ich lerne schnell.«

Mats nickte.

»Und was haben Sie seither gemacht?«

»Alles Mögliche. Ich bin ziemlich viel umgezogen und habe auf unterschiedliche Weise mit Menschen gearbeitet.«

»In der Pflege, oder wo?«

»Ja, das kann man so sagen.«

Wenn sie sagte, dass sie Polizistin war, dann würde er danach fragen, und sie wollte nicht direkt lügen müssen.

»Aber jetzt habe ich mich entschieden, nach Mora zu ziehen, und fand, diese Arbeit wäre perfekt für mich«, fuhr sie fort.

»Sprechen Sie Englisch?«

»Ja, doch, das tue ich. Zumindest einigermaßen gut.«

Ingrid hatte in der Schule die besten Noten in Englisch gehabt, und auch wenn es schon lange her war, würde sie sich gut verständigen können.

»Was ist Ihre Beziehung zu Anders Zorn?«

Sie hatte ein wenig in einem alten Lexikon gelesen, das sie am selben Morgen im Saal gefunden hatte, und begann das Wenige wiederzugeben, was sie sich gemerkt hatte. Geburtsjahr, der Vater, der deutscher Braumeister war, das Studium an der Kunstakademie, die Jahre in Paris und die Ehefrau Emma Lamm.

»Das ist kein tiefgehendes Wissen«, beendete sie den kleinen Vortrag, »aber seine Kunst und seine Persönlichkeit interessieren mich, und ich würde gerne noch viel mehr lernen.«

Tatsächlich sah Mats ein wenig beeindruckt aus. Vielleicht würde das hier ja doch was werden.

»Können Sie sich vorstellen, vielleicht ein paar Tage zur Probe zu arbeiten?«, fragte er.

»Ja, natürlich. Absolut.«

»Dann würde ich gern ein paar Informationen notieren.«

Er streckte sich nach einem Füller und schraubte den Deckel ab.

Diesmal konnte Ingrid Adresse und Telefonnummer problemlos herunterbeten. Sie musste auch noch ihre Kleidergröße – Medium –, sowie ihre vollständige Personennummer angeben.

»Nur dass Sie es wissen, wir werden einen Auszug aus dem Vorstrafenregister anfordern«, erklärte Mats.

»Ach so?«

»Sie müssen nicht so erschrocken schauen. Das ist reine Routine. Aber wenn man bedenkt, dass wir hier Kunst im Wert von mehreren Millionen Kronen verwahren, dann müssen wir das einfach tun. Wie gesagt, das ist nichts Besonderes.«

Ingrid schluckte.

»Ich rufe Sie an, sobald wir alle Papiere in Ordnung haben«, sagte Mats und stand auf, um ihr die Hand zu geben.

Auch Ingrid streckte ihre Hand aus. Ihr war bewusst, dass es das erste und letzte Mal war, dass sie das Büro des Museumsdirektors besuchen durfte.

Kapitel 11

Ingrid saß mit ihrer Teetasse am Küchentisch vor dem aufgeschlagenen Notizbuch für Anna. Die Luft roch nach Regen, und das Thermometer vorm Fenster zeigte nur siebzehn Grad. Das alte Radio auf dem Fensterbrett war seit dem Beginn des Schlagerfestivals am Morgen eingeschaltet und bot eine gewisse Unterhaltung.

Der Nachmittag zog sich unendlich lang hin, und sie wusste nicht, was sie mit sich anfangen sollte.

Jetzt wohne ich seit einer Woche hier in Kumbelnäs und sehne mich schrecklich danach, dass du herkommst und mich besuchst. Dein Bett ist frisch bezogen und fertig, und von deinem Fenster aus sieht man Wiesen mit Tieren und Blumen.

Heute ist Samstag, und wenn du hier wärest, hättest du Schokolade, Butterbrot mit abgeschnittenen Kanten, viel Butter und Salami bekommen. Schneiden deine Pflegeeltern auch die Brotkanten für dich ab, oder hast du gelernt, die auch zu essen?

Dann gingen ihr die Worte aus. Ingrid stand auf und begann im Haus herumzulaufen.

Am Tag zuvor hatte sie ihre erfolglosen Versuche, einen Job zu finden, fortgesetzt. Dass sie in ihren neuen Klamotten wie jemand ganz Gewöhnliches verkleidet war, hatte überhaupt nicht geholfen. Sie hatte die Unternehmen auf der Liste, die sie nicht per Telefon hatte erreichen können, persönlich aufgesucht und dort angeklopft. Doch überall hatte es nur Absagen gegeben. Roch sie immer noch nach in Großpackungen eingekauftem Gefängnis-Shampoo und billiger

66

Seife? Oder war es mehr der Blick, ihr eigener oder der derer, auf die sie traf? Wer war sie? Mit wem war sie verwandt? Woher kam sie eigentlich?

Vielleicht konnte sie, ehe der Regen kam, noch eine Fahrradtour unternehmen. Sich zu bewegen, würde sie bestimmt aufmuntern.

Sie zog die Jacke vom Trainingsanzug an, schob das Fahrrad aus dem Schuppen und radelte los, während die Gedanken im Kopf kreisten.

Nachdem sie das Fahrrad vor dem Laden geparkt hatte, ging sie hinein, ohne richtig zu wissen, was sie wollte. Schließlich landeten ein Paket Eier und eine Kreuzworträtsel-Zeitung im Korb. Auf der Anschlagtafel draußen hing immer noch die Nachricht, die anzupinnen sie der alten Dame geholfen hatte, und nur ein einziger der kleinen Zettel mit der Telefonnummer der Frau war abgerissen. Man konnte nicht davon leben, Hundesitter zu sein, aber vielleicht war das etwas, womit sie ihre Zeit ausfüllen könnte. Ingrid riss einen der Zettel ab und steckte ihn in die Tasche.

Auf dem Nachhauseweg baumelte die Tasche am Lenkrad, und um die Fahrradtour etwas auszudehnen, nahm sie einen Umweg und folgte Wegen, die sie noch nicht kannte. Als sie an einer Reihe neu gebauter Bungalows vorbeifuhr, wurde sie von einem Auto überholt und angehupt. Verärgert starrte sie hinterher. Was hatte sie denn falsch gemacht?

Der Wagen bog ein Stück weiter vorn auf eines der Grundstücke ein, und ein Mann stieg aus. Als sie näher kam, sah sie, dass es Gert war – in Arbeitshosen und Gummistiefeln.

»Hallöchen!«, rief er. »Habe ich Sie erschreckt?«

»Nein, nein«, sagte Ingrid und bremste. »Kein Problem.«

»Sie sind also unterwegs und machen eine Fahrradtour?«, fragte Gert und drückte die Kappe zurecht.

»Ja, ich wollte noch schnell einkaufen, ehe der Laden schließt.«

Als müsste sie den Anschein erwecken, dringende Aufgaben zu erledigen zu haben.

»Und hier wohnen Sie?«, fuhr sie fort.

Das, was wohl einmal ein Rasen werden sollte, bestand bisher hauptsächlich aus Erde, aus der ein paar einsame Grashalme herausragten. Mitten auf dem Grundstück stand ein schlanker Obstbaum mit Stütze. Neben dem noch ungestrichenen Carport kniete eine Frau und grub mit einem Gartenspaten in einem erhöhten Beet. Sie trug einen bunten Schal um den Kopf und hatte dazu passenden dunkelrosa Lippenstift aufgelegt. Das war beeindruckender Ehrgeiz, fand Ingrid.

»Das ist Ingrid, die das Haus von Mama mietet«, erklärte Gert der Frau.

Ingrid erhob die Hand zu einem Gruß, doch anstatt zu winken, erhob sich die Frau und kam zu ihnen.

»Dann sollten wir uns ja wohl mal anständig begrüßen«, sagte sie und streckte ihre Hand aus, nachdem sie einen schmutzigen Gartenhandschuh ausgezogen hatte. »Ich heiße Monika. Möchten Sie vielleicht auch etwas essen? Wir wollten uns gerade hinsetzen, und es gibt genug für uns alle.«

»Nein, ich will mich nicht aufdrängen.«

»Das tun Sie nicht«, erwiderte Monika. »Ich würde mich freuen.«

Nach ein paar weiteren Überredungsversuchen stellte Ingrid schließlich das Fahrrad ab und ging mit hinein.

»Emma«, rief Monika, während sie sich die Hände am Küchenbecken wusch. »Komm schon. Es gibt Essen.«

Ein Mädchen von ungefähr elf oder zwölf Jahren tauchte im Türrahmen auf. Sie trug dieselben Trainingshosen wie ihre Mutter und einen Pullover mit einem glitzernden Pferdebild.

»Was gibt es?«, fragte sie und rümpfte die Nase.

»Fleisch mit Meerrettichsoße«, sagte Monika und stellte den Topf auf den Tisch. »Das hier ist Ingrid, die im Haus von Oma wohnt. Sag ihr ordentlich guten Tag.«

Das Mädchen reichte eine kleine Hand und sagte seinen Namen.

»Was für einen schönen Pullover du hast«, sagte Ingrid. »Reitest du?«

»Manchmal«, sagte Emma mit gesenktem Blick.

Gert und Emma setzten sich hin, während Monika Milch, Knäckebrot und Butter aufdeckte. Ingrid saß neben Gert.

»Wie lange wohnen Sie denn schon hier?«, fragte sie.

»Vor drei Jahren haben wir angefangen zu bauen und voriges Jahr sind wir eingezogen«, erklärte Gert. »Zum Glück wusste man vorher nicht, wie viel Arbeit es werden würde. Dann hätten wir es wahrscheinlich nie gemacht.«

Monika schüttete die Kartoffeln ab und gab sie in eine Schüssel, die sie auf den Tisch stellte. Dann setzte sie sich selbst.

»Wie kommt es denn dazu, dass Sie den ganzen Sommer hier wohnen wollen?«, fragte sie. »Soweit ich Gert verstanden habe, haben Sie keine Verwandten hier.«

Ingrid räusperte sich.

»Nein, aber ich wusste, dass der Ort hier schön ist, und ich brauchte lange und ruhige Ferien.«

Monika reichte ihr den Korb mit Knäckebrot und nickte.

»Was machen Sie denn sonst? Arbeiten Sie?«, fragte sie weiter.

»Ja, das tue ich.«

Was sollte sie sonst sagen?

Monika nickte wieder und versetzte Emma einen kleinen Stoß, um die Tochter zu erinnern, dass sie essen sollte und nicht nur Kartoffeln und Soße miteinander vermengen.

»Und was?«

Schließlich steckte Emma sich ein kleines Stückchen Fleisch in den Mund und begann mit skeptischer Miene zu kauen.

»Im Laufe der Jahre habe ich viele verschiedene Dinge gemacht«, sagte Ingrid. »Aber im Moment suche ich etwas Neues. Ich könnte einen Neustart im Leben gebrauchen, wenn man so will. Und ich habe immer davon geträumt, auf dem Land zu wohnen, aber wir müssen mal sehen, wie das funktioniert.«

Sie trank etwas Wasser, um sich selbst daran zu hindern, zu viel zu plaudern.

»Tatsache ist, dass ich darüber nachdenke, auch nach dem Urlaub hier zu bleiben«, fuhr Ingrid fort. »Besteht vielleicht die Möglichkeit, das Haus im Herbst noch weiter zu mieten?«

»Ja, vielleicht«, sagte Gert. »Wie gesagt, wir haben noch nicht entschieden, was wir damit machen wollen.«

»Alles hängt natürlich davon ab, ob ich eine Arbeit finde«, sagte Ingrid. »Aber ich wollte schon mal fragen.«

Sie strich Butter auf ihr Knäckebrot.

»Gert wollte ja nach dem Tod seiner Mutter, dass wir das Haus übernehmen, aber da habe ich rundheraus Nein gesagt«, erklärte Monika. »Es ist so altmodisch und schwer sauber zu halten. Aber hallo, hier kommt Patrik.«

Monika machte einen langen Hals und schaute aus dem Fenster, wo tatsächlich Patrik vorbeikam. Einen Moment später ging die Eingangstür auf.

»Wie gut, dass du kommst«, sagte Monika und stand auf, um Teller und Besteck rauszuholen. »Das Essen ist noch warm.«

Patrik kam in die Küche geschlurft und nickte Ingrid zu.

»Ah, sind Sie auch hier.«

»Ja«, erwiderte Ingrid. »Wer kann denn schon nein sagen, wenn man so nett eingeladen wird?«

Emma hatte aufgegessen und erhob sich.

»Ich gehe jetzt zu Sara. Die wartet auf mich. Danke fürs Essen.«

»Willst du keinen Nachtisch?«, fragte Monika.

»Keine Zeit«, erwiderte Emma und schüttelte den Kopf. »Wir gehen baden.«

Sie stand vom Tisch auf, ohne den Stuhl wieder zurückzuschieben, und verschwand in der Diele.

»Und fahr vorsichtig mit dem Fahrrad«, ermahnte Monika. »Und nicht draußen auf der großen Straße, und …«

»Und nicht unter dem Steg durchtauchen«, ergänzte Emma. »Und auf gar keinen Fall mit jemandem mitgehen, den ich nicht kenne.«

Monika zog eine Augenbraue hoch. *Kinder …*

»Vorigen Sommer ist da ein Junge ertrunken«, sagte Gert leise. »Aber es geht das Gerücht, dass …«

Ein strenger Blick von Monika brachte ihn zum Schweigen.

»Kleine Töpfe haben auch Ohren«, sagte sie.

»Bla, bla, bla«, war Emmas Stimme aus der Diele zu hören.

Erst als die Eingangstür zufiel, redete Gert weiter.

»Die Leiche ist immer noch nicht gefunden worden«, sagte er.

»Ich habe an der Anschlagtafel im Dorf eine Vermisstenanzeige gesehen«, sagte Ingrid. »Ist er das?«

»Ja«, sagte Gert. »Genau. Mattias.«

Monika begann abzuräumen, und Ingrid stand auf, um ihr zu helfen.

»Hat die Polizei die Ermittlung denn eingestellt?«, erkundigte sich Ingrid und stellte einen Stapel Teller auf die Spüle.

»Keine Ahnung«, sagte Monika, die einen Schrank öffnete und Untertassen und kleine Löffel herausholte, die sie auf den Tisch stellte.

»Der Vater ist völlig fertig«, berichtete Gert. »Ist unten in Bonäs in den Graben gefahren. Nach dem, was ich gehört habe, ist er seit letztem Herbst krankgeschrieben. Nicht wahr, Monika?«

»War das nicht in Kråkberg?«, fragte Patrik.

»Ja, stimmt«, sagte Monika, schaltete die Kaffeemaschine ein und holte einen Streuselkuchen aus dem Ofen.

Ingrid versuchte zu erkennen, ob es noch etwas anderes gab, womit sie helfen konnte, doch Monika bewegte sich so geschmeidig in ihrer Küche, dass sie nur im Weg gewesen wäre, also setzte sie sich wieder.

»Aber Sie wollen gerne hierbleiben«, sagte Gert zu Ingrid, als Monika sich auch wieder setzte.

»Ja, aber das hängt, wie gesagt, davon ab, ob es mir gelingt, einen Job zu finden. Das scheint ja ziemlich hoffnungslos zu sein. Sie kennen nicht zufällig jemanden, der Leute braucht?«

Monika schüttelte den Kopf. Sie schob Ingrid die warme Kuchenform hin.

»Im Moment sieht es schlecht aus mit Arbeitsmöglichkeiten«, erklärte Gert. »Ich habe in der Zeitung gelesen, dass dem Arbeitsamt bald das Geld ausgeht.«

Ingrid nahm sich Kuchen und Vanillesoße und reichte die Form weiter.

»Bei uns in der Fabrik, also, ich arbeite bei FM Mattson, da geht das Gerücht um, dass es Kündigungen geben wird«, sagte Gert. »Aber ich persönlich glaube nicht, dass es mich betrifft. Die einzige Art, heutzutage noch Arbeit zu haben, ist wohl, ein eigenes Unternehmen zu starten, aber das ist ein Risiko, das die meisten nicht einzugehen wagen. Das kann ja auch völlig schief gehen.«

»Was machen Sie denn?«, fragte Ingrid und wandte sich an Monika. »Ich arbeite in der Mensa der Schule hier im Ort. Das ist vielleicht nicht der spaßigste Job der Welt, aber die Arbeitszeiten sind gut, wenn man eine Familie hat.«

»Und Sie brauchen nicht zufällig Verstärkung?«, fragte Ingrid.

Das wäre doch perfekt. Nicht weit zur Arbeit und gute Arbeitszeiten und Sicherheit für Anna, die sie immer in der Nähe haben würde.

»Doch, natürlich brauchen wir Verstärkung«, erwiderte Monika. »Aber die Gemeinde spart wie verrückt.«

»Ich verstehe. Aber denken Sie doch an mich, falls sich etwas ergibt.«

»Das werde ich natürlich tun. Haben Sie auch Kinder?«

Ingrid zögerte, beschloss dann aber, die Wahrheit zu sagen. Wenn sie womöglich hierbliebe, konnte sie ja nicht über alles lügen.

»Ja, ich habe eine Tochter«, sagte sie. »Sie wird bald sieben.«

»Ach so?« Monika hielt mitten in einer Bewegung inne. »Aber …«

»Das ist im Moment etwas kompliziert«, erklärte Ingrid.

Sie kratzte den letzten Rest Kuchen zusammen und spürte die Blicke von Gert und Monika. Was war sie nur für eine Mutter, die über den ganzen Sommer in Urlaub fuhr, ohne ihr Kind mitzunehmen?

»Sie wohnt im Moment bei Verwandten, während ich versuche, einen Ort zu finden, an dem wir uns niederlassen können. Wir müssen mal sehen, wie das alles wird.«

Ingrid legte den Löffel weg und holte den kleinen Zettel aus der Tasche.

»Ich dachte, ich könnte mal damit anfangen, Hunde auszuführen«, plauderte sie weiter, um das Thema zu wechseln und etwas sagen zu können. »Aber davon wird man ja auch nicht reich. Kennen Sie eine ältere Frau namens Rut?«

»Ja klar«, sagte Gert. »Die wohnt hier oben auf dem Hügel.«

»Ihr Mann hat sich vor ein paar Wochen das Bein gebrochen«, erklärte Monika. »Die freuen sich bestimmt, wenn Sie ihnen helfen.«

Monika lächelte sie breit an, etwas mehr als nötig, als wollte sie Ingrid versichern, dass sie ihrer Meinung nach trotz allem ein guter Mensch sei.

»Okay«, sagte Ingrid und stand auf. »Tausend Dank für das Essen. Es war köstlich und alles hier sehr nett.«

Patrik nickte zum Abschied nur von seinem Platz am Tisch aus, aber Gert und Monika brachten sie zur Tür und winkten ihr nach.

Auch wenn sie sich zwischendurch wie ein komischer Vogel gefühlt hatte, war es doch gesellig gewesen. Vielleicht würde sie irgendwann auch wagen, die Wahrheit über ihr Leben preiszugeben, um nicht mehr lügen und heikle Gesprächsthemen vermeiden müssen. Vielleicht. Aber heute genügte es, mal mit anderen an einem Esstisch sitzen zu können und normal zu sein.

Kapitel 12

Juni 1982

Was sollen wir machen?«, fragte Mattias und seufzte.

»Keine Ahnung«, meinte Kaj.

Sie lagen schon seit Stunden in der Waldhütte und lasen Comics, und Mattias wurde allmählich hungrig und unruhig. Noch fünf lange Stunden, bis im Fernsehen das Sommerprogramm für Jugendliche anfing.

Die Waldhütte hatten sie im Sommer zuvor gebaut, und noch wusste keiner ihrer Freunde davon. Nicht, dass sie so viele andere Freunde gehabt hätten, eigentlich waren sie immer nur zu zweit, aber trotzdem.

Mattias musste daran denken, wie viel Spaß es gemacht hatte, zu sägen und zu hämmern. Sein Vater hatte ihn die alten Bretter nehmen lassen, die schon ewig zu Hause im Schuppen lagen, und ihnen auch Hammer und Nägel geliehen. Mehrere Wochen lang waren sie damit beschäftigt gewesen, und auch wenn die Waldhütte genauso schön geworden war, wie sie es sich vorgestellt hatten, war es jetzt, da alles fertig war, gar nicht mehr so spannend, hier zu sein.

»Sollen wir zum Campingplatz fahren und uns ein Eis kaufen?« Mattias bohrte zerstreut mit dem Finger in einem Loch seiner Trainingshose herum.

»Hab kein Geld«, erwiderte Kaj, ohne vom Comic aufzusehen.

»Wieso, du hast doch grad erst Geld gekriegt.«

Zu ihrem großen Glück hatten sie nämlich beide ein paar Zehner verdient, indem sie bei einer alten Tante von Kaj, die es alleine nicht mehr schaffte, den Rasen gemäht hatten.

»Schon, aber das spare ich.«

Mattias holte den kleinen Kassettenrekorder mit Mikrofon heraus, spulte die Kassette, die darin war, zurück und drückte auf *Play*.

»… *Karlsson passt auf Johansson, der an Ekström vorbeidribbelt und den Ball ins Tor donnert! Was für ein Schuss!*«

Als Mattias zum ersten Mal seine eigene Stimme im Lautsprecher gehört hatte, war er total verzweifelt gewesen, weil sie so komisch klang, als würde da jemand ganz anderes reden, aber jetzt hatte er sich schon fast daran gewöhnt. Anfangs hatten sie meist Radioreporter gespielt, hatten mit getragener Stimme eingelesene Nachrichtensendungen, schnelle Sportreportagen und eigene Kinderprogramme aufgenommen. Mattias war Spejbl gewesen und Kaj Hurvinek.

Aber dann waren sie darauf gekommen, dass Spione ja Kassettenrekorder benutzten, um Leute abzuhören, und hatten damit angefangen. Das war viel spannender.

»Jetzt komm schon«, quengelte Mattias weiter und versuchte vergeblich, Kaj den Comic aus der Hand zu rupfen. »Mir ist langweilig.«

Kaj antwortete nicht, sondern blätterte nur weiter in dem zerlesenen *Donald Duck*-Heft.

Mattias ließ sich mit dem Rücken zur Wand auf den Fußboden sinken und stoß mit den Hacken wieder und wieder in den erdigen Boden, sodass sich unter seinen Füßen kleine Gruben bildeten. Kaj sah ihn über die Zeitung hinweg verärgert an, hörte aber nicht auf zu lesen.

»Sollen wir jemand belauschen?«

Kaj schüttelte desinteressiert den Kopf.

Mattias kannte Kaj fast besser als sich selbst, aber diese Laune war neu. Sonst wollte er doch immer spionieren.

»Warum denn nicht? Hat dir das neulich bei dem Alten so Angst gemacht?«

Mattias musste ein bisschen lachen, wenn er daran dachte, wie er unter der Veranda eingeschlossen gesessen hatte, doch Kaj schien vergessen zu haben, wie spannend das gewesen war. Um etwas zu tun zu haben, holte sich Mattias selbst ein Heft und blätterte zerstreut eine Zeitlang darin herum. Sein ganzer Körper kribbelte vor Unruhe.

»Wir könnten Autonummern sammeln«, schlug er vor.

»Meine Güte, du gibst ja nie auf«, sagte Kaj und warf den Comic weg. »Dann machen wir das halt. Man kann sowieso nicht lesen, wenn du die ganze Zeit quatschst.«

Mattias holte das Notizbuch heraus, in dem sie alle bisher gesammelten Nummern eingetragen hatten. Ihr Ziel war, alle Nummern zwischen 001 und 999 zu finden. Bisher fehlten da noch ziemlich viele. Meistens saßen sie unten am Laden und hielten Ausschau. Das Problem war nur, dass sie die Autos, die da regelmäßig parkten, schon fast alle notiert hatten.

Mattias schob das Notizbuch und einen Stift in den Rucksack. Den Kassettenrekorder nahm er auch mit, falls ihnen das mit den Nummern zu langweilig würde.

Sie schoben ihre Fahrräder über Steine und Wurzeln auf dem schmalen Waldweg, Kaj vorneweg und Mattias hinterher. Kaj schwieg. Mattias wusste schon, dass er manchmal mies drauf war, aber meistens verging das doch sehr schnell. So war es jedenfalls bisher immer gewesen, seit sie im Kindergarten beste Freunde geworden waren. Aber heute hielt sich die miese Laune ungewöhnlich lange.

Ob sie wohl weiterhin Freunde blieben, wenn sie im Herbst auf das Gymnasium in Mora wechselten? Mattias fürchtete sich insgeheim, an eine solch große Schule zu wechseln und jeden Tag mit dem Schulbus fahren zu müssen, doch Kaj fand all das Neue hauptsächlich spannend. Er schien sich auf die Veränderungen im Herbst so zu freuen, dass Mattias ein bisschen Angst hatte, Kaj könnte dort andere Freunde finden und ihn ganz und gar vergessen. Doch noch hatten sie lange Sommerferien vor sich, und er versuchte, sich nicht unnötig Sorgen zu machen.

Kaj schubste und zerrte da vorne an seinem Fahrrad und fluchte laut, als eine Kiefernwurzel das Hinterrad blockierte. Was war bloß los mit ihm?

Als sie zum Schotterweg kamen, sprang Mattias aufs Rad und fuhr an Kaj vorbei. Die neue Pappe am Hinterrad, die er aus einer Cornflakes-Packung ausgeschnitten und mit zwei Wäscheklammern seiner Mutter festgeklemmt hatte, knatterte laut, fast wie ein Moped. Mit dem losen Gummihandgriff tat er so, als würde er Gas geben, und fuhr so schnell den Hügel hinunter, dass Kaj kaum hinterherkam.

Beim Laden angekommen, schmiss Kaj sein Fahrrad ins Gras und hockte sich auf die Rückenlehne der Bank nahe beim Eingang. Mattias stellte sein Rad wie immer in den dafür vorgesehenen Ständer. Sein Vater würde tierisch sauer werden, wenn er vorbeikäme und das neue Fahrrad einfach so auf dem Boden liegen sähe. Schon tausend Mal hatte Mattias gehört, dass man sich um seine Sachen kümmern musste. Aber er machte sich nicht die Mühe, es abzuschließen, sondern hüpfte auch auf die Rückenlehne der Bank. Dann holte er Notizbuch und Stift aus dem Rucksack und reichte beides Kaj.

»Was kommt da für ein verdammter Krach?« Kaj spähte auf die Straße hinaus. »Hörst du das?«

»Das ist Janne, wollen wir wetten?«, fragte Mattias, erleichtert, weil Kaj nicht mehr sauer war.

Der Auspuff von Janne Seths rostigem Volvo war schon seit mehreren Monaten kaputt und es knatterte furchtbar, wenn er angefahren kam. Seine Autonummer stand bereits im Notizbuch.

»Hallo, ihr«, sagte Janne, als er aus dem Auto gestiegen war. »Da sitzt ihr rum und gammelt.«

»Genau«, erwiderte Mattias.

»Ihr habt es gut, sag ich euch. Dass ihr das könnt.«

Er schob seinen Geldbeutel in die Gesäßtasche der Shorts und verschwand im Laden.

Endlich kam ein Auto, das sie noch nicht notiert hatten, ein nigelnagelneu aussehender Audi. Als Kaj nicht reagierte, nahm Mattias ihm das Buch und den Stift aus der Hand und trug das Kennzeichen ein. Aus dem Auto stiegen eine Mutter, ein Vater und zwei Kinder – ein Junge und ein Mädchen im gleichen Kapuzenpullover, allerdings in unterschiedlicher Farbe. Touristen, stellte er fest. Jedenfalls niemand, den er kannte.

Sie verschwanden alle im Laden, und dann passierte eine ganze Weile nichts, bis Janne wieder mit einer Tüte in der Hand herauskam.

»Vergesst nicht das Training am Dienstag, Jungs«, sagte er. »Nächstes Wochenende ist schließlich Spiel.«

»Ne, klar«, sagte Mattias.

Kaj schien immer noch in andere Gedanken versunken.

»Und da müssen wir alle in Topform sein«, mahnte Janne und schwang die Faust in der Luft.

Mattias nickte. Er würde sicherlich nicht viele Minuten spielen dürfen, und das wusste Janne auch. Trotzdem klang er immer genauso enthusiastisch, wenn er sich an Mattias wandte, wie wenn er mit Kaj und den anderen redete, die von Anfang an auf dem Feld standen.

Er schaute auf die Uhr und stellte sich auf der Bank hin. Irgendwie waren ihm durch die unbequeme Sitzposition beide Pobacken eingeschlafen.

In diesem Moment tauchte Eva-Lena mit dem Cockerspaniel ihrer Familie auf.

»Was macht ihr denn?«, fragte sie und sah sie mit zusammengekniffenen Augen an.

»Nichts Besonderes«, antwortete Mattias, schlug das Buch mit den Kennzeichen zu und sprang von der Bank.

»Guckt mal, was ich im Graben gefunden habe«, sagte Eva-Lena fröhlich und hielt eine schmutzige Glasflasche hoch. »Könnt ihr mal eben Bella halten, dann gehe ich rein und löse das Pfand ein.«

Sie gab Kaj, der inzwischen auch von der Bank gestiegen war, um mit dem Hund spielen zu können, die Leine. Kaj liebte Hunde und fing an, das Tier hinter den Ohren und unter der Schnauze zu kraulen.

»Morgen kommt Jasmine«, sagte Eva-Lena, als sie mit einem Kaugummi in der Hand wieder rauskam.

»Ehrlich?«, fragte Kaj und hörte auf, den Hund zu kraulen.

Eva-Lenas Cousine kam jeden Sommer und wohnte bei ihrer gemeinsamen Großmutter. Den Rest des Jahres wohnte Jasmine in Tumba, in der Nähe von Stockholm. Eva-Lena war schon ein paarmal dort gewesen und hatte sie besucht, womit sie gerne ein bisschen angab.

»Sie bleibt zwei Wochen«, erklärte sie, während sie das Papier vom Kaugummi schälte.

»Dann können wir vielleicht wieder Schatzsuche spielen«, schlug Mattias vor. »So wie vorigen Sommer.«

Das machte ihm sofort gute Laune. Jetzt gab es etwas richtig Lustiges, worauf er sich freuen konnte.

»Mal sehen«, erwiderte Eva-Lena. Sie stopfte sich das Kaugummi in den Mund und nahm Bellas Leine.

»Bis später«, sagte sie.

Erst als Eva-Lena außer Sichtweite war, setzte sich Mattias wieder neben Kaj auf die Bank und klappte das Notizbuch auf. Ein rostiger Saab, den er nicht kannte, war auf dem Parkplatz eingebogen, und er schrieb schnell die Nummer auf.

»Das ist Heiser«, flüsterte Kaj, als die Autotür aufging.

Weder Mattias noch Kaj wussten, wie der Mann richtig hieß. Den Spitznamen hatte er bekommen, weil seine Stimme so seltsam klang.

»Hallo, Jungs«, flüsterte er auf dem Weg in den Laden.

Angeblich hatte, als er klein war, jemand versucht, ihn zu erdrosseln.

»Hallo«, sagte Mattias leise.

»Glaubst du, dass er für seine Mutter einkauft?«, wisperte Kaj und lachte.

Alle wussten, dass Heiser, obwohl er erwachsen und fast alt war, noch im Haus seiner Mutter wohnte. Er hatte keine Frau und keine Kinder. Seine Mutter, die ungefähr hundert Jahre alt war, kriegte man aber nie zu Gesicht, außer wenn sie in die Kirche ging.

»Bestimmt«, antwortete Mattias.

Sie saßen eine Weile schweigend da.

»Ich kann mir vorstellen, dass Jasmine große Brüste gekriegt hat«, sagte Kaj.

»Glaubst du?«, erwiderte Mattias und setzte sich wieder auf die Rückenlehne.

»Die Hoffnung stirbt zuletzt.«

Heiser kam mit einer großen Papiertüte, die schwer aussah, raus.

»Habt ihr denn nichts Besseres zu tun, als hier rumzugammeln?«, fragte er, und sein Kehlkopf hüpfte auf und nieder.

Mattias tat so, als würde er nichts hören.

Ohne auf eine Antwort auf seine Frage zu warten, die ja eigentlich gar keine Frage gewesen war, sagte Heiser:

»Wollt ihr euch ein bisschen nützlich machen und etwas Geld verdienen?«

Kaj sah von seinem Platz auf der Bank auf.

»Ich könnte mit dem Rasenmähen Hilfe gebrauchen. Oder seid ihr dafür zu schwach?«

»Nein«, antwortete Kaj und warf sich ein bisschen in die Brust.

Heiser begutachtete sie von oben bis unten und setzte eine übertrieben skeptische Miene auf.

»Kommt morgen zu mir, dann schauen wir mal, ob ihr was schafft. Wenn ihr gute Arbeit macht, kriegt ihr auch gutes Geld, versprochen.«

Mattias sah Kaj an, der mit den Achseln zuckte.

»Okay, dann«, sagte Mattias.

»Bis morgen«, flüsterte Heiser und wischte sich den Mund ab, dann drehte er sich um und ging auf seinen Saab zu.

Mattias und Kaj sahen einander an.

»Wie es wohl bei dem zu Hause aussieht?«, fragte Mattias, als Heiser außer Hörweite war. Auch wenn sie ordentlich verdienen würden, so fühlte sich das alles doch ein bisschen komisch an.

»Hast du Schiss?«, fragte Kaj.

»Ne.« Mattias versuchte die Nervosität, die er verspürte, zu ignorieren. »Doch, ein bisschen vielleicht.«

»Aber was kann er denn schon machen?«

»Ne, genau«, meinte Mattias. »Nichts. Wir sind ja zu zweit.«

»Exakt.«

Mattias schaute wieder auf die Uhr. Nur noch drei Stunden bis zur Fernsehsendung.

Kapitel 13

Rut lief schwankend vorweg zum Hundezwinger, wo ein Jagdhund stand und laut bellte. Als Ingrid ihn sah, bereute sie fast, angeboten zu haben, mit ihm spazieren zu gehen.

»Donna!«, brüllte Rut und keuchte in der Hitze. »Still jetzt!«

Sie holte eine Lederleine vom Haken neben der Gittertür und öffnete das Schloss.

»Jetzt beruhige dich doch, sage ich.«

Der Stöberhund hörte auf zu bellen, als Rut in den Zwinger trat, und begann stattdessen mit dem Schwanz zu wedeln und in eifrigen Umdrehungen um sein Frauchen zu kreisen.

»Wenn du jetzt spazieren gehen willst, darfst du die Leute nicht so verschrecken«, sagte Rut in ganz gewöhnlichem Gesprächston.

Als die Tür aufging, warf sich Donna mit solcher Kraft nach draußen, dass Rut kaum das Gleichgewicht halten konnte.

»Kennen Sie sich mit Hunden aus?«, fragte sie.

»Nicht direkt«, gestand Ingrid. »Als Kind habe ich manchmal den Borderterrier unserer Nachbarn ausgeführt, habe aber selbst nie einen Hund gehabt.«

»Das ist natürlich etwas ganz anderes«, erwiderte Rut und packte die Leine fest mit beiden Händen. »Es waren schon ein paar Kinder hier und haben angeboten, mit ihr rauszugehen, aber sie ist so kräftig, dass sie die umwerfen würde wie nichts.«

Ingrid nickte und ging in die Hocke, um den Hund wenigstens zu begrüßen. Der knuffte sie leicht gegen die Schulter und versetzte ihr ein paar Peitschenschläge mit dem Schwanz.

»Sie müssen gut festhalten«, sagte Rut und reichte die Leine rüber.

»Und sie dürfen sie auf keinen Fall loslassen, denn dann haut sie sofort ab. Der Wald ist voller Füchse und Hasen.«

Ingrid spürte die Kraft des muskulösen Hundekörpers und wickelte die Leine ein zusätzliches Mal um die Hand.

»Wie lange muss sie laufen?«, fragte sie, während Donna an der Leine zog und zerrte, um schnell loszukommen.

»Eine Stunde genügt«, fuhr Rut fort. »Aber wenn Sie länger rausgehen wollen, dann ist das nur gut.«

Mit Donna vor sich, die ihre Nase wie einen Pflug über den Boden schob, ging Ingrid die Straße entlang.

Wenn ein Auto vorbeikam und der Fahrer winkte, dann grüßte sie zurück, obwohl sie keine Ahnung hatte, wer es war. So machte man das hier offensichtlich.

Sie wollte in den lichten Kiefernwald auf der anderen Seite der Landstraße kommen und folgte einem schmalen, sandigen Weg, der ab und zu von anderen, identisch aussehenden Wegen gekreuzt wurde.

Zu Ingrids Erstaunen kamen mehrere Autos durch das Gestrüpp gekrochen, obwohl der Pfad so schmal war, dass ein gewöhnlicher Personenwagen kaum Platz hatte. Wenn sie vorbeifahren wollten, musste Ingrid mit Donna weit auf das trockene Moos ausweichen. Jedes Mal, wenn die Äste am Lack der Autos entlangkratzten, schauderte es sie.

Nach einigen Kilometern kam sie zu einem kleinen See, was den dichten Verkehr erklärte. Das Ufer war von einer meterhohen Sanddüne mit großen Kiefern umgeben, die Strandtücher lagen fast Kante an Kante, und überall ragten Picknickkörbe und Kühltaschen auf. Draußen im Wasser herrschte reges Treiben.

Der Kiefernwald allerdings sah überall gleich aus und die Wege ebenso. Als sie an eine weitere Kreuzung kam, wurde Ingrid klar, dass sie keine Ahnung hatte, wo sie war. Sie drehte sich in alle Richtungen, um einen Anhaltspunkt zu finden, konnte aber nicht ausmachen, wo sie sich befand.

In Ermangelung einer besseren Alternative ging sie weiter geradeaus.

An der nächsten Kreuzung sah sie einen Jungen mit einem Hund. Es schien ein Welpe zu sein, mit flauschigem Fell und großen Tatzen.

»Hallo«, sagte sie, als sie nahe genug gekommen war, um nicht laut rufen zu müssen. »Ich glaube, ich habe mich verlaufen. Wie komme ich von hier am schnellsten nach Kumbelnäs?«

Der Junge, der abgeschnittene Jeansshorts und ein kurzärmeliges Hemd trug, blieb stehen und blies sich den langen Pony aus den Augen.

»An der nächsten Kreuzung nach links und dann nach rechts«, sagte er und zeigte in die Richtung.

»Okay. Links und dann rechts«, echote Ingrid. »Danke. Hier sind so viele kleine Wege.«

»Ich weiß«, sagte der Junge und tat sein Möglichstes, den Welpen bei sich zu halten, der mit dem Schwanz zu wedeln begann und in Kreisen herumlief, um sich dann vor Donna auf den Rücken zu werfen.

»Kennen die beiden sich?«, fragte Ingrid.

Auch Donna wedelte jetzt mit dem Schwanz.

»Ja, die sind sich schon ein paarmal begegnet.«

Ingrid ließ Donna ein paar Schritte nach vorne machen, um den Welpen zu beschnüffeln, der ebenso plötzlich, wie er sich hingelegt hatte, wieder hochschoss und anfing herumzurasen. Damit die beiden Leinen sich nicht ineinander verhedderten, ließ der Junge seine los, aber Ingrid hielt ihre noch fest.

»Die sind ja süß«, sagte Ingrid und lachte. Der Junge lächelte und kratzte sich ein wenig am Arm, der voller Mückenstiche war.

»Das ist ein Golden Retriever, oder?«, fuhr Ingrid fort. Er nickte und schaute nach dem Welpen, der in unglaublicher Geschwindigkeit herumrannte.

»Wie heißt er denn?«, fragte Ingrid.

»Leia.«

»Ein schöner Name.«

»Das ist aus *Krieg der Sterne*«, erklärte der Junge.

»Ja, stimmt. Wie alt ist sie?«

»Fünf Monate, bald sechs.«

Der Junge kratzte weiter mit den Nägeln über die Mückenstiche, die so aussahen, als würden sie gleich anfangen zu bluten.

»Meine Güte, ist die schnell.«

Nach einer Weile ließ Leias sprudelnde Energie nach, und der Junge konnte die Leine nehmen, um seinen Spaziergang fortzusetzen.

»Tschüss«, rief Ingrid. »Schön, euch zu treffen. Vielleicht sehen wir uns ja mal wieder. Danke für die Hilfe. Erst links und dann rechts.«

»Ja. Erst links, dann rechts. Tschüss.«

Donna zog jetzt nicht mehr so fest, und Ingrid konnte ihre Gedanken ein bisschen abschweifen lassen.

Gert hatte sicherlich recht, wenn er sagte, dass jetzt in Zeiten hoher Arbeitslosigkeit die einzige Methode, einen Job zu finden, die war, sich selbstständig zu machen. Aber was konnte sie denn tun?

Sie konnte wohl kaum anwenden, was sie auf Hinseberg gelernt hatte, und eine Uniformschneiderei oder eine Hühnerfarm aufmachen.

Grundsätzlich durfte es kein zu großes Projekt sein. Sie wollte nicht gleich als Erstes einen Kredit aufnehmen, wenn sich überhaupt jemand dazu versteigen würde, ihr Geld zu leihen. Nicht nur, dass sie eine ehemalige Gefängnisinsassin war, sie wusste ja nicht einmal, ob sie in der Gegend wohnen bleiben würde.

Im selben Moment fiel ihr die Antwort ein. Als wäre die Idee in ihrem Kopf schon bereit gewesen und hätte nur auf sie gewartet.

Kapitel 14

Solveig hatte den Schotterweg verlassen und war auf einem schmalen Pfad in den Wald gegangen. Die Tannen standen so dicht, dass das Licht nur schwach zwischen den Ästen hindurchsickerte. Hier war das Moos immer noch feucht und kühlte vom Boden her. Unten in einer Senke öffnete sich der Wald, und ein Feuchtgebiet breitete sich vor ihr aus. Das Wollgras wogte sacht im Wind, und die immer noch unreifen Multbeeren leuchteten hellrot.

Linda hatte auf dem Sofa gesessen und eine Sommerferiensendung im Fernsehen angeschaut, als Solveig losging. Jetzt stand die Sonne hoch am Himmel. Ihre Beine wollten noch weiter in den Wald hineingehen, doch als sie auf die Uhr sah und merkte, dass es schon nach zwölf war, machte sie widerwillig kehrt.

In der ersten Zeit hatte sie jedes leerstehende Haus durchsucht, das sie finden konnte, jede Scheune, jede Hütte. Im Schutz der Dunkelheit war sie sogar auf die Höfe von anderen Leuten geschlichen und hatte in Holzschuppen und Erdkeller geschaut. Irgendwo musste er sein. Sie konnte doch nicht aufgeben, ehe sie ihn gefunden hatte. Vielleicht würde das ja das Getöse in ihrem Kopf zum Schweigen bringen.

Sie schämte sich für ihren Ausbruch am Badeplatz. Auch wenn Linda seither wieder etwas freundlicher war, betrachtete sie die Mutter jetzt doch mit einem anderen Blick. Eine völlig neue Mischung aus Angst und Verachtung, die Solveig noch nie an ihr gesehen hatte.

Als sie wieder auf den Schotterweg kam, ging sie rascher, fast im Marschtempo. Das braune Pferd wieherte ihr freundlich zu und begann, in ihre Richtung zu traben, doch heute nahm sie sich nicht die Zeit, um stehen zu bleiben.

Vielleicht könnte sie Linda aufmuntern, indem sie ihr Pfann-kuchen machte. Sie aß doch nichts lieber als Pfannkuchen mit Sahne und Erdbeermarmelade.

Als sie nach Hause kam, war niemand auf dem Hof, weder Esbjörn noch das Auto waren zu sehen, und Lindas Fahrrad war auch weg. Wohin könnten sie gefahren sein? Solveig konnte sich nicht erinnern, wann Esbjörn zuletzt das Grundstück verlassen hatte. Es lag auch keine Nachricht auf dem Küchentisch, wohin sie unterwegs waren, was sie so interpretierte, dass beide sicher bald zurück sein würden. Bestimmt war er nur beim Hausarzt. Eine andere Erklärung drängte sich ihr auch auf, doch die unterdrückte sie lieber.

Solveig schenkte sich ein Glas kaltes Wasser ein und leerte es in großen Schlucken, dann holte sie Teigschüssel und Quirl heraus. Am besten legte sie gleich mit dem Pfannkuchenteig los, solange sie noch motiviert war. Sie beschloss, eine großzügige Portion zu machen, falls Malin auch etwas essen wollte. Heute sollten sie einfach so viel essen dürfen, wie sie wollten.

Sorgfältig rührte sie das Mehl ein und musste aufpassen, dass der Teig nicht über den Rand der Schüssel schwappte. Jetzt fehlten nur noch die Eier.

Der Eierkarton war viel zu leicht, das merkte sie sofort, als sie ihn aus dem Kühlschrank holte. Seufzend klappte sie ihn auf. Ein einziges Ei war noch da.

Ratlos schaute sie zwischen der großen Teigschüssel und dem ein-samen Ei hin und her.

Typisch.

Wenn sie Glück hatte, kam Esbjörn gleich zurück und könnte dann einkaufen fahren, also trat sie ans Fenster, öffnete es weit und schaute hinaus. Die Auffahrt war immer noch leer.

Wieder sah sie zu der Schüssel auf der Arbeitsfläche und seufzte. Diesmal würde sie nicht drum herumkommen.

Seit Mattias verschwunden war, hatte sie kein einziges Mal in Våm-hus eingekauft, sondern war immer in größere Orte gefahren, wo niemand wusste, wer sie war, und wo sie mit niemandem reden und nicht so tun musste, als würde sie nicht merken, dass die Leute ihr aus dem Weg gingen.

Aber jetzt ging es nicht anders.

Solveig stellte den Teig in den Kühlschrank und schnürte sich wieder die Sportschuhe. Sie beschloss, das Fahrrad zu nehmen. Schnell hin und dann schnell wieder nach Hause.

Als sie zum Laden kam, ließ sie den Blick rasch über den Parkplatz gleiten, aber keines der drei Autos dort schien jemandem zu gehören, den sie kannte.

So schnell sie konnte, eilte sie an dem Anschlagbrett vorbei, von dem Mattias ihr zulächelte.

Drinnen nickte sie rasch Sara an der Kasse zu und ging dann mit schnellen Schritten zum Regal mit den Eiern. Sie griff sich einen Karton, ohne auf das Legedatum zu schauen. Im Augenwinkel sah sie, wie ein Mann eine Tüte mit Tomaten füllte, machte sich aber nicht die Mühe, genauer hinzusehen, ob sie ihn kannte. Stattdessen wählte sie den leeren Gang an den Konservendosen vorbei zur Kasse.

Vorsichtig näherte sie sich, um zu sehen, wie lang die Schlange war. Ein älteres Paar, das deutsch miteinander sprach, legte gerade Waren aufs Band. Solveig sah sich noch einmal um, bevor sie sich hinter die beiden stellte, um zu warten, bis sie dran war.

Die Deutschen brauchten ziemlich lange, um zu bezahlen, suchten ewig und gründlich nach den richtigen Scheinen und zählten Münzen. Solveig verlagerte ihr Gewicht von einem Fuß auf den anderen, den Eierkarton an die Brust gedrückt.

»Solveig«, hörte sie plötzlich hinter sich.

Widerwillig wandte sie den Kopf. Da stand Anita aus dem Chor mit einem vollen Einkaufswagen.

»Hallo«, erwiderte Solveig und drückte den Karton noch fester an die Brust.

»Lange nicht gesehen.«

»Ja.« Solveig versuchte zu lächeln.

Anita sah sie eingehend an.

»Das sieht aus, als hättest du da Blut an der Wange«, sagte sie schließlich und zeigte die Stelle auf ihrem eigenen sonnengebräunten Gesicht.

Schnell wischte sich Solveig mit dem Handrücken über die Wange, aber das Blut musste schon eingetrocknet sein, denn da war nichts zu sehen.

»Bestimmt habe ich mich im Wald an irgendetwas geratscht.«

»Ich weiß nicht, was ich sagen soll«, fuhr Anita fort. »Aber du sollst wissen, dass ich sehr viel an euch denke.«

Da bemerkte Solveig, wie sich eine weitere Person mit gefülltem Wagen der Kasse näherte, und warf ihr einen schnellen Blick zu, um zu sehen, wer das war. Monika. Solveig merkte, wie ihr der Schweiß ausbrach, aber zum Glück schien Monika, die vor dem Zeitungsständer anhielt und die Schlagzeilen studierte, sie nicht bemerkt zu haben.

Die Deutschen schienen überhaupt nicht mehr fertig zu werden. Der Mann war noch schnell losgelaufen, um einen Mückenstift zu holen, und drängte sich jetzt wieder durch die Schlange, um endlich zu bezahlen.

»Du fehlst uns im Chor«, fuhr Anita hinter ihr fort. »Ist doch so, oder, Monika?«

»Ja, wirklich«, stimmte Monika zu, die genug von den Tratschblättern hatte und sich in die Schlange einreihte.

»Willst du nicht mal wieder kommen?«, fragte Anita. »Im Sopran sieht es wirklich dünn aus, jetzt, wo Gabrielle weggezogen ist.«

»Ja, wir brauchen dich«, schob Monika hinterher.

»Ich weiß wirklich nicht, ob ich überhaupt noch singen kann«, erwiderte Solveig.

Wenn ich den Mund öffne, kommt nur unkontrolliertes Brüllen heraus.

»Natürlich kannst du das«, sagte Anita. »Denk einfach mal darüber nach. Vielleicht würde es dir ja auch guttun, ab und zu Leute zu treffen. Wie gesagt, wir vermissen dich jedenfalls.«

Ich vermisse mich auch, dachte Solveig. Die Person, die ich war. Aber die werde ich nie wieder sein.

Endlich waren die Deutschen fertig. Solveig bezahlte so schnell sie konnte, nickte Anita und Monika kurz zu und eilte dann aus dem Laden.

Jetzt hatte sie im Dorf eingekauft – und es überlebt. Ein kleiner Schritt in die richtige Richtung.

Kapitel 15

Ingrid rannte vom Auto durch den Regen ins Zeitungshaus hinein. Sobald sie nach Mora reingefahren war, hatte es angefangen zu schütten, aber gleichzeitig schien die Sonne, und auf der anderen Seite der Straße war über dem Siljan ein perfekter Regenbogen zu sehen.

»Ich möchte eine Anzeige aufgeben«, erklärte sie der Frau am Empfang.

Der Sonnenschein ließ die Regentropfen auf dem Fenster hinter ihr glitzern.

Die Rezeptionistin nickte und schob ihr ein Formular mit Kästchenmuster hin.

»Sie können sich dort hinstellen und schreiben«, erklärte sie und zeigte auf einen Tisch an der Wand.

Ingrid holte den Zettel heraus, auf den sie geschrieben hatte, was in der Anzeige stehen sollte, und begann, das Formular sorgfältig mit dem angeketteten Stift auszufüllen. Ein Buchstabe pro Kästchen.

Weil Privatdetektiv zu blöd klang, hatte sie beschlossen, sich stattdessen Privatermittlerin zu nennen.

»Haben Sie den Eindruck, dass etwas nicht stimmt, es fehlt Ihnen aber an Beweisen und/oder Informationen? Wir bieten Ermittlung, Verfolgung von Spuren, Dokumentation und Hintergrundkontrollen. Große Erfahrung und Diskretion. (Geheimhaltung und Schweigepflicht). Siljan – Büro für Privatermittlung«.

Und dann die Telefonnummer.

»Wir« klang sehr viel professioneller als »ich«, fand sie. Als würde das Büro nicht nur aus einer einzigen Person bestehen, sondern aus einem ganzen Stab von kompetenten Mitarbeitern.

Die Frau am Empfang las das Formular durch, nickte und nannte ihr den Preis.

»Wann wird es in der Zeitung erscheinen?«, fragte Ingrid und suchte einen Fünfziger aus dem Portemonnaie.

»Morgen.«

»Okay, danke.«

Geschäfte, in denen geklaut wurde, Versicherungsunternehmen, die Hilfe bei der Verfolgung möglicher Betrügereien benötigten, Polizeiermittlungen, die wegen Mangels an Ressourcen eingestellt worden waren. Sie glaubte, damit würde sie ihr Unternehmen in Gang kriegen.

Als sie wieder auf die Straße trat, war der Schauer vorüber, und der besondere Geruch von warmem, regennassem Asphalt kam ihr entgegen.

Ingrid beschloss, das Auto vorm Zeitungshaus stehen zu lassen und sich ein Café in der Nähe zu suchen, um ihre Gedanken zu sammeln und ein wenig zu feiern. Das war trotz allem ein Schritt auf dem Weg zu einem neuen Leben.

Beim Helmers waren Stühle und Tische draußen immer noch nass vom Regen, also kaufte sie sich eine Zimtschnecke und eine Tasse Kaffee und setzte sich drinnen an einen der Fenstertische.

Siljan – Büro für Privatermittlung. Die Würfel waren gefallen. Die Frage war nur, wie sie jetzt am besten anfing. Was brauchte sie?

Ingrid machte sich Notizen auf einer Serviette.

Das Unternehmen würde sie ordnungsgemäß anmelden, und sie musste Buchhaltung lernen. Konnte sie womöglich Bücher dazu in der Bibliothek ausleihen?

Eine richtige Kamera brauchte sie und einen Anrufbeantworter, damit sie nicht den ganzen Tag zu Hause sitzen musste.

Schnell trank sie ihren Kaffee aus, um sofort loszulegen. Als sie raus auf die Straße ging, nahm sie erst mal Kurs auf den Elektroladen. Im Schaufenster waren mehrere neueste Kameramodelle mit Preisschildern aufgereiht.

Ingrid schlenderte weiter. Die Wärme hatte den Regen bereits getrocknet, und auch heute herrschte Trubel um das große Dalapferd. Neue Kinder wurden daraufgesetzt und verewigt.

In einer Seitenstraße entdeckte sie ein kleineres Fotogeschäft, das sowohl neue als auch gebrauchte Kameras verkaufte. Als die Türklingel ging, kam ein glatzköpfiger älterer Mann mit Brille auf der Nasenspitze aus dem Lager.

»Womit kann ich dienen?«

Der Mann schob die Brille hoch und schaute sie an.

»Ich würde mich gern ein wenig umschauen«, sagte Ingrid.

»Gewiss.« Der Mann machte eine ausholende Geste über die Glasvitrinen. »Sagen Sie Bescheid, wenn Sie eine Frage haben.«

Ingrid ging zum Regal mit den gebrauchten Systemkameras. Hier kostete eine Nikon nur halb so viel wie im Elektroladen, aber es war trotzdem noch eine Menge Geld. Außerdem würde sie sicherlich auch ein anständiges Teleobjektiv brauchen, und das kostete fast genauso viel wie die Kamera selbst.

»Diese Canon, die Sie da gerade ansehen, ist sehr preiswert«, sagte der Ladenbesitzer. »Fast neu, und man sagt, die hält ein ganzes Leben.«

»Passt dieses Objektiv da drauf?«, fragte Ingrid und klopfte an die Glasscheibe nebenan.

»Ja, tut es.«

Der Ladenbesitzer wollte gerade kommen und ihr das Objektiv zeigen, als die Türklingel wieder ging und ein Mann um die vierzig in Trainingsanzug das Geschäft betrat.

»Hallo, Janne!«, rief der Ladenbesitzer und nahm wieder seinen Platz hinter dem Tresen ein. »Alles in Ordnung?«

»Doch, danke.«

Ingrid hörte fasziniert zu. Wie es wohl war, wenn man an einem Ort wohnte, wo die Leute einen auf diese Weise wiedererkannten und mit Namen ansprachen. Das musste Geborgenheit schaffen.

»Wie läuft es mit dem Hausverkauf?«

»Na ja bisschen zäh«, erwiderte der Mann im Trainingsanzug und legte einen Abholschein auf den Tresen. »Sind die Fotos fertig?«

»Ich glaube, ja.«

Der Ladenbesitzer suchte eine Weile in einer Schublade und legte dann einen Umschlag auf den Tresen.

Die Kasse klingelte, und kurz darauf hatte Janne die Fotos in seine Supermarkttüte gesteckt und war auf dem Weg zur Tür hinaus. Der Ladenbesitzer sah ihm nach, dann umrundete er den Tresen und kam zu Ingrid.

»Nun, da wollen wir mal schauen«, sagte er und schloss die Vitrine auf.

Vorsichtig hob er die Kamera heraus und montierte das Objektiv auf, um sie dann Ingrid zu reichen.

Sie wog sie in der Hand und schaute damit aus dem Fenster. Mit Hilfe des Teleobjektivs konnte sie ohne Probleme die Preisschilder im Schaufenster gegenüber lesen.

»Ein Jahr Garantie auf Kamera und Objektiv«, erklärte der Ladenbesitzer.

Sie betrachtete die Balkonkästen in der dritten Etage durch den Sucher und dachte nach. Doch, sie brauchte eine Kamera.

»Eine Tasche und ein paar Filmrollen gebe ich Ihnen auch dazu«, fuhr der Mann fort.

»Können Sie mir die bis morgen zurücklegen?«, fragte Ingrid. »Ich muss erst Geld abheben.«

»Selbstverständlich.«

Ein Unternehmen zu gründen erforderte Investitionen, dachte sie etwas bestürzt, aber hoffentlich würde es sich lohnen.

Kapitel 16

Ingrid saß am Küchentisch und putzte Pfifferlinge. Als sie am Morgen mit Donna draußen gewesen war, hatte sie fast ein ganzes Kilo gefunden. Aus dem Saal tönte David Bowie. Inzwischen konnte sie fast alle Texte auswendig – wenig verwunderlich, die LP lief tagein, tagaus. Das war auch eine gute Methode, um die seltsamen Geräusche zu übertönen, die das Haus von sich gab.

Es hatte sich noch niemand gemeldet und ihre Dienste verlangt, aber es war auch erst ein Tag vergangen, seit ihre Anzeige in der Zeitung gestanden hatte. Vielleicht sollte sie in den Orten der Gemeinde Zettel an die Anschlagbretter hängen. Das war außerdem kostenlos.

Sie bürstete den letzten Pfifferling, schnitt das untere Ende des Stiels ab und legte den Pilz in die Tüte. Dann warf sie die Zeitung weg, die sie als Unterlage benutzt hatte, fegte alle Reste ein und wischte den Küchentisch.

Es war noch nicht einmal zwölf Uhr, und ein langer Tag ohne Beschäftigung lag vor ihr. Draußen hatte es begonnen zu regnen.

Vielleicht war es jetzt doch an der Zeit, sich mal der Hockeytasche zu widmen.

Sie ging in den Keller, holte die große Tasche und schleppte sie in den Saal.

Dann drehte sie die Bowie-LP um, kniete sich auf den Boden und zog den Reißverschluss auf.

Das Erste, was sie rausfischte, war das T-Shirt vom Bruce Springsteen-Konzert in Stockholm, als Kjell und sie sich gerade kennengelernt hatten, und der Rock, den er ihr zum neunundzwanzigsten

Geburtstag geschenkt hatte. Niemals wieder würde sie eines dieser Kleidungsstücke tragen.

Als Nächstes kam das gepunktete Kleid von *Zwei kleine Trolle* auf der Drottninggatan-Straße in Stockholm zutage. Das hatte Anna nur ein einziges Mal angehabt.

Weiter unten in der Tasche fand sie in ein Kleid eingewickelt ein Fotoalbum. Vorsichtig begann sie zu blättern.

Annas erster Geburtstag in der Küche in Skärmarbrink. Sie erinnerte sich an die braunen Halbgardinen und die Äpfel auf den Kacheln. Anna am Kopfende des Tisches in ihrem Kinderstuhl. Eine grüne Marzipantorte. Thomas und sie selbst an dem festlich gedeckten Tisch mit vollen Kaffeetassen. Das Foto musste Kjell gemacht haben.

Das nächste Bild war am selben Tag im Wohnzimmer aufgenommen worden. Anna auf dem Fußboden mit ihren neuen Bauklötzen. Thomas im Schneidersitz, der einen Turm baut. Die Balkontür ist angelehnt. Draußen ist Sommer und der Spielplatz vor lauter Grün nicht zu sehen.

Der Balkon. Auf dem hatte Kjell sie später im Jahr ausgesperrt. Damals herrschten zehn Grad minus und hinterher hatte sie kein Gefühl mehr in den Füßen.

Ingrid blätterte weiter vor, dann kam Gröna Lund. Anna ist ein paar Jahre älter und fährt Karussell. Ingrid und sie nebeneinander, jede auf einem Pferd. Ingrid hat die Hand auf Annas Rücken. Beide lachen.

Plötzlich klingelte das Telefon. Konnte das wahr sein? Erst beim zweiten Klingeln kam Ingrid auf die Füße und stellte die Musik leiser. Erst wusste sie nicht recht, wie sie sich melden sollte, es konnte ja auch das Jugendamt sein, das da anrief – also meldete sie sich erst einmal mit der Telefonnummer.

Am anderen Ende war eine dunkle Stimme zu hören.

»Ich habe eine Anzeige wegen Privatermittlung in der Zeitung gesehen. Bin ich da richtig?«

»Ja, das ist richtig«, sagte sie. »Womit kann ich Ihnen helfen?«

Ingrid zog sich einen der Esstischstühle heran und zückte den Kugelschreiber, den sie neben dem Telefon auf das neue Notizbuch gelegt hatte.

»Ja, also, mein Name ist Ove Larsson, und es ist so, dass ich Probleme mit meiner Frau habe.«

»Probleme in welcher Hinsicht?«, fragte Ingrid, als sie sich setzte, auch wenn sie schon raten konnte, worum es hier ging.

»Ich habe den Verdacht, dass sie einen anderen kennengelernt hat und mich betrügt«, sagte Ove.

Ingrid unterdrückte einen Seufzer. Diese Sorte Aufträge wollte sie eigentlich nicht haben, auch wenn ihr schon klar war, dass das eine wichtige Einkunftsquelle für ihr kleines Unternehmen werden würde.

»Und was sagt Ihre Frau selbst dazu?«, erkundigte sie sich und rollte den Stift zwischen den Fingern.

»Natürlich leugnet sie und behauptet, ich hätte das alles falsch verstanden, aber ich bin ganz sicher, dass sie lügt.«

»Was lässt Sie denn glauben, dass Ihre Frau untreu ist? Gibt es irgendwelche Anzeichen dafür?«

»Wenn sie sagt, dass sie einkaufen fährt, dann ist sie manchmal mehrere Stunden weg, und wenn ich von der Arbeit anrufe, dann geht sie nicht ran. Sie hat sich auch völlig ohne Grund neue Kleider gekauft. Wir sind über fünfzehn Jahre verheiratet, und ich weiß, wann sie lügt. Ich spüre es.«

»Sie haben sich also vorgestellt, dass ich ihr folge und Beweise finde?«, fragte Ingrid.

»Ja, genau. Wie viel würde das denn kosten?«

»Das hängt natürlich davon ab, wie lange es dauert. Aber jemanden zu beschatten kann recht kostspielig sein, weil man nie wissen kann, wohin eine Person sich begeben oder wie sie sich verhalten wird. Wenn es um Untreue geht, dann ist das oft mit Reisen, Hotelaufenthalten, Restaurantbesuchen und so weiter verbunden. Dazu kommen noch die Kosten für Benzin und das Entwickeln von Fotos. Denn ich nehme mal an, dass Sie einen Bildbeweis möchten.«

»Ja, unbedingt«, bestätigte Ove.

»Das kann also teuer werden«, verdeutlichte Ingrid.

Ove atmete schwer am Ende der Leitung.

»Ich bezahle, was es kostet. Wann können Sie anfangen?«

»Ich beginne mal damit, ein paar Informationen über sie zu sammeln«, sagte Ingrid und schlug die erste Seite in dem leeren Notizbuch auf.

»Wie heißt sie?«

»Anita Larsson.«

Ingrid notierte den Namen.

»Arbeitet sie?«

»Ja, als Krankenschwester im Krankenhaus von Mora. Auf der Orthopädie.«

»Hat sie sonst noch irgendwelche festen Termine in der Woche?«, hakte Ingrid nach. »Irgendein Hobby oder so?«

»Sie singt im Chor«, sagte Ove. »Die proben mittwochabends in der Kirche von Våmhus.«

Alle Details, die sie erfuhr, kamen ins Notizbuch.

»Also heute Abend?«, fragte sie.

»Ja, genau.«

»Besitzt sie einen Führerschein und ein Auto?«

»Ja. Sie fährt einen blauen Fiat mit dem Kennzeichen LXD776.«

»Gut«, sagte Ingrid. »Und dieser Mann, von dem Sie glauben, dass sie sich mit ihm trifft, was wissen Sie über den?«

»Es gibt da nicht direkt eine konkrete Person. Mehr so starke Hinweise, könnte man sagen. Das ist dann ja wohl Ihr Job, rauszukriegen, wer das ist.«

Ingrid unterdrückte einen weiteren Seufzer.

»Wenn sich nun herausstellt, dass Ihre Frau Sie betrügt«, sagte sie. »Was werden Sie dann tun?«

»Das weiß ich nicht«, sagte Uwe. »Oder was meinen Sie damit?«

»Im Moment sind Sie empört und fühlen sich hinters Licht geführt. Da kann es schnell den Eindruck machen, als würde alles wieder gut, wenn Sie nur die Wahrheit erfahren. Aber wird das wirklich so sein? Vielleicht wird sich das dann noch schlimmer anfühlen.«

»Ich weiß nur, dass ich nicht mit dieser Lüge leben kann. Ich muss eine Antwort bekommen.«

»Wenn ich keine Beweise finde«, begann Ingrid, »werden Sie das dann hinter sich lassen und Anita vertrauen können?«

»Ich verstehe wirklich nicht, warum Sie das alles hier fragen. Wollen Sie denn kein Geld verdienen?«

Ingrid ignorierte die Frage und sagte stattdessen:

»Und haben Sie schon darüber nachgedacht, was Sie tun werden, wenn Sie recht haben? Wollen Sie sich scheiden lassen? Oder werden Sie versuchen, Anita zurückzugewinnen?«

»Worauf wollen Sie hinaus?«, zischte Ove.

Jetzt klang er richtig wütend.

»Ich glaube, es ist wichtig, dass Sie über den nächsten Schritt nachdenken«, fuhr Ingrid fort. »Manchmal ist es besser, nichts zu wissen oder sich ganz einfach dafür zu entscheiden, demjenigen, mit dem man zusammenlebt, zu vertrauen.«

»Demjenigen zu vertrauen«, äffte Ove sie nach. »Darum geht es nicht. Ich weiß, dass sie lügt. Ich bin mir zu hundert Prozent sicher.«

»Mein Eindruck ist, dass Sie ihr am liebsten eine Tracht Prügel verpassen würden.«

Ove murmelte etwas, was Ingrid nicht verstand, aber das war vielleicht auch besser so.

»Dann rede ich jetzt mal Klartext«, sagte sie. »Ich habe nicht vor, diesen Auftrag anzunehmen.«

»Was zum Teufel soll das heißen? Warum denn nicht? Ich kann doch bezahlen!«

Der Zorn in seiner Stimme ließ Ingrid erzittern, doch diesmal ging es ja nicht um sie, und dieser Mann stand auch nicht neben ihr. Trotzdem rauschte es ihr vor Panik in den Ohren.

»Es ist so«, sagte Ingrid trotz ihrer Angst ruhig und pädagogisch. »Ihre Frau hat alles Recht der Welt, so lange wegzubleiben, wie sie will, wenn sie einkaufen geht. Wenn sie einen anderen kennengelernt hat, dann liegt es vielleicht daran, dass sie Sie einfach nicht mehr liebt. Kein Bildbeweis auf der ganzen Welt wird dagegen helfen.«

»Was soll das, verdammt noch mal?«

»Ich kenne Männer wie Sie«, fuhr Ingrid ungerührt fort, »und ich habe nicht vor, Ihnen zu helfen, ganz gleich wie viel Sie bezahlen.«

»Du kleines Luder«, zischte er leise.

»Sehen sie«, sagte Ingrid. »Da haben wir es ja. Wusste ich es doch.«

»Was glaubst du, wer du bist, du verdammte Feministenschlampe?«, flüsterte er jetzt noch leiser.

Ingrid schluckte, bevor sie weiterreden konnte.

»Wie gesagt. Ich werde Ihrer Frau nicht nachspionieren. Stattdessen werde ich Kontakt zur Polizei aufnehmen und die darauf hinweisen, wen sie zuerst aufs Revier bitten müssen, sollte Anita Larsson etwas zustoßen.«

Ohne eine Antwort abzuwarten, legte sie auf.

Kapitel 17

Ingrid saß auf einer Bank vor der Kirche von Våmhus, und ihr Blick fiel auf eine große bronzene Büste am Eingangstor. »Eric Wickman, 1887–1954, Greyhound« stand in den hohen Sockel eingraviert, und unter dem Text war das Bild von einem Bus zu sehen. Offensichtlich hatte ein Mann aus der Gegend hier die Greyhoundbusse in den USA erfunden. Sieh mal einer an.

Sie war immer noch unangenehm berührt von dem Gespräch vorhin mit Ove Larsson. Männer, die schrien und rumbrüllten, konnten sehr einschüchternd wirken, aber wenn sie anfingen zu flüstern, dann waren sie richtig gefährlich, so viel wusste sie. Nach Kjell hatte sie beschlossen, nie wieder einen Mann in ihr Leben zu lassen, und obwohl sie erst eine knappe Woche wieder draußen war, stellte sich das bereits als die richtige Entscheidung heraus.

Ein Auto nach dem andern fuhr auf den Parkplatz, und Ingrid sah Leute aussteigen und ein Weilchen miteinander plaudern, ehe sie Richtung Kirchentür gingen. Fast alle warfen im Vorbeigehen lange Blicke in ihre Richtung, um zu sehen, wer sie war. Um ihre Blicke abzuschütteln, stand sie auf und begann stattdessen an den Gräbern auf dem Friedhof entlangzugehen. Eine Touristin, die ihre Vorfahren suchte, weckte nicht dieselbe Aufmerksamkeit.

Den kleinen Fiat von Anita Larsson konnte sie schon von weitem ausmachen. Sie stellte sich in den Schutz eines Grabsteins und betrachtete die Frau mit Pferdeschwanz, Rock und geblümter Bluse. Während Anita das Auto abschloss und sich die Handtasche über die Schulter warf, wechselte sie ein paar Worte mit zwei Chormitgliedern, die ein Stück entfernt standen. Dann gingen sie alle zur Kirche.

Ingrid sah auf die Uhr. In ein paar Minuten würde die Probe beginnen, und nun kam der Pfarrer über den Parkplatz marschiert. Er war jugendlich gekleidet, trug Jeans und Sportschuhe, und das Beffchen ragte aus einem mintgrünen Pullover.

Ingrid wartete noch einen Moment, nachdem er durch die Tür verschwunden war, dann folgte sie nach.

Vorn am Altar war der Chor dabei, sich zu versammeln, noch wurde laut geplaudert und gelacht. Der Pfarrer stand am Klavier und blätterte konzentriert in seinen Noten.

Ingrid ging den Altargang herunter und hatte plötzlich Sehnsucht danach, in eine Gemeinschaft wie diese zu gehören. Sie hatte noch nie im Chor gesungen, aber im Gefängnis auf Hinseberg bei einer Theatergruppe mitgemacht. Einmal hatten sie eine Gastvorstellung in Fellingsbro gehabt, und die Proben, die Aufregung vor der Premiere und die Erleichterung hinterher hatten eine ganz besondere Gemeinschaft geschaffen. Anders als sie selbst hatten viele in der Gruppe wirkliches Schauspieltalent und Sinn für Komik. Am besten von allen war Maran, aber die saß auch wegen schweren Betrugs ein. Übung machte eben den Meister.

Als der Pfarrer sie entdeckte, ließ er die Noten liegen und sagte:

»Kann ich Ihnen irgendwie helfen? Möchten Sie vielleicht mit im Chor singen?«

Sein Lächeln reichte nicht bis zu den Augen und sah eingeübt aus.

»Nein danke«, sagte Ingrid. »Draußen steh ein blauer Fiat, da ist das Licht noch an. Das wollte ich nur sagen.«

Anita Larsson schrak zusammen und legte ihre Notenmappe weg. Sie fing an in der Handtasche zu kramen, die sie unter einen Stuhl gestellt hatte, und sowie sie den Autoschlüssel gefunden hatte, lief sie hinter Ingrid her.

»Das ist so nett von Ihnen, dass Sie reingekommen sind, um Bescheid zu geben«, sagte sie. »Ich bin so nachlässig.«

Als sie auf die Kirchentreppe hinauskamen, blieb Ingrid stehen und wandte sich Anita zu.

»Das Licht brennt gar nicht«, gestand sie. »Das habe ich mir nur ausgedacht. Ich muss mit Ihnen über etwas sprechen.«

Anita, die mit dem Schlüssel in der Hand bereitstand, ließ den Arm sinken. Sie sah zu Tode erschrocken aus.

»Ich heiße Ingrid und bin private Ermittlerin. Vor ein paar Stunden hat mich Ihr Mann angerufen. Er glaubt, Sie würden ihn betrügen, und war bereit, mich dafür zu bezahlen, Sie zu bespitzeln.«

»Ich …«, sagte Anita. »Jetzt weiß ich wirklich nicht, was ich sagen soll.«

»Sie müssen gar nichts sagen. Aber ich hatte keinen guten Eindruck von Ihrem Mann. Er wirkte sehr wütend und aggressiv, deswegen bin ich hierhergekommen, um Ihnen zu sagen, dass Sie auf sich achtgeben müssen.«

Anita sah aus, als würde sie gleich in Tränen ausbrechen.

»Wenn er Sie schlägt, müssen Sie die Polizei rufen. Und denken Sie daran, alles zu dokumentieren, sollte er Sie so misshandeln, dass Sie Verletzungen davontragen. Machen Sie Fotos. Schreiben Sie Tagebuch.«

Tun sie all das, was ich nicht getan habe, dachte Ingrid.

Anita schaute sich über die Schulter um.

»Ich muss jetzt reingehen.«

»Tun Sie das«, sagte Ingrid. »Passen Sie auf sich auf. Es ist nicht Ihre Schuld, dass er ein Schwein ist, vergessen Sie das nie.«

Anita sah aus, als wäre sie im Begriff, etwas zu sagen. Doch dann drehte sie sich um und verschwand durch die große Eingangstür.

Ingrid blieb auf der Treppe stehen, bis sie von drinnen den Gesang hörte. Wer wusste es schon, vielleicht hatte sie ja doch jemandem geholfen.

Als sie nach Hause kam, entdeckte sie, dass der Anrufbeantworter blinkte.

Sie holte die Gebrauchsanweisung heraus, um sicherzugehen, dass sie nichts falsch machte, wenn sie das Band zurückspulte, um es abzuhören, und hoffte, dass es diesmal ein richtiger Auftrag sein möge.

Erst glaubte sie, dass die Person, die angerufen hatte, keine Nachricht hinterlassen hätte, denn es dauerte eine ganze Weile, bis ein zögerliches »Hallo« zu hören war. Und dann noch weitere Augenblicke, ehe die Frau wieder sprach.

»Ach Mist, ich weiß nicht, wie diese Apparate funktionieren. Aber ich heiße Solveig.«

Sie sprach übertrieben deutlich, betonte jede Silbe.

»Es geht um die Annonce in der Zeitung. Unser Sohn Mattias ist vorigen Sommer verschwunden und ich bräuchte Hilfe. Aber es hängt natürlich davon ab, was das kostet. Können Sie mich anrufen? Ach was, nein, tun Sie das nicht. Können wir uns vielleicht morgen treffen? Wir wohnen am Fyrebergsvägen in Björkvassla. Das rote Haus mit der verglasten Veranda. Jetzt quatsche ich, ich merke das schon, ich bin es nicht gewohnt, mit einer Maschine zu reden.«

Kapitel 18

Am Fyrebergsvägen gab es nur ein Haus mit verglaster Veranda, und somit war es für Ingrid leicht zu finden. Der Hof war von einem gut gepflegten traditionellen Stangenzaun eingerahmt und voller kleiner Hütten und Scheunen in unterschiedlichen Größen, so wie bei den meisten Höfen in der Gegend hier. Im Schatten hinter einem der Schuppen stand ein alter Schleifstein und zwischen Bergen von Holz eine Kreissäge.

Als Ingrid vom Fahrrad sprang und es abstellte, kam eine rot gestreifte Bauernkatze an und strich an ihrem Bein entlang.

»Hallo, du«, sagte sie und ging in die Hocke, um das Tier zu streicheln.

Vorne am Haus stand eine Frau in Shorts und großem Herrenhemd und hängte zwischen ein paar Birken Wäsche auf. Nach einem fragenden Blick auf Ingrid befestigte sie weiter ein Stück nach dem anderen an der Leine. Pullover in verschiedenen Größen flatterten im Wind.

Ingrid stand auf und kam näher, während die Katze den Kiesweg entlangtapste.

Die Frau wirkte mager und eingefallen, und obwohl sie nicht älter als fünfunddreißig Jahre sein konnte, war ihr Rücken gebeugt. Doch man konnte sehen, dass sie einmal richtig hübsch gewesen war. Trauer ließ die Menschen vorzeitig altern.

»Sind Sie Solveig?«, fragte Ingrid.

»Ja, das bin ich.«

Die Frau holte einen weiteren Pullover aus dem Korb und schüttelte ihn glatt. Die Bewegung sah angestrengt aus.

»Sie haben eine Nachricht auf meinem Anrufbeantworter hinterlassen«, sagte Ingrid. »Siljan – Büro für Privatermittlung. Ingrid heiße ich.«

»Ach so«, sagte Solveig und streckte ihr eine feuchte Hand zum Gruß hin. »Ich habe mit einem Mann gerechnet. Keine Ahnung, warum. Aber gut, dass Sie kommen konnten.«

Der Wäschekorb war jetzt leer und sie ging mit langsamen Schritten voraus zum Haus.

»Wie ich schon sagte, brauchen wir Hilfe, um unseren Sohn zu finden«, erklärte Solveig. »Wenn das möglich ist.«

»Der Junge, der vorigen Sommer verschwunden ist?«, fragte Ingrid.

»Ja, genau.«

Solveig stieg vor Ingrid die Treppe hinauf und lehnte den leeren Wäschekorb ans Verandageländer.

»Ich habe den Zettel draußen vorm Laden gesehen«, sagte Ingrid. »Aber erzählen Sie doch einfach mal.«

Solveig nickte. All ihre Bewegungen wirkten zögerlich, als würde ihr ganzer Körper schmerzen.

»Möchten Sie einen Kaffee?«

»Ja, gerne«, sagte Ingrid.

»Setzen Sie sich, ich komme gleich.«

Als Ingrid sich an den Verandatisch gesetzt hatte, kam die Katze wieder. Diesmal sprang sie auf den benachbarten Stuhl und ließ sich streicheln. Nach einer Weile tauchte Solveig mit einem Tablett auf und begann Tassen, Teller, Servietten mit Erdbeermuster, Kaffeekanne und eine Kuchendose aus Birkenrinde mit Gebäckrolle und einem Dutzend Butterkeksen aufzudecken.

»Das ist alles gekauft«, erklärte sie. »Ich bringe es nicht mehr fertig, selbst zu backen.«

Solveig schenkte ihnen beiden Kaffee ein und setzte sich dann.

»Sie sind nicht von hier, oder?«, fragte sie und schob ihr die Kuchendose hin.

»Nein, ich bin gerade erst hierhergezogen.«

»Und wie sind Sie ausgerechnet hier gelandet? Haben Sie Verwandtschaft in der Gegend?«

»Nein, das nicht«, erwiderte Ingrid.

Ohne noch mehr zu erklären, nahm sie sich höflich ein Stück von der Gebäckrolle.

»Mein Mann Esbjörn ist heute nicht zu Hause«, sagte Solveig. »Tatsächlich weiß er nicht mal, dass ich Sie angerufen haben. Bevor ich ihm das erzähle, wollte ich erst wissen, ob Sie uns überhaupt helfen können und was es kosten würde.«

Ingrid versuchte, einen Schluck Kaffee zu nehmen, aber der war so heiß, dass sie die Tasse wieder abstellte.

»Erzählen Sie doch zuerst mal, was passiert ist, dann sehen wir weiter.«

»Also, es ist gerade ein Jahr her, am Samstag, dem 3. Juli, dass wir ihn das letzte Mal gesehen haben. Am Morgen. Ich war mit Linda, der kleinen Schwester von Mattias, nach Mora gefahren, um neue Sandalen zu kaufen. Und als wir gegen Mittag wiederkamen, hatte Mattias einen Zettel auf dem Küchentisch hinterlassen. ›Ich übernachte bei Kaj‹, stand darauf. Sein Fahrrad und sein Rucksack waren weg. Kaj hat hinterher erzählt, sie hätten eigentlich vorgehabt, in ihrer Waldhütte zu übernachten, es sich dann aber aus irgendeinem Grund anders überlegt. Er meinte, Mattias sei enttäuscht gewesen und wieder mit dem Fahrrad weggefahren. Danach hat niemand ihn mehr gesehen.«

»Wann haben Sie angefangen, sich zu fragen, wo er ist?«, fragte Ingrid.

»Wie gesagt dachten wir, er sei bei Kaj, aber als er am Sonntag nicht nach Hause kam und ich bei Kaj zu Hause angerufen habe, dort aber niemand wusste, wo er war, wurden wir unruhig. Ich habe noch bei den anderen Kindern angerufen, mit denen er manchmal was unternimmt, doch niemand hatte ihn gesehen. Esbjörn ist die halbe Nacht auf den Straßen in der Umgebung herumgefahren, ohne die kleinste Spur von ihm zu finden. Und da haben wir dann die Polizei angerufen.«

Solveig nahm einen ersten Schluck von ihrem Kaffee und stellte die Tasse dann bedächtig auf die Untertasse, ehe sie weitererzählte:

»Aber als wir dann befragt worden sind und Esbjörn erzählt hat, dass die beiden, kurz bevor Mattias am Samstagmorgen losgefahren war, gestritten hatten, da hat die Polizei die ganze Sache nicht mehr ernst genommen. Sie glaubten, Mattias sei einfach von zu Hause abgehauen, wie beleidigte Teenager es manchmal tun.«

Ingrid nickte.

»Worüber haben die beiden gestritten?«

»Esbjörn wollte, dass Mattias ihm mit dem Holz hilft, aber der hat sich geweigert. Früher wollte Mattias immer gern helfen und zeigen, dass er groß und tüchtig ist, aber an dem Morgen mochte er nicht.«

»Haben die beiden oft gestritten?«

»Nein«, erwiderte Solveig. »Mattias war schon immer ein sehr liebes und folgsames Kind, aber in dem Sommer hat er sich irgendwie verändert.«

»Inwiefern?«

Solveig schwieg eine Weile, und Ingrid wartete.

»Wenn Sie Esbjörn fragen würden, dann würde er wahrscheinlich sagen, Mattias sei aufmüpfig geworden. Aber er sollte im Dezember ja dreizehn werden, ich denke also mal, das gehörte zum Alter.«

Plötzlich pladderten Regentropfen auf das Blechdach.

»Oje«, sagte Solveig, »ich muss die Wäsche reinholen!«

Sie nahm den Wäschekorb, der ans Geländer gelehnt stand, und rannte über die Wiese. Ingrid folgte ihr, und gemeinsam rissen sie im Regen Laken und Pullover von der Leine. Die bunt bemalten Holzklammern flogen in alle Richtungen.

»Die hat Mattias für mich angemalt«, erklärte Solveig, als sie sah, dass die Klammern Ingrid interessierten. »Er hat sie mir zum Muttertag geschenkt.«

Atemlos kehrten sie auf die Veranda zurück und setzten sich wieder an den Tisch. Der Regen trommelte jetzt immer heftiger aufs Dach.

»Am Montagnachmittag dann fingen Polizei und Heimatschutz an, die Umgebung hier abzusuchen«, erzählte Solveig weiter. »Nach zwei Tagen, am Mittwoch, haben sie das Fahrrad von Mattias, den Rucksack und seine Kleider auf einem Haufen ein paar Kilometer entfernt am Våmån gefunden. Ihre Theorie war, dass er gebadet hatte und dann vom Strom mitgerissen wurde, aber das kann gar nicht sein.«

»Warum nicht?«

»Als Mattias klein war, ist da unten am See mal was passiert, und seither hatte er panische Angst vorm Wasser. Er ging nur sehr selten baden und niemals an Stellen, die er nicht kannte.«

Das Dröhnen des Regens auf dem Blechdach übertönte ihre Stimme, und auf dem Hofplatz bildeten sich schnell große Wasserpfützen, aber der schlimmste Schauer war schnell vorüber, und als sich das Gepladder beruhigte, fuhr Solveig fort:

»Sie haben mehrere Wochen lang mit Tauchern gesucht, ihn aber nicht gefunden. Natürlich. Mattias ist da nicht.«

»Was glauben Sie, was passiert ist?«, fragte Ingrid.

»Ich weiß es nicht. Aber eins weiß ich mit Sicherheit, und das ist, dass Mattias niemals freiwillig einen Fuß in den Fluss gesetzt hätte. Das Fahrrad und die Kleider sind nur eine falsche Spur, die jemand ausgelegt hat.«

»Und was sagt die Polizei?«

»Tja, was sagt die? Anfangs haben sie ja getan, was sie konnten, haben mit Hunden die Lichtung abgesucht, wo man seine Kleider gefunden hat, sind den Fluss abgelaufen und haben ein paar Leute befragt, aber als er nirgends zu finden war, haben sie aufgegeben.«

Ingrid nahm einen Bissen von der Gebäckrolle.

»Ich habe das Gefühl, verrückt zu werden«, fuhr Solveig leise fort. »Ich halte es einfach nicht aus, in dieser Ungewissheit zu leben. Sie frisst mich von innen auf. Und ich will den Leuten wieder in die Augen sehen können.«

Sie verbarg das Gesicht in den Händen und begann zu weinen. Ingrid ließ sie und versuchte nicht zu trösten, denn welchen Trost konnte sie schon geben?

Ohne aufzusehen, tastete Solveig nach einer Serviette und wischte sich das Gesicht ab, dann setzte sie sich wieder aufrecht hin.

»Sie sagen, dass Sie den Leuten wieder in die Augen sehen wollen«, sagte Ingrid. »Meinen Sie damit, dass Sie jemanden hier im Ort in Verdacht haben?«

»Ja. Ich denke, dass jemand, der Mattias kennt und der hier in der Nähe wohnt, mit der Sache zu tun haben muss. Sonst wäre das Fahrrad nicht da am Fluss abgelegt worden, im perfekten Abstand von hier. Nicht so nah, dass es zu schnell gefunden wird, und nicht weiter weg, als dass es nicht noch mit dem Fahrrad zu erreichen wäre.«

Solveig entschuldigte sich und ging ins Haus. Als sie zurückkam, legte sie eine Mappe vor Ingrid auf den Tisch, die an den Ecken mit Gummibändern zusammengehalten wurde.

»Das hier sind Zeitungsausschnitte von der Suche im vorigen Sommer. Ich habe das alles aufgehoben, damit Mattias es lesen kann, wenn er wieder nach Hause kommt. Damit er sieht, wie viele mitgeholfen haben. Falls er nun nach Hause kommt.«

Ingrid nahm die Mappe zögernd entgegen, öffnete sie aber nicht.

»Sie können das hier ja auf jeden Fall mal durchlesen«, schlug Solveig vor. »Und sehen, ob es noch etwas gibt, was Sie tun könnten.«

»Diese Waldhütte, in der Kaj und Mattias übernachten wollten. Wo liegt die?«

»Oben im Wald zwischen dem Hötjärnsvägen und Tridbacksvägen«, erklärte Solveig und zeigte Richtung Westen. »Esbjörn hat gleich am Sonntagabend da gesucht, doch es schien niemand dort gewesen zu sein.«

»Ist es okay, wenn ich einen Blick in sein Zimmer werfe?«, fragte Ingrid.

»Doch, ja … das ist kein Problem.«

Ingrid folgte ihr durch eine Diele und eine geräumige Küche mit halbhohen Holzpaneelen, Vitrinenschränken und einer Essecke in lackierter Kiefer, die wie neu aussah. Die Spüle war sauber und abgetrocknet und der Geschirrständer leer. Ein Blick ins Wohnzimmer zeigte ihr ein braun gebeiztes Fernsehregal mit gerahmten Schulfotos, einer kompletten Enzyklopädie ganz unten und ein paar Sportpokalen obendrauf.

Solveig führte sie an einer Tür vorbei, die angelehnt war. Ein Schild mit dem Text »Linda« in fröhlichen Farben und aufgeklebten Pailletten informierte deutlich darüber, wer hier wohnte.

»Hier ist es«, sagte Solveig und öffnete die nächste Tür, die mit Aufklebern bedeckt war: Ica. Donald Duck. Der blau-weiße Club-Aufkleber des IFK Våmhus.

Ingrid machte ein paar Schritte ins Zimmer und sah sich um.

»Darf ich mich setzen?«, fragte sie und nickte zum Bett, dessen Wäsche einen Bezug mit braunem Blumenmuster hatte. Das Kissen war eingedrückt, hier musste kürzlich jemand gelegen haben.

»Ja, machen Sie nur«, sagte Solveig leise. »Es ist genauso, wie er es verlassen hat. Ich habe es nicht einmal übers Herz gebracht, das Bettzeug zu wechseln. Manchmal liege ich da und ruhe mich aus.«

Über dem Bett hing ein Poster – *Das Imperium schlägt zurück* – und auf dem Nachttisch lag ein Stapel Comic-Hefte: *Donald Duck*, *Bussi Bär*. Ganz oben ein *Secret Agent X9*, das in der Mitte aufgeschlagen war. Als würde Mattias jeden Moment zurückkommen, sich auf dem Bauch ins Bett werfen und fertiglesen.

In der Küche klingelte das Telefon, und Solveig entschuldigte sich, um ranzugehen.

Ingrid strich vorsichtig über die Comicseite, stand vom Bett auf und ging zum Schreibtisch. In einer Holzschachtel mit Deckel, wahrscheinlich ein Produkt des Werkunterrichts, lagen etwa zehn Riech-Radiergummis verschiedener Art. Ingrid nahm eine kleine Ananas heraus und sog den synthetischen Duft ein.

Wonach suchte sie? Den Interessen von Mattias, seinem Temperament. Vielleicht seiner Seele. Wer er war und was er an jenem Tag gedacht hatte.

Ein Kassettenständer war voller bespielter Bänder, in kindlicher Handschrift sorgfältig mit Aufschriften versehen: »Gyllene Tider«,

»Robin Hood«, »Kiss«, »Vermischtes«. Anstelle von Punkten über den Buchstaben hatte Mattias kleine Ringe gemalt. Einen Kassettenrekorder sah sie allerdings nicht.

In der obersten Schreibtischschublade fand sie mehrere unbespielte Kassetten, Sechziger und Neunziger, noch in Plastikverpackung. In der zweiten Schublade lagen Legosteine bunt durcheinander.

Aus der Küche war immer noch Solveigs Murmeln zu hören, und Ingrid ließ ihren Blick weiterwandern.

In der einen Ecke des Zimmers stand ein selbstgebautes Glücksrad, sehr ähnlich dem, das der Moderator Per Ragnar samstags in der Sendung *Guten Morgen Schweden* benutzte. Es war aufwendig gemacht, mit aufgemalten Zahlen und einer dichten Reihe von Nägeln ringsherum. Ingrid brachte die kreisförmige Holzscheibe in Schwung und lauschte dem Knattern.

Hardrock, *Krieg der Sterne* und Lego. Die Teenagerjahre kamen angekrochen, aber Mattias befand sich immer noch in der Kindheit.

Während das Rad ratterte, brach draußen die Sonne durch die Wolken und warf eine Lichtstraße quer über den gestreiften Flickenteppich. Er war ein Kind. Und ein Kind durfte niemals einfach spurlos verschwinden.

Kapitel 19

Juni 1982

Mattias und Kaj warteten draußen vor Heisers Schuppen, während der den motorgetriebenen Rasenmäher herausbugsierte. Im Küchenfenster bewegte sich eine Gardine, und Mattias meinte, einen Schatten der alten Mutter da drinnen in der Dunkelheit zu erkennen.

Es war der heißeste Tag des Sommers, und Heiser hatte nur Shorts an. Der haarige Brustkorb war sonnengebräunt und nass von Schweiß.

»Nun denn«, flüsterte er und baute sich, die Hände in die Seiten gestützt, vor ihnen auf. »Dann wollen wir mal sehen, ob ihr den in Gang kriegt.«

Mattias versuchte, nicht auf den Hals von Heiser zu schauen, doch das war schwer. Immer wieder wanderte der Blick dorthin.

»Willst du es zuerst versuchen?«, fragte Heiser und zeigte auf ihn.

»Na klar.«

Schon im vorigen Sommer hatte er gelernt, den Rasenmäher zu Hause zu starten, aber dieser hier war viel zäher. Heiser stand breitbeinig daneben und schaute zu, als Mattias so fest an der Strippe riss, wie er nur konnte. Er unternahm einen weiteren Versuch und dachte, nun würde er wohl angehen, doch am Ende ging ihm die Kraft aus und das Motorgeräusch erstarb wieder. Schließlich war er so erschöpft, dass er aufgeben musste.

»Darf ich mal die Muskeln befühlen?«, fragte Heiser.

Mattias hatte keine Lust, irgendeinen Bizeps anzuspannen, aber Heiser kniff ihm trotzdem in den Oberarm und grinste.

»Nix als Spaghetti«, sagte er und wandte sich an Kaj. »Dann darfst du stattdessen probieren. Mal sehen, wie stark du bist.«

Kaj beugte sich herunter, packte die Strippe und nahm Schwung. Er zerrte mit verbissener Miene, und der Motor ging beim ersten Versuch an.

»Sieh mal einer an«, sagte Heiser. »So muss das aussehen.«

Kaj streckte sich und grinste zufrieden. Im Gegensatz zu Mattias hatte er nichts dagegen, die Armmuskeln vor Heiser anzuspannen, der kniff und fühlte.

»Fast so stark wie Hulk«, meinte Heiser. »Ja, dann macht mal los.«

Er machte eine Geste über den Rasen. Das Grundstück war so groß wie ein halbes Fußballfeld und fiel zur Straße ziemlich stark ab.

»Wer nicht mäht, kann auf dem Kiesweg Unkraut ziehen.«

Er verschwand wieder im Schuppen und kam mit einem kleinen Unkrautstecher zurück.

»Komm, ich zeige dir, wie man das macht«, sagte er mit einem Nicken zu Mattias.

Kaj begann, den Rasenmäher entlang des Zaunes vor sich herzuschieben. Mattias folgte Heiser zu einem Kiesweg voller Löwenzahn, wo er den Unkrautstecher in den Boden rammte und demonstrierte, wie man ihn unter den Kies schieben und dann auf diese Weise das Unkraut mit den Wurzeln rausholen konnte.

»Versuch's mal«, sagte er und reichte Mattias das Werkzeug. Bei Heiser hatte das ganz einfach ausgesehen, aber es war doch anstrengend, den Stecher in den Boden zu drücken. Obwohl Mattias mehrmals der Schaft wegrutschte, schien Heiser zufrieden zu sein.

»Gut«, sagte er. »Du hast Talent dafür, das sehe ich. Wenn du das Eisen ein wenig anwinkelst, dann geht es leichter, du wirst sehen. Komm, ich zeige es dir noch mal.«

Heiser stellte sich hinter Mattias und schloss die Arme um ihn, sodass sie den Schaft gemeinsam hielten.

»So«, sagte Heiser und drehte den Schaft ein wenig. »Spürst du den Unterschied?«

Mattias vernahm den Geruch von Schweiß und wie Heisers nackter Brustkorb sich gegen seine Schultern presste.

»So. Jetzt kannst du es selbst probieren.«

Wenn er es so machte, wie Heiser gezeigt hatte, ging es ein bisschen leichter, aber es war immer noch anstrengend, und er musste ganz schön arbeiten, um die Löwenzahnbüschel aus dem dichten Kies herauszuholen. Der raue Holzschaft rieb an den Händen. Heiser sah von einem Gartenstuhl im Schatten aus zu.

»Sollen wir mal tauschen?«, fragte Mattias, als Kaj sich mit dem Rasenmäher näherte. Seine Arbeit sah viel spaßiger aus.

»Gleich«, erwiderte Kaj und fuhr ein weiteres Mal die Böschung herunter. Natürlich fand er auch, dass es mehr Spaß machte, Rasenmäher zu fahren, als Unkraut zu jäten.

»Jetzt?«, versuchte Mattias noch einmal, als Kaj zum zweiten Mal zurückkam.

Kaj seufzte, nahm den Unkrautstecher entgegen und nickte heimlich zu Heiser hin.

»Der ist ziemlich komisch«, sagte er.

Mattias war derselben Ansicht. Er konnte immer noch Heisers klebrigen Brustkorb auf seinem Rücken spüren.

Kaj begann mit kräftigen Stößen Unkraut zu jäten, und Mattias schob den Rasenmäher vor sich die Böschung runter. Kein Problem. Doch als er wieder zurück nach oben musste, ging nichts mehr. Erst dachte Mattias, irgendetwas hätte sich unter dem Mäher verklemmt, ein Ast oder so, aber das war nicht der Fall. Und die Räder drehten sich auch alle, wie sie sollten.

Er musste alle Kraft zusammennehmen, um den schweren Rasenmäher in Bewegung zu halten. Als er sich endlich den Hügel hinaufgekämpft hatte, war er so erschöpft, dass Arme und Beine zitterten.

»Hallo, hallo«, krächzte Heiser von seinem Stuhl aus.

Mattias tat so, als würde er nicht hören. Er hatte alle Hände damit zu tun, das letzte Stück bis zum Kiesweg hinaufzuschieben, wo er umdrehen konnte.

»Anstrengend?«, fragte Kaj, der bereits mehrere Quadratmeter auf dem Kiesweg geschafft hatte.

»Schon«, erwiderte Mattias und wischte sich den Schweiß von der Stirn.

»Soll ich übernehmen?«

»Nein, kein Problem«, sagte Mattias und fuhr wieder den Hügel hinunter. Wieso machte das Kaj nichts aus? Vorigen Sommer hatte Mattias ihn jedes Mal ohne Probleme beim Armdrücken geschlagen.

Unten an der Grundstücksgrenze, wo er außer Sichtweite war, blieb er stehen, um Kräfte zu sammeln, ehe er wieder hinaufschob. Als es ihm zum dritten Mal gelungen war, den Hügel raufzukommen, blieb er über dem Griff des Rasenmähers hängen. Sein ganzes Gesicht pochte in der Hitze.

»Jetzt ist es aber Zeit für eine kleine Pause«, sagte Heiser und kam mit zwei großen Gläsern an. »Ihr mögt doch wohl Coca-Cola?«

»Ja, das tun wir«, sagte Kaj.

Mattias war so außer Atem, dass er nicht antworten konnte.

Sie setzten sich an den Gartentisch unter einem großen Ahorn. Die Gläser waren beschlagen, und die Eiswürfel klirrten und knackten. Mattias musste sich beherrschen, nicht alles auf einmal auszutrinken. Zu Hause bekamen sie nur selten Coca-Cola und niemals an einem gewöhnlichen Dienstag wie heute.

»Ihr macht gute Arbeit«, sagte Heiser. »Wollt ihr nicht eure Hemden ausziehen? Ihr vergeht noch in der Hitze.«

Mattias begegnete Kajs fragendem Blick.

»Nein, das ist nicht nötig«, sagte Mattias.

Eigentlich wollte er nichts lieber, als das verschwitzte Hemd auszuziehen, und wenn er allein gewesen wäre, hätte er es sofort getan. Oder wenn er Muskeln gehabt hätte, die man wenigstens ein bisschen sehen würde. Aber jetzt hatte er keine Lust dazu. Sein Vater nannte ihn spaßeshalber immer Gummi-Tarzan, aber Mattias fand das inzwischen nicht mehr witzig.

»Vor mir müsst ihr euch nicht schämen«, sagte Heiser und machte eine ausladende Geste mit den Armen. »Ihr seht ja, wie ich rumlaufe. Es ist gut für die Gesundheit, wenn man etwas Sonne abbekommt.«

Zum Glück erwiderte Kaj: »Es geht schon so«, und warf Mattias einen weiteren Blick zu, der sagte: Der ist komisch.

Als sie die Cola ausgetrunken hatten, arbeiteten sie weiter. Obwohl es Mattias widerstrebte, ließ er Kaj den Rasenmäher übernehmen. Selbst versuchte er, so auszusehen, als würde er sich bemühen, aber hauptsächlich schob er nur an der Stelle, wo Kaj schon gejätet hatte, das Unkraut hin und her und sammelte die losen Löwenzahnbüschel in einen Korb, den Heiser ihnen hingestellt hatte.

Als Kaj endlich fertig war und den Rasenmäher ausschaltete, legte Mattias den Unkrautstecher weg.

Heiser erhob sich aus dem Stuhl und kam zu ihnen.

»Gute Arbeit«, sagte er zu Kaj. Dann trat er zu Mattias. »Das gilt auch für dich. Du gibst nicht so schnell auf, du.«

Er schlug Mattias auf die Schulter und ließ die Hand ein paar Momente liegen.

»Wollt ihr, dass ich euch mit dem Gartenschlauch abspritze?«, fragte Heiser und nahm endlich die Hand weg.

Noch ehe einer von ihnen antworten konnte, war er schon Richtung Hausecke unterwegs, wo auf eine Autofelge aufgerollt ein Schlauch hing. Mattias wollte nicht nass gespritzt werden, aber er wollte auch nicht einfach weggehen, ohne Geld bekommen zu haben.

»Vielleicht solltet ihr eure Kleider ausziehen«, sagte Heiser und drehte das Wasser an, hielt aber den Strahl nach unten. »Mama und Papa werden sonst vielleicht nicht so froh sein, wenn ihr nach Hause kommt.«

»Nein«, erwiderte Mattias. »Das ist nicht nötig.«

»Glaubt ihr, ich hätte noch keine nackten kleinen Jungs gesehen? Außer mir sieht euch hier niemand.«

Mattias sah wieder zu Kaj.

»Sie müssen uns nicht nass spritzen«, sagte Kaj. »Wir gehen jetzt sowieso baden.«

Obwohl er sehr entschieden klang, sah Mattias doch die Unsicherheit in seinem Lächeln.

»Aber vielen Dank für die Cola und so«, fügte Mattias hinzu. »Die war echt gut.«

Heiser dämpfte den Druck im Schlauch, also wolle er ihnen noch eine Chance geben, es sich anders zu überlegen, ehe er das Wasser ganz abdrehte.

»Okay«, sagte er. »Ich verstehe. Es war nur ein Angebot. Dann ist es wohl an der Zeit für die Ausbezahlung des Lohns, oder was meint ihr?«

Er wickelte den Schlauch sorgfältig wieder auf und hängte ihn hin. Dann verschwand er im Haus.

»Wie komisch der ist«, flüsterte Mattias.

»Das kannst du wohl sagen«, erwiderte Kaj. »Was glaubst du, wie viel wir kriegen?«

Wenn sie bei Kajs Verwandter den Rasen mähten, bekam jeder von ihnen einen Zehner, aber das Grundstück war bei weitem nicht so groß.

»Ich hoffe, fünfzehn«, sagte Mattias. »Oder zwanzig.«

Heiser kam mit einer dicken Brieftasche aus schwarzem Leder in der Hand wieder aus dem Haus. Mattias starrte ihn an, als er sie öffnete, und traute seinen Augen kaum, als ein Fünfziger rausgezogen wurde. Fünfzig Kronen. Fünfundzwanzig für jeden!

Als Heiser den Schein Kaj gereicht hatte, zog er noch einen heraus, den er Mattias gab. Mattias war sprachlos.

»Oh«, brachte er gerade noch hervor. »Vielen, vielen Dank.«

»Ihr habt heute besonders schuften müssen«, erklärte Heiser. »Aber richtig gut gearbeitet, alle beide. Ich hoffe, ich kann euch mal wieder engagieren?«

»Ja, natürlich«, sagte Kaj.

»Nächste Woche vielleicht? Dann wird das Gras nicht ganz so hoch sein, deswegen wird es nicht so anstrengend.«

Mattias und Kaj nickten schweigend.

»Gut«, sagte Heiser. »Dann sehen wir uns dann.«

Sowie sie auf ihre Fahrräder gesprungen waren, radelten sie so schnell sie konnten los, und als sie ganz sicher außer Hörweite waren, brüllten sie laut.

»Verdammt, war das krank!«, schrie Kaj.

Mattias begann zu lachen, immer lauter und lauter. Am Ende wusste er nicht, ob er vor Freude über den Geldschein in seiner Hosentasche lachte oder vor Erleichterung, Heisers Hof hinter sich gelassen zu haben. Zum ersten Mal seit mehreren Tagen lachte Kaj auch, er hatte eine Hand auf dem Lenker und die andere auf dem Bauch und schaukelte vor und zurück.

Mattias wollte, dass dieser Moment nie aufhörte.

»Traust du dich, nächste Woche noch mal hinzugehen?«, fragte Mattias, als das Lachen abgeebbt war.

Kaj packte den Lenker wieder mit beiden Händen und sagte:

»Klar ist der komisch, aber was soll er schon machen?«

Kapitel 20

Es hatte den ganzen Nachmittag weiter geregnet, und mit dem Abend wurde das Haus ungemütlich und kühl. Ingrid ging rüber zum Holzschuppen und holte ein paar Scheite, und es gelang ihr ohne größere Schwierigkeiten, ein Feuer im offenen Kamin anzuzünden. Das half ein wenig. Jeden Abend, wenn die Sonne unterging, war es, als würde das Haus seinen Charakter verändern. Es knarrte und knackte aus dem Obergeschoss, und manchmal zog es durch die Fenster, auch wenn sie geschlossen waren. Inzwischen hätte sie sich daran eigentlich gewöhnen können, aber sie musste sich immer wieder klarmachen, dass niemand im Haus war und überhaupt niemand wusste, wo sie sich befand.

Ingrid zog die Gardinen im Saal zu und drehte die Bowie-Platte um. Dann ließ sie sich auf dem Sofa nieder und schlug die Mappe mit Zeitungsausschnitten auf, die sie von Solveig mitbekommen hatte. Das Knistern des Feuers beruhigte sie etwas.

Ganz oben lag eine kurze, mit einem Foto von Mattias versehene Nachrichtenmeldung. Es war dasselbe Bild, das auch vorm Laden an der Anschlagtafel hing.

»12-jähriger Mattias aus Våmhus spurlos verschwunden«.

Unter der Headline berichtete Polizeichef Frank Olars kurz, was man wusste und dass man am Montag begonnen hatte, die Gegend um Våmhus abzusuchen. Es gab keinen Verdacht auf ein Verbrechen, wahrscheinlich hatte Mattias sich verlaufen oder war aus freien Stücken verschwunden. Sie hatten schon Busfahrer und Zugschaffner befragt, ob jemand den Jungen gesehen hatte. Ingrid schrieb den Namen des Polizeichefs auf einen Ringbuchblock.

Am Tag darauf gab es einen größeren Artikel mit mehreren Fotos, wie Heimatschutz und der Orientierungslauf-Verein gesucht hatten – lange Suchketten aus Freiwilligen, die durch den lichten Kiefernwald schritten. Unter all den für sie unbekannten Menschen erkannte Ingrid doch Gert auf einem der Bilder, aber er war weder mit Namen genannt, noch wurde er im Text zitiert.

Ingrid las den Text gründlich und notierte alle Namen, auf die sie stieß. Ein Mann namens Verner Horst hatte gesagt, es sei doch selbstverständlich, dass man herkäme, um zu suchen, und dass er so lange dabeibleiben würde, bis sie den Jungen gefunden hätten. Weiter unten im selben Artikel äußerte sich eine Astrid Liljemark und sagte, sie sei »schockiert und beunruhigt« und fühle mit den Eltern des Kindes. Jan-Erik Seth, Mattias' Fußballtrainer, sagte, die ganze Mannschaft, ja, der ganze Verein sei bei der Suche dabei und es sei ein Rätsel, wie ein so schlauer Junge wie Mattias sich hatte verlaufen können.

In den folgenden Wochen wurde jeden Tag über Mattias geschrieben.

»Hier suchen sie den Grund nach Mattias, 12, ab«, dazu ein Bild von einem Boot mit zwei Polizisten und einem Taucher. Am Ufer standen reihenweise Neugierige.

Der nächste Artikel in der Mappe trug die Überschrift: »Was ist mit unserem Freund passiert?«

Auf dem Bild posierten vier ernst aussehende Kinder, oder vielleicht junge Teenager, mit ihren Fahrrädern auf einem Schotterweg.

»Hier am Kiosk von Våmhus verliert sich die Spur von Mattias, 12. Kaj Mohed, Pelle Claesson, Eva-Lena Liljemark und Jasmine Liljemark machen sich Sorgen.«

Den Jungen ganz links erkannte sie, es war der mit dem Welpen Leia, den sie auf dem Waldweg getroffen hatte. Er hatte im vergangenen Jahr seine Haare wachsen lassen und war inzwischen auch sicher fünfzehn Zentimeter größer.

Ingrid notierte auch ihre Namen. Astrid, Eva-Lena und Jasmine hatten denselben Nachnamen. Ob sie verwandt waren? Vielleicht Mutter und Töchter?

Der nächste Artikel handelte von einem Gottesdienst, der als eine Art Krisensitzung abgehalten worden war. Die Kirche war fast vollbesetzt gewesen, und Ingrid betrachtete die Fotos eingehend.

Den jungen Pfarrer erkannte sie von der Chorprobe. Laut Bildunterschrift hieß er Staffan Ekstedt und hatte über den Zusammenhalt in der Gemeinde und das Gute gepredigt, das sich zeigt, wenn eine Katastrophe geschieht und alles ganz dunkel aussieht. Auch zur Hoffnung hatte er aufgerufen, und der Artikel zitierte ihn großzügig:

»Zion aber sprach: ›Der Herr hat mich verlassen, der Herr hat mein vergessen.‹ Kann auch eine Frau ihr Kindlein vergessen, dass sie sich nicht erbarme über den Sohn ihres Leibes? Und ob sie seiner vergäße, so will ich doch deiner nicht vergessen. Siehe, in die Hände habe ich dich gezeichnet.«

Ganz unten in der Mappe lag ein Interview mit Solveig und Esbjörn. Zwischen den Zeilen ließ sich erahnen, wie frustriert sie über die Arbeit der Polizei waren. Auf dem Bild saßen sie dicht beieinander auf ihrem Sofa mit einer gerahmten Fotografie von Mattias vor sich. Esbjörn hatte einen Arm um Solveig gelegt. Der Dreitagebart warf einen Schatten auf seine Wangen, und beide sahen aus, als hätten sie mehrere Wochen lang nicht geschlafen.

»Von Tag eins an haben wir gefühlt, dass etwas Schlimmes passiert ist. Mattias würde niemals aus freien Stücken verschwinden.«

Ingrid sammelte die Ausschnitte zusammen und legte sie wieder in die Mappe. Dann betrachtete sie die Liste mit Namen, die sie notiert hatte. Jetzt hatte sie zumindest mal ein paar Fäden, an denen sie ziehen könnte, und ihr war auch klar, wo sie anfangen musste.

Kapitel 21

Solveig stand am Schlafzimmerfenster und schaute über den Garten. Es hatte aufgehört zu regnen, doch die Wolkendecke war immer noch dick, und zum ersten Mal seit mehreren Monaten war es fast dunkel, als sie schlafen gingen. Ein Vorgeschmack auf einen weiteren Herbst.

Sie stellte das Wasserglas auf den Nachttisch, zog das Rollo herunter und setzte sich auf die Bettkante. Bald würde sie für ein paar Stunden von sich selbst befreit sein. Danach sehnte sie sich schon, seit sie am Morgen aufgewacht war.

»Du hättest zuerst mit mir reden können«, hörte sie hinter sich.

Esbjörn schlief also nicht.

»Du hast doch selbst gesagt, dass du fürchtest, die Polizei könnte was vertuschen«, erwiderte sie. »Jetzt kriegen wir vielleicht eine Antwort.«

Mit schweren Bewegungen nahm sie die Tube mit Hautcreme in die Hand und drückte sich etwas heraus.

»Trotzdem. Ich wäre einfach gerne informiert.«

»Aha«, sagte Solveig und begann, ihre trockenen Hände einzucremen. Als sie die Handflächen ordentlich bearbeitet hatte, drückte sie noch mehr Creme auf die rissige Haut der Handgelenke und massierte sie gründlich ein.

»Was heißt hier ›Aha‹? Ist das etwa komisch?«

Solveig stellte die Tube zurück an ihren Platz, legte die Schlaftablette auf die Zunge und nahm einen Schluck Wasser. Fünfzehn Minuten, dann würde sie vorübergehend erlöst sein.

»Was denkst du denn, was das kosten wird?«, beharrte Esbjörn.

Solveig leerte das Wasserglas und stellte es wieder auf den Tisch.

»Ich habe vor, das Geld vom Sparbuch von Mattias zu nehmen«, erklärte sie. »Das wir bei seiner Geburt angelegt haben.«

»Bist du sicher, dass das genügt?«, meckerte Esbjörn weiter. »Was, wenn uns das völlig ruiniert?«

Natürlich hätte sie danach fragen und eine konkrete Antwort verlangen sollen. Es beunruhigte auch sie, aber am Ende spielte es doch alles keine Rolle.

»Dann reiß dich doch zusammen und fang an, wieder zu arbeiten, wenn du dir solche Sorgen ums Geld machst«, entgegnete sie. »Ich bin es so leid, dich so zu sehen. Glaub bloß nicht, dass ich nicht auch gerne aufgeben würde.«

Esbjörn war das ganze Jahr über krankgeschrieben gewesen, im besten Fall gelang es ihm, morgens aus dem Bett zu kommen. Im Ort ging das Gerücht, er würde trinken, aber nicht einmal das tat er. An richtig guten Tagen verließ er den Hof und kaufte ein, wenn Solveig es verlangte, aber meist lag er nur im Schlafzimmer oder auf dem Sofa und tat gar nichts.

Manchmal würde Solveig auch gern alles einfach liegen lassen, aber das konnte sie nicht tun. Wer würde dann das Essen auf den Tisch bringen, dafür sorgen, dass Linda in die Schule kam und ihre Hausaufgaben machte? Schlaftabletten und acht Stunden traumlosen Schlafs – das war alles, was sie sich gönnte. Jeden Morgen stand sie auf, zog einigermaßen saubere Kleider an und putzte sich die Zähne und machte ihre Seite des Bettes. Aus Angst, in dasselbe Loch zu fallen wie Esbjörn.

»Das war gemein«, erwiderte er leise, legte sich auf die Seite, wandte ihr den Rücken zu und stopfte sich das Kissen fest unter den Kopf.

»Zum Teufel mit dir«, zischte er.

Die Tablette begann zu wirken. Solveigs Arme wurden schwer, und die Sorge in der Brust begannen abzuklingen.

»Entschuldige«, sagte sie schließlich. »Das war gemein von mir.«

»Ja, das war es. Ich versuche …«

Den Rest musste Solveig nicht anhören, weil sie bereits schlief.

Kapitel 22

Juni 1982

Während der letzten zwei Regentage hatte Mattias auf dem Schreibtisch eine ganze Legostadt aufgebaut, mit Häusern und Straßen und einem großen Parkplatz, auf dem alle Autos stehen konnten. Vielleicht würde er den Fünfziger, den er von Heiser bekommen hatte, in neues Lego investieren. Im Spielzeuggeschäft in Mora gab es einen Kran, auf den er schon lange scharf war.

Im Kassettenrekorder lief die Kassette mit *Gyllene Tider*, die er bei Eva-Lena aufgenommen hatte. Er konnte noch nicht wirklich alles verstehen, was sie sangen, da waren eine Menge seltsamer Wörter im Text, aber die Stellen, die er kannte, sang er laut mit.

Mattias ließ das rote Auto zurücksetzen, das zu der Luxusvilla mit dem Pool und dem Tennisplatz gehörte. Genau so würde er eines Tages wohnen. Und dann würde er einen Mercedes oder einen Porsche haben und einen Job, bei dem man jeden Tag einen Anzug tragen musste. So wie die in *Dallas*.

Die Tür ging auf, und Linda steckte den Kopf herein.

»ANKLOPFEN!«, schrie Mattias. »Bist du völlig Banane, oder was?«

»Telefon«, erwiderte Linda, ohne sich um seinen Tonfall zu scheren. »Kaj ist dran.«

Auf dem Weg in die Küche versetzte Mattias seiner Schwester einen kleinen Stoß mit der Schulter, woraufhin sie ihm mit der Faust auf den Rücken haute. Aber weil sie so klein und schwach war, spürte er es kaum. Vom Wohnzimmer her waren Zuschauerrufe aus dem Fernseher zu hören. Samstagsgeräusche. Sein Vater saß im Sessel, die Füße vor sich auf dem Tisch und den Wettcoupon in der Hand. Manchmal gab Mattias sich Mühe, auch gerne Fußball zu gucken und die Kommentare seines Vaters anzuhören, doch meist wurde er, noch bevor die erste Halbzeit um war, ungeduldig.

Seine Mutter stand in der Küche an der Arbeitsfläche und rollte Zimtschneckenteig. Auf dem Weg zum Telefon, das an der Wand hing, schnappte sich Mattias eine noch nicht gebackene Schnecke vom Blech.

»Hallo«, sagte er in den Hörer und biss einmal ab.

»Was machst du?«, fragte Kaj am anderen Ende.

»Baue Lego«, antwortete Mattias mit vollem Mund. »Willst du herkommen?«

»Sag Kaj, dass er frisch gebackene Zimtschnecken bekommt«, warf seine Mutter ein.

Das musste Mattias nicht wiederholen, Kaj hatte es bestimmt gehört.

»Ne«, erwiderte Kaj, »hab keine Lust mehr auf Lego. Können wir nicht stattdessen was draußen machen? Es hat aufgehört zu regnen.«

Mattias schaute zum Fenster hinaus und sah, dass Kaj recht hatte.

»Okay. Dann hole ich dich ab.«

Mattias legte auf und ging wieder in sein Zimmer. Keine Lust auf Lego? Wie war das möglich? Ausgerechnet Kaj, der jede Menge Lego besaß, viel mehr als Mattias. Der hatte einmal sogar einen Schaufelbagger mit massenhaft guten Teilen dazu bekommen. Zum Beispiel eine Winde mit Schnur und jede Menge Glasscheiben.

Weil Mattias nicht wusste, was ihnen einfallen würde, packte er den Kassettenrekorder und das Mikrofon in den Rucksack. Als er losfuhr, stellte er fest, dass die Klapperpappen am Fahrrad vom Regen weich geworden waren. Man hörte sie überhaupt nicht mehr.

Kaj saß zu Hause auf der Eingangstreppe und wartete.

»Was wollen wir machen?«, fragte Mattias und setzte sich neben ihn.

Kaj pustete seinen Pony hoch, eine neue Angewohnheit, und zuckte mit den Schultern.

»Das Gras ist wahrscheinlich noch zu nass, sonst hätten wir bei Heiser Geld verdienen können.«

»Der war richtig schräg drauf«, sagte Mattias.

Kaj lachte.

»Kann man wohl sagen. Aber er hat gut bezahlt.«

Mattias nahm ein Stöckchen auf und begann Kreise in den Kies zu malen.

»Sollen wir nach Bönsaberg fahren? Da ist vor Mittsommer niemand«, schlug Mattias vor. »Oder woandershin?«

Mattias und Kaj fuhren manchmal mit dem Fahrrad zu den alten Sennhütten rauf. Im Sommer, wenn Fabrikferien waren, waren fast alle der kleinen Häuser bewohnt, aber den größten Teil des Jahres standen die Hütten, in denen es weder Strom noch fließend Wasser gab, leer, und man konnte das Dorf völlig ungestört erforschen.

»Okay«, sagte Kaj.

Sie gingen in die Küche und schmierten sich ein paar Stullen, und jeder füllte sich Saft in seine Flasche. Kaj packte alles in seinen Schulrucksack.

Es dauerte fast eine Stunde, die Hügel zu den Sennhütten raufzufahren. Ab und zu blieben sie stehen, um Atem zu holen und etwas Saft zu trinken. Schließlich öffnete sich der Wald, und die sanft abfallenden Weiden breiteten sich vor ihnen aus.

»Ist das da nicht das Auto vom Pfarrer?«, fragte Kaj und zeigte auf einen Audi, der vor einer grauen Hütte geparkt war.

Mattias lehnte sich über den Zaun, um das Kennzeichnen zu lesen.

»Doch, das ist es. Ganz sicher.«

Niemand war zu sehen, aber die Tür zur Hütte stand offen.

Da hörten sie noch ein Auto, und Mattias und Kaj sprangen von ihren Fahrrädern, zogen sie halb in den Graben, um auf dem schmalen Weg Platz zu machen. Dieses Auto erkannte Mattias schon von weitem. Genau wie er angenommen hatte, saß Gabriella, die in der

Schulmensa arbeitete, hinter dem Steuer. Sie war die jüngste der Frauen, die da Essen ausgaben, und die Einzige, die kapierte, was man meinte, wenn man nur eine kleine Portion wollte.

Mattias war erstaunt, als sie langsamer fuhr und auf den Vorplatz von der Hütte einbog, wo das Auto des Pfarrers stand. Kannten die sich?

»Sollen wir mal checken, was da vorgeht?«, fragte er, und zu seiner großen Freude flammte das alte Feuer in Kajs Blick auf. Sie warfen die Fahrräder in den Graben und versteckten sich in einem Gebüsch an der Grenze des Grundstücks.

»Spannend!«, sagte Mattias. So wahnsinnig spannend war es vielleicht nicht, aber er war so froh darüber, dass Kaj wieder mit dabei war, dass er ein bisschen übertrieb.

Der Pfarrer war auf die Vortreppe gekommen und stand jetzt mit hängenden Armen da und wartete, während Gabriella aus dem Auto stieg. Sie knallte die Tür zu und hängte sich ihre Tasche über die Schulter. Der Mund des Pfarrers bewegte sich, doch sie konnten nicht hören, was er sagte. Auch nicht, was Gabriella antwortete. Wenn sie arbeitete, hatte sie immer ein Haarnetz auf dem Kopf, aber jetzt war das lange Haar offen. Das Kleid flatterte ihr um die Beine, als sie die Treppe hinaufeilte. Der Pfarrer umarmte sie auf eine etwas seltsame Weise. Zuerst sah es aus, als wollte er nur den Arm um sie legen, aber dann küssten sie sich, und der Pfarrer legte ihr eine Hand auf den Hintern.

Mattias und Kaj sahen sich mit großen Augen an. Was ging hier vor? Der Pfarrer war verheiratet und hatte drei Kinder. Eins davon ging in Lindas Klasse.

Plötzlich schien es, als würde Gabriella zu weinen anfangen. Ihre Schultern zuckten. Der Pfarrer strich ihr übers Haar und sah sie mit bekümmerter Miene an, doch man konnte immer noch nicht hören, was sie redeten. Nach einer Weile wischte Gabriella sich das Gesicht mit den Händen ab und folgte dem Pfarrer durch die Tür. Als beide in der Hütte verschwunden waren, sahen Mattias und Kaj sich wieder an.

»Glaubst du, dass die jetzt bumsen?«, fragte Kaj.

Mattias wäre gern hingeschlichen und hätte versucht, durch eines der Fenster zu schauen, aber das wäre zu riskant.

»Sollen wir versuchen, sie aufzunehmen?«, fragte er und wurstelte den Rucksack vom Rücken, um den Kassettenrekorder rauszuholen.

Jemanden bumsen zu hören, war immer noch besser als gar nichts.

»Ne, weiß ja nicht«, sagte Kaj und sah skeptisch aus.

»Wir können es doch mal versuchen«, entgegnete Mattias.

»Das ist keine gute Idee.«

Die Tür zur Hütte stand immer noch offen, wenn also einer von ihnen zur Hausecke schlich, das Mikrofon auf die Treppe legte und auf *Rec.* drückte, dann würde es vielleicht gehen. Es war nicht sicher, dass sie überhaupt irgendein Geräusch einfangen würden, aber einen Versuch war es doch wert, fand Mattias.

Er erklärte Kaj, was er sich vorgestellt hatte, und spulte die Kassette schon mal zum Anfang zurück. Er hatte ja keine Ahnung, wie lange Leute bumsten, aber es wäre natürlich enttäuschend, wenn mittendrin plötzlich Schluss wäre.

»Du oder ich?«, fragte Mattias.

»Das musst du alleine machen. Ich bin raus.«

Kaj konnte manchmal wirklich richtig öde sein.

Als Mattias sich versichert hatte, dass keine Bewegung in den schmalen Fenstern zu sehen war, lief er in einem Rutsch schnell zur Treppe. Er legte das Mikrofon so nah an der Tür wie möglich unter das Holzgeländer, das um den Windfang verlief. Da würde niemand es entdecken, zumindest nicht, wenn man nicht wusste, wonach man suchen sollte. Dann versteckte er den Kassettenrekorder im hohen Gras an der Holzwand.

Während er vorsichtig auf den Aufnahmeknopf drückte, horchte er angespannt, doch es waren keine Bumsgeräusche zu hören, nur Gerede. Der Pfarrer und Gabriella schienen sich weit hinten in der Hütte zu befinden, sprachen aber beide mit lauten, aufgebrachten Stimmen.

»Es ist doch vollkommen klar, dass du der Vater bist«, sagte Gabriella. »Wer sollte es deiner Meinung nach denn sonst sein?«

»Aber ich kann nicht … das verstehst du doch wohl, oder?«

Als der Kassettenrekorder lief, eilte Mattias zurück zu Kaj und kauerte sich im Gras zusammen. Lange lag er nur still da und atmete. Hatte er das wirklich gehört?

»Ich glaube, sie ist schwanger«, sagte Mattias.

»Was?«

»Sie hat jedenfalls gesagt, dass er der Vater wäre.«

»Mein Gott, das ist ja widerlich.«

Die Sonne verschwand hinter den Wolken, und es wurde langsam kalt, so in Shorts und mit kurzen Ärmeln im Gras. Wie lange blieben die denn noch da drin? Man konnte nicht sehen oder hören, was da vor sich ging, und Mattias bereute die ganze Aktion schon.

»Was, wenn sie den Kassettenrekorder finden?«, flüsterte Kaj. »Das darf auf keinen Fall passieren.«

Mattias wagte nicht einmal zu denken, was das für Folgen haben würde. Aber das Mikrofon war so klein, und er hatte den Rekorder so gut versteckt, dass es eigentlich ungefährlich war. Aber was wäre, wenn?

Die Zeit verging, ohne dass etwas passierte, außer dass die Mücken anfingen um sie herumzuschwirren. Dann endlich war eine Bewegung in der Tür zu erkennen. Gabriella kam zuerst raus. Mattias seufzte erleichtert, als sie geradewegs und ohne sich umzusehen zu ihrem Auto ging. Da blieb sie dann aber eine Weile scheinbar ganz in sich selbst versunken sitzen. Sie wischte sich die Augen, ehe sie vom Vorplatz zurücksetzte und den Weg runter verschwand.

Jetzt müsste der Pfarrer eigentlich auch bald rauskommen, dachte Mattias, doch es dauerte fast eine Viertelstunde, bis der schließlich auf der Treppe stand. Mattias hielt die Luft an.

Der Pfarrer stützte sich auf das Geländer des Windfangs, stand ewig lange so da und schaute in die Ferne. Dann drehte er sich um, um die Tür zuzuschließen.

Nicht nach unten schauen, nicht nach unten schauen. Die Worte dröhnten in Mattias' Kopf, und er starrte auf den Pfarrer, als könnte er ihn mit seinem Blick dazu bringen zu gehorchen.

Der Pfarrer gab der verzogenen Tür einen Stoß mit der Hüfte und drehte den Schlüssel herum.

Nicht nach unten schauen, nicht nach unten ...

Im Augenwinkel sah Mattias die hart geballten Fäuste von Kaj. Die Fingerknöchel ganz weiß. Er schien Todesangst zu haben.

»Was hab ich gesagt?«, wisperte Kaj. »Das war einfach 'ne schlechte Idee.«

Nach einigem Hin und Her kriegte der Pfarrer den Schlüssel aus dem Schloss. Anstatt ihn in die Tasche zu stecken, trat er noch einmal ans Geländer und hängte den Schlüssel an einen Haken am Windfang des grasbewachsenen Dachs. Wenn er jetzt bitte einfach, ohne sich umzusehen, nur direkt zum Auto gehen könnte, dann wäre alles gut.

Geh zum Auto, sieh nach vorn.

Doch der Pfarrer blieb mitten auf dem Windfang stehen und verbarg das Gesicht in den Händen. Es sah fast aus, als würde er weinen.

»Teufel und Hölle!«, rief er und begann, sich selbst Ohrfeigen zu geben.

Es klatschte laut, als die Handflächen auf die Wangen trafen.

Dann brüllte er laut und wortlos, ehe er endlich die drei Stufen herunterging. Ohne sich umzusehen.

Mattias konnte erst wieder atmen, als das Auto hinter dem Hügel verschwunden war.

»Scheiße, war das knapp«, sagte Kaj. »Verdammt noch mal.«

Mattias holte ein paarmal tief Luft. Es war seine Idee gewesen, und er wollte nicht zugeben, wie viel Angst er gehabt hatte. Kaj hatte recht. Das hätte diesmal richtig übel ausgehen können.

»Ich wusste ja gar nicht, dass Pfarrer so schlimm fluchen«, sagte er stattdessen.

Endlich grinste Kaj.

Kapitel 23

Ingrid nahm ihren Morgenkaffee, die Mappe mit den Zeitungsausschnitten und ihre Notizen mit auf die Veranda. Das Regenwetter war vorübergezogen, und abgesehen von einzelnen Wölkchen war der Himmel fast vollkommen blau. Es würde ein schöner Tag werden.

Sie sah die Liste von Personen durch, mit denen sie sprechen wollte, und brachte sie in eine Reihenfolge. Frank Olars, der Polizeichef, stand ganz oben. Auch wenn es ihr widerstrebte, ein Polizeirevier zu betreten, wollte sie doch erfahren, was unternommen worden war und wie er über die Sache dachte.

Sie musste versuchen, so diskret wie möglich vorzugehen. Anders ging es nicht.

Ehe sie den Polizeichef aufsuchte, wollte sie sich selbst einmal den Ort ansehen, wo die Kleider von Mattias und sein Fahrrad gefunden worden waren, um sich einen eigenen Eindruck zu machen.

Sie füllte eine Flasche mit Wasser und holte einen großen Apfel aus dem Kühlschrank. Die Karte, die Solveig für sie gezeichnet hatte, war zwar detailliert, aber es war doch schwer einzuschätzen, wie weit es war und wie lange sie wegbleiben würde. So würde sie dem schlimmsten Hunger und Durst begegnen können. Sie legte die Karte und ihre Vorräte in den Fahrradkorb, und schon war sie an Kirche und Schule vorbei Richtung Westen auf der Landstraße unterwegs.

Zuerst musste sie zu einem kleinen Dorf fahren, das Indor hieß, ein paar Kilometer südlich von Bäck auf der anderen Seite des Flusses. Ohne Probleme fand sie die beschilderte Abzweigung und fuhr dann weiter an ein paar Pferdeweiden vorbei in den Wald hinein. Als sie das

Dorf erreicht hatte, musste sie weiterfahren, bis sie zu einer Kreuzung mit Mittsommerbaum kam. Der Baum war schon von weitem zu erkennen – auch er war in typischer Dalarna-Tradition weiß gestrichen. Doch als sie sich näherte, sah sie, dass die Birkenlaub-Girlanden vertrocknet und braun waren und die Blumenkränze verwelkt.

Sie fand auch den Täppvägen. Am Ende des Weges sprang Ingrid vom Fahrrad, trank etwas Wasser und schaute sich um. Der Pfad in den Wald hinein, den sie nun nehmen sollte, war schmal und fiel steil ab, also stellte sie das Fahrrad an einen Baum und ging zu Fuß weiter. Nach ein paar hundert Metern lichtete sich der Wald, und sie sah den Steg und die Lichtung, die sie von den Zeitungsausschnitten wiedererkannte.

Ingrid ließ sich auf einem Stein nieder, nahm ein paar Schluck aus der Flasche und schaute über das schwarze Wasser. Hie und da ragten Steine heraus, um die herum es schäumte. Die Strömung ist wohl stärker, als man auf den ersten Blick vermutet, dachte sie.

Hier, genau neben dem Stein, auf dem sie jetzt saß, waren die Kleider von Mattias gefunden worden.

Sie ging zum Ufer, zog die Gummistiefel aus und stieg in das kalte Wasser, das ihr sofort bis zu den Knien reichte. Schaudernd ging sie ein paar prüfende Schritte hinein. Der Boden war mit scharfen Steinen bedeckt, die es fast unmöglich machten, darauf zu laufen. Mit schmerzverzerrtem Gesicht ging sie trotzdem weiter. Als sie etwa einen Meter weit drin war, versuchte der Fluss, sie mit seiner Kraft umzuwerfen, und sie musste mit den Armen fuchteln, um das Gleichgewicht zu halten.

Stolpernd kehrte sie zum Ufer und aufs Land zurück. Sie wischte sich die Füße im Gras ab und zog Strümpfe und Stiefel wieder an. Dann begann sie, dem Fluss zu folgen. Das Gras wurde schnell durch Moos und Blaubeersträucher ersetzt, doch direkt an der Uferlinie wuchs fast undurchdringbares Gestrüpp.

Ingrid wanderte weiter und beobachtete, wie sich Breite, Tiefe und auch Temperament des Flusses immer wieder veränderten. An manchen Stellen war er trügerisch still, mit vollkommen glatter Oberfläche, sodass die Kiefern ringsum sich darin spiegelten, nur um dann plötzlich wieder wild zu brausen.

Je länger sie ging, desto überzeugter war sie, dass Mattias seinen Fuß nicht freiwillig in dieses Wasser gesetzt hatte.

Kapitel 24

Juni 1982

Mattias und Kaj krochen in die Waldhütte und warfen die Rucksäcke ab. Nach der Anspannung in Bönsaberg und der wilden Fahrradtour zurück war Mattias völlig erschöpft. Erst als sie auf den Weg zur Waldhütte eingebogen waren, konnte er aufatmen.

»Komm schon«, sagte Kaj, der jetzt genauso engagiert war wie Mattias. »Beeil dich. Jetzt müssen wir hören, ob was drauf ist.«

Mattias holte den Kassettenrekorder heraus, spulte die Kassette zurück und drückte auf *Play*.

Der Wortwechsel war nur leise zu hören, das meiste war aber zu verstehen. Kaj starrte Mattias an, während das Band lief.

Das Gespräch ging in derselben Stimmung weiter wie die wenigen Sätze, die Mattias aufgeschnappt hatte, als er den Kassettenrekorder platziert hatte.

»Dir ist ja wohl klar, dass ich mich darum nicht kümmern kann.«

»Du hast gesagt, du liebst mich und du könntest ohne mich nicht leben. Hast du mich die ganze Zeit angelogen?«

»Nein, Gabriella. Ich habe nicht gelogen. Ich kann nicht ohne dich leben.«

Für einen Moment war es still, dann hörte man wieder die Stimme des Pfarrers:

»Bist du ganz sicher, dass es meins ist?«

»Worauf willst du hinaus? Natürlich bin ich sicher!«

Gabriella schrie fast, als sie fortfuhr:

»So denkst du also über mich. Dass ich mit allen Möglichen schlafe?

Ich dachte, das, was wir haben, sei etwas Besonderes, aber du … Der Teufel soll dich holen!«

Es klang, als würde Gabriella anfangen zu weinen. Als ihre Stimme wieder zu hören war, klang sie so schwach, dass man nichts mehr verstehen konnte.

»Nun komm doch her und setz dich. Es war dumm von mir, das zu sagen.« Gabriella murmelte noch etwas, was man nicht verstehen konnte.

»Fass mich nicht an!«

Plötzlich schrie sie so laut, dass Mattias vor Schreck zusammenfuhr.

»Gabriella, ich liebe dich wirklich, aber was soll ich denn tun? Ich habe doch Maja und die Kinder. Ich würde meine Anstellung verlieren und den Pfarrhof und alles.«

»Du Armer! Und wie hast du dir gedacht, dass ich klarkommen soll? Und soll dieses Kind hier – dein Kind – ohne einen Vater aufwachsen?«

Jetzt war der Pfarrer nicht mehr richtig zu verstehen. Aber Gabriellas Antwort war deutlich.

»Es wegmachen? Wenn das ginge, hätte ich das bereits getan, aber es ist zu spät. Ich will jetzt gerade auch kein Kind, falls du das gedacht hast.«

Es war noch mehr Schluchzen zu hören, dann wieder die Stimme von Gabriella.

»Ich hatte ja gedacht, dass für Pfarrer das Leben heilig ist, aber offenbar stimmt das nicht.«

Der Pfarrer murmelte etwas im Hintergrund.

»Was, wenn Maja das rauskriegt. Was machst du dann?«

Wieder die Stimme des Pfarrers, jetzt laut:

»Unterstehe dich, ihr davon zu erzählen! Hörst du mich?«

Gabriella weinte jetzt laut.

»Ich weiß nicht, was ich tun soll. Aber du wirst auf jeden Fall bezahlen. Du kannst mich nicht einfach so im Stich lassen.«

Mitten in einem weiteren Weinanfall war die Kassette zu Ende.

»Das ist der Hammer«, sagte Kaj fassungslos.

»Ich weiß.«

»Das hier dürfen wir niemandem erzählen«, meinte Kaj.

»Ich weiß«, erwiderte Mattias. »Niemals.«

Kapitel 25

Privatermittlung? Na, da bin ich ja mal gespannt.«
Polizeichef Frank Olars sah sie neugierig über seinen Schreibtisch hinweg an. Der kahle Kopf glänzte im Sonnenschein, und aus den Ohren ragten kleine Haarbüschel. Er konnte nicht mehr lange bis zur Pension haben.

»Ingrid Johansson«, wiederholte er langsam und beugte sich vor. »Ich kenne Sie nicht. Sind Sie neu hier?«

»Ja, das könnte man sagen.«

Da ihr eigener Nachname so ungewöhnlich war und bei der Polizei womöglich Aufmerksamkeit wecken würde, hatte Ingrid vorübergehend den gewöhnlichsten Nachnamen Schwedens ausgeliehen. Vielleicht sollte sie den auch außerhalb des Polizeihauses verwenden, um das Risiko zu verringern, dass Kjell sie fand.

»Aus Stockholm?«, fuhr Olars fort.

»Das kann ich nicht verleugnen«, erwiderte sie, was dem Polizeichef ein Lächeln entlockte.

Ingrid schaute sich in Olars' Zimmer um. Es sah jedem durchschnittlichen Büro bei der Stockholmer Polizei erstaunlich ähnlich: Regale voller Ordner. Ein normales Telefon und das schnurlose nebeneinander auf dem Schreibtisch, Schreibmaschine mit Plastiküberzug, Mappen mit dem Logo der Polizei, ein paar Ausbildungsdiplome an der Wand und ein paar gerahmte Angeberfotos von irgendeiner Preisverleihung oder Danksagung. Eine wohlbekannte Welt, zu der sie nie wieder gehören würde.

»Sind Sie vielleicht mit den Johanssons in Gopshus verwandt?«, erkundigte sich Frank.

»Nein«, sagte Ingrid. »Ich habe keine Verwandtschaft hier in der Gegend. Zumindest nicht, dass ich wüsste.«

»Na dann«, sagte er und sah sie weiterhin neugierig an. »Irgendwie kommen Sie mir bekannt vor.«

Er konnte sie ja wohl nicht von irgendeinem Bild in der internen Polizeizeitung kennen, oder?

»Jaja«, sagte Olars und schlug die Hände zusammen. »Vielleicht fällt der Groschen ja noch, wer weiß.«

Hoffentlich nicht, dachte Ingrid. Das Letzte, was sie wollte, war, dass ihr Umzug nach Mora in der Polizeizentrale Stockholm bekannt würde. Sogar ein stolzer Dalarna-Mann wie Olars hatte, wenn er so lange im Geschäft war, todsicher Verbindungen in die Hauptstadt.

»Womit kann ich dem Fräulein Privatermittlerin denn dienen?«

Olars stand auf, um die Gardine zuzuziehen, und lehnte sich dann wieder auf dem Stuhl zurück.

»Es geht um Mattias Holm, der vorigen Sommer verschwunden ist.«

»Das ist es also. Eine richtig traurige Geschichte.«

»Ja, wirklich«, stimmte Ingrid zu. »Ich hoffe, Sie nehmen es mir nicht übel, wenn ich ein paar Fragen stelle.«

Sie fürchtete ein wenig, dass der Polizeichef sich infrage gestellt fühlen könnte. Ihr würde es sicher so gehen, wenn jemand anfangen würde, in einer gescheiterten Ermittlung herumzuwühlen, doch er schien es leicht zu nehmen.

»Aber natürlich«, sagte er. »Obwohl ich mir nicht vorstellen kann, wie Sie allein etwas lösen sollen, was wir mit unseren Ressourcen nicht geschafft haben.«

»Ich habe einfach versprochen, es zu versuchen«, erwiderte sie, holte ihren Notizblock heraus und legte ihn sich auf den Schoß.

»Soweit ich weiß, sind Sie ziemlich lange davon ausgegangen, dass der Junge aus freien Stücken verschwunden ist.«

Olars sah sie an, wie ein weiser Magister seine überehrgeizige Schülerin betrachten würde.

»Wie man's nimmt.« Olars legte den Kopf schief. »Das kommt ganz drauf an, wie man es betrachtet. Zunächst einmal hatte er gesagt, dass er bei einem Freund übernachten würde, und außerdem hatte er am selben Tag mit seinem Vater gestritten. Als wir dann mit der Suche begonnen haben, war eine Theorie, dass er sich irgendwo verstecken würde und nicht gefunden werden wollte. Kinder in dem Alter können sehr dramatisch sein.«

»Aber dann haben Sie das Fahrrad und die Kleider am Fluss gefunden«, ergänzte Ingrid.

»Das ist richtig.«

Olars hustete heftig ein paarmal in seine Faust, als hätte er etwas im Hals.

»Solveig, die Mutter von Mattias, sagt, er habe keine Badesachen dabeigehabt und außerdem würde er niemals an einer solchen Stelle baden, weil er Angst vor Wasser hat.«

»Ja, ich weiß«, sagte Olars und seufzte leise. »Aber eine Mutter kennt ihr Kind nicht immer so gut, wie sie glaubt. Man könnte auch meinen, dass vielleicht Alkohol im Spiel war.«

Ingrid dachte an das Zimmer von Mattias. Der Junge, der dort gewohnt hatte, war immer noch ein Kind gewesen. Aber sie behielt ihre Zweifel an Olars' Argumentation für sich. Wenn sie Antworten bekommen wollte, durfte sie nicht allzu kritisch sein.

»Was konnten denn seine Freunde über dieses Wochenende berichten?«

»Nicht viel. Kaj, der beste Freund von Mattias, behauptet, er hätte ihn das letzte Mal am Samstagvormittag gesehen. Dann gab es noch irgendein Mädchen, das ihn auch am Nachmittag noch gesehen hat, aber niemand hat wirklich mit ihm gesprochen.«

»Mattias soll also ganz allein zum Fluss geradelt und dann reingefallen sein?«

»Nein, das glauben wir natürlich nicht«, erwiderte Olars. »Unsere Theorie ist, dass sie zusammen dort waren, dass aber keiner der Freunde erzählen will, was wirklich passiert ist. Man kann sich ja denken, wie die jeweiligen Eltern den Kindern von klein auf Angst gemacht haben. ›Pass bloß auf, sonst kommt die Polizei und holt dich.‹ Sie glauben, dass sie ins Gefängnis kommen, wenn sie nur die kleinste Kleinigkeit zugeben.«

Ingrid wusste nicht, was sie glauben sollte. »Okay. Aber was glauben Sie denn, ist an diesem Tag passiert?«

»Natürlich kann ich nur spekulieren, aber am ehesten ist es wohl so, dass da eine Gang Jungs war, die einander zu verschiedenen Dingen angestachelt haben, vielleicht von Alkohol beeinträchtigt, vielleicht auch nicht. Und dass Mattias sich genötigt fühlte, daran teilzunehmen, obwohl er wie gesagt kaum schwimmen konnte. Und jetzt im Nachhinein schämen sich die andern wegen dem, was passiert ist, fühlen sich schuldig und trauen sich nicht, es zu erzählen.«

Ingrid nickte. Diese Theorie war zumindest nicht völlig abwegig.

»Haben Sie denn irgendwelche Spuren am Fluss gefunden, die darauf hinweisen?«, erkundigte sie sich. »Irgendeinen Gegenstand, der jemand anders als Mattias gehörte? Schuhabdrücke oder Reifenspuren? Flaschen? Bierdosen?«

Olars schüttelte gemächlich den Kopf und sah sie lange mit einem Blick an, den sie überhaupt nicht deuten konnte. War er nun doch beleidigt?

»Darf ich fragen, wie lange Sie schon als Privatermittlerin arbeiten?«, fragte er schließlich.

»Ein paar Jahre«, antwortete Ingrid erstaunt. »Warum fragen Sie das?«

»Jeder außerhalb dieses Hauses hätte Fußabdruck und nicht Schuhabdruck gesagt.«

»Darf ich ein paar kleine Einwände äußern?«, bat Ingrid, bestärkt durch Olars' neuen Blick auf sie.

»Bitte sehr«, sagte er mit einer einladenden Geste.

»Es kann so sein, wie Sie sagen, dass eine Gang Kinder oder Halbwüchsiger getrunken hat und irgendetwas richtig schiefgegangen ist, aber in dem Fall müsste es doch Spuren von der Party geben. Die würden doch nicht bleiben und hinter sich aufräumen. Und wenn sie nüchtern waren und alles nur ein Unglück, dann hätten sie doch sicher um Hilfe gerufen oder zumindest hinterher erzählt, was passiert ist, oder?«

»Vielleicht sollten Sie lieber eine richtige Polizistin werden«, bemerkte Olars trocken.

Plötzlich war schwer zu erkennen, ob er das ironisch meinte oder nicht. Vermutlich war sie weiter gegangen, als sein Stolz es zuließ.

»Nur so eine Idee«, sagte sie in dem Versuch, es runterzuspielen.

Wenn sie irgendwelchen Nutzen von dem Mann haben wollte, musste sie zurückrudern. Sie legte den Kopf auf die Seite und sagte:

»Was glauben Sie denn, wer alles mit am Fluss war?«

»Wie ich vorhin schon ausführte, haben viele Kinder Angst vor der Polizei und trauen sich nicht, mit uns zu sprechen.«

»Ich habe ja keine Ahnung davon, wie man im Wasser nach jemandem sucht, aber müsste eine Leiche nicht inzwischen nach oben getrieben worden sein?«, fragte sie, den Kopf immer noch schief gelegt.

»Das sollte man meinen. Aber es gibt hier einige Stellen mit Unterströmung, und sie kann genauso gut runtergezogen worden oder an einer Wurzel hängen geblieben sein.«

Ingrid nickte. Das war durchaus möglich. Wenn die Leiche nun im Fluss lag.

»Wir beide können hier lange sitzen und Theorien austauschen«, sagte Olars und sah auf seine Armbanduhr, »aber ich glaube nicht, dass wir viel weiter kommen werden. Und leider muss ich unser Zusammentreffen jetzt beenden.«

Er stand auf, nahm eine Popelinejacke vom Haken und wies mit einer gentlemanhaften Geste zur Tür, um zu zeigen, dass es Zeit war zu gehen.

Ingrid blieb nichts anderes übrig, als ihre Sachen zu packen und seiner wortlosen Aufforderung Folge zu leisten. Obwohl sie sich bemüht hatte, den Polizeichef nicht zu verärgern, schien ihr das ganz klar misslungen zu sein.

»Meine Liebe«, sagte er auf dem Weg durch die Tür. »Wenn ich Ihnen einen Rat geben darf, dann begeben Sie sich nicht in dieses Durcheinander aus Trauer und Trübsinn. Manchmal geschehen einfach schreckliche Dinge, mit denen wir lernen müssen zu leben, so schwer das auch ist.«

Am anderen Ende des Flures wäre sie fast mit einem Streifenpolizisten zusammengestoßen, der gerade um die Ecke kam.

»Ingrid!«, rief der Mann und blieb wie angewurzelt stehen. »Was machst du denn hier?«

Ingrid hatte keine Chance, davonzukommen.

Benny starrte sie an, als sähe er ein Gespenst, was der Wahrheit ja ziemlich nahe kam.

Olars sah von Benny zu Ingrid und dann wieder zurück.

»Kennen Sie sich?«

»Das kann man wohl sagen«, erwiderte Benny. »Wir waren jahrelang Kollegen in Stockholm.«

»Sie sind Polizistin? Nun, das erklärt ja einiges.«

Ingrid kriegte kein Wort raus, sondern starrte nur Benny an.

»Was machst du hier?«, fragte er noch einmal.

Die Stimme, das Lächeln – alles so wohlbekannt. Neu waren nur ein paar Fältchen in den Augenwinkeln.

»Na ja, was glaubst du?«, sagte Ingrid schließlich.

Ehe sie noch mehr sagen konnte, tauchte ein anderer Polizist im Korridor auf.

»Kommst du, Benny? Wir müssen los!«

Ohne den Blick von ihr zu wenden, begann Benny rückwärts Richtung Ausgang zu gehen.

»Ich komme, Kenneth«, sagte er zu seinem Kollegen, dann wandte er sich wieder Ingrid zu. »Tut mir leid, ich bin schon spät dran.«

Olars schüttelte den Kopf und ging dann in die andere Richtung den Korridor hinunter und verschwand durch eine Tür.

Ingrid blieb allein zurück und versuchte zu begreifen, was da eben passiert war.

Kapitel 26

Juni 1982

Mattias und Kaj krochen aus der Waldhütte und bürsteten sich die Tannennadeln von den Hosen.

»Ich muss erst in ein paar Stunden wieder zu Hause sein«, sagte Mattias und setzte sich den Rucksack auf. »Was wollen wir jetzt machen?«

Die Kassette mit dem Pfarrer und Gabriella hatten sie in einer Blechdose in der Waldhütte versteckt. Meist nahm Mattias die Bänder mit nach Hause, aber dieses wollte er doch lieber hierlassen.

»Keine Ahnung«, sagte Kaj und dachte ein Weilchen nach. »Sollen wir mal sehen, ob Jasmine gekommen ist?«

»Von mir aus.«

Mattias sprang aufs Fahrrad und fuhr schnell hinter Kaj her. Er war immer noch total aufgeregt. Es war, als hätte er keine Kraft mehr in den Beinen, und sein Herz flatterte in der Brust. Was, wenn der Pfarrer den Kassettenrekorder bei der Treppe entdeckt hätte? Mattias hätte auf Kaj hören sollen. Wer wusste schon, wozu dieser Mann imstande war?

Und dass Gabriella ein Kind mit ihm haben würde! Ihr Weinen hallte Mattias immer noch in den Ohren. Schön war jedenfalls, dass Kaj wieder bessere Laune hatte und jetzt ganz gemächlich auf dem Fahrrad dahinfuhr. Mattias beobachtete ihn. Sonst hatte er immer über den Lenker vorgebeugt gelegen und so schnell er konnte getreten, aber jetzt saß er ganz gerade, fast wie ein Erwachsener.

Als sie sich dem Haus von Eva-Lena näherten, fuhr Kaj noch langsamer und spähte über den Zaun. Eva-Lena lag auf einer Decke und las Comics, doch sie waren ja nicht ihretwegen hergekommen, also winkte Kaj nur und radelte langsam weiter.

»Vielleicht ist sie bei ihren Großeltern«, sagte er. »Wir gucken da auch noch mal.«

Mattias fuhr mit, er hatte ja nichts Besseres zu tun.

Wie üblich stand der Jagdhund da im Hundezwinger und bellte, aber Jasmine war nicht zu sehen. Weder Kaj noch Mattias hatten Lust, bei Großmutter Rut zu klingeln und nachzufragen.

»Na gut«, sagte Kaj enttäuscht. »Vielleicht kommt sie ein bisschen später.«

Sie fuhren weiter. Mattias hätte gerne am Kiosk angehalten, um nachzusehen, ob das neue *Bussi Bär* gekommen war, aber als er Pelle bei dem Schalter sah, überlegte er es sich anders. Pelle würde garantiert irgendwas Fieses sagen oder ihn aufziehen, weil er Kindercomics las. Kaj fand Pelle auch unangenehm, das wusste Mattias, also fuhren sie schneller und sausten vorbei, ehe Pelle sie entdeckte.

Als sie zu Patriks Garage kamen und sahen, dass die Tür offen stand, bogen sie dorthin ab. Patrik hatte auf dem Hof seiner Großmutter eine eigene Garage für seinen Ford Taunus, und Mattias und Kaj fanden es da ziemlich spannend. Es gab immer etwas Neues zu entdecken, und außerdem roch es so gut nach Öl und altem Werkzeug.

Patriks Wagen stand mit offenen Türen draußen auf dem Kiesplatz, und die Gummimatten lagen auf dem Rasen. Patrik selbst war in der Garage. Er trug immer Jeans und schwarze Holzschuhe, egal was für ein Wetter herrschte, so auch heute. Die Jeansjacke mit Nieten und dem großen *Kiss*-Aufdruck auf dem Rücken war das coolste Kleidungsstück, das Mattias je gesehen hatte.

»Ah, ihr seid das«, sagte Patrik, als er sie in der Tür stehen sah. »Hallo, Jungs.«

Patrik strich sich das lockige Haar aus dem Gesicht. Alle Mädchen fanden, dass Patrik der hübscheste Junge in ganz Våmhus war und dass er aussah wie Joey Tempest.

»Wäschst du jetzt dein Auto?«, fragte Kaj.

»Hab ich schon«, erwiderte Patrik und suchte zwischen den Putzmitteln. »Jetzt wollte ich es wachsen.«

Er hatte im April den Führerschein gemacht, an seinem achtzehnten Geburtstag. Das wollte Mattias auch. Das alte Auto hatte er am Tag darauf von Geld, das er mit Beerenpflücken verdient hatte, gekauft.

»Und was habt ihr heute für einen Unsinn gemacht?«, fragte Patrik.

»Nichts Besonderes«, sagte Kaj.

»Wer's glaubt. Ihr macht doch immer Unsinn. Erzählt mir mal das Neueste.«

Es sah fast so aus, als würde Kaj anfangen zu erzählen, aber auch wenn Patrik durchaus das eine oder andere von ihnen erfuhr, war dies doch ein Sonderfall. Mattias stieß ihn fest in die Seite.

»Ich sag' schon nichts«, flüsterte Kaj. »Was denkst du denn?«

Stattdessen begann Mattias davon zu erzählen, wie er bei dem Alten unter der Veranda eingesperrt worden war und fast nicht rausgekommen wäre. Patrik lachte laut und schüttelte den Kopf, während er einen Lappen mit Autowachs befeuchtete.

»Ihr seid einfach richtige kleine Gangster«, sagte er auf dem Weg aus der Garage. Dann begann er die Motorhaube mit entschlossenen Kreisbewegungen zu polieren.

»Das wird aber schön«, sagte Mattias.

»Ja, das wird es, dauert aber ewig«, sagte Patrik und strich sich wieder das Haar aus der Stirn. »Man muss die Gelegenheit nutzen, wenn man mal freihat. Ihr habt es gut, mit euren langen Sommerferien.«

»Aber wir haben auch angefangen, ein bisschen zu arbeiten«, entgegnete Mattias.

»Unglaublich. Und was arbeitet ihr, wenn man fragen darf?«

»Wir mähen den Rasen bei Heiser«, sagte Kaj. »Der bezahlt echt gut.«

»Wissen eure Eltern das?«

»Ja«, log Kaj.

»Okay. Ich denke nur, ihr solltet mit dem ein bisschen vorsichtig sein.«

»Ist er gefährlich?«, fragte Mattias.

»Gefährlich weiß ich nicht«, erwiderte Patrik, »aber ein bisschen komisch ist er schon, oder?«

Patrik ahmte Heisers Art zu reden nach, so treffend, dass Mattias sich vor Lachen bog.

»Darf ich meine Fahrradkette schmieren?«, fragte Kaj.

»Ja klar, mach ruhig«, sagte Patrik, ohne mit dem Polieren aufzuhören.

Das wollte Mattias auch, also drehten sie ihre Fahrräder um und holten die Ölkanne mit Schnabel von ihrem gewohnten Platz.

Mattias schmierte gern die Fahrradkette. Es machte einfach Spaß, am Pedal zu drehen, während man gleichzeitig vorsichtig das Öl raustropfen ließ. Sein Vater ließ ihn das immer nur im Frühjahr machen, wenn die Fahrräder rausgeholt wurden, sonst nie.

»Und wie läuft es mit den Mädels?«, fragte Patrik mit seiner normalen Stimme.

Weder Kaj noch Mattias antworteten.

»Aber ihr habt schon ein Auge auf welche geworfen, oder?«, meinte Patrik lachend. »Ich weiß sehr gut, wie das in eurem Alter ist.«

»Kaj ist in Jasmine verknallt«, sagte Mattias.

Kaj wurde tiefrot im Gesicht.

»Bin ich gar nicht.«

»Wohl«, sagte Mattias. »Warum wolltest du denn dann gucken, ob sie gekommen ist?«

»Ich bin überhaupt nicht in sie verknallt«, sagte Kaj wieder.

»Und in wen bist du verknallt, Mattias?«, fragte Patrik.

»In niemand.«

Das Rot aus Kajs Gesicht wollte nicht verschwinden, und er tat Mattias fast leid. Offensichtlich war er richtig doll in Jasmine verknallt.

»Hast du eine Freundin?«, fragte Mattias.

»Nein, leider nicht«, antwortete Patrik und grinste.

»Und wie viele Mädchen hast du schon geküsst?«, beharrte Mattias.

»Du bist ja ganz schön neugierig. Aber das ist schon okay, immer nachfragen. Sonst erfährt man nie irgendetwas.«

Das war das Beste an Patrik. Er war nicht wie andere Erwachsene und wurde auch nie sauer, wenn man Sachen fragte. Er lachte nur. Deshalb traute sich Mattias noch weiterzubohren.

»Jetzt sag schon, wie viele hast du geküsst?«

»Acht vielleicht oder neun.«

»Wow, ehrlich?«, sagte Mattias. »Wen denn?«

»Nein, das sage ich nicht. Ein paar Geheimnisse muss man schon für sich behalten.«

Als Mattias und Kaj mit ihren Fahrrädern fertig waren, halfen sie, das Armaturenbrett zu polieren und die Gummimatten mit Wasser und Seife abzuschrubben, während Patrik Neuigkeiten aus dem Ort berichtete. Kajs Gesichtsfarbe war schließlich wieder einigermaßen normal.

»Also, hört, Jungs, jetzt muss ich eine Pause machen«, sagte Patrik und wischte sich mit den Händen über die Jeans. »Meine Mutter wartet zu Hause mit dem Essen. Aber vielen Dank für die Hilfe. Hat Spaß gemacht, mit euch zu plaudern.«

Die Eimer und Lappen ließ er zurück, weil er ja nur ein Weilchen weg sein wollte.

»Ich bin überhaupt nicht verknallt in Jasmine«, zischte Kaj, als Patrik außer Hörweite war. »Nur dass du's weißt.«

Aber da war sich Mattias nicht so sicher.

Kapitel 27

Mit zitternden Händen schloss Ingrid das Auto auf, während ihre Gedanken im Kopf Karussell fuhren. Benny? In Mora? Ihr Benny?

Als sie die Tür endlich geöffnet hatte, warf sie sich auf den Fahrersitz und blieb mit den Händen wie festgeklebt am Lenkrad sitzen. Was machte er denn hier? Sie drehte den Rückspiegel so, dass sie ihr flammend rotes Gesicht sehen konnte. Damit hatte sie überhaupt nicht gerechnet.

Sobald der erste Schock sich gelegt hatte, kam die Angst. Was, wenn Benny dem Olars erzählte, wer sie wirklich war und was sie getan hatte? Dann wäre es nur eine Frage der Zeit, bis sich die Neuigkeit nach Stockholm und zu den Kollegen dort verbreitete. Und weiter zu Kjell. Das durfte auf keinen Fall geschehen. Irgendwie musste sie dem Einhalt gebieten.

Ingrid ließ den Motor an, drehte den Rückspiegel wieder richtig und fuhr, so schnell sie das ohne Aufmerksamkeit zu erregen tun konnte, vom Parkplatz. Auf der Landstraße nach Kumbelnäs musste sie sich äußerst anstrengen, nicht die Geschwindigkeitsbegrenzung zu überschreiten. Kaum, dass sie zu Hause durch die Tür kam, ging sie, ohne auch nur die Schuhe auszuziehen, sofort in den Saal und rief die Einwahl der Polizeizentrale an.

»Ich würde gern Benny Jörgensen sprechen«, sagte sie.

Sie musste ihn erwischen, ehe er zu viel erzählte.

»Einen Moment bitte.«

Ingrid trat ungeduldig von einem Fuß auf den anderen, während sie darauf wartete, verbunden zu werden.

»Jörgensen.«

Die wohlbekannte Stimme klang formell.

»Hallo, ich bin es. Ingrid.«

»Ja, hallo!«, sagte Benny in bedeutend warmherzigerem Tonfall. Fast fröhlich.

»Ja, das war ein bisschen komisch vorhin, und ich dachte einfach …« plötzlich wusste sie nicht, was sie noch sagen sollte. Sie hörte Benny atmen.

»Ich war sehr überrascht, dich zu sehen«, sagte sie und wickelte die Telefonschnur um den Zeigefinger.

»Ich auch«, sagte Benny mit Nachdruck. »Und ich habe mich noch nicht richtig davon erholt. Was in aller Welt machst du hier?«

»Lange Geschichte und so weiter«, sagte sie. »Nun, du weißt ja, was passiert ist.«

»Ja«, antwortete Benny. »Ich habe viel an dich gedacht.«

»Ehrlich?«

»Na klar.«

Was er wohl gedacht hatte? Hatte er Sympathie empfunden oder war es so eine Art Genugtuung? *Du hättest mich nehmen sollen anstelle von diesem Psychopathen.* Wenn es so wäre, konnte sie ihm kaum einen Vorwurf machen.

»Ich muss dich was fragen«, sagte sie.

»Klar. Schieß los.«

»Hast du Olars erzählt, wer ich bin? Was ich gemacht habe und so?«

»Nein. Als er mich gefragt hat, habe ich nur gesagt, dass wir vor langer Zeit mal zusammen gearbeitet hätten, nichts weiter. Ich finde nicht, dass ihn das etwas angeht.«

»Danke dir«, sagte sie und sank erleichtert auf den Stuhl. »Ich bin inzwischen ziemlich paranoid. Kjell, also …«

»Du musst das nicht erklären«, sagte Benny. »Ich verstehe schon.«

Die Freundlichkeit in seiner Stimme ließ ihr Tränen in die Augen steigen. Wenn jemand Grund hatte, ihr die Loyalität aufzukündigen, dann war er das.

Auch wenn sich die akute Sorge gelegt hatte, war Ingrid doch noch nicht ganz beruhigt.

»Glaubst du, dass er und die anderen in der Wache wissen, wer ich bin?«, fragte sie. »Ich meine, kennen sie meinen Fall?«

»Keine Ahnung, aber ich glaube, darüber solltest du dir keine Sorgen machen. Mora ist sehr weit von Stockholm entfernt.«

»Stockom, meinst du?«

Wieder lachte er.

»Aha, du hast es schon gelernt. Genau. Was da unten in Stockom passiert, ist hier oben nicht so wichtig.«

»Das klingt gut, dann werde ich mal versuchen, mich zu beruhigen.«

Ingrid blinzelte die Tränen aus den Augen und befreite den Finger wieder aus dem Kabel. Bennys Stimme schenkte ihr Sicherheit, und sie wollte das Gespräch am liebsten gar nicht mehr beenden, wusste aber auch nicht, was sie noch sagen sollte.

»Vielleicht können wir irgendwann mal einen Kaffee oder ein Bier zusammen trinken«, meinte Benny. »Ein bisschen über früher reden.«

Ingrid wurde ganz warm ums Herz. Als hätte er ihre Gedanken gelesen.

»Ja, warum nicht?«, sagte sie und grinste. »Sehr gerne.«

»Vielleicht schon heute Abend?«, fuhr Benny fort. »Ich habe keine weiteren Pläne.«

»Das klingt gut. Ich selbst hab schon seit Jahren keine weiteren Pläne.«

Benny lachte sein tiefes rollendes Lachen, ein Geräusch, von dem Ingrid gedacht hatte, dass sie es nie wieder hören würde.

»Wir sehen uns in der Bar vom Mora Hotel«, sagte er. »Um halb acht. Ich freue mich.«

Ingrid lächelte immer noch, als sie den Hörer auflegte.

Kapitel 28

Juni 1982

Die Trillerpfeife gellte so laut, dass es in den Ohren wehtat. »Jetzt macht mal hin, Jungs«, rief Janne. »Wacht auf! Schert euch nicht darum, dass ihr heute Publikum habt.«

Er hatte die Kegel in einer Reihe aufgestellt, und jetzt sollten sie dribbeln und aufs Tor schießen.

An der Seitenlinie standen Eva-Lena und Jasmine, beide in T-Shirt und Volant-Rock, und jede trug eine bunte Sonnenkappe aus Plastik, die Jasmine aus Stockholm mitgebracht hatte. Als ob Eva-Lena sich für Fußball interessieren würde, dachte Mattias. Sie tat so, als würde sie immer da rumhängen, wenn sie trainierten, aber in Wirklichkeit war sie das erste Mal in der ganzen Saison hier.

Pelle fiel es schwer, nicht in ihre Richtung zu schielen. Kaj ebenso.

Janne rollte Bälle raus und pfiff wieder. Er musste nicht erklären, was sie tun sollten. Mattias stellte sich hinter Kaj in die Reihe und hüpfte ein wenig auf und nieder, während er wartete. Kaj lief los, aber der Ball geriet völlig aus dem Takt, und als er sich endlich durch die Bahn gekämpft hatte und schießen sollte, sah es aus, als würde er das Gleichgewicht verlieren. Anstatt sich aufzurichten und auf das Tor zu zielen, stolperte er vorwärts über den Ball und der halbherzige Schuss landete mehrere Meter neben dem Tor.

»Bist du besoffen?«, rief Pelle.

Von der Seitenlinie war bedauerndes Lachen zu hören. Kaj war knallrot im Gesicht, als er zurück in die Reihe schlenderte.

Für Mattias lief es besser. Ihm gelang es sogar, vor Åke eine kleine

Finte zu schlagen, ehe er den Schuss an den rechten Pfosten setzte. Vielleicht würde er am Samstag doch nicht die ganze Zeit auf der Bank sitzen müssen. Er hob die Arme und schielte zu den Mädchen rüber, doch die hatten nur noch Augen für Andreas, der wie ein Wilder durch die Kegel rauschte.

»So soll das aussehen«, rief Janne. »Sehr gut.«

Als sie im Alter von acht Jahren mit dem Fußballtraining angefangen hatten, war Mattias ziemlich gut gewesen, zumindest verglichen mit den anderen. Sein Vater hatte ihm schon als Fünfjährigem ein Tor gebaut und ihm gezeigt, wie man mit der Innenseite des Fußes harte Elfmeter schoss. Doch inzwischen saß Mattias meist auf der Reservebank, und sein Vater kam auch nicht mehr zu den Spielen. Würde Kaj nicht spielen, hätte Mattias schon längst aufgehört. Aber was sollte er sonst jeden Dienstag und Donnerstag machen?

Gegen Ende des Trainings teilte Janne sie in zwei Mannschaften ein. Mattias und Kaj landeten mit Andreas, Johannes Ö. und Stulle in einem Team. Eva-Lena und Jasmine standen immer noch an der Seitenlinie.

Sowie Janne das Spiel anpfiff, rannten alle so schnell sie konnten über den Platz. Heute wollte niemand verlieren. Mattias musste hart kämpfen, um als Verteidiger die Defensive zu halten, doch an diesem Abend war er gut drauf. Er lief blitzschnell hin und her, und es gelang ihm sowohl gegen Ricky als auch gegen Anders, die Stars der Mannschaft, einige Nahkämpfe zu gewinnen. Vielleicht war er doch besser, als er selbst glaubte.

Als Kaj sich den Ball zurechtlegte, um eine Ecke zu schießen, entschloss sich Mattias, alles zu geben. Wenn er heute ein Tor machte, dann würde er garantiert am Samstag auf dem Platz stehen. Kaj hob den Arm, trat ein paar Schritte zurück, konzentrierte sich. Dann nahm er Anlauf und schoss.

Der Ball flog in einem hohen, perfekten Bogen. Mattias fixierte ihn mit dem Blick, sah ihn näher und näher kommen, nahm Schwung und sprang.

Dann knallte es.

Als Mattias die Augen aufschlug, war er von seinen Mannschaftskameraden umringt, die auf ihn herabsahen. Ihre Gesichter flossen zu einem einzigen Brei zusammen, und in dem Brei erkannte er Janne, der neben ihm hockte.

»Wie geht es dir?«, fragte er und berührte leicht Mattias' Schulter.

»Gut«, erwiderte Mattias und setzte sich auf. Hier konnte er ja nicht liegen bleiben.

Seine Mitspieler begannen, um ihn herum zu kreisen, als würde er Karussell fahren, während sie von der Seite her zuschauten. Übelkeit stieg wie eine Welle aus den Eingeweiden in ihm hoch, und kalter Schweiß brach ihm aus. Langsam sank er wieder ins Gras zurück, die Hand vor den Mund. Er durfte nicht kotzen. Das würde Pelle ihn niemals vergessen lassen, so viel war klar.

»Du bist mit Stulle zusammengestoßen und hast einen echten Schlag abbekommen«, erklärte Janne. »Lass mal sehen.«

Mattias zuckte vor Schmerz zusammen, als Janne vorsichtig seine Stirn berührte.

»Das wird eine ordentliche Beule geben«, sagte Janne.

»Guck mal, die wächst schon«, sagte Pelle lachend. »Wie ein Horn.«

Auch der Rest der Mannschaft brach in Gelächter aus.

»Jetzt hört aber auf«, schimpfte Janne. »Womöglich hat er eine Gehirnerschütterung, und darüber gibt es gar nichts zu lachen.«

Das Lachen verstummte, nur noch unterdrücktes Kichern war zu hören.

Mit Jannes Hilfe stolperte Mattias vom Spielfeld. Die Beine gaben nach, und ihm war, als würde der Rasen unter seinen Füßen schaukeln.

»Wir brechen das Training für heute ab«, sagte Janne. »Ihr habt alle gut gearbeitet. Ich fahre Mattias nach Hause.«

Mattias wartete auf einer Bank, während Janne seine Sporttasche aus dem Umkleideraum holte.

»Was für ein Knall«, sagte Kaj.

Mit den Fingerspitzen befühlte Mattias leicht die Beule, die auf der

Stirn herausstand. Sie war groß wie ein halber Tischtennisball und tat furchtbar weh. Die Stimmen um ihn herum wirkten immer noch fremd, und die Sätze flossen ineinander.

»Guck mal, unser kleiner Teufel«, lachte Pelle.

Wie gewöhnlich nutzte er die Gelegenheit, dass Janne nicht in der Nähe war. Wenigstens schlug er Mattias diesmal nicht mit der Handfläche auf den Hinterkopf.

»Er sieht doch aus wie ein kleiner Teufel, oder?«, machte Pelle weiter und wandte sich an seinen Fanclub, mit dem er sich immer umgab: Henke, Andreas und Anders.

»Oder wie ein Ziegenbock«, fuhr er fort.

Sobald Janne mit Mattias' Tasche aus der Umkleide kam und ihm von der Bank aufhalf, verstummte Pelle und entfernte sich ein wenig.

»Geht es so?«, fragte Janne auf dem Weg zu seinem rostigen Volvo.

Mattias versuchte zu nicken, aber kaum dass er den Kopf bewegte, hatte er das Gefühl, sich übergeben zu müssen.

»Kannst du vorne sitzen oder willst du lieber auf dem Rücksitz liegen?«, fragte Janne und öffnete die Tür.

»Lieber liegen«, flüsterte Mattias.

Janne klappte den Sitz vor und half Mattias, auf die Rückbank zu kriechen. Die Luft im Auto, das mehrere Stunden lang in der Sonne gestanden hatte, war heiß und stickig, und der Rücksitz war voller Müll und Chipskrümel. Bei dem Geruch überkam ihn eine neue Welle der Übelkeit.

»So wie es aussieht, wird es für dich am Wochenende kein Spiel geben«, sagte Janne und klappte den Beifahrersitz wieder zurück.

Mattias brach wieder der kalte Schweiß aus, und er konnte nicht antworten. All seine Kraft ging dafür drauf, möglichst nicht zu kotzen, doch das hielt Janne nicht vom Reden ab.

»Wenn du eine Gehirnerschütterung hast, dann darfst du nicht einschlafen«, erklärte er und fuhr los.

So wie das Auto schaukelte und ruckelte, war Mattias sicher, dass er sich jeden Moment übergeben musste.

»Hier hast du eine Tüte, falls du spucken musst«, sagte Janne und warf eine alte Supermarkttüte nach hinten. »Es wird alles gut werden, wirst schon sehen.«

Mattias brummte etwas und umklammerte die klebrige Tüte fest mit der Hand. Die Übelkeit rollte wie Wellen durch den Magen.

»Du bist ein ganz besonderer Junge«, plapperte Janne weiter. »Das hab ich schon immer gefunden. Ich verstehe auch, dass es hart für dich ist, jetzt, wo die anderen in der Mannschaft so schnell gewachsen sind und du nicht mehr so gut mithalten kannst. Aber im Nu wirst du wieder dabei sein, das verspreche ich dir.«

Mattias wischte sich über die feuchte Oberlippe, der Kopf dröhnte, als würde er in Stücke gehen.

»Aber hinter dem Großwerden sollte man nicht herjagen. Bleib du nur Kind, solange du kannst, erwachsen musst du noch lange genug sein, und das ist nicht immer so lustig.«

Kapitel 29

Ingrid hatte für die zehn Kilometer von Våmhus nach Mora den Bus genommen. Sie war bewusst zu früh, wollte zuerst da sein.

Das Lokal war bereits voller fröhlicher Freitagsgäste, die das Wochenende feiern wollten. Ein paar Gruppen saßen an den Tischen entlang der Wände, aber die meisten hingen um den Bartresen.

Ingrid hatte die weiße Hose, die Segelschuhe und den Strickpullover mit Schärpe angezogen, dazu Clips in den Ohren und blauen Lidschatten aufgelegt und sah jetzt der Schaufensterpuppe im Geschäft erstaunlich ähnlich.

Sie drängte sich an die Bar und bestellte ein Glas Rotwein. Dann setzte sie sich mit dem Rücken zur Wand an einen freien Tisch und zündete sich eine Zigarette an. Fast wie eine ganz normale Person, stellte sie fest. Nur mit der Frisur musste sie noch etwas machen. Die meisten Frauen hatten toupierte und gefärbte Haare mit massenhaft Haarspray, während ihre lang waren und platt am Kopf klebten.

Benny erschien Punkt halb acht. Sie erkannte seinen Haarschopf schon von weitem. Das kurzärmelige Hemd spannte über dem Brustkorb, und die sandgestrahlte Jeans saß perfekt. Offensichtlich hat er die Hanteln noch nicht aufgegeben, dachte sie.

Er blieb an der Tür stehen und sah sich im Lokal um. Als er sie schließlich erblickte, ließ er ein Lächeln aufblitzen und kam zu ihrem Tisch.

»Da bist du ja«, sagte er.

Sie legte die Zigarette auf den Rand des Aschenbechers und stand auf. Die Unsicherheit, ob sie sich die Hand geben oder sich umarmen sollten, führte dazu, dass sie beides taten.

»Wie ich sehe, hast du schon was«, sagte Benny, als sie sich wieder losgelassen hatten. »Dann werde ich auch mal …«

Er zeigte mit dem Daumen Richtung Gedränge und nahm Kurs auf die Bar. Ingrid setzte sich wieder und nahm einen Zug von der Zigarette, während sie beobachtete, wie er sich zum Tresen durchschob und Aufmerksamkeit zu erregen versuchte, indem er mit den Fingern schnippte. Eine wohlbekannte Geste.

Benny schien sowohl den Barkeeper als auch mehrere der Stammgäste zu kennen. Während er auf sein Bier wartete, wechselte er ein paar Worte mit denen, die am nächsten standen.

Ingrid nahm einen Schluck vom Wein und versuchte, den Song zu erkennen, der aus der Musikbox kam. War das der neue von Queen?

Ein paar Minuten später kam Benny mit einem Bier in der einen Hand und einer Schale Erdnüsse in der anderen durch das Lokal und setzte sich ihr gegenüber. Am linken Ringfinger glänzte ein einfacher Goldring. Das gönnte sie ihm.

»So«, begann er, »hier sitzen wir nun.«

»Ja, wer hätte das gedacht?«, meinte Ingrid und hob ihr Glas.

Sie prosteten sich verhalten zu. Ingrid nahm einen kleinen Schluck und stellte das Glas vorsichtig wieder ab. Der Song aus der Musikbox, welcher es nun immer gewesen war, verklang.

»Ausgerechnet in Mora«, fügte sie hinzu.

»Ja, das war unerwartet.«

Er ist auch nervös, dachte sie, obwohl er keinen Grund dazu hat.

»Ich weiß ja, dass du in der Gegend Verwandtschaft hast«, sagte Ingrid. »Aber bist du jetzt richtig hierhergezogen? Und wieso? Du hast dich doch in Stockholm immer wohl gefühlt, oder?«

»Da haben mehrere Faktoren eine Rolle gespielt.«

»Zum Beispiel?«

»Sagt dir die Baseballmafia was?«, fragte er. »Die Idee von Hans Holmér, auf Norrmalm Zivilpolizisten auf den Straßen rumlaufen und Randalierer aufgreifen zu lassen?«

Ingrid nickte. Davon hatte sie gehört. Den Namen hatte die Truppe daher, dass ihre Mitglieder lieber mit Baseballkappen und in Zivil unterwegs waren als in Uniform. High von ihrem eigenen Testosteron, hatten sie die Betrunkenen und Randalierer in Mannschaftsbusse geworfen und zusammengeschlagen. Das wäre sicher etwas für Kjell gewesen, dachte sie. Wenn seine Gesundheit es zugelassen hätte.

»Persönlich fand ich das alles verdammt unmöglich«, fuhr Benny fort. »Plötzlich fühlte ich mich in der Truppe wie Falschgeld. Deshalb bin ich gerne mitgegangen, als Ulrika voriges Frühjahr Examen gemacht hat und wieder nach Hause ziehen wollte.«

»Das heißt, diese Ulrika ist ein weiterer Faktor?«, fragte Ingrid.

»Ja, genau. Sie ist die kleine Schwester meines Sandkastenfreundes, mit dem ich immer gespielt habe, wenn wir im Sommer hier waren. Als sie nach Stockholm kam, um Lehramt zu studieren, hat sie Kontakt mit mir aufgenommen. Und so kam das.«

»Verstehe. Und bist du glücklich?«

»Sehr.«

Benny drehte sein Bierglas, als wollte er es in den Tisch schrauben. Noch so eine Geste, die sie aus einer anderen Zeit wiedererkannte. Dann sagte er etwas, was sie nicht verstand.

»Entschuldigung, was hast du gesagt?«, fragte sie, beugte sich über den Tisch und drehte den Kopf so, dass ihr gutes Ohr in seine Richtung zeigte.

»Wie bist du denn hier gelandet?«, wiederholte er etwas lauter. »Du hast doch überhaupt keine Verbindungen hierher, oder?«

»Stimmt. Und das ist genau der Grund. Die Behörden fanden nicht, dass ich eine geschützte Identität bräuchte, weil sie meinten, es gäbe keine Bedrohung. Also versuche ich, das Problem auf eigene Weise zu lösen, indem ich mich fernhalte.«

»Glaubst du im Ernst, dass er sich an dir rächen will?«, fragte Benny.

»Ich weiß es. Wenn er die Chance bekommt, wird er mich töten. Ich habe sein Leben zerstört, und jetzt will er meines zerstören.«

Benny sah sie mit besorgtem Blick an.

»Aber ich glaube kaum, dass er mich hier finden wird«, sagte sie und versuchte ein Lächeln.

Das Gemurmel im Lokal war auf eine Weise lauter geworden, die Ingrid überhaupt nicht mehr gewohnt war.

»Ich hätte mich bei dir melden sollen«, sagte Benny. »Es tut mir leid.«

»Warum das denn?« Ingrid nahm einen Schluck vom Wein. »Dazu hattest du überhaupt keine Verpflichtung. Ich war schließlich diejenige, die Schluss gemacht hat.«

»Schon, das stimmt. Aber ich kann mir ja trotzdem noch Sorgen um dich machen.«

Er sah sie weiterhin mit derselben bekümmerten Miene an.

»Du glaubst mir also?«, fragte Ingrid. »Dass es Selbstverteidigung war und dass ich nicht vorhatte, ihn zu töten? Nicht einmal, ihn zu verletzen?«

»Wenn du ihn hättest töten wollen, dann hättest du das getan. Du bist eine verdammt gute Schützin und würdest nicht einmal auf fünfzig Meter Entfernung jemanden verfehlen.«

Er lachte, und Ingrid ließ sich mitreißen. Benny kannte sie, und er wusste, was ihr gefiel. Seine Meinung von ihr schien sich nicht verändert zu haben.

»Komm, ist doch wahr«, fuhr er mit Nachdruck, fort. »Du hast mich bei jedem Training nassgemacht.«

»Was nicht unbedingt schwer war«, erwiderte Ingrid und grinste vor Freude, ihn ein bisschen necken zu können.

Benny lachte wieder, doch dann verstummte er plötzlich.

»Möchtest du über das sprechen, was passiert ist?«

»Das können wir wann anders tun. Lass uns den Abend heute nicht mit blöden Themen ruinieren.«

»Dann prost darauf«, sagte Benny und hob sein Glas. »Heute Abend keine blöden Themen.«

Ingrid stieß mit ihm an.

Benny nahm sich eine Handvoll Erdnüsse aus der Schale und schob sie eine nach der anderen in den Mund, während er sie neugierig ansah. Sein Blick war so intensiv, dass sie schließlich zu Boden sehen musste.

»Wie kommt es denn, dass du dich mit Olars getroffen hast?«, fragte er schließlich. »Das hab ich nicht verstanden.«

»Ich beschäftige mich ein bisschen mit dem Fall des Jungen, der vorigen Sommer in Våmhus verschwunden ist«, erklärte Ingrid und sah auf, erleichtert darüber, dass sie über ein professionelles Thema sprechen konnten. »Seine Familie hat mich gebeten, einen Versuch zu unternehmen.«

»Du bist also Siljan Büro für Privatermittlung?«, fragte Benny und nahm erneut eine Handvoll Erdnüsse. »Kürzlich haben wir in der Kaffeepause ein bisschen darüber spekuliert.«

»Habt ihr euch lustig gemacht?«

»Na ja, nicht richtig, aber …«

»Ich versuche, wie gesagt, mein Leben in Ordnung zu bekommen, und irgendwas muss ich ja tun. Das hier ist das Einzige, was ich kann. Ich habe mich auf eine Menge normaler Jobs beworben, aber das hat zu nichts geführt.«

Ingrid konnte selbst den defensiven Tonfall hören, der sich in ihre Stimme eingeschlichen hatte.

»Was glaubst du denn, was mit dem Jungen passiert ist?«, fragte sie, als sie ihre Stimme wieder unter Kontrolle hatte. »Dein Chef scheint nicht sonderlich interessiert zu sein, über irgendwelche Alternativen zu sprechen, als dass er ertrunken wäre. Habt ihr noch andere Möglichkeiten abgecheckt?«

Nun war es noch lauter geworden, und sie beugte sich über den Tisch, um seine Antwort zu verstehen.

»Bevor das Fahrrad und die Kleider gefunden wurden, haben wir natürlich eine Menge Leute befragt, haben an Türen geklopft und mit seinen Freunden gesprochen. Aber was danach passiert ist, darüber bin ich nicht richtig informiert. Die Kriminalpolizei macht ihren

Kram ja gern für sich. Ich bin immer noch Streifenpolizist. Aber ich nehme mal an, dass man die Sache als einen Unglücksfall abgeschrieben hat.«

»Die Leiche fehlt aber immer noch«, sagte Ingrid.

»Ja, das ist eine Tragödie. Aber sag mal, ich finde, jetzt bewegen wir uns schon wieder besorgniserregend nah an blöden Themen.«

Er begann in der Jeanstasche zu suchen und strahlte, als er ein paar Münzen heraus holte.

»Was willst du hören?«, fragte er und nickte zur Musikbox.

»Etwas, was richtig gute Laune macht. Überrasch mich.«

»Das werde ich«, erwiderte Benny und stand auf.

Ingrid leerte ihr Weinglas und schaute sich um. Ohne dass sie es bemerkt hätte, war das Lokal noch voller geworden, und die Stimmung war überwältigend. Wieder explodierte das Freiheitsgefühl in ihr. Sie konnte hier sitzen, solange sie wollte, reden, mit wem sie wollte, nach Hause fahren, wann sie wollte.

Das Intro zu *Bang en Boomerang* begann, und kurz danach kam ein grinsender Benny mit einem Bier in der einen und einem Glas Rotwein in der anderen Hand zurück.

»Was?«, fragte er als Antwort auf Ingrids skeptische Miene und stellte die Gläser auf den Tisch.

»Du hast schon immer den schlimmsten Musikgeschmack gehabt«, sagte Ingrid lachend. »Sven und Lotta? Echt jetzt?«

»Es gab nicht so viel Auswahl, und das hat schließlich funktioniert«, entgegnete Benny. »Du lachst und deine Augen strahlen.«

Er setzte sich hin und schob ihr das Weinglas zu.

»Nächstes Mal bin ich dran, ein Lied auszusuchen«, entschied Ingrid. »Nur dass du es weißt.«

»Natürlich. Übrigens habe ich überhaupt keinen schlechten Musikgeschmack.«

»Ach ja? Ich erinnere mich noch gut an *Was hast du unter der Bluse, Rut*. Das allein ist schon die Definition für schlechten Musikgeschmack.«

»Ingrid Wolt, du bist ein Snob. Aber trotzdem muss ich sagen, dass es sehr schön ist, dich mal wieder zu sehen.«

Er erhob das Glas noch einmal und sah ihr tief in die Augen. Die Witze erstarben und er sah wieder ernst aus. Diesmal hielt Ingrid dem Blick stand.

»Du hast dich nicht verändert«, sagte Benny.

»Das kann nicht sein.« Ingrid lachte.

»Ich meine es ernst«, erwiderte er, während der Song langsam ausgeblendet wurde.

»Nach außen vielleicht, aber in mir ist alles anders«, entgegnete Ingrid. »Jetzt kriegst du mal richtige Musik zu hören.«

Sie begann in ihrer Tasche nach dem Geldbeutel zu suchen, aber als sie ihn endlich rauszog, fand sie keine Münzen.

»Hier«, sagte Benny und reichte ihr ein Fünfzig-Öre-Stück. »Nimm den.«

Als sich ihre Finger berührten, lief Ingrid ein wohliges Kribbeln über den Rücken, und eine Gänsehaut kroch ihr den Nacken hinauf. Diese körperliche Reaktion schockierte sie.

»Jetzt kriegst du was zu hören«, wiederholte sie, stand auf und starrte an der Musikbox lange auf die Songkarten. Die Hälfte hatte sie noch nie gehört, und der Rest waren Tanzbands, die sie auf keinen Fall spielen wollte. Am Ende wählte sie Eurythmics *Sweet Dreams*, das sie ein paarmal im Radio gehört hatte und mochte.

Als sie sich setzte, war sie immer noch rot. Vielleicht sollte sie nicht noch mehr Wein trinken. Bestimmt vertrug sie das nicht mehr so gut.

»Das ist richtige Musik«, meinte sie, um überhaupt irgendetwas zu sagen.

Benny antwortete nicht, sondern lächelte nur.

»Was?«, fragte Ingrid. »Was guckst du so komisch?«

Er atmete ein, um etwas zu sagen, da kam eine junge Frau in T-Shirt mit U-Boot-Ausschnitt und kurzen Ärmeln und fast der gleichen Kette, wie Ingrid sie trug, an ihren Tisch. Anders als die meisten hier hatte sie keine gefärbten Haare, sondern zwei dicke Zöpfe. Ihre rosigen Wangen erinnerten Ingrid an die Bilder von den Zorn-Mädchen im Museumsshop denken lassen.

»Hier bist du also«, sagte sie sanft zu Benny. »Hab ich mir schon gedacht, als du nicht zu Hause warst.«

»Wolltest du nicht erst morgen wiederkommen?«, fragte er. »Oder habe ich das falsch verstanden?«

»Doch, das war der Plan. Aber wir sind schneller fertig geworden.«

»Die schönste Überraschung«, sagte Benny und zog sie an sich.

Das Mädchen mit den Zöpfen küsste ihn auf den Mund und vergrub ihre Finger in seinem Nackenhaar.

»Das ist Ulrika, von der ich erzählt habe«, sagte Benny. »Meine zukünftige Ehefrau. Und das hier ist meine alte Kollegin Ingrid.«

Ulrika nahm Ingrids Hand und schüttelte sie kurz.

»Die Ingrid?«

Sie sah Ingrid an, stellte die Frage aber ihrem Verlobten.

»Ja, genau. Sie ist hierhergezogen.«

»Erst mal nur für den Sommer«, sagte Ingrid. »Dann sehen wir weiter.«

Ulrika sah verwirrt zu Benny und dann wieder zu Ingrid. Sonderlich erfreut schien sie nicht.

Ingrid stand auf, sammelte Zigaretten und Feuerzeug ein und hängte sich ihre Tasche über die Schulter.

»Du musst aber nicht gehen«, sagte Benny.

»Doch, der Bus kommt gleich und ich muss morgen früh aufstehen. Aber danke für den Abend. Wie schön, dich kennenzulernen, Ulrika. Benny hat ganz viel von dir erzählt.«

Beschämt trat Ingrid raus auf die Straße. Ihre Wangen brannten, als hätte sie etwas falsch gemacht, aber das hatte sie wohl kaum. Sich zu unterhalten war schließlich kein Verbrechen, doch irgendwie fühlte es sich trotzdem so an.

Sie setzte sich auf eine Parkbank und versuchte, nüchtern zu werden. Es war mehrere Jahre her, dass sie das letzte Mal einem Mann nahegekommen war. Sicherlich hätte ihr Körper bei jedem auf dieselbe Weise reagiert. Sie hatte zu schnell getrunken, das war das Problem.

Es war noch fast eine Stunde, bis der Bus fuhr, also holte sie sich eine Zigarette aus der Tasche, zündete sie an und nahm ein paar Züge.

Wenn sie ganz ehrlich war, dann war sie nicht nur beschämt, sondern auch enttäuscht darüber, dass die Stunde mit Benny schon vorbei war.

»Ich bin betrunken«, sagte sie zu sich selbst. »Betrunken, einsam und sentimental.«

Kapitel 30

Juni 1982

Vor dem Fenster schien die Sonne, aber Mattias' Mutter hatte das Rollo heruntergezogen und noch eine Decke davor gehängt, damit es im Zimmer dunkel wurde. Doch sobald die Tür geöffnet wurde und etwas Licht reindrang, schmerzte der Kopf.

Mattias hatte versucht, eine Schmerztablette zu schlucken, aber die hatte sich ganz hinten auf der Zunge festgeklebt, und am Ende war sie total mehlig und schmeckte so bitter, dass er sie ausspucken musste. Medizin trinken wollte er auch nicht.

Als es an der Tür klopfte, schrak er zusammen. Er sah die Silhouette von Kaj, der ins Zimmer kam und sich auf den Schreibtischstuhl setzte. Vorsichtig schloss Mattias' Mutter die Tür wieder hinter ihm. Auf dem Tisch stand noch die große Legostadt, doch die konnte Kaj in der Dunkelheit sicher nicht sehen.

»Hier«, sagte er und reichte ihm einen Comic. »Das ist der neue *Agent X9*.«

»Danke«, erwiderte Mattias. Er nahm das Heft entgegen und legt es auf die Decke.

»Ich hab gehört, dass es eine Gehirnerschütterung ist. Darf ich mal die Beule sehen?«

Mattias schloss die Augen und legte den Arm übers Gesicht, als Kaj die Nachttischlampe einschaltete, um sehen zu können.

»Verdammt noch mal. Tut es weh?«

»Total«, sagte Mattias. »Aber drin im Kopf tut es irgendwie noch mehr weh, wenn du weißt, was ich meine.«

Kaj schaltete das Licht wieder aus.

»Wie lief das Spiel?«, fragte Mattias. »Habt ihr gewonnen?«

»Nein, wir haben zwei zu eins verloren. Johannes Ö. hat das Tor geschossen.« Dann erzählte er, wer gute Spielzüge gemacht hatte und wer verwarnt worden war. Es war schön, ihn dazuhaben und seinem Geplauder zuzuhören, und obwohl Mattias so müde war, versuchte er ein paar Fragen zu stellen, um das Gespräch in Gang zu halten. Doch nach einer Weile knarrte der Stuhl und Kaj stand auf.

»Ich fahre mit Pelle zum Musitjärn«, sagte er.

»Aha. Warum das denn?«

»Was meinst du?«

»Der ist immer so gemein. Du hast doch auch Angst vor ihm.«

»Ich weiß nicht, ob ich noch Angst habe«, sagte Kaj gedehnt. »Aber deine Mama sagt, du müsstest dich ausruhen, und mir ist superlangweilig.«

Mattias kniff die Augen zu, was die Kopfschmerzen erneut aufblitzen ließ.

»Okay.«

»Jetzt sei nicht sauer«, sagte Kaj.

»Was glaubst du denn, wie spaßig es ist, hier zu liegen? Das ist auch scheißlangweilig.«

»Aber ich kann ja wiederkommen, wenn wir vom Baden zurück sind.«

»Hmm«, brummte Mattias. »Danke für das Heft.«

»Bitte. Dann erst mal tschüss. Bis später.«

Kaj öffnete und schloss die Tür schnell, aber vorsichtig.

Mattias hörte den ganzen Nachmittag *Robin Hood*. Er konnte schon jeden Satz auswendig. Ab und zu döste er ein bisschen weg. Jedes Mal, wenn er die Kassette rumdrehte, schaute er auf die Uhr. Nach fünf Stunden wurde ihm klar, dass Kaj nicht wiederkommen würde.

Kapitel 31

Um Punkt sieben Uhr am Samstagmorgen schlug Ingrid die Augen auf. Ihr Körper hatte sich noch immer nicht daran gewöhnt, außerhalb der Mauern zu leben, sondern wurde nach wie vor von der Gefängnisuhr gesteuert. Diesmal versuchte sie nicht mehr wieder einzuschlafen, obwohl sie durchaus noch ein paar weitere Stunden Schlaf gebrauchen könnte. Die Erinnerung an den Barbesuch am Abend zuvor machte es unmöglich.

Zu wissen, dass Benny, ihr Benny, nur wenige Kilometer entfernt in Mora wohnte. Wie wahrscheinlich war das denn? Trotz allem, was passiert war, hatte es sich erstaunlich natürlich angefühlt, wieder mit ihm zusammen zu sein.

Die Erinnerung daran, wie Ulrika plötzlich aus dem Nichts auftauchte war, hätte sie am liebsten weggeschoben. Vielleicht war es übertrieben gewesen, gleich aufzustehen und zu gehen, denn Benny hatte gekränkt und etwas verwirrt ausgesehen. Es war ein Reflex gewesen, nicht nur dadurch ausgelöst, dass sie dabei ertappt worden war, wie sie mit einem »vergebenen« Mann sprach, sondern auch durch das Gefühl, dass plötzlich das Wort »Gefängnisinsassin« auf ihrer Stirn stand. Sicherlich hatte Benny auch das erzählt.

Ingrid schob die Decke beiseite und setzte sich auf. Ein leichter Kopfschmerz zog über die Schläfen und ihr Mund war ganz trocken. Sie kletterte aus dem Bett, ruckte an dem Rollo, sodass es mit einem Knall hochsauste, und blinzelte ins Tageslicht.

Nur gut, dass ich nicht dageblieben bin und noch mehr Wein getrunken habe, dachte sie, während sie ihre Trainingshose und ein T-Shirt anzog und dann in die Küche hinunterging.

Während das Teewasser kochte, holte Ingrid ihre Notizen heraus, um ihren Tag zu planen. Das Treffen mit Benny hatte ihr nichtsdestotrotz gute Laune gemacht, und sie fühlte sich voller Arbeitslust. Kriminalkommissar Olars mochte sicher sein, dass Mattias ertrunken war, doch Ingrid war es nicht. Der nächste Schritt würde sein, mal mit seinen Kumpels zu reden, zuallererst mit dem besten Freund Kaj Mohed.

Laut Telefonbuch gab es nur eine Familie Mohed in Våmhus, und auf der Karte sah es aus, als könnte sie durchaus mit dem Fahrrad dorthin fahren.

Das Haus der Familie Mohed erwies sich als eines der wenigen Ziegelsteinhäuser in der Gemeinde, doch auch auf ihrem Grundstück standen verschiedene Holzschuppen aus vergangenen Zeiten. In großen Tontöpfen auf den Zaunpfählen wuchsen Pelargonien. Es war niemand zu sehen, doch vorm Haus standen ein Auto und ein Moped mit einem Helm über dem Lenker, es war also sicherlich jemand zu Hause.

Als Ingrid auf die Klingel drückte, fing der Hund drinnen zu bellen an. Leia hieß er, oder?

Kaj öffnete die Tür. Er sah verschlafen aus. Den aufgeregten Hund hielt er mit festem Griff am Halsband.

»Hallo«, sagte sie. »Ich heiße Ingrid. Du bist doch Kaj, oder?«

»Ja«, erwiderte der Junge, ohne den Hund oder die Türklinke loszulassen.

Es sah ein wenig anstrengend aus.

»Wir haben uns vor ein paar Tagen im Wald gesehen«, erklärte Ingrid. »Mit den Hunden. Erinnerst du dich?«

»Ja. Doch.«

»Ist deine Mutter oder dein Vater zu Hause?«

»Papa!«, rief Kaj ins Haus hinein und wich mit dem Hund ein wenig zurück.

Ein Mann kam zur Tür und übernahm das Halsband des Hundes.

Er war eindeutig Kajs Vater. Dieselben lockigen Haare, dieselben grünen Augen. Laut Telefonbuch hieß er Leif und war Mechaniker. Ingrid stellte sich noch einmal vor.

»Ich bin Privatermittlerin und habe von Mattias' Eltern den Auftrag bekommen, herauszufinden, was passiert ist«, erklärte sie. »Ich würde also gern ein wenig mit Kaj sprechen.«

Leif hörte mit gerunzelten Augenbrauen zu, während Kaj leise in ein anderes Zimmer verschwand.

»Wie ich gehört habe, waren Kaj und Mattias enge Freunde«, fuhr Ingrid fort. »Vielleicht kannte er sogar Mattias am besten von allen.«

Der Mann leinte den Hund an und ging mit ihm auf den Hof hinaus. Ingrid folgte.

»Kaj geht es nicht gut«, sagte er. »Er hat im letzten Schuljahr so oft gefehlt, dass er fast noch einmal hätte wiederholen müssen.«

»Es ist schrecklich, seinen besten Freund zu verlieren«, sagte Ingrid. »Vor allem auf eine solche Weise.«

Sie ging in die Hocke, um den Hund zu streicheln.

»Er ist ein völlig anderer Junge geworden. Wir haben Leia gekauft, um ihn auf andere Gedanken zu bringen, aber ich weiß nicht, ob das geholfen hat. Na ja vielleicht ein wenig.«

»Glauben Sie nicht, dass es ihm guttäte, mit mir zu sprechen? Vielleicht kann er mir helfen herauszufinden, was passiert ist.«

»Er hat bereits alles, was er weiß, der Polizei gesagt«, erwiderte Leif.

»Mit mir zu sprechen, ist etwas anderes. Er könnte trotz allem etwas wissen, was er weder Ihnen noch der Polizei erzählen mochte.«

»Er spricht nicht mehr über Mattias«, sagte Leif. »Überhaupt nicht. Wenn jemand seinen Namen erwähnt, wird er ganz stumm. Dann sagt er kein Wort mehr.«

»Er ist traumatisiert.«

»Ja, vielleicht nennt man das so«, sagte Leif und zog an Leias Leine, als der Hund anfing, eine Grube in den Rasen zu graben.

»Ich geben Ihnen auf jeden Fall mal meine Telefonnummer«, meinte Ingrid. »Ich bin sicher, dass es für ihn genauso wichtig ist, herauszufinden, was passiert ist, wie für Mattias' Eltern.«

Kapitel 32

Ingrid brauchte nicht mehr als fünf Minuten, um von Kajs Zuhause zu dem von Eva-Lena zu fahren, in einer Straße gesäumt von gewöhnlichen Einfamilienhäusern. Hier waren keine alten Schuppen zu sehen. Das Haus der Familie Liljemark hatte eine großzügige Veranda in Südlage, auf der eine Frau mit Sonnenbrille in einem Liegestuhl lag und las.

Ingrid überquerte den Rasen. Als die Frau, die nur einen Bikini trug, sie erblickte, setzte sie sich auf und legte ein mit dem Aufkleber der Bibliothek versehenes Buch beiseite.

»Entschuldigen Sie die Störung«, sagte Ingrid. »Mein Name ist Ingrid und ich suche Eva-Lena. Sind Sie möglicherweise ihre Mutter Astrid?«

Die Frau sah fast ein wenig zu jung aus, um die Mutter eines Teenagers zu sein, aber vielleicht hatte sie ja früh Kinder bekommen.

»Ja, das bin ich«, antwortete sie und zog sich schnell eine Bluse über, die sie neben dem Stuhl abgelegt hatte. »Sind Sie die Privatermittlerin?«

»Genau«, antwortete Ingrid, »woher wissen Sie das?«

»Nun, ich habe gehört, dass Solveig Kontakt zu einer Detektivin aufgenommen hat, also dachte ich mir schon, dass Sie früher oder später hier auftauchen würden.«

Astrid machte einen Knopf der Bluse zu und schob die Sonnenbrille in das gefärbte Haar.

»Ja, ich habe damit angefangen, mich bei Mattias' engsten Freunden umzuhören, was an dem Wochenende so passiert ist.«

»Irgendwas stimmt an dieser ganzen Geschichte überhaupt nicht«, sagte Astrid.

»Ist Eva-Lena zu Hause?«

»Ja, es klingt so«, sagte Astrid und nickte zum oberen Stockwerk, von wo Musik durch ein offenes Fenster drang.

Sie ging vor Ingrid durch die Verandatür und unternahm einen hilflosen Versuch, Ulf Lundell zu übertönen. Ingrid stieg aus ihren Turnschuhen und folgte in ein düsteres Wohnzimmer mit Webtapete, plustrigem Ledersofa und Rauchglastisch. Als Astrid keine Reaktion aus dem ersten Stock bekam, ging sie barfuß die Treppe hinauf, während Ingrid wartete.

Die Musik verstummte, und bald waren wieder Schritte zu hören.

»Sie spricht gerne mit Ihnen«, sagte Astrid auf dem Weg die Treppe hinunter. »Gehen Sie einfach rauf. Ich setze derweil mal Kaffee auf. Sie möchten doch sicher eine Tasse, oder?«

Ingrid stieg die geschwungene Treppe hinauf, wo die ganze Wand mit gerahmten Wasalauf-Urkunden bedeckt war. Eva-Lenas Tür war angelehnt, und als Ingrid ins Zimmer kam, saß das Mädchen im Schneidersitz mitten auf ihrem Bett.

Blauer Lidschatten und Lipgloss, wahrscheinlich mit Kirschgeschmack. Der chemische Duft war unverkennbar. Offensichtlich war es ihr Ehrgeiz, so auszusehen wie das Mädchen, das das Cover der Zeitschrift zierte, die neben ihr lag, doch der Versuch war nicht sonderlich gut gelungen.

Ingrid zog den Schreibtischstuhl heraus und setzte sich.

»Hörst du auch gern David Bowie?«, fragte sie und schaute sich um. Die Wände waren voller Poster, und Eva-Lena nickte.

»Ich auch«, sagte Ingrid. »Hast du seine neueste Platte?«

»Nein, noch nicht, die wünsche ich mir zum Geburtstag.«

»Ist der bald?«

»In zwei Wochen.«

»Großartig«, erwiderte Ingrid. »Wie alt wirst du?«

»Vierzehn.«

Ingrid hatte sie ein paar Jahre jünger geschätzt. Von Brüsten war noch nicht viel zu sehen, und ihr Gesicht war glatt, ohne Anzeichen von Pickeln oder anderen Unreinheiten.

»Falls du sie nicht geschenkt kriegst, kannst du meine leihen und aufnehmen, wenn du willst. Ich finde, es ist seine absolut beste Platte bisher. Bei mir läuft sie die ganze Zeit.«

Ingrids Angebot wurde schweigend und mit einem vorsichtigen Lächeln entgegengenommen.

»Hat dir deine Mutter erzählt, warum ich mit dir sprechen möchte?«

»Sie hat gesagt, Sie wollen was über Mattias fragen und Sie wären eine Art Privatdetektiv.«

»Ja, genau. Die Eltern von Mattias glauben nicht, dass er beim Baden ertrunken ist.«

Eva-Lena kämmte den Bettüberwurf mit den Fingern. Die Bewegung zog Falten in den Stoff.

»Ich glaub das auch nicht«, sagte sie.

»Was meinst du denn, was passiert sein könnte?«

Eva-Lena nahm die kleine Flasche Lipgloss zur Hand und legte noch eine weitere Schicht auf.

»Ich bin nicht von der Polizei«, fuhr Ingrid fort. »Und ich werde niemandem erzählen, was du mir sagst, nicht einmal deinen Eltern. Ich weiß fast gar nichts über diesen Fall, und ich kenne niemanden hier in der Gegend. Ich will nur herauskriegen, was passiert ist, und Mattias finden.«

Das Mädchen drehte ein wenig am Schraubverschluss des Fläschchens, schaute Ingrid aber immer noch nicht an.

»Wie gut kanntest du ihn?«

»Wir sind seit dem Kindergarten zusammen in die Klasse gegangen. Außerdem wohnen wir nahe beieinander, und unsere Mütter kennen sich. Also haben wir ziemlich viel zusammen gespielt vor allem als wir kleiner waren.«

»Und wie war es vorigen Sommer?«

»Wir haben uns immer noch manchmal getroffen, aber nicht mehr so häufig und meistens in einer größeren Gruppe«, erklärte Eva-Lena und drehte immer noch an dem Deckel vom Lipgloss.

»Was ist mit Jasmine?«, fragte Ingrid. »Ging die auch in eure Klasse?«

»Nein. Sie ist meine Cousine und ist nur im Sommer hier. Manchmal auch an Weihnachten und an Ostern, aber meistens im Sommer.«

»Verstehe. Ich habe ein Bild von euch beiden in der Zeitung gesehen, deshalb frage ich. Sie wohnt also nicht hier?«

»Nein, genau. Wenn sie hier ist, wohnt sie bei unserer Oma.«

»Und wie heißt eure Oma?«, erkundigte sich Ingrid. »Übrigens, ist es okay, wenn ich, während wir reden, ein paar Notizen mache?«

Eva-Lena nickte, und Ingrid nahm ihr Notizbuch und einen Stift aus der Tasche.

»Wie gesagt, das hier wird niemand außer mir lesen. Was wir besprechen, ist absolut vertraulich.«

»Unsere Oma heißt Rut«, sagte Eva-Lena.

»Rut? Hat sie einen Hund, der Donna heißt?«

»Ja, genau.«

Eva Lena warf das Fläschchen weg und fing wieder an, den Überwurf mit den Fingern zu durchkämmen.

»Was meinst du, wie es Mattias vorigen Sommer ging?«, fragte Ingrid. »Ist irgendwas Besonderes passiert?«

»Ich glaube, dass er ziemlich einsam war«, sagte Eva-Lena. »Er war irgendwie immer noch mit seinen Spielen beschäftigt und hat nicht gemerkt, dass der Rest von uns jetzt andere Sachen macht. Manchmal ist er hierhergekommen und hat gefragt, ob Jasmine und ich Räuber und Gendarm und solche Sachen spielen wollen, was wir gemacht haben, als wir klein waren. Aber das wollten wir natürlich nicht mehr.«

Sie nahm sich ein Kissen und legte es sich auf den Schoß.

»Irgendwie war er traurig, glaube ich«, fuhr sie fort. »Ich hätte netter zu ihm sein sollen.«

»Kinder entwickeln sich auseinander«, erklärte Ingrid. »Das ist ganz normal.«

Eva Lena sah nicht überzeugt aus.

»Kannst du ein bisschen von dem Wochenende erzählen, an dem er verschwunden ist?«

Nach einem Blick aus dem Fenster umschlang Eva-Lena das Kissen auf ihrem Schoß. Dann begann sie zu erzählen.

»Am Samstag durften Jasmine und ich mit Pelle und Kaj nach Mora zur Wasserrutsche fahren. Wir waren den ganzen Nachmittag weg. Ich habe keine Ahnung, was Mattias in der Zeit gemacht hat. Ich hatte ein schlechtes Gewissen, weil er nicht mitkommen sollte. Eigentlich hatten wir auch keinen Platz mehr im Auto, denn wir saßen schon zu viert auf dem Rücksitz. Aber trotzdem.«

»Ich habe den Eindruck bekommen, dass Mattias nicht gern badete«, sagte Ingrid.

»Er wollte nicht mit dem Kopf unter Wasser, und er hatte Angst, von Hechten gebissen zu werden, und so«, sagte Eva-Lena. »Im Grunde hatte er vor allem Angst, was unter der Wasseroberfläche ist. Da konnte er bei der kleinsten Kleinigkeit schon Panik kriegen. Aber ich glaube, die Wasserrutsche hätte er gerne ausprobiert.«

Ingrid nickte und dachte an den Platz beim Fluss, von dem die Polizei behauptete, er hätte dort gebadet. Jetzt war sie noch mehr geneigt, Solveig zu glauben.

»Was habt ihr denn gemacht, als ihr aus Mora nach Hause kamt?«, fragte sie.

»Ich hab einfach zu Hause gesessen und ferngesehen.«

Eva Lena verstummte und umschlang das Kissen ganz fest.

»Mattias ist am Nachmittag hier vorbeigekommen und hat gefragt, ob wir irgendwas machen wollen, aber ich hatte keine Lust. Das habe ich seitdem jeden Tag bereut.«

»Um welche Zeit war das?«, fragte Ingrid. »Erinnerst du dich?«

»Vielleicht so gegen sechs.«

»Weißt du, was die anderen von euren Freunden gemacht haben?«

Ingrid bekam nur ein langsames Kopfschütteln zur Antwort.

»Nein«, sagte Eva-Lena dann. »Jasmine war müde und blieb bei

Oma. Was Kaj und Pelle gemacht haben, weiß ich nicht. Sie hatten davon geredet, zu Hause bei Pelle ein Video anzuschauen, so wie *Kettensägenmassaker* oder so. Aber von so was kriege ich Albträume.«

»Was ist dann am Tag danach passiert?«

»Es hat fast den ganzen Tag geregnet, ich war also nur zu Hause und habe rumgelegen und gelesen. Am Abend hat dann der Papa von Mattias hier angerufen, um zu fragen, ob er hier wäre, aber ich hatte ihn ja das ganze Wochenende kaum gesehen.«

Sie drückte sich das Kissen auf den Bauch. »Vielleicht wollte er nicht mehr leben«, sagte sie.

»Glaubst du, er könnte sich das Leben genommen haben?«

»Ich hab Albträume deswegen«, sagte sie. »Ich habe in der Bibliothek Bücher über Selbstmord ausgeliehen, und da steht, dass man fast nie wissen kann, wann jemand so traurig ist.«

Eva-Lena hatte Tränen in den Augen und machte eine kleine Pause, ehe sie weiterredete. »Wenn Jasmine nicht hier gewesen wäre, dann hätte ich was mit ihm gemacht, um nett zu sein, aber …«

»Hör mal«, sagte Ingrid und setzte sich neben Eva-Lena auf das Bett. »Meine Liebe, mach dich nicht deswegen fertig. Glaubst du wirklich, dass Mattias sich ertränkt hätte, wo er doch solche Angst vor Wasser hatte?«

Das Mädchen schien nicht zu hören, sondern sprach einfach weiter:

»Alle Songs, die ich vorher so geliebt habe, kann ich überhaupt nicht mehr anhören. Es ist so schrecklich.«

Eva-Lena zog sich den Pulloverärmel über die Hand und wischte sich die Tränen ab. Der blaue Lidschatten wurde auf den Wangen verschmiert.

»Niemand weiß, was passiert ist«, sagte Ingrid, als die Tränen des Mädchens versiegt waren. »Es ist nicht deine Schuld, dass er verschwunden ist. Das darfst du nicht denken.«

Ihre Worte sollten trösten, aber Eva-Lena weinte stattdessen nur noch mehr, und Ingrid hatte den Eindruck, dass es hier eigentlich um etwas ganz anderes ging.

»Gibt es irgendetwas, was dir auf dem Herzen liegt und du dich nicht zu sagen traust?«, fragte sie, als Eva-Lena sich ein wenig beruhigt hatte. »Hast du jemanden in Verdacht? Oder hast du vor jemandem Angst?«

Das Bündchen des Pullovers war jetzt völlig durchnässt, aber Eva-Lena wischte sich trotzdem damit durchs Gesicht.

»Vielleicht jemand von euren anderen Freunden?«, beharrte Ingrid. »Gibt es jemanden, von dem du glaubst, dass er wegen irgendwas gelogen hat?«

Als Eva-Lena langsam den Kopf schüttelte, wirkte das nicht sehr überzeugend. Ingrid saß noch ein Weilchen schweigend neben ihr, in der Hoffnung, dass sie anfangen würde zu reden, doch vergeblich.

»Ich schreibe meine Telefonnummer hier auf«, sagte sie nach ein paar Minuten und riss ein Stück Papier von einem Notizblock ab, der neben dem Stifteköcher auf dem Schreibtisch lag. »Im Moment wohne ich in dem Haus, in dem die Oma von Emma Boström gewohnt hat. Weißt du, wo das ist?«

Eva-Lena nickte.

»Komm einfach vorbei, wenn du willst«, fuhr Ingrid fort. »Ich bin sehr gut im Zuhören.«

Dieses Mädchen schleppte einiges mit sich herum. Sie könnte einen Erwachsenen gebrauchen, der mit ihr redete, ehe die Grübelei überhandnahm.

»Okay«, sagte Eva-Lena.

»Pass auf dich auf. Ich hoffe, wir sehen uns bald wieder.«

Kapitel 33

Juni 1982

Der Wind fühlte sich irgendwie neu im Gesicht an, als Mattias endlich gesund genug war, um mit dem Fahrrad zu Kaj zu fahren. Die Gerüche überraschten ihn, und das Knistern des Schotters unter den Reifen klang anders.

Er hatte Kamera und Kassettenrekorder eingepackt, dazu eine Flasche Saft, die durch den Rucksack seinen unteren Rücken kühlte. Als er auf den Hof schlitterte, machte Kajs Vater eine große Sache aus seinem Erscheinen.

»Ja, hallo. Sieh mal einer an!«, rief er. »Wie geht es dem Fußballhelden? Wie schön zu sehen, dass du wieder fit bist.«

Leif beugte sich vor, um das, was von der Beule noch übrig war, zu begutachten, und schüttelte den Kopf.

»Da hast du wirklich einen ordentlichen Schlag abgekriegt«, sagte er. »Mit einer Gehirnerschütterung ist nicht zu scherzen.«

»Ist Kaj zu Hause?«, fragte Mattias.

»Ne, du, ich glaube, der ist bei Pelle. Er ist vor ungefähr einer Stunde losgefahren.«

Alle Freude und Erwartung, die Mattias verspürt hatte, verflog, als er Pelles Namen hörte. Es war, als würde die Sonne hinter den Wolken verschwinden.

»Aber fahr doch einfach hin. Er wird super froh sein, zu sehen, dass du wieder auf den Beinen bist.«

Mattias wollte auf keinen Fall zu Pelle fahren, aber er wollte auch nicht zurück nach Hause. Ohne richtig zu wissen, wohin er fahren würde, setzte er sich wieder aufs Fahrrad und radelte los.

Kurz darauf stand er dann doch vor Pelles Haus. Mattias war noch nie dort gewesen und hatte auch nie Lust dazu gehabt, ihm genügten schon Pelles große Brüder, als Abschreckung. Heute war zum Glück weit und breit keine Spur von denen zu sehen, was Mattias ein wenig erleichterte. Er beschloss, zum Campingplatz zu fahren und zu sehen, ob Kaj und Pelle vielleicht dort waren und badeten.

Unterwegs kam er an Patriks Garage vorbei. Der Taunus stand mit sperrangelweit offen stehenden Türen davor geparkt. Musik dröhnte. Auf dem Rasen lag ein Haufen Fahrräder, schon aus der Ferne erkannte er das Bonanza-Rad von Kaj und Eva-Lenas silberfarbenes Dreigang-Rad.

Mattias sprang vom Fahrrad und schob es zum Auto. Drei Köpfe waren durch die rückwärtige Scheibe zu sehen, und aus der Fahrertür ragten Patriks lange Jeansbeine.

Er klappte den Ständer aus und sorgte dafür, dass sein Fahrrad sicher stand, ehe er zum Auto ging. Die Musik war wie eine undurchdringliche Wand, und erst als er auf den Rücksitz schaute, bemerkte ihn überhaupt jemand. Jasmine saß in der Mitte, mit Kaj und Eva-Lena rechts und links von sich. Auf dem Beifahrersitz hockte Pelle.

»Hallo«, sagte Kaj, doch das war bei dem Lärm kaum zu hören. Er senkte den Blick, machte aber keinerlei Anstalten, rauszukommen oder auf dem Sitz noch Platz für Mattias zu machen. Als Patrik Mattias bemerkte, grinste er und drehte die Musik auf normale Lautstärke herunter.

»Hatten wir nicht was ausgemacht?«, fragte Mattias Kaj, als die Lautstärke es zuließ.

»Doch, stimmt ja. Hab's vergessen.«

Jasmine und Eva Lena schauten ihn schweigend an, hauptsächlich betrachteten sie die Beule auf seiner Stirn.

»Hier kommt ja das kleine Teufelskind!«, rief Pelle und lachte.

Patrik brachte Pelle mit einem raschen Blick zum Schweigen. Der versuchte, sein höhnisches Grinsen noch beizubehalten, aber als keiner der anderen über seinen Witz lachte, verschwand auch das. Ohne Pelle auch nur eine Sekunde seine Aufmerksamkeit zu schenken, erhob sich Patrik und stellte sich neben Mattias.

»Du bist wirklich ein richtig taffer Typ, du«, sagte er und legte Mattias den Arm um Schultern und schüttelte ihn ein wenig durch. »Das hier ist ein Typ mit Klasse. Willst du auch die neue Platte von AC / DC hören?«

»Die ist krass«, sagte Kaj, in einem Versuch, ihn in die Gemeinschaft einzuladen.

Mattias wollte keine Musik hören, er wollte Kaj mitnehmen und mit ihm allein sein, aber ehe er noch protestieren konnte, hatte sich Patrik schon auf den Fahrersitz geworfen und die Lautstärke wieder hochgedreht. Pelle trommelte mit den Handflächen auf das Armaturenbrett und schielte zu Patrik, Kaj wackelte im Takt zur Musik mit dem Kopf vor und zurück. Das sah künstlich aus. Was die Mädchen dachten, war unklar.

»Hör dir das Solo hier an«, sagte Patrik und drehte noch ein wenig auf. »So verdammt gut, da kriegt man voll Gänsehaut.«

Mattias fand den Song nicht sonderlich gut. Er kreischte und schmerzte in den Ohren, sodass ihm wieder schlecht wurde. Er suchte den Blick von Eva-Lena, und bevor sie wegsah, begriff er, dass auch sie nicht dort sein wollte. Sie mochte Ted Gärdestad und Gyllene Tider, genau wie er. Nicht diesen Lärm.

Aber Kaj nickte weiter auf seine vermeintlich coole Art.

»Was meinst du?«, rief Patrik und sah aus seiner halb liegenden Position zu Mattias hoch.

»Geht so«, meinte Mattias und zuckte mit den Schultern. »Man muss es ein paarmal hören, ehe man es richtig mag«, sagte Patrik. Aber Mattias hatte keine Lust, es mehrmals zu hören. Einmal reichte vollkommen.

»Sollen wir abhauen?«, fragte er Kaj.

»Wollt ihr jetzt raus und im Wald spielen?«, fragte Pelle.

Mattias sah Kaj an und tat so, als hätte er den Kommentar nicht gehört.

»Ich glaube, ich bleibe noch ein bisschen«, sagte Kaj.

»Echt?«

Mattias wartete darauf, dass er ihn einladen würde, auch zu bleiben, doch das tat er nicht.

»Aber wir können uns ja irgendwie ein bisschen später sehen«, meinte Kaj.

Anstatt zu antworten, ging Mattias zu seinem Fahrrad zurück, trat den Ständer hoch und sprang im Fahren auf, ohne zu wissen, wohin er wollte.

Das hier war ganz klar der schlimmste Sommer überhaupt.

Kapitel 34

Benny schielte zu Ulrika auf dem Beifahrersitz rüber, während er Richtung Heden fuhr. Sie hatten beide Scheiben heruntergedreht, und der Fahrtwind warf ihr langes Haar vor und zurück.

Die Hochzeit rückte näher, und inzwischen verwandten sie jeden freien Tag darauf, irgendwelche Dinge zu erledigen. Er hatte ja keine Ahnung gehabt, dass man so viele Entscheidungen treffen musste. Blumen, Lieder und Tischordnungen. Er tat sein Bestes, um den Überblick zu behalten. Heute würden sie mit der Köchin das Hochzeitsmenü bestimmen.

»Hast du eigentlich gestern den Anzug geholt?«, fragte Ulrika und wandte sich ihm zu, woraufhin ihr die Haare jetzt seitwärts übers Gesicht flogen.

Sie wollten in Dalarna-Tracht heiraten. Benny würde den alten Anzug seines Großvaters anziehen, Ulrika besaß bereits eine eigene Tracht. Eigentlich hatte er vorgehabt, den Anzug am Tag zuvor bei seiner Großmutter zu holen, doch als Ingrid plötzlich in der Polizeizentrale auftauchte und dann anrief, hatte er seine Pläne geändert. Ein Tag mehr oder weniger spielte ja wohl keine große Rolle.

»Wenn nicht, dann musst du das dieses Wochenende machen«, sagte Ulrika.

Sie drehte die Scheibe auf ihrer Seite ein bisschen hoch, um die Haare unter Kontrolle zu bringen. »Was, wenn er nicht passt oder repariert werden muss«, fuhr sie fort. »Es ist nicht mehr so lang hin, wie du denkst.«

»Ich weiß«, sagte Benny. »Ich werde mich darum kümmern, ich verspreche es.«

Im Radio lief passenderweise *Dag efter dag* mit Chips, und Ulrika drehte die Lautstärke hoch und sang mit hoher und klarer Stimme mit. Benny lächelte sie an und legte ihr die Hand auf den Oberschenkel.

Er hatte nicht damit gerechnet, Ingrid je wiederzusehen, nachdem sie wegen versuchten Totschlags verurteilt worden und auf Hinseberg inhaftiert worden war. Aber jetzt war sie hier, leibhaftig und ausgerechnet in Mora. Sie hatte sich erstaunlich wenig verändert, auch wenn diese modernen Kleider und Ohrringe ihn überrascht hatten. Die Ingrid, die er kannte, hatte immer Jeans und Lederjacke bevorzugt und war überhaupt nicht an Mode interessiert gewesen.

»Hier!«, rief Ulrika und zeigte auf eine Abzweigung. »Da müssen wir rein!«

Benny musste so heftig bremsen, dass Ulrika im Sitz nach vorne flog.

»Hast du nicht gehört?«, fragte sie ärgerlich. »Ich habe es doch eben schon gesagt.«

»Entschuldige«, sagte er. »Alles in Ordnung?«

»Ja, ja.«

Ulrika reckte den Hals und suchte nach den Hausnummern auf der rechten Seite.

Eivor Sundkvist trug einen ausgeblichenen Sonnenhut und pflückte Brombeeren in eine Blechschale, als Benny und Ulrika aus dem Auto stiegen.

»Willkommen«, sagte sie ohne jede Andeutung eines Lächelns.

Sie stellte die Schale auf die Treppe und bat sie, sich in die Hollywoodschaukel auf der Veranda zu setzen, während sie selbst im Haus verschwand. Als sie zurückkam, hatte sie ein Tablett mit Kaffeekanne und Tassen dabei und einen Ringbuchblock unter den Arm geklemmt.

Ihre Hände und Arme sahen bis zu den Schultern wie braunes Leder aus, aber die Haut, die unter dem ärmellosen Baumwollkleid zu sehen war, war vollkommen bleich. Die Grenze dazwischen war messerscharf.

»Haben Sie sich denn selbst schon was überlegt?«, fragte sie, schenkte Kaffee ein, und setzte sich dann auf einen Holzstuhl ihnen gegenüber an den Tisch.

Für eine Person, die für den glücklichsten Tag im Leben ihrer Kunden arbeitete, war sie überraschend barsch, und es war offensichtlich, dass sie nicht vorhatte, dieses Treffen länger als unbedingt notwendig dauern zu lassen.

»Na ja«, sagte Ulrika. »Das hängt ja stark davon ab, was man für so viele Personen kochen kann.«

»Das stimmt wohl«, sagte Eivor und setze sich eine Lesebrille auf die Nase.

Insgesamt würden es fast hundert Gäste werden. Drei Viertel davon stammten aus Ulrikas Verwandtschaft um Mora herum. Benny hatte auch eine große Familie, die allerdings ziemlich weit über das ganze Land verstreut war, und fast mit keinem hatte er noch besonders viel zu tun. Seine Mutter, der Vater und sein Bruder würden natürlich kommen und ein paar Freunde aus Stockholm. Ein paar alte Kollegen hatte er auch eingeladen, von den Verwandten in Mora war nur noch seine Großmutter übrig. Benny hoffte, dass sie es schaffen würde, bis zu der Hochzeit auf den Beinen zu bleiben, um wenigstens bei der Trauung mit dabei zu sein.

Eivor fing an, in dem zerfledderten Block zu blättern, der voller Zeitungsausschnitte und handgeschriebener Menüs und Rezepte war. Während sie die Papiere durchsuchte, ließ Benny den Blick über den grünen Garten wandern. Neben einem großen Kartoffelbeet wuchs da Gemüse in langen Reihen. Mohrrüben, Petersilie, Dill, Zwiebeln. Nirgends ein Hälmchen Unkraut. An der Hausecke wogten gelbe Taglilien im Wind.

In dieser Gegend hier hatten Kenneth und er im vorigen Sommer an alle Türen geklopft. Und jetzt würde Ingrid in einer privaten Ermittlung versuchen, Mattias Holm zu finden. Wie das funktionieren sollte – ein ganzes Jahr später – war ihm nicht klar. Was sollte sie denn schon bewerkstelligen können, was die Polizei nicht bereits getan hatte?

»Krabbensalat als Vorspeise?«, fragte Eivor und sah auf. »Was halten Sie davon?«

Ulrika und Benny sahen sich an.

»Ja«, sagte Benny, »warum nicht?«

Eivor nickte zustimmend. Damit war es entschieden.

»Braten mit Soße, Kartoffeln und eingelegten Gurken als Hauptspeise?«, fuhr Eivor in ihrem effektiven Tonfall fort.

»Das ist natürlich ein Klassiker«, sagte Ulrika, klang aber nicht ganz überzeugt.

»Sowohl gut als auch preiswert«, wandte Eivor ein. »Sie werden viele sein.«

»Stimmt«, sagte Ulrika. »Was würde das denn ungefähr pro Person kosten?«

Vielleicht war bei der polizeilichen Ermittlung ja doch geschlampt worden, überlegte Benny. Aber was wusste er schon, er war nur ein einfacher Streifenpolizist. Er hatte seinen Job gemacht, und was die Kollegen bei der Kripo dann mit diesen Informationen anfingen, das wusste er nicht. Meist einfach gar nichts – wenn man Kenneth glaubte.

Benny bekam einen Ellenbogen in die Seite.

»Hallo«, sagte Ulrika. »Wach auf.«

»Ich bin wach.«

»Was findest du denn am besten?«

»Braten ist doch ausgezeichnet.«

»Aber Benny«, sagte Ulrika. »Wir sprechen vom Nachtisch. Tapioka oder eingelegte Birnen mit After Eight und Eis?«

»Was ist denn Tapioka? Davon habe ich noch nie gehört.«

Ulrika hatte keine Antwort darauf, sie wusste es selbst nicht.

»Das ist amerikanisch. Wie kleine Kugeln oder Perlen aus Stärke in unterschiedlichen Geschmacksrichtungen«, erklärte Eivor und maß mit den Fingern eine ungefähr erbsengroße Kugel zwischen Daumen und Zeigefinger.

»Das ist hier in der Gegend sehr beliebt, seit die Leute rüber in die USA gefahren sind und ihre ausgewanderten Verwandten besucht haben.«

Benny nickte, ohne irgendetwas zu verstehen. Verlockend klang das nicht gerade.

»Ich bin für Birne«, sagte er. »Oder was meinst du, Ullis?«

»Ja, ich finde auch. Wir nehmen Birne.«

Eivor machte eine Notiz in schnörkeliger Handschrift. Als sie sich noch für Prinzesstorte zum Kaffee und heiße Würstchen zum Nachtimbiss entschieden hatten, klappte sie das Heft zu.

»Ja, dann haben wir es«, sagte sie und stand auf, und damit war das Treffen beendet.

Das Auto hatte in der Sonne gestanden und war jetzt glühend heiß. Der Sicherheitsgurt brannte auf der Schulter, und das Lenkrad war so warm, dass man es kaum festhalten konnte. Sie kurbelten die Fenster wieder ganz herunter und schalteten die Lüftung auf *max*.

»Das wird doch gut, oder?«, meinte Ulrika.

»Natürlich, es wird perfekt. Wie immer, wenn wir etwas zusammen machen.«

Als sie an der Abzweigung nach Björkvassla vorbeifuhren, wo Mattias gewohnt hatte, fingen Bennys Gedanken wieder an zu wandern. Soweit er sich erinnerte, hatte Ingrid immer ein gutes Gefühl für Menschen und für Polizeiarbeit gehabt, und er ging davon aus, dass sie diesen Fall nicht angenommen hätte, wenn sie nicht glaubte, wirklich helfen zu können.

Vielleicht sollte er Frank Olars mal darauf ansprechen und hören, was bei der Ermittlung passiert war. Auch wenn er Ingrid jeden Erfolg gönnte, würde es doch nicht gut aussehen, wenn ihr etwas gelang, was die Polizei nicht geschafft hatte.

»Was ist heute eigentlich mit dir los?«, fragte Ulrika.

»Wieso?«

»Du wirkst so abwesend. Bist du müde, oder was?« Sie sah ihn forschend an. »Du wirst doch wohl nicht krank?«

»Ich musste an den Jungen denken, der vorigen Sommer hier im Våmån ertrunken ist«, sagte er. »Sonst nichts. Das war voriges Jahr um genau diese Zeit.«

»Ja, ich erinnere mich. Das war wirklich tragisch.«

Er wollte Ingrid und ihre Ermittlertätigkeit nicht erwähnen, also sagt er nur: »Seine Eltern suchen immer noch nach ihm.«

Die Hitze war unerträglich, und er klappte die Sonnenblende herunter und richtete die Düse so auf sich, dass es kühl über Hals und Brustkorb blies.

»Wusstest du, dass Ingrid hierherziehen würde?«, fragte Ulrika.

»Nein.« Benny lachte. »Ich hatte keine Ahnung.«

»Wann ist sie entlassen worden?«

»Vor ein paar Wochen, glaube ich. Wahrscheinlich fühlt sie sich immer noch ein bisschen verloren. Wir könnten sie doch mal zu uns einladen. Oder noch besser, wir könnten ein kleines Grillfest machen und ihr helfen, hier in der Gemeinschaft anzukommen.«

»Nein, ich glaube, das ist keine gute Idee«, erwiderte Ulrika schnell. Benny konnte ihren Tonfall nicht einordnen.

»Warum denn nicht?«

»Wie würden wir sie denn dann vorstellen? Unsere Freundin, frisch aus dem Frauengefängnis? Was glaubst du, was die Leute sagen, wenn sich die neue Grundschullehrerin mit Kriminellen umgibt.«

»Ach was«, entgegnete Benny. »Wir müssen doch nur sagen, dass sie meine ehemalige Kollegin ist.«

Ulrika warf ihm einen langen unergründlichen Blick zu.

»Trotzdem. Ich glaube nicht«, sagte sie. »Und außerdem will sie ja sowieso nur über den Sommer bleiben.«

Kapitel 35

Der Hof, auf dem Pelle wohnte, stand voller Autos in verschiedenen Stadien des Verfalls. Auch ein alter Schneeskooter rostete da, fast vollständig von hohem Gras und Gestrüpp verborgen, vor sich hin. Unter einem der weniger rostbefallenen Autos ragten ein paar haarige Männerbeine heraus, mit Flipflops an den nackten Füßen.

»Entschuldigung?«, sagte Ingrid und räusperte sich.

Die Beine zuckten, und ein junger Mann aalte sich unter dem Auto heraus.

»Was ist?«, fragte er und blinzelte sie erstaunt an. »Was wollen Sie?«

»Ich heiße Ingrid. Sind Sie Pelles Vater?«

»Scheiße, nein. Ich bin sein Bruder. Warum suchen Sie ihn? Hat er was ausgefressen?«

»Ich möchte einfach ein bisschen mit ihm reden. Ist er zu Hause?«

Der junge Mann hielt die Hand zum Schutz gegen das Sonnenlicht über die Augen.

»Wenn das Moped da steht, dann ist er da.«

Er sah ihr nach, als sie zum Wohnhaus ging. Was einmal ein Kiesweg gewesen musste, war zugewachsen und glich mehr einem schmalen Pfad durch das wild stehende Gras.

Die Klingel funktionierte nicht, also klopfte sie an die Glasscheibe in der Eingangstür. Eine magere Frau mit scharfem Blick aus Pfefferkornaugen öffnete. Ingrid stellte sich vor, konnte aber kaum mehr als ihren Namen sagen, als sie schon unterbrochen wurde.

»Finanzamt? Oder Jugendamt?«

Die Frau starrte Ingrid von Kopf bis Fuß an. Sie erinnerte sehr an Pia auf Hinseberg. Derselbe Blick, dieselbe fast männliche tiefe Stimme, die signalisierte, hier wird sich nicht wichtig gemacht und lange rumgeschwätzt.

»Nein, nein«, sagte Ingrid und hielt die Hände vor sich.

»Wer zum Teufel sind Sie dann?«

Die Frau sah fast angeekelt aus.

Ingrid versuchte zu erklären, warum sie da war, doch die Frau schien kaum zu registrieren, was sie sagte, und starrte sie einfach nur weiter an.

»Warten Sie hier«, sagte sie. »Ich rufe Solveig an.«

»Klar, tun Sie das.«

Die Tür wurde Ingrid vor der Nase zugeschlagen. Sie setzte sich auf die oberste Treppenstufe und schaute über das verwahrloste Grundstück. Auf der Straße fuhr ein Traktor mit einer Ladung Heu auf dem Anhänger vorbei.

Wird aber auch Zeit, dachte Ingrid, denn im Norden türmten sich dunkle Regenwolken auf, und das Wetteramt hatte vor einem Gewitter gegen Nachmittag gewarnt.

Schließlich ging die Tür wieder auf, und Ingrid stand schnell auf.

»Was Sie gesagt haben, stimmt«, meldete die Frau. »Ich hab gelernt, keinem zu vertrauen. Und schon gar nicht den Leuten von den Behörden. Die sagen immer, es ist alles für das Bäääääste der Kinder, aber eins kann ich Ihnen sagen, das ist es überhaupt nicht. Wenn man nämlich mal wirklich Hilfe braucht, dann kriegt man keine. Da sind es dann nur noch Paragrafen hier und Paragrafen da. Aber okay. Solveig hat Sie also bezahlt, damit Sie Mattias finden?«

»Genau«, antwortete Ingrid. »Ist Pelle zu Hause? Dann würde ich nämlich gern mal kurz mit ihm reden, wenn das geht.«

Die Frau nickte, ohne die Tür frei zu machen. Sie schien keine Lust zu haben, Ingrid ins Haus zu lassen.

»Ich bin, wie gesagt, von keiner Behörde. Es ist mir scheißegal, ob Sie hier Schnaps brennen oder ob jedes zweite Auto da draußen gestohlen ist. Das geht mich nichts an. Mein einziger Auftrag ist es, herauszufinden, was wirklich mit Mattias passiert ist, und weil Pelle und er doch Freunde waren, da …«

»Pelle!«, rief die Frau, ohne den Blick von Ingrid zu wenden. »Komm her!«

Von einer Treppe waren schwere Schritte zu hören, und wenige Augenblicke später schaute ein Junge mit kugelrundem Gesicht hinter seiner Mutter hervor. Er war fast zwanzig Zentimeter größer als sie und hatte einen Hauch von Bartansatz. In der einen Hand hielt er ein Paar Karatestöcke.

»Sie ist Privatdetektivin«, sagte Pfefferkornauge.

»Privatdetektivin?«

Pelle sah skeptisch aus. Ingrid nickte und lächelte auf eine Weise, von der sie hoffte, dass sie vertrauenerweckend wirkte.

»Sie will mit dir über Mattias reden.«

»Warum?«, fragte Pelle und sah seine Mutter an. »Ich weiß nicht, was passiert ist, und das hab ich schon gesagt. Sogar ziemlich oft.«

»Das kann nerven, das verstehe ich schon«, meinte Ingrid. »Aber momentan versuche ich hauptsächlich zu verstehen, wer Mattias war und wie sein Leben im vorigen Sommer ausgesehen hat. Vielleicht können wir einen kleinen Spaziergang machen und ein bisschen reden.«

Ihr war klar, dass sie nicht in das Haus gelassen würde, und wahrscheinlich war es sowieso leichter, auf neutralem Boden und in gehörigem Abstand zu der Mutter und dem Bruder unter dem Auto zu reden.

»Du machst nur das, was du willst«, sagte Pelles Mutter. »Keiner kann hierherkommen und dich zwingen.« Pelle starrte Ingrid lange an. Obwohl sie körperlich so unterschiedlich waren, herrschte kein Zweifel, dass die dünne Frau seine Mutter war.

»Okay dann«, sagte er schließlich. »Gut.«

Er schob die Füße in ein Paar Turnschuhe und setzte sich eine Kappe auf. Die Karatestöcke behielt er in der Hand.

Sie gingen auf die Straße hinaus, die voller Halme vom Heulader war.

»Warst du auch in Mattias' Klasse?«, fragte Ingrid.

»Nein«, erwiderte Pelle. »Ich bin ein Jahr älter. Und wir waren eigentlich auch gar keine Freunde.«

Während sie gingen, schwang er die Stöcke. Hinter den perfekten Bewegungen lagen ohne Frage unzählige Stunden des Übens.

»Alle haben immer gesagt, der Mattias war so ein netter und artiger Junge«, meinte Pelle. »Aber eigentlich war er … Wie heißt das denn, wenn man sich wichtigmacht und rumkriecht?«

Er schnippte mit den Fingern, als wolle er das Wort, nach dem er suchte, herbeizaubern.

»Ein Heuchler?«, versuchte Ingrid. »Ein Schleimer?«

»Ein Schleimer!«, rief Pelle und hielt den Zeigefinger in die Luft. »Mattias war ein Schleimer und verdammt kindisch. Wenn ein Erwachsener in der Nähe war, dann war er immer nur lieb, aber sonst war er ganz anders.«

Pelle zielte mit den Stöcken auf einen Ast und traf mit einem Knall, um sie dann sofort wieder mit technischer Präzision einzusammeln.

»Und sonst?«, fragte Ingrid. »Wie war er sonst so?«

»Mattias und Kaj haben überall rumgeschnüffelt, sind in Schuppen und Garagen rein und so. Die sahen so nett aus, aber hinter dem Rücken von allen waren sie total hinterhältig. Vor denen war keiner sicher.«

»Weißt du, ob jemand sie mal erwischt hat und sauer war?«

»Bestimmt waren das ganz viele, denk ich mir.«

Er schlug mit den Stöcken hart über die Blumen im Straßengraben, sodass die Blütenblätter in der Luft tanzten.

»Du hast gesagt, du und Mattias, ihr wärt keine Freunde gewesen«, sagte Ingrid, »aber vorigen Sommer habt ihr ja doch ein paar Sachen miteinander unternommen, oder?«

Sie bekam ein Achselzucken zur Antwort.

»Ich habe ein Bild von dir in der Zeitung gesehen, zusammen mit Kaj, Eva-Lena und Jasmine«, beharrte Ingrid.

Pelle schwang die Stöcke ein paarmal herum und zielte auf eine Staude Lupinen.

»Schon, aber nur wenn wir die ganze Gang waren«, sagte er. »Mit ihm alleine war ich nie.«

Aus der Ferne war ein schwaches Grummeln zu hören. Pelle und Ingrid sahen sich um. Die Sonne schien immer noch, aber es war ein Wind aufgekommen. Mit etwas Glück würde Ingrid es noch vor dem Regen nach Hause schaffen.

»Wir sind halt nicht fein genug«, meinte Pelle. »Der durfte ja wegen seinen Eltern kein Video und so gucken. Seine Familie ist einfach verdammt blöd. Aber es ist natürlich schlimm, dass er verschwunden ist.«

Pelle ließ die Stöcke immer schneller ums Handgelenk kreisen.

»Du bist ja ziemlich geschickt«, sagte Ingrid, obwohl sie nur wenige Zentimeter davon entfernt war, getroffen zu werden. »Du musst ja ziemlich viel geübt haben.«

»Und ob. Ein richtiger Ninja übt mehrere tausend Stunden.«

»Hast du Mattias an dem Wochenende gesehen, als er verschwunden ist?«

»Nein«, sagte Pelle, als die Wolken gerade über die Sonne zogen. »Ich hab ihn nur draußen bei Kaj gesehen, als wir nach Mora sind.«

»Wieso durfte er nicht mit?«

Der plötzliche Wetterumschlag ließ Ingrid frösteln.

»Passte keiner mehr ins Auto«, meinte Pelle und zuckte mit den Schultern.

»Verstehe«, sagte Ingrid. »Es war auf jeden Fall gut, mit dir reden zu können. Falls dir noch mehr einfällt, kannst du gerne vorbeikommen.«

Sie erklärte, wo sie wohnte, und gab ihm auch einen Zettel mit ihrer Telefonnummer. Pelle schob den Zettel in die Tasche seines Trainingsanzugs. Mit der anderen Hand schwang er die Stöcke so nah an Ingrids Wange, dass die Plastikohrringe sich lösten und in den Graben flogen. Während Ingrid ins Gras stieg, um danach zu suchen, ging er lachend zurück nach Hause. Im selben Augenblick fing es an zu regnen.

* * *

Gemeinsam zerrten Benny und Kenneth den Schluckspecht in die Ausnüchterungszelle. Obwohl er so mager wirkte, war er doch erstaunlich schwer. Arme und Beine sahen völlig schlaff aus, schienen aber trotzdem einen eigenen Willen zu besitzen. Er hatte noch kein Wort gesagt, seit sie ihn aus seinem tiefen Schlaf auf einer Bank in der Fußgängerzone geweckt hatten.

Während Benny dafür sorgte, dass er in stabiler Seitenlage auf der Matratze landete, holte Kenneth einen Becher Wasser. Als Dank bekamen sie einen halbherzigen Fluch zu hören.

»Da nicht für«, erwiderte Benny. »Jetzt schlaf mal gut.«

Es war nicht das erste und mit allerhöchster Wahrscheinlichkeit auch nicht das letzte Mal, dass sie den Schluckspecht hier seinen Rausch ausschlafen ließen. Kenneth schloss die Zellentür hinter ihnen und schaute auf die Uhr.

»Lass uns auf dem Weg nach Morastrand noch etwas zu essen einfangen.«

Es war Zeit für den jährlichen Big Lake Run, bei dem Hunderte alte Ami-Schlitten um den Siljan fahren würden. Den ganzen Nachmittag sollten Benny und Kenneth den Verkehr entlang der Strecke regeln.

Sie fuhren mit dem Auto zur Grillbude und setzten sich jeder mit einem Pappteller mit heißer Wurst und Kartoffelbrei vor sich auf eine Bank im Schatten.

»Hast du von dieser Privatermittler-Dame gehört, die angefangen hat, in der Sache Mattias Holm zu graben?«, fragte Kenneth.

»Ja«, erwiderte Benny. »Davon habe ich gehört.«

»Jetzt kriegt Frank ja vielleicht mal ein bisschen heiße Ohren«, sagte Kenneth und sah dabei sehr zufrieden aus.

Seine Auffassung, dass die Kripo in Mora hauptsächlich Kaffee trank und den ganzen Tag auf ihrem Schreibtisch Papiere von links nach rechts schob, anstatt ihren Job zu machen, wurde von den meisten Streifenpolizisten geteilt.

»Spielt überhaupt keine Rolle, wie gut wir unsere Arbeit draußen machen, wenn sie nicht ordentlich weiterverfolgt wird«, fuhr Kenneth fort. »Und es ist ja wohl vollkommen klar, wer angeschissen wird, wenn die Verbrechen nicht aufgeklärt werden, nämlich wir. Diese Ermittler können derweil ruhig hinter ihrem Schreibtisch sitzen und sich die Nägel feilen.«

Benny nickte abwesend, während er versuchte, die Wurst mit der geriffelten Plastikgabel durchzuteilen.

»Die Familie Holm ist ja ein wenig seltsam«, meinte Kenneth. »Solveig Holms Tante hat angeblich in Säter gesessen.«

»Echt jetzt?« Benny warf ihm über den Kartoffelbrei hinweg einen erstaunten Blick zu.

»Offenbar hat sie ein Baby ermordet«, fuhr Kenneth fort. »Aber das wird in der Familie totgeschwiegen.«

»Es ist mir ein völliges Rätsel, wie du dir so was immer herausfindest. Du wusstest ja sogar schon an meinem ersten Tag, dass wir verwandt sind. Ich verstehe immer noch nicht, wie du das machst.«

»Naturbegabung«, erwiderte Kenneth grinsend. »Man fragt und man hört zu.«

Kenneth war manchmal ein wenig laut, aber Benny war dennoch dankbar, ihn als engsten Kollegen zu haben. Er hatte eine entspannte Art und konnte mit allen Sorten Menschen und Situationen umgehen. Verwirrte Damen, die sich verlaufen hatten, betrunkene Männer, die sich gegenseitig blutig schlugen, Teenager auf frisierten Mopeds – er besaß die Fähigkeit, alle zur Ruhe zu bringen.

Diese Eigenschaft kam ihm auch in seinem Privatleben sehr zugute. Zu Hause warteten Frau und vier Kinder und noch mehr Chaos als im Job. Die Älteste, neunzehn Jahre alt, war schwanger, was auch für sie selbst eine Überraschung gewesen war, aber Kenneth beklagte sich nie. Das Leben war, wie es war, und in der Regel war es doch gut.

»Vielleicht sollte man versuchen, Frank dazu zu bringen, die Ermittlung noch einmal aufzunehmen,«, schlug Benny vor. »Wenn sich herausstellt, dass die geschlampt haben, dann ist es genau so wie du sagst, nämlich dass wir uns draußen anhören müssen, wie nutzlos wir sind.«

»Na klar. Aber ehrlich gesagt, glaube ich nicht, dass es etwas bringt, wenn du versuchst, mit ihm zu reden. Du weißt schon, Prestige.«

Vermutlich hatte Kenneth recht. Frank würde seine Einwände sicherlich wegwischen, erst recht, wenn sie von einem Kollegen kamen, der nicht einmal bei der Kripo arbeitete. Und dazu noch ein Stockholmer. Aber er musste es versuchen. Die Eltern durften nicht weiter in dieser Ungewissheit leben. Benny wusste, zu welchen Tragödien so etwas führen konnte.

Kapitel 36

Solveig nahm ein weiteres von Esbjörns T-Shirts aus dem Wäschekorb, legte es auf das Bügelbrett und sprühte ein wenig Wasser darüber. Das heftige Gewitter war vorübergezogen, aber der Regen hämmerte immer noch aufs Fensterblech, und in der Küche war es so dunkel, dass sie schon das Gefühl hatte, das Licht einschalten zu müssen, was sie aber bleiben ließ.

Sorgfältig führte sie das Bügeleisen über das T-Shirt. Es hatte etwas Tröstendes, im Dunkeln zu stehen und zu sehen, wie die krumpelige Baumwolle glatt wurde. Nicht, dass Esbjörn sich darum geschert hätte. Solveig tat es für sich selbst, um die Hände beschäftigt zu halten.

Aus dem Wohnzimmer, wo Linda und Malin spielten, strömte Musik. Sie hatten vor dem Fernseher eine Bühne aufgebaut und waren jetzt dabei, eine ganze Revue einzustudieren. Den ganzen Tag über hatten sie Sketche geschrieben und Tänze geübt.

Esbjörn hatte sich gleich nach dem Abendessen ins Schlafzimmer zurückgezogen, um sich ausruhen. Holzhacken konnte er schließlich im anhaltenden Regen auch nicht.

Es war, als gäbe es ein Magnetfeld zwischen ihnen, das sie voneinander abstieß. Eigentlich hielten sie sich nur noch beim Abendessen alle drei im selben Raum auf.

Solveig faltete das glatte T-Shirt zusammen und legte es auf den wachsenden Stapel auf dem Küchentisch. Sie wollte schon wieder raus und weg von hier. Zu ihrer Kiefer im Wald. Sobald es aufgehört hatte zu regnen und ein wenig getrocknet war, würde sie losgehen.

Aus dem Wohnzimmer war zu Liedern von ABBA glucksendes Kichern zu hören. Das klang so fröhlich, dass Solveig sich bei einem echten Lächeln ertappte. Es fühlte sich ungewohnt an, und sie merkte, dass sie sich nicht erinnern konnte, wann sie das letzte Mal richtig gelacht hatte. Wahrscheinlich vor über einem Jahr.

Wie schön, dass die beiden Spaß haben, konnte sie noch denken, ehe ihr einfiel, dass Esbjörn ja oben im Schlafzimmer lag.

Sie faltete ein weiteres frisch gebügeltes Stück zusammen und ging ins Wohnzimmer.

»Hört mal, ihr beiden«, sagte sie. »Es ist super, dass ihr Spaß habt, aber macht mal ein bisschen leise, nur ein bisschen. Papa liegt im Bett und ruht sich aus.«

Linda warf ihr einen beleidigten Blick zu, Malin sah zu Boden.

Solveig kehrte ans Bügelbrett zurück. Anstatt mit den krausen T-Shirts weiterzumachen, hatte sie den Impuls, die heiße Spitze des Bügeleisens auf die dünne Haut an der Innenseite ihres Unterarms zu drücken, den brennenden Schmerz zu fühlen. Der Gedanke verschwand so schnell er gekommen war, doch er kam ihr häufig, fast jedes Mal, wenn sie bügelte.

Aus dem Wohnzimmer dröhnte und kicherte es wieder fast genauso laut wie zuvor. Solveig erstarrte, als sie schwere, wütende Schritte aus dem oberen Stockwerk hörte.

Esbjörn ignorierte sie, als er vorbei stampfte, womit er ihr vermitteln wollte, dass es ihre Schuld sei, dass die Kinder ihn gestört hatten.

»Das ist doch zum Kotzen«, murmelte er.

Die Stimmen verstummten abrupt, als er im Wohnzimmer erschien.

»Jetzt hört mal auf mit dem Lärm!«, schrie er. »Man kann in diesem Haus einfach nicht seine Ruhe haben.«

Die Musik wurde ausgeschaltet.

»Und was habe ich dazu gesagt, wenn die Möbel so rumgezerrt werden? Was? Das gibt Kratzer im Fußboden!«

Solveig hatte den Mädchen geholfen, den Sofatisch wegzuheben, doch das erwähnte keine der beiden.

Rot vor Wut im Gesicht kam Esbjörn wieder durch die Küche.

Auch diesmal ignorierte er Solveig. Er war schon halb die Treppe hinauf, als Linda aus dem Wohnzimmer gestürzt kam.

»Ihr wärt doch alle froh, wenn ich auch verschwinden würde!«, schrie sie.

»Aber mein Liebes«, sagte Solveig und stellte das Bügeleisen weg. »Was sagst du denn da? Natürlich wären wir nicht …«

Linda weinte, dass die Tränen nur so flossen.

»Doch!«, schrie sie, jetzt ganz rot im Gesicht. »Ihr seid die ganze Zeit wütend und motzt immer nur. Es geschieht euch nur recht, wenn ich sterbe!«

Linda rannte zurück ins Wohnzimmer, Solveig eilte ihr nach.

»Linda, bitte …«, flehte sie und versuchte, Linda einzufangen und festzuhalten.

Doch die riss sich mit einem Ruck los, rannte zur Terrassentür und stürmte nur in Socken auf die nasse Wiese hinaus.

»Ich hasse euch!«, brüllte sie da draußen, während der Regen auf sie niederprasselte.

»Hasse, hasse, hasse euch!«

Hinter dem Sofa stand Malin, bleich wie die Wand.

»Ich gehe jetzt wohl besser nach Hause«, sagte sie.

Kapitel 37

Während des ganzen Spaziergangs hatte Ingrid nach Kaj Ausschau gehalten. Wenn sie ihn zusammen mit Donna treffen würde, während er mit Leia draußen war, dann würde er vielleicht Vertrauen zu ihr fassen und anfangen, über das zu sprechen, was ihn belastete. Doch jetzt, eine knappe Stunde später, war Ingrid zurück in Donnas Zwinger, ohne dass ihr außer einem verschwitzten Jogger und einem Paar mittleren Alters mit Rucksäcken jemand begegnet wäre. Sie befüllte Donnas Wassernapf mit dem Gartenschlauch und schloss den Maschendrahtverschlag sorgfältig hinter sich zu. Nächstes Mal würde sie vielleicht mehr Glück haben.

Ingrid klopfte bei Rut, die mit einer eingemehlten Schürze und Lockenwicklern in den Haaren öffnete.

»Was würden Donna und ich nur ohne Sie tun?«, fragte sie.

»Ein bisschen Bewegung tut immer gut. Das kann ich auch gut gebrauchen.«

»Kommen Sie rein, dann kriegen Sie eine Tasse Kaffee. Wenn Sie ein bisschen warten, können Sie auch ein Brot mit nach Hause nehmen.«

Noch ehe Ingrid saß, hatte Rut schon Tasse und Untertasse hingestellt und Kaffee aus einer Thermoskanne eingeschenkt. Das ganze Haus duftete nach frisch Gebackenem, und die Arbeitsfläche lag voller Brote.

»Ich habe gehört, Sie sind die Großmutter von Eva-Lena und Jasmine«, sagte Ingrid.

»Ja, das bin ich«, sagte Rut und sah erstaunt auf. Die Frage, woher Ingrid das wusste oder was das für eine Rolle spielte, stellte sie jedoch nicht, sondern öffnete stattdessen den Backofen und hob ein Blech mit Broten heraus. Also erzählte Ingrid von sich aus, warum sie Eva-Lena getroffen hatte und was für einen Auftrag sie angenommen hatte.

»Sie sind also Privatdetektivin«, sagte Rut, während sie ein neues Blech in den Ofen schob.

»So ähnlich. Aber ich nenne mich Privatermittlerin.«

»Ich wusste gar nicht, dass es so was in Wirklichkeit gibt.«

Rut wischte sich die Hände an der Schürze ab, holte ein paar Brötchen, die schon ein wenig abgekühlt waren, von einem Gitter auf der Spüle und legte sie in einen Korb.

»So oft gibt es das auch nicht, zumindest nicht in Schweden«, erwiderte Ingrid. »Ich habe versucht, eine andere Arbeit zu finden, aber das hat nicht so gut geklappt.«

Der Korb mit den Brötchen wurde hingestellt, und Rut holte Butter und Käse aus dem Kühlschrank, dann setzte sie sich auch selbst an den Tisch.

»Hüten Sie sich besser, zu viel im Leben und Treiben der Leute herumzuwühlen«, warnte sie.

»Meinen Sie?«

»Ihnen, die Sie aus der Großstadt kommen, mag es hier ruhig und friedlich erscheinen. Aber wenn man ein wenig an der Oberfläche kratzt, dann haben doch alle ihre Geheimnisse, und die möchte man gern bewahren.«

Rut streckte Ingrid den Brotkorb mit den warmen Brötchen hin.

»Nehmen Sie nur.«

Ingrid verteilte eine dicke Schicht Butter auf dem Brötchen, die sofort anfing zu schmelzen, und legte noch zwei Scheiben Käse drauf. Der erste Biss schmeckte so himmlisch, dass sie völlig den Gesprächsfaden verlor.

»Unglaublich gut«, sagte sie. »Phantastisch.«

»Jetzt werden Sie also versuchen, Mattias zu finden?«, fragte Rut, ohne das Lob in irgendeiner Weise zu kommentieren.

»Ich werde zumindest mein Möglichstes tun. Wer weiß, wie weit ich komme.«

Ingrid biss noch einmal vom Brötchen ab und kaute bedächtig.

»Mattias war ein richtiger Lausebengel«, sagte Rut. »Lieb, aber ein wenig schwierig, wenn Sie verstehen, was ich meine. Ging oft eine Spur zu weit und so.«

»In welcher Hinsicht, was meinen Sie?«

»Einmal sind Kaj und er hier auf das Grundstück geschlichen, um Pflaumen zu klauen. Wenn sie sich nur damit begnügt hätten, welche zu pflücken, dann wäre das eine Sache gewesen, aber sie sind in den Baum geklettert, der recht morsch war, und ein dicker Ast ist abgebrochen. Ich habe sie bis weit in den Wald hineingejagt, so wütend war ich.«

»Oha!«, sagte Ingrid.

Das hätte sie von der rundlichen alten Dame mit ihren Lockenwicklern nicht erwartet.

»Natürlich war es falsch, sie so zu verschrecken. Kinder sind nun mal so. Aber ich war so traurig, dass sie mit dem Baum so rücksichtslos umgegangen sind.«

»Das ist verständlich«, sagte Ingrid. »Was erinnern Sie denn noch von dem Wochenende damals? Jasmine hat zu der Zeit bei Ihnen gewohnt, oder?«

Rut warf einen raschen Blick auf die Brote im Backofen, ehe sie antwortete.

»Ja, nun. Wie soll ich mich an Dinge erinnern, die vor einem Jahr passiert sind? Ich bin schon froh, wenn ich noch weiß, was gestern war und was ich morgen tun werde.«

»Ich verstehe«, erwiderte Ingrid. »Aber das war ja schon ein ungewöhnliches Wochenende, schließlich ist ein Junge verschwunden.«

»Doch, das war es natürlich. Es stimmt, Jasmine hat bei mir gewohnt, aber sie war die meiste Zeit bei Eva-Lena. Ich habe sie tatsächlich kaum gesehen. Aber so war es einfach in den letzten Jahren.«

Rut nahm mit der Spitze des Mittelfingers ein paar Brotkrümel auf, die auf dem Tisch lagen, und ließ sie auf ihre Untertasse fallen.

»Die Mädchen sind fast gleich alt, aber sehr unterschiedlich«, fuhr sie fort. »Ganz genauso wie ihre Väter. Aber auf ihre Weise haben sie sich doch immer sehr gemocht.«

Ingrid erinnerte sich, dass Eva-Lena gesagt hatte, sie habe den ganzen Samstagabend allein ferngesehen.

»Sie waren also das ganze Wochenende zusammen?«, hakte sie nach. »Auch am Samstagabend?«

»Davon gehe ich aus«, erwiderte Rut. »Jasmine hat bei Eva-Lena übernachtet.«

»Sind Sie ganz sicher?«

Rut schwieg lange. Ingrid konnte sehen, wie sie in ihrem Gedächtnis suchte.

»Doch«, sagte sie schließlich und hielt einen Finger hoch. »Jasmine hat bei Eva-Lena übernachtet. Sie kam am Sonntag irgendwann nach dem Mittagessen zurück. Ich erinnere mich noch, dass ich sie gefragt habe, ob ich etwas Essen warm machen sollte, aber sie fühlte sich fiebrig. Also hat sie sich hingelegt. Als Esbjörn am Sonntagabend hier angerufen hat, lag sie immer noch im Bett. Ich erinnere mich, dass ich an ihre Tür geklopft habe, um zu fragen, ob sie Mattias gesehen hätte oder etwas wüsste, aber sie hatte keine Ahnung.«

»Haben Sie und Sixten auch bei der Suche geholfen?«

»Sixten war dabei. Ich bin bei Jasmine zu Hause geblieben, denn es ging ihr immer noch nicht gut. Als die Polizei die Kleider und das Fahrrad von Mattias gefunden hat und man begriff, dass er wohl ertrunken war, machte das Jasmine so traurig, dass sie nach Hause fahren wollte. Eigentlich hätte sie noch eine ganze Woche länger bleiben sollen, aber ich musste sie schon am Mittwoch in den Zug setzen. Sie hat sich geweigert zu bleiben.«

»Diese Sache hat bei den Freunden von Mattias tiefe Spuren hinterlassen«, meinte Ingrid.

»Ja«, sagte Rut. »Eva-Lena neigte schon immer ein wenig zum

Grübeln, aber jetzt ist es schlimmer denn je. Ich sage immer wieder zu ihr, dass nichts davon besser wird, die ganze Zeit im Haus zu sitzen und düstere Musik zu hören, aber das hilft nichts. Das Leben ist voller Sorgen, deshalb ist es doch wichtig, sich so gut es geht oben zu halten.«

Eine Eieruhr schrillte und Rut stand auf, um die fertig gebackenen Brote rauszuholen.

»Und Jasmine?«, fragte Ingrid. »Wie geht es ihr denn jetzt.«

»Leider haben wir im letzten Jahr nicht so viel Kontakt gehabt«, erwiderte Rut und schaltete den Backofen aus. »Mein Sohn Paul und die Mutter von Jasmine haben sich getrennt, als Jasmine noch ganz klein war. Früher hat sie jedes zweite Wochenende bei Paul verbracht, aber das ist nicht mehr so. Er ist sehr traurig darüber. Deshalb schätze ich all die Sommer, die sie hier mit uns verbracht hat, wirklich sehr.«

»Das verstehe ich«, sagte Ingrid.

»Aber diesen Sommer wollte sie partout nicht herkommen.« Rut holte eine Plastiktüte heraus, in die sie ein Brot steckte, sie zusammenknotete und auf Ingrids Platz legte. »Das hier können Sie mit nach Hause nehmen.«

»Vielen Dank.«

Rut schob weiterhin Brote und Brötchen in Tüten.

»Ich vermisse sie sehr. Es ist einfach kein richtiger Sommer ohne sie.«

»Könnte ich vielleicht ihre Telefonnummer bekommen?«, fragte Ingrid.

»Ja, das wird wohl gehen.«

Während Rut einen Zettel herausholte, um die Nummer aufzuschreiben, nahm Ingrid den letzten Schluck vom Kaffee.

»Hier«, sagte Rut und legte einen Zettel mit zwei Stockholmer Nummern auf den Tisch. »Die erste ist die von ihrer Mutter und die zweite die von ihrem Vater. Aber Sie erreichen sie wohl am ehesten bei der Mutter.«

»Tausend Dank für Kaffee und Brötchen und Brot und Telefonnummern und alles«, sagte Ingrid. »Hier könnte man gut und gerne den ganzen Tag sitzen bleiben.«

»Es ist so nett, jemanden zu haben, mit dem man ein bisschen plauschen kann. Hier ist es doch sehr einsam, seit Sixten im Krankenhaus liegt.«

Ingrid stand vom Tisch auf, steckte den Zettel in die Tasche und nahm das Brot, das selbst durch die Tüte wunderbar duftete. Sie bedankte sich noch einmal.

»Es ist gut, dass Sie sich dieser Sache annehmen«, sagte Rut. »Aber seien Sie vorsichtig.«

Kapitel 38

Benny klopfte an Frank Olars' Tür und wartete wie ein braver Schuljunge darauf, eingelassen zu werden.

»Ja?«, war schließlich von drinnen zu hören. Frank saß an seiner Schreibmaschine und schrieb ohne Eile weiter.

Benny ließ sich auf der anderen Seite des Schreibtischs nieder und schaute aus dem Fenster, während die Maschine knatterte. Erst als Frank mit einem entschiedenen Ruck das Papier aus der Walze zog, wandte Benny den Blick wieder ihm zu.

»Wie lief es gestern mit den Ami-Schlitten?«, fragte Frank. »War viel los?«

»Ungefähr so wie immer.«

Obwohl schon Nachmittag war, lagen die Leute immer noch in den Ausnüchterungszellen und schliefen ihren Rausch aus.

»Und was hast du auf dem Herzen?«, fragte Frank und angelte sich gleichzeitig einen Locher.

»Nun, es geht um diesen Fall Mattias Holm.«

»Fängst du jetzt auch schon an? Wer ist denn diese Detektivdame? Wie gut kennst du sie?«

Als Frank das Blatt Papier in den Locher eingefädelt hatte, drückte er mit voller Kraft zu.

»Ziemlich gut sogar«, erwiderte Benny.

Frank hielt inne und sah ihn mit gerunzelter Stirn an.

»Wir haben mehrere Jahre lang bei der Polizei Norrmalm zusammengearbeitet«, sagte Benny, obwohl er wusste, dass ein Stockholmer Polizeirevier keinen Eindruck auf Frank machen würde. »Sind Tag und Nacht zusammen Streife gefahren.«

»So gut also. Aber was macht sie dann hier? Ist sie gefeuert worden, oder sehnt sie sich nur nach Vogelgezwitscher?«

»Das musst du sie schon selbst fragen. Wie auch immer, sie ist sehr gut in ihrem Job. Und ich bin ganz sicher, dass sie diesen Auftrag nicht angenommen hätte, wenn sie nicht überzeugt wäre, der Familie helfen zu können.«

»Du willst sagen, wir könnten bei der Suche etwas übersehen haben?«

Mit einem angestrengten Seufzer wandte sich Frank dem Bücherregal zu und zog einen Ordner heraus, den er auf den Tisch legte.

»Es ist schon merkwürdig, dass wir keine Leiche gefunden haben«, sagte Benny. »Das musst du doch genauso sehen.«

»Ja, das sehe ich genauso. Und ich kann dir versichern, dass mich das quält, und selbstverständlich verstehe ich, dass die Eltern verzweifelt sind.«

Er öffnete den Ordner, legte das gelochte Papier ab und horchte, um sich zu versichern, dass die Metallspitzen richtig in die Gabeln einhakten, als er den Ordner wieder verschloss.

»Haben wir die Ermittlung zu den Akten gelegt?«, fragte Benny.

»Nein, das haben wir natürlich nicht. Er ist immer noch verschwunden, aber wir haben keinen Grund, es als etwas anderes zu betrachten als einen Unfall.«

»Aber …«, versuchte Benny.

»Du hast keine Kinder«, stellte Frank fest, »aber du warst ja selbst mal eines, nicht wahr?«

»Natürlich.«

»Eben. Aber das ist eine Weile her, deswegen möchte ich dich an ein paar Dinge erinnern.«

Benny füllte die Lungen, um laut zu seufzen, überlegte es sich aber rechtzeitig noch anders und entließ die Luft lautlos.

»Erstens«, begann Frank. »Kinder gehorchen nicht immer. Auch wenn man versucht, ihnen gefährliche Dinge zu verbieten, gehen sie verdammt noch mal große Gefahren ein. Sie fahren Moped, obwohl sie noch nicht alt genug sind, sie tauchen unter Stegen durch und springen von Klippen. Sie kommen auf die Idee, an Stellen zu baden, an denen sie gar nicht sein sollten. Unfälle passieren.«

»Eine Leiche treibt aber in der Regel nach einer Weile wieder nach oben«, gab Benny zu bedenken.

»Zweitens«, fuhr Frank ungerührt fort. »Kinder lügen. Andauernd. Meist sind es kleine Notlügen, aber manchmal geht es auch um größere Sachen. Wo man gewesen ist, mit wem man sich getroffen hat. Warum genau sie lügen, das kann niemand wissen.«

»Wir könnten aber doch auf jeden Fall die Ermittlung durchgehen und sehen, ob da etwas ist, was wir noch einmal überprüfen sollten«, entgegnete Benny. »Es würde doch nicht gut aussehen, wenn es Ingrid gelingt, Mattias zu finden, während wir das nicht geschafft haben.«

»Du glaubst also im Ernst, dass er entführt oder ermordet worden sein könnte?«

Frank schob ein paar Papiere in eine Plastikhülle und legte sie zuoberst auf einen der Stapel auf dem Schreibtisch.

»Aber müsste die Leiche nicht im Laufe des vergangenen Jahres irgendwo aufgetaucht sein?«, fragte Benny. »Wir reden ja nicht vom Dalälven, sondern nur vom Våmån. Die Leiche kann doch nicht einfach verschwinden.«

Frank puzzelte lange weiter vor sich hin, ohne etwas zu sagen. Benny überlegte, ob dieses völlige Desinteresse daher rührte, dass Frank sich seiner Sache so sicher war oder weil er es ganz einfach nicht akzeptierte, hinterfragt zu werden.

»Wie gesagt, ich verstehe, dass die Eltern verzweifelt sind«, sagte Frank schließlich. »Aber leider kann ich auf diese Sache keine Ressourcen mehr verwenden.«

»Ich schaue gerne mal rein. Ich meine, natürlich außerhalb der Arbeitszeit.«

»Das ist nicht nötig«, entgegnete Frank. »Ich schätze dein Engagement, aber im Laufe der Jahre wirst du auch noch lernen, dass man manchmal loslassen muss.«

Dann nahm er den Telefonhörer ab und wandte Benny den Rücken zu. Das Gespräch war beendet.

Als die Abendschicht abgeschlossen und Kenneth nach Hause gefahren war, schlich Benny zurück auf den Flur, auf dem die Kriminalpolizei saß. Da war es um diese Zeit wie ausgestorben.

Eigentlich sollte er zu seiner Großmutter fahren und die Tracht abholen, doch es war ohnehin schon zu spät. Mittlerweile war seine Oma abends immer so müde.

Frank hatte zwar gesagt, dass er sich die Ermittlung nicht ansehen müsse, hatte es ihm aber auch nicht ausdrücklich verboten. Wenn nötig, würde Benny einfach vorgeben, genau der Idiot zu sein, für den man ihn sowieso hielt.

Also schlich er in Franks Büro und begann die Regale zu durchsuchen. Wie sich herausstellte, füllte der Fall von Mattias Holm acht Ordner, irgendetwas hatten sie also auf jeden Fall getan. Vernehmungen, Tipps, Berichte von der kriminaltechnischen Untersuchung des Fundorts. Benny machte die Tür hinter sich zu, setzte sich an den Schreibtisch und begann, das Material durchzublättern.

Die erste Suchaktion hatte am Montagnachmittag in Björkvassla, Myran und Kumbelnäs stattgefunden. Benny war selbst in der Gegend von Tür zu Tür gegangen, hatte Nachbarn, Verkäufer und Kiosk-Personal befragt. Die Notizen waren, genau wie er es erinnerte, völlig ohne Belang. Die Letzte, die Mattias an jenem Wochenende gesehen zu haben schien, war die Frau im Kiosk, Wera Lundmark. Sie erzählte, dass er mehrmals die Woche Glasflaschen abgab und vom Pfand Kaugummi kaufte. Immer die Marke Shake, berichtete sie. Ihr war aufgefallen, dass Kaj an dem Tag nicht dabei war, denn sonst waren die beiden eigentlich unzertrennlich gewesen, aber ansonsten hätte Mattias wie immer gewirkt. Man hatte in den Hütten in Dryttvik, in der Mühle und in der alten Waldarbeiterhütte in Nybron gesucht – Orte, an denen sich Jugendliche gerne aufhielten. Es gab unzählige Stellen und verlassene Häuser, wo ein Junge sich nach einem Streit mit seinem Vater verstecken könnte.

Am Dienstag hatte man eine Suchkette Richtung Bonäs und Bäcka und in den Wäldern hinauf nach Heden gestartet.

Am Mittwoch waren dann die Kleider von Mattias, seine Turnschuhe und sein Rucksack auf einer etwas versteckten Lichtung am Ufer des Våmån, südöstlich des Plankenwegs zwischen Indor und Heden, gefunden worden. Dort hatte im hohen Gras auch sein Fahrrad gelegen.

Benny schaute sich die eingeklebten Fotos der Dinge des Jungen genau an, die sowohl vor Ort am Fluss gemacht worden waren als auch später in der Polizeizentrale. An den Kleidern hatte man keine Spuren von Blut gefunden.

In den folgenden Tagen hatte man den ganzen Fluss bis zum Zufluss in den Orsasjön abgekämmt. Auch Taucher waren zu Hilfe gerufen worden, jedoch ohne Erfolg.

Er kehrte wieder zu den Fotos von dem sauberen Kleiderstapel am Fluss zurück. War Mattias ein so ordnungsliebendes Kind gewesen, dass er seine Sachen auf diese Weise zusammenfaltete? Sowohl das Hemd als auch die Hose sahen aus, als wären sie in gutem Zustand, nicht völlig neu, aber auch nicht zerschlissen oder verwaschen. Benny hatte die Eltern selbst nie kennengelernt, doch nach den Kleidern zu schließen, gab es jemanden, der sich um Mattias kümmerte.

Benny holte eine Lupe aus der Schreibtischschublade, um den Kleiderstapel näher zu studieren. Die Windjacke hatte ganz unten gelegen, darüber die Jeans und obenauf T-Shirt und Strümpfe. Die Unterhose fehlte. Der Stapel hatte durchaus eine logische Ordnung, wenn Mattias sich ausgezogen hatte, um zu baden. Aber er hatte Jeans und Windjacke angehabt, es war also kaum richtiges Badewetter gewesen. Ein Handtuch gab es auch nicht. Der Rucksack hatte lediglich einen Walkman ohne Kassette und eine leere Saftflasche enthalten.

Als Benny auf den Studiobildern des Polizeifotografen jedes einzelne Stück etwas näher betrachtete, entdeckte er, dass das T-Shirt am Halskragen zerrissen und die Naht unter dem einen Arm aufgegangen war. Das passte nicht zum Zustand der restlichen Kleider, und es war genau die Sorte Risse, wie sie entstehen, wenn man ein Kleidungsstück rücksichtslos auszieht. Oder wenn eine andere Person versucht, es einem auszuziehen.

Und warum hatte das Fahrrad im Gras gelegen? Ebenso wie die Kleider war das Fahrrad nicht neu, aber gut gepflegt. Alle Schutzbleche und Reflektoren saßen an der richtigen Stelle, und die Handgriffe sahen nicht abgenutzt aus. Wenn Mattias das Fahrrad überall auf diese Weise hinwarf, dann hätte das Spuren am Rad hinterlassen müssen. Oder hatte jemand das Fahrrad hingelegt, damit es nicht gefunden wurde? Vielleicht war es doch kein gewöhnlicher Badeunfall gewesen.

Es widerstrebte ihm, aber er würde noch einmal versuchen müssen, mit Frank zu sprechen.

Kapitel 39

Nach einem einfachen Frühstück in der Küche nahm Ingrid ihre Aufzeichnungen mit hinaus in den Garten, um die Gedanken zu sammeln. Sie schrieb ein paar Zeilen darüber, was Mattias' Freunde über ihre Unternehmungen an jenem Wochenende erzählt hatten. Es herrschte kein Zweifel, dass Eva-Lena, Kaj, Pelle und Jasmine tagsüber in Mora gewesen waren, aber der Abend war weniger klar, abgesehen davon, dass Eva-Lena allein zu Hause gesessen hatte.

Aber wo waren Kaj, Pelle und Jasmine gewesen? Was hatte Jasmine in der Nacht zwischen Samstag und Sonntag gemacht? Warum hatte sie unbedingt früher nach Hause fahren wollen, und warum wollte sie in diesem Sommer nicht zurück nach Våmhus kommen? Offensichtlich hatte sie ihre Großmutter Rut angelogen oder zumindest nicht die ganze Wahrheit erzählt.

Hatten die Kinder etwas getan, was sie nicht zu erzählen wagten? Vielleicht hatte Frank recht, und die Stimmung am Fluss war aus dem Ruder gelaufen. Wollte Kaj deshalb nicht mit ihr reden? Gab es da etwas, das er nicht erzählen wollte oder sogar zu verdrängen suchte?

Ingrid schrieb die Fragen auf, wie sie ihr in den Kopf kamen. Das war schon immer ihre Methode gewesen, die Gedanken zu ordnen.

Sie musste versuchen, Kajs Vertrauen zu gewinnen. Ihn zufällig auf einem Hundespaziergang zu treffen, war bisher die einzige Methode, die ihr eingefallen war, um an ihn ranzukommen, doch abgesehen vom allerersten Mal war sie ihm nie wieder begegnet. Aber wenn er etwas zu verbergen hatte, hielt er auf den Waldwegen womöglich ebenso viel Ausschau nach ihr wie sie nach ihm – nur in entgegengesetzter Absicht.

Sie blieb eine Weile sitzen und bedachte den nächsten Schritt.

»Zu tun«, schrieb sie ganz oben auf die nächste leere Seite und unterstrich das zweimal.

Ganz oben auf die Liste kam der Anruf bei Jasmine. Ihre Version von dem Wochenende kam Ingrid jetzt am wichtigsten vor. Das konnte sie genauso gut gleich angehen.

Ingrid suchte den Zettel mit Jasmines Telefonnummer heraus, den sie bekommen hatte, und ging mit ihren Notizen in den Saal. Wie Rut ihr geraten hatte, begann sie mit der Nummer der Mutter.

Es klingelte ein ums andere Mal. Am Ende musste sie erkennen, dass niemand zu Hause war, und legte auf. Dasselbe geschah, als sie die Nummer des Vaters wählte.

Immerhin war es noch mitten im Sommer. Wer saß denn da schon zu Hause? Entweder arbeitete man oder man war im Urlaub. Sie würde es später noch einmal versuchen müssen.

Waren da noch andere Freunde, mit denen sie sprechen sollte? Vielleicht die Fußballkameraden? Der Trainer?

Sie machte ein paar weitere Notizen, während sie noch neben dem Telefon saß.

Mit dem Pfarrer sollte sie auch sprechen, aber sie konnte sich an seinen Namen nicht erinnern. Also suchte sie den Zeitungsartikel über den Gottesdienst raus. Staffan Eksted – genau, das war er.

Ingrid schrak zusammen, als plötzlich das Telefon klingelte.

»Mein Gott«, sagte sie laut und legte sich eine Hand auf die Brust.

Dann räusperte sie sich, ging ran und antwortete mit der Telefonnummer.

»Hallo. Hier ist Berit Sundhed vom Jugendamt in Hammarbyhöjden. Spreche ich mit Ingrid Wolt?«

»Ja, am Apparat.«

Ingrids Herz begann schnell zu pochen.

»Gut, wir haben ja vor einer Weile schon miteinander gesprochen, und ich habe jetzt Ihren Fall angeschaut.«

»Aha«, sagte Ingrid. »Wie schön.«

Ob das nun schön war oder nicht, würde sich allerdings noch herausstellen.

»Wir haben entschieden, dass Sie Anna in ihrem derzeitigen Zuhause besuchen dürfen. Zusammen mit einem von uns. Wahrscheinlich werde ich das sein.«

»Ehrlich?«

»Ja. Wir sind genau wie Sie der Meinung, dass es wichtig ist, Kontakt zwischen Ihnen zu pflegen, vorausgesetzt das Kind nimmt keinen Schaden.«

Ingrid traten die Tränen in die Augen, und sie blinzelte, so dass sie sachte die Wangen hinunterliefen.

»Sie können sich gar nicht vorstellen, wie ich mich freue. Aber sie wird am Anfang sicher sehr zurückhaltend sein. Wir haben uns fast fünf Monate nicht gesehen.«

»Dafür habe ich volles Verständnis«, sagte Berit. »Sie können sich ein paar Stunden sehen – hoffen wir mal, dass sie dann die größte Zurückhaltung überwinden kann.«

Die Tränen hörten nicht auf zu laufen, und Ingrid machte sich nicht die Mühe, sie abzuwischen.

»Wann wird das sein?«

»Wir dachten, schon übermorgen, wenn das für Sie passt.«

»Ja, natürlich. Wann und wo?«

»Können wir uns um zwölf Uhr auf dem Marktplatz von Sigtuna treffen? Dann fahren wir gemeinsam zu Anna nach Hause.«

Ingrid würde mitten in der Nacht aufstehen müssen, um bis mittags in Sigtuna zu sein, aber das war egal. Sie war bereit, alles zu tun.

»Das passt sehr gut«, sagte sie, während ihr die Tränen vom Kinn tropften. »Das passt perfekt.«

* * *

Benny stand auf der Schwelle zu Franks Zimmer und räusperte sich. Klopfen konnte er nicht, denn er hatte in jeder Hand einen Kaffeebecher.

»Hast du ein paar Minuten Zeit?«, fragte er, als Frank endlich von der Schreibmaschine aufsah.

»Ich hatte schon einen Kaffee«, sagte Frank, ohne aufzuhören in die Tasten zu hämmern.

»Ich müsste mit dir über etwas reden. Dauert nicht lange.«

Ohne darauf zu warten, dass Frank ihn ins Zimmer bat, ging Benny hinein, stellte beide Kaffeebecher ganz nach außen auf die schmale Seite des Schreibtisches, holte einen der Ordner heraus, der in Franks Regal stand, und setzte sich dann auf einen der Besucherstühle.

Trotz des offensichtlichen Übergriffs ignorierte Frank ihn weiterhin. »Du kannst jetzt mit mir schimpfen, so viel du willst, aber ich konnte es doch nicht bleiben lassen, ein wenig in die Ermittlung über den Fall Mattias Holm zu schauen«, sagte Benny.

Er hatte keine Zeit, länger zu warten, weil seine Schicht in zwanzig Minuten anfing. Heute musste er Geschwindigkeitskontrollen auf Sollerön durchführen, und Kenneth sollte nicht rumstehen und auf ihn warten müssen.

Obwohl Frank keine Notiz von ihm nahm, behielt er wie geplant einen kameradschaftlichen, entspannten Ton bei. Er blätterte auf die richtige Seite, die mit den Fotos von der Lichtung, und legte den Ordner dann auf den Schreibtisch.

»Arbeitest du neuerdings bei der Kripo?«, fragte Frank, sah aber weder Benny noch den Ordner dabei an.

Da es sich um eine rhetorische Frage handelte, antwortete Benny nicht.

»Du könntest doch wenigstens mal hinschauen«, sagte er.

Nach ein paar weiteren Minuten des Hämmerns zog Frank den Ordner an sich.

»Und was soll ich da deiner Meinung nach sehen?«

»Welcher zwölfjähriger Junge legt seine Kleider in einem so ordentlichen Stapel hin, wenn er baden will?«, fragte Benny und zeigte auf das Bild. »Und dann hier. Siehst du die Risse im T-Shirt? Nimm dir eine Lupe und schau es dir an.«

Verärgert zog Frank eine Schreibtischschublade auf und seufzte. Am Ende fand er, was er suchte, und beugte sich wieder über den Ordner.

»Und was soll damit jetzt sein? Ehrlich gesagt, verstehe ich nicht, worauf du damit hinauswillst.«

Frank hob den Blick und sah Benny mit zusammengekniffenen Augen an.

»Ich kann mir vorstellen, dass ihn vielleicht jemand mit Gewalt ausgezogen hat. Oder sogar nachdem er bereits tot war. Dass es sich um eine nachträgliche Inszenierung handelt.«

»Offensichtlich hat die Detektivdame dir Flausen in den Kopf gesetzt«, entgegnete Frank.

»Und dann ist da noch das Fahrrad«, fuhr Benny fort und blätterte zum nächsten Bild. »Ich glaube, dass jemand es da hingelegt hat, damit es nicht zu sehen ist.«

»Vielleicht Mattias selbst? Der Gedanke ist dir wohl nicht gekommen, oder?«

»Du willst ja nicht mal zuhören.«

Bei Kritik war Frank wirklich genauso stur und arrogant, wie alle sagten.

»Ich habe schon alle möglichen Theorien über diesen Fall angehört, sehr gründlich und sehr lange, aber was soll ich denn deiner Meinung nach tun?«, fragte Frank und machte eine ergebene Geste mit den Armen. »In Stockholm hat man vielleicht die Ressourcen, jedem Gedanken nachzugehen, egal wie weit hergeholt er ist, aber hier brauchen wir schon etwas Konkreteres als Risse in einem T-Shirt und ein umgefallenes Fahrrad. Wenn du mich fragst, sind das völlig normale Umstände, wenn es um einen Jungen geht.«

Frank hob den Telefonhörer und begann, eine Nummer zu wählen. Benny verstand den Wink und erhob sich mit dem Ordner in der

Hand. Zu seinem Erstaunen stand Frank auf, ehe er die letzte Zahl eintippte.

»Dir ist sicherlich klar, dass es nicht akzeptabel ist, dass du in eine andere Abteilung gehst und ohne Erlaubnis Sachen aus den Büros der Leute holst. Stell den Ordner ins Regal zurück, dann vergessen wir das hier.«

Benny war gezwungen, Franks Anweisung zu befolgen, aber die unberührten Kaffeebecher ließ er stehen, als er das Zimmer verließ.

Kapitel 40

Familie Ekstedt wohnte in einem großen Holzhaus direkt gegenüber der Kirche.

Während Ingrid darauf wartete, dass jemand öffnete, fiel ihr wieder auf, wie schön die Kirche in der offenen Ackerlandschaft mit den sanften Hügeln im Hintergrund lag. Es schien, als hätte die Natur selbst sich hier schon einen Ort zur Andacht geschaffen.

Die junge Pfarrersfrau öffnete die Tür mit einem kleinen Kind auf dem Arm. Hinter ihr stand ein weiteres Kind, etwas älter, und sah Ingrid neugierig an. Der Junge in ihren Armen hatte einen Holzlöffel in der Hand, auf dem er kaute.

Ingrid stellte sich vor und fragte, ob der Pfarrer wohl zu Hause sei.

Die Frau war völlig ungeschminkt, süß wie Zucker und sah nicht aus, als wäre sie mehr als fünfundzwanzig Jahre alt, aber das musste sie ja wohl sein, wenn man die Menge an Kinderfahrrädern in unterschiedlichen Größen auf dem Hof bedachte.

Vielleicht hat Frömmigkeit ja eine verjüngende Wirkung, dachte Ingrid.

»Nein, leider nicht«, antwortete die Pfarrersfrau. »Kann ich etwas ausrichten?«

Der kleine Junge schlug ihr mit dem angesabberten Löffel auf den Kopf, doch das schien ihr nichts auszumachen.

»Ich wollte mich erkundigen, ob ich im Kirchenchor mitsingen kann«, sagte Ingrid, die keine Lust hatte, ins Detail zu gehen.

»Er ist drüben in der Kirche und bereitet die Predigt vor. Sie können einfach hingehen.«

Ingrid bedankte sich und machte sich auf den kurzen Weg über die

Straße. Die Tür stand offen, doch diesmal war keine Menschenseele in der Kirche zu sehen. Sie fand den Weg zur Sakristei und klopfte an die Tür. Keine Antwort.

Beim zweiten Klopfen war ein verärgertes »Ja?« zu hören.

Ingrid öffnete die schwere Tür einen Spalt. Der Raum war sehr viel größer, als sie erwartet hatte, und eine Wand war sanft gerundet. Licht strömte durch drei hohe Fenster, die auf die Felder auf der Rückseite der Kirche hinausgingen. Im Raum war Platz für ein Klavier, mehrere Schränke, eine Sitzgruppe und einen Sekretär, dessen aufgeklappte Platte schwer mit Büchern und einer Schreibmaschine beladen war.

Staffan Ekstedt saß in einem Ohrensessel zwischen zwei Fenstern, und falls er arbeitete, war davon nicht viel zu sehen.

»Entschuldigen Sie die Störung«, sagte Ingrid. »Kann ich einen Moment reinkommen?«

»Bitte, gerne.«

Der Pfarrer gab ihr halbherzig die Hand, ohne jedoch aufzustehen.

»Ich kenne Sie«, sagte er und sah sie aus wässrigen Augen an. »Sie sind neulich in der Chorprobe aufgetaucht.«

Ingrid nickte und setzte sich unaufgefordert auf einen der Stühle in der Sitzgruppe.

»Es geht um Mattias, der vorigen Sommer verschwunden ist«, sagte sie.

»Aha. Ja, das ist eine schlimme Geschichte. Sehr schlimm.«

Die Worte kamen mechanisch und ohne die geringste Empathie.

»Ich bin Privatermittlerin und wurde von seinen Eltern beauftragt, nach ihm zu suchen.«

»Nun, hier ist er jedenfalls nicht«, erwiderte Staffan gedehnt und versuchte eine ausladende Geste mit der Hand, die er kaum von der Armlehne erhob.

Was war los mit ihm? War er betrunken? Oder hatte sie ihn mit ihrem Klopfen geweckt?

Ingrid verspürte den Impuls, das Gespräch aufzugeben und zu gehen, aber da sie jetzt schon mal hier saß, konnte sie immerhin einen Versuch unternehmen. »Ein paar Wochen nachdem er verschwunden ist, haben Sie einen Gottesdienst für ihn gehalten.«

»Nachdem er ertrunken war, ja«, erwiderte Staffan. »Das stimmt. Ich fand es angebracht. Die Menschen waren sehr aufgewühlt.«

Er setzte sich in dem Sessel zurecht und wandte sich Ingrid zu.

»Das scheint eine willkommene Initiative gewesen zu sein«, sagte sie. »Soweit ich gehört habe, war die Kirche voll besetzt.«

»So gut wie«, erwiderte Staffan ausdruckslos.

Sie hatte noch nie viel für Pfarrer übriggehabt, und dieser Staffan trug nicht dazu bei, diese Auffassung zu ändern, im Gegenteil. Das Einzige, worin diese Leute richtig gut waren, war, andere mit Hilfe von Gottes Wort und kirchlichen Ritualen zu manipulieren. Hinter der Maske der Seligkeit war nur Leere. Schaudernd erinnerte sie sich an die Plattitüden des Gefängnispfarrers über die unergründlichen Wege des Herrn.

»Haben Sie bei diesem Gottesdienst irgendetwas Auffälliges bemerkt?«, fragte sie. »Jemanden, von dem Sie nicht erwartet hätten, dass er kommen würde, oder fehlte jemand, der eigentlich hätte da sein sollen?«

»Was meinen Sie damit?«

»Die Eltern von Mattias haben den Verdacht, dass er ermordet worden ist«, sagte Ingrid übertrieben deutlich. »Wenn sie recht haben und die Person, die ihn ermordet hat, jemand aus dem Dorf ist, dann hätte er oder sie vielleicht nicht gewagt, zum Gottesdienst zu kommen. Oder die Person ist aufgetaucht, obwohl sie sonst niemals in die Kirche geht oder keine natürliche Verbindung zu Mattias hat. Vielleicht nur um zu sehen, wie die Leute reagieren. Manche Täter wollen den Effekt ihrer Taten aus nächster Nähe sehen. Deshalb dachte ich, dass Sie möglicherweise etwas Besonderes bemerkt haben.«

»Sie haben ja wohl ganz schön viele Krimis im Fernsehen gesehen, oder?«, sagte Staffan.

Ingrid tat, als hätte sie den Kommentar nicht gehört, und wartete ab, ob er noch etwas sagen würde. Nach einer kurzen Pause fuhr er fort.

»Ich arbeite erst seit ein paar Jahren hier und kenne längst nicht alle, vor allen Dingen diejenigen nicht, die nicht regelmäßig in die Kirche kommen. Die meisten, die im Gottesdienst waren, hatte ich noch nie zuvor in der Kirche gesehen.«

»Ich verstehe. Und es ist nichts Ungewöhnliches passiert?«

»Nichts, woran ich mich ein Jahr später noch erinnern würde. Tut mir leid.«

»Ich versuche herauszufinden, was an dem Wochenende, als Mattias verschwand, passiert ist«, erklärte Ingrid. »Woran erinnern Sie sich? Sind Sie jemandem begegnet? Haben Sie Mattias gesehen?«

Staffan schüttelte den Kopf.

»Ich war an dem Wochenende verreist«, sagte er. »Bin erst am Sonntagabend nach Hause gekommen. Wie gesagt, das ist ein Jahr her. Ich kann mich kaum mehr erinnern, was ich vorige Woche oder vorigen Monat getan habe. Können Sie das denn?«

Ja, das kann ich, dachte Ingrid. Vor einem Monat saß ich hinter Gittern.

Staffan erhob sich mit einem leisen Stöhnen aus dem Sessel und setzte sich an den Sekretär.

»Nun muss ich etwas arbeiten«, sagte er und legte die Hände auf die Tasten der Schreibmaschine. »Wenn Sie mich entschuldigen.«

»Trotzdem vielen Dank, dass Sie sich die Zeit genommen haben. Wenn Ihnen noch etwas einfällt, dann melden Sie sich gern bei mir.«

Sie schrieb ihre Telefonnummer auf eine Seite in ihrem Notizblock, riss sie heraus und legte sie auf den Tisch.

Kapitel 41

Noch ehe er seinen letzten Schuss abgefeuert hatte, wusste Benny schon, dass dies eine miese Serie war. Normalerweise half ihm eine Runde Schießübungen zum Feierabend, um einen klaren Kopf zu bekommen, aber heute konnte er sich nicht konzentrieren.

Er wartete ab, bis Kenneth seine Serie beendet hatte, dann nahm er den Gehörschutz ab und ging hin, um seinen Misserfolg zu begutachten.

»Die sind ja ganz schön verstreut«, sagte Kenneth und begutachtete Bennys Scheibe.

Kenneth hatte so gut wie immer geschossen, drei Zehner und zwei Neuner.

»Was ist denn los mit dir?«

»Ich kann das mit Frank und Mattias Holm nicht vergessen«, sagte Benny. »Das ist alles.«

Sie klebten die Einschusslöcher in den Scheiben zu und gingen für die nächste Serie auf Position.

»Dass du dich überhaupt darüber wunderst«, sagte Kenneth und lud das Magazin. »Bevor der jemandem wie uns hört, muss schon einiges passieren.«

»Ich weiß, aber das macht mich so wütend.«

Sie setzten den Gehörschutz wieder auf, hoben die Arme und gaben fünf weitere Schüsse ab. Schon auf halbem Weg zur Scheibe erkannte Benny das peinliche Ergebnis. Wenn er so unkonzentriert schoss, war das hier bloße Verschwendung von Munition.

»Ich gebe auf«, sagte er, riss seine Scheibe ab und warf sie in den Papierkorb.

»Okay. Aber versuch mal, das loszulassen, ist auch für dich selbst besser.«

Kenneth warf ihm einen nachdenklichen Blick zu und überklebte die Löcher in seiner Scheibe wieder.

»Es sieht dir gar nicht ähnlich, dass du dich in so was reinsteigerst«, sagte er.

Kenneth hatte recht. Benny war nicht bekannt dafür, dass er rumlief und über Sachen nachgrübelte, er wusste auch selbst nicht richtig, was mit ihm los war. Es war nicht ganz einfach, sich einem Kollegen gegenüber zu öffnen, aber er hatte doch das Bedürfnis, sich zu erklären – vielleicht hauptsächlich für sich selbst.

»Vor ein paar Jahren war ich dabei, als wir zu einem Selbstmord gerufen wurden«, sagte er. »Ein Mann, der sich in seiner Garage aufgehängt hatte. Zehn Jahre zuvor war die Familie in einem Einkaufszentrum gewesen, und da war ihre fünfjährige Tochter einfach verschwunden. Spurlos. Sie haben in jeder Ecke in diesem Zentrum gesucht, und die Polizei hat übers Radio und in den Zeitungen gefahndet, doch das Mädchen wurde nie gefunden. Der Vater hatte wohl so lange gehofft, wie er nur konnte, doch schließlich konnte er mit der Ungewissheit nicht mehr leben. Er konnte einfach nicht mehr.«

»Wie furchtbar«, sagte Kenneth.

»Kinder dürfen nicht einfach so verschwinden.«

Ihre Schicht war zu Ende. Benny lud das Magazin und schob die Pistole ins Holster, aber Kenneth hatte keine Eile.

»Ich bleib noch ein Weilchen«, sagte er und setzte wieder die Kopfhörer auf.

»Mach das«, erwiderte Benny und ging Richtung Umkleideraum, blieb aber auf halbem Weg durch den Korridor stehen. Die Sorge trieb ihn immer noch um, und er begriff, dass er sie erst loswerden würde, wenn er etwas unternahm.

Anstatt sich umzuziehen und nach Hause zu gehen, ging er hinauf ins Büro der Streifenpolizei, von wo aus er vollen Überblick über die Rezeption und alle Leute, die kamen und gingen, hatte. Um den

Anschein zu wahren, zog er ein Anzeigeformular für Diebstahl in die Schreibmaschine ein. »Idiot, Idiot, Idiot«, schrieb er und schaute derweil durch die Glasscheibe.

Als er schließlich Frank auf der anderen Seite vorbeigehen sah und kurz darauf beobachtete, wie sein neuer Volvo vom Parkplatz fuhr, schlich Benny sich wieder zur Abteilung der Kripo hinauf. Auf dem Flur war es still, aber er horchte trotzdem angestrengt in alle Richtungen, ehe er Franks Zimmer betrat. Rasch holte er alle Ordner heraus, die mit dem Verschwinden von Mattias zu tun hatten, und trug sie in den Kopierraum.

Als Benny auf den Hof einbog, war er zunächst unsicher, ob er am richtigen Ort war. Wohnte Ingrid wirklich hier? Er hatte eine kleine Hütte erwartet, doch das hier war ein großer Hof mit einem zweistöckigen Wohnhaus. Aber die Adresse stimmt, dachte er und stieg schließlich aus dem Auto.

Auf der Veranda standen Stühle und ein Holztisch mit kariertem Tischtuch und einem großen Strauß Wildblumen – roter Mohn, Glockenblumen und Margeriten. Außerdem lag neben einer halbleeren Tasse Kaffee ein blaues Notizbuch.

Die Eingangstür stand offen, und aus dem Haus waren Musik, Küchengeklapper und jemand zu hören, der nicht ganz sauber, aber mit großer Emphase sang. Benny lächelte. Diese Stimme kannte er. Als er auf die Klingel drückte, verstummte der Gesang abrupt. Er blieb auf der Treppe stehen, bis Ingrid in T-Shirt und rosafarbenen Trainingshosen auftauchte.

»Oh«, sagte sie und wurde rot. »Du bist es. Ich habe dich gar nicht gehört.«

»Entschuldige die Störung.«

»Kein Problem, komm einfach rein«, sagte sie und wedelte mit dem Arm. »Ich bin gerade am Kochen.«

Benny stieg aus den Turnschuhen und folgte ihr in eine altmodische Küche. Er konnte es sich immer noch anders überlegen.

»Hast du schon etwas gegessen?«, fragte sie und wendete die Koteletts in der Bratpfanne. »Oder musst du gleich wieder gehen?«

»Danke«, sagte er. »Ich wollte dir nur das hier geben.«

Er legte einen Ordner auf die Spüle.

»Das sind Ausschnitte aus der Ermittlung. Die Fotos sind ziemlich schlecht rausgekommen, aber das Wichtigste ist dabei.«

»Ist das dein Ernst?«, fragte Ingrid.

Sie lehnte den Bratenwender an den Rand der Pfanne und begann in dem Ordner zu blättern.

»Willst du das wirklich tun? Bist du sicher?«, fragte sie und sah ihn an.

Benny nickte.

»Ich habe mir die Ermittlung mal angeschaut, und mein Eindruck ist, dass da irgendetwas nicht stimmt. Aber Frank will im Moment keine weiteren Ressourcen darauf verwenden.«

»Du weißt, dass du damit ein großes Risiko eingehst«, sagte Ingrid.

»Ja. Aber manchmal muss man tun, was man für richtig hält. Ich vertraue darauf, dass du niemandem hiervon erzählst.«

»Kein Wort«, sagte sie. »Natürlich nicht.«

Ingrid blätterte weiter in dem Ordner und kam zu den Bildern von Mattias' Kleidern. Benny zeigte auf das zerrissene T-Shirt und erklärte, was er sich dabei gedacht hatte.

»Ich weiß, dass es weit hergeholt ist«, sagte er. »Aber mein Bauchgefühl sagt mir, dass hier irgendetwas nicht stimmt. Und die Geschichten der Freunde passen auch nicht zusammen.«

»Ich weiß. Ich habe mit einigen von ihnen gesprochen, und es ist ganz offensichtlich, dass jemand lügt. Die Frage ist nur, warum. Hast du etwas Konkretes gefunden, was darauf hindeutet, dass es sich um ein Verbrechen handeln könnte?«

Benny wollte gerade antworten, aber Ingrid prüfte die Kartoffeln mit einem Piekser und unterbrach ihn.

»Ein bisschen wirst du doch wohl essen wollen, oder?«

Sie goss das Wasser ab und lehnte sich zurück, als der Wasserdampf aus der Spüle aufstieg.

»Okay. Eine kleine Portion kann ich wohl nehmen.«

Er hatte schon zu Hause angerufen und erzählt, dass er länger arbeiten musste. Zwanzig Minuten mehr oder weniger würden also keine Rolle spielen.

»Fast alle Befragungen sind passiert, ehe wir seine Sachen gefunden haben«, erklärte er. »Zu dem Zeitpunkt ging es nur darum, einen verschwundenen Jungen zu finden, der wahrscheinlich von zu Hause abgehauen war, und nicht um die Lösung eines Verbrechens.«

»Haben denn hinterher überhaupt irgendwelche Vernehmungen stattgefunden?«, fragte Ingrid, die Teller und Besteck herausholte.

»Doch«, sagte Benny und setzte sich an den Tisch. »Man hat Kaj und Pelle mehrmals vernommen, weil man glaubte, dass sie mit Mattias zusammen am Fluss gewesen waren. Frank hat die beiden ziemlich hart angepackt, aber sie haben es stur verneint.«

»Und die Eltern von Mattias? Hat man die auch noch mal vernommen?«

»Nein. Hast du sie in Verdacht?«

»Nein. Das heißt, ich weiß nicht«, sagte Ingrid und deckte Topfuntersetzer, Gläser und Milch auf. »Aber der Junge und sein Vater hatten miteinander gestritten. Ich denke einfach nur laut.«

»Das ist natürlich vorstellbar«, sagte Benny. »Ein Streit, der aus dem Ruder gelaufen ist.«

Um alles auf dem Tisch unterzubringen, musste Ingrid ein paar eingewickelte Geschenke wegräumen, die dort ordentlich gestapelt lagen.

»Hat jemand Geburtstag?«

»Nein, aber ich werde morgen zum ersten Mal seit einem halben Jahr Anna sehen.«

Ingrid stellte den Topf mit Kartoffeln und die Bratpfanne auf die Untersetzer und ließ sich am Tisch nieder.

»Oha. Und wie fühlt sich das an?«

»Ich bin so nervös«, gestand sie und reichte ihm den Löffel für die Kartoffeln.

Benny lud sich ein paar auf den Teller.

»Ehrlich gesagt, habe ich schreckliche Angst, dass sie mich vergessen haben könnte«, setzte Ingrid nach.

»Sie hat dich doch nicht vergessen. Du bist schließlich ihre Mama. Mach dir keine Sorgen, es wird alles gut gehen. Wo wohnt sie denn?«

»In Sigtuna.«

Ingrid nahm den Löffel entgegen.

»Da bist du ein paar Stunden unterwegs«, sagte Benny.

»Ja. Aber ich kann bei meinem Bruder übernachten. Den habe ich noch gar nicht gesehen, seit ich rausgekommen bin.«

»Wohnt er noch am Karlavägen?«

»Ja, und er ist immer noch mit seinen Regierungsberichten beschäftigt.«

Ingrids Bruder Thomas hatte die akademische Laufbahn gewählt und schien sich im Unterschied zu ihr hinter einem Schreibtisch und Stapeln von Papier sehr wohlzufühlen. Benny hatte ihn ein paarmal getroffen. Das erste Mal hatte er erwartet einem Poser in teuren Klamotten zu begegnen, doch alle seine Vorurteile hatten sich in Luft aufgelöst, als Thomas in Jogginghose und College-Pullover mit erhobenem Spaghetti-Löffel die Tür geöffnet hatte. Sie hatten sich durch ihre gemeinsame Schwäche für Monty Python schnell verbunden gefühlt, und Ingrid war völlig aus ihrem Gespräch ausgeschlossen gewesen, das ausschließlich aus Referenzen von *Monty Pythons wunderbare Welt der Schwerkraft* bestand, aus dem beide lange Teile auswendig zitieren konnten.

Obwohl ihre britische Aussprache mit jedem Glas Wein undeutlicher wurde, hatte Ingrid Haltung bewahrt, offenbar erleichtert darüber, dass der Abend so gelungen war. Als ein paar Jahre später der Film *Ritter der Kokosnuss* Premiere hatte, waren sie einander vor dem Rialto-Kino begegnet und hatten ein paar Worte gewechselt.

»Hätte er nicht Anna zu sich nehmen können?«, fragte Benny. »Wäre das nicht besser gewesen als eine wildfremde Pflegefamilie?«

Ingrid schob sich etwas Essen in den Mund und kaute.

»Doch«, sagte sie nach einer Weile. »Wir haben auch versucht, das durchzusetzen. Aber die Behörden wollten keinen alleinstehenden Mann zulassen. Außerdem reist er ziemlich viel.«

»Wie schade. Er hätte das sicher locker gemeistert. Soweit ich mich erinnere, ist er verdammt nett.«

»Ja, er ist ein Guter«, sagte Ingrid und senkte den Blick.

Erinnerte sie sich auch an jenen Abend zu Hause bei ihrem Bruder? Benny wollte gerade etwas darüber sagen, doch Ingrid schob eine ganz andere Frage ein.

»Hast du in der Ermittlung etwas Besonderes gefunden, was ich überprüfen sollte?«

And now for something completely different, dachte Benny.

»Ich habe längst nicht alles durchsehen können«, sagte er. »Aber ich habe versucht, das Wichtigste zu erfassen. Die Vernehmungen, die Tipps, die kriminaltechnischen Berichte vom Fundort. Ich hoffe, du wirst etwas von Wert finden. Du bist ja eine viel erfahrenere Ermittlerin als ich.«

Ingrid legte das Besteck zusammen, obwohl die halbe Portion noch auf dem Teller lag.

»Keinen Hunger?« fragte Benny mit Blick auf die Reste.

»Ich bin viel zu nervös wegen morgen«, gestand sie.

»Es war auf jeden Fall sehr lecker. Vielen Dank.«

»Sehr gern. Ich setze mal etwas Kaffee auf. Dafür hast du doch noch Zeit, oder?«

Ohne eine Antwort abzuwarten, stand Ingrid auf und begann die Kaffeemaschine zu befüllen. Nachdem sie abgedeckt hatte, richtete sie ein kleines Tablett mit Kaffeetassen und einer Schale Vanillewaffeln an und trug alles hinaus auf die Veranda. Sie drehte die Stühle so, dass sie beide mit dem Rücken zur Wand saßen und freie Aussicht über den Garten hatten.

»Wo wir gerade von Anna sprechen«, sagte Benny. »Was ist eigentlich mit Kjell passiert?«

Ingrid saß so lange schweigend da, dass er fast bereute, die Frage gestellt zu haben.

»Du musst natürlich nicht darüber reden«, sagte er. »Vielleicht ist es komisch, mit mir darüber zu sprechen, aber wenn du was erzählen willst, dann höre ich gerne zu. Und ich bin auch nicht mehr böse auf dich. Damals war ich das, total sauer und traurig, aber das ging dann auch vorüber.«

Nachdem sie eine Weile geschwiegen hatte, holte Ingrid schließlich tief Luft und begann leise zu sprechen.

»Am Anfang war er einfach phantastisch. Ich war bis über beide Ohren verliebt.«

Daran hatte kein Zweifel bestanden. Zwischen Benny und Ingrid war es ernst gewesen, so hatte er das jedenfalls aufgefasst, doch von einem Tag auf den anderen war er gegen Kjell von der Bereitschaftspolizei ausgetauscht worden. Breit wie ein Schrank und mit einem Lächeln wie aus der Zahnpasta-Reklame. Bis heute musste Benny jedes Mal unwillkürlich an Kjell denken, wenn er Werbung für Colgate sah. Die wenigen Dinge, die Benny in ihrer kleinen Wohnung gehabt hatte, waren ihm in einer Plastiktüte bei der Arbeit übergeben worden. Von dem Tag an saß er stattdessen mit Ville im Streifenwagen.

»Ich habe erst begriffen, wer er wirklich ist, als es schon zu spät war«, fuhr Ingrid fort. »Ich hätte die Zeichen von Anfang an erkennen können, aber wenn man blind ist, dann ist es einfach so. Wahrscheinlich wollte ich es nicht sehen.«

»Was waren das denn für Anzeichen?«, fragte Benny.

Anscheinend wollte sie doch reden.

»Zum Beispiel, dass er darauf bestand, mich abzuholen, wenn ich mit Freunden im Kino war. Anfangs fand ich das richtig süß. Und dann bin ich ja, kaum dass wir uns kennengelernt hatten, schwanger geworden, und da fühlte sich seine Fürsorge gut an, aber trotzdem.«

Für Benny war es schwer gewesen, zu sehen, wie ihr Bauch immer weiter wuchs. Es war eine Erlösung, als sie dann Ermittlerin wurde und völlig aus dem Streifendienst verschwand.

»Oder wenn er sagte, ich würde ohne Make-up doch viel hübscher aussehen«, fuhr sie fort. »Dass er zu allem eine Meinung hatte. Welche Kleider mir standen und welche nicht. Dass ich die Haare hochstecken sollte, weil es so trist aussehen würde, wenn sie nur runterhingen. Solche Sachen.«

Ein paar Wochen bevor Anna geboren wurde, war Benny ihr draußen auf dem Parkplatz vor der Polizeiwache begegnet, und er erinnerte sich, dass er sie fast nicht wiedererkannt hatte. Das lag nicht nur an dem großen Bauch, sondern an ihrem ganzen Auftreten. Sie wirkte überhaupt nicht so glücklich, wie er es von einer schwangeren Frau erwartet hätte, aber er hatte vermutet, dass es seine Gegenwart sei, die sie angespannt machte.

Benny sagte nichts weiter, sondern brach eine Vanillewaffel in der Mitte durch und schob sich die eine Hälfte in den Mund.

»Dann verschoben sich die Grenzen«, erzählte Ingrid. »Nach und nach. So allmählich, dass ich es gar nicht bemerkte. Erst fing er an zu schreien und mit Sachen zu werfen. Auch wenn ich das sehr unangenehm fand, habe ich mir eingeredet, dass es ja im Grunde kein Fehler wäre, wenn Menschen ein hitziges Temperament haben.«

»Hast du nichts gesagt?«

»Doch, aber er meinte, ich wäre zu empfindlich.« Sie verstummte kurz. »Und nach einer Weile war es unmöglich, jemandem davon zu erzählen, weil ich mich so geschämt habe. Anna war da kaum ein Jahr alt, und ich wusste nicht, wie ich mit einem so kleinen Kind eine Trennung durchstehen sollte.«

»Verdammte Scheiße«, sagte Benny und wandte sich Ingrid zu.

Sie hatte die Füße auf den Stuhl gezogen und die Arme um die Beine geschlungen.

»Ich habe mich von allen zurückgezogen«, sagte Ingrid. »Verwandtschaft, Freunde, Kollegen. Am Ende hatte ich fast niemanden mehr. Ich glaube, die meisten haben schon gespürt, dass irgendwas nicht stimmte, aber ich habe ja die ganze Zeit gelogen, um die Fassade der glücklichen kleinen Familie aufrechtzuerhalten, und um Kjell bei guter Laune zu halten. Sogar in meinen Tagebüchern habe ich gelogen, weil ich wusste, dass er sie lesen würde, wenn ich nicht zu Hause war.«

»Was für ein schrecklicher Mensch«, sagte Benny. »Ich bin fassungslos.«

Ingrid saß immer noch so zusammengekauert und still wie eine Statue da und hatte weder Kaffee noch Waffeln angerührt.

»Ich habe meinen Job als Ermittlerin geliebt«, fuhr sie unvermittelt fort. »Aber ich habe angefangen, mich krankschreiben zu lassen, damit niemand die Blutergüsse und die Verletzungen sah. Und bald merkte ich, dass die Leute mich schief ansahen. Den internen Kurs zu Vernehmungen von gefährdeten Kindern konnte ich nie besuchen, und irgendwann habe ich auch keine wichtigen Fälle mehr bekommen, weil ich so viele Fehlzeiten hatte.«

»Ich weiß nicht, was ich sagen soll«, erwiderte Benny.

Er hätte sie gern getröstet, doch fielen ihm nur weitere Flüche ein, und das half ja auch nicht weiter.

»Du musst nichts sagen«, erwiderte Ingrid. »Ich rede hier wie ein Wasserfall, da kommst du gar nicht dazwischen.«

Sie lächelte ihn entschuldigend an, das Kinn auf die Knie gelegt.

»Wahrscheinlich musste ich wirklich mal darüber reden.«

»Das kann ich mir vorstellen«, sagte Benny. »Was war das nur für eine Hölle, in der du gelebt hast.«

Ingrid sah so klein aus, wie sie da saß. So weit weg von der Polizistin in Uniform, mit der er einmal zusammengearbeitet hatte.

Sie wandte den Blick wieder zum Garten.

Ein Auto auf dem Schotterweg durchbrach die Stille. Als es vorbeigefahren war, redete sie weiter:

»Diese Jahre sind in meiner Erinnerung wie ein Nebel, aber das Ende sehe ich glasklar vor mir. An dem Tag, an dem ich beschlossen hatte, ihn zu verlassen, habe ich entgegen jeder Regel zu meiner eigenen Sicherheit meine Dienstwaffe mit nach Hause genommen. Aber ich hatte nie vor, sie zu benutzen, sondern dachte, es würde genügen, damit zu drohen. Doch als ich gerade mit Anna die Wohnung verlassen wollte, stand er plötzlich vor der Tür. Als hätte er es gespürt.«

Sie schüttelte ein wenig den Kopf, als hätte sie immer noch nicht kapiert, wie das vor sich gegangen war.

»Als er die große Hockey-Tasche und meine schockierte Miene sah, wurde ihm klar, was ich vorhatte, und er ist total ausgerastet. Ich habe mit der Pistole auf ihn gezielt und ihn angeschrien und dachte, er würde zurückweichen und uns gehen lassen, doch als er mich stattdessen angriff, da habe ich geschossen. Es ging um ihn oder mich, leben oder sterben. Dann habe ich Anna auf den Arm genommen und bin weggerannt. Und erst im Gerichtsverfahren habe ich begriffen, dass er fast dabei draufgegangen ist.«

»Sie hat also alles gesehen?«

Ingrid nickte.

Benny hatte die Kollegen erzählen hören, wie Kjell, nachdem ein Nachbar Alarm geschlagen hatte, mit einer Schussverletzung in einer Blutlache in der Diele gefunden worden war. Hinterher war viel darüber geredet und über Ingrids psychische Gesundheit spekuliert worden.

»Aber das Gericht hat nicht verstanden, dass es sich um Notwehr handelte?«, fragte er.

»Ich hatte keine Beweise«, erwiderte Ingrid. »Ich hatte ja schließlich niemandem etwas erzählt und auch nichts dokumentiert. Aussage stand gegen Aussage. Außerdem war ich im Job nicht zuverlässig gewesen, und man hielt mich insgesamt für labil. Kjell hat eine große Geschichte daraus gemacht, dass ich angeblich psychisch krank sei. Und während des Gerichtsverfahrens saß er die ganze Zeit im Rollstuhl, es war also offensichtlich, wer hier das arme Opfer war.«

»Verdammte Scheiße«, sagte Benny noch einmal.

»Vielleicht haben sie mir ja doch irgendwie geglaubt, sonst hätte ich wahrscheinlich eine viel härtere Strafe bekommen, doch da es nichts und niemanden gab, der meine Geschichte bestätigen konnte, kam es so, wie es kam. Anna war natürlich viel zu klein, um als Zeugin vernommen zu werden.«

»Warum lebt Anna nicht bei ihm?«

»Er war zu krank«, erklärte Ingrid. »Und dafür danke ich Gott, das sage ich dir. Ich wäre zerbrochen, wenn ich gewusst hätte, dass sie jetzt bei ihm ist.«

Eine getigerte Katze kam aus dem Wagenschuppen auf den Hof und schnürte weiter zu den Johannisbeerbüschen.

»Im Gerichtssaal hat er mir, wenn niemand hingesehen hat, Zeichen gegeben«, sagte sie. »›Ich werde dich töten‹, hat er lautlos gesagt. Und das wird er tun, wenn er die Gelegenheit dazu bekommt. Es ist nur eine Frage der Zeit, wann er anfangen wird, richtig nach mir zu suchen.«

»Mein Gott«, sagte Benny. »Und du konntest keine geschützte Identität bekommen?«

»Wie gesagt: Aussage stand gegen Aussage. Kjell ist ungeheuer listig. Er weiß genau, was er sagen kann und wie er sich aufführen muss, um Menschen zu düpieren. Ich muss mich so gut verstecken, wie ich nur kann. Und es muss schon einiges geschehen, damit er mich hier findet, oder was meinst du?«

Sie schaute über den Garten. Er hoffte, dass sie recht hatte.

»Ich hätte etwas tun sollen«, sagte er.

»Was hättest du denn tun können?«, entgegnete Ingrid und wandte sich ihm zu.

»Ich weiß es nicht. Aber ich hätte dich auf Hinseberg besuchen können. Oder mich zumindest mal melden.«

»Nach dem, wie ich mich verhalten habe, hattest du keinerlei Grund, dich noch weiter um mich zu kümmern.«

»Aber das habe ich trotzdem getan«, entgegnete Benny. »Ich habe viel an dich gedacht.«

Er hätte sie gerne umarmt, aber sie saß immer noch zusammengekauert auf dem Stuhl, die Arme um die Beine geschlungen. Es war offensichtlich, dass sie keinen physischen Kontakt wollte.

»Du sollst wissen, dass ich deine Hilfe bei der Ermittlung wirklich sehr schätze«, sagte sie. »Und es gibt mir Sicherheit, dass du in der Nähe bist und mich jemand hier kennt, dass ich nicht völlig allein bin.«

Ingrid richtete sich etwas auf und schaute auf ihre Armbanduhr.

»Aber meine Güte, musst du nicht mal nach Hause fahren?«, fragte sie. »Ulrika wird bestimmt bald nach dir suchen lassen.«

Sie streckte Arme und Beine aus und drehte den Kopf ein wenig hin und zurück.

Benny schaute auch auf die Uhr. Wie konnte es bloß schon so spät sein?

»Du hast recht«, sagte er und stand auf. »Aber danke für Essen und den Kaffee und alles.«

»Ich habe zu danken«, sagte Ingrid. »Für die Ermittlungsunterlagen. Unschätzbar.«

Auch sie erhob sich.

»Ich hoffe, sie bringen dir was«, sagte Benny und begann in der Jeanstasche nach dem Autoschlüssel zu suchen.

Gemeinsam gingen sie die Treppe hinunter und zu Bennys Auto. Es war kühl geworden, und Ingrid zog die Schultern hoch und schlang die Arme fest um ihren Oberkörper. Hinter ihr ragte das große Haus auf. Plötzlich wirkte es nicht mehr so idyllisch.

»Nach all dem, was du erzählt hast, fühlt es sich nicht gut an, dich hier allein zu lassen«, sagte er.

»Kein Problem. Ich komme schon klar.«

»Bist du sicher?«

»Absolut, du kennst mich doch, oder?«, erwiderte sie und nickte, doch ihr Lächeln wirkte ein wenig gezwungen.

»Okay«, sagte Benny und öffnete die Autotür. »Dann glaube ich das mal.«

Ein weiteres Mal widerstand er dem Impuls, sie in den Arm zu nehmen, und setzte sich ins Auto.

»Ruf an, wenn irgendwas ist«, sagte er und drehte den Zündschlüssel herum.

»Mach dir keine Sorgen«, sagte sie und schlug die Autotür hinter ihm zu.

Als er auf die Straße bog, warf er einen Blick in den Rückspiegel. Sie stand allein auf dem Hof und sah so klein aus, dass es ihm schwerfiel, den Fuß auf dem Gaspedal zu halten.

Kapitel 42

Als Benny gegangen war, schloss Ingrid die Eingangstür, drehte den Schlüssel zweimal herum und setzte sich an den Küchentisch. Sie ließ das Geschirr stehen und nahm sich stattdessen den Ordner vor, den er mitgebracht hatte. Wehmütig strich sie über das Logo der Polizei, das die Vorderseite zierte. Was für ein Risiko Benny um ihretwillen eingegangen war. Offensichtlich vertraute er ihr immer noch. Und sie ihm.

Wie ein Wasserfall hatte sie geredet. Bis zu diesem Abend war Thomas der Einzige gewesen, mit dem sie je darüber gesprochen hatte, wie das Leben mit Kjell wirklich ausgesehen hatte. Irgendwann einmal hatte sie sich auch Gitte ein wenig geöffnet, aber nicht annähernd so weit wie jetzt bei Benny.

Was, wenn sie Kjell niemals kennengelernt hätte und stattdessen mit Benny zusammengeblieben wäre? Vielleicht würden sie jetzt in einem ruhigen Reihenhausviertel im Süden von Stockholm leben und zwei oder drei Kinder haben. Aber dann gäbe es Anna nicht.

Was wäre, wenn. Das konnte man doch alles nicht wissen. Ingrid schlug den Ordner auf und begann, die Vernehmungsprotokolle durchzusehen.

Kaj war sehr wortkarg gewesen. Von Eva-Lenas Geschichte hingegen kannte sie schon jeden Satz. Pelle hatte kaum auf Fragen geantwortet. Der Fußballtrainer Janne hatte erzählt, dass Mattias vier oder fünf Jahre lang in seiner Mannschaft gespielt hatte, aber wegen einer Gehirnerschütterung bei den letzten Trainings nicht dabei gewesen sei. Er zeigte sich zutiefst schockiert und beunruhigt über das, was passiert war.

Sie versuchte weiterzulesen, doch ihre Gedanken wanderten ununterbrochen zu der bevorstehenden Begegnung mit Anna am nächsten Tag.

Schließlich klappte sie den Ordner wieder zu, holte das Telefonbuch heraus und suchte darin nach der Adresse von Janne. Er wohnte oben auf Heden, und dorthin war es eine ordentliche Fahrradtour, aber es schien verlockender, rauszukommen und sich zu bewegen, als hier zu sitzen und darauf zu warten, dass die Einsamkeit angekrochen kam.

Als Ingrid bei Jannes Haus ankam, war sie tüchtig außer Atem. Sie sprang am Wegrand vom Fahrrad und atmete erst ein paarmal durch. Auf dem gemauerten Pfeiler steckte ein »Zu verkaufen«-Schild mit dem Logo der Sparbank.

Das rote Haus sah gut gepflegt aus, wirkte aber seltsam unbewohnt. Da gab es keine Beete, Blumenkästen oder anderen Schmuck. In den Fenstern waren ausgeblichene Gardinen zu sehen, aber keine Topfpflanzen oder Zierlampen. An der Treppe stand ein Militärfahrrad neben einem alten Schneeschieber.

Die Klingel brummte laut im Haus, doch niemand öffnete. Ingrid drückte noch einmal darauf, obwohl ihr klar war, dass das keinen Sinn hatte, dann nahm sie das Fahrrad und rollte wieder in den Ort hinunter.

In ihr abendlich düsteres Haus wollte sie trotzdem nicht zurückkehren, also fuhr sie am Fußballplatz vorbei, wo das Training in vollem Gange war. Eine Gruppe Jungs um die fünfzehn übte das Passen. Mittendrin stand der Trainer mit einer Trillerpfeife um den Hals.

Ingrid stellte das Fahrrad ab, setzte sich auf eine Bank und wartete. Bald würde die Sonne an der Längsseite des Spielfelds hinter den Spitzen der Kiefern verschwinden, doch es war immer noch warm und frei von Mücken.

Eine Viertelstunde später war das Training beendet, und die Jungs verschwanden einer nach dem anderen. Der Trainer verließ den Platz als Letzter, ein Netz voller Bälle hinter sich herziehend. Unter den anderen Arm hatte er einen Stapel Hütchen geklemmt.

»Sind sie Janne?«, fragte Ingrid und erhob sich von der Bank.

»Ja, das bin ich.«

Er ließ Ballnetz und Hütchen sinken und sah sie mit zusammengekniffenen Augen an.

»Ich heiße Ingrid«, sagte sie und reichte ihm die Hand.

Janne nahm sie und hielt sich dann eine Hand als Schutz gegen die Sonne über die Augen, um sie besser sehen zu können. Plötzlich war Ingrid verwirrt.

»Ich kenne Sie doch«, sagte sie.

»Ehrlich? Woher denn? Wir sind uns doch noch nie begegnet. Jedenfalls nicht, dass ich wüsste.«

»Sind Sie ganz sicher?«, fragte Ingrid.

Während sie ihn betrachtete, liefen ihre Gedanken auf Hochtouren. Wo um alles in der Welt hatte sie ihn schon einmal gesehen? Oder sah er nur jemandem sehr ähnlich, den sie kannte oder irgendwo gesehen hatte?

»Vielleicht fällt es mir ja noch ein«, sagte sie und schüttelte den Kopf.

»Der Groschen fällt meist, wenn man es am wenigsten erwartet«, erwiderte Janne. Er nahm das Netz und die Hütchen wieder auf und nickte Ingrid zu, dass sie ihm folgen solle. »Aber womit kann ich Ihnen helfen?«

Ingrid erklärte ihr Anliegen, während Janne die Tür zu einem Abstellraum öffnete, in den er das Ballnetz hinein bugsierte. Als Mattias' Name fiel, änderte sich sofort sein Gesichtsausdruck.

»Das ist so schrecklich traurig«, sagte er. »Es gibt keine Worte dafür.«

Ingrid wartete vor dem Abstellraum, während Janne da drinnen in der Dunkelheit aufräumte.

»Nachdem er ertrunken war, ist erst mal niemand mehr zum Training gekommen«, fuhr er fort, als er wieder herauskam. »Alle hatten

Angst vor der Leere, die Mattias hinterlassen hatte. Aber ich bin von einem Jungen zum anderen gefahren und habe sie überredet, wieder zu kommen. Beim Sport geht es ja nicht nur um Wettkampf. Der Zusammenhalt und die Routinen sind mindestens genauso wichtig. Es geht allen besser, wenn sie zusammen sind.«

»Und hat das geholfen?«, erkundigte sich Ingrid. Janne schlug die Tür zu, schloss ab und ruckelte ein wenig an der Klinke.

»Ja. Die meisten kamen nach und nach zurück. Alle außer Kaj.«

»Erzählen Sie mir von Mattias«, bat sie.

»Ehrlich gesagt war er nicht wirklich gut im Fußball«, sagte Janne und lächelte. »Der Apfel fiel sozusagen sehr weit vom Stamm.«

»War Esbjörn ein guter Spieler?«, fragte Ingrid.

»Ja, richtig gut. Er hat sogar ein paar Jahre in Brage gespielt.«

»Wie kam Mattias mit den Mannschaftskameraden klar?«

»So wie Jungs eben sind. Das ist manchmal etwas hart, aber genauso schnell vergeht es auch. Ich achte sehr darauf, dass man freundlich zueinander ist, dass alle eine Mannschaft sind und ihr Bestes geben.«

»Und haben das alle auch getan?«, hakte Ingrid nach.

»Ja, mehr oder weniger.«

»Auch Pelle? Ich habe den Eindruck, als könnte der ziemlich grob oder vielleicht sogar gemein sein.«

»Im Grunde ist Pelle ein sehr einsamer Junge. Aber stimmt schon, er gehört zu den etwas härteren Kerlen«, gab Janne zu. »Er hat es auch echt nicht leicht gehabt.«

»Das glaube ich gern«, sagte Ingrid.

»Mattias hatte im vorigen Jahr eine Gehirnerschütterung, und danach schien es, als hätte er völlig die Lust zu spielen verloren. Vielleicht war es auch Solveig, die ihn zu Hause gehalten hat. Das kann es natürlich auch gewesen sein. Sie ist ein bisschen eine Glucke.«

»Ist vorigen Sommer noch was anderes im Zusammenhang mit Mattias passiert, woran Sie sich jetzt rückblickend erinnern würden? Irgendwelche Konflikte oder so?«

Janne schüttelte den Kopf.

»Glauben Sie, dass er ertrunken ist?«, fragte Ingrid.

»Ja, definitiv. Oder was meinen Sie? Was hätte es sonst gewesen sein sollen, und die Polizei wirkte ja sehr überzeugt.«

Janne schob den großen Schlüsselbund in die Tasche der Trainingsjacke und ruckelte ein weiteres Mal an der Türklinke, ehe er Richtung Umkleideräume weiterging.

»Melden Sie sich doch, wenn Ihnen noch etwas einfällt«, bat Ingrid.

»Ich wüsste nicht, was das sein könnte«, sagte er. »Aber wenn was auftaucht, melde ich mich. Wie erreiche ich Sie denn?«

»Ich wohne in Gert Boströms Elternhaus«, sagte sie. »Die Nummer steht immer noch im Telefonbuch.«

»Na dann«, sagte Janne, »viel Glück mit allem.«

Ingrid sah ihm nach, als er im Umkleideraum der Jungs verschwand. Wo hatte sie ihn bloß schon gesehen?

Kapitel 43

Juni 1982

Mattias warf sich den Rucksack über den Rücken und setzte die Kappe auf.

»Wohin willst du?«, fragte seine Mutter, als er auf dem Weg aus der Tür war.

»Zu Kaj.«

»Was habt ihr vor?«

»Weiß noch nicht«, erwiderte Mattias.

Obwohl er das sehr genau wusste.

Sie würden wieder bei Heiser den Rasen mähen, aber aus irgendeinem Grund, den er selbst nicht richtig verstand, wollte er das für sich behalten.

»Spätestens um sechs bist du wieder zu Hause«, ermahnte sie ihn. »Papa hat ab heute Urlaub, und wir wollen ein bisschen grillen.«

Er sprang aufs Fahrrad und sauste los. Heute würde er Kaj für sich alleine haben. Keine Mädchen, kein Pelle. Nur Kaj und Mattias, so wie es früher immer war.

Als er ankam, goss Kajs Mutter die Blumenbeete vor dem Haus. Mattias stellte sein Rad ab und rückte die Kappe zurecht, die während der Fahrt etwas in Schieflage geraten war.

»Kaj ist drinnen«, sagte sie. »Ich hab versucht, ihn rauszuschicken, aber keine Chance.«

Mattias warf seine Turnschuhe in der Diele ab, den Rucksack aber behielt er auf. Im Wohnzimmer vor der Stereoanlage fand er Kaj inmitten auf dem Boden verstreuter LPs. Kaj kniete in dem Durcheinander und schrieb konzentriert auf den Papierumschlag einer Kassette.

»Was machst du?«, fragte Mattias. »Ich nehme ein Mixtape auf«, erwiderte Kaj und sah auf.

Mattias hockte sich neben ihn, den Rucksack immer noch auf dem Rücken. Sie würden sowieso gleich losfahren müssen, deswegen lohnte es sich nicht, ihn abzusetzen. Zwischen Kajs alten Schallplatten war eine, die Mattias noch nicht gesehen hatte.

»Hast du die neu gekauft?«

Kaj nickte. Seine Zungenspitze kam aus dem Mund heraus, wenn er schrieb.

»Ist die gut?«

Mattias drehte die Hülle herum und las auf der Rückseite. Er kannte keinen einzigen der Songs.

»Verdammt gut«, erwiderte Kaj.

Als der Song, der gerade lief, zu Ende ging, kroch Kaj auf allen vieren zur Stereoanlage, um die Aufnahme zu stoppen und die Platte zu wechseln.

»Wir müssen los, wenn wir es rechtzeitig schaffen wollen«, sagte Mattias. »Es ist schon spät, und ich muss um sechs zu Hause sein.«

»Ich will ja gar nicht mitkommen«, sagte Kaj.

»Wie meinst du das? Wir haben doch versprochen, dass wir kommen. Außerdem will ich das Geld.«

»Ich hab aber keine Lust. Du kannst mich schließlich nicht zwingen.«

»Du bist voll gemein«, entgegnete Mattias, nachdem er eine Weile bedrückt geschwiegen hatte. »Wir hatten das doch ausgemacht.«

Während der neue Song losging, schob Kaj mit großer Sorgfalt die erste Platte in die Hülle zurück.

»Mach es doch alleine«, schlug er vor, ohne Mattias anzusehen. »Wenn es dir wirklich so wichtig ist. Bestimmt kriegst du mehr Geld, wenn du alleine kommst.«

»Ich will es aber nicht alleine machen«, erwiderte Mattias.

»Okay, dann lass es«, entgegnete Kaj. »Ich hab jedenfalls keine Lust.«

Mattias wartete darauf, dass Kaj noch etwas anderes sagen würde, vielleicht etwas mit seiner normalen freundlichen Stimme, doch der kauerte bereits auf dem Fußboden, um den nächsten Songtitel aufzuschreiben.

Die Tränen brannten Mattias in den Augen. Ohne tschüss zu sagen, stand er auf und ging weg.

»Gehst du schon wieder?«, fragte Kajs Mutter, als er rauskam.

Doch Mattias tat so, als hätte er sie nicht gehört, und beeilte sich loszufahren, bevor er richtig anfangen würde zu weinen.

Erst machte er sich auf den Weg nach Hause, doch unterwegs überlegte er es sich anders. Er konnte gut alleine bei Heiser mähen. Kaj würde sein Verhalten sicher ganz schön bereuen, wenn er erst mal sah, wie viel Mattias dabei verdient hatte.

Als Mattias ankam, saß Heiser auf einem Stuhl im Schatten.

»Ah«, sagte er und stand auf. »Heute kommst nur du?«

Er trug dieselben glänzenden Shorts wie beim letzten Mal.

»Ja. Kaj hatte leider keine Zeit.«

»Aber du hältst, was du versprochen hast«, erwiderte Heiser. Er schlug Mattias auf die Schulter und umfasste sie leicht dabei. »Du bist ein extrem guter Junge, das sage ich dir.«

Der Rasenmäher stand bereit und Mattias war dankbar, dass Heiser ihm half, ihn zu starten. Er hatte keine Lust, sich noch einmal demütigen zu lassen.

Diesmal war das Gras weniger dicht, doch die Böschung des Grundstücks war immer noch so steil, dass Mattias, wenn es bergauf ging, alle Kräfte aufbringen musste. Er wurde immer wütender auf Kaj, der sich geweigert hatte, mitzukommen. Ein richtig mieser Freund war das. Einer, der einen im Stich ließ.

So hatte Mattias bisher noch nicht zu denken gewagt, aber Kaj war wirklich richtig gemein geworden.

Irgendwann war der ganze Rasen endlich gemäht und Mattias völlig am Ende. Das T-Shirt klebte ihm am Rücken, und der Mund war staubtrocken.

»Das hast du richtig gut gemacht«, sagte Heiser. »Jetzt bist du sicher ganz schön durstig, was?«

Mattias machte den Rasenmäher aus und nickte.

Bald war Heiser mit einem großen Glas Coca-Cola mit Eis zurück. Das kalte Getränk ließ es im Kopf knistern – das verpasste Kaj jetzt auch, dachte Mattias, während er trank, aber das hatte er sich selbst zuzuschreiben.

»Du bist ein wirklich besonderer Junge«, sagte Heiser.

Mattias wusste nicht, was er darauf antworten sollte, also nahm er noch ein paar Schluck von der Cola.

»Doch«, beharrte Heiser. »Zuverlässig und fleißig. Du wirst es mal weit bringen. Ich kenne nicht viele, die allein hierhergekommen wären, wenn ein Freund sie so im Stich lässt.«

Auch darauf hatte Mattias keine Antwort, also zuckte er nur mit den Schultern.

»Manche haben Angst vor mir«, fuhr Heiser sofort, »wegen meiner Stimme und so. Aber du ja nicht, oder?«

»Nein«, sagte Mattias, obwohl das nicht wirklich stimmte.

»Das ist gut«, meinte Heiser und sah ihn an. »Ich bin nämlich kein bisschen gefährlich. Wir können uns doch ein Weilchen hinsetzen, dann kannst du in aller Ruhe trinken.«

Obwohl es ihm eigentlich widerstrebte, folgte Mattias ihm und setzte sich in den Stuhl, den Heiser beim Tisch für ihn herauszog.

»Nein, du scheinst wirklich ein guter Junge zu sein«, fuhr Heiser fort. »Und stark bist du auch. Auch wenn du noch nicht in der Pubertät bist, bist du doch weitaus zäher als viele andere in deinem Alter.«

Mattias mochte es nicht, dass Heiser von der Pubertät sprach. Das war ein unangenehmes Wort, das einem am Körper klebte. Fast so eklig wie das Wort »Schamhaar«.

»Es ist nicht leicht, anders zu sein, ein Außenseiter«, sagte Heiser. »Kinder können richtig fies sein.«

Die einzige Antwort, die Mattias herausbrachte, war ein zweifelndes Brummen.

»Schon als ihr das erste Mal hier wart, habe ich gemerkt, dass du der Reifere von euch beiden bist. Aber das ist jetzt natürlich kein Trost für dich, das verstehe ich schon.«

Hinter den Gardinen im Küchenfenster bewegte sich etwas, doch als Mattias den Kopf drehte, um nachzusehen, war da niemand. Er leerte das Glas und stellte es auf den Gartentisch.

»Vielen Dank«, sagte er.

»Ich habe zu danken. Freundschaft kennt doch kein Alter, nicht wahr?«

»Nicht?«

»Kannst du ein Geheimnis bewahren?«, fragte Heiser.

Das war eine seltsame Frage, aber Mattias war tatsächlich ziemlich gut mit Geheimnissen, also nickte er.

»Du musst nicht so ängstlich gucken. Es ist nicht gefährlich, das verspreche ich«, beteuerte Heiser.

Eigentlich wollte Mattias überhaupt nicht, dass Heiser ihm ein Geheimnis erzählte, er wollte einfach nur sein Geld kriegen und nach Hause fahren, aber er wusste nicht, wie er das sagen sollte.

»Komm«, sagte Heiser und begann Richtung Schuppen über die Wiese zu gehen. »Ich habe nicht vor, dich zu fressen.«

Mattias folgte zögernd, während Heiser weiterredete.

»Aber wie gesagt, du musst versprechen, es niemandem zu erzählen. Nicht einmal Kaj.«

Ein neues Nicken.

»Faust?«, meinte Heiser und hielt die Hand hoch.

Widerwillig berührte Mattias die Faust von Heiser mit seiner.

»Faust.«

Kapitel 44

Ingrid war vor Nervosität regelrecht übel, als sie in das Auto von Berit Sundhed stieg, um das letzte Stück vom Marktplatz in Sigtuna zu dem Haus zu fahren, in dem Anna lebte. Sie grüßte kurz, doch zu mehr Konversation war sie nicht imstande.

Mit jedem Mal, das Berit in dem gepflegten Viertel mit Einfamilienhäusern abbog, schlug Ingrids Herz noch heftiger. Überall fuhren Kinder auf Fahrrädern herum, gegen eine Garagenwand wurde Tennis trainiert, auf dem Bürgersteig wurde Kästchen gehüpft. Drei Mädchen sprangen Seil, sodass die Pferdeschwänze hüpften. War das Anna?

Ingrid richtete sich auf, um besser sehen zu können. Nein, so groß konnte sie nicht sein.

Ohne das Seil sinken zu lassen, sahen die Mädchen hinter dem unbekannten Auto her, als sie vorbeifuhren.

»Da vorne ist es«, sagte Berit und zeigte auf ein zweistöckiges gelbes Ziegelsteinhaus, das von einer hohen Hecke umgeben war.

Als Berit rechts ranfuhr und den Motor ausschaltete, atmete Ingrid fast nicht mehr. Die Eingangstür stand weit offen, doch auf dem Grundstück waren keine spielenden Kinder zu sehen.

Ingrid fummelte beim Aussteigen so nervös an der Geschenketüte und ihrer Handtasche herum, dass ein Lippenstift herausfiel und den Bürgersteig entlangrollte. Als sie sich runterbeugte, um ihn aufzuheben, purzelte ein Geschenk aus der Tüte. Sie hätte fast angefangen zu weinen, bis sie alles wieder in Ordnung gebracht und festgestellt hatte, dass nichts kaputtgegangen war.

Berit ging vor ihr zum Haus. Ein rotes Mädchenfahrrad mit einem kleinen Korb stand neben der Treppe.

Als Berit auf die Klingel drückte, war von drinnen eine kleine Melodie zu hören. Ingrid erwartete, Anna zu sehen, doch in der Tür tauchte die Pflegemutter auf. Renata.

»Da sind Sie ja«, sagte sie. »Herein, immer herein.«

Sie gaben einander die Hand, und obwohl Ingrid Lippenstift, Ohrringe und die neuen Kleider trug, meinte sie den Gestank ihres eigenen Schmutzes zu riechen, als sie das offenbar frisch geputzte Haus betrat. Auf dem Küchentisch war Kaffee gedeckt und ein Zuckerkuchen, der immer noch warm zu sein schien.

Anna war nicht zu sehen.

»Entschuldigen Sie mich«, sagte Renata und verschwand weiter hinten im Haus. »Sie ist ein wenig angespannt.«

Flüsternde Stimmen waren zu hören, und am Ende kam Anna Hand in Hand mit ihrer neuen Mama in die Küche. Sie hatte einen Latzrock an, dazu ein gestreiftes kurzärmeliges Hemd, und die Haare waren zu Zöpfen mit passenden blauen Rosetten geflochten. In der oberen Zahnreihe war eine große Lücke zu erkennen.

Ingrid bekam erst mal kein Wort heraus. Ihr Hals war wie zugeschnürt, und ihr traten die Tränen in die Augen.

»Mein Liebling«, sagte sie schließlich. »Wie groß du geworden bist. Und wie schön du aussiehst.«

Sie sank auf dem Küchenfußboden auf die Knie und streckte beide Arme aus. Anna ließ es zu, dass Ingrid sie an sich drückte, erwiderte die Umarmung jedoch nicht. Ob es ihr gut ging? Bekam sie auch genug zu essen?

»Ich habe mich so nach dir gesehnt«, flüsterte Ingrid. »Ach, wie schön es ist, dich wieder umarmen zu können.«

Anna sagte nichts, erwiderte aber die Umarmung ein wenig.

»Und weißt du, wer sich noch nach dir gesehnt hat?«, fragte Ingrid.

Anna schüttelte den Kopf.

»Kanino«, sagte sie. »Erinnerst du dich an Kanino?«

Ingrid öffnete die Tasche und holte das frisch gebadete Kaninchen heraus.

»Ja«, piepte Ingrid mit der Kanino-Stimme, die sie früher so oft benutzt hatte. »Ich habe mich wahnsinnig nach meiner Anna gesehnt. Die beste Freundin, die man haben kann. Und da ist sie ja! Erkennst du mich wieder?«

Jetzt nickte Anna etwas eifriger und streckte die Hand nach dem zerschlissenen Kuscheltier aus.

»Und diese Person hier hat mich gezwungen zu baden, bevor ich dich treffe. Das hat mir überhaupt nicht gefallen.«

Anna lachte ein wenig und drückte Kanino an die Brust. Beim Klang ihres Lachens fiel es Ingrid schwer, die Tränen zurückzuhalten, aber Berits und Renatas Blicke brannten ihr auf der Haut.

»Vielleicht magst du der Mama dein Zimmer zeigen, ehe wir Kaffee trinken, Anna?«, meinte Renata. »Wo du so schön aufgeräumt und das Bett ganz alleine gemacht hast.«

Sie hatte noch kein Wort gesagt, aber Anna lief schon willig mit Kanino im Arm voraus. Ingrid stand vom Boden auf, um ihr zu folgen, wurde aber von Renata aufgehalten.

»Kann ich kurz etwas sagen?«, fragte sie. »Also, diese Postkarte, die Sie geschickt haben …«

»Ja, was ist damit?«

»Es ist nicht gut, wenn Sie schreiben, dass Sie bald zusammenleben werden und wie dann alles wird. Alles, was mit Veränderung zu tun hat, macht Anna sehr unruhig. Bevor Sie heute angekommen sind, hatte sie Angst, dass sie mitgenommen werden würde.«

Ingrid suchte, auf Unterstützung hoffend, Berits Blick, doch da war nichts zu holen.

»Renata hat nicht ganz unrecht«, sagte Berit stattdessen. »Immerhin hat Anna ihr halbes Leben hier gewohnt …«

»Nicht ganz«, erwiderte Ingrid.

»Zumindest ihr halbes bewusstes Leben«, fuhr Berit fort. »Wir müssen langsam machen. Sie müssen einander ganz neu kennenlernen.«

Der große Klumpen im Hals tat weh, als Ingrid schluckte. »Jetzt möchte ich Annas Zimmer sehen«, sagte sie bloß.

Renata führte sie durch das Haus und hinauf in den oberen Stock. Annas Zimmer lag nach Süden, und das Licht strömte durch ein großes Fenster hinein. Bunte Flickenteppiche bedeckten den Kiefernholzfußboden, und auf dem Bett saß eine lange Reihe Kuscheltiere nach Größe geordnet. Kanino hatte dort noch keinen Platz gefunden, sondern war immer noch in Annas Arm, die am Schreibtisch saß.

An der Wand hingen zwei große Poster von Carola. Auch das Pinnbrett über dem Schreibtisch war voller Bilder von Carola. Ingrid setzte sich aufs Bett. Auf dem Nachttisch stand an einen Stapel Bücher gelehnt die Postkarte, die sie geschickt hatte, und an der Wand hing das Stickbild mit der Katze.

Damit hatte Ingrid sich in der Maßkonfektion, wo sie wie die meisten von ihnen direkt nach der Einarbeitung gelandet war, wirklich gequält. Mehrmals war sie drauf und dran gewesen, aufzugeben, nicht weil das Motiv schwer war, sondern weil die Gedanken viel zu viel Freiheit hatten, wenn sie mit Nadel und Faden dasaß. Als das Bild endlich fertig war, hatte sie es gekauft, um es Anna zum vierten Geburtstag zu schenken, und dann verlangt, in die Nähwerkstatt versetzt zu werden. Das Getöse und die Akkordhetze mit den Uniformen vom Televerket brachten die inneren Dämonen bedeutend besser zum Schweigen.

Es wärmte ihr das Herz, dass Anna das Bild aufgehängt hatte.

»Magst du Carola?«, fragte sie.

Eine überflüssige Frage, doch Anna nickte.

»Das kann ich verstehen«, sagte Ingrid. »Sie singt wirklich supergut. Welcher Song gefällt dir am besten?«

Anna hielt Kanino vor sich und betrachtete das Tier, während sie gleichzeitig mit den Achseln zuckte. An wie viel von allem erinnerte sie sich wohl?

»Sofia und du, ihr habt doch zu *Gloria* getanzt«, sagte Renata, um Anna auf die Sprünge zu helfen. »Das Lied hast du gemocht.«

Das Mädchen nickte wieder und begann, das verbliebene lange nackte Ohr von Kanino zu streicheln. Genauso wie sie es immer gemacht hatte, als sie klein war – ein Grund, warum das Kaninchen an der Stelle kein Fell mehr hatte.

»Du bist doch sogar in Carolas Fanclub«, fuhr Renata fort. »Vielleicht magst du Mama die Sachen zeigen, die du bekommen hast?«

Renata hatte sich auch aufs Bett gesetzt, während Berit tief in einem niedrigen Drehsessel versunken war und nun die Knie am Kinn hatte. Es sah nicht so aus, als ob sie ohne Hilfe jemals wieder da rauskommen würde.

Anna holte einen dicken Ordner aus einer Schreibtischschublade.

»Komm und setz dich hierhin und zeige es«, sagte Renata und klopfte mit der Hand neben sich aufs Bett.

Ingrid und Renata schoben sich jeweils zur Seite, sodass Anna zwischen ihnen Platz finden würde, doch Anna kroch auf Renatas Schoß. Gemeinsam blätterten sie in dem Ordner. Renata zeigte Carolas Autogramm und eine Menge andere Bilder und Sachen.

Anna drückte Kanino dicht an sich und sagte kein Wort.

Als Renata durch den halben Ordner geblättert hatte, entschuldigte sich Ingrid und bat, auf die Toilette gehen zu können.

»Ja, natürlich«, sagte Renata, »die zweite Tür rechts.«

Das Licht strömte ebenso unbarmherzig in das gekachelte Badezimmer wie in Annas Zimmer. Ingrid setzte sich auf den Toilettendeckel und ließ die Tränen laufen. Damit man ihr Weinen nicht hören würde, drehte sie den Hahn auf und lehnte den Kopf gegen das Waschbecken.

Schließlich versuchte sie, sich zusammenzureißen, und wusch sich das Gesicht, aber als sie sah, dass auf dem Handtuchhaken Annas Name fein säuberlich neben denen von Renata und Elof aufgemalt war, flossen die Tränen erneut.

Kapitel 45

Juni 1982

Nach dem Faustschwur, ging Heiser über den frisch gemähten Rasen voraus zum Holzschuppen. An dessen einem Ende gab es eine Tür, die neuer aussah als die anderen. Heiser holte einen Schlüsselbund aus den Shorts, schloss die beiden Vorhängeschlösser auf und hob den Querbalken ab.

Mattias hatte erwartet, in eine Scheune mit Betonfußboden zu kommen, wo das Licht durch die Ritzen der Wände sickerte, doch als Heiser den Lichtschalter herumdrehte, öffnete sich eine Märchenwelt vor ihm.

Mitten in dem großen Raum, dessen Fußboden und Wände mit lackierten Holzplanken bedeckt waren, stand ein Tisch, der mindestens so groß war wie vier Küchentische. Und darauf war eine ganze Landschaft aus kreuz und quer verlaufenden Schienen aufgebaut. An einem Ende gab es eine Bergpartie mit langen Tunneln, am anderen ein gigantisches Gleisgebiet mit einem schlossähnlichen Bahnhofsgebäude. Die ganze Landschaft war voller Miniaturhäuser, Bäumchen und Seen.

»Ui«, war alles, was er herausbrachte.

Mattias hatte sich schon viele Jahre lang eine Märklinbahn gewünscht und schließlich eine kleine Runde mit einer Lok, drei Wagen und einer einfachen Weiche bekommen. Das hier war etwas völlig anderes.

»Wie findest du das?«, fragte Heiser.

Andächtig schlich Mattias näher zu der enormen Zuglandschaft.

Ständig entdeckte er neue Details. Einen winzig kleinen Zaun um eine Wiese, an einem See minikleine Menschen mit Angeln. Die Loks und die Wagen glänzten im Schein der Neonröhren an der Decke.

»Haben Sie das alles selbst gebaut?«, fragte er.

»Ja, habe ich«, sagte Heiser. »Hat viele Jahre gedauert, das sage ich dir.«

Mattias wagte nicht einmal zu raten, was das alles gekostet hatte.

»Was meinst du«, fuhr Heiser fort, »sollen wir mal ein bisschen probefahren?«

Er drehte an ein paar Trafos, und die Bahn wurde erleuchtet. Bevor er einen Zug startete, setzte er Mattias eine Lokomotivführermütze auf den Kopf. Die war ein wenig zu groß und rutschte ihm in die Stirn.

»Hallöchen«, sagte Heiser und hob den Schirm an. »Siehst du überhaupt etwas?«

»Ja, doch«, sagte Mattias.

»Dann fahren wir jetzt.«

Der Zug wurde in Bewegung gesetzt und Mattias verspürte eine außergewöhnliche Freude. Die lange Wagenreihe bewegte sich durch die Landschaft, schlängelte sich am Bergmassiv hinauf und verschwand in einem der Tunnel. Als die Lok am anderen Ende wieder zum Vorschein kam, stieg Rauch aus dem Schornstein auf.

»Komm, ich zeige dir, wie man die Weichen stellt«, sagte Heiser, als der Zug sich dem Bahnhof näherte.

Er zeigte auf einen Hebel. Mattias griff vorsichtig zu, Heiser legte seine Hand auf die von Mattias, und gemeinsam verstellten sie die Weiche genau im richtigen Moment.

Heiser setzte noch mehrere Züge in Gang, und die verschiedenen Loks bewegten sich gleichzeitig, fast wie bei einem Tanz.

»Jetzt heißt es aufpassen, dass sie nicht zusammenstoßen«, mahnte Heiser. Er hatte selbst eine Schaffnermütze aufgesetzt und erinnerte Mattias daran, wenn es Zeit war, die Weiche zu verstellen.

»Sollen wir das Licht ausmachen und mal sehen, wie es in der

Nacht aussieht?«, fragte Heiser. »Du hast ja wohl keine Angst vor der Dunkelheit, oder?«

»Nein, das habe ich nicht.«

Als Heiser die Neonröhre an der Decke ausschaltete, wurde es stockdunkel, und erst jetzt wurde Mattias bewusst, dass der Raum keine Fenster hatte. Im nächsten Moment wurde die Zuglandschaft von Hunderten kleinen Lämpchen erleuchtet. In den kleinen Häusern brannte Licht, und um die Gleise hinter dem Bahnhof gab es Scheinwerfer, die Mattias vorher gar nicht bemerkt hatte. Sogar die winzigkleinen Fahrräder hatten Lämpchen am Lenkrad.

»Das ist doch schön, oder?«, sagte Heiser.

Mattias bekam kein Wort heraus.

Dass es Menschen gab, die ihr ganzes Leben lang weiterspielten. Der Spaß musste nicht enden, nur weil man erwachsen wurde. Man musste nicht so sein wie Mama und Papa, die nur arbeiteten und die ganze Zeit fleißig waren. Machten die überhaupt jemals etwas, was sie einfach nur lustig fanden?

Übrigens. Mama und Papa. Wie spät war es?

Mattias schaute auf seine Armbanduhr und bekam fast Panik, als er sah, dass es schon nach sechs war.

»Ich muss nach Hause«, sagte er. »Ich bin schon total spät dran.«

»Werden sie zu Hause böse, wenn du nicht rechtzeitig kommst?«

»Ja«, sagte Mattias und nahm die Mütze ab. »Ziemlich.«

Heiser schaltete die Neonröhre wieder ein.

»Erwachsenen fällt es manchmal schwer, zu begreifen, dass man die Zeit vergisst, wenn man richtig Spaß hat«, sagte er.

Mattias rannte durch die Tür, wurde auf dem Weg zum Fahrrad aber aufgehalten.

»Warte!«, rief Heiser. »Du bekommst noch dein Geld!«

Während Mattias sich den Rucksack auf den Rücken warf, lief Heiser schnell zum Haus und kam mit seiner Brieftasche zurück.

»Hier«, sagte er und reichte ihm einen Fünfziger. Dann blätterte er ein wenig zwischen den Scheinen und zog noch zwei Zehner heraus.

»Oh! Danke«, sagte Mattias.

Siebzig Kronen. Das war unglaublich viel Geld.

»Ich habe zu danken«, sagte Heiser. »Du musstest heute ja doppelt schuften.«

Mattias faltete die Scheine zusammen und schob sie tief in die Tasche.

»Und denk an das, was ich gesagt habe«, fuhr Heiser fort. »Du darfst niemandem von der Bahn erzählen. Ich habe Angst vor Einbrechern. Das ist unser Geheimnis.«

»Ich verspreche es«, sagte Mattias und setzte den Fuß auf die Pedale.

»Wenn du nächste Woche auch alleine kommst, dann können wir nach dem Rasenmähen ein bisschen Zug fahren. Nur wenn du willst, natürlich.«

Kapitel 46

Wie siehst du denn aus?«, fragte Thomas und betrachtete seine Schwester mit einem amüsierten Grinsen von Kopf bis Fuß.

Ingrid wusste bereits, dass sie in dieser Allerweltsuniform idiotisch aussah, das musste er ihr nicht erst sagen.

»So laufen doch jetzt alle rum«, entgegnete sie viel beleidigter, als sie vorgehabt hatte. »Was kann ich denn dafür?«

»Ich mach ja nur Witze«, sagt er.

Doch Ingrid war nicht zum Scherzen zumute. Als sie die Diele betrat und ihre Schuhe auszog, brannten ihr die Tränen in den Augen.

»Tut mir leid«, sagte Thomas hinter ihrem Rücken. »Wie lief es mit Anna?«

»Darüber kann ich jetzt nicht reden«, erwiderte Ingrid. »Vielleicht später. Ich bin völlig fertig.«

Die Wohnung von Thomas sah aus wie immer. Sie war nicht sonderlich groß, nur zwei Zimmer und eine kleine Küche, aber mit hohen Decken und großen Fenstern auf die Baumkronen der Allee am Karlavägen hinaus.

Ohne erst um Erlaubnis zu bitten, ging sie ins Wohnzimmer und streckte sich auf dem Sofa aus.

Thomas ließ sie. Sie hörte, wie er im Badezimmer spülte und im Schlafzimmer einen Schrank öffnete und wieder schloss. Das Radio in der Küche wurde eingeschaltet, aber sehr leise. Erst nach einer halben Stunde schaute er ins Wohnzimmer.

»Ich habe in einem Lokal hier um die Ecke einen Tisch reserviert«, sagte er. »Ich hoffe, das ist okay.«

Den Anzug hatte er jetzt gegen Jeans und ein Baumwollhemd mit hochgekrempelten Ärmeln getauscht.

»Total okay«, sagte Ingrid.

Eigentlich hatte sie gar keinen Hunger, aber irgendetwas sollte sie schon zu sich nehmen. Und Thomas war in vielem sehr gut, doch seine Kochkünste ließen zu wünschen übrig.

»Aber ruh dich ruhig noch ein wenig aus, wenn du möchtest.«

»Es geht schon«, sagte sie. »Ich fühle mich schon etwas besser.«

Ingrid und Thomas hatten einander in ihrer Kindheit sehr nahegestanden, trotz der heftigen Geschwisterkämpfe. Doch als Ingrid dann Kjell kennenlernte, hatten sie sich immer weiter voneinander entfernt, obwohl Anna ihren Onkel sehr mochte und sie nah beieinander wohnten.

Ingrid kannte niemanden, der weniger Snob war als Thomas – wenn man mal von den teuren Anzügen absah, doch er konnte ja auch nichts für die Kleiderordnung an seinem Arbeitsplatz. Dennoch hatte Kjell immer versucht, ihn hinter seinem Rücken lächerlich zu machen, indem er übertrieben einen Oberschicht-Bonzen imitierte: »Oestermaaaalm« und »Regierungskaaanzlaiiii.«

Das ganze Gerichtsverfahren über hatte Thomas in der ersten Reihe gesessen, und während ihrer Jahre auf Hinseberg war er regelmäßig zu Besuch gekommen, was Ingrid sehr viel bedeutet hatte.

»Ah, bevor ich es vergesse«, sagte Ingrid, als er noch in der Tür zum Wohnzimmer stand. »Das Geld fürs Auto.«

Mit einer Kraftanstrengung richtete sie sich im Sofa auf.

»Das hat keine Eile«, sagte er und hielt abwehrend die Hand hoch. »Du musst nicht …«

Da sie nun schon mal saß, holte sie das Kuvert aus der Handtasche und reichte es ihm.

»Ich will keine Schulden haben, nicht einmal bei dir«, erklärte sie. »Und vielen Dank für die Hilfe. Wirklich.«

»Keine Ursache. Das war ja wohl das Mindeste, was ich tun konnte. Wie geht es dir denn da oben? Gefällt es dir immer noch?«

»Doch, es ist richtig gut. Ein wenig einsam, aber das ist ja gerade der Sinn der Sache.«

Thomas setzte sich neben sie aufs Sofa und schlug die Beine übereinander.

»Aber stell dir vor, Benny arbeitet bei der Polizei in Mora«, sagte Ingrid.

»Benny?«, fragte Thomas ungläubig. »Dein Benny?«

»Ja, genau. Ich dachte, ich falle in Ohnmacht, als er plötzlich vor mir stand.«

»Das glaub ich gern«, sagte Thomas lachend. »Wie war's denn, ihn wiederzutreffen?«

»Es war gut, wirklich. Er hilft mir ein wenig mit dem Fall, an dem ich arbeite. Du weißt schon, der verschwundene Junge.«

Thomas nickte nachdenklich, legte die Hände hinter den Kopf und sah sie an.

»Er wird bald heiraten«, beantwortete sie die ungestellte Frage, die in seinem Blick lag.

»Ach so.«

»Eine Bekannte aus Kindertagen«, erklärte sie. »Ein sehr nettes Mädchen.«

»Na, dann grüß ihn mal«, sagte Thomas. »Wenn ich mich recht entsinne, war er ein netter Kerl.«

»Definitiv.«

Draußen war das Martinshorn von einer Ambulanz zu hören, der Lärm näherte sich und erstarb dann. Kurz darauf donnerte heulend ein Motorrad vorbei.

»Wo wir gerade von alten Bekannten reden«, sagte Thomas. »Ich muss dir etwas erzählen. Kjell. Er war vor ein paar Tagen hier.«

»Was?«, fragte Ingrid und erstarrte. »Hier?«

»Ja, ich war gelinde gesagt überrascht. Er stand plötzlich vor der Tür.«

»Wie sah er aus? Was wollte er?«

»Er hatte eine Tüte mit Sachen dabei, die dir gehören. Deine Studentenmütze und noch ein paar andere Dinge. Offenbar hatte er gehört, dass du entlassen wurdest, und dachte, du würdest die Sachen vielleicht gerne zurückhaben wollen.«

»Verdammt«, fluchte Ingrid. »Verdammt, verdammt, verdammt. Hat er dich bedroht?«

»Ja und nein, könnte man sagen. Er war so entsetzlich nett mit seinem riesigen Lächeln, du weißt schon, aber als er gerade gehen wollte, sagte er, er würde zurückkommen, sollte er noch etwas finden, das dir gehört.«

Ingrid vergrub das Gesicht in den Händen. Sie hätte wissen müssen, dass sie sich nirgends sicher fühlen konnte.

»Wie geht es ihm denn?«, fragte sie schließlich. »Also, körperlich.«

»Er hat einen Stock und hinkt ziemlich«, sagte Thomas. »Und er ist nicht mehr so ein Muskelprotz wie früher.«

»Hat er gefragt, wo ich wohne?«

»Nein, das hat er nicht. Wahrscheinlich ist ihm klar, dass ich das nie erzählen würde.«

Aber er war hier gewesen, und er wusste, dass sie draußen war. Er hatte vor Thomas' Wohnung gestanden und ein fettes Grinsen aufgelegt. Und er würde zurückkommen, das wusste sie.

Er würde niemals aufgeben.

Kapitel 47

Als Ingrid tags darauf nach Våmhus zurückkehrte, hielt sie beim Laden, blieb aber im Auto sitzen. Sie wollte nur Milch und etwas Kleines zum Abendessen kaufen, schaffte es aber nicht, auszusteigen. Was hatte es schon für einen Sinn, ein neues Leben zu beginnen, wenn sie bereits alles verloren hatte, was ihr wichtig war, und es auch wieder und wieder verlieren würde? Warum sollte sie Energie darauf verwenden, in einer Gemeinschaft anzukommen und einen sicheren Ort für ihre Tochter zu finden, wo sie aufwachsen könnte, wenn Anna sie doch ansah wie eine völlig Fremde? Und ganz gleich, wo sie sich versteckte, würde Kjell sie doch früher oder später finden.

Die Reise nach Stockholm hatte ihr brutal die Augen geöffnet.

Das mit dem Ermittlungsbüro fühlte sich auch völlig hoffnungslos an. Weitere Aufträge waren nicht reingekommen, und Mattias zu finden schien unmöglich. Sie sollte das Unternehmen aufgeben, den Auftrag absagen, ohne Bezahlung dafür zu verlangen, und sich eine Wohnung in Annas Nähe suchen, damit ihre Tochter sie langsam wieder kennenlernen konnte. Damit anzufangen war besser. Morgen würde sie Solveig mitteilen, dass sie aufgegeben hatte.

Erleichtert darüber, eine Entscheidung getroffen zu haben, stieg Ingrid aus dem Auto und eilte über den Parkplatz. Auf dem Weg zum Eingang entdeckte sie Patrik, der in seinem Auto saß – die Scheibe heruntergekurbelt und den Arm locker aus dem Fenster gehängt – und im Leerlauf aufs Gaspedal drückte. Als sie sich näherte, hörte er damit auf.

»Hallo«, sagte sie, ohne langsamer zu werden.

»Haben Sie Mattias schon gefunden?«, rief jemand, der nicht Patrik war.

Ingrid ging zum Auto, um zu sehen, wer es war. Auf dem Beifahrersitz hockte Pelle und grinste.

»Noch nicht«, erwiderte sie sachlich, ohne sich um seinen provozierenden Ton zu scheren. »Aber es ist nett von dir, dass du fragst.«

»Sie sind also eine Art Privatdetektiv?«, erkundigte sich Patrik.

»Na ja, ich nenne mich Privatermittlerin.«

Eigentlich wollte sie nur schnell in den Laden und kaufen, was sie brauchte, aber vielleicht würde sie ja noch etwas erfahren. Oder zumindest die Bestätigung erhalten, dass man hier nicht weiterkommen konnte.

»Kanntest du ihn auch, Patrik?«, fragte Ingrid.

»Ja, das kann man schon sagen. Er und Kaj sind oft vorbeigekommen, um zuzuschauen, wenn ich am Auto geschraubt habe. Die beiden waren so richtige Lausebengel.«

»Tunten meinst du wohl«, warf Pelle ein.

»Jetzt hör schon auf«, sagte Patrik und sah Pelle böse an. »Wie kannst du so etwas sagen.«

Zu Ingrids Erstaunen senkte Pelle den Blick und verstummte.

»Aber stimmt schon«, fuhr Patrik fort. »Er war ein bisschen speziell.«

»Inwiefern?«

»Altklug, könnte man wohl sagen. Er hat zu allem Fragen gestellt, immer geredet und geredet. Ich muss zugeben, dass ich oft nur mit halbem Ohr zugehört hab. Sie haben viel von den ganzen Streichen erzählt, die sie anderen gespielt haben. Ich glaube, sie wollten mir mit diesen Geschichten imponieren.«

Patrik fuhr sich mit den Fingern durch die Hardrock-Frisur. Ingrid konnte sich sehr gut vorstellen, wie die kleinen Jungs zu ihm aufgeschaut hatten.

»Ich nehme mal an, dass du mehr davon wusstest, was sie so anstellten, als ihre Eltern, oder?«, meinte sie.

»Ganz sicher«, stimmte Patrik zu. »Ich erinnere mich noch, dass da irgendwas mit dem Pfarrer war.«

Pelle begann rumzuzappeln. Wahrscheinlich musste er schon zu lange still sein.

»Staffan Ekstedt?«, hakte Ingrid nach.

»Ja genau. Die beiden hatten hinter ihm herspioniert und sind fast entdeckt worden«, erklärte Patrik. »Kaj hätte gerne mehr erzählt, aber Mattias wurde böse und hat es ihm verboten. Das hat mir schon ein bisschen zu denken gegeben.«

Vielleicht sollte sie noch mal versuchen, mit Staffan zu sprechen, bevor sie die Ermittlung aufgab. Aber was würde der schon sagen? Vermutlich kein Wort.

»Haben die Jungs sonst noch irgendwas Dummes angestellt, wovon ich wissen sollte?«, erkundigte sich Ingrid.

»Na ja, nicht wirklich dumm«, meinte Patrik, »aber sie haben bei Heiser den Rasen gemäht, und das fand ich persönlich jetzt nicht so klug.«

»Heiser? Wer ist das denn?«

»Ein superekliger Alter, der Kindern hinterherspannt«, sagte Pelle und zog eine Grimasse.

Patrik ignorierte ihn.

»Ehrlich gesagt, weiß ich gar nicht genau, wie der wirklich heißt. Lars-Erik oder Lars-Åke, glaube ich. Man nennt ihn aber schon immer nur Heiser, weil er so komisch redet. Irgendwas ist mit seinen Stimmbändern nicht in Ordnung.«

»Und er spioniert Kindern hinterher?«

»Ja«, mischte sich Pelle ein. »Als wir klein waren, hat er uns immer mit dem Fernglas beobachtet, wenn wir schwimmen waren.«

Ingrid konnte sich nicht entsinnen, dass ihr in den Ermittlungsunterlagen irgendein Lars-Åke oder Lars-Erik begegnet wäre.

»Und Mattias und Kaj haben also bei ihm zu Hause gearbeitet?«, fragte Ingrid.

»Ja«, meinte Patrik. »Er hat wohl gut bezahlt.«

»Danke für die Informationen. Meldet euch, wenn euch noch mehr einfällt.«

Vielleicht sollte sie das Ermittlerbüro doch noch nicht schließen.

Kapitel 48

M ach die Tür auf, verdammt noch mal, sonst trete ich sie ein!«
Ingrid presste die Klinke nach oben und hielt mit der anderen Hand das Drehschloss ganz fest. Der Schweiß lief ihr herunter, doch so sehr sie sich auch anstrengte, konnte sie doch nicht verhindern, dass es langsam herumgedreht wurde.

Sie sammelte all ihre Kraft in den Fingern und klemmte zu. So. Jetzt drehte sich nichts mehr. Ewig würde sie nicht mehr durchhalten, aber ein bisschen ging noch. Diesmal würde sie nicht aufgeben.

»Dann schraube ich halt die Angeln los«, sagte er. »Du hast die Wahl. Es ist deine Entscheidung.«

Von draußen war ein metallisches Kratzen zu hören, als er versuchte mit dem Schraubenzieher in die Kerben zu kommen.

»Verdammt!«, brüllte er.

Anna lag bloß mit einer Windel bekleidet auf dem Badezimmerboden und schrie so, dass ihr kleines Gesicht ganz zerknittert war. Ingrid begann ein Wiegenlied zu summen, konnte aber ihre eigene Stimme kaum hören.

Neue Geräusche von draußen. Es dauerte einen Moment, bis Ingrid begriff, was sie da hörte. Anstatt die Angeln loszuschrauben, hatte Kjell angefangen, mit dem Schraubenzieher auf die Tür einzuhacken, während er von seiner eigenen Raserei aufgeputscht, brüllte und fluchte.

Diesmal bringt er mich um, dachte sie.

Im selben Moment, als der Schraubenzieher durch die Tür drang, wachte sie auf.

Noch lange lag sie da und starrte auf die Blümchentapete, während ihr Herz raste.

Es war nur ein Traum, sagte sie sich. Diesmal war es nur ein Traum.

Sie setzte sich im Bett auf und trank das ganze Wasserglas, das sie auf dem Nachttisch stehen hatte, mit einem Zug aus. Als sie sich wieder hinlegte, war es erst kurz nach fünf, und sie versuchte noch einmal einzuschlafen. Doch der Traum wollte sie nicht loslassen, und das Herz pochte immer noch schnell.

Am Ende gab sie auf, setzte sich im Bett hin und holte das Notizbuch heraus.

Mein feinstes Mädchen. Jetzt haben wir uns zum ersten Mal seit vielen Monaten wiedergesehen. Du scheinst es bei deiner Pflegefamilie in jeder Hinsicht gut zu haben, mit den Katzen und all den Kindern auf der Straße. Ich hatte mich so danach gesehnt, dich zu sehen, und du bist so groß geworden und hast so lange Haare bekommen, dass ich dich fast nicht erkannt hätte. Heute werde ich die Fotos entwickeln, die ich von dir auf dem Fahrrad gemacht habe.

Ingrid legte das Buch weg und kroch wieder unter die Decke. Die Tränen rannen ins Kissen, und schließlich dämmerte sie weg. Als sie das nächste Mal aufwachte, war es halb acht. Sie kniff die Augen in dem verzweifelten Versuch zusammen, noch etwas schlafen zu können, denn sie hatte überhaupt keine Lust, aufzustehen. Alles war so sinnlos. Doch dann fiel ihr das Gespräch ein, das sie am Tag zuvor mit Patrik und Pelle gehabt hatte.

Heiser? Wer war das? Und was war da mit dem Pfarrer Staffan Ekstedt gewesen?

Sie kletterte aus dem Bett, zog sich Kleider an und machte sich eine Kanne Tee. Als sie eine Tasse mit Milch und Honig getrunken und ein Brot gegessen hatte, fühlte sie sich ein wenig besser. Routinen, dachte sie. Essen, schlafen, sich bewegen. Nur mit Hilfe von Routinen hatte sie es überhaupt durch die Tage auf Hinseberg geschafft. Immer aus dem Bett steigen, sich immer anziehen. Seine Aufgaben ernst nehmen. Wenn ihr alles schwer vorkam, durfte sie nicht nachlässig werden.

Nachdem sie noch eine Scheibe Brot gegessen hatte, schenkte sie sich Tee nach und holte die Ermittlungsunterlagen heraus, um nach einem Lars-Åke oder Lars-Erik oder vielleicht auch Lars-Ove zu suchen.

Das Telefon im Saal klingelte, als sie den Papierstapel zur Hälfte durchkämmt hatte. Barfuß eilte sie hin, um ranzugehen.

»Ja, hallo, hier ist Berit Sundhed«, war schwach zu hören. Das Gespräch aus der Hauptstadt musste auf einer ungewöhnlich schlechten Leitung gelandet sein.

»Ja, hallo«, erwiderte Ingrid.

»Ich wollte einfach nur eine Nachbesprechung des Treffens machen«, sagte Berit. »Welchen Eindruck hatten Sie denn selbst?«

Ingrids Kehle schnürte sich zusammen.

»Es ist lange her gewesen, dass wir uns gesehen haben«, sagte sie und schluckte. »Ich hoffe, dass wir bald eine neue Chance bekommen können.«

»Ja, es dauert eine Weile, neues Vertrauen zu schaffen, das weiß ich«, sagte Berit. »Ich schaue hier gerade in meinen Kalender und dachte, wie wäre es mit einem neuen Termin in der nächsten Woche. Wie sieht es denn bei Ihnen so aus? Am Dienstag vielleicht? Dann ist nicht einmal eine Woche vergangen, seit Sie sich das letzte Mal gesehen haben.«

»Das passt gut«, sagte Ingrid, die keinen Blick in ihren Kalender werfen musste. »Aber dann möchte ich vorschlagen, dass wir uns irgendwo außerhalb des Hauses sehen. Es ist für uns beide schwer, zu Hause bei der Pflegefamilie unbefangen zu sein.«

Die Telefonleitung rauschte.

»Ich will mal sehen, was ich tun kann«, sagte Berit. »Aber ich werde auf jeden Fall dabei sein.«

»Das ist klar. Aber vielleicht könnten wir ja etwas Nettes zusammen unternehmen. Vielleicht gehen wir in das Freilichtmuseum oder in den Freizeitpark Gröna Lund.«

»Wie gesagt, ich werde mich erkundigen«, sagte Berit. »Vielleicht kriegen wir das ja hin.«

Berit beendete das Gespräch, und auch Ingrid legte den Hörer langsam auf. Jetzt nicht anfangen zu weinen, sagte sie zu sich selbst. Davon wird nichts besser. Und es schien doch, als ob es Berit trotz ihres barschen Auftretens tatsächlich wichtig war, dass sie Anna treffen konnte.

Eine knappe Woche würde sicher schnell vergehen, wenn sie nur dafür sorgte, bis dahin irgendwie beschäftigt zu sein. Sie setzte sich wieder an den Küchentisch, holte die Ermittlungsunterlagen heraus und las weiter.

Als sie fertig war, hatte sie keine einzige Notiz über irgendeinen Doppelnamen, der mit Lars anfing, gefunden. Auch nicht in den Zeitungsausschnitten, die sie noch einmal durchschaute. Hatte die Polizei den überhaupt nicht überprüft?

Kapitel 49

Juni 1982

Als Mattias von Heiser nach Hause kam, saßen seine Mutter und sein Vater auf der Terrasse. Linda war nicht zu sehen. Der Kloß im Magen wurde ganz hart. Er kam so spät, dass er das ganze Abendessen verpasst hatte.

»Wo warst du?«, fragte sein Vater mit ruhiger Stimme.

»Mit Kaj«, erwiderte Mattias und setzte sich auf seinen Platz am Tisch.

Auf seinem Teller lag ein gegrilltes Stück Fleisch, das ganz kalt war, neben einem Klacks Kartoffelsalat.

»Und was habt ihr gemacht, was so interessant war, dass du die Zeit völlig vergessen hast?«

»Fahrrad gefahren«, murmelte Mattias.

»Aha, ja. Fahrrad gefahren. Wo denn?«

Die Stimme war immer noch sanft.

»Einfach so rum«, sagte Mattias und griff nach dem Besteck.

»Hör auf zu lügen!«

Das Brüllen kam so plötzlich, dass Mattias das Messer fallen ließ. Im Augenwinkel sah er es auf dem Boden landen.

»Ich bin zu Kaj rübergegangen, und du warst nicht da!«, schrie sein Vater. »Aber Kaj war da, und der hat gesagt, dass du schon vor Stunden weggefahren wärst.«

»Esbjörn«, sagte die Mutter und streckte eine Hand aus, um ihn zu beruhigen.

Der Vater wischte ihren Versuch beiseite, ohne sie anzusehen.

»Es ist schon schlimm genug, dass du fast eine Stunde zu spät kommst«, fuhr er fort. »Aber dass du dann auch noch lügst, ist völlig inakzeptabel. Hörst du, was ich sage?«

Mattias nickte. Er wagte nicht, sich zu rühren.

»Also, wo bist du gewesen?«

Mattias wusste nicht, was er sagen sollte. Er traute sich nicht zu erzählen, dass er Geld damit verdiente, bei Heiser den Rasen zu mähen, weil er nicht wusste, ob er das durfte. Bei seinem Vater wusste man eigentlich nie vorher, was verboten war. Im schlimmsten Fall würde der bei Heiser anrufen und ihn beschimpfen, und das wollte Mattias nicht riskieren. Heiser wäre total entsetzt. So ging es allen, wenn Papa mal loslegte.

»Ich war in der Waldhütte«, sagte Mattias und sah zu Boden. »Und dann bin ich aus Versehen eingeschlafen.«

Sein Vater starrte ihn eine gefühlte Ewigkeit an, dann donnerte er die Handfläche auf den Tisch.

»Verschwinde!«, schrie er. »Verschwinde von hier, ehe ich mich unglücklich mache.«

Gerne, dachte Mattias und erhob sich vom Tisch. *Du verdammter alter Sack.*

Verdammter alter Sack.

Mattias stutzte, als die Worte in ihm auftauchten. *Verdammter, verdammter alter Sack.* Er würde niemals wagen, sie laut zu sagen, aber es war schön, sie so klar und deutlich im Kopf zu hören.

Linda lag mit einer Schale Eis vor dem Fernseher auf dem Bauch und schaute Kinderstunde. Sie sah ihn besorgt an, als er reinkam. Durch die offene Terrassentür hatte sie alles gehört. Eigentlich wollte Mattias in sein Zimmer gehen, doch stattdessen setzte er sich aufs Sofa. Er durfte ja wohl sitzen, wo er wollte. Von draußen drangen die Stimmen der Eltern herein.

»War das wirklich notwendig?«

»Er kann sich doch nicht benehmen, wie er will. Wie sieht das denn aus?«

Satans verdammter alter Sack.

Mattias fuhr mit der Hand in die Tasche und berührte die zusammengefalteten Scheine. Die konnte ihm keiner mehr wegnehmen. Das Gespräch da draußen war verstummt, und Mattias konnte die beiden vor sich sehen: Papa mit verschränkten Armen, Mama, die ein paar besonders lange Züge von ihrer Zigarette nahm, während sie nervös mit dem Fuß wippte. Sie war es, die das Schweigen brach.

»Gabriella wird im Kirchenchor aufhören«, sagte sie in ihrem fastgewöhnlichen Tonfall, den sie immer anschlug, um eine schlechte Stimmung zu vertreiben und alles wieder normal zu machen.

»Ach so?«, sagte sein Vater.

Er klang nicht sonderlich interessiert, aber die Mutter fuhr dennoch im selben leichten Ton fort.

»Sie ist unser bester Sopran und darf inzwischen immer solo singen.«

»Wahrscheinlich hat sie keine Lust mehr«, sagte der Vater. »Womöglich macht es keinen Spaß, immer nur mit euch Alten zusammen zu sein.«

»Mit uns Alten?«, echote die Mutter und versuchte zu klingen, als wäre das ein lustiger Scherz.

»Naja, sie ist doch wohl nicht mehr als zwanzig Jahre alt, oder?«, entgegnete der Vater. »Die meisten in dem Chor könnten doch ihre Großeltern sein.«

»Es ist komisch, denn sie war immer so fröhlich und begeistert. Irgendwas muss passiert sein.«

Wenn ihr nur wüsstet, dachte Mattias und spitzte die Ohren, um die Fortsetzung zu hören. Es schnitt ihm ins Herz, wenn er daran dachte, wie Gabriella da oben auf der Almhütte geweint hatte.

»Rut hat gehört, dass sie sogar wegziehen wird«, beharrte seine Mutter. »Aber man weiß ja nie, ob sowas stimmt oder nicht.«

»Ihr seid alle richtige Tratschtanten«, sagte der Vater.

»Nenn uns, wie du willst, aber wir kümmern uns eben.«

»Ja, ja, so heißt das«, murmelte der Vater. »Man muss doch auch mal in Frieden leben können, ohne dass alles, was man tut, die ganze Zeit gedreht und gewendet wird.«

Darauf antwortete die Mutter nicht.

Verdammter alter Sack.

Kapitel 50

Benny saß mit seinen Kollegen im Innenhof und aß Mittag aus seiner Brotdose. Die Sonne brannte ordentlich, aber an ihrem Tisch war es angenehm schattig.

Als alles aufgegessen war, holte Kenneth den V75-Coupon der Woche raus, und schon war ein schönes Gespräch über Trabrennen im Gange. Sogar Niels-Erik, sonst immer sehr zurückhaltend, trug zur Diskussion bei.

Ohne dass sie es zu merken schienen, fingen sie an, Dialekt zu sprechen. Das Einzige, was Benny nun noch aufschnappen konnte, waren die grundsätzlich unbegreiflichen Namen der Pferde.

Benny wäre gerne noch ein wenig geblieben, doch da er sich so ausgeschlossen fühlte, drückte er den Blechdeckel auf seine Dose und ging zurück in den Berichtsraum des Streifendienstes.

Er hatte versucht, die besondere Sprache von Mora zu lernen oder zumindest den Dialekt einigermaßen zu verstehen, doch ohne Erfolg. Seine Großeltern hatten sich, seit er klein war, immer bemüht, Hochschwedisch mit ihm zu sprechen – wie sie es immer getan hatten, wenn sie mit Außenstehenden redeten – und seine Mutter sprach nur mit älteren Verwandten Dialekt.

Er war um Ulrikas willen nach Mora gezogen, doch hatte ihn auch eine tiefere Sehnsucht nach Heimat getrieben. Auch wenn er nur im Sommer und in den Schulferien hier gewohnt hatte, hatte er immer gewusst, dass hier seine Wurzeln waren. Doch wie sehr er sich auch zu Hause fühlte, er blieb der Außenseiter, weil die anderen gezwungen waren, anders mit ihm zu sprechen, wenn sie ihn verstehen sollte.

Auf dem Weg durch den Flur hörte er sein Telefon klingeln und begann zu rennen, um rechtzeitig dort zu sein.

»Hier ist Ingrid«, war am anderen Ende zu hören. »Wie läuft's?«

Er war unerwartet froh, ihre Stimme zu hören.

»Alles gut. Danke. Und selbst? Wie war's mit Anna?«

Er hatte viel an sie gedacht, seit sie sich das letzte Mal gesehen hatten, sowohl an das, was sie von Kjell erzählt hatte, als auch an das bevorstehende Treffen mit ihrer Tochter.

Sie seufzte leise, ehe sie antwortete.

»Es war hart«, sagte sie gedämpft. »Ja, ich weiß nicht, was ich sagen soll. Aber ich wollte wissen, ob du mir vielleicht mit einer Sache helfen kannst.«

Benny hätte gern gefragt, in welcher Hinsicht es hart gewesen war, ließ es aber bleiben.

»Natürlich, wenn ich kann«, sagte er stattdessen. »Worum geht es?«

»Hier in Våmhus gibt es einen Mann, der Heiser genannt wird. Ich weiß nicht, wie er richtig heißt, aber der Vorname soll ein Doppelname sein, der mit Lars anfängt.«

»Warte kurz«, sagte Benny.

Er legte den Hörer auf den Schreibtisch und ging schnell, die Tür zu schließen.

»So, ich bin zurück. Lars, hast du gesagt?«, fragte er und nestelte einen Stift und einen Block heraus.

»Ja, aber er wird, wie gesagt, Heiser genannt«, erklärte Ingrid. »Gerüchten zufolge hat er ein Faible für kleine Jungs, ich wüsste also gerne, ob du etwas über ihn finden kannst. Ob er schon mal angezeigt oder verurteilt worden ist, oder so.«

Mit dieser Art, polizeiliche Informationen einzuholen, überschritt man keine Grenze. Und wer Heiser war, würde er ohne größere Probleme herausfinden können.

»Das kriege ich hin, wird aber ein bisschen dauern. Ich habe noch ein paar andere Sachen zu tun«, sagte er.

»Können wir uns nach der Arbeit im Helmers treffen?«

Auch wenn er nichts Ungesetzliches tat, wollte er doch nicht riskieren, dass ihn die Kollegen zusammen mit Ingrid sahen. Es fühlte sich besser an, sich ein Stück vom Polizeirevier entfernt zu treffen.

»Das ist sehr nett von dir«, sagte sie. »Wirklich eine Hilfe.«

Jetzt klang sie etwas fröhlicher.

»Als Dank lade ich dich zu Kaffee und Marzipanröllchen ein«, fügte sie hinzu. »Die magst du bestimmt noch, oder?«

* * *

Ingrid saß mitten in der Fußgängerzone auf einer Bank und rauchte. Im Schaufenster auf der anderen Seite erahnte sie ihr eigenes Spiegelbild. Sie hatte versucht, so auszusehen wie jede andere auch, und jetzt erkannte sie sich selbst kaum wieder. Sie sah aus wie eine Person, der Kjell noch nie begegnet war und die er in einer Volksmenge auch nicht sofort erkennen würde. Der Geruch des Haarfärbemittels stach ihr immer noch in die Nase.

»Da bist du ja!«, rief Benny und ließ sich schwungvoll neben ihr nieder. »Ich hab dich kaum erkannt.«

Sie befühlte vorsichtig die Locken oben auf dem Kopf und das ungewöhnlich kurze Haar im Nacken.

»Wie findest du es?«, fragte sie.

»Modern«, erwiderte er. »Du siehst aus wie die Frau in den Nachrichten.«

Ingrid nahm einen Zug von der Zigarette und lächelte gequält.

»Es war also anstrengend gestern?«, erkundigte sich Benny.

»Ja«, sagte Ingrid und hoffte, dass der Kloß im Hals nicht zu hören war. »Ich bin ihr ganz fremd. Ich durfte sie kaum richtig umarmen, als ich wieder weggefahren bin. Und die Frau vom Jugendamt war nicht so wahnsinnig beeindruckt, nehme ich an.«

»Du musst versuchen, allem ein bisschen Zeit zu geben«, sagte Benny.

»Ich weiß. Aber es ist ja die verdammte Zeit, die uns alles kaputt gemacht hat. Sie erinnert sich kaum noch an das, was wir hatten.«

»Aber du wirst immer ihre Mutter sein. Das kann dir niemand wegnehmen.«

Ingrid warf die Kippe in den Papierkorb, stand auf und ging zum Helmers. Benny folgte schweigend. Die Konditorei war halb leer, nur die Fenstertische waren besetzt. Sie nahm ein Tablett und legte jeweils ein Marzipanröllchen und ein kleines Törtchen auf Teller.

»Du musst mich nicht einladen«, sagte Benny.

»Doch, natürlich tue ich das«, erwiderte sie. »Geh du schon mal und such uns einen Tisch.«

Die Tränen brannten ihr in den Augen, und sobald Benny ihr den Rücken zugedreht hatte, liefen sie ihr über die Wange. Ingrid wischte sich diskret das Gesicht ab, erst mit den Fingern und dann mit einer Serviette, die sie aus dem Halter an der Kasse nahm.

Benny hatte einen Ecktisch gefunden und saß mit dem Rücken zur Wand, sodass er das Lokal und die Straße davor voll im Blick hatte. Einmal Polizist, immer Polizist.

»Wie lief es mit Heiser?«, fragte Ingrid und stellte Tasse und Teller vor ihn hin. »Hast du was rausbekommen?«

»In der Tat«, sagte er und zog ein Papier aus der Hosentasche.

»Sein richtiger Name ist Lars-Gunnar Malm.«

Er reichte ihr den Zettel, auf dem er Heisers vollständigen Namen, seine Adresse und die Telefonnummer notiert hatte. Ingrid nahm ihn entgegen, ohne zu lesen, was da stand.

»Er ist wegen Erregung öffentlichen Ärgernisses zu ein paar Tagessätzen verurteilt worden, weil er sich entblößt hatte«, erklärte Benny.

»Echt jetzt?«, fragte Ingrid, die ihre Stimme wieder besser unter Kontrolle hatte.

»Ja, aber das ist fast zehn Jahre her.«

»Müsst ihr so was nicht überprüfen?«, fragte sie. »Das hättet ihr doch wohl tun sollen, oder?«

»Nein«, erwiderte Benny. »Offensichtlich nicht. Ich will jetzt nicht mehr mit Frank streiten, das führt doch zu nichts.«

»Ich frage mich, warum Kaj nicht erzählt hat, dass sie da Rasen gemäht haben«, sagte sie.

»Vielleicht gab es niemanden, der sich die Mühe gemacht hat, die richtigen Fragen zu stellen«, meinte Benny. »Das kannst du jetzt tun.«

»Versuchen werde ich es auf jeden Fall. Außerdem habe ich sowieso nichts Besseres zu tun den ganzen Tag.«

»Jetzt raff dich mal auf«, meinte Benny. »Es steckt ja wohl mehr Energie in dir als das hier.«

Er nahm ihre Hand und drückte sie leicht.

»Hör zu«, sagte er, ohne seine Hand wegzunehmen. »Wenn es jemanden gibt, der das hier schafft, dann bist du das. Ich kann das sagen, denn ich kenne dich.«

Kapitel 51

Solveig sank an ihrer Kiefer herab und lehnte sich an den Stamm. Die sonnenwarme Borke wärmte beruhigend ihren Rücken.

Nach mehreren Stunden im Wald waren ihre Beine schwer wie Blei und die Trauer um ihr Herz hatte sich endlich zur Ruhe gelegt. Das war nicht von Dauer, das wusste sie. Bald würde es wieder anfangen zu brennen, sie reizbar und wütend machen, dennoch empfing sie die zeitweilige Ruhe wie eine Gnade.

Im Fluss war weniger Wasser als vorigen Sommer. Wo sie saß, war das Ufer mehrere Meter breit, doch in der Mitte des Flussbetts strömte es vorwärts, zwischen den Steinen schäumend weiß, um sich bei den Biegungen zu beruhigen, sodass sich die Bäume am Ufer in der schwarzen Wasseroberfläche spiegeln konnten.

Würde sie weiter wie ein unseliger Geist einsam im Wald herumirren, die verrückte Alte werden, vor der alle Angst hatten? War das ein Leben?

Ein Teil von ihr wollte so gerne glauben, dass es ihr auf- und vorwärtshelfen würde, zu wissen, was wirklich passiert war, doch das war alles andere als sicher. Würde es genügen, wenn seine Leiche gefunden wurde?

»Was soll ich nur tun?«, flüsterte sie.

Solveig war in Våmhus geboren und hatte noch nie woanders gelebt, doch seitdem Mattias verschwunden war, hatte ihr Platz auf Erden sich verwandelt. Jedes Haus, jede Wegbiegung erinnerte sie daran, wie alles einst gewesen war und wie es auch hätte bleiben sollen. Sie sah ihn vor dem Haus von Kaj und am Kiosk, und sie sah ihn in voller Fahrt vom Fußballtraining angeradelt kommen.

Sie wusste nicht, wie sie es aushalten sollte, seinen gleichaltrigen Freunden dabei zuzusehen, wie sie aufwuchsen, die Schule verließen, ihren Führerschein machten, Kinder bekamen.

Sie musste wegziehen.

Vielleicht hatte die Kiefer ihr das eingeflüstert oder auch der Wind. Sie wusste nicht, woher der Gedanke kam, doch die Erkenntnis kam plötzlich und völlig glasklar. Es musste ja nicht weit sein, vielleicht nach Rättvik oder Orsa. Wenn sie nur nicht mehr jeden Tag durch die Vergangenheit waten musste.

Linda würde mit ihr kommen. Aber Esbjörn nicht.

Wieder flüsterte die Kiefer und wärmte ihr den Rücken.

Nein, Esbjörn durfte nicht mitkommen. Sie hatte nicht die Kraft, auch ihn zu retten. Wo sie es doch kaum schaffte, sich selbst zu helfen.

Kapitel 52

Benny klingelte an der Tür seiner Großmutter, und wie inzwischen üblich, dauerte es ewig, bis sie kam und öffnete. Doch am Ende vernahm er das Klappern des Schlosses und ihr Murmeln auf der anderen Seite.

»Ich komme ja schon, ich komme ja schon.«

Als sie endlich die Tür öffnete und sah, wer vor ihr stand, lächelte sie übers ganze Gesicht.

»Der kleine Benny«, sagte sie und umarmte ihn noch auf der Schwelle ganz fest. »Mein guter Junge. Wie schön, dass du kommst.«

Benny erwiderte vorsichtig die Umarmung, er hatte immer Angst, seiner Großmutter etwas zu brechen. Mit jedem Mal wurde sie kleiner und zerbrechlicher.

»Komm rein und schau mal«, sagte sie und wies zum Wohnzimmer.

Es fiel ihm schwer, sich daran zu gewöhnen, dass seine Großmutter inzwischen in einer kleinen Wohnung im Zentrum von Mora wohnte und nicht mehr in dem Haus in Selja. Als der Großvater vor ein paar Jahren gestorben war, wurde ihr das große Haus zu viel, mit Schneeschieben und Putzen und allem, was dazugehörte.

Doch die Sommerhütte in Siljansfors, die der Familie seit vielen Generationen gehörte, gab es immer noch. Dort hatte Benny unendlich lange Sommerferien verbracht, und da hat er auch mit Sigge gespielt. Manchmal hatte wohl oder übel Sigges kleine Schwester Ulrika mit dabei sein dürfen, doch damals war sie nur ein kleines Baby gewesen. Was, wenn er da schon gewusst hätte, dass er sie eines Tages heiraten würde.

Seine Großmutter übernachtete nicht mehr in der Hütte, doch an schönen Sommertagen kam sie gerne mit raus und blieb für den Tag.

Die alten Möbel – der Bauernschrank und die Mora-Standuhr mit Dalarna-Malerei – waren eigentlich viel zu klobig für das kleine Zimmer, doch sie brachten einen Hauch der Vergangenheit in die Wohnung.

Über der Tür hing frisch gewaschen und gebügelt die Tracht des Großvaters.

»Ich musste ein paar kleine Löcher im Hemd stopfen«, erklärte sie und fuhr mit den Fingern über den fadenscheinigen Stoff. »Und ein paar neue Knöpfe musste ich auch kaufen. Ich hab ganz vergessen, dass sie verloren gegangen waren, nun ja. Doch jetzt ist sie fast wie neu, findest du nicht?«

»Doch, wirklich.«

Benny strich mit der Hand über die weiche Lederjacke. Er erinnerte sich, dass sein Großvater die Tracht an jedem Mittsommerfest getragen hatte. Das letzte Mal hatte er ihn darin gesehen, als eines der Kinder seiner Cousine getauft werden sollte.

»Stell dir vor, wenn Großvater das erleben könnte«, sagte sie. »Wie stolz er wäre.«

»So ist er ja in gewisser Weise auch dabei.«

»Wohl wahr, wohl wahr. Kannst du ein Weilchen bleiben?«

»Heute nicht, Großmutter«, erwiderte er. »Ulrika wartet zu Hause mit dem Essen, und es gibt noch so viel zu erledigen.«

»Das kann ich mir denken. Du siehst auch ein bisschen müde aus. Nicht dass du dich überanstrengst, hörst du?«

»Nein, nein. Keine Sorge.«

»Deine Ulrika ist ein gutes Mädchen«, fuhr die Großmutter fort. »Die lässt du besser nicht warten.«

Das stimmte. Manchmal wurde ihre Geduld wegen seiner Arbeit auf die Probe gestellt, aber sie sollte nicht den Eindruck haben, dass er sie für selbstverständlich nahm. Da hatte sie Besseres verdient.

Benny hob die Tracht am Bügel von der Tür. Er wollte schnell nach Hause fahren und sie ihr zeigen. Ihre Hochzeit würde die schönste seit Menschengedenken sein.

* * *

Wie sich herausstellte, wohnte Lars-Gunnar Malm in Bäck, also nahm Ingrid das Fahrrad. Es scherte sie nicht, dass sich im Osten ein paar dunkle Wolken zusammenzogen. Noch schien die Sonne, und es war angenehm warm.

Auf dem Rasen vorm Pfarrhof spielte eine Gruppe Kinder, doch weder der seltsame Pfarrer noch seine junge Frau waren zu sehen. Sie fuhr schneller, als sie sich der Schule näherte. Die Vorstellung, dass Anna dort eines Tages hingehen würde, war reine Phantasie, eine zerstörte Illusion, an die zu denken sie keine Kraft hatte.

Außerhalb des Ortes begann die Ackerlandschaft mit wenigen weit verstreuten Bauernhöfen.

Als Ingrid nach Bäck kam und den richtigen Schotterweg gefunden hatte, verschwand die Sonne hinter den Wolken. Der Himmel im Osten hatte sich mächtig verdunkelt.

Hier standen Häuser und Scheunen wieder dicht, als würden die Gebäude beieinander Schutz gegen Wetter, Wind und wilde Tiere suchen.

Lars-Gunnar wohnte am Ortsrand, mit einem breiten Schuppen direkt am Weg. Das Haus selbst lag geschützt weiter hinten auf dem Grundstück. Ingrid sprang vom Fahrrad und sah unruhig zu den dunklen Wolken auf.

Sie lehnte das Rad an die Schuppenwand und ging über den Hofplatz. Unter einem Baum standen ein paar ungestrichene Holzstühle und ein Tisch, auf dem jemand einen Teller und ein Glas zurückgelassen hatte. Die mussten da schon eine ganze Weile stehen, denn beides war voller Wasser und toter Insekten. Auf einem schiefen Wäscheständer hatte sich ein geblümtes Betttuch um die Leinen gewunden. Das Gras wuchs wild und konnte wohl nur noch mit einer Sense geschnitten werden.

War Lars-Gunnar vielleicht verreist?

Ohne große Hoffnungen, dass jemand öffnen würde, klopfte Ingrid an die Glasscheibe in der Tür, doch nach dem zweiten Mal schien sich drinnen jemand zu bewegen, und das Schloss rasselte.

Das Alter des Mannes, der öffnete, war schwer einzuschätzen. Mit seinem kahlen Kopf, dem grauen Bart und dem schlanken Körper konnte er alles zwischen vierzig und sechzig sein. Er trug Shorts und ein T-Shirt, das irgendwann einmal marineblau gewesen war. Die Beinmuskeln zeugten von vielen Stunden auf dem Fahrrad.

»Sind Sie Lars-Gunnar?«, fragte sie.

»Ja«, flüsterte er. »Das bin ich. Was gibt es?«

Der Spitzname Heiser war keine Übertreibung. Ingrids Blick suchte unwillkürlich seinen Hals ab, doch eine offenkundige Verletzung war nicht zu entdecken.

»Ich würde gerne mit Ihnen über Mattias sprechen«, erklärte sie. »Den Jungen, der vorigen Sommer verschwunden ist.«

»Und wer sind Sie?«

»Ich heiße Ingrid und helfe den Eltern von Mattias bei der Suche nach ihm.«

»Und jetzt haben die Sie hierhergeschickt?«

»Nein, nicht direkt. Aber ich habe gehört, dass Mattias und sein bester Freund Kaj bei Ihnen den Rasen gemäht haben. Und da dachte ich, dass Sie mir vielleicht helfen könnten. Kann ich für ein Moment reinkommen und ein wenig mit Ihnen sprechen?«

»Ja, natürlich«, erwiderte Lars-Gunnar. »Aber schauen Sie sich nicht zu sehr um. Meine Mutter ist an Weihnachten verstorben, und seitdem ist hier Land unter. Behalten Sie die Schuhe nur an.«

»Mein Beileid.«

Er führte sie in die Küche. Über der Spüle, die voller Töpfe und Porzellan stand, surrten Fliegen. Am Kühlschrank klebte eine weihnachtliche Zwergenparade aus Pappe, und in einem der Fenster stand ein elektrischer Adventsleuchter.

»So, so«, sagte er und bot ihr den einzigen Küchenstuhl an, auf dem nicht stapelweise Zeitungen und Fensterumschläge lagen. Er selbst blieb stehen. »Was wollen Sie denn genau?«

Ingrid vermisste ihre Polizeimarke. Mit der hätte sie das Recht gehabt, jede Frage zu stellen, die sie wollte, und noch dazu, ihn mit aufs Revier zu nehmen, wenn er sich weigerte zu antworten. Aber jetzt musste sie allein klarkommen.

»Soweit ich es verstanden habe, ist Mattias ertrunken«, fragte er nach.

»Seine Eltern glauben aber, dass ihm etwas anderes zugestoßen ist«, erwiderte sie. Der Stuhl stand ganz in der Ecke vor der Speisekammer, aber sie setzte sich trotzdem. Auf dem Küchentisch lag ein gestickter Läufer mit Weihnachtsmotiv, der einmal schön gewesen war, jetzt aber lauter eingetrocknete Soßenflecken hatte.

»Und weil die Polizei nicht mehr sonderlich viel Energie auf diese Sache verwendet, versuche ich zu helfen und mehr darüber herauszufinden, was vorigen Sommer in Mattias' Leben so passiert ist und was er an jenem Tag gemacht hat.«

»Also, hier war er auf jeden Fall nicht«, sagte Lars-Gunnar.

»Okay. Wann war er denn das letzte Mal hier?«

»Daran erinnere ich mich nicht genau. Ich denke, das war ein paar Wochen bevor er verschwunden ist.«

»An dem Wochenende, an dem er verschwand, war er also nicht hier?«

Lars-Gunnar sah sie eingehend an.

»Korrekt«, sagte er. »Aber wissen Sie was? Ich finde, das hier erinnert doch sehr an ein Polizeiverhör.«

»Tut mir leid«, erwiderte Ingrid und hielt entschuldigend beide Hände hoch. »Das war nicht meine Absicht.«

»Wirklich?«

Lars-Gunnar setzte sich ihr gegenüber, nachdem er einen Stapel Zeitungen beiseite geräumt hatte.

»Ich versuche einfach nachzuvollziehen, wie die Tage vor seinem Verschwinden aussahen, um herauszufinden, ob da irgendetwas Besonderes passiert ist«, erklärte Ingrid. »Und weil er ab und zu mal hier war und geholfen hat …«

»Schnickschnack.« Lars-Gunnar machte ein schnalzendes Geräusch mit der Zunge. »Schnickeschnickeschnack. Ich bin doch nicht total bescheuert.«

Eine Fliege landete auf dem Weihnachtsläufer und spazierte auf einem Kreuzstichschlitten herum.

»Ich habe in der Zeitung gelesen, dass Mattias verschwunden ist«, sagte Lars-Gunnar. »Und dann, dass er ertrunken ist. Ich habe absolut nichts damit zu tun.«

Ingrid musste einsehen, dass dieses Gespräch in die falsche Richtung lief. Und wenn sie irgendeine Chance haben wollte, es noch aufs richtige Gleis zu bringen, dann musste sie umdrehen und neu ansetzen.

»Einige von Mattias' Freunden haben erzählt, er sei in dem Sommer ein wenig ins Abseits geraten«, versuchte sie. »Wenn die beiden hier waren, haben Sie da bemerkt, dass zwischen ihm und Kaj etwas komisch war?«

Die Miene von Lars-Gunnar wirkte nun etwas sanfter.

»Doch, ich hab schon geahnt, dass da was war«, sagte er. »Kaj ist nicht jedes Mal mitgekommen, und ich habe gesehen, dass Mattias traurig darüber war.«

»Wie äußerte sich das? Hat er etwas gesagt?«

»Wenn man von seinem besten Freund im Stich gelassen worden ist, dann schämt man sich, das ist also nichts, was einer geradeheraus sagt. Aber man spürt es ja trotzdem, nicht wahr?«

Die Fliege spazierte auf dem Tischtuch vom Schlitten weiter zu einem Weihnachtszwerg mit Breilöffel in der Hand.

Pang!

Lars-Gunnar hatte sie mit voller Kraft erschlagen. Ohne ein Wort zu verlieren, stand er auf und ging zur Spüle, um sich die Hände zu waschen. Die Reste der Fliege lagen in einem blutigen Brei auf dem Tischtuch, und eines der Beine zuckte noch, als Lars-Gunnar sich wieder hinsetzte.

»Mattias war ein besonderer Junge«, sagte er. »Er war sehr sensibel und hatte eine lebendige Phantasie. Ich habe mich selbst in ihm wiedererkannt.«

»Waren Sie als Kind auch sensibel?«, erkundigte sich Ingrid.

In der kleinen Küche wurde es dunkel, als sich die Regenwolken draußen immer dichter zusammenzogen.

»Ich finde es in vieler Hinsicht leichter, mit Kindern zu reden«, sagte Lars-Gunnar. »Sie verstecken sich nicht hinter Masken, sondern sind völlig unverstellt. Was das betrifft, war Mattias immer noch ein Kind.«

Schwere Regentropfen begannen aufs Fensterblech zu trommeln, und Ingrid fluchte leise vor sich hin. Hoffentlich war das nur ein Schauer, der bald vorüber wäre.

»Das klingt so, als hätten Sie einen guten Draht zueinander gehabt.«

»Ja, das hatten wir. Die meisten verstehen das nicht, aber wirkliche Freundschaft ist unabhängig vom Alter.«

»Kannten Sie Mattias auch schon, bevor er und Kaj anfingen, hier zu mähen?«

Lars-Gunnar schüttelte den Kopf.

»Das war ein Zufall, wie so vieles hier im Leben. Ich hatte Anfang vorigen Jahres Probleme mit dem Herzen, und die Gartenarbeit wurde zu schwer für mich. Die Jungs hingen oft unten am Laden herum, ohne etwas Richtiges zu tun zu haben, und die meisten Jugendlichen wollen schließlich Geld verdienen.«

»Wer hilft Ihnen denn jetzt mit dem Mähen?«

»Wieso?«

Lars-Gunnar sah sie mit zusammengekniffenen Augen an, der Blick war scharf und wachsam.

»Nichts, ich hab mich das nur gefragt«, sagte Ingrid.

Ihr Puls begann fest zu klopfen. Wenn sie nur nicht so in der Ecke eingeklemmt säße.

»Sie fragen sich ziemlich viel. Aber die große Frage ist doch wohl, was das mit Mattias zu tun hat, oder?«

Sie räusperte sich.

»Ich dachte einfach an Sie«, erwiderte sie. »Und an Ihre Gesundheit. Wie Sie allein mit alldem hier klarkommen.«

Lars-Gunnar machte wieder dieses schnalzende Geräusch.

»Ich ziehe es vor, allein zu sein«, sagte er und bohrte seinen Blick in sie. »Mit dem Hof und alldem soll es gehen, wie es will. Das spielt sowieso keine Rolle mehr, seit Mutter tot ist.«

Endlich hatten die Fliegenbeine aufgehört, zu zucken.

»Mir ist schon klar, dass Sie das Gerede im Dorf gehört haben und das Gefühl hatten, mal hierherkommen zu müssen«, sagte er ruhig. »Aber jetzt finde ich, dass Sie abhauen sollten.«

Ingrid stand auf und schob den Stuhl behutsam zurück, als ob ein plötzliches lautes Geräusch Lars-Gunnar explodieren lassen könnte. Ihr ganzer Körper war angespannt, als sie an ihm vorbeiging, immer darauf gefasst, dass er ihr ein Bein stellen oder sie anfallen und zu Boden ziehen würde. Doch Lars-Gunnar sah sie nicht einmal an, stattdessen schaute er aus dem Fenster, wo der Regen niederprasselte. In der Diele holte sie ein paarmal tief Luft.

»Trotzdem vielen Dank, dass Sie sich die Zeit genommen haben«, sagte sie. »Ich bitte um Entschuldigung, wenn ich Sie mit meinen Fragen gekränkt habe. Das war wirklich nicht meine Absicht.«

»Wenn Sie das sagen«, erwiderte Lars-Gunnar, den Blick weiterhin auf den dunklen Himmel gerichtet.

Ingrid zog die Tür lautlos hinter sich zu und ging geradewegs in den Regen hinaus. Egal, was sie jetzt tat, sie würde doch auf jeden Fall durch und durch nass werden. Das Wasser floss ihr übers Gesicht, als sie das Fahrrad neben sich zurück auf die Straße schob. Als sie an dem Schuppen vorbeiging, bemerkte sie dennoch, dass eine der Türen ungewöhnlich modern aussah. Sie hatte nicht nur ein doppeltes Vorhängeschloss, sondern darüber hinaus noch einen Sicherungsbalken aus Metall.

Was konnte denn da drin sein, das so wertvoll war?

Sie musste sich nicht umdrehen, um zu wissen, dass Lars-Gunnar ihr durchs Küchenfenster hinterhersah. Ingrid achtete darauf, nicht stehen zu bleiben oder den Kopf zu drehen, damit sie nicht verriet, wie neugierig die Tür sie machte. Trotzdem konnte sie es nicht bleiben lassen, noch einmal dahin zu schielen, und es schauderte sie. Mattias konnte ja wohl nicht da drin sein, oder?

Kapitel 53

Juni 1982

Mattias saß mit dem Rücken zur Wand auf seinem Bett und las Comics, als es an der Tür klopfte und Kaj den Kopf hereinsteckte.

Nach einem raschen Blick wandte sich Mattias wieder der Zeitschrift zu. Er hatte nicht vor, freundlich zu sein, nur weil Kaj zufällig Lust hatte, hier aufzutauchen. Wenn er nur den Lego-Bau vom Schreibtisch genommen hätte, aber da stand er nun. Kaj ließ sich kommentarlos auf den Stuhl fallen.

»Hier«, sagte Kaj und reichte ihm eine Kassette. »Das ist ein bisschen Freestyle und Elton John und so was. Ich durfte Platten von Patrik und Eva-Lena ausleihen.«

Mattias nahm die Kassette entgegen und las die Liste der Songs durch.

»Sind Pelle und die anderen weg, oder was?«

Er mochte fast all diese Songs, doch das wollte er Kaj nicht zeigen.

»Weiß nicht«, sagte Kaj. »Wieso?«

Die Schachtel war ganz neu und immer noch ein wenig schwergängig beim Öffnen. Mattias steckte die Kassette in den Rekorder.

»Dachte nur,«, sagte er und drückte auf *Play*.

Kaj begann etwas übertrieben mit dem Kopf zu wackeln, als der erste Song kam.

»Gut, oder?«

Er mimte den Text mit und schlug Trommelwirbel in der Luft, doch obwohl der Song richtig gut war, saß Mattias ganz still da. Kaj sollte ruhig merken, was für ein Idiot er war. Er konnte doch nicht einfach hier auftauchen und glauben, dass alles wieder gut war.

Um zu betonen, wie wenig er sich um dieses Band scherte, nahm Mattias seinen Comic wieder auf und tat so, als würde er lesen.

»Können wir nicht was machen?«, fragte Kaj.

Mattias zuckte mit den Schultern, ohne den Blick von der Zeitschrift zu wenden.

»Bist du sauer?«

»Du warst echt gemein.«

»Ja …«

Kaj ließ den Kopf hängen, sodass ihm die Haare über die Augen fielen.

»Sind wir denn keine Freunde mehr?«, fragte Mattias.

»Natürlich sind wir Freunde.«

»Gestern kam mir das nicht so vor.«

Mattias schlug einen harten Tonfall an und versuchte weiterhin so zu tun, als würde er in dem Comic lesen, schaute aber verstohlen zu Kaj, der regungslos auf dem Schreibtischstuhl saß.

»Nein. Vielleicht nicht.«

Kaj pustete die Haare von unten hoch und sah auf. »Aber können wir nicht jetzt was machen?«

»Zum Beispiel?«, fragte Mattias und blätterte zur nächsten Geschichte weiter, ohne die vorherige gelesen zu haben.

»Irgendetwas. Ganz egal.«

Als *Abracadabra* kam, Mattias' neuer Lieblingssong, fiel es ihm schwer, still zu sitzen. Ohne dass er es hätte kontrollieren können, begannen seine Füße sich im Takt zu bewegen. Ein paar Wochen vorher war es ihm fast gelungen, den Song aus dem Radio aufzunehmen, aber er hatte den Anfang verpasst. Auf diesem Band war er komplett drauf.

»Wir könnten Reporter spielen«, sagte Kaj.

Es war mehrere Monate her, dass es Mattias gelungen war, Kaj zum Reporterspielen zu überreden, aber jetzt sah er plötzlich ganz eifrig aus.

»Natürlich nur wenn du willst«, fuhr Kaj fort. »Wir können doch die Sachen mitnehmen und runter zum Kiosk fahren. Ich hab voll Lust auf Eis.«

Jetzt konnte Mattias nicht länger sauer sein. Auch wenn er immer noch enttäuscht von Kaj war, wollte er doch lieber mit ihm zusammen sein, als wieder allein bleiben zu müssen. Er legte die Comics weg und begann, den Rucksack zu packen. Kassettenrekorder, Mikrofon, Block, Ersatzbatterien.

Als sie zum Kiosk kamen, blieben sie lange vor der Eistafel stehen. Mattias nahm immer ein Nogger, aber heute fühlte er sich so ungeheuer reich, dass er entschied, ein Cornetto, das teuerste Eis im ganzen Sortiment, zu nehmen. Kaj nahm dasselbe.

Sie setzen sich mit ihren Eistüten auf die Bank und aßen, so langsam sie konnten. »Warst du gestern bei Heiser?«, fragte Kaj.

»Ja klar«, sagte Mattias, als ob es selbstverständlich wäre, dass er Dinge allein unternahm.

»Okay. War er da auch so komisch?«

»Nein, tatsächlich überhaupt nicht.«

Mattias hätte furchtbar gerne von der unglaublichen Bahnanlage erzählt, aber das hatte er nun mal versprochen, nicht zu tun.

»Bist du gut bezahlt worden?«

»Siebzig Kronen.«

»Was? Du machst Witze. Wie reich ist der denn? Nächstes Mal bin ich wieder mit dabei, das verspreche ich.«

»Hm«, sagte Mattias. »Na klar.«

Er dachte wieder an die Bahn. Es brannte in ihm, es zu erzählen.

»Er hat mir eine Wahnsinnssache gezeigt, die er in seiner Scheune hat.«

»Und was war das?«

Kaj sah exakt so neugierig aus, wie Mattias gehofft hatte.

»Das ist geheim, ich habe versprochen niemandem was davon zu sagen.«

»Aber mir kannst du es doch wohl erzählen, oder?«

»Nein, das geht nicht«, erwiderte Mattias und genoss die kleine Rache. »Leider.«

Schweigend aßen sie ihr Eis. Als sie fertig waren, holte Mattias den Kassettenrekorder aus dem Rucksack. Kaj sah immer noch ein wenig sauer aus, und Mattias fing fast an zu glauben, dass er seinen Vorschlag, Reporter zu spielen, bereute.

»Wen wollen wir interviewen?«, fragte Mattias.

»Vielleicht die im Kiosk?«

»Au ja«, sagte Mattias und war froh, dass Kaj immer noch wollte. Die Reporter im Kinderjournal interviewten immer Menschen über ihre Berufe, das würde also gut passen.

Sie schrieben ein paar Fragen auf den Block und überprüften dann die Ausrüstung. Als sie sicher waren, dass das Band so lief, wie es sollte, und keine anderen Kunden in der Nähe waren, gingen sie zur Bude.

Kaj fand, Mattias sollte anfangen.

Wera antwortete freundlich und beugte sich vor zum Mikrofon, damit sie auch richtig zu verstehen war. Als Mattias ein Auto hinter sich anhalten hörte und sah, dass ein Mann ausstieg und sich dem Kiosk näherte, rutschte er zur Seite, um vor der Luke Platz zu machen.

Erst als der Mann direkt neben ihm stand, sah Mattias, dass es der Pfarrer war, und wurde rot. Das wäre er auch geworden, wenn es ein Pfarrer gewesen wäre, über den er nichts Schlimmes wusste. Er wurde immer rot, wenn er Pfarrer traf, als könnten die ihn direkt durchschauen und würden jede einzelne Dummheit kennen, die er in seinem ganzen Leben begangen hatte. Dieser neue Pfarrer war zwar bedeutend jünger als der vorige, den sie gehabt hatten, und schien überhaupt nicht so streng zu sein, und außerdem konnte er unmöglich wissen, dass Mattias hinter ihm und Gabriella oben an der Almhütte herumspioniert hatte, doch es half nichts. Das Blut stieg Mattias trotzdem ins Gesicht.

Der Pfarrer nickte freundlich, Mattias erwiderte das Nicken und lächelte.

Als der Pfarrer den Kassettenrekorder sah, den Mattias ganz außen auf die Platte vor der Kiosk-Luke gestellt hatte, verzog sich sein Gesicht.

»Sind das hier deine Sachen?«, fragte er und sah auf das Mikrofon in Mattias' Hand.

»Ja«, antwortete Mattias und nahm schnell den Kassettenrekorder an sich.

»Was darf's sein?«, fragte Wera aus dem Kiosk.

Der Pfarrer antwortete nicht. Er war ganz auf Mattias konzentriert.

»Bleib mal schön hier«, sagte er. »Ich will mit dir reden.«

Mattias wagte nicht abzuhauen, sondern schaute erschrocken zu Kaj, doch der stand mehrere Meter entfernt und las die Aushänge.

Nachdem der Pfarrer seine Abendzeitung bezahlt hatte, zischte er Mattias zu, dass er mit ihm kommen sollte, und der folgte ihm auf zittrigen Beinen. Jetzt war Kaj nirgends mehr zu sehen. Als sie um die Ecke des Kiosks gegangen waren, wo niemand sie sehen oder hören konnte, blieb der Pfarrer stehen. Aber was er auch immer hatte sagen wollen, bekam er doch zunächst nichts heraus. Sein Blick brannte, und ehe irgendwelche Worte kamen, öffnete und schloss er den Mund lange wie ein Fisch auf dem Land, und mit jedem Atemzug kriegte Mattias mehr Angst.

»Man kann ins Gefängnis kommen«, zischte der Pfarrer schließlich. »Ist dir das klar? Anstalt.«

»Gefängnis?«, sagte Mattias. »Aber ich hab doch nichts gemacht.«

Der Pfarrer öffnete und schloss den Mund lautlos einige weitere Male.

»Merk dir das«, sagte er dann. »Und sieh dich vor.«

Es sah aus, als hätte der Pfarrer vor, noch mehr zu sagen, doch stattdessen eilte er zu seinem Auto und brauste mit einem Kickstart davon.

»Was war das denn?«, fragte Kaj, der plötzlich wieder aufgetaucht war.

»Nichts«, log Mattias, obwohl ihm Hände und Knie zitterten. Kaj hatte schon oben bei der Almhütte gesagt, es sei keine gute Idee herumzuspionieren, und wenn Mattias ihm nun erzählte, was der Pfarrer gesagt hatte, dann würde Kaj ganz sicherlich denken, dass Mattias sich das selbst zuzuschreiben hatte, also sagte er nichts. Aber Kaj stand auch da und sah hinter dem Auto des Pfarrers her, als es über die Kreuzung verschwand.

Mattias war vor Angst geradezu schwindlig. Das Wort »Gefängnis« hallte ihm in den Ohren, und wenn er die Augen schloss, sah er den wahnsinnigen Blick des Pfarrers vor sich.

»Ich muss nach Hause«, sagte Kaj plötzlich.

»Sollen wir nicht weitermachen?«, fragte Mattias.

Die Lust an den Interviews war ihm vergangen, aber allein sein wollte er auch nicht.

»Keine Zeit«, sagte Kaj und sprang aufs Fahrrad.

»Danke für das Mixtape«, rief Mattias ihm nach. »Das ist supergut.«

Kapitel 54

Als Ingrid von Lars-Gunnar in Bäck nach Hause kam, musste sie alle Kleider ausziehen. Bei der Fahrradfahrt im Regen war sie bis auf die Knochen nass geworden, und aus den Haaren lief das Wasser. Als sie den nassen Kleiderhaufen auf dem Badezimmerboden betrachtete, fand sie das gar nicht so schlimm. Sie hatte sowieso vorgehabt, alles zu waschen, um den Gestank aus der ekligen Küche loszuwerden.

Sollte sie Benny anrufen und von dem Treffen und der doppelt verriegelten Tür erzählen? Doch eigentlich war ja nichts geschehen. Ein unbehagliches Gefühl genügte nicht – damit die Polizei die Sache anging, brauchte man mehr als das. Trotzdem konnte sie es nicht loslassen. Was, wenn Mattias dort in der Scheune wäre, oder Spuren von ihm? Eigentlich sollte sie später am Abend, wenn Heiser im Bett lag, zurückfahren und sich die Sache noch einmal ansehen. Oder war das übertrieben? Allerdings konnte es zwischen Lars-Gunnars Haus und dem Platz am Fluss, wo die Sachen von Mattias gefunden worden waren, nicht weiter als ein knapper Kilometer sein, es wäre für Heiser also einfach gewesen, die Kleider dort abzulegen.

Sich ohne Erlaubnis Zutritt zur Scheune zu verschaffen, bedeutete allerdings, ein enormes Risiko einzugehen. Wenn sie entdeckt und wegen Hausfriedensbruchs verurteilt würde, dann konnte sie das Sorgerecht für Anna vergessen.

Ingrid zog sich den Morgenmantel über und drehte den Hahn über der Wanne auf. Im Schrank fand sie auch noch eine alte Flasche Badeschaum, an der sie prüfend schnüffelte, ehe sie ein wenig davon ins Wasser schüttete. Durch das Rauschen des Wassers hörte sie ein Klopfen an der Tür.

Wer könnte das sein? Bei dem Wetter?

Sie drehte den Hahn wieder zu, knotete den Gürtel des Morgenmantels fest um ihre Taille und ging, um zu öffnen.

Auf der Treppe stand Kaj in Regenjacke und Gummistiefeln.

»Hallo«, sagte sie erstaunt.

Er hatte den Hund dabei.

»Hallo«, antwortete er und wischte sich das nasse Gesicht mit einer ebenso nassen Hand. Es tropfte von der Kapuze seiner Jacke, und die Hose war vollkommen durchnässt.

»Kommt rein«, sagte Ingrid und ließ die beiden in die Diele. »Bist du bei diesem Wetter unterwegs?«

Kaj nickte und zog die Jacke aus.

»Ich wollte gerade ein bisschen Tee aufsetzen. Möchtest du auch eine Tasse?«

Das Bad musste warten.

»Nein, danke.«

»Oder lass uns eine heiße Schokolade trinken. Die können wir beide gebrauchen. Dass es aber auch so regnet.«

Ingrid reichte Kaj Handtücher, damit er sich und den völlig durchnässten Hund abtrocknen konnte. Dann ging sie schnell ins Schlafzimmer und zog sich trockene Kleider an. Als sie die Treppe wieder herunterkam, kniete Kaj auf dem Boden, immer noch damit beschäftigt, den Hund abzutrocknen.

Ohne etwas zu sagen, ging Ingrid in die Küche, um die Schokolade aufzuwärmen. Was immer er auch wollte, musste von ihm selbst kommen. Sie hatte nicht vor, ihn mit ihren Fragen unter Druck zu setzen.

Während sie im Topf rührte, kam der Hund mit so viel Schwung in die Küche gerast, dass alle Flickenteppiche durch die Gegend rutschten. Nach einer Runde um Ingrids Hosenbeine, bei der sie sich noch ein wenig mehr abtrocknete, sprintete Leia mit derselben Geschwindigkeit in den Saal, wo sie anfing, sich unter dem Esstisch auf dem gewebten Wollteppich zu wälzen.

Ingrid lachte laut.

»So ist sie immer, wenn sie nass ist«, erklärte Kaj. »Total verrückt.«

»Kein Problem«, sagte Ingrid und hielt kurz einen Finger in die heiße Schokolade, um zu sehen, ob sie warm genug war.

Kaj versuchte die Flickenteppiche wieder an ihren Platz zu legen.

»Lass sie ruhig liegen. Möchtest du auch ein Butterbrot?«

»Ja, gerne.«

Er ordnete trotzdem weiter die Teppiche, vielleicht fühlte er sich besser, wenn er etwas zu tun hatte.

Ingrid schmierte bereits ein paar Butterbrote und legte Käse darauf. Dann stellte sie alles auf ein Tablett, das sie mit in den Saal nahm, wo Leia immer noch wie verrückt herumraste.

»Komm und nimm dir«, sagte Ingrid und stellte das Tablett auf den Couchtisch.

Sie setzte sich in die eine Ecke des Sofas und zog die Beine unter sich, und als der Hund zu ihr kam, lockte sie ihn auch auf das Sofa.

»Ja, hopp.«

Während sie aßen, sprachen sie eine Weile über den Hund, und Ingrid erfuhr, dass es okay war, ihm ein Stück vom Butterbrot zu geben, auch wenn er zu Hause nicht betteln durfte.

Als Leia begriff, dass es keine weiteren Leckereien zu holen gab, machte sie es sich zwischen den beiden gemütlich, die Hinterpfoten gegen Ingrids Bein und den Kopf auf dem Schoß von Kaj.

»Natürlich frage ich mich, warum du heute hierhergekommen bist«, sagte Ingrid schließlich.

»Eva-Lena hat gesagt, Sie wären in Ordnung. Also habe ich gedacht … Aber ich weiß nicht.«

Er strich mit der Hand über Leias Rücken, und Ingrid ließ das Schweigen eine Weile wirken.

»Ich kann mir denken, dass du ein anstrengendes Jahr hinter dir hast, seit Mattias verschwunden ist«, sagte sie dann.

Kaj streichelte weiterhin sanft Leias Rücken.

»Mattias und du, ihr habt bei einem alten Mann den Rasen gemäht, der Heiser genannt wird«, sagte Ingrid, um ihm etwas auf die Sprünge zu helfen.

Kaj nickte.

»Aber ich war nur ein paarmal dabei.«

»Wieso?«

»Ich fand ihn irgendwie eklig.«

»Was war eklig?«

Er streichelte Leia ununterbrochen und hielt den Blick gesenkt.

»Er stand irgendwie immer zu nahe bei einem. Und hat komische Sachen gesagt. Irgendwie so. Ich erinnere mich nicht mehr genau, aber er hat rumgeschleimt.«

Kaj schüttelte sich ein bisschen, als wollte er die Erinnerung loswerden.

»Ihr seid aber trotzdem wieder hin?«

»Ja«, erwiderte Kaj. »Er hat unglaublich gut bezahlt.«

»Und Mattias ist dann auch ohne dich weiter hingegangen, um zu mähen?«

»Mindestens einmal. Wir haben da wirklich gut Geld gekriegt. Aber etwa eine Woche bevor er ertrunken ist, hat er erzählt, dass er jetzt nicht mehr bei Heiser den Rasen mäht.«

»Hat er gesagt, warum?«

»Er meinte, es wäre zu anstrengend, das alleine zu machen. Als Esbjörn dann an dem Sonntag nach ihm gesucht hat, bin ich mit dem Fahrrad hingefahren, um nachzusehen, ob er da war oder vielleicht da gewesen war, aber Heiser und seine Mutter haben beide gesagt, sie hätten ihn schon ewig nicht mehr gesehen. Das Gras stand auch superhoch, also haben sie wahrscheinlich die Wahrheit gesagt.«

»Du hast aber Mattias' Eltern nicht erzählt, dass er da sein könnte?«

»Nein, das habe ich mich nicht getraut. Ich wusste, dass sie dann böse sein würden. Aber ich weiß auch nicht … Mattias hat gesagt, Heiser hätte was in seinem Schuppen. Was Geheimes. Aber er hat mir nicht erzählt, was es war.«

Ingrid dachte an die zwei Vorhängeschlösser und den Querbalken.

»Eva-Lena hat gesagt, man kann Ihnen alles erzählen, und Sie hätten versprochen, es niemandem weiterzusagen«, fuhr Kaj fort, immer noch abwesend den Hund streichelnd.

»Ja, das stimmt«, erklärte Ingrid. »Wenn du etwas weißt, was wichtig sein könnte, musst du keine Angst haben, es zu erzählen.«

Kaj fuhr mit den Fingern in Leias immer noch feucht aussehenden Pelz.

»Ich hab ihn im Stich gelassen«, sagte er. »Wir sind immer beste Freunde gewesen, aber ich hab ihn im Stich gelassen, und jetzt werde ich wahrscheinlich nie wieder froh. Jeden Tag denke ich an ihn und ich kriege überhaupt nichts mehr hin. Ich will einfach nur, dass er wieder zurückkommt.«

»Meine Güte, das ist sicher super schwer für dich«, sagte Ingrid. »Seinen besten Freund auf diese Weise zu verlieren, das ist schlimm. Gibt es denn jemanden, mit dem du über das alles redest?«

Kaj schüttelte den Kopf, und Ingrid verspürte den Impuls, ihre Hand auf seine zu legen, hielt sich aber zurück.

»Es ist nicht ungewöhnlich, wenn man sich in eurem Alter auseinander entwickelt. Dafür darfst du dir keine Vorwürfe machen.«

»Aber ich war gemein und ich habe gelogen. Und jetzt ist es zu spät.«

Leia wälzte sich ein bisschen näher zu Kaj und drehte sich so, dass er ihren Bauch kraulen konnte.

»Du hast keine Schuld an dem, was passiert ist«, sagte Ingrid.

Aber konnte sie da so sicher sein? In Wirklichkeit wusste sie ja nicht, was passiert war. Hatte Kaj irgendetwas ganz Dummes gemacht? Hatte er Mattias zu irgendetwas aufgehetzt, so wie der Polizeichef es angedeutet hatte?

»Der Vater von Mattias ist zu uns gekommen und hat gebrüllt, dass ich der mieseste Freund auf der ganzen Welt wäre und dass er mir niemals verzeihen würde.«

»Wie furchtbar.«

»Ich hatte schon immer Angst vor ihm«, sagte Kaj. »Aber so böse habe ich ihn noch nie erlebt.«

»Warum hattest du Angst vor ihm?«

»Er hat manchmal wegen der winzigsten Kleinigkeit rumgebrüllt, die wir gemacht haben. Ich verstehe wirklich nicht, wie Mattias das ausgehalten hat.«

Er strich Leia sanft über den Bauch.

Ingrid wartete mit aller Geduld, die sie aufbringen konnte, dass Kaj erzählen würde, was ihm auf der Seele lag. Als Polizistin hatte sie unzählige Vernehmungen durchgeführt, doch auch ohne diese Erfahrung hätte sie gewusst, dass er noch nicht fertig war.

»Weißt du, was mit Mattias passiert ist?«, fragte sie schließlich. »Habt ihr ihn dazu getrieben, schwimmen zu gehen?«

»Nein, nein«, sagte Kaj und hob den Blick. »Überhaupt nicht. Das dürfen Sie nicht denken.«

»Hast du etwas gesehen?«

Kaj schüttelte den Kopf. Dann atmete er tief ein, als wollte er etwas sagen, doch anstelle von Worten kam nur ein langgezogenes Seufzen.

»Möchtest du noch etwas heiße Schokolade?«, fragte Ingrid.

»Nein danke. Ich glaub, ich muss nach Hause. Mama und Papa fragen sich bestimmt schon, wo ich bin.«

Sie schauten aus dem Fenster nach draußen, wo es immer noch schüttete.

»Ich kann euch beide fahren, wenn du willst«, bot Ingrid an.

»Ich schaff das schon, kein Problem.«

»Du wirst doch Leia nicht wieder ins Unwetter rauszerren wollen, wo sie nun gerade wieder trocken geworden ist. Komm.«

Leia schien das Sofa nicht unbedingt verlassen zu wollen, aber als Kaj aufstand, trottete sie widerwillig hinterher.

Ingrid fand an einem Haken in der Diele einen etwas zu großen Regenmantel, zog ihn über, und gemeinsam rannten sie über den Vorplatz zum Auto. Leia sprang, ohne zu zögern mit Kaj auf den

Rücksitz, und sie rollten langsam auf dem schmalen Weg zwischen den Schuppen hindurch.

»Was habt ihr beiden eigentlich immer so zusammen unternommen, Mattias und du?«, fragte Ingrid und reckte den Nacken, um Kaj im Rückspiegel sehen zu können.

»Alles Mögliche.«

Mit dem Blick in die Ferne gerichtet und einer Hand in Leias Pelz schaute der Junge durch das Fenster, an dem der Regen herunterlief.

Ingrid beschloss, ihn in Ruhe zu lassen. Er musste in seinem eigenen Tempo erzählen, wenn er bereit dafür war.

»Wir hatten eine Hütte im Wald, in der wir viel waren«, war vom Rücksitz zu hören.

»Ach ja«, sagte Ingrid, »ich glaube, davon hat mir Mattias' Mutter erzählt.«

»Ich war total sicher, dass er sich da versteckt, also bin ich an dem Wochenende hingefahren und habe nach ihm gesucht. Aber seitdem bin ich nicht mehr dort gewesen.«

Wegen der Feuchtigkeit im Wagen beschlug die Windschutzscheibe, also drehte Ingrid die Lüftung auf die höchste Stufe.

»Einmal habe ich versucht, mit Leia hinzugehen, aber ich habe es nicht geschafft.«

Sie kamen zu Kajs Elternhaus, und Ingrid fuhr rechts an die Bordsteinkante.

»Wie wäre es denn, wenn du und ich und Leia irgendwann mal hingehen?«, schlug sie vor.

»Zur Waldhütte? Weiß nicht.«

»Manchmal muss man sich dem aussetzen, wovor man Angst hat. Wenn man den Sachen aus dem Weg geht, werden sie in der Fantasie immer nur noch größer.«

Kaj tastete nach dem Türgriff, blieb aber sitzen.

»Vielleicht gibt es die Waldhütte gar nicht mehr«, sagte er.

»Das werden wir ja sehen, wenn wir hinkommen.«

Kaj stieg aus dem Auto, und Leia sprang hinterher.

»Danke fürs Fahren«, sagte er. »Und für die Schokolade und so.«

Ingrid sah den beiden nach, als sie durchs Tor verschwanden.

Was wollte er nicht sagen? Und was war das für ein Geheimnis, da in Heisers Schuppen? Wahrscheinlich durfte man nicht hoffen, dass ein lebendiger Mattias sich dort verbarg, aber sie war fest überzeugt, dass sie in den Schuppen kommen musste, koste es, was es wolle.

Kapitel 55

Benny drehte sich in der Diele herum und streckte die Arme aus. »Nun, was meinst du?«, fragte er.

Ulrika rückte den Kragen und das Band der Fliege darunter zurecht und bürstete ein paar unsichtbare Staubkörner von der wollenen Weste. Dann machte sie einen Schritt zurück und sah ihn an.

»Wow, also«, sagte sie. »Die passt dir wie auf den Leib geschneidert. Ganz unglaublich.«

Benny betrachtete sich selbst im großen Spiegel. Er drehte eine Runde durchs Wohnzimmer, um zu testen, wie sich das mit Strümpfen und Kniebundhosen anfühlte. Die Lederschuhe waren ein wenig zu groß, aber wenn er sich ein paar gute Einlegesohlen anschaffte, würden auch die perfekt sitzen.

Als er zurück in die Diele kam, rückte Ulrika die Fliege noch mal ein wenig zurecht. Ihre Augen leuchteten, und sie begann ihre Hände unter die Lederschürze zu schieben.

»Hallo, hallo, wenn ich bitten darf«, sagte Benny streng. »Doch nicht vor der Hochzeit.«

Er war gerade im Begriff, sie zu küssen, da klingelte das Telefon auf dem Tischchen in der Diele.

»Siehst du«, sagte er, »das ist das Stoppsignal von höherer Stelle.«

Widerwillig wand er sich aus ihrer Umarmung und nahm den Hörer ab.

»Jörgensen.«

Bald verspürte er Ulrikas Hände wieder um seine Taille und begegnete ihrem verspielten Blick im Spiegel.

»Entschuldige, dass ich einfach so bei dir zu Hause anrufe«, sagte

Ingrid, »aber ich bräuchte Hilfe mit einer Sache. Es ist ein bisschen dringend.«

»Hilfe, wobei?«

»Also, ich wollte fragen, ob du mir einen Dietrich besorgen kannst.«

Benny zeigte Ulrika eine entschuldigende Geste, nahm das Telefon mit ins Schlafzimmer und schob die Tür so gut es ging zu.

»Einen Dietrich?«, fragte er leise. »Was willst du denn damit?«

»Ich muss bei diesem Lars-Gunnar in einen Schuppen rein.«

»Du willst in einen Schuppen einbrechen?«, fragte er und musste sich anstrengen, die Stimme nicht zu erheben.

Wollte sie auf eigene Faust, ohne Genehmigung von einem Staatsanwalt, bei jemandem einbrechen? Das hier war eine neue Seite an Ingrid, die er noch nicht kannte und die er gelinde gesagt nicht sonderlich ansprechend fand.

»Das ist ein Verbrechen, das ist dir ja wohl klar, oder?«, entgegnete er.

»Natürlich weiß ich das, was glaubst du denn? Aber ich werde den Gedanken nicht los, dass es dort vielleicht Spuren von Mattias gibt. Vielleicht lebt er sogar noch, wer weiß das schon?«

»Das musst du mir jetzt aber erklären. Ich kann dir nicht folgen.«

Aufgeregt gab Ingrid ihm die Begegnung mit Lars-Gunnar in dessen Küche wieder, wie unangenehm er gewesen war. Dann erzählte sie von der Tür des Schuppens mit all den Schlössern und dem Geheimnis, von dem Kaj gesprochen hatte.

Selbst wenn Benny eine Entgegnung auf Ingrids Suada gehabt hätte, wäre es unmöglich gewesen, dazwischenzukommen.

»Ich weiß, dass man mehr braucht, um ihn festnehmen zu können und eine Hausdurchsuchung genehmigt zu bekommen«, fuhr Ingrid unverändert aufgeregt fort, »zumal das über Frank Olars' Schreibtisch gehen müsste. Aber hier stimmt irgendetwas nicht, das weiß ich! Und ich werde nicht schlafen können, wenn ich darauf keine Antwort bekomme. Was, wenn Mattias ein ganzes Jahr lang in diesem Schuppen eingesperrt war?«

»Du glaubst allen Ernstes, dass er lebt?«

Ingrid war jetzt auf eine Weise aufgedreht, die er auch nicht kannte. Vielleicht hatte die Zeit im Gefängnis sie doch mehr verändert, als er gedacht hatte.

»Ich weiß nicht. Aber ich muss in diesen Schuppen und sehen, was es da gibt.«

Benny verzog sich so weit ins Schlafzimmer, wie das Kabel es zuließ, und sagte leise, doch ohne zu verbergen, dass ihm gar nicht gefiel, was sie da vorhatte:

»Du weißt, dass ich dir gern mit diesem Fall helfe, aber du darfst mir nicht erzählen, dass du vorhast, irgendwo einzubrechen, nur weil du das Gefühl hast, dass etwas nicht stimmt. Damit bringst du mich in eine sehr unangenehme Lage.«

Ingrid, die fast ununterbrochen gesprochen hatte, war plötzlich ganz still.

»Okay«, sagte sie dann kurz angebunden. »Ich verstehe. Entschuldige. Ich melde mich.«

Noch ehe Benny tschüss sagen konnte, wurde das Gespräch unterbrochen.

»Was war das denn?«, fragte Ulrika, als er wieder aus dem Schlafzimmer kam.

Benny war klar, dass er so ehrlich sein musste, wie er nur konnte. Noch hatte er nicht über seinen Kontakt zu Ingrid gelogen, aber wenn er weiter es vermied, zu erzählen, was da passierte, dann war es nur eine Frage der Zeit, bis die Lügen kamen. Und das wollte er nicht.

»Du weißt schon, Ingrid«, sagte er. »Weil sie keinen Job gefunden hat, hat sie jetzt ein Ermittlungsbüro aufgemacht.«

Er zog den Gehrock aus. Langsam wurde es warm in der Tracht, und er wollte in dem Rock, den seine Großmutter so sorgfältig gebügelt hatte, nicht schwitzen.

»Wollte sie nicht nur über den Sommer bleiben?«, fragte Ulrika. »Oder habe ich das falsch verstanden?«

»Nein, das war schon der Plan. Zumindest habe ich es auch so verstanden. Aber jetzt scheint es ihr hier so gut zu gefallen, dass sie sich einfach selbstständig gemacht hat.«

Ulrika nahm den Rock entgegen und hängte ihn vorsichtig auf einen Bügel. Als sie sich kennenlernten, hatte Benny ihr von seiner Beziehung mit Ingrid erzählt, genauso wie Ulrika ihm von Krille Norberg in Kättbo erzählt hatte.

Selbst Benny hätte nicht ahnen können, dass Ingrid hier plötzlich auftauchen würde, und so war es auch nicht verwunderlich, dass Ulrika darauf reagierte.

»Ein Ermittlungsbüro?«, fragte Ulrika. »Du meinst, wie ein Privatdetektiv?«

»Ja, so ähnlich. Und jetzt ist sie dabei, zu untersuchen, was mit Mattias Holm passiert ist.«

Benny versuchte, die kleinen Haken der Weste aufzumachen.

»Der Junge, der vorigen Sommer ertrunken ist?«, fragte Ulrika und öffnete die Weste für ihn.

»Genau. Seine Eltern glauben nicht, dass er ertrunken ist, und haben sie damit beauftragt.«

Ulrika zog ihm die Weste über die Schultern.

»Wissen die, dass sie im Gefängnis gesessen hat?«, fragte sie, hängte das Kleidungsstück über einen Stuhl und glättete es.

»Vermutlich nicht. Aber es spielt ja auch keine Rolle. Sie hat damals in Notwehr gehandelt und ist eine ebenso tüchtige Ermittlerin, wie sie es vorher war.«

Auch wenn sie offensichtlich neuerdings nicht davor zurückschreckt, bei Leuten einzubrechen, dachte Benny. Aber das sagte er nicht.

»Okay«, erwiderte Ulrika, ohne jedoch überzeugt zu klingen. »Und jetzt arbeitest du, hinter dem Rücken deiner Kollegen mit ihr zusammen.«

Ulrika löste das Band um Bennys Hals. Ihre Stimme war sanft, aber die Worte hart. Ihre Finger zitterten leicht.

»Nein, nein«, sagte er. »Ich arbeite nicht mit ihr zusammen, sondern habe ihr nur ein wenig geholfen. Keine großen Sachen.«

Er nahm Ulrikas kleine Hand in seine große und versuchte, ihren Blick einzufangen.

»Und es ist nichts anderes als das, das verspreche ich.«

»Womit genau hast du ihr denn geholfen?«

Er wagte nicht zu erzählen, dass er Teile der Ermittlung kopiert hatte, denn Ulrika war schon empört genug.

»Ich habe die Ermittlungsunterlagen durchgelesen und ihr ein paar Informationen gegeben, die sie möglicherweise braucht. Und ich habe überprüft, ob jemand angezeigt worden ist.«

»Mach bloß keinen Unsinn«, sagte sie. »Du darfst ihretwegen nicht deinen Job verlieren.«

»Ich habe versucht, Olars dazu zu bringen, sich den Fall noch einmal anzusehen, weil ich finde, das ist Sache der Polizei, doch der war überhaupt nicht interessiert. Ich tue das nicht für Ingrid, sondern für Mattias und seine Eltern. Die haben ein Recht darauf, eine Antwort zu bekommen.«

Ulrika schien sich damit zufrieden zu geben, doch Benny fand es in letzter Zeit schwer abzulesen, was sie dachte. Aber vielleicht war auch er derjenige, der nicht ganz ehrlich war, weder ihr noch sich selbst gegenüber.

Kapitel 56

Ingrid saß noch immer frustriert neben dem Telefon. Bennys Antwort war im Grunde genau, wie sie erwartet hatte, und er hatte bereits weitaus mehr für sie getan, als er sollte, dennoch war sie enttäuscht.

Sie wünschte, sie hätte einfach Frank Olars anrufen und ihn um eine Hausdurchsuchung bitten können, aber sie wusste schon, dass er nur schnauben würde. »Meine Liebe«, würde er sagen, »Intuition genügt nicht. Ich brauche etwas bedeutend Konkreteres.«

Früher wäre sie ganz seiner Meinung gewesen. Da hatte sie auch an Regeln und Rechtssicherheit geglaubt, doch inzwischen wusste sie, dass diese Gerechtigkeit nicht viel wert war, wenn es hart auf hart kam. Manche Sachen musste man sich erkämpfen.

Die Frage war nur, wie sie vorgehen sollte. Das Schloss mit einer Kneifzange aufzubrechen war keine gute Idee. Niemand durfte merken, dass sie eingebrochen war, sie musste also einen anderen Weg finden.

Und da erinnerte sie sich an einen ereignislosen Nachmittag in der Nähwerkstatt, als Gitte ihre Mitgefangenen damit unterhalten hatte, wie sie ein Vorhängeschloss mit einer Büroklammer geöffnet hatte. Ihr großes Talent war gewesen, in Dachbodenkammern und Keller einzusteigen.

Nun war nicht sicher, ob dieser Trick bei allen Vorhängeschlössern funktionierte, und Ingrid war keineswegs überzeugt davon, dass es wirklich so einfach war, wie es Gittes Supertalent erscheinen ließ, aber einen Versuch war es wert. Wenn sie an dem Schloss scheiterte, dann würde das zumindest keine Spuren hinterlassen.

Sie durchsuchte ein paar Schubladen in der Küche, konnte aber keine Büroklammer finden. Würde es vielleicht auch mit einer Nadel funktionieren? Nein, soweit sie sich erinnerte, musste das Werkzeug gekrümmt oder biegsam sein. Vielleicht ein Angelhaken.

Im Keller fand sie eine kleine Werkzeugkiste, doch darin lagen nur ein paar Schraubenzieher und ein Hammer. Nichts, was ihr irgendwie von Nutzen gewesen wäre, aber in einem der Schuppen draußen auf dem Hof müsste sie doch etwas brauchbares finden.

Ingrid zog wieder den Regenmantel über und eilte mit aufgesetzter Kapuze zwischen den Scheunen hindurch. Es regnete immer noch unverändert heftig.

Nachdem sie in eine Abseite mit Spaten und Rechen geschaut hatte, fand sie endlich einen Werkzeugtisch mit Hobelbank und einer ganzen Wand voller Werkzeuge und Zubehör. Der Raum war eiskalt, roch aber angenehm nach einer Mischung aus Holz, Öl und Metall.

Schließlich entdeckte sie an einem Nagel oben unter der Decke ein paar Rollen Stahldraht unterschiedlicher Stärke. Sie holte sie alle runter, suchte nach einer Kneifzange und knipste von jeder Drahtsorte ein paar Stücke ab. Manche konnte man ganz leicht formen, doch der härteste war so fest, dass sie eine weitere Zange brauchte, um ihn zu biegen.

Ingrid nahm ein paar Zangen mit und schob sie zusammen mit den Drahtstücken in die Tasche des Regenmantels.

Es war erst kurz nach zehn, und Heiser war sicherlich noch auf. Sie musste mindestens bis nach Mitternacht warten, ehe sie mit dem Auto nach Bäck fuhr. Um sich die Zeit zu vertreiben, schaltete sie den Fernseher ein und setzte sich aufs Sofa. Sie geriet mitten in einen alten Spielfilm, den sie vor langer Zeit im Kino gesehen hatte, und ohne es zu merken, nickte sie ein. Als sie aufwachte, war der Film zu Ende und auf dem Bildschirm herrschte Schneegestöber. Jetzt war es so weit.

Draußen regnete es nicht mehr so heftig wie zuvor, sondern nieselte nur noch leicht. Inzwischen war es fast halb eins, und als sie zum

Dorf kam, fuhr sie langsam und so behutsam sie konnte den Hügel hinauf und hoffte, niemandem zu begegnen. Ein unbekanntes Auto um diese Zeit würde Aufmerksamkeit erregen. In einigen Fenstern brannte Licht, doch die meisten im Dorf schienen glücklicherweise zu schlafen.

Sie fuhr an dem dunklen Haus von Heiser vorbei und noch ein Stück weiter in den Wald. Als sie den Motor ausschaltete und die Scheinwerfer erloschen, war es stockdunkel. Nicht der kleinste Stern war noch durch die Wolkendecke zu sehen. Ingrid wartete, bis sich ihre Augen ein wenig an die Dunkelheit gewöhnt hatten, und begann dann, sich im Zickzack zwischen den tiefen Wasserpfützen hindurch zurückzutasten. Außer dem schwachen Rauschen der Baumkronen war nichts zu hören.

Bei Heiser waren immer noch alle Fenster dunkel, aber Ingrid versteckte sich dennoch für eine Weile hinter einem Busch, um zu sehen, ob sich etwas rührte. Als sie sich sicher fühlte, schlich sie zur Scheunentür.

Sie schaltete die mitgebrachte Taschenlampe ein, klemmte sie sich unter die Achsel und fischte dann die Stahldrahtstücke aus der Tasche. Im Hinterkopf meldete sich der Gedanke, dass es sehr lange dauern würde, bis sie das Sorgerecht für Anna bekäme, wenn sie hier entdeckt würde, aber sie versuchte die Vorstellung beiseitezuschieben. Sie durfte sich einfach nicht erwischen lassen.

Ingrid entschied, mit dem größten Schloss anzufangen, denn das ging wahrscheinlich am leichtesten auf. Sie knipste ein Stück von dem dicksten Draht ab und bog das eine Ende ein wenig, so wie Gitte es erklärt hatte. Dann schob sie den Haken ins Schlüsselloch und begann vorsichtig, ihn darin zu bewegen. Konzentriert schob sie den Stahldraht hin und her, versuchte etwas zu finden, was er fassen konnte, und ihn dann herumzudrehen. Plötzlich, ohne dass sie richtig begriff, wie das passiert war, ging das Schloss auf. Unglaublich. Wahrscheinlich war sie ein Naturtalent.

Leider hatte sie keine Ahnung, wie sie das hingekriegt hatte, denn dann würde sie dasselbe auch bei dem kleineren Vorhängeschloss schaffen. Ingrid warf einen Blick über die Schulter zum Haus, das immer noch still und dunkel dalag.

Nun nahm sie einen dünneren Stahldraht, formte auch ihn zu einem Haken und bewegte ihn vorsichtig im Schloss. Leider war der Draht so dünn, dass er sich sofort verbog, also musste sie ihn zusätzlich ein wenig mit dem dünnsten Draht verstärken.

Sie holte ein paarmal tief Luft, schob die Taschenlampe unter die andere Achsel und begann im Schloss zu graben, ohne jedoch irgendetwas zu greifen zu bekommen. Sie versuchte es weiter vorn und tiefer drinnen, sie bog den Haken auf eine andere Weise, versuchte es wieder. Ihre nassen Finger fingen an steif zu werden. Ab und an sah sie zum Haus hinüber.

Bei dem ersten Schloss musste sie reines Anfängerglück gehabt haben. Dieses wollte sich partout nicht öffnen. Sie fluchte leise vor sich hin und wollte schon aufgeben, als sie spürte, wie der Stahlhaken etwas zu fassen bekam. Langsam drehte sie ihn eine Runde herum, und es schauderte sie vor Wohlbehagen, als das Vorhängeschloss mit einem Klicken aufging.

So leise sie konnte, hob sie die Querlatte ab und verzog das Gesicht, als sie ihr wegrutschte und gegen den Türrahmen schlug.

Sie schaltete die Taschenlampe aus und sah besorgt wieder zum Haus hin. Bewegte sich da etwas? Ein Schatten im oberen Stockwerk? Schnell sprang sie hinter den Busch und ging im Gras auf die Knie. Die Feuchtigkeit kroch ihr in die Hosenbeine, aber sie bewegte sich erst wieder, als sie ganz sicher war, nicht beobachtet zu werden. Das Haus im Blick eilte sie zurück zur Scheunentür und öffnete sie.

Drinnen war es stockfinster, doch sie wagte erst die Taschenlampe einzuschalten, als sie über die Schwelle getreten war und die Tür hinter sich geschlossen hatte.

Was auch immer sie hier zu finden erwartet hatte – das war es nicht gewesen.

Der Lichtkegel wanderte über die größte Modelleisenbahnanlage, die sie je gesehen hatte. Sie wollte gerne mehr davon sehen, aber wenn sie das Deckenlicht einschaltete, wäre sie eine leichte Beute, falls Heiser doch unerwartet auftauchen sollte. Die Taschenlampe musste genügen.

»Hallo?«, sagte sie leise und schaute sich um. Doch niemand antwortete. Sie leuchtete mit der Taschenlampe über die Wände, konnte aber keine Tür sehen, hinter der ein Mensch sich verstecken könnte, und auch keine andere Nische. Sicherheitshalber leuchtete sie unter den großen Tisch, doch auch da war niemand.

Ingrid näherte sich ehrfürchtig der Eisenbahn. Was für ein großartiger Aufbau. Sie betrachtete die kleinen Details so lange, dass sie schon fast vergaß, warum sie hergekommen war.

Hier hatte Mattias also zusammen mit Heiser Züge fahren lassen. War das wohl das große Geheimnis?

Im Licht der Taschenlampe entdeckte sie eine alte Sofagruppe, einen Arbeitstisch und mehrere Lagerregale. Putzmittel, Kabel, Batterien, halbfertige Bausätze, Pinsel und Farbdosen, Züge, die repariert werden mussten, wurden hier verwahrt. Ein geordnetes Chaos.

Langsam bewegte sie sich an den Regalen entlang und betrachtete neugierig all die kleinen Dinge. Frisch bemalte Minihäuschen standen zum Trocknen auf einer alten Zeitung. Kleine Gleisstücke warteten aufgestapelt darauf, verlegt zu werden. Ganz oben im Regal direkt neben der Sofagruppe standen ein paar Pappkartons mit Deckel. Ingrid hob einen davon herunter und fand einen Stapel Technikzeitschriften. Auch in der nächsten Kiste lagen Zeitungen, aber von einer anderen Sorte.

Vorsichtig hob Ingrid das oberste Exemplar heraus. *Bambino.* Ein rascher Blick genügte, um festzustellen, dass es sich hier um Pornographie handelte. Die Models auf den Bildern sahen aus, als wären sie sehr junge Teenager, manche sogar noch jünger als das. Ingrid wollte soeben die Zeitschrift zurück in die Kiste werfen und sie wieder auf das Regal stellen, als sie die Ecke eines Fotokuverts entdeckte, das unter dem Stapel herausragte.

Sie legte die Zeitschrift beiseite und klemmte sich ein weiteres Mal die Taschenlampe unter die Achsel, um beide Hände frei zu haben.

Auf sämtlichen Bildern im Kuvert waren nackte Jungen in einem Duschraum zu sehen. Manche Fotos waren verschwommen, und auf einigen waren keine Gesichter zu sehen, sondern nur Körper. Wo und wann waren diese Fotos gemacht worden? Und von wem? Hatte Heiser die Jungen heimlich in einem Umkleideraum beobachtet?

Ingrid blätterte durch die Fotos. Plötzlich erkannte sie einen Jungen: Kaj, ganz nackt und die Haare voller Shampooschaum. Ein anderer Junge ähnelte Pelle, aber sie war nicht sicher, ob er es war. Als sie ein Bild von Mattias ohne ein Stück Stoff am Leib entdeckte, hätte sie fast alle Fotos fallen lassen.

Hatte Heiser gelogen, als er sagte, dass er rein zufällig gerade Kaj und Mattias zum Helfen im Garten angestellt hatte? Waren die beiden vielmehr bewusst ausgewählt worden?

Sie betrachtete wieder die Bilder. Wie alt konnten die sein? Kaj war auf dem Foto bedeutend kleiner als jetzt, aber Jungs wuchsen in dem Alter so schnell, dass die Fotos sicherlich aus dem vorigen oder vorvorigen Jahr waren. Es konnte nicht der Umkleideraum der Schule gewesen sein, denn Pelle war ein Jahr älter und ging in eine andere Klasse. Die Fotos mussten im Zusammenhang mit einem Fußballtraining gemacht worden sein.

Was sollte sie damit machen? Sie beschloss, einige mitzunehmen. Es war doch sehr unwahrscheinlich, dass Heiser bemerken würde, dass welche fehlten.

Sie schob die Bilder, auf denen Mattias und Kaj zu sehen waren, in die Tasche des Regenmantels, legte den Rest wieder ins Kuvert und versteckte es unter den Zeitschriften. Dann ließ sie den Lichtkegel noch einmal über den Raum wandern, doch nichts anderes weckte ihr Interesse.

Bevor sie die Tür öffnete und vorsichtig herausspähte, schaltete sie die Taschenlampe aus. Es nieselte immer noch, und zu ihrem Schrecken war in der Küche das Licht über der Spüle eingeschaltet. Heiser schien eine nächtliche Mahlzeit zu sich zu nehmen. Wenn sie sich streckte, konnte sie seinen Hinterkopf sehen. Er saß am Küchentisch.

Während sie die Tür wieder zuzog, versuchte sie sich damit zu beruhigen, dass er, wenn er aus dem Fenster schaute, nur sein eigenes Spiegelbild sehen würde. Aber was, wenn er das Licht ausschaltete und dann raussah?

Den Gedanken wollte Ingrid lieber nicht zu Ende denken, sondern beeilte sich, den Querbalken wieder anzubringen und das erste Vorhängeschloss zu schließen. So.

Aber das zweite Schloss war ein anderes Modell und ging nicht zu, indem man einfach den Bügel runterdrückte. Was sollte sie mit dem machen? Es mit Hilfe des Stahldrahthakens aufzuschließen, war eine Sache gewesen, aber wie kriegte sie es wieder zu? Sie unternahm einen Versuch in der Dunkelheit, gab aber schnell auf. Das hier würde nicht funktionieren. Sie war leider gezwungen, es unverschlossen zu lassen. Aber wenn sie es wieder an seinen Platz hängte, würde Heiser vielleicht glauben, dass er selbst geschlampt hatte.

Im Augenwinkel sah sie, wie das Licht in der Küche ausging, und warf sich instinktiv hinter dem Busch auf den Boden. Sie wagte nicht, sich zu bewegen, und sah nichts, vernahm aber das Geräusch einer Tür, die geöffnet wurde.

»Hallo?«, war von der Treppe zu hören.

Ingrid kauerte sich zusammen, machte sich so klein, wie sie nur konnte.

»Hallo?«

Ein weiterer misstrauischer Ruf.

Dann ging die Tür wieder zu, und alles wurde still. Jetzt hörte sie nur noch ihre eigenen Atemzüge und das Tropfen des Regens.

Er musste wieder reingegangen sein.

Auf der Treppe war niemand, und sie sah ihn auch sonst nirgendwo. Vielleicht zog er sich nur passende Kleidung über und kam dann wieder raus.

Ingrid hatte keine Zeit zu verlieren, sondern rappelte sich aus ihrem Versteck auf, sprang quer durch die Hecke und hinaus auf die Straße. Dann rannte sie so schnell sie konnte den ganzen Weg zurück zum Auto.

Kapitel 57

J a, ich weiß, dass Grand Galaxy gut in Form ist«, sagte Kenneth. »Aber er hat die Tendenz, wegzugaloppieren. Ich finde, wir sollten auf Who's Who setzen.«

»Fragt sich nur, ob der sich von seiner Verletzung wieder voll erholt hat«, gab Kalle zu bedenken.

Benny hörte der Unterhaltung seiner Kollegen nur mit halbem Ohr zu. Normalerweise war er auch engagiert und informiert, wenn es an der Zeit war, auf das Trabrennen der Woche zu setzen, doch jetzt waren seine Gedanken ganz woanders.

»Was meinst du, Benny?«, fragte Kenneth und klopfte mit dem Stift auf den Tisch. »Grand Galaxy oder Who's Who?«

»Oder Dear Friend?«, schob Kalle nach.

»Setz auf Who's Who«, erwiderte Benny, hauptsächlich um irgendetwas gesagt zu haben. Im Grunde spielte das keine große Rolle. Es lief sowieso immer, wie es wollte. Trotzdem war es ihnen schon ein paarmal gelungen, anständig Kohle einzustreichen.

»Klingelt da dein Telefon?«, fragte Kenneth und horchte in den Korridor hinaus.

Benny erhob sich.

»Die Pause ist noch nicht zu Ende«, warf Kalle ein. »Da musst du nicht hinrennen.«

»Ich warte auf einen Anruf«, sagte Benny, was mehr oder weniger stimmte. »Macht ihr mal ruhig weiter.«

Ehe er ranging, zog er die Tür hinter sich zu.

»Hallo, hier ist Ingrid. Schon wieder.«

»Ja, hallo«, sagte er und ließ sich am Schreibtisch nieder. Er war nicht überrascht. »Möchte ich denn wissen, was du gerade unternimmst?«

»Ist vielleicht besser, wenn du nicht fragst. Aber ich habe eine Sache, die ich dir gerne zeigen würde. Hast du Zeit, dich in einer halben Stunde mit mir zu treffen? Im Helmers?«

»Also, ich weiß ja nicht, ob das eine gute Idee ist.«

»Du willst das hier sehen, Benny«, sagte sie. »Das versichere ich dir.«

Er zögerte, gab aber schnell nach. Sich bloß anhören, was sie zu sagen hatte, konnte er ja, aber von jetzt an durfte es keine Einsätze seinerseits geben.

Die Kollegen waren immer noch mit den Pferden beschäftigt, er konnte also unbemerkt hinausschleichen.

Ingrid stand vor der Konditorei und wartete.

»Danke, dass du gekommen bist«, sagte sie und ging vor ihm hinein.

»Die Neugier hat gesiegt. Aber die Sache hier fängt an schwierig für mich zu werden.«

Ingrid antwortete nicht, sondern holte nur ein Tablett am Tresen, bezahlte für zwei Tassen Kaffee und steuerte einen freien Tisch außer Hörweite der anderen Gäste an.

»Was ist denn passiert?«, fragte Benny, als sie sich hingesetzt hatten. Er war drauf und dran zu fragen, ob sie Mattias gefunden hatte, aber das hätte sie natürlich sofort erzählt.

»Du wirst sehen«, sagte sie und öffnete ihre Tasche.

Sie legte ein paar Fotos vor ihm auf den Tisch. Auf den Bildern waren nackte Jungen in einem Duschraum zu sehen.

»Was zur Hölle ist das?«, fragte er.

»Mattias und Kaj.«

Jetzt sah er es auch. Das war tatsächlich Mattias, splitterfasernackt.

»Woher hast du die denn?«

Ingrid schuf eine kleine dramatische Pause, indem sie einen Schluck Kaffee nahm.

»Ihr müsst Lars-Gunnar vernehmen und eine Hausdurchsuchung bei ihm durchführen«, sagte sie.

»Bist du da eingebrochen und hast die gestohlen?«

»Jetzt komme ich hier mit Fotos, die zeigen, dass er eine besondere Verbindung sowohl zu Kaj als auch zu Mattias hatte und dass er Nacktfotos von den beiden besitzt, und du konzentrierst dich lieber darauf, wie ich an die Bilder gekommen bin. Bist du nicht empört? Findest du das nicht verstörend?«

Benny schraubte ein wenig an seiner Kaffeetasse.

»Natürlich finde ich das«, sagte er.

Es fiel ihm schwer, die Fotos überhaupt anzusehen, aber er durfte sich nicht mitreißen lassen. Ingrid war viel zu weit gegangen.

»Es wird einem übel davon«, sagte sie. »Mir jedenfalls. Außerdem hatte er Zeitschriften mit Kinderpornographie in einem Karton.«

»Das ist ekelhaft.«

Widerwillig nahm Benny eines der Fotos auf und schaute es sich noch einmal an.

»Ingrid«, sagte er. »Ich hoffe, du verstehst, dass ich dir gerne helfen möchte. Aber bei jemandem einzubrechen, das überschreitet eine Grenze, und das weißt du auch. Wie soll ich denn Frank erklären, wo die Bilder herkommen?«

Das war ein vernünftiger Einwand, doch Ingrid schaute ihn an, als wäre er der bekloppteste Mensch, den sie je getroffen hatte, was ihn langsam wütend machte. Schon hier zu sitzen, war eigentlich nicht richtig. Und nicht genug damit, dass er um ihretwillen gegen die Regeln verstoßen hatte, nun schien sie ihn auch noch dafür zu verachten.

»Hast du im Knast deine Moral verloren?«, er klang mehr beleidigt, als er wollte.

Ingrid starrte ihn, ohne eine Miene zu verziehen, einige Momente an.

»Weißt du was, Benny. Du kannst dich über meine Zeit im Knast gerne lustig machen, wenn du willst, auch wenn ich nicht gedacht hätte, dass du so tief sinken würdest. Aber eins habe ich dort gelernt, und zwar, dass Gerechtigkeit und Moral nicht immer sonderlich viel mit Rechtsprechung zu tun haben. Manchmal muss man das Gesetz in die eigenen Hände nehmen. Hättet ihr bei der Polizei euren Job von Anfang an richtig gemacht, dann müsste ich das jetzt nicht tun.«

Da lag sie nicht ganz falsch. Das System hatte seine Mängel, aber dass er in der Sache recht hatte, da gab es gar keinen Zweifel. Außerdem war er im Unterschied zu ihr immer noch Polizist, und da kam es nun mal auf die Gesetze an.

»Wenn herauskommt, dass ich dir bei einer ungesetzlichen Tat helfe, dann kann ich meinen Job verlieren. Du kannst ermitteln, aber nicht die Gesetze brechen, so ist es einfach.«

Ingrid sammelte, ohne ihn anzusehen, die Fotos ein und schob sie in einen Umschlag.

»Ich habe meine Arbeit verloren, mein Kind und mehrere Jahre meines Lebens. War das deiner Meinung nach gerecht?«, flüsterte sie.

Sie stand auf, warf sich die Tasche über die Schulter und fuhr fort:

»Du fragst, ob ich meine Moral im Gefängnis gelassen habe. Ja, möglicherweise. Aber in diesem Fall frage ich mich, was mit deiner Zivilcourage geschehen ist, mit deinem Mut, für Sachen einzustehen und etwas zu riskieren. Hast du diese Eigenschaften in deinem kuscheligen kleinen bürgerlichen Leben verloren?«

Dann leerte sie ihre Kaffeetasse und ging.

* * *

Ingrid zitterte vor Wut, als sie zurück nach Kumbelnäs fuhr. Sie hatte darauf gezählt, dass Benny ihr helfen würde, wenn er erst mal sah, was sie gefunden hatte. Dass er nein sagte, war eine Sache, aber dass er sie wegen ihrer Zeit im Gefängnis verhöhnen würde, das hätte sie nie erwartet. Von nun an war sie auf sich selbst gestellt. Auch das war in Ordnung. Jetzt wusste sie zumindest, wie es um ihn stand.

Ingrid schielte zu dem Kuvert mit den Fotos, das sie auf den Beifahrersitz gelegt hatte. Wo waren die aufgenommen worden? Und wie waren sie in Heisers Scheune gelandet? Und die dringendste Frage von allen: Hatte Heiser sich an Mattias vergriffen? Oder vielleicht sogar etwas noch Schlimmeres getan?

Als Ingrid am Fußballplatz vorbeikam, beschloss sie, anzuhalten und sich dort umzusehen. Sie stieg in dem Moment aus dem Auto, als die Trillerpfeife ertönte und die Jungs vom Spielfeld liefen. Einige sprangen direkt auf ihre Fahrräder und fuhren davon, andere verschwanden im Umkleideraum.

»Ah, Sie sind wieder hier«, sagte Janne, der mit dem Arm voller Hütchen vom Platz kam. Sein Leben schien daraus zu bestehen, Ausrüstung hin- und herzutragen und die Trillerpfeife zu blasen, dachte Ingrid. Aber jeder musste seinen Sinn im Leben finden, und Kinder zu Teamspielern zu erziehen, war offensichtlich, was er wollte.

»Ich müsste mir mal Ihren Umkleideraum etwas näher ansehen«, sagte Ingrid.

»Warum das?«

»Nur eine Kleinigkeit.«

»Okay, aber Sie müssen warten bis die da drin fertig sind, sonst gibt es einen ziemlichen Aufstand, das kann ich Ihnen sagen.« Er lächelte sie an. »Das können Sie sich ja denken.«

Ingrid setzte sich auf eine Bank. Das Holz war nach dem Regen der Nacht immer noch ein wenig feucht, was sie aber erst nach einer Weile merkte. Janne sah manchmal verstohlen zu ihr rüber, als wollte er etwas sagen, beschäftigte sich aber weiter mit seinen Angelegenheiten. Ab und zu kamen Jungs aus dem Umkleideraum, meist zwei oder drei zusammen.

»Ist da drinnen noch jemand?«, fragte sie einen kleinen Jungen mit Stoppelhaar und knotigen Knien.

»Nur Tim«, erwiderte er und warf sich die Tasche über die Schulter.

»Okay«, sagte Ingrid und wartete.

Nachdem der Junge, der Tim sein musste, rausgekommen war, ging sie in das Gebäude und klopfte an die Tür des Umkleideraums, um sicher zu sein, nicht irgendeinen armen Nachzügler zu überraschen. Als sie keine Antwort bekam, ging sie hinein.

Auf einer der Bänke lag eine vergessene Plastiktüte, doch ansonsten war der Raum leer. Unter dem Duft von Haarspray breitete sich ein deutlicher Schimmelgeruch aus.

Ingrid schob die Tür zu den Duschen auf und sah hinein. Der Raum war ganz offen, ohne Trennwände, und zum Teil mit einer alten Feuchtraumtapete voller dunkler Flecken bedeckt. Sie holte die Fotos heraus, um sie zu vergleichen. Doch, hier waren die Bilder gemacht worden, auch die Wasserhähne waren dieselben. Aber wie hatte der Fotograf das gemacht? Hier gab es keinen Platz, um sich zu verstecken.

Um das Motiv einzufangen, das die Bilder zeigten, hätte der Fotograf ungefähr dort stehen müssen, wo sie jetzt stand, und das konnte Heiser kaum getan haben. Die Jungen sahen auf den Fotos völlig unbekümmert aus. Überhaupt nicht scheu.

Ingrid schaute sich um. Könnte der Fotograf in der Sauna gestanden und durch die Glasscheibe in der Tür fotografiert haben? Sie zog die Holztür auf und ging hinein. Der Raum war mit einem großen Sauna-Aggregat und drei Etagen Bänken gut ausgefüllt.

Wenn der Fotograf genau an der Scheibe gestanden hätte, dann wäre er wahrscheinlich entdeckt worden, überlegte sie, aber wenn man oben auf einer Bank saß und ein richtiges Objektiv hätte, dann würde es vielleicht gehen.

Ingrid setzte sich auf die oberste Bank und begann ihre Aussicht mit den Fotos zu vergleichen.

Nein, dachte sie. Der Winkel durch die Scheibe in der Tür gab nicht den richtigen Ausschnitt wieder.

Sie kehrte in den Duschraum zurück und blieb dort stehen. Wo hatte der Fotograf gestanden?

Mit Hilfe des Fotos platzierte sie sich so, dass ihr Blickwinkel dem Bildausschnitt glich. Doch ganz stimmte es noch nicht. Sie drehte sich um und betrachtete die Wand hinter ihr. Die sah ganz normal aus, aber als sie mit den Händen darüberfuhr, entdeckte sie ein Stück weiter oben eine kreisförmige Einbuchtung im Holz, gut versteckt zwischen Astlöchern und anderen Unebenheiten.

Vorsichtig drückte Ingrid auf das Holzstück, und langsam, Millimeter für Millimeter, bewegte es sich, um dann plötzlich auf der anderen Seite der Wand herunterzufallen.

»Wow«, flüsterte sie.

Jetzt war ein Loch mit etwa drei Zentimeter Durchmesser in der Wand. Die Frage war, was sich auf der anderen Seite befand. Das Loch saß zu hoch oben, als dass sie hätte hindurchschauen können. Während sie in den Umkleideraum hinausging, kreisten die Gedanken in ihrem Kopf.

»Aha, Sie sind ja noch da«, sagte Janne.

Ingrid fuhr zusammen.

»Sie können einen ja ganz schön erschrecken«, sagte sie.

»Das wollte ich nicht«, sagte er. »Ich schaue nach jedem Training alles hier noch mal durch, denn irgendjemand vergisst immer was. Sehen Sie!«

Er hob die zurückgelassene Plastiktüte vom Fußboden auf und schaute hinein.

»Nicke, du Schlamper«, murmelte er vor sich hin. Dann wandte er sich wieder zu Ingrid: »Nun, dann gibt es wie immer einen Umweg, wenn ich nach Hause fahre. Manchmal komme ich mir vor wie ein Landpostbote.«

»Das ist aber nett von Ihnen«, sagte Ingrid.

»Was will man machen?«, erwiderte Janne und zuckte mit den Achseln.

Er rollte die Plastiktüte zu einem kleinen Paket und schaute auch noch in die Toilette, doch dort war offensichtlich nichts vergessen worden.

»Darf man fragen, wonach Sie suchen? Kann ich Ihnen irgendwie helfen?«

»Nein, ich glaube nicht. Aber trotzdem vielen Dank.«

Noch wollte sie nicht von dem Loch erzählen, das sie gefunden hatte. Sie musste ihrer Sache sicher sein und wollte keine Gerüchte in Umlauf bringen.

»Sonst sagen Sie einfach Bescheid«, sagte er. »Sind Sie denn jetzt fertig? Ich müsste nämlich mal alles zumachen und abschließen.«

»Ja, natürlich. Und danke für die Hilfe.«

Ingrid ging zu ihrem Auto zurück, setzte sich hinein und legte die Hände aufs Lenkrad. Sie dachte nach. Waren die Fotos durch das Loch in der Wand gemacht worden? Gab es noch mehr Bilder? War Heiser so raffiniert gewesen oder jemand anders?

Nachdem Jannes Auto verschwunden war, stieg sie wieder aus und ging zur Rückseite des Gebäudes. Da gab es zwei Türen. Die erste war abgeschlossen, aber die zweite zu ihrer Freude nicht. Ingrid öffnete sie und schaute hinein. Dieser Raum schien einmal ein Lagerraum gewesen zu sein. Ein Stapel von der Sonne ausgebleichter Hütchen stand noch an der Wand, und in der Ecke lagen ein paar schlappe Bälle. Da gab es auch noch alte Stühle und ein paar Tische, die offenbar nicht mehr benutzt wurden.

Das Holzstück, das Ingrid aus der Wand des Duschraums gedrückt hatte, lag mitten auf dem Boden.

Sie stellte einen der Stühle an die Wand unter dem Loch und stieg hinauf.

Ja, hier war es. Kein Zweifel. Hier könnte Heiser mit seiner Kamera gestanden haben, ohne Gefahr zu laufen, entdeckt zu werden.

Ingrid schob das Holzstück wieder in das Loch und beschloss, Janne davon zu erzählen und ihn zu bitten, das Loch zuzunageln. Doch in dem Moment, als sie vom Stuhl stieg, fiel ihr ein, wo sie Janne schon einmal gesehen hatte: im Fotogeschäft in Mora.

Kapitel 58

Juni 1982

Das Gras war seit dem letzten Mal nicht so stark gewachsen, deshalb ging die Arbeit leicht. Obwohl Mattias auch diesmal allein war, fühlte er sich hinterher nicht sonderlich erschöpft.

»Gute Arbeit«, sagte Heiser. Mattias hatte sich an seine Stimme gewöhnt und dachte nicht mehr darüber nach.

»Hast du es eilig, nach Hause zu kommen, oder willst du ein bisschen mit dem Zug fahren?«

»Nein, ich habe es nicht eilig«, sagte Mattias.

Es waren noch viele Stunden, bis er zum Abendessen zu Hause sein musste.

»Dann komm«, sagte Heiser und ging vor ihm her zur Scheune.

Die Miniaturwelt wirkte an diesem Tag genauso magisch wie das letzte Mal, als Mattias sie gesehen hatte. Die Berge, die Tunnel, die Häuser. Die winzig kleine Uhr am Bahnhofsgebäude, die Fachwerkbrücke über den Fluss.

»Bitte sehr, Herr Lokführer«, sagt Heiser und setzte Mattias die Mütze auf den Kopf. »Weißt du noch, wie man es macht?«

»Ich glaube schon.«

Heiser trat einen Schritt zur Seite, damit Mattias vor ihm direkt bei den Trafos Platz hatte.

»Na dann«, sagte Heiser. »Mit welchem Zug willst du anfangen? Mit dem roten?«

Mattias nickte.

»Dann mal los.«

Ohne groß zu suchen, fand Mattias den richtigen Knopf, und der rote Zug setzte sich in Bewegung.

»Supergut«, sagte Heiser. »Du lernst ungewöhnlich schnell.«

Er klopfte ihm auf die Schulter und ließ die Hand dann liegen. Mattias versuchte nicht daran zu denken, sondern sich stattdessen auf die Weiche zu konzentrieren, die weiter vorn wartete.

»Pass auf, gut«, lobte Heiser ihn und umfasste Mattias' Schulter.

Die Hand war schwer, und es wurde langsam unmöglich, sie zu ignorieren. Mattias machte einen Schritt zur Seite, und da ließ Heiser los.

Der rote Zug fuhr über die Brücke und verschwand dann im Tunnel. Jetzt musste man den nächsten in Bewegung setzen. Heiser half ihm, und gemeinsam schafften sie es, drei Züge gleichzeitig in Gang zu halten. Sie wechselten die Gleise, ließen Schranken herunter, hielten pünktlich am Bahnhof, um Passagiere aussteigen zu lassen, und wechselten sich ab, wenn es darum ging, zur Abfahrt des Zuges eine Ansage zu machen. Jetzt waren da nur noch die Miniaturlandschaft und die perfekten Bewegungen der Züge.

»Ich bin so froh, dass ich dich kennengelernt habe«, sagte Heiser, als sie eine Pause machten, um auf dem Sofa zu sitzen und etwas Saft zu trinken. »Wir haben eine besondere Beziehung, du und ich. Oder was meinst du?«

»Ja«, sagte Mattias.

»Viele glauben, Freundschaft hätte mit Alter zu tun«, fuhr Heiser fort. »Dass man gleich alt sein muss, um einander zu verstehen und Spaß miteinander zu haben, aber ich glaube das nicht.«

»Ich auch nicht.«

Es war lange her, dass Mattias mit Kaj zusammen so viel Spaß gehabt hatte wie in der letzten Stunde mit Heiser.

»Die meisten Erwachsenen sind so erbärmlich langweilig«, sagte Heiser. »Oder was meinst du?«

Mattias nickte.

»Ich glaube, es geht einfach um die Chemie zwischen Menschen.

Du weißt schon, wie als der König Silvia getroffen hat und es klick gemacht hat.«

Mattias hatte schon oft im Fernsehen gesehen, wie der König genau das erzählte, aber was das nun mit Heiser und ihm zu tun hatte, verstand er nicht.

»Ich glaube, so ist es auch mit richtigen Freunden«, redete Heiser weiter. »Als ich dich kennengelernt habe, hat es auch klick gemacht, könnte man sagen. So was kann man nicht steuern, es passiert einfach.«

Mattias stellte das leere Saftglas weg, er wollte weiterfahren.

»Das ist ein herrliches Gefühl. Das Herz schlägt dann ganz, ganz fest.«

Heiser legte die Hand über seine Brust.

»Fühl mal«, sagte er und lächelte.

Er nahm Mattias' Hand in seine und legte sie über sein Herz.

»Spürst du, wie es pocht?«

Heisers Herz schlug wirklich sehr fest, und die Hitze seines Körpers drang durch das dünne T-Shirt. Diese Nähe war Mattias unangenehm.

Plötzlich erinnerte er sich an Patrik, der gesagt hatte, dass man mit Heiser vorsichtig sein sollte.

»Du musst nicht so ängstlich gucken«, sagte Heiser und ließ ihn los. »Ich wollte es dir nur zeigen. Das ist doch schön.«

Mattias versuchte zu verstehen, was da passierte. An Heisers Lächeln war eigentlich nichts Gefährliches, aber trotzdem fühlte es sich so an, als wollte er ihn auffressen.

»Jetzt fahren wir weiter«, sagte Heiser. »Oder was meinst du?«

»Na ja. Ich muss jetzt wohl mal nach Hause.«

»Aber du hast doch gesagt, du hättest es nicht eilig.«

Heiser sah ihn an, die Augenbrauen waren gerunzelt.

»Doch, aber da war eine Sache, die ich vergessen habe und die mir jetzt gerade erst einfällt.«

»Vielleicht war ich ein wenig zu aufdringlich«, meinte Heiser. »Das war jedenfalls nicht meine Absicht. Ich wollte dir nur erzählen, wie ich fühle. Habe ich dich erschreckt?«

»Nein, nicht doch«, sagte Mattias und nahm die Lokführermütze ab. »Ich muss einfach nach Hause.«

Heiser legte den Kopf schief und sah ihn weiterhin mit einem traurigen Blick an.

»Versprochen?«

Mattias nickte, obwohl das nicht die ganze Wahrheit war.

»Gut«, fuhr Heiser fort. »Ich wäre doch sehr traurig, wenn ich etwas zwischen uns zerstört hätte. Jedenfalls musst du noch für das Rasenmähen bezahlt werden.«

Er zog den Geldbeutel aus der Hosentasche und nahm einen Hunderter heraus. Einen so großen Schein hatte Mattias seit seinem Geburtstag nicht mehr bekommen.

»Oh«, sagte er. »Danke.«

»Damit du verstehst, wie viel du mir bedeutest. Ich hoffe, du kommst bald mal wieder.«

»Danke«, sagte Mattias noch einmal und ging in Richtung Tür.

»Warte, ich helfe dir, sie aufzumachen. Die Klinke klemmt ein bisschen.«

Ehe Mattias versuchen konnte, die Tür zu öffnen, war Heiser schon hinter ihm und streckte die Arme um ihn herum, um an die Klinke zu kommen. Mattias bekam fast keine Luft, und in ihm schrie eine Stimme: *Lass mich raus, lass mich raus!*

Als die Tür endlich aufging, rannte Mattias zu seinem Fahrrad, packte es und lief weiter, bis er auf der Straße war.

»Auf Wiedersehen«, rief Heiser.

Seine Stimme klang komischer denn je.

Kapitel 59

Die Sonne schien bereits hell, als Ingrid gegen neun Uhr das Rollo hochzog. Die dicken Wolken hatten sich verzogen, der Himmel war klar und blau, doch sie nahm es kaum wahr. Die Gedanken an Heiser und Janne, die sie bis weit nach Mitternacht wach gehalten hatten, holten sie schon wieder ein. Sie öffnete das Fenster, um etwas frische Luft hereinzulassen, und blieb eine Weile da stehen.

Es konnte doch wohl nicht Janne gewesen sein, der die Nacktfotos im Duschraum gemacht hatte, oder? War er auch an Jungs interessiert? Und wie waren die Bilder bei Heiser zu Hause gelandet? Kannten die beiden sich?

Die Pferde auf der Weide jenseits der Straße vollführten kleine Hüpfer und galoppierten ein paar Runden – ein Ausdruck der Freude, der Ingrid normalerweise lächeln ließ, doch jetzt starrte sie nur mit leerem Blick über Wiesen, Zäune und rote Häuser. Die Idylle, an die sie so gerne glauben und die sie Anna schenken wollte, schien es doch nicht zu geben.

In Gedanken hörte sie Heisers flüsternde Stimme, und es schauderte sie, als sie an den modrigen Geruch in seiner Küche dachte. Ob er wohl schon das offene Vorhängeschloss entdeckt hatte? Und vielleicht sogar bemerkt hatte, dass die Fotos fehlten?

Zum Glück wusste er sicher nicht, wo sie wohnte. Doch Janne wusste das, fiel ihr ein, und die Gedanken begannen wieder zu kreisen. Was, wenn die beiden darüber redeten, wie sie überall herumschnüffelte?

Sie schloss das Fenster und horchte auf die Stille im Haus. Mit einem Mal wurde ihr bewusst, wie einsam sie war. Zwar hatte sie inzwischen recht viele Leute in der Gegend getroffen, doch eigentlich kannte sie niemanden, und niemand scherte sich wirklich um sie, nicht einmal Benny. Keiner würde merken, wenn ihr etwas zustieß, außer vielleicht Gert, der sie oder zumindest ihr Geld irgendwann einmal vermissen würde, falls keine Miete mehr kam.

Jetzt reiß dich mal zusammen, ermahnte sie sich und ging ins Badezimmer. Woher soll Janne wissen, worauf du aus bist? Der ist doch kein verdammter Gedankenleser. Und außerdem muss er die Fotos gar nicht gemacht haben. Jeder beliebige Mensch konnte sich in der alten Abstellkammer verstecken. Und dass du Janne in einem Fotogeschäft gesehen hast, bedeutet gar nichts.

Und was sollte Heiser tun, wenn er feststellte, dass seine Fotos verschwunden waren? Die Polizei anrufen und einen Einbruch anzeigen? Oder ihre Adresse herausfinden, bei ihr anklopfen und darum bitten, sie wiederzukriegen? Wohl kaum.

Sie frühstückte und beschloss, einen langen Spaziergang mit Donna durch den Wald zu unternehmen, um einen klaren Kopf zu bekommen. Inzwischen sprang der Hund vor Eifer auf und ab, wenn sie sich dem Zwinger näherte, und es genügte, Rut durchs Küchenfenster zuzuwinken, ehe sie loszogen. Vielleicht war sie doch nicht völlig einsam.

Vor dem Haus von Gert lag Monika auf Knien in einem Blumenbeet und jätete Unkraut – auch heute mit Kopftuch und Lippenstift Ton in Ton, während Gert mit einem Spindelmäher über den lichten Rasen schob.

»Sie schuften ja ganz schön!«, rief Ingrid. Sie musste mit ein paar freundlichen Seelen reden, um die dunklen Gedanken zu vertreiben.

»Ja, das kann man wohl sagen«, erwiderte Monika und wischte sich den Schweiß von der Stirn.

»Ich habe sie vorigen Sommer schon gewarnt«, fügte Gert hinzu. »Wenn man eine Menge Blumenbeete anlegt, dann wird man auch eine höllische Menge Unkraut jäten müssen. Für mich wären ja ein paar Apfelbäume völlig ausreichend gewesen.«

»Aber Blumen sind doch etwas Schönes«, sagte Ingrid.

Monika nickte zustimmend, stand auf und bürstete sich Erde von den Knien.

»Ist das ein Flammentanz?«, fragte Ingrid und zeigte auf einen blühenden Rosenbusch an der Hauswand.

In ein paar Jahren würde der sicher sehr beeindruckend sein, doch bisher war er nicht mehr als einen knappen Meter hoch.

»Ja, genau«, sagte Monika und zog die Augenbrauen hoch. »Interessieren Sie sich auch für Gärten?«

»Ich habe in den letzten Jahren ein wenig damit angefangen. Aber ich muss immer noch viel lernen. Das da kenne ich überhaupt nicht. Es sieht aus wie Lavendel, aber es ist keiner, oder?«

Ingrid zeigte auf einen kleinen Hügel neben dem Carport, auf dem verschiedene Stauden in Gruppen zwischen den Steinen wuchsen.

»Nein, Steppensalbei«, erklärte Monika. »Aber Sie haben recht, es sieht sehr ähnlich aus.«

»Sehen Sie, jetzt habe ich etwas Neues gelernt. Aber die Sterndolde kenne ich. Und die Rudbeckie. Sehr schön.«

»Nicht wahr? Und außerdem muss man in so einem Steingarten gar nicht so viel Unkraut jäten.«

»Es ist doch schön, etwas mit den Händen zu schaffen«, erwiderte Ingrid, sie wollte das Gespräch nicht beenden und wieder einsam sein.

Donna zerrte aber ungeduldig an der Leine, und Ingrid musste einsehen, dass sie jetzt wirklich weitergehen sollte. Doch Monika trat ein paar Schritte näher und sah aus, als hätte sie noch etwas auf dem Herzen.

»Ich muss Sie was fragen«, sagte sie etwas leiser. »Patrik hat erzählt, dass Sie nach Mattias suchen. Stimmt das?«

Inzwischen wusste offensichtlich jeder hier von ihrem Auftrag.

»Ja, mal sehen, was daraus wird«, erwiderte Ingrid. »Donna, jetzt beruhige dich doch mal.«

Monika seufzte und schüttelte den Kopf.

»Wie gesagt, das ist alles eine einzige Tragödie.«

Auch wenn sie es nicht direkt sagte, war doch deutlich zu merken, wie neugierig sie war. Aber wenn man bedachte, in welchem Tempo sich hier anscheinend Gerüchte verbreiteten, mochte Ingrid in keine Details gehen.

»Donna will unbedingt weiter, aber wenn Sie irgendwelche Tipps oder Gedanken dazu haben, dann melden Sie sich doch bitte bei mir.«

»Ja, natürlich«, sagte Monika. »Selbstverständlich.«

Ingrid ging über die Landstraße und dann weiter hinauf in den Kiefernwald. Inzwischen fand sie sich ohne Probleme auf den kleinen Wegen zurecht. Donna hielt wie üblich die Nase auf den Boden und lief vorwärts durch den trockenen Sand.

Plötzlich erblickte Ingrid zwischen den Bäumen Kaj und Leia. Sie winkte, und Kaj winkte zurück und wartete auf sie. Leia tobte sofort in spielerischen Angriffen los und rannte in Kreisen um sie herum, und Donna ließ sie gewähren.

»Wie geht es dir?«, fragte Ingrid.

»Ja, schon okay«, sagte Kaj, ohne die Hunde aus dem Blick zu verlieren. Er trug Trainingshose, Sportschuhe und ein T-Shirt. Die Arme waren voller zerkratzter Mückenstiche.

»Möchten Sie die Waldhütte sehen?«, fragte er plötzlich.

»Gerne. Ist das weit von hier?«

»So einen Kilometer.«

Kaj ging mit Leia voraus. Zu Anfang war der Wald offen, und das Sonnenlicht fiel in goldenen Straßen zwischen den Baumstämmen herein, doch allmählich wurde er dichter, und der schmale Pfad schlängelte sich zwischen hohen Fichten hindurch. Kaj schien tief in seine eigenen Gedanken versunken und sah nur ab und zu über die Schulter, um zu kontrollieren, ob sie hinterherkamen. Nach einer Weile bog er vom Pfad ab, stieg über einen umgefallenen Baumstamm und lief dann weiter durch Gehölz mit kleinen Birken. Ingrid hatte jetzt keine Ahnung mehr, wo sie sich befanden.

Auf der anderen Seite des Gehölzes war der Wald noch dichter, und sie musste die Arme hochhalten, um nicht die peitschenden Äste hinter Kaj ins Gesicht zu bekommen.

Als sie auf eine kleine Lichtung kamen, blieb er stehen.

»Hier ist es«, sagte er und wandte sich ihr zu. Ingrid schaute sich um, konnte aber keine Hütte sehen, bis Kaj zur größten Fichte ging und einen schweren Ast beiseite hob.

Die Hütte war aus richtigen Holzplanken und das Dach gegen den Regen mit Teerpappe bedeckt. Die Außenwände waren mit Zweigen getarnt.

Kaj zögerte einen Moment an der Tür. Ingrid machte Donna an einer Birke fest, dann kam sie zur Hütte.

»Und? Wie fühlt es sich an?«, fragte Ingrid.

»Schwer«, sagte er und holte ein paarmal tief Luft.

Seine Hand zitterte, als er die Tür öffnete, die sogar richtige Angeln hatte. Leia jaulte zu seinen Füßen.

Da Kaj die Türöffnung blockierte, konnte Ingrid nichts sehen, außer dass es in der Hütte sehr dunkel war, aber sie wollte ihn nicht antreiben.

»Wie sieht es aus?«, fragte sie.

»Hier war jemand drin und hat ganz viel kaputt gemacht«, sagte er und kroch hinein.

Ingrid folgte ihm auf allen vieren.

Drinnen war es größer, als man von außen vermutet hätte. Vielleicht vier oder fünf Quadratmeter. Ein paar mit Spanplatten bedeckte Paletten fungierten als Ecksofa. An der einen Wand hingen ein kleines Regal und ein paar Nägel, wo man Sachen aufhängen konnte. Der Fußboden war mit zerrissenen Comiczeitschriften, Bonbonpapier und Zigarettenkippen bedeckt, und in der einen Ecke lag eine kaputt getrampelte Blechschachtel, daneben ein paar Bierdosen.

»Hier hat offensichtlich jemand gefeiert«, sagte Ingrid und hockte sich hin.

»Scheint so«, erwiderte Kaj. »Aber das waren nicht Mattias und ich.«

Er fing an, die einmal ganz glatt gestrichenen Bonbonpapiere wie Geldscheine in die Hand zu sammeln, und legte sie in die kaputte Blechschachtel.

»Das Mora-Messer ist weg«, murmelte er. »Die Taschenlampe auch.«

»Was für eine schöne Hütte«, sagte Ingrid und meinte es ernst. »Habt ihr die selbst gebaut?«

Kaj sah immer noch blass aus, aber er zitterte nicht mehr.

»Ja, fast. Mattias' Vater hat uns dabei geholfen, die Bretter und so hierherzukriegen aber gebaut haben wir fast alles selbst.«

»Wie klug, ein Regal aufzuhängen, damit die Sachen nicht feucht werden«, sagte sie. »Habt ihr hier auch übernachtet?«

»Nur ein Mal. Aber anfangs waren wir fast jeden Tag hier.«

Hatte Mattias an jenem Samstag hier übernachtet? Ingrid zweifelte daran. Zumindest nicht allein, dazu schien er noch zu kindlich gewesen zu sein. Aber vielleicht war er mit jemand anders hier gewesen.

Kaj nahm immer noch Bonbonpapiere vom Boden auf. Dann setzte er sich auf die Palette.

»Wir haben die gesammelt«, sagte er und fing an, die Bonbonpapiere in unterschiedlichen Stapeln zu sortieren.

»Shake war das Lieblingskaugummi von Mattias. Er hat es eigentlich die ganze Zeit gekaut. Am liebsten mochte er Lakritzgeschmack.«

Jetzt zitterten seine Hände wieder.

»Ich vermisse ihn so sehr. Jeden Tag.«

»Das verstehe ich«, sagte Ingrid.

Als Kaj sich mit dem Hemd übers Gesicht wischte, ließ ihn die Geste viel jünger wirken als seine vierzehn Jahre.

»Als Kind hatte ich eine Freundin, die hieß Siri«, erzählte Ingrid. »Wir haben Glanzbilder gesammelt, und Siri hatte das schönste von allen, einen großen Engel mit einer Menge Glitzer drauf. Ich habe die ganze Zeit versucht diesen Engel einzutauschen, aber was auch immer ich geboten habe, hat es doch nie gereicht.«

Kaj sah sie mit Tränen in den Augen an.

»Einmal, als Siri zu Abend essen musste und ich allein in ihrem Zimmer war, habe ich einen großen Riss in das Glanzbild gemacht. Es war, als würde mich eine dunkle Kraft überfallen, die sagte, wenn ich es nicht haben konnte, dann sollte Siri es auch nicht haben. Es hat einige Tage gedauert, bis Siri entdeckte, dass der Engel kaputt war, aber ich habe mich nicht getraut zuzugeben, dass ich es gemacht hatte. Als sie eine andere Freundin verdächtigt hat, ließ ich sie glauben, dass die es gewesen wäre, so sehr habe ich mich geschämt.«

»Haben Sie ihr dann nie erzählt, dass Sie das eigentlich waren?«, fragte Kaj.

»Doch, das habe ich. Aber erst Jahre später, da hatten wir schon aufgehört, überhaupt Glanzbilder zu sammeln. Aber es tat gut, um Verzeihung zu bitten. Bis dahin hatte ich fast jeden Tag daran gedacht.«

»Hat sie Ihnen verziehen?«

»Ja, das hat sie, zum Glück.«

Kaj fing an, ein Bonbonpapier zwischen den Fingern zu rollen.

»Jeder macht manchmal Sachen, für die er sich hinterher schämt«, sagte Ingrid.

Draußen vor der Hütte bellte Donna.

»Ich habe Pelle die Waldhütte gezeigt«, gestand Kaj. »Obwohl Mattias und ich uns gegenseitig geschworen hatten, niemals irgendjemandem zu erzählen, wo sie ist.«

»Hat Mattias das erfahren?«

Ingrid kroch auf die Palette und setzte sich mit dem Rücken an der Wand neben ihn.

»Glaube nicht«, sagte Kaj.

Das Bonbonpapier hatte sich zwischen seinen Fingern in einen kleinen Stecken verwandelt.

Auch Ingrid musste ihre Hände beschäftigen und nahm sich einen Ast vom Boden, mit dem sie anfing herumzustochern, während sie darauf wartete, dass Kaj weitersprechen würde.

»Nein, ich kann es nicht erzählen«, sagte Kaj. »Das geht einfach nicht.«

»Hast du Mattias irgendetwas angetan?«, fragte sie und sah ihn an.

»Nein, nein, nein, das schwöre ich. Auf Ehre und Gewissen.«

Leia kroch auf der anderen Seite zu ihm und drückte die Nase an sein Bein.

»Pelle und ich haben jemanden erpresst«, sagte er leise. »Und ich glaube, dass diese Person glaubt, Mattias hätte das gemacht, oder zumindest, dass er mit dabei gewesen wäre, aber er hatte nichts damit zu tun.«

»Was ist denn passiert?«, fragte Ingrid.

Jetzt zitterte Kaj nicht nur, sondern bebte geradezu.

»Mattias und ich haben immer Leute ausspioniert. Das fanden wir spannend. Manchmal haben wir Gespräche mit dem Kassettenrekorder von Mattias aufgenommen, so wie richtige Spione es machen. Und einmal voriges Jahr haben wir ein Gespräch aufgenommen, das …«

Er strich Leia über den Kopf, starrte aber geradeaus.

»Das war jemand, der verheiratet war, aber ein Kind mit einer anderen Frau haben würde, irgendwie so. Sie haben gestritten und geschrien und geweint. Mattias und ich fanden das schlimm, und wir haben gemeinsam beschlossen, dass wir niemals jemandem davon erzählen würden oder auch niemanden das Band anhören lassen würden.«

Jetzt war fast nichts mehr von Ingrids Stöckchen übrig, also warf sie es weg, nahm sich ganz ruhig ein neues und wartete. Kaj saß lange schweigend da.

»Mir wurde Mattias langsam ein bisschen zu kindisch«, sagte er schließlich. »Stattdessen war ich mehr mit Pelle zusammen. Er ist ein Jahr älter und hat uns immer aufgezogen, weil er fand, unsere Spiele wären albern. Aber zu spionieren ist spannend und auch ein bisschen gefährlich, und ich wollte ihm das beweisen, also habe ich ihm das Band vorgespielt.«

»Du wolltest ihn beeindrucken?«

Kaj nickte.

»Und Pelles Idee war dann, dass wir den Mann erpressen könnten.

Oder eigentlich war es die Idee von Pelles Brüdern. Ich habe mich nicht getraut zu widersprechen, als sie das Band hören wollten. Dann haben sie es dem Mann geschickt und ihn dazu gebracht, drei Tausender in eine Dose im Wald zu legen. Sonst würden sie seiner Frau alles erzählen.«

»Aber von dieser Geschichte hast du niemandem erzählt?«

»Ich hab ja auch Geld gekriegt. Wir haben das geteilt. Außerdem war sowieso alles meine Schuld. Ich wusste echt nicht, wie ich da wieder rauskommen sollte.«

»Wieso meinst du, dass diese Person glaubt, Mattias würde hinter der Sache stecken?«

»Einmal, als Mattias und ich mit dem Kassettenrekorder unterwegs waren, haben wir ihn getroffen. Er hat etwas zu Mattias gesagt, was ich nicht gehört habe. Und Mattias wollte mir hinterher nicht erzählen, was es war, aber ich habe ihm angesehen, dass er schreckliche Angst hatte.«

»Darf ich fragen, wer das ist?«

»Der Pfarrer hier in Våmhus. Sie können das Band anhören, wenn Sie wollen. Ich hab es noch zu Hause.«

»Und wer ist die Frau?«

»Sie heißt Gabriella. Früher hat sie in der Mensa der Schule gearbeitet.«

Dann kennt Monika sie, dachte Ingrid. Die beiden müssten doch zusammengearbeitet haben.

»Wenn es der Pfarrer war, der Mattias etwas angetan hat, dann bin ich daran schuld«, sagte Kaj. »Dann will ich nicht mehr leben.«

Kapitel 60

Benny machte ein paar Schritte hinaus in das fließende Wasser, bis die Angelschnur lang genug war, um zu dem Stein zu gelangen, an dem sich die Lachsforellen gerne aufhielten. Normalerweise kehrte in alle seine Sinne sofort Ruhe ein, sobald er die Wathosen angezogen und ein paar Würfe gemacht hatte, doch heute half es überhaupt nichts. Außerdem biss auch keiner an.

Er kurbelte die Leine wieder ein, um es ein weiteres Mal zu probieren, diesmal ein Stück weiter stromabwärts. Mit sanften Bewegungen warf er die Schnur wieder aus, doch noch ehe sie auch nur in der Nähe des Steins war, verhedderte sie sich und fiel ins Wasser.

Was war bloß mit ihm los? Konnte er nicht einmal mehr seine Angel bedienen?

Die Fliege hatte sich ordentlich verhakt, und Benny seufzte, während er versuchte, die Ausrüstung wieder in Ordnung zu bringen. Er hatte das Fliegenfischen als Zwölfjähriger gelernt, doch jetzt stand er hier und fummelte rum wie ein Anfänger. Zum Glück sah ihn niemand.

Das schlechte Gewissen lag ihm auf der Seele.

Warum hatte er Hinseberg überhaupt erwähnt? Das war wirklich ein Schlag unter die Gürtellinie. Auch wenn er in der Sache recht hatte, wäre es doch nicht nötig gewesen.

Seit dem Treffen im Helmers hatte er kein Wort von Ingrid gehört.

Als Benny die Schnur in Ordnung gebracht hatte, warf er ein weiteres Mal. Wie in Zeitlupe landete die Fliege unterhalb des Steins und floss sachte mit dem Strom weiter. Auch diesmal biss keiner an.

War das Problem vielleicht einfach, dass er sich unter Druck gesetzt fühlte, eingeklemmt zwischen Ulrikas Kritik, Ingrids Bitte um Hilfe und dem, was er selbst wollte? Und wenn er versuchte, eine Grenze zu ziehen, die Ingrid nicht akzeptieren wollte, dann geriet er in Panik? Es sah ihm überhaupt nicht ähnlich, so emotional und schlichtweg gemein zu reagieren.

Er warf die Angel noch ein paarmal aus, ohne sich darum zu scheren, ob einer anbiss oder nicht. Er war nicht hier, um Fische zu fangen, sondern um in Ruhe nachdenken zu können.

Während er ein weiteres Mal die Schnur einholte, wurde ihm klar, dass er nicht länger grübeln musste. Plötzlich stand alles deutlich vor ihm. Er war nicht hierhergekommen, weil er nachdenken musste, sondern um eine Tatsache zu akzeptieren. Er vermisste sie.

So einfach war das. Und genauso schwer.

* * *

Ingrid eilte mit der Kassette in der Tasche nach Hause, um sie so schnell wie möglich anzuhören.

Könnte der Pfarrer Mattias umgebracht haben? Spontan fiel es Ingrid schwer, den mageren Mann, den sie in der Sakristei getroffen hatte, als Mörder zu sehen. Aber sie wusste, wie leicht man sich da täuschen konnte – sie selbst war der lebende Beweis.

Staffan Ekstedt war in Begriff gewesen, alles zu verlieren: Familie, Arbeit und seinen guten Ruf.

Sie sollte noch einmal mit ihm sprechen, aber erst wollte sie Kontakt zu dieser Gabriella aufnehmen. Je mehr sie in der Hand hatte, bevor sie den Pfarrer auf die Sache ansprach, desto besser.

Als sie auf dem Nachhauseweg am Haus von Gert und Monika vorbeikam, verlangsamte sie ihre Schritte. Diesmal war niemand zu sehen, aber die Haustür stand offen, und als Ingrid mit Donna an ganz kurzer Leine auf der Treppe polterte, tauchte Monika sofort auf.

»Hallo«, sagte sie. »Waren Sie bis jetzt unterwegs?«

»Ja. Das Wetter ist so schön.«

»Möchten Sie etwas trinken? Wasser? Kaffee? Erdbeersaft? Ich habe vorgestern welchen gekocht.«

»Gerne etwas Saft«, sagte Ingrid. »Wenn das keine Umstände macht.«

Erst jetzt merkte sie, wie durstig sie war.

»Gar nicht«, sagte Monika und verschwand im Haus.

Ingrid setzte sich mit Donna in den kleinen Windfang, während Monika drinnen klapperte. Kurz darauf kam sie mit einem Glas in der einen und einer Schale mit Wasser für Donna in der anderen Hand wieder heraus.

»Danke«, sagte Ingrid und trank das Glas in großen Schlucken halb leer.

Donna war mindestens ebenso durstig. Das Wasser spritzte über das imprägnierte Holz, als sie es in sich hineinschlabberte.

»Monika, ich wollte Sie fragen, ob Sie Gabriella kennen, die in der Mensa der Schule gearbeitet hat«, sagte Ingrid, als sie ihren Durst gestillt hatte.

»Gabriella Holgersson?«, fragte Monika, die ihre Neugier nicht verbergen konnte. »Ja, natürlich. Was ist mit ihr?«

»Wissen Sie, wo sie wohnt? Ich habe gehört, dass sie seit Herbst nicht mehr hier arbeitet und woanders hingezogen ist.«

»Sie ist plötzlich, mir nichts, dir nichts, zurück nach Vansbro gezogen«, erklärte Monika. »Sie kommt daher.«

»Ach so, ja. Vansbro. Das ist nicht weit weg, oder?«

»Nein, wie weit mag das sein? Sechzig, siebzig Kilometer oder so.«

»Warum wollen Sie das wissen?«, fragte Monika. »Hat sie etwas mit Mattias zu tun?«

»Das glaube ich nicht. Aber es gibt da etwas, über das ich gern mit ihr reden würde.«

»Natürlich«, sagte Monika. »Ich frage nicht mehr. Aber wenn ich

Ihnen mit etwas anderem helfen kann, dann sagen Sie einfach Bescheid.«

* * *

Als Benny nach Hause kam, hatte Ulrika auf dem ganzen Küchentisch kleine Papierzettel ausgebreitet, die sie konzentriert hin und her verschob.

»Hast du was gefangen?«, fragte sie, ohne aufzusehen.

»Zwei ganz anständige Kerle zumindest«, erwiderte er und gab ihr einen Kuss. »Was machst du da?«

Benny schaute über ihre Schulter. Auf den Zetteln standen verschiedenen Namen, und er verstand, worum es sich handelte: die Sitzordnung.

»Ich versuche das hier zusammenzubringen, aber es ist verdammt noch mal nicht leicht«, sagte sie. »Wir haben da ein paar Leute, mit denen ist es richtig schwierig.«

Er legte die Plastiktüte mit den Fischen auf die Spüle und wusch sich die Hände.

»Das wird schon«, sagte er.

»Ja, aber das hier soll richtig gut werden.«

»Es wird eine schöne Trauung geben und gutes Essen. Und danach muss jeder für sich selbst die Verantwortung übernehmen und sich amüsieren. Wir können die Leute nicht zwingen, miteinander zu reden.«

»Nein, das ist klar«, sagte sie. »Aber es macht ja auch nichts, wenn man ein bisschen nachhilft.«

Benny nahm die filetierten und ausgenommenen Fische aus der Tüte und spülte sie ordentlich unter dem Wasserhahn ab.

Er war körperlich erschöpft, aber auch die Gedanken hatten wieder angefangen zu kreisen. Vielleicht vermisste er nicht direkt Ingrid, sondern einen Freund. Jemanden, der ihn verstand und wusste, wer er war. Kenneth in allen Ehren, aber außer dem Job hatten sie doch nichts gemein. Außerdem war es ermüdend, die ganze Zeit kleine Sticheleien über Stockholm und die Großstadtgewohnheiten zu hören, auch wenn es nur im Scherz war. Manchmal vermisste er, einfach nur der sein zu können, der er war, ohne um Entschuldigung bitten zu müssen. Und mit Ingrid redete es sich so leicht.

Er zog eine Schublade auf und nahm die Rolle mit Gefrierbeuteln heraus.

»Wie findest du das hier?«, fragte Ulrika.

Benny beugte sich über sie und versuchte, Tische und Namenszettel zu überblicken.

»Also, hier ist der Tisch mit den Ehrengästen«, erklärte Ulrika und zeigte darauf. »Hier am langen Tisch, am nächsten bei uns, sollen unsere direkten Angehörigen sitzen, die Geschwister und so. Und dahinten am Ende machen wir einen Kindertisch.«

»Das sieht wirklich sehr gut aus«, sagte Benny und riss eine Tüte von der Rolle.

»Du hast gerade mal drei Sekunden draufgeschaut«, erwiderte sie und grinste. »Du kannst kaum etwas gesehen haben.«

»Ich vertraue dir.«

»Aber ich will, dass wir das hier zusammen machen«, entgegnete Ulrika.

Die Fischschublade in der Tiefkühltruhe war fast voll, weshalb Benny ein wenig umsortieren musste, um den Fang des Abends unterzubringen.

»Außerdem bin ich müde, sagte er. »Ich brauche jetzt wirklich mal Urlaub.«

Ulrika warf ihm einen langen Blick zu.

»In einer Woche hast du doch schon frei«, sagte sie in dem Versuch, sowohl ihn als auch sich selbst ein wenig aufzumuntern.

»Und ich verspreche, dass ich dann mehr erledigen werde«, sagte er und gab ihr einen Kuss auf die Stirn. »Ich liebe dich. Das hier wird ein großartiges Fest.«

Kapitel 61

Das Radio in Ingrids Küche hatte einen Kassettenrekorder, und als sie wieder zu Hause ankam, legte sie Kajs Kassette sofort ein und drehte die Lautstärke auf. Die Stimmen waren klar und deutlich zu hören. Erst die des Pfarrers:

»Dir ist ja wohl klar, dass ich mich darum nicht kümmern kann.«

»Du hast gesagt, du liebst mich und könntest du ohne mich nicht leben. Hast du mich die ganze Zeit angelogen?«

»Nein, Gabriella. Ich habe nicht gelogen. Ich kann nicht ohne dich leben.«

Es wurde still. Dann sprach der Pfarrer wieder:

»Bist du ganz sicher, dass es meins ist?«

»Worauf willst du hinaus? Natürlich bin ich sicher! So denkst du also über mich. Dass ich mit allen Möglichen schlafe? Ich dachte, das, was wir haben, sei etwas Besonderes, aber du … Der Teufel soll dich holen!«

Nachdem Ingrid die ganze Aufnahme angehört hatte, schaltete sie den Kassettenrekorder aus. Die arme Frau. Und jetzt war sie also zurück in ihre Heimatstadt gezogen.

Gabriellas Nummer stand nicht im Telefonbuch, also blieb Ingrid nichts anderes übrig, als die Auskunft anzurufen, auch wenn das etwas kostete. Doch als sie dann mit der Nummer auf ihrem Block dasaß, wurde sie nachdenklich.

Das waren gelinde gesagt heikle Fragen, die sie stellen wollte, und das am Telefon zu tun war problematisch. Einerseits lief sie Gefahr, dass Gabriella ganz einfach auflegte, ohne zu antworten, zum anderen war es so viel schwieriger, ihre Reaktionen abzulesen.

Ingrid nahm erneut den Hörer und rief ein weiteres Mal bei der

Auskunft an, um Gabriellas Adresse zu bekommen. Nach Vansbro war es nicht sonderlich weit, sie konnte also auf gut Glück hinfahren.

Auf dem Stadtplan von Vansbro im Telefonbuch suchte sie nach der richtigen Straße. Sie lag mitten im Zentrum und dürfte leicht zu finden sein. Schnell packte sie Notizblock, Geldbeutel und dazu eine Flasche Saft und einen halben Schokoladenkuchen als Proviant für die Fahrt ein. Ehe sie das Haus verließ, lief sie noch einmal schnell zurück in den Saal und klemmte sich auch das Telefonbuch mit dem Stadtplan unter den Arm.

Die Straße durch den Wald war schmal und kurvenreich. Lange Zeit hing sie hinter einem Holzlaster, ohne überholen zu können, weshalb die Reise länger dauerte als erwartet, doch das spielte keine Rolle. Sie hatte ja nichts anderes zu tun, und außerdem war es nicht einmal sicher, dass Gabriella überhaupt zu Hause war.

Als sie endlich in Vansbro ankam, bog sie bei einer großen T-Kreuzung rechts ab. Sie kam an einem gigantischen Holzlager und enormen Haufen von Sägespänen vorbei, und der besondere Geruch fand seinen Weg ins Auto. Langsam fuhr sie weiter auf ein kleines Zentrum zu, um fast auf Anhieb die richtige Adresse zu finden, ohne dass sie überhaupt den Stadtplan bemühen musste. Das Mietshaus war zwei Etagen hoch und hatte drei von Hagebuttenbüschen eingerahmte Eingänge.

Auf dem Weg vom Parkplatz zum Eingang kam sie an einem leeren Spielplatz mit ein paar Schaukeln und einer kleinen buckligen Rutsche vorbei. Auf dem Asphalt konnte man noch die Reste von einem mit Schulkreide aufgemalten Hüpfspiel sehen, allerdings nirgends Kinder. Es war mitten in den Fabrikferien, wahrscheinlich waren die meisten Familien verreist.

Ingrid hegte keine großen Hoffnungen, doch als die Klingel hinter der Tür summte, war das Weinen eines Kindes zu hören. Es wurde wieder still, und bald ging die Tür auf.

Gabriella hielt ein kleines hellblaues Bündel vor der Brust und starrte sie wütend an.

»Ein Junge? Habe ich ihn geweckt?«, fragte Ingrid. »Das war nicht meine Absicht.«

»Er war gerade eingeschlafen«, entgegnete Gabriella, die Hand fest unter den Po des Kindes gelegt. Die kleinen Arme fuchtelten in alle Richtungen.

»Was wollen Sie?«

Ingrid erkannte, dass die Wut eigentlich Ausdruck von Müdigkeit an der Grenze zur Erschöpfung war. Das fettige Haar war zu einem Pferdeschwanz gebunden und der Pullover voller weißer Spuckflecken.

Sie stellte sich so schnell wie möglich vor und erklärte ihren Auftrag.

Gabriella sah sie lange an, ohne etwas zu sagen.

»Ach so?«, sagte sie dann. »Ich weiß, dass er verschwunden ist und so, aber was hat das mit mir zu tun? Das verstehe ich nicht.«

Sie wippte im Stehen ein wenig in den Knien, um den Jungen zu beruhigen, der immer noch empört mit den Armen fuchtelte.

»Kann ich für einen Moment reinkommen?«, fragte Ingrid, beschloss, Gabriellas Schweigen als Zustimmung zu nehmen, und machte einen großen Schritt über den Haufen Post in der Diele.

»Privatermittlerin?«, murmelte Gabriella vor sich hin und ging zurück in die dunkle Wohnung.

Ingrid machte die Tür hinter sich zu und folgte ihr ins Wohnzimmer, das mit einem zerschlissenen Zweisitzer-Sofa, Couchtisch und Fernseher eher spartanisch eingerichtet war. Auf dem Boden bei der Balkontür stand eine staubige Palme in einem Topf. Alle Rollos waren heruntergezogen.

»Ich bin hergekommen, weil Sie vielleicht wissen, was Staffan Ekstedt an dem Wochenende gemacht hat, als der Junge verschwand.«

»Staffan?«, fragte Gabriella, nahm ein Frotteehandtuch vom Sofa und setzte sich. »Was hat der damit zu tun? Und warum sollte ich eine Ahnung davon haben, was er gemacht hat?«

Jetzt sah sie nicht mehr verärgert aus, sondern verwirrt.

»Ich habe gehört, dass Sie eine Beziehung hatten«, erklärte Ingrid und ließ sich gegenüber vom Sofa auf einem Sessel nieder.

»Wer hat das gesagt?«

Als der Junge wieder zu strampeln begann, hielt Gabriella eine Hand über seinen Kopf, was jedoch nicht den gewünschten Effekt hatte.

»Das kann ich nicht erzählen«, antwortete Ingrid.

»Denn Staffan wird es sicherlich nicht gewesen sein, stimmt's?«

Gabriella stieß ein heiseres Lachen aus.

»Nein. Er war es nicht.«

»Das ist mir schon klar«, erwiderte Gabriella trocken. »Im Dorf wird also getratscht. Das ist doch interessant zu hören. Ich frage mich, was der scheinheilige Mistkerl davon hält.«

Ingrid zögerte ein wenig, ehe sie die nächste Frage stellte.

»Das Kind ist seins?«, fragte sie. »Ist das so?«

Gabriella schaute sie an, als würde sie Ingrid zum ersten Mal, seit sie gekommen war, richtig sehen.

»Es fühlt sich komisch an, mit einer völlig fremden Person darüber zu reden«, sagte Gabriella. »Ich habe keine Ahnung, wer Sie sind, aber Sie kommen hierher und wissen eine Menge über mich.«

Als der strampelnde Junge zu schreien begann, stand Gabriella auf und begann im Zimmer auf und ab zu wandern. Sie summte leise in das Ohr des Kleinen, schaukelte ihn sanft, und nach einer Weile beruhigte er sich wieder.

»Es war nicht meine Absicht, Sie in Bedrängnis zu bringen«, erklärte Ingrid. »Und ich bin ja auch nicht hier, um über Sie zu ermitteln.«

Gabriella gähnte so sehr, dass ihr die Tränen in die Augen traten.

»Das erste Wochenende im Juli des vorigen Jahres«, fuhr Ingrid fort. »Wissen Sie, was Staffan da gemacht hat?«

»Wie soll ich mich daran noch erinnern können?«

»Haben Sie vielleicht einen alten Kalender oder ein Tagebuch, wo Sie nachschauen könnten?«

Wieder schwieg Gabriella eine lange Zeit, als würde es eine Weile dauern, die Botschaft der Worte zu begreifen.

»Da müssten Sie ihn für einen Moment nehmen«, sagte Gabriella. »Aber Sie müssen rumlaufen, sonst fängt er sofort an zu schreien.«

Ingrid erhob sich von ihrem Sitzplatz und nahm vorsichtig das kleine Bündel entgegen, das Gabriella ihr in den Arm legte, um dann im Schlafzimmer zu verschwinden.

Sie hielt den Rücken des Jungen fest, spürte seine weiche Wange an ihrer und sog den Geruch ein. In einem anderen Leben war sie genauso herumgewandert, vor und zurück. Kjell hatte das Geräusch von Babygeschrei gehasst und immer gesagt, es ginge ihm auf die Nerven. Einmal hatte er zurückgebrüllt, nur wenige Zentimeter von Annas Gesicht entfernt. Danach hatte Ingrid alles getan, was in ihrer Macht stand, damit Anna still blieb.

Obwohl sie den Jungen sehr gerne im Arm hielt, stieg ihr Puls mit jedem kleinen Geräusch, das er von sich gab.

»Wie heißt er denn?«, fragte sie, als Gabriella mit einem kleinen schwarzen Kalender in der Hand zurückkam.

»David«, erklärte sie. »Aber er ist noch nicht getauft. Vielleicht wird er das auch nie. Ich bin auf Pfarrer momentan nicht so gut zu sprechen.«

Ingrid durfte den Kleinen weiterhin halten, während Gabriella ihren Daumen befeuchtete und im Kalender zu blättern begann.

»Glauben Sie, dass Staffan diesen Jungen umgebracht hat?«, fragte sie und warf einen Blick auf David, der sich immer noch einigermaßen still verhielt.

»Ich befrage eine Menge Leute«, erwiderte Ingrid. »Die Polizei hat ihren Job nicht sonderlich gut gemacht.«

»Aber er steht unter Verdacht, sonst wären Sie ja nicht hier.«

Darauf antwortete Ingrid lieber nicht.

Gabriella hielt inne.

»Tut mir leid«, sagte sie. »In den Tagen habe ich überhaupt nichts aufgeschrieben.«

Plötzlich wirkte sie etwas wacher.

»Nichts? Am ganzen Wochenende?«

»Leider. Wahrscheinlich lag ich zu Hause und es ging mir schlecht. So war es in dem Sommer eigentlich andauernd.«

»Sie erinnern sich nicht, ob Sie Staffan getroffen haben?«

»Nein, ich habe nicht die geringste Ahnung, was er gemacht haben könnte.«

Als David wieder zu weinen begann, legte Gabriella den Kalender weg und übernahm den Kleinen.

»Tut mir leid, dass ich nicht helfen konnte«, sagte sie, sah dabei aber nicht sonderlich traurig aus. »Wenn Sie Staffan sehen, können Sie ihm ausrichten, dass sein Sohn wächst und es ihm super geht und dass er seinen Tenor geerbt hat.«

Als Ingrid nach Våmhus zurückkam, fuhr sie direkt zur Kirche. Auch diesmal fand sie Staffan in der Sakristei. Von drinnen war ein hektisches Klappern der Schreibmaschine zu hören, und die Intensität nahm auch nicht ab, als sie an die Tür klopfte.

»Ja?«, war über das Hämmern hinweg zu hören.

Ingrid machte die Tür einen Spalt auf und steckte den Kopf hinein.

»Sie schon wieder?«, sagte er, ohne in seinem frenetischen Zeigefingerwalzer innezuhalten.

»Ich fürchte, ja.«

Ohne um Erlaubnis zu bitten, setzte sie sich auf denselben Stuhl wie beim letzten Mal.

»Ich muss Sie etwas fragen«, begann sie. »Sie müssen nicht antworten, aber ich würde es sehr schätzen, wenn Sie es täten.«

Ohne die Schreibmaschine aus dem Blick zu lassen, runzelte Staffan die Stirn.

»Sie haben gesagt, Sie seien an dem Wochenende, als Mattias verschwand, verreist gewesen«, fuhr Ingrid fort. »Wo waren Sie denn?«

Endlich hörte das Geklapper auf.

»Was geht Sie das an?«

Jetzt wandte er sich ihr zu und sah sie an.

»Wie ich schon sagte, müssen Sie nicht antworten«, wiederholte Ingrid. »Aber ich habe jetzt einige sensible Informationen erhalten, die Sie interessant machen.«

»Das verstehe ich jetzt nicht richtig.«

»Wenn Sie es vorziehen, kann ich natürlich auch Klartext reden. Ich habe erfahren, dass Sie ein außereheliches Kind haben und dass Sie um eine recht hohe Summe Geldes erpresst worden sind.«

Staffan starrte sie an, als hätte er ein Gespenst gesehen.

»Wer hat das behauptet?«

»Das kann ich nicht sagen.«

Der Pfarrer war kreidebleich geworden, und kleine Schweißperlen glänzten auf seiner Oberlippe.

»Ich verstehe, dass das hier schwierig für Sie ist«, sagte Ingrid. »Ich persönlich schere mich weder um uneheliche Kinder noch um irgendeine Erpressung. Mein Auftrag ist, Mattias zu finden. Ich könnte direkt zur Polizei gehen und erzählen, dass Sie ein Motiv hatten, Mattias zu töten, zum Beispiel weil Sie einfach kein Geld bezahlen wollten. Und dann würde es nicht lange dauern, bis sie zur Vernehmung geholt würden und alles ans Tageslicht käme. Die Untreue, das Kind, alles.«

»Vielleicht wäre das schön«, sagte Staffan.

»Meinen Sie?«

»Ja, vielleicht. Wenn alles seinen Gang nehmen würde und ich nicht weiter versuchen müsste, dagegen anzukämpfen.«

Staffan beugte sich vor und verbarg das Gesicht in den Händen. Ingrid erwiderte nichts und ließ ihn so sitzen.

»Mein ganzes Leben wäre ruiniert, wenn das mit dem Kind rauskäme«, murmelte Staffan in die Hände hinein. »Ich würde meine Arbeit verlieren, meine Frau, die Kinder. Unsere ganze Familie würde für etwas bestraft, das allein meine Schuld ist.«

Seine Schultern begannen zu zucken, als würde er weinen.

»Jeden Tag bitte ich Gott um Verzeihung«, fuhr er fort. »Ich flehe ihn auf meinen bloßen Knien an, dass er mir helfen möge, aber ich höre seine Stimme nicht mehr. Es ist völlig still. Er hat mich in dieser Dunkelheit allein zurückgelassen. Wie sollte ich predigen können, wenn ich nicht länger glaube?«

»Ich weiß aus eigener Erfahrung, dass man in seinem Leben große Fehler begehen kann«, erwiderte Ingrid. »Man würde alles tun, um diese Fehler ungeschehen zu machen. Aber man muss die Konsequenzen tragen, wie schwer das auch sein mag.«

»Ich habe Mattias nicht getötet«, sagte Staffan und richtete sich auf. »Sie müssen mir glauben.«

Er wandte sich wieder Ingrid zu und sah ihr in die Augen. Die Stirn glänzte von Schweiß.

»Ich habe viele Male erwogen, mein eigenes Leben zu beenden. Aber ich bin zu feige.«

»Und was haben Sie nun an dem Wochenende gemacht, als Mattias verschwand?«, fragte Ingrid erneut.

»Gabriella und ich, so heißt sie, aber das wissen Sie sicherlich bereits, wir wollten uns in Ruhe aussprechen. Also hatte ich in Sveg ein Hotelzimmer für uns gebucht«, sagte er nach einem tiefen Seufzer. »Sie kam am Samstag dorthin, fuhr aber bereits am Abend wieder ab.«

»Um welche Zeit ungefähr?«

»Daran erinnere ich mich nicht. Vielleicht so gegen sieben.«

»Ich habe bereits mit Gabriella gesprochen, und sie sagt, sie sei das ganze Wochenende über zu Hause gewesen.«

Staffan schüttelte den Kopf.

»Das überrascht mich nicht«, erwiderte er. »Natürlich will sie sich rächen, das ist wohl nur menschlich. Aber jemand im Hotel muss sowohl sie als auch mich gesehen haben und kann mir ein Alibi geben. Ich sage die Wahrheit, das verspreche ich.«

Kapitel 62

In dieser Nacht war es Ingrid unmöglich, zur Ruhe zu kommen. Nach nur wenigen Stunden unterbrochenen Schlafs wachte sie um kurz nach fünf Uhr wieder auf. Da sie nicht wieder einschlafen konnte, schaltete sie die Nachttischlampe ein und holte ihr Notizbuch heraus.

Heiser, Motiv: Sexuell. Ein Übergriff, der zu weit gegangen ist, oder Angst, dass Mattias plaudern könnte. Alibi: nicht untersucht.

Staffan, Motiv: Erpressung beenden. Alibi: noch nicht geklärt.

Janne, Motiv: Unklar. Heisers Helfer? Alibi: nicht untersucht.

Ingrid betrachtete ihre Notizen eine Weile, ehe sie fortfuhr. So viele hatten über Esbjörns Launen gesprochen, dass sie diese Möglichkeit nicht ausschließen durfte, also schrieb sie zum Schluss:

Esbjörn, Motiv: Kindesmisshandlung, die versehentlich in einem Todesfall geendet hat. Alibi: keine Ahnung.

Dass er sein eigenes Kind getötet haben könnte, war ein so furchtbarer Gedanke, dass sie diese Möglichkeit am liebsten ignoriert hätte. Aber dennoch musste sie jeden Stein umdrehen, durfte nichts übersehen, nur weil es unangenehm war, darüber nachzudenken.

Als sie am Tag zuvor vom Pfarrhof zurückgekommen war, hatte sie beim Hotel in Sveg angerufen, um jemanden zu finden, der bestätigen könnte, dass Staffan Ekstedt jenes Wochenende im Juli dort verbracht hatte. Doch das stellte sich als schwierig heraus. Die Frau am Telefon fand Staffans Namen in den Unterlagen, aber sie selbst hatte zu dem Zeitpunkt nicht im Hotel gearbeitet, und konnte dementsprechend nicht bestätigen, ihn gesehen zu haben. Der Hotelchef war in Urlaub, aber die Frau würde tun, was sie konnte, und das restliche Personal befragen und sich wieder melden.

Gegen acht Uhr zog Ingrid sich an und ging in die Küche hinunter. Sie goss den Tee auf und holte sich ein Buch mit Landkarten aus dem Bücherregal im Saal. Zwischen Mora und Sveg konnten nur ein paar Stunden Autofahrt liegen, und Staffan hätte hin und zurück fahren können, ohne dass es jemand im Hotel bemerkt hätte.

Ein Klopfen an der Tür riss Ingrid aus ihren Gedanken, zuerst war es so leise, dass sie es fast nicht hörte, dann fester.

»Was ist das denn?«, sagte sie laut zu sich selbst. »So früh am Tag?«

Das waren doch wohl nicht Heiser oder Janne, die sie an die Wand drücken wollten?

Sie schlich zum Fenster und spähte hinter der Gardine hinaus. Zu ihrer Erleichterung sah sie, dass es sich weder um Heiser noch um Janne handelte, sondern dass Eva-Lena im Windfang stand. Was wollte sie wohl?

Auf dem Weg durch die Küche holte sie das Tee-Ei aus der Kanne, dann schloss sie die Eingangstür auf.

»Hallo«, sagte sie. »Du bist ja ganz schön früh auf.«

»Sie haben gesagt, dass ich mich melden soll, wenn mir was einfällt«, erklärte Eva-Lena. Sie sah müde aus und hatte nicht so viel Make-up im Gesicht wie bei ihrer letzten Begegnung.

»Ja, natürlich. Komm rein.«

Eva-Lena folgte der Aufforderung und stieg auf der Schwelle aus den Holzschuhen.

»Möchtest du eine Tasse Tee?«, fragte Ingrid und ging vor ihr her in die Küche. »Der ist gerade fertig geworden.«

»Nein danke. Ich brauche nichts.«

»Auch nichts anderes?«, fragte Ingrid. »Eine heiße Schokolade? Ein Butterbrot?«

Eva-Lena schüttelte den Kopf und setzte sich an den Küchentisch.

»Ich habe gerade erst gefrühstückt«, sagte sie und holte einen Briefumschlag aus der Trainingsjacke, den sie auf den Tisch legte.

Ingrid schenkte sich selbst eine Tasse Tee ein und setzte sich ihrem Gast gegenüber.

»Was ist das hier?«, fragte sie.

Der Umschlag war hellgrün und mit Wassermelonen dekoriert, zwischen denen Eva-Lenas Name und Adresse krakelig geschrieben standen.

»Ich habe Jasmine geschrieben und von Ihnen erzählt und dass Sie nach Mattias suchen«, erklärte Eva-Lena. »Und dass Sie mit allen hier geredet haben und sicherlich auch mit ihr reden wollen. Sie war an dem Wochenende ja schließlich hier.«

Ingrid nickte.

»Und was hat sie geantwortet?«

»Lesen Sie selbst«, sagte Eva-Lena.

Ingrid fischte das Briefpapier, das dieselbe Melonendekoration trug, aus dem Umschlag und faltete es auf. Der Brief war nicht lang, nur anderthalb Seiten und mit rosa Kugelschreiber geschrieben. Die Tinte roch scharf und chemisch nach Erdbeeren.

Hallo! Wie geht es dir? Mir geht es total gut. Ich bin alleine zu Hause, denn Mama ist auf dem Lande im Skärgården. Das ist so schön. Ich kann alles machen, was ich will. Gestern waren Hanna und ich zuerst im Kungsträdgården und haben Eis gegessen und dann sind wir zum Tantolunden gefahren und haben da gebadet, zusammen mit einer Gang krass süßer Jungs, die wir kennengelernt haben. Am Ende waren wir bis vier Uhr morgens draußen unterwegs, deswegen habe ich heute fast den ganzen Tag geschlafen. Ich liebe den Sommer! Der soll niemals zu Ende gehen.

Wie spannend mit dieser Detektivin. Glaubt sie echt, dass Mattias ermordet worden ist? Das wäre ja super gruselig. Hat sie ihn schon gefunden? Ich will alles wissen! Aber ich weiß echt nicht, warum ich mit ihr reden sollte. Ich weiß doch nichts.

Ne, ich komme diesen Sommer nicht nach Våmhus. Natürlich vermisse ich dich und Oma und Opa, schon klar, aber ich würde vor Langeweile sterben. Es gibt da ja nichts zu unternehmen. Jedenfalls nichts, was ich gerne mache … Ich meine, ich will nicht gemein klingen oder so, ich bin einfach nur ehrlich.

Na ja, jetzt muss ich Schluss machen. Hanna ist auf dem Weg hierher, und wir wollen zum Medborgarplatsen und ein bisschen durch die Geschäfte. Schreib mir bald wieder und erzähl, was passiert.

Umarm dich,

Jasmine

Ingrid legte den Brief weg.

»Ihr seid sehr unterschiedlich«, sagte sie.

»Ja, das kann man wohl sagen. Seit wir klein waren, schreiben wir uns Briefe, und früher haben wir uns alles erzählt, und wirklich alles. Aber jetzt gibt sie meistens an. Nichts ist mehr echt.«

Eva-Lena kratzte etwas brüchigen Nagellack vom Daumen.

»Ich bin ihr gar nicht mehr wichtig.«

»Ich glaube schon, dass du das bist«, sagte Ingrid. »Du bist doch ihre Cousine. Das ist nur etwas Vorübergehendes.«

Ingrid faltete den Brief zusammen, schob ihn ins Kuvert zurück und gab ihn Eva-Lena.

»Aber du denkst, sie könnte etwas wissen, was sie nicht erzählt hat?«, fragte sie dann.

»Vielleicht. Mama und Oma denken, wir wären die ganze Zeit zusammen gewesen. Aber Jasmine hat beide angelogen, und ich habe mich nicht getraut, was zu sagen, denn dann wäre sie super sauer und würde überhaupt nicht mehr mit mir reden.«

»Weißt du denn, was sie in der Zeit gemacht hat, als ihr nicht zusammen wart?«

»Nein. Und es ist mir auch egal. Wahrscheinlich war sie mit irgendwelchen Typen unterwegs.«

»Typen?«, fragte Ingrid. »Mehrere?«

»Sie flirtet mit allen«, sagte Eva-Lena und zuckte mit den Schultern. »Da war einer, der hat auf dem Campingplatz gewohnt, in den war sie scheinbar richtig verknallt, aber mehr weiß ich nicht. Ehrlich gesagt, hatte ich gehofft, dass sie bald nach Hause fahren würde. Um mich hatte sie sich eigentlich gar nicht mehr gekümmert, ich war nur so eine Art fünftes Rad am Wagen.«

Eva-Lena kniff den Mund zusammen.

»Es scheint, als wärst du ein bisschen sauer auf sie«, sagte Ingrid.

»Möglich.«

»Ist an dem Wochenende, als Mattias verschwand, etwas Besonderes passiert?«

»Wir durften ja mit Pelle und Kaj zu der neuen Wasserrutsche in Mora fahren. Ich fand das superlustig, aber sie saß hauptsächlich auf ihrem Badelaken und sah gelangweilt aus. So als würde sie uns idiotisch finden und nur darauf warten, wieder nach Hause fahren zu können. Dann dachte ich, sie würde bei mir übernachten, aber sie meinte, das würde sie nicht ›schaffen‹. Als ob man davon müde wird, den ganzen Nachmittag rumzusitzen und *Starlet* zu lesen.«

Als Eva-Lena ihre Cousine zitierte, benutzte sie eine alberne Stimme und verdrehte die Augen, wenn sie davon sprach, wie Jasmine den Tag verbracht hatte.

»Glaubst du, dass sie wegen irgendwas lügt?«, fragte Ingrid. »Und möchtest du deswegen, dass ich auch mit ihr rede?«

»Ich bin sicher, dass sie nicht die ganze Wahrheit erzählt hat«, sagte Eva-Lena. »Zumindest mir nicht.«

Als Eva-Lena gegangen war, holte Ingrid die Ermittlungsunterlagen wieder heraus. Kaj, Pelle, Eva-Lena und Jasmine waren alle am Montag nach dem Wochenende von der Polizei vernommen worden. Jasmine hatte ausgesagt, sie hätte Mattias das ganze Wochenende über nicht gesehen, und noch hinzugefügt, dass sie sowieso nie was mit ihm machen würde. Außerdem hatte sie gesagt, sie hätte am Samstagabend bei Eva-Lena übernachtet. War Jasmine ehrlich gewesen, als sie meinte, sie würde sich nicht erinnern, oder hatte sie bewusst gelogen?

Ingrid blätterte den Stapel weiter durch und sah, dass die Polizei seither nicht mehr in Kontakt mit Jasmine gewesen war. Vielleicht, weil sie gesagt hatte, dass sie normalerweise sowieso nichts mit Mattias zu tun hätte. Und ehrlich gesagt hatte sie selbst ja auch nur einmal versucht, Jasmine zu erreichen.

Die meisten, mit denen Ingrid über Mattias sprach, schienen nicht immer ganz ehrlich zu sein, und es war unmöglich, zu wissen, was sie verbergen wollten. Der Pfarrer hatte ohne Frage seine Gründe, nicht die Wahrheit zu sagen. Dass Gabriella auch nicht unbedingt vertrauenswürdig war, machte die Sache nicht einfacher. Was Heiser verbarg, wagte Ingrid sich kaum auszumalen. Janne hatte anfangs einen zuverlässigen Eindruck gemacht, doch nachdem sie die Fotos gefunden hatte, glaubte sie inzwischen kein Wort mehr, das aus seinem Mund kam, und Esbjörns berüchtigtes Temperament konnte sie auch nicht länger ignorieren – ganz gleich, wie unbehaglich ihr dabei war.

Sie beschloss, mit Jasmine anzufangen, doch ehe sie versuchte, das Mädchen noch einmal zu erreichen, wollte sie ein paar Fragezeichen klären.

Rut saß am Küchentisch und säuberte Blaubeeren, als Ingrid hereinkam. Vor ihr stand ein mit einem fleckigen Frotteehandtuch bedecktes Tablett, das auf einem Stapel Bücher lag. Mit geübten Bewegungen rollte Rut die Beeren das Tablett hinunter, während sie gleichzeitig Blätter und Stöckchen entfernte. Ihre Handflächen waren schon ganz lila vom Beerensaft. Auf der Spüle lief das Radio.

»Möchten Sie Kaffee?«, fragte sie, ohne von der Arbeit aufzusehen.

»Nein danke, alles gut«, erwiderte Ingrid, setzte sich aber schon mal auf den Stuhl bei der Tür.

»Und? Wie läuft es mit der Detektivarbeit?«

»Ach ja, was soll ich sagen. Zumindest kann ich schon mal feststellen, dass die Leute hier viele Geheimnisse haben.«

»Oha, das kann ich mir nur zu gut vorstellen«, erwiderte Rut.

Sie schob die gesäuberten Beeren vom Tablett in eine Schüssel und schüttete die nicht gesäuberte Ernte aus einem Eimer nach, der auf dem Fußboden stand.

»Ich muss Sie etwas fragen«, sagte Ingrid. »Über Jasmine. Sind Sie ganz sicher, dass sie an dem Wochenende, als Mattias verschwand, in der Nacht von Samstag auf Sonntag bei Eva-Lena übernachtet hat?«

Rut lachte.

»Ich bin mir mit gar nichts mehr sicher. Aber wenn ich das gesagt habe, dann ist es zumindest, was ich erinnere.«

Ingrid nickte.

»Sie haben gesagt, Jasmine sei um die Mittagszeit zurückgekommen und hätte erzählt, sie hätte bei Eva-Lena übernachtet. Sie könnte also auch woanders geschlafen haben. Aber sie haben das nicht kontrolliert, oder?«

»Nein«, erwiderte Rut und zupfte ein paar kleine Blättchen weg, die an ihren Fingern kleben geblieben waren. »Sie hat meistens bei Eva-Lena übernachtet, also gab es keinen Grund, das zu kontrollieren.«

»Haben die beiden nie hier geschlafen?«

»Als sie kleiner waren, schon. Aber in Eva-Lenas Zimmer mit all den Schallplatten und Büchern und Zeitschriften war es doch lustiger. Sie wissen ja, wie Teenager sind.«

Ruts Finger tanzten wieder über den Beeren.

Wenn Jasmine nicht bei Eva-Lena übernachtet hatte, wo war sie dann gewesen?

»War an dem Tag irgendetwas anders?«, fragte Ingrid, hauptsächlich um Ruts Erinnerungen vom Wochenende zu überprüfen. »Hat sie etwas Ungewöhnliches erzählt? War sie in besonderer Laune?«

»Jasmine fühlte sich nicht so gut und ist ins Bett gegangen. Ansonsten hat sie nicht viel gesagt. Aber das hab ich doch schon das letzte Mal erzählt, als Sie danach gefragt haben, oder?«

»Doch«, gab Ingrid zu. »Das stimmt.«

Ruts Gedächtnis funktionierte trotz allem sehr gut.

»Aber warum fragen Sie das denn alles noch einmal?«

»Die Jugendlichen haben einfach unterschiedliche Sachen erzählt. Anscheinend ist es auch für sie nicht so leicht, sich zu erinnern, und ich versuche einfach nur zu verstehen, wie das alles zusammenhängt.«

Wieder schüttete Rut die frisch gesäuberten Beeren in die Schüssel und bürstete ihre Hände sauber.

»Darf ich Sie um einen Gefallen bitten?«, fragte Ingrid. »Ich werde nach Stockholm fahren und würde dort sehr gerne mit Jasmine sprechen. Könnten Sie anrufen und die Situation erklären? Dass sie vielleicht helfen könnte, dass es wichtig ist und dass ich sehr gut darin bin, Geheimnisse zu bewahren, falls sie welche hat?«

»Ich kann nichts versprechen«, antwortete Rut. »Jasmine hört nicht immer auf andere. Aber ich werde tun, was ich kann.«

Kapitel 63

Esbjörn stand in Arbeitshose, großen Stiefeln und Hemd auf dem Hof und hackte Holz. Er war so auf seine Arbeit konzentriert, dass er Ingrid erst bemerkte, als sie direkt neben ihm stand.

»Hallo«, sagte sie.

»Ah, Sie. Hallo«, antwortete er und legte ein Holz hochkant auf den Hackklotz. »Kommen Sie voran?«

»Es ist zu früh, um etwas zu sagen«, erwiderte sie. »Aber ich habe ein paar verschiedene Fäden, an denen ich ziehen kann.«

Esbjörn schwang die Axt und spaltete das Holzstück.

»Doch schon?«

Er beugte sich herab und nahm einen größeren Kloben auf. Nach einem festen Schlag packte er die Axt an der anderen Seite und haute sie mit dem eingekeilten Holzkloben auf den Hackklotz. Das Gewicht ließ die Axt tiefer ins Holz eindringen. Er hatte keine Lust, eine Pause zu machen. Die zwei Teile fielen jedes auf seiner Seite neben dem Hackklotz zu Boden. Ingrid nutzte die Gelegenheit.

»Haben Sie Zeit, ein bisschen zu reden?«, fragte sie.

»Reden Sie nur. Ich höre, was Sie sagen.«

Er wirkte mäßig interessiert, aber Ingrid setzte sich auf einen kleineren Klotz und sah zu ihm hoch.

»Könnten Sie mir mal von dem letzten Morgen mit Mattias erzählen?«

»Das habe ich bereits mehrmals getan«, erwiderte Esbjörn. »Der Polizei.«

»Ja, aber nun bin ich ja nicht von der Polizei, also weiß ich nicht, was Sie denen gesagt haben.«

Esbjörn schwang erneut die Axt.

»Was wollen Sie wissen?«

»Was er gesagt hat, wie es ihm ging, wohin er unterwegs war.«

»Es war Samstagvormittag«, erklärte Esbjörn und beugte sich herunter, um die Teile aufzusammeln und beiseite zu werfen. »Er wollte zu Kaj fahren und hatte es ziemlich eilig.«

»Sie haben gestritten?«, fragte Ingrid.

»Ja, ich fand, dass er mir vorher erst noch mal mit einer Sache helfen könnte, aber er hat sich geziert und wollte abhauen. Leider habe ich das der Polizei erzählt, deshalb waren sie erst nicht so an der Sache interessiert. Ich musste selbst herumfahren und nach ihm suchen.«

Esbjörn wischte sich den Schweiß von der Stirn.

»Glauben Sie, dass Mattias sich absichtlich versteckt hat?«, fragte Ingrid. »Nachdem Sie gestritten hatten, meine ich.«

»Der Gedanke ist mir natürlich auch gekommen«, sagte Esbjörn und nahm Maß für einen neuen Schlag. »Dass er immer noch sauer war und wollte, dass ich mir Sorgen mache, um mich zu bestrafen.«

»Oder hatte er vielleicht Angst?«

»Vor mir?«, fragte Esbjörn und legte ein neues Stück Holz auf den Klotz.

Ingrid zuckte mit den Schultern.

»Das glaube ich nicht«, fügte er hinzu. »Ich kann schon manchmal wütend werden, aber das geht doch allen Eltern so. Aber ich könnte ihm niemals ein Haar krümmen.«

»Das glaube ich auch nicht«, sagte sie. »Aber ich habe mit mehreren Freunden von Mattias gesprochen, und einige sagen, dass sie sich tatsächlich ein bisschen vor Ihnen fürchten. Dass Sie ein hitziges Temperament hätten, das einem Angst machen kann.«

Esbjörn bekam einen angespannten Zug über dem Mund, und sein Griff um die Axt verhärtete sich.

»Gegen mein Temperament kann ich ja nun mal nicht so viel machen. Ich bin so geboren, dafür kann ich nichts.«

Ingrid tat schon der Hintern weh vom Sitzen auf dem kleinen Klotz, also stand sie auf.

»Worauf wollen Sie hinaus?«, beharrte Esbjörn. »Meinen Sie, es ist meine Schuld, dass Mattias weg ist? Vielleicht glauben Sie ja sogar, dass ich ihn erschlagen habe?«

»Nein, das glaube ich nicht.«

»Was wollen Sie dann? Ich verstehe es nicht richtig, erklären Sie es mir also gerne.«

Mit einem heftigen Schlag haute Esbjörn die Axt in den Hackklotz und ließ sie dort sitzen. Seine Stimme war kalt, aber der Blick loderte.

»Meine Frau und ich bezahlen Sie teuer von unserem gesparten Geld, damit Sie unseren Sohn finden«, sagte er. »Und dann kommen Sie hierher und deuten eine Menge Sachen an.«

»Ich kann verstehen, dass es Ihnen unangenehm ist, dass Mattias und sie an diesem Tag, bevor er verschwunden ist, miteinander gestritten haben«, sagte Ingrid mit ihrer alten Streifenpolizisten-Stimme, die immer eine beruhigende Wirkung auf die Leute gezeigt hatte. »Aber Sie müssen das nicht auf mich projizieren, und Sie brauchen auch nicht Ihre Stimme zu erheben.«

»Ich projiziere gar nichts. Machen Sie Ihre Arbeit und finden Sie Mattias, damit wir irgendwann mal wieder zur Ruhe kommen können.«

Esbjörn nickte zur Straße hin. Er kniff die Lippen so fest zusammen, dass sein Mund nur noch ein schmaler Strich war.

»Sie haben tatsächlich eine sehr aggressive Ausstrahlung«, bemerkte sie. »Ich verstehe, dass man Angst vor Ihnen haben kann.«

»Hauen Sie ab«, sagte er und zeigte auf die Straße.

»Ich gehe schon, aber machen Sie sich eines klar: Ängstliche Kinder lernen nicht, zu gehorchen, sie lernen zu lügen. Vergessen Sie das nicht.«

Sie ging und musste sich anstrengen, um das wohlbekannte Unbehagen, das Esbjörns Zorn in ihr geweckt hatte, abzuschütteln.

Als sie in das stille Haus zurückkam, setzte sie sich auf die Veranda, um ein bisschen an Anna zu schreiben.

Morgen werden wir uns wieder sehen, und ich habe Sehnsucht und bin gleichzeitig auch nervös. Letztes Mal, als wir uns trafen, hast du dich fast nicht getraut, mit mir zu sprechen, aber ich glaube, dass wir es diesmal besser haben werden. Wir werden nach Gröna Lund gehen, nur wir beide und Tante Berit. Ich zähle schon die Stunden.

Diesmal hatte sie ein einfaches Zimmer in einem Hotel am Hornstull gebucht. Die Wahrscheinlichkeit, dass Kjell bei Thomas auftauchen könnte, war zwar sehr gering, aber trotzdem wollte sie das Risiko nicht eingehen.

Sie drehte den Stift zwischen den Fingern.

Heute habe ich einen Papa getroffen, der fast denselben lodernden Blick hatte wie dein Papa. Wenn du groß bist, werde ich dir erzählen, wie alles war, als du ein kleines Mädchen warst. Vielleicht wirst du es verstehen ...

Das Telefon klingelte und riss Ingrid aus ihren Gedanken. Sie legte das Buch auf den Tisch und eilte in den Saal.

»Bin ich bei Siljan-Privatermittlungen?«, fragte eine Frauenstimme am anderen Ende.

»Ja, das ist richtig.«

»Gut, mein Name ist Rigmor Hjalmarsson, und ich arbeite im Hotel in Sveg. Sie hatten ein paar Fragen zu einem Gast, den wir vorigen Sommer hatten.«

»Ja, genau. Staffan Ekstedt. Erinnern Sie sich an ihn?«

Ingrid setzte sich hin.

»Ja, ein wenig. Hier war an dem Wochenende ziemlich viel los, aber ich habe ihn ein paarmal gesehen.«

»Erzählen Sie mir einfach, woran Sie sich erinnern«, bat Ingrid.

»Wie gesagt, wir hatten viele Gäste, und die meisten laufen eher unbemerkt vorbei. Und eigentlich war das auch bei Staffan Ekstedt so. Aber nachdem er ausgecheckt hatte, war über dem Bett ein großer roter Fleck an der Wand. Es sah aus wie Rotwein, den jemand versucht hatte wegzuwischen. Im Papierkorb lag ein zerbrochenes Glas.«

»Als ob jemand wütend geworden wäre und es an die Wand geschleudert hätte?«

»Ja, genau«, sagte Rigmor. »Ich erinnere mich daran, weil es so gar nicht zu seinem sonstigen Auftreten passste.«

»Haben Sie ihn in Gesellschaft mit jemand anders gesehen?«

»Nein, nicht, soweit ich mich erinnere.«

»Wissen Sie denn, wie lange er geblieben ist?«

»Nein, auch das nicht. Er hatte das Zimmer im Voraus bezahlt, und am Sonntagmorgen lag sein Schlüssel auf dem Tresen.«

»Er könnte das Hotel also bereits am Samstagabend oder in der Nacht verlassen haben?«

Rigmor dachte einen Moment nach.

»Ja, das wäre natürlich möglich. Aber das Bett war nicht gemacht und es sah auf jeden Fall so aus, als hätte er darin geschlafen.«

»Allein?«

»Das kann ich nicht sagen. Der einzige Grund, dass ich mich überhaupt an ihn erinnere, war das mit dem Fleck an der Wand und dem zerbrochenen Glas.«

»Ich verstehe«, sagte Ingrid. »Tausend Dank, dass Sie sich gemeldet haben.«

Sie legte auf. Irgendetwas hatte den Pfarrer an dem Wochenende richtig wütend gemacht.

Kapitel 64

Der Duft von Kardamom und frischem Gebäck erfüllte das Auto. Benny hatte in der Kaffeestuga zwei Weizenschnecken mit Perlzucker gekauft. Das war auf jeden Fall besser als Blumen, dachte er. Außerdem hatte er sich im letzten Moment noch die jüngste Fischtüte aus der Tiefkühltruhe gegriffen. Ulrika würde wohl kaum bemerken, wenn die fehlte.

Die Schicht an diesem Tag war ruhig gewesen, mal abgesehen von einem Elchunfall zwischen Ryssa und Gesunda am frühen Morgen. Zum Glück hatte der Fahrer nur ein paar blaue Flecke davongetragen.

Die Frühschicht hatte den Vorteil, dass er zeitig fertig war, es war also nicht später als drei Uhr, als er ausstempelte. Ulrika würde den Nachmittag beim Friseur verbringen und die Hochzeitsfrisur und alles, was noch dazugehörte, diskutieren, also konnte er sich Zeit nehmen.

Ingrid saß draußen auf der Veranda, als er auf den Hof einbog, stand aber nicht auf, um ihm entgegenzugehen.

Benny bereute fast schon, die ganze Strecke hierher gefahren zu sein, stieg aber trotzdem aus dem Auto und nahm die Tüten mit. Ingrid tat immer noch so, als wäre er nicht da.

»Es tut mir leid«, sagte er auf dem Weg zur Treppe. »Das war nicht gut, als wir uns das letzte Mal gesehen haben. Darf ich raufkommen?«

Endlich sah sie auf, sagte aber nichts. Er legte die beiden Tüten auf den Tisch vor sie und blieb stehen.

»Verdammt, Benny«, sagte sie und klappte das Buch, in dem sie geschrieben hatte, zu. »So kannst du nicht mit mir reden. Das hat wehgetan.«

»Entschuldigung«, sagte er noch einmal. »Ich meine es wirklich ernst. Ich will nicht, dass wir uns böse sind.«

Sie sah ihn lange an und streckte dann die Finger aus und berührte die Fischtüte.

»Die hab ich kürzlich gefangen«, erklärte Benny. »Lachsforelle.«

Es war schwer zu erkennen, ob ihr das Geschenk gefiel oder nicht. Sie verzog immer noch keine Miene.

»Danke«, sagte sie und schaute in die Tüte mit dem Gebäck.

»Keine Ursache.«

»Dann willst du wohl auch einen Kaffee, nehme ich mal an«, sagte sie.

»Das wäre schön. Wenn du Zeit hast.«

Ingrid verschwand durch die Tür und nahm beide Tüten mit. Benny schlenderte hinterher. Sie schob die Fische sofort in das Eisfach des Kühlschranks und begann dann, die Kaffeemaschine zu befüllen.

»Ich hatte ein dermaßen schlechtes Gewissen«, sagte Benny. »Es war richtig gemein von mir, so was zu sagen.«

Er war drauf und dran, zu sagen, dass er sie vermisst hatte, ließ das aber lieber bleiben.

»Schon gut, vergessen wir das«, sagte Ingrid zu Bennys großer Erleichterung, er hörte aber doch, dass ihre Stimme nicht so klang wie sonst. »In gewisser Weise hast du recht. Ich bin jetzt eine andere, als ich vor Hinseberg war, und werde auch nie wieder so sein wie früher.«

Sie lächelte traurig und legte die frischen Schnecken in eine Schale.

»Ich kann mir nicht vorstellen, wie das für dich gewesen sein muss«, sagte er. »Natürlich hinterlässt das Spuren.«

Ingrid brummelte ein wenig.

»Ich muss wohl selbst auch um Entschuldigung bitten«, sagte sie und leckte sich etwas Perlzucker von den Fingerspitzen. »Wegen der

Sache mit der Zivilcourage. Du bist wirklich nicht sonderlich feige. Ich bin sehr dankbar, dass du die Ermittlungsunterlagen für mich kopiert hast.«

Sie holte Tassen und Untertassen heraus und begann aufzudecken.

»Und in diese Scheune einzubrechen, gehörte auch nicht gerade zu meinen klügsten Ideen«, fügte sie hinzu.

Endlich erschien ein kleines Lächeln, und die gedrückte Stimmung wurde etwas leichter.

»Echt jetzt?«, erwiderte Benny und grinste.

Der halbe Küchentisch war mit Notizen und Karten bedeckt, die sie ein wenig beiseite schieben musste, damit sie Platz hatten. Die Kopie der Ermittlungsunterlagen war irgendwo in der Mitte aufgeschlagen und voller Unterstreichungen.

Ingrid machte eine Geste, dass er sich setzen sollte, dann holte sie die Kaffeekanne und schenkte ein. Benny nahm eine Schnecke, doch Ingrid schien nicht sonderlich hungrig.

»Wie geht es dir?«, fragte er.

Denn irgendwas war doch. Wenn es stimmte, dass sie nicht mehr auf ihn sauer war, dann belastete sie etwas anderes.

»Morgen treffe ich Anna wieder«, erklärte sie.

»Ach so. Diesmal wird es sicher besser gehen. Jetzt ist es ja nicht so lange her, seit ihr euch zuletzt gesehen habt.«

»Das hoffe ich. Wir gehen nach Gröna Lund. Ohne die Pflegeeltern.«

»Das klingt großartig. Das wird gut, sollst mal sehen.«

Sie rührte ein wenig in ihrer Kaffeetasse und schaute aus dem Fenster.

»Wie läuft es mit dem Fall?«, fragte Benny, um das Thema zu wechseln. »Kommst du vorwärts?«

»Na, geht so«, sagte sie und schüttelte den Kopf. »Aber es passiert einiges. Gelinde gesagt.«

»Erzähl«, bat er. »Ich bin neugierig.«

»Wirklich? Ich will dich auf keinen Fall in irgendwas reinziehen. Es war sowieso schon falsch von mir, dich zu fragen.«

»Zuhören kann ich immer.«

Ingrid fischte ihr Notizbuch aus dem Durcheinander des Küchentisches.

»Ich weiß nicht mal, wo ich anfangen soll«, sagte sie und blätterte ein wenig. »Du hast ja wahrscheinlich auch nicht alle Zeit der Welt, oder?«

»Ich muss gerade nirgends hin.«

Sie holte die Bilder heraus, die Benny neulich im Helmers nur kurz überflogen hatte.

»Die hier sind im Umkleideraum beim Fußballplatz gemacht worden«, erklärte sie. »Da ist ein Loch in der Wand zu einer alten Abseite, von der aus man eine perfekte Sicht hat.«

»Du machst Witze.«

»Leider nein. Man kann das Loch mit einem Holzstück verschließen und dann ist es fast nicht zu sehen. Wer die Jungs fotografiert hat, weiß ich nicht, aber ich möchte wetten, dass es Janne Seth war, der Fußballtrainer.«

Benny betrachtete die Fotos näher.

»Ich wollte dich eigentlich anrufen und fragen, ob er vielleicht auch angezeigt oder wegen irgendetwas verurteilt ist, aber, na ja es schien nicht der passende Zeitpunkt zu sein. Aber in meinen Augen ist er verdächtig, zumindest wegen der Herstellung von Kinderpornographie. Zusammen mit Lars-Gunnar oder allein.«

Ingrid blätterte in ihrem Notizbuch.

»Dann ist noch etwas ganz anderes aufgetaucht«, sagte sie. »Hast du wirklich Zeit? Ich möchte dich mit dem hier nicht aufhalten, wenn du eilig nach Hause musst.«

Wenn sie von dem Fall sprach, hatte sie wieder die alte Energie in der Stimme. Einmal Polizist, immer Polizist, dachte er. Zu arbeiten war doch die beste Medizin für die Seele.

»Leg los«, sagte er. »Ich will es hören.«

Er nahm einen Schluck Kaffee und beugte sich vor.

»Mattias und Kaj haben gerne Leute ausspioniert«, begann Ingrid. »Alle nennen die beiden Rotzbengel, aber dieses eine Mal war es wohl doch eine andere Größenordnung. Eines Tages haben sie nämlich zufällig ein Gespräch zwischen dem Pfarrer Staffan Ekstedt und Gabriella Holgersson, einer Frau, die in der Kantine der Schule gearbeitet hat, aufgenommen. Auf dem Band sprechen die beiden davon, dass Gabriella schwanger und der Pfarrer der Vater des Kindes ist. Kaj hat das Pelle erzählt, und er und seine beiden älteren Brüder haben den Pfarrer um Geld erpresst, indem sie ihm drohten, andernfalls seiner Frau von dem Kind zu erzählen.«

»Ist nicht wahr!«, sagte Benny.

»Willst du das Band anhören?«

»Ja, natürlich!«

Ingrid fischte unter ein paar Zeitungsausschnitten eine Kassette heraus und steckte sie in den Rekorder.

»Dir ist ja wohl klar, dass ich mich darum nicht kümmern kann.«

»Du hast gesagt, du liebst mich und du könntest ohne mich nicht leben. Hast du mich die ganze Zeit angelogen?«

»Nein, Gabriella. Ich habe nicht gelogen. Ich kann nicht ohne dich leben.«

»Bist du bist ganz sicher, dass es meines ist?«

Benny traute seinen Ohren nicht.

Ingrid schaltete das Band ab und fuhr fort:

»Laut Kaj wusste Mattias nichts von der Erpressung, aber Kaj glaubt, dass der Pfarrer der Meinung sein könnte, dass Mattias auf irgendeine Weise mit der Sache zu tun hatte. Ich habe mit Staffan gesprochen. Er scheint mir keine gewalttätige Person zu sein, aber es könnte ja auch mit ihm durchgegangen sein. Und es gibt ein Motiv. Außerdem ist sein Alibi für das Wochenende, an dem Mattias verschwunden ist, nicht wasserdicht.«

»Mein Gott«, sagte Benny, »wie hast du so viel in so kurzer Zeit herausgefunden?«

Und wie hatte die Polizei das alles übersehen können?

»Der Pfarrer behauptet, er habe sich zusammen mit Gabriella in einem Hotel in Sveg eingemietet, damit sie sich aussprechen könnten. Aber Gabriella sagt, sie sei überhaupt nicht dort gewesen, sondern hätte das ganze Wochenende über krank zu Hause gelegen. Ich glaube, dass sie beide lügen, und zwar aus unterschiedlichen Gründen.«

Sie nahm etwas von dem Kaffee, der inzwischen völlig kalt sein musste.

»Übrigens hat Jasmine zugestimmt, sich morgen mit mir in Stockholm zu treffen. Wo wir gerade von Lügen sprechen.«

Benny versuchte vergebens, sich zu erinnern, wer Jasmine war. Ingrid sah seinen fragenden Blick.

»Jasmine ist Eva-Lenas Cousine. Die war an dem Wochenende bei ihrer Großmutter zu Besuch, ist aber sofort nach dem Verschwinden von Mattias nach Hause gefahren.«

»Ach ja, stimmt«, sagte Benny.

»Nun ist herausgekommen, dass sie darüber gelogen hat, wo sie in der Nacht von Samstag auf Sonntag gewesen ist. Vielleicht weiß sie etwas … Und dann habe ich noch versucht, mit dem Vater von Mattias zu sprechen. Hier im Ort haben viele gesagt, er hätte ein so heftiges Temperament. Du kannst dir gar nicht vorstellen, wie er mich angegangen ist.«

Sie atmete schnell ein und schwieg dann eine Weile, als wolle sie, dass die Informationen einsickerten.

»So weit bin ich gekommen«, sagte sie dann. »Ungefähr.«

»Es ist unfassbar, dass Frank keine weiteren Ressourcen auf diese Sache verwenden will.«

Ingrid nickte. »Ich weiß. In den hübschen Höfen hier verbirgt sich einiges.«

Benny versuchte alles zu erfassen, was Ingrid erzählt hatte, als im Saal plötzlich eine Wanduhr schlug. Er wurde aus seinen Gedanken gerissen und schaute auf seine Armbanduhr.

»Schon halb sechs?«, sagte er erstaunt. »Wie ist das möglich? Sitzen wir schon fast zwei Stunden hier?«

»Offensichtlich«, sagte Ingrid und lächelte.

»Ich muss nach Hause.« Benny erhob sich. »Aber ich bin froh, dass wir wieder Freunde sind und dass du nicht länger böse bist.«

Ingrid begleitete ihn in die Diele hinaus und sah zu, wie er sich seine Schuhe zuband.

»Ich habe dich vermisst«, sagte sie leise.

Seine Finger rutschten ab, sodass er die Schleife aus dem Griff verlor und von vorne anfangen musste.

»Nur dass du es weißt, es gibt nicht viele auf dieser Welt, denen ich vertraue«, fuhr Ingrid fort, »aber du bist einer davon. Manchmal …«

Benny stand auf und streckte sich.

»Manchmal was?«, fragte er.

»Ach, nichts«, sagte sie und wedelte mit der Hand. »Darüber können wir wann anders reden. Jetzt hau ab, und fahr vorsichtig.«

»Und du auch morgen«, sagte er über die Schulter auf dem Weg zum Auto. »Es wird wunderbar sein mit Anna, du wirst sehen.«

Kapitel 65

Esbjörn lag schweigend und sauer im Bett, als Solveig ins Schlafzimmer kam. Es gab verschiedene Arten der Stille: normale Stille und Esbjörns Stille, die wie ein Vakuum war, völlig ohne Sauerstoff. Das Einzige, was man noch hörte, war der eigene laute Herzschlag.

Wenn er so schwieg, zog Solveig, um nicht zu stören, immer so unbemerkt, wie sie nur konnte, ihre Kleider aus und kroch ins Bett. Doch jetzt konnte sie nicht so tun, als wäre nichts.

»Was ist denn?«, fragte sie stattdessen, als sie da neben dem Bett stand.

»Ich begreife nicht, wie du diese Person bezahlen kannst, damit sie hier rumrennt und andeutet, ich hätte etwas mit dem Verschwinden von Mattias zu tun.«

»Bist du sicher, dass sie das getan hat?«

Sie faltete ihre Shorts zusammen und legte sie auf den Stuhl.

»Das klang genau wie ein Polizeiverhör. Und außerdem hat sie gesagt, sie hätte Angst vor mir. Total. Verdammt. Unmöglich.«

Sein Gesicht war steinhart, so wie immer, wenn er sauer war.

»Alle haben Angst vor dir«, sagte Solveig, so ruhig sie konnte. Jetzt befand sie sich wirklich auf ganz dünnem Eis.

»Was soll das denn heißen? Alle haben vor mir Angst. Das stimmt nicht.«

»Merkst du es denn nicht selbst?«, fragte Solveig. »Dass wir die ganze Zeit um dich herumschleichen?«

Esbjörns Miene wurde noch härter. Es war, als würde das Kinn mehrere Zentimeter wachsen, der eine Mundwinkel fuhr nach oben.

Wie eine Kröte mit breitem Maul, dachte sie.

»Begreifst du eigentlich, wie verletzend es ist, dass meine eigene Frau sagt, sie hätte Angst vor mir? Habe ich dich jemals geschlagen? Habe ich Linda geschlagen? Was?«

»Nein«, erwiderte Solveig.

»Exakt! Na also! Warum sagst du das denn, wenn es nicht stimmt?«

»Aber du machst uns Angst. Du schreist rum und wirfst mit Sachen und knallst Türen. Oder du bist ganz still, aber dann wissen wir, dass du noch wütender bist.«

Du hast uns niemals schlagen müssen, wir verstehen es trotzdem, dachte sie, wagte aber nicht, das laut zu sagen.

»Türen knallen«, lachte Esbjörn. »Es gibt Frauen, die werden grün und blau geschlagen, und du redest davon, dass ich mal 'ne Tür knalle.«

Solveig nahm ihre Decke und das Kissen unter den Arm.

»Wo willst du hin?«

»Ich werde auf dem Sofa schlafen. Und wenn du vorhast, mich damit zu bestrafen, dass du zwei Wochen lang schweigst, dann mach das gern. Das ist deine Entscheidung. Ich kann hier drinnen nicht mehr atmen.«

Eine neue Kälte hatte sich in ihrem Körper ausgebreitet. Mit geradem Rücken ging sie zur Tür.

»Glaubst du, dass ich Mattias umgebracht habe?«, fragte Esbjörn.

»Nein«, sagte sie. »Das glaube ich nicht.«

Was sollte sie auch sonst antworten?

Dann ging sie hinaus.

Kapitel 66

3. Juli 1982

W ohin willst du?«, rief der Vater vom Holzschuppen her.
»Zu Kaj«, erwiderte Mattias und warf sich den Rucksack
auf den Rücken. Er hatte den Kassettenrekorder, eine Flasche Saft
und eine ganze Tüte Zimtschnecken aus der Kühltruhe eingepackt.
Die waren immer noch eiskalt, würden aber bald auftauen.

»Hilf mir erst mal, das Holz reinzutragen.«

»Hab keine Zeit.«

Erst würden sie bei Heiser den Rasen mähen, diesmal gemeinsam,
und dann wollten sie in der Waldhütte sitzen, nur sie beide. Mattias
wollte nicht zu spät kommen.

»Du machst jetzt, was ich sage«, befahl sein Vater. »Es dauert auch
nicht lange.«

»Nur wenn ich das bezahlt kriege.«

»Nein, du kriegst kein Geld dafür, dass du in deinem eigenen Zu-
hause hilfst. Was sind denn das für Dummheiten?«, entgegnete der
Vater und begann, sich von den Holzkloben, die in Haufen um den
Hackklotz herumlagen, welche auf die Arme zu laden.

»Du bist so geizig.«

Mattias wusste, dass er eine Grenze überschritt, aber die Worte
flogen ihm einfach so aus dem Mund. Als hätten sie seit Jahren da
gelegen und auf den richtigen Zeitpunkt gewartet, und jetzt, in gehörigem Abstand vom Vater, fanden sie offenbar, es wäre an der Zeit
auszufliegen.

»Was sagst du da?«

Der Vater blieb mit einem Holzkloben in der Hand stehen. Sein Blick glühte. Mattias starrte zurück.

»Jetzt kommst du hierher und sagst das noch mal. Mattias ging näher und blieb einen Meter von seinem Vater stehen. Er musste immer noch den Kopf ein wenig in den Nacken legen, um ihm in die Augen sehen zu können, doch nicht mehr lange.

»Sag es noch einmal«, flüsterte der Vater und legte den Holzkloben zu den anderen, die er auf dem anderen Arm balancierte.

»Du bist voll geizig!«, sagte Mattias laut und deutlich und ohne mit dem Blick auszuweichen.

Die Ohrfeige kam mit einer solchen Kraft, dass Mattias zu Boden knallte. Es surrte im Schädel und ganz hinten drin war ein lautes Pfeifen zu hören. Vielleicht redete sein Vater da oben noch was, aber er konnte es nicht verstehen.

Alter Sack, du verdammter alter Sack.

Als Mattias sich aufrappelte und zum Fahrrad rannte, drehte und pfiff es immer noch in seinem Kopf. Auf dem Weg durch das Tor wäre er fast vom Rad gefallen.

Sein Vater hatte ihn noch nie zuvor geschlagen, zumindest nicht so. Er hatte ihn schon festgehalten und geschüttelt und gebrüllt und angeschrien, aber das hatte er noch nie gemacht.

Er hasste ihn. Niemals würde er wieder nach Hause kommen. Mama und Papa konnten gerne dasitzen und auf ihn warten und sich Sorgen machen. Vielleicht würde sein Vater es ja bereuen.

Wie ein Wahnsinniger raste Mattias zu Kaj nach Hause.

»Was ist denn mit dir passiert?«, fragte Kaj, als er ankam.

»Nichts«, erwiderte Mattias.

»Aber du blutest doch.«

»Ich weiß«, meinte Mattias nur und hielt die Hand vor den Mund. »Aber es ist nichts.«

Erst da sah er, dass Kaj dabei war, seine Badehose in den Rucksack zu stecken.

»Gehst du baden?«, fragte Mattias.

»Ja, also … Pelle hat gefragt, ob ich mit will, die neue Wasserrutsche auf dem Campingplatz in Mora auszuprobieren.«

»Aber wir wollten doch Rasen mähen und in der Waldhütte rumhängen. Das hatten wir doch ausgemacht. Und ich sollte bei dir übernachten.«

»Schon, ich weiß«, sagte Kaj und senkte den Blick. »Aber ich will diese Gelegenheit nicht verpassen. Vielleicht kannst du ja trotzdem hier übernachten. Wir können doch morgen in der Waldhütte rumhängen, oder?«

Sie wurden von Pelles Mutter unterbrochen, die in einem der vielen Schrotthaufen von Autos, die sie besaßen, vorm Gatter stand und hupte.

»Du kannst meinen neuen Walkman ausleihen, wenn du willst«, sagte Kaj. »Hier.«

Er nahm den Apparat aus dem Rucksack, die Kopfhörer kamen an der Schnur baumelnd hinterher. Den hatte er erst eine Woche zuvor gekauft.

»Der hat ganz frische Batterien, du kannst also den ganzen Tag hören. Die Michael Jackson-Kassette steckt drin.«

Wortlos nahm Mattias den Walkman entgegen, während Kaj zum Auto rannte. Vorne saß Pelle und grinste.

Zum zweiten Mal an diesem Morgen hätte Mattias am liebsten geweint, doch er beschloss, dass Kaj ihn niemals wieder traurig sehen sollte. Und auch sonst niemand.

Kapitel 67

Autos hupten, Motorräder lärmten vorbei, und auf den Bürgersteigen entlanghetzende Menschen stießen sie fast um.

Ingrid hatte ihr Gepäck im Hotel auf Södermalm gelassen und die U-Bahn von dort zum Hötorget genommen. Auf der Kungsgatan auszusteigen war ein Schock.

Ihr Alltag hatte sich über viele Jahre in den Vierteln um Sveavägen und Stureplan abgespielt, doch jetzt sah alles anders aus. Es war, als wäre sie ein ganzes Leben lang nicht mehr in dieser Stadt gewesen. Viele Läden waren geschlossen oder trugen neue Namen – die ganze Straße war ihr fremd.

Die Konditorei, in der sie sich mit Jasmine verabredet hatte, lag ein paar Blocks die Straße hinunter. Sie war etwas zu früh und stellte sich auf den Bürgersteig, um zu warten.

Wenigstens das McDonald's auf der anderen Straßenseite, wo sie und Benny während ihrer Nachtschichten gegessen hatten, schien unverändert.

Kjell und sie waren mit Anna auch einmal dort gewesen. Wie alt konnte die Kleine da gewesen sein? Drei vielleicht? Anna hatte einen Ballon bekommen und war vor Lachen beinahe umgefallen, als Kjell sich Pommes frites in die Nase steckte.

Als Jasmine auftauchte und sich ein paar Meter entfernt vors Schaufenster stellte, erkannte Ingrid sie zuerst nicht wieder. Mehrere Minuten lang standen sie nebeneinander, doch keine von beiden machte Anstalten, Kontakt aufzunehmen. Als zehn Minuten nach der ausgemachten Zeit vergangen waren, begann Ingrid das Mädchen näher zu betrachten. Konnte das wirklich Jasmine sein? Der magere

Teenager in Jeansjacke und Volant-Rock sah ganz anders aus als die selbstsichere junge Frau, die sie sich vorgestellt hatte.

»Bist du Jasmine?«, fragte sie schließlich.

»Ja«, antwortete das Mädchen.

Jasmine nahm zaghaft die Hand entgegen, die Ingrid ihr hinstreckte.

»Danke, dass du mit mir sprechen willst«, sagte Ingrid und öffnete die Tür zur Konditorei.

Sie machte sich nicht die Mühe, Small Talk zu betreiben, während sie am Tresen bestellte, sondern fragte einfach nur, was das Mädchen haben wollte, und bezahlte dann. Sie selbst nahm eine Tasse Tee und ein Brot mit Käse und Schinken. In ihrer Tasche lag eine Zeitschrift mit einem großen Carola-Plakat, die Ingrid sofort kaufen musste, als sie sie am Kiosk sah. Die würde Anna gefallen.

Eine Etage höher fanden sie einen Tisch direkt am Fenster. Jasmine setzte sich, nahm ihre Colaflasche und schob den schmalen Strohhalm hinein, der sofort von der Kohlensäure in der Flasche wieder aufstieg.

»Eva-Lena und Rut haben dir sicherlich schon von mir und meinem Auftrag erzählt«, begann Ingrid. »Ich bin keine Polizistin, sondern Privatermittlerin, und die Eltern von Mattias haben mich beauftragt. Jede Information, die mich in die richtige Richtung bringen kann, ist sehr wichtig.«

Jasmine beugte sich über die Flasche und sog ein paar Schlucke ein, ohne Ingrid aus dem Blick zu lassen.

»Ich hatte ja gedacht, er wäre ertrunken«, sagte Jasmine, »und dass all das andere einfach nur hysterisches Gerede ist. Jedenfalls hat meine Oma das gesagt. Dass es Mattias' Mutter wäre, die nicht ganz okay ist. Aber es stimmt also wirklich?«

»Das wissen wir noch nicht. Aber ich tue mein Bestes, um es herauszufinden. Ich weiß, dass es ein ganzes Jahr her ist, aber gibt es irgendetwas, was du an dem Wochenende gesehen oder gehört hast, wovon du meinst, dass es von Bedeutung sein könnte?«

»Also, ich hab viel darüber nachgedacht, seit Oma angerufen und gesagt hat, dass Sie mich treffen wollen. Mit Mattias hab ich an dem Wochenende gar nichts zu tun gehabt, aber ich glaube, dass ich sein Fahrrad in Kumbelnäs gesehen habe. Er hatte solche Karten im Hinterrad, die wie ein Motor klappern, wenn man mit dem Rad fährt. Ziemlich kindisch, finde ich. Man konnte echt kaum glauben, dass Kaj und er in dieselbe Klasse gegangen sind.«

»Wo hast du das Fahrrad gesehen?«

»Auf dem Bryggvägen gibt es eine lange Reihe mit Briefkästen. Wissen Sie, wo ich meine?«

»Nicht ganz«, sagte Ingrid. »Ich wohne da noch nicht lange und kenne die Straßennamen noch nicht gut. Wann hast du das Fahrrad dort gesehen?«

»Am Samstagabend. Aber ich weiß nicht mehr genau, zu welcher Zeit. Acht, neun Uhr vielleicht. Aber ich bin echt nicht ganz sicher.«

»Wohin warst du unterwegs?«, fragte Ingrid.

Jasmine brach ein winzig kleines Stückchen vom Schokomuffin ab. »Wieso ist das wichtig?«

»Deine Oma glaubt, dass du in der Nacht bei Eva-Lena geschlafen hast, aber das hast du ja nicht«, sagte Ingrid. »Mir ist schon klar, dass du irgendetwas nicht erzählen willst, aber ich verspreche dir, dass es unter uns bleibt. Wolltest du dich mit einem Jungen treffen?«

»Ja. Aber ich will nicht sagen, mit wem.«

»Okay. Und hast du bei ihm auch übernachtet?«

»Nein«, erwiderte Jasmine. »Und ich dachte eigentlich, es geht hier um Mattias und nicht um mich.«

Sie machte eine Bewegung mit dem Kopf, und plötzlich konnte Ingrid die Person sehen, die sie in Gesellschaft Gleichaltriger war, die Jasmine, die Eva-Lena kannte.

»Da hast du recht«, sagte Ingrid.

Weiter nachzuhaken, würde nur dazu führen, dass Jasmine sich verschloss, also nahm Ingrid einen großen Bissen von ihrem Brot und kaute lange, während sie nachdachte.

»Für mich ist es wichtig, herauszufinden, wo verschiedene Personen sich an dem Wochenende befunden haben. Wer wen getroffen hat. Ich verstehe, dass du Geheimnisse hast, und du hast alles Recht der Welt darauf, aber ich verspreche dir, dass du mir vertrauen kannst.«

Jasmine beugte sich wieder über die Flasche und schob den Strohhalm zwischen die Lippen.

»Wo hast du in der Nacht geschlafen?«, fuhr Ingrid fort. »Wenn du nicht bei dem Jungen übernachtet hast, den du getroffen hast?«

Jasmine starrte lange auf die Tischplatte vor sich.

»In Evas Zelt«, sagte sie dann. »Wir hatten auf ihrer Wiese vorm Haus ein kleines Zelt, in dem wir tagsüber immer gelegen und gelesen haben.«

»Und da hast du ganz allein geschlafen? Warum bist du nicht zu Eva-Lena reingegangen oder zu deiner Oma?«

»Ich wollte einfach alleine sein«, antwortete Jasmine und zupfte an dem Strohhalm.

»Hattest du Angst?«, fragte Ingrid. »Hast du etwas gesehen, was du vielleicht nicht hättest sehen sollen?«

Jasmine schüttelte den Kopf.

»Nein, nein.«

»Hattest du mit diesem Jungen Streit?«

»Ich will über ihn nicht reden, das habe ich doch gesagt.«

»Okay«, erwiderte Ingrid und erhob abwehrend die Hände.

Offensichtlich wollte Jasmine etwas Wichtiges nicht erzählen, oder sie traute sich nicht, da war Ingrid ganz sicher. Warum sollte sie sich sonst so schnell verschließen?

»Hattest du getrunken?«, beharrte sie in dem Versuch, einen neuen Zugang zu finden.

»Nur ein bisschen Bier. Aber das dürfen Sie Oma nicht erzählen, sonst flippt die total aus.«

»Das werde ich nicht, versprochen«, sagte Ingrid und beschloss, jetzt weiter nach dem Fahrrad von Mattias zu fragen.

»Könntest du mir zeigen, wo du das Fahrrad von Mattias gesehen hast?«

Sie holte eine Karte von Våmhus und einen Stift aus ihrer Tasche, schob ihre Teetasse und Jasmines halb ausgetrunkene Colaflasche beiseite und faltete die Karte zwischen ihnen auf.

»Hier wohnt deine Oma«, sagte sie und zeigte mit dem Stift. »Und hier wohnt Eva-Lena.«

Nachdem sie eine Weile nachgedacht hatte, machte Jasmine einen Kringel auf eine Kreuzung, die hundert Meter von dem Haus entfernt lag, das Ingrid mietete.

Aha. Diese Reihe Briefkästen meinte sie also.

»Danke«, sagte sie. »Und du hast es am Samstagabend da gesehen?«

Jasmine nickte, und Ingrid faltete die Karte wieder zusammen.

»Aber du kannst nicht genauer sagen, zu welcher Zeit?«

»Leider nicht.«

»Dieses Jahr bist du gar nicht nach Våmhus gefahren«, sagte Ingrid.

»Nein.« Jasmine sammelte mit dem Finger ein paar Kokosflocken vom Muffin.

»Wieso denn nicht? Deine Oma vermisst dich sehr, das weiß ich. Sehnst du dich nicht auch ein bisschen danach?«

Jasmine zuckte mit den Schultern.

»Irgendwie schon.«

»Wenn du möchtest, kannst du morgen mit mir fahren. Ich habe noch Platz im Auto.«

»Ja, aber das geht nicht«, sagte Jasmine.

»Warum nicht? Rut würde sich so freuen. Und deine Cousine auch.«

Bei Eva-Lena war sich Ingrid eigentlich nicht so sicher, aber das spielte keine Rolle. Dieses Mädchen musste mal in die Sommersonne hinaus.

Jasmine schaute auf die Uhr.

»Ich bin mit einer Freundin verabredet. Aber danke für die Cola und so.«

Sie stand auf, und noch ehe Ingrid etwas erwidern konnte, war sie verschwunden.

Was verschwieg sie?

Ingrid hatte noch viel Zeit und ging den ganzen Weg bis Djurgården zu Fuß. Die goldenen Verzierungen am Dramaten leuchteten im Sonnenschein, und entlang des Strandvägen glitzerte das Wasser. Als sie über die Djurgårds-Brücke ging, wurde sie wehmütig. Gehörte sie nicht trotz allem eigentlich hierher?

Sie folgte dem steten Menschenstrom zum Eingang des Vergnügungsparks Gröna Lund, und weil es immer noch früh war, kaufte sie schon die Eintrittskarten, während sie auf Berit und Anna wartete.

Das exaltierte Kreischen von den Karussells verursachte ihr immer noch fast dasselbe erwartungsvolle Kribbeln wie damals, als sie klein war, doch als Erwachsene war sie hauptsächlich wegen der Konzerte hier gewesen. Im Sommer, bevor sie mit dem Jurastudium anfing, hatte Jimi Hendrix hier gespielt, das würde sie nie vergessen.

Zuerst sah sie Berit, deren roter Haarschopf sich einen Weg durch die Menschenmenge bahnte, die von der Djurgårds-Fähre kam, und erst als das Gedränge etwas nachgelassen hatte, erblickte sie Anna. Heute hatte sie zu dem gestreiften T-Shirt rote Hosen, Sportschuhe und eine Strickjacke an. Ingrid musste sich beherrschen, nicht sofort auf sie loszustürzen und sie in den Arm zu nehmen.

Als Anna sie erkannte, sah sie tatsächlich aus, als würde sie sich freuen. Ingrid nickte Berit kurz zu und ging dann vor Anna in die Hocke.

»Hallo, mein kleiner Liebling. Darf ich dich umarmen?«

Anna nickte, und als Ingrid sie in ihren Armen hielt, erwiderte sie die Umarmung etwas fester als beim letzten Mal.

»Ich habe heute auch ein kleines Geschenk für dich«, sagte Ingrid. »Möchtest du es jetzt sehen oder sollen wir warten, bis wir drin sind?«

»Ich will es jetzt sehen«, erwiderte Anna leise.

Ingrid holte die Zeitschrift aus der Tasche. Sie hatte sie in eine feste Plastikmappe gelegt, damit sie nicht zerrissen oder beschmutzt wurde. Anna lächelte schon, als sie das Carola-Bild auf dem Umschlag sah.

»Es ist auch ein Plakat dabei«, erklärte Ingrid.

Anna sah sie mit großen Augen an, als Ingrid den Papierbogen herausholte, der in der Mitte der Zeitschrift saß, und dann das Plakat in ganz große Größe ausfaltete.

»Ui«, sagte Anna.

»Ich fand, das solltest du haben. In dem Heft sind auch noch mehr Bilder, die du ausschneiden kannst, wenn du nach Hause kommst. Aber während wir Karussell fahren, stecken wir sie mal in die Tasche zurück. Sie sollen ja nicht kaputt gehen.«

Anna zögerte ein wenig, als sie durch das Drehkreuz am Eingang gehen sollte, fand sich aber schnell zurecht.

»Erinnerst du dich daran, dass wir hier waren, als du klein warst?«, fragte Ingrid.

»Nein«, sagte Anna. »Ich glaube nicht.«

»Damals warst du ja auch noch winzig. Aber du bist mit dem da gefahren.«

Ingrid zeigte auf das sich langsam drehende klassische Karussell mit Tieren.

»Komm, ich zeige dir ein Foto«, sagte sie.

Die Fotografie war ein wenig ausgeblichen, aber es herrschte kein Zweifel, dass es sich um dasselbe Karussell handelte. Anna saß hoch auf einem braunen Pferd, Ingrid stand daneben und hielt sie um den Bauch.

»Siehst du, wie klein du da warst?«

»Ja«, erwiderte Anna nachdenklich.

Sie stand so nah, dass Ingrid ihr Haar an der Wange spürte.

Dann rannte sie schnell zu dem Karussell, um dasselbe Pferd zu finden, auf dem sie damals gesessen hatte.

»Ich glaube, es ist das hier!«, rief sie und zeigte darauf.

Ingrid sah verstohlen zu Berit, die sich in der Nähe aufhielt.

»Oder vielleicht das?«, meinte Ingrid und zeigte auf ein anderes Pferd, das eine schwarze Mähne hatte.

»Mal sehen«, erwiderte Anna und rannte zurück, um es mit dem Foto abzugleichen. »Ja, das da ist es.«

»Aber für das Karussell bist du jetzt ja wohl zu groß«, sagte Ingrid. »Womit willst du fahren?«

»Autoscooter und Riesenrad, und ich will in die Lachkammer.«

»Guter Plan«, sagte Ingrid. »Dann legen wir am besten gleich los.«

Heute hatten sie drei Stunden bekommen.

Berit hielt sich im Hintergrund, und Ingrid war dankbar, dass sie und Anna zumindest fast allein zusammen sein konnten. Sie fuhren Autoscooter und Riesenrad. Den Wikinger fand Anna zu gruselig, aber in die Lachkammer wollte sie auf jeden Fall. Und zu Ingrids Überraschung wollte sie auch Disco Jet fahren. Annas kleine Hand in ihrer zu haben und aus mit Schrecken vermischter Begeisterung einfach loszuschreien, war das Beste, was Ingrid seit vielen, vielen Jahren erlebt hatte.

»Hattet ihr Spaß?«, fragte Berit, die am Ausgang wartete.

»Total!«, rief Anna.

Ingrid wischte sich die Freudentränen aus den Augen und schaute auf die Uhr. Eine halbe Stunde noch.

»Wäre es jetzt nicht an der Zeit für ein bisschen Zuckerwatte?«, fragte sie.

In der Nähe war eine Bude, und die Schlange war nicht sonderlich lang.

»Ja!«, rief Anna und rannte sofort los.

Doch mit einem Mal stolperte sie, und im nächsten Augenblick lag sie weinend auf der Erde und hielt sich das Knie.

»Oje, oje«, sagte Ingrid und hockte sich neben sie. Die Hose hatte ein Loch, und Annas Handflächen waren voller scharfkantigem Kies.

»Mama!«, weinte sie. »Mamaaa!«

»Ich bin hier, mein Liebes. Komm.«

»Ich will Mama Renata!«, schrie Anna, während die Tränen nur so liefen.

»Komm, lass mich mal nachsehen, ob es blutet.«

»Auaaa!«, brüllte Anna. »Maaamaaa!«

Die Hose hatte den schlimmsten Sturz abgefangen. Auf der Haut selbst war nur eine äußerliche Kratzwunde zu sehen. Ingrid pustete mit großem Engagement auf die Wunde, und nach einer Weile beruhigte sich Anna und das Weinen verebbte.

»Schaffst du es, Zuckerwatte zu essen?«, fragte Ingrid und schielte auf die Uhr.

Anna nickte schluchzend.

»Komm, mein Liebes«, sagte Ingrid, hob sie von der Erde hoch und trug sie zu der Bude.

Am liebsten hätte sie ewig mit Annas Armen um ihren Hals in dieser Schlange gestanden. Doch die Zeit lief ihnen davon.

»Ach nein, Ingrid! Bist du das?«

Sie drehte sich um, und hinter ihr in der Schlange stand Kjells ehemaliger Arbeitskollege Conny zusammen mit einem Jungen von fünf oder sechs Jahren.

»Mit der Frisur habe ich dich fast nicht erkannt. Und es ist ja auch schon eine Weile her«, sagte er. »Das hier ist mein Neffe, der zu Besuch in der großen Stadt ist. Und da geht man natürlich nach Gröna Lund, ist doch klar.«

Er wuschelte dem Jungen durchs Haar.

Ingrid brachte kein Wort hervor, packte nur Anna etwas fester.

»Und hier ist auch die kleine Anna«, sagte Conny und lächelte. »Die gar nicht mehr so klein ist. Ui, was bist du groß geworden.«

Anna wollte den fremden Typen nicht anlächeln, sondern verbarg das Gesicht in Ingrids Haaren.

»Lange nicht gesehen«, fuhr Conny fort, »wie geht es dir denn?«

»Stimmt«, war alles, was Ingrid herausbekam. Zum Glück war sie jetzt an der Reihe zu bestellen, also drehte sie ihm den Rücken zu und blieb still stehen, während die Frau in der Bude Zuckerwatte auf einen Stecken wickelte. Connys Gegenwart ließ ihr die Haare zu Berge stehen.

Als Anna die Zuckerwolke entgegengenommen und versprochen hatte, den Stecken ordentlich festzuhalten, eilte Ingrid davon. Hinter ihrem Rücken hörte sie noch:

»Soll ich Kjell von dir grüßen? Bestimmt freut er sich zu hören, dass ihr so einen schönen Tag zusammen habt.«

Kapitel 68

3. Juli 1982

Mattias wusste nicht, was er mit sich anfangen sollte. Um irgendetwas zu tun zu haben, hockte er sich auf einen Stein neben der Tankstelle, setzte die Kopfhörer auf und startete den Walkman. Kaj liebte Michael Jackson, das wusste er, aber er selbst fand den überhaupt nicht gut.

Also schaltete er die Musik ab, holte die Kassette raus und fing an, das Band Meter um Meter rauszuziehen. Je mehr er daran riss und zerrte und je höher der Haufen zu seinen Füßen wurde, desto wütender wurde er. Als kein Band mehr aus der Kassette gezogen werden konnte, warf er das Ding auf den Boden und fing an, darauf herumzutrampeln. Es krachte herrlich unter der Schuhsohle. Das geschah Kaj nur recht.

Wenn ihn der Jähzorn erst mal gepackt hatte, dann war er nicht mehr zu bremsen. Mit aller Kraft schmiss er auch den Walkman ins Gras.

Knack.

Das Geräusch ließ Mattias zur Besinnung kommen, und er begriff, was er getan hatte.

Er ging in die Hocke und drehte den Apparat herum. Die Klappe war lose und hatte einen Riss.

Was sollte er jetzt tun? Die zerstörte Kassette war ja nicht die Welt, Kaj konnte die Platte sicher noch einmal einspielen, aber der Walkman. Das war schlimmer. Viel schlimmer. Der war nicht billig, das wusste Mattias, und jetzt würde er Kaj einen neuen kaufen müssen.

Wahrscheinlich würde alles Geld, das er bei Heiser verdient hatte, dafür draufgehen.

Mattias versteckte die Reste des Bandes unter einem Häufchen Gras, während er darüber nachdachte, was er nun machen sollte. Gab es vielleicht jemanden, der ihm helfen könnte, zumindest die Klappe wieder festzukleben?

Heiser hatte sicherlich Spezialleim, der funktionieren könnte, doch zu dem wollte er nicht fahren.

Vielleicht Patrik? Doch, das war auf jeden Fall einen Versuch wert.

Er schob den kaputten Walkman in den Rucksack und radelte los.

Die Tür zur Garage stand offen, und von drinnen war laute Musik zu hören. Patrik war vollauf damit beschäftigt, den Lack auf der Motorhaube zu polieren, und hörte oder sah Mattias nicht, als der mit dem Fahrrad neben sich ankam.

»Hallo!«, rief er, um die Musik zu übertönen.

Patrik wandte sich um, ohne den Lappen wegzulegen, den er in der Hand hielt.

»Hallöchen«, sagte er und machte ein paar Schritte auf die Tür zu, drehte die Lautstärke des Radios runter und trat ins Tageslicht.

»Ach, du bist es.«

»Ich wollte fragen, ob du mir mit was helfen kannst.«

»Okay«, sagte Patrik. »Vielleicht. Was ist denn passiert?«

Mattias stellte das Fahrrad weg und holte den kaputten Walkman aus dem Rucksack.

»Die Klappe ist kaputtgegangen«, sagte er und zeigte es. »Glaubst du, man kann das kleben?«

Patrik legte den Lappen weg und kam näher.

»Oje. Ist das der von Kaj?«

»Ja«, sagte Mattias. »Ich habe ihn aus Versehen fallen lassen.«

Der Blick, den Patrik ihm über den Walkman zuwarf, machte klar, dass er ihm nicht wirklich glaubte.

»Was ist denn mit deiner Lippe passiert?«, fragte er. »Bist du verprügelt worden?«

»Nein. Ich bin hingefallen.«

Auch das schien Patrik nicht zu glauben, aber er stellte keine weiteren Fragen.

»Ich schau mal, ob ich einen guten Kleber habe«, sagte er stattdessen. »Komm mal mit.«

Patrik ging rein zur Werkbank und fing an, verschiedene Schubladen aufzuziehen.

»Der hier müsste eigentlich funktionieren«, sagte er nach einer Weile.

Er schaltete die Arbeitslampe ein und legte den Walkman auf die Werkbank.

»Wird man nachher sehen, dass er kaputt war?«, fragte Mattias.

»Ich weiß nicht. Aber ich werde mein Bestes geben.«

Mattias stand ganz still und sah zu, wie Patrik den Deckel von der Tube schraubte und vorsichtig anfing, durchsichtigen Leim auf die Klappe aufzutragen.

»Wo ist Kaj denn eigentlich?«, fragte Patrik.

»In Mora auf der Wasserrutsche.«

»Und du durftest nicht mit?«

»Ich wollte nicht«, erwiderte Mattias.

Patrik setzte die Klappe an ihren Platz und hielt sie ein paar Minuten fest.

Mattias sandte ein stilles Gebet, dass es funktionieren möge. Wenn die Klappe so saß, wie sie sollte, dann würde er vielleicht mit dem Riss davonkommen.

»Ich glaube, das wird gut«, sagte Patrik. »Aber der muss hier jetzt noch liegen bleiben und ein bisschen trocknen. Kannst du mir solange helfen, den Lack zu polieren?«

Mattias nickte. So war er zumindest nicht allein.

Nachdem Patrik ihm einen Lappen gegeben, Wachs daraufgeschüttet und ihm gezeigt hatte, was er machen sollte, drehte er die Lautstärke der Stereoanlage wieder auf und stellte sich auf die andere Seite der Motorhaube.

Mattias versuchte, Patriks kräftige Bewegungen nachzuahmen, und lachte laut, als der mit der Wachsflasche als Mikrofon die Musik mitsang und die Haare herumwarf. Später wollte er genauso lange Haare haben, die man so schütteln konnte, und eine ebenso coole Jeansjacke. Vielleicht würde er dann auch anfangen Hardrock zu mögen.

»Ich habe den Walkman absichtlich kaputt gemacht«, sagte Mattias, als sie eine Weile gearbeitet hatten und seine Arme allmählich müde wurden.

»Hab ich mir schon gedacht«, sagte Patrik. »Warum denn?«

»Ich war wütend und wollte mich rächen.«

»Weil du nicht mit nach Mora durftest?«

»Nein, das wollte ich sowieso nicht. Weil er so gemein zu mir war.«

»Okay, verstehe«, sagte Patrik. »Manchmal wird man so wütend, dass es überkocht, aber ich glaube, dass ich ihn repariert habe. Sollen wir mal gucken, wie es aussieht?«

Sie legten die Lappen weg und gingen zurück zur Werkbank. Patrik betrachtete das Ergebnis mit einem zufriedenen Nicken.

»Guck mal«, sagte er. »Man sieht fast gar nichts.«

Er probierte, die Klappe aufzumachen, und auch das ging.

»Die Frage ist nur, wie gut es hält«, sagte er. »Man sollte schon etwas vorsichtig sein. Sollen wir mal was einlegen?«

Mattias öffnete den Rucksack und wühlte ein altes Band heraus, das er hatte überspielen wollen, wenn Kaj und er jemanden interviewten oder spionierten. Er gab es Patrik, während er sich selbst die Kopfhörer aufsetzte. Die Erleichterung, als das »Saft, Saft, Himbeersaft!« der Schlümpfe ertönte, war enorm. Der Walkman funktionierte. Die Sache mit dem hässlichen Riss würde er auf andere Weise gutmachen müssen.

»Danke für die Hilfe«, sagte er.

»Keine Ursache«, erwiderte Patrik und schaute auf die Uhr. »Du, Mattias, es war nett, dich ein Weilchen hier zu haben, aber jetzt habe ich was anderes vor.«

Mit einem breiten Grinsen machte er ein paar kleine Tanzschritte, dann reichte er den reparierten Walkman rüber.

Mattias konnte seine Enttäuschung nicht verbergen. Er hatte gehofft, weiter beim Polieren helfen zu dürfen und vielleicht später mit in dem glänzenden Auto mitfahren zu können. Aber auch Patrik wollte nicht länger mit ihm zusammen sein.

»Komm schon, Kopf hoch, sagte der. »Du musst dir was einfallen lassen. Spioniere jemanden aus oder mach irgendeinen anderen Blödsinn. Da bist du doch gut drin.«

»Ich weiß nicht …«

»Dir fällt schon was ein«, erwiderte Patrik munter. »Dir fällt immer was ein.«

Patrik schob Mattias fast aus der Garage und sorgte dafür, dass er auf sein Fahrrad stieg.

Es war nach fünf, und Mattias wurde langsam hungrig. Nach Hause würde er auf keinen Fall und auch nicht zu Kaj, auch wenn der inzwischen vielleicht zurück war. Zwar funktionierte der Walkman, aber es fühlte sich trotzdem nicht gut an, den Apparat zurückgeben und gestehen zu müssen, was passiert war.

Sollte er stattdessen zu Heiser fahren und alleine den Rasen mähen? Vielleicht würde er da auch ein Brot kriegen, Heiser war ja nicht gerade geizig.

Eigentlich konnten sie alle zur Hölle fahren. Jeder Einzelne von ihnen.

Kapitel 69

Ingrid trommelte mit der Hand auf den Tresen der Hotelrezeption und wartete darauf, einchecken zu können. Gleichzeitig schaute sie sich zum Eingang um. Sie konnte Kjells unsichtbare Gegenwart einfach nicht abschütteln.

Nach Gröna Lund gingen nur Touristen und Eltern von kleinen Kindern, und Conny war weder noch. Ein alleinstehender Einsatzpolizist war so ziemlich der Letzte, mit dem sie in einer Zuckerwatteschlange gerechnet hätte.

Die Vernunft sagte ihr, dass er sie natürlich nicht verfolgt oder Kjell angerufen hatte. Warum sollte er? Und er hatte ja schließlich einen Neffen dabeigehabt, um den er sich kümmern musste. Aber die Vernunft konnte ihre Paranoia nicht überdecken.

Was dauerte denn hier so lange? Verärgert schaute sie zu, wie die Rezeptionistin in Zeitlupe Schlüssel und Papiere einsammelte.

Ingrid fühlte sich wie ein Goldfisch in einem erleuchteten Aquarium. Obwohl die Fenster raus zur Straße klein und von Schmutz bedeckt waren, war sie doch für alle, die vorbeigingen, leicht zu erkennen.

Eigentlich hätte sie nach Hause fahren sollen, aber sie war viel zu müde, um die ganze Strecke zurück zu bewältigen. Sie hatte dieses Hotel gebucht und musste jetzt versuchen, sich zu beruhigen.

Kjell weiß nicht, dass du hier bist, sagte sie sich. Er kann dich nicht finden.

Sowie sie den Zimmerschlüssel bekommen hatte, lief sie die Treppen hinauf, um ihr Gepäck abzustellen. Es war lange her, dass sie etwas gegessen hatte, und nun merkte sie, wie hungrig sie war.

Sie beschloss, zum Hornstull raufzugehen, und sah sich gründlich um, ehe sie auf die Högalidsgatan hinaustrat. Die vielen Geräusche und Eindrücke machten sie noch nervöser. Hupende Autos, Blaulicht und Martinshorn. Kaum zu glauben, dass das einmal ihr Alltag gewesen war. Jetzt wollte sie sich nur noch Ohren und Augen gleichzeitig zuhalten.

Sie hatte keine Lust, sich allein in ein Restaurant zu setzen, und nahm stattdessen Kurs auf die Würstchenbude vorm Eingang zur U-Bahn. Das musste genügen. Würstchen mit Kartoffelbrei im Stehen und dazu eine Fanta.

Hornstull war eines der wildesten Viertel der Innenstadt, und ihr wurde klar, dass es nicht sonderlich durchdacht gewesen war, ausgerechnet hier ein Hotel auszusuchen. Gewiss war es billig, aber die Gefahr, hier auf einen ehemaligen Kollegen zu stoßen, war nicht gerade klein.

Sie stellte sich unter das Dach der Bude und aß, so schnell sie konnte. Zwei Streifenwagen sausten währenddessen vorbei, aber so schnell, dass unmöglich zu erkennen war, ob jemand drin saß, den sie kannte. Dass man sie erkennen würde, war unwahrscheinlich, aber ihr Puls stieg dennoch.

Um sich etwas zu entspannen, versuchte sie an Anna und den schönen Tag, den sie gehabt hatten, zu denken. Benny hatte recht, sie musste der Sache Zeit geben und sich in kleinen Schritten vorarbeiten.

Sobald sie fertig gegessen hatte, warf sie die klebrige Pappe in den Papierkorb und eilte ins Hotel zurück.

Die Geräusche der Stadt hatten Ingrid fast die ganze Nacht wach gehalten, und schon in den frühen Morgenstunden hatte sie den Zimmerschlüssel auf den Rezeptionstresen gelegt und war, ohne das Hotelfrühstück in Anspruch zu nehmen, Richtung Dalarna gefahren.

Erst als sie zu Hause auf dem Hof die Autotür öffnete und von Stille, sanftem Regen und dem Geruch von Gras begrüßt wurde, atmete sie tief durch.

Im Haus trug sie als Erstes das nächste Treffen mit Anna in zwei Wochen in ihren Kalender ein. Vielleicht könnte Berit ja mit ihr hierherkommen, damit sie sehen konnte, wo Ingrid wohnte. Sie könnten an den Musitjärn gehen und baden und auf den lustigen Kiefernwurzeln herumklettern oder nach Mora und auf dem Dalarna-Pferd sitzen. In ihrer Brust brannte die Sehnsucht.

Ingrid holte die Ermittlungsunterlagen und ihre Notizen heraus. Die Zeit verging schneller, wenn sie sich beschäftigt hielt und nicht weiter grübelte.

Sie breitete die Karte von Våmhus auf dem Tisch aus und starrte auf den Kringel, wo Jasmine meinte das Fahrrad von Mattias gesehen zu haben.

Diese Briefkästen waren nicht mehr als hundert Meter entfernt. Da sie sowieso nichts anderes vorhatte, beschloss Ingrid, dem Regen zu trotzen und sich den Ort ein wenig näher anzusehen.

Die Gummistiefel, die sie zuvor ausgeliehen hatte, waren ein wenig zu groß. Vielleicht gab es noch andere, die besser passten. Im Keller standen entlang der Wand jede Menge Schuhe aufgereiht.

Ingrid steuerte erst mal auf ein paar richtige Stiefel zu, die wasserdicht aussahen, doch auch die waren zu groß. Dahinter stand ein Paar roter Gummistiefel im Damenmodell – bedeutend hübscher.

Als sie die hochhob, rasselte etwas und fiel zu Boden. Eine Kassette. Ingrid nahm sie auf und las den Titel.

»Die Schlümpfe« stand da mit blauer Tinte. Die Buchstaben waren eine Mischung aus großen und kleinen und erinnerten an Mattias' Art zu schreiben. Sie drehte das Band herum. »Pippi Langstrumpf« stand auf der anderen Seite, und als Ingrid sah, dass anstelle von Punkten über dem »i« kleine Kringel standen, war sie so gut wie sicher: Das hier musste Mattias gehören. Wie war es zwischen all die Schuhe geraten?

Als sie näher darüber nachdachte, erschien es ihr nicht mehr so verwunderlich. Sowohl Kaj als auch Mattias waren ja oft bei Patrik gewesen. Aber auch in diesem Haus?

Ingrid drehte und wendete die Kassette. Waren da wirklich die Schlümpfe auf dem Band oder hatten die Jungs während ihrer Spiele irgendetwas anderes aufgenommen. Um die Neugier zu stillen, nahm sie das Band aus dem Keller mit hinauf und steckte es in den Kassettenrekorder.

Sie spulte auf der einen Seite ein wenig vor, und da gab es wirklich nichts anderes als die Schlümpfe. Aber als sie das Band umdrehte, waren es weder die Schlümpfe noch Pippi Langstrumpf, die sie hörte, sondern völlig andere Stimmen. Die Tonqualität war sehr schlecht, also musste sie ordentlich aufdrehen, um irgendetwas zu verstehen.

Wer sprach denn da? Ein Mann? Aber es klang nicht wie Staffan Ekstedt. Gert? Nein, nicht Gert. War es vielleicht Patrik?

Ingrid spulte ein wenig zurück und lehnte sich näher zum Rekorder.

Doch, das war Patrik, sie war fast sicher. Aber mit wem redete er da?

Eine helle Stimme. So hell, dass sie schwer zu verstehen war. Vielleicht würde es gehen, wenn sie Kopfhörer hätte.

Sie spulte das Band wieder zurück und hob den Kassettenrekorder auf die Schulter, sodass sie das Ohr an den Lautsprecher drücken konnte.

War das Eva-Lena, die da sprach? Das könnte sein. Möglicherweise.

Ingrid gab auf und drückt auf *Stop*.

Patrik und Eva-Lena? Was konnte das bedeuten?

Kapitel 70

3. Juli 1982

Mattias radelte eine halbe Stunde lang planlos herum. Als er zu Eva-Lenas Haus kam, dachte er, dass er ja fragen konnte, ob sie zu Hause war. Wenn er Glück hatte, war Jasmine nicht da, und dann war Eva-Lena vielleicht so wie früher, ohne Schminke und ohne dieses hysterische Kichern.

Er wartete lange und meinte schon, dass niemand zu Hause wäre, doch als er gerade gehen wollte, hörte er jemanden auf der Treppe. Es war Eva-Lena, die öffnete, mit nassen Haaren und von einem scharfen Chlorgeruch umgeben.

»Wollen wir was zusammen machen?«, fragte Mattias.

»Nein, ich glaube, ich kann nicht.«

Eva-Lena schaute zu Boden.

»Warst du baden?«, fragte er.

»Ja«, antwortete sie und schien ihn immer noch nicht ansehen zu wollen.

»Mit Kaj und Pelle?«

Eva-Lena nickte.

Also hatten Jasmine und Eva-Lena auch mit nach Mora fahren dürfen. Davon hatte Kaj nichts gesagt.

»Ich bin total müde«, sagte Eva-Lena.

»Und? War es lustig?«, fragte Mattias sauer.

»Ziemlich. Außerdem essen wir gleich. Es geht also nicht.«

Mattias knurrte der Magen, als ihm der Essensgeruch aus der Küche in die Nase kroch. Er hätte alles getan, um sich mit Eva-Lenas

Familie an den Tisch setzen zu dürfen, einen Nachtisch zu essen, den es dort samstags immer gab, und dann *Monopoly* oder *Vier gewinnt* zu spielen. Genau wie früher.

Stattdessen ging er zu seinem Fahrrad zurück.

»Aber wir können vielleicht morgen was machen«, rief Eva-Lena ihm nach.

Das glaube ich kaum. Da wirst du wohl wieder mit Jasmine unterwegs sein und endlos quatschen, dachte Mattias, erwiderte aber nichts.

Erst als er wegfuhr, hörte er, wie die Tür zugemacht wurde.

Mattias hielt am Kiosk an und kaufte sich zwei Kaugummis und ein paar Süßigkeiten, die er aufaß, während er die Zettel auf der Anschlagtafel durchlas. Langsam wurde es etwas kühl, aber obwohl er wusste, dass Kaj aus Mora zurück war, hatte er keine Lust, zu ihm zu fahren. Es würde ihn nicht wundern, wenn Pelle auch da war. Bestimmt hatten die beschlossen, dass er übernachten würde, und vergessen, dass Kaj und Mattias sich zuerst verabredet hatten.

Als er alle Süßigkeiten aufgegessen hatte, fuhr er Richtung See. Vor sich auf der Näsgatan sah er Jasmine, ausnahmsweise mal alleine. Sie ging mit dem Rücken zu ihm, hatte die Haare offen und trug weiße Sportschuhe, einen Rock und eine rosa Trainingsjacke.

Mattias fuhr etwas langsamer. Er wollte nicht, dass sie ihn sah. Bestimmt hatten sie im Laufe des Tages über ihn geredet. Vielleicht hatten Kaj und Eva-Lena ein schlechtes Gewissen gehabt, weil er nicht dabei war, aber Pelle hatte es sicher genossen. Jasmine war das wahrscheinlich sowieso alles egal. Sie hatte, seit sie angekommen war, kaum mit ihm gesprochen.

Er fuhr noch langsamer, und sah, dass Jasmine Walkman-Kopfhörer auf den Ohren hatte, so konnte sie ihn wenigstens nicht hören. Sie machte kleine Tanzschritte, schwang betont die Hüften. In ihrem Kopf ist sie sicherlich in *Fame* oder irgend so was, dachte er. Sie musste auf dem Weg zu Eva-Lena sein. So müde war Eva-Lena also offenbar nicht.

Mattias überlegte, ob er umdrehen oder sie überholen und so tun sollte, als hätte er sie nicht gesehen. Doch bevor er das noch entschieden hatte, bog Jasmine auf den Bryggvägen ab.

Sie wollte also nicht zu Eva-Lena, aber wohin war sie dann unterwegs?

Irgendwie machte ihn das neugierig, und weil er sowieso nichts Besseres zu tun hatte, folgte er ihr in einigem Abstand. Jasmine tanzte weiter am Straßenrand, ohne ihn zu bemerken.

Weiter vorne lag der Hof, auf dem Patrik seine Garage hatte.

Mattias sprang vom Fahrrad und blieb stehen. Hatte Patrik gewollt, dass er ging, weil Jasmine kommen würde?

War sie verliebt in ihn? Aber er war doch viel älter, über achtzehn Jahre, und Jasmine war dreizehn, im August würde sie vierzehn werden.

Als Jasmine auf den Hof einbog und außer Sichtweite war, konnte Mattias nicht umhin, Schadenfreude bei dem Gedanken zu empfinden, wie sauer Kaj sein würde, wenn er das erfuhr.

Kapitel 71

Benny nahm sich von der gebackenen Fleischwurst und dazu Kartoffelbrei.

»Woran denkst du?«, fragte Ulrika. »Du wirkst abwesend.«

»Eigentlich nichts Besonderes«, erwiderte Benny, der tief in seinen eigenen Gedanken versunken war. »Aber ich überlege, heute Abend bei der Hütte vorbeizufahren. Einfach nachsehen, ob alles in Ordnung ist.«

»Okay. Ich kann mitkommen, wenn du möchtest.«

»Das musst du aber nicht.«

Benny wusste, dass Ulrika die Hütte nicht mochte. Sie fand es viel zu einsam und den Wald rundherum zu düster.

Anfangs war er ein wenig traurig darüber gewesen, dass ihr der Ort nicht so viel bedeutete wie ihm. Für ihn war die Hütte ohne Toilette und warmes Wasser das Paradies auf Erden, aber für sie, die aus der Stadt stammte, war es nur ein altes Haus, dem es an Bequemlichkeiten mangelte und das ein neues Dach brauchte. Doch inzwischen akzeptierte er das.

Das Telefon klingelte, und Ulrika stand auf, um ranzugehen. Sie sah ihn immer noch forschend an, als sie den Hörer abnahm und mit ihrem Nachnamen antwortete.

»Ernlund.«

Ohne den Blick von ihm zu wenden, fuhr sie fort:

»Ja, er ist zu Hause. Einen Moment.«

Ulrika reichte ihm den Hörer am ausgestreckten Arm, als wäre er etwas Übelriechendes, was sie loswerden wollte.

»Für dich«, sagte sie. »Es ist Ingrid.«

Benny stand auf und nahm den Hörer entgegen, während Ulrika sich auf ihren Platz setzte und weiteraß.

»Ja, hier Benny«, sagte er.

Am liebsten hätte er das Gespräch im Schlafzimmer geführt, aber dann würde Ulrika sich bestimmt alles Mögliche zurechtphantasieren, und da war es besser, mit offenen Karten zu spielen.

»Entschuldige, dass ich dich zu Hause anrufe und störe«, sagte Ingrid. »Aber ich habe noch eine Kassette gefunden und brauche deine Hilfe. Wenn es geht schon heute Abend.«

Er hörte an ihrer Stimme, dass es wichtig war.

»Ja, was ist es denn?«

»Ich möchte, dass du es mit eigenen Ohren hörst. Wenn du einen Ghettoblaster oder einen richtig guten Kassettenrekorder hast, wäre es wunderbar, wenn du den mitbringen könntest.«

»Okay. Ich werde sehen, was ich organisieren kann. Ich esse jetzt noch fertig und dann komme ich später.«

»Du bist der Beste, Benny.«

Er legte auf und setzte sich wieder an den Tisch.

»Anscheinend hat sie eine neue Spur zu dieser Sache mit Mattias gefunden«, erklärte er. »Kann ich deinen Kassettenrekorder ausleihen?«

»Musst du dich in die Sache einmischen? Sie hat doch den Auftrag angenommen und nicht du. Und hast du nicht gerade erst gesagt, dass du zur Hütte willst?«

»Das kann warten«, sagte Benny. »Ich bin trotz allem Polizist, und wenn sich jemand meldet und sagt, dass er Informationen hat, die ein Gewaltverbrechen aufklären könnten, dann ist es meine Pflicht, dem nachzugehen. Es geht hier um ein verschwundenes Kind, Ulrika.«

Er streckte sich nach ihrer Hand aus.

»Im Grunde wäre es ein Dienstvergehen, nicht dorthin zu fahren und sich anzuhören, was sie gefunden hat«, sagte er und flocht seine Finger in ihre. »Darf ich deinen neuen Kassettenrekorder ausleihen?«

»Wenn du darauf aufpasst.«

»Du weißt doch, dass ich das tue.«

Benny beeilte sich aufzuessen, bedankte sich und holte den Kassettenrekorder aus dem Schlafzimmer.

»Bald zurück«, sagte er und küsste Ulrika rasch auf den Mund.

Als er in Kumbelnäs ankam, saß Ingrid auf der Veranda. Dieses Mal stand sie eilig auf, um ihn zu begrüßen, und ging dann vor ihm in die Küche.

»Jetzt erzähl«, bat er. »Was hast du entdeckt?«

»Das hier«, sagte sie und hielt eine Kassette hoch. »Die habe ich zufällig zwischen Schuhen unten im Keller gefunden, und ich bin fast sicher, dass sie Mattias gehört hat. Du weißt doch, dass er und Kaj Radioreporter gespielt, alle möglichen Sachen aufgenommen und Leute ausspioniert haben, oder?«

Benny nickte und versuchte, nicht allzu eifrig zu wirken.

»Dieses Haus gehört einem Mann namens Gert«, fuhr Ingrid fort. »Es ist sein Elternhaus, und sein Sohn Patrik hat hier eine Garage. Vorigen Sommer war er wohl oft hier und hat rumgeschraubt und sein Auto repariert.«

Sie zeigte durch das Fenster zu einer Tür ganz am Ende der Reihe von Schuppen.

»Patrik kannte Mattias und Kaj sehr gut«, sagte sie, »und er hat mir erzählt, dass die kleinen Jungs oft hier waren und zu ihm aufschauten.«

»Okay.«

»Und übrigens war es Patrik, der mir von Lars-Gunnar erzählt hat«, fuhr Ingrid fort. »Aber erst heute, als ich auf dich gewartet habe, habe ich mal darüber nachgedacht, warum er den Tipp mit Lars-Gunnar nicht schon vorigen Sommer der Polizei gegeben hat, als die Leiche von Mattias nicht gefunden worden ist und in der Zeitung stand, dass die Eltern von Mattias glauben, er sei ermordet oder gekidnappt worden.«

Benny nickte ungeduldig. Worauf wollte Ingrid hinaus?

»Das nur vorweg«, sagte sie und gab ihm die Kassette. »Du musst dir das hier anhören.«

Kapitel 72

3. Juli 1982

Mattias stellte das Fahrrad bei den Briefkästen ab, die an der Wand des Schuppens aufgereiht waren. Wenn er Kaj einfach nur erzählte, dass Jasmine zu Patrik gegangen war, dann würde der glauben, Mattias wolle ihn nur ärgern. Er brauchte Beweise.

Er schlich um die Hausecke und spähte auf den Innenhof. Die Garagentür war angelehnt, und von drinnen war Musik zu hören, doch weder Patrik noch Jasmine waren zu sehen. Sicher, dass er unbeobachtet war, lief Mattias schnell über den Hof zur Garage. Sollte Patrik ihn entdecken, dann konnte er immer noch behaupten, etwas vergessen zu haben, als er vorher da gewesen war.

Zwischen zwei Songs gab es eine Pause, und da hörte er ihre Stimmen – sie waren also auf jeden Fall da drin.

Während des nächsten Songs, schlich er zur Türöffnung, konnte die beiden aber trotzdem nirgends sehen. Dann wurde ihm klar, dass sie im Auto saßen. Die Türen waren auf beiden Seiten geöffnet, und er konnte ein Bein von Patrik auf der Fahrerseite herausragen sehen.

Im Schutz der lauten Musik öffnete Mattias den Rucksack, holte Kassettenrekorder und Mikrofon heraus und legte die alte Kassette mit den Schlumpf-Liedern ein, die immer noch in Kajs Walkman gesteckt hatte, drehte sie aber um, denn die Schlümpfe wollte er nicht überspielen.

Zwischen den Songs würde man die Stimmen schon hören können.

Er legte das Mikrofon direkt hinter der Schwelle auf den Betonboden und setzte sich draußen ganz dicht an die Tür.

Als der nächste Song zu Ende war, hörte er Patrik.

»Schmeckt es dir nicht?«

»Na ja«, erwiderte Jasmine. »Geht so.«

Patrik lachte genauso, wie er es immer tat, wenn Kaj und Mattias ihre Geschichten erzählten.

»Es dauert eine Weile, bis man gelernt hat, Bier zu mögen«, sagte er. »Das ist ein bisschen wie mit Kaffee. Magst du Kaffee?«

Jasmines Antwort wurde erneut von der Musik übertönt.

Saßen die da und tranken Bier? Mattias drückte sich näher an die Wand. Hatte er sich vielleicht verhört?

Am Ende des Songs war da nur noch Patriks Stimme.

»… bist so unglaublich hübsch. Das finde ich schon, seit ich dich das erste Mal gesehen haben. Wie süß du bist, wenn du so rot wirst wie jetzt grade.«

Die Musik ging wieder los. Als es das nächste Mal still wurde, waren auch keine Stimmen zu hören. Mattias stand vorsichtig auf und schaute in die Garage. Patrik hatte seine Bierdose auf den Boden vor der Autotür gestellt, und durch die Rückscheibe sah er die Köpfe der beiden, dicht, sehr dicht beieinander. So nahe, dass es aussah, als wären ihre Haare ineinander verheddert. Küssten die sich?

Mattias brannte das Gesicht, als er begriff, dass sie genau das taten. Und zwar lange. Die Köpfe bewegten sich sanft hin und her.

Er kauerte sich wieder an die Hauswand. Jasmine und Patrik. Ob sie mit Zunge küssten? Fasste er sie an die Brust? Vielleicht sogar unter dem T-Shirt?

Es wurde wieder still, aber diesmal war nicht nur der Song zu Ende, sondern Patriks ganze Kassette. Mattias wartete darauf, dass Patrik das Band herumdrehen würde, doch das tat er nicht. Für einen Moment war alles ruhig.

»Du bist so süß«, sagte Patrik. »Was ist denn los?«

»Nein«, sagte Jasmine, »ich will nicht.«

Was passierte jetzt? Mattias stand wieder auf und schaute in die Garage.

»Du kannst nicht so mit mir spielen und dann …«

»HÖR AUF!«, schrie Jasmine.

»Ist doch nicht so schlimm. Nimm das …«

»Patrik … bitte … lass mich.«

Jasmines Stimme verstummte.

Das Auto wackelte, irgendetwas schlug und schwankte da drinnen.

Mattias wagte nicht aufzustehen, um nachzusehen, aber mehrere Minuten lang waren keine Stimmen, sondern nur Geräusche zu hören. Stöhnen. Jammern. Das Auto schaukelte hin und her.

Die Kassette aus Kajs Walkman war zu Ende. Als er sie umdrehen wollte, erinnerte er sich daran, dass auf der anderen Seite ja die Schlümpfe waren, also legte er sie ins Außenfach seines Rucksacks und suchte nach einem anderen alten Band, von dem er sicher war, dass er es noch im Rucksack hatte. Er fand es und steckte es in den Kassettenrekorder.

Ein plötzlicher Windstoß ließ die Garagentür mit einem Knall weit aufschlagen.

Das Auto hörte auf, sich zu bewegen. Mattias warf sich zur Seite und machte sich an der Wand so klein, wie er konnte. Als er Patriks Holzschuhe über den Betonboden klappern hörte, stand er auf und machte sich bereit zu fliehen.

Patrik rannte auf die Wiese hinaus und sah sich wütend um. Er hatte eine Wunde am Kinn und die hellen Jeans waren an einem Oberschenkel voller roter Flecken. Jasmine war nicht zu sehen.

Mattias schob schnell Kassettenrekorder und Mikrofon in den Rucksack. Er versuchte, leise zu sein, aber Patrik musste ihn gehört zu haben, denn er fuhr herum.

»Was zum Teufel machst du hier?«, schrie er.

Sobald Mattias den Rucksack auf dem Rücken hatte, begann er zu rennen. Warum hatte er das Fahrrad nur so weit weg abgestellt? Er sah sich kurz um und startete dann durch in Richtung auf den offenen Wagenschuppen. Der stand sicherlich voller Kram, aber da würde er schneller durchkommen als Patrik.

Er schob sich hinter einen alten Schlitten und drückte sich dicht an die Holzwand, um von dort aus weiterzukriechen. Hinter ihm kam Patrik immer näher.

»Bleib stehen!«, brüllte er. »Ich muss mit dir reden.«

Mattias hatte Patrik noch nie so wütend gesehen. Auf keinen Fall würde er stehen bleiben, sondern schob sich stattdessen vor und sprang dann über einen Stapel Holzplanken und einen rostigen Blecheimer.

»Hörst du nicht, was ich sage?«, war von hinten zu hören. »Bleib stehen, du verdammter Rotzbengel!«

Mattias war fast schon auf der anderen Seite des Schuppens und draußen, da blieb der Rucksack an einem Nagel in der Wand hängen, er wurde nach hinten gerissen und hätte fast das Gleichgewicht verloren. Als er den Rucksack gerade losgemacht hatte und wieder vorwärts wollte, holte Patrik ihn ein und drückte ihn an die Wand.

»Hörst du schlecht? Ich hab doch gesagt, du sollst stehen bleiben. Ich muss mit dir reden.«

Die Augen waren aufgerissen, und die Spucke spritzte nur so, als er redete. Außerdem roch er eklig nach Bier.

»Das ist das letzte Mal, dass du hier rumschleichst und spionierst«, zischte er. »Das sag ich dir!«

Er drückte den Jungen noch fester an die Wand. Ein Nagel bohrte sich direkt zwischen Mattias' Schulterblätter, und das tat so weh, dass er anfing zu schreien.

»Sei still!« Patrik sah panisch aus. »Hörst du, was ich sage! STILL!«

»Aua!«, schrie Mattias noch lauter. »Lass mich los, das tut weh!«

Patrik drückte ihm eine Hand über den Mund. Die roch nach Öl und noch was anderem, was noch ekliger war. Mattias war sicher, dass er sich gleich übergeben müsste.

»Jetzt beruhige dich doch«, sagte Patrik. »Hör auf zu schreien!«

Patriks Griff war so fest, dass Mattias den Kopf nicht wegdrehen konnte. Er öffnete den Mund, und als er Patriks stinkenden Finger zwischen den Zähnen spürte, biss er zu.

»Verdammt noch mal!«

Die Hand verschwand von Mattias' Mund, und er schrie und trat, so doll er konnte, um loszukommen, aber Patrik hielt ihn eisern fest. Es musste ihn einfach jemand hören. Wohin war Jasmine verschwunden? Sie musste doch noch in der Nähe sein.

»Jasmiiine!«, brüllte er. »Hilfe! HILF MIR!«

»Jetzt halt die Klappe«, zischte Patrik drohend und fasste mit der Hand um seinen Hals.

Das tat weh, und der Nagel wurde noch tiefer in den Rücken gebohrt.

»Still, still, still …«, flüsterte Patrik und drückte noch fester zu.

Mattias kriegte keine Luft mehr, konnte nicht schreien oder treten. Vor seinen Augen flimmerte es.

»Hast du uns mit deinem verdammten Kassettenrekorder aufgenommen?«, keuchte Patrik. »Antworte mir! Hast du das?«

Aber Mattias konnte nicht antworten.

Im Wagenschuppen wurde es dunkler, so als würde ein grauer Nebel immer dichter und dichter werden. Patriks Gesicht verschwand im Nebel. Alles verschwand.

»Verdammter Rotzkerl«, sagte Patrik.

Das war das Letzte, was Mattias hörte.

Kapitel 73

Ingrid suchte Bennys Blick, als die immer lauter werdenden Proteste des Mädchens zu hören waren.

»*Nein*«, sagte Jasmine, »*ich will nicht.*«

»*Du kannst nicht so mit mir spielen und dann …*«

»*HÖR AUF!*«, schrie Jasmine.

»*Ist doch nicht so schlimm. Nimm das …*«

»*Patrik … bitte … lass mich.*«

Die Aufnahme brach mitten im Satz ab.

»Das klingt, als würde sie vergewaltigt oder als würde zumindest jemand versuchen, sie zu vergewaltigen«, sagte Benny. »Wie grausam. Weißt du, wer das Mädchen ist?«

»Erst dachte ich, es wäre Eva-Lena, aber dann habe ich noch einmal überlegt. Ich glaube, es ist Jasmine«, sagte Ingrid. »Ich habe in Stockholm mit ihr gesprochen, und sie hat erzählt, dass sie sich an dem Wochenende, an dem Mattias verschwunden ist, am Samstagabend mit einem Typen getroffen hat. Sie meinte auch, sie hätte Mattias' Fahrrad hinten bei den Briefkästen gesehen.«

»Hier vor der Tür?«, fragte Benny und machte eine Kopfbewegung Richtung Straße.

»Ja. Jasmine wollte unter keinen Umständen erzählen, mit wem sie sich getroffen hat, aber jetzt, da ich das hier höre, ergibt alles Sinn. Oder was meinst du?«

»Doch, so könnte es sein.«

»Wirklich schade, dass sie sich nicht traut, etwas zu sagen«, meinte Ingrid. »Aber ganz bestimmt hat sie ein schlechtes Gewissen, weil sie Alkohol getrunken hatte.«

»Aber warum lag die Kassette im Keller?«, fragte Benny.

»Sie muss versehentlich dort gelandet sein«, erwiderte Ingrid nachdenklich. »Aber wie?«

Benny lehnte sich auf dem Stuhl zurück und ließ den Blick über die Decke wandern. Diese Pose war ihr so vertraut.

»Komm, wir gehen runter in den Keller und schauen uns ein bisschen um«, sagte Benny. »Vielleicht finden wir noch etwas.«

Ingrid ging vor ihm die Treppe hinunter und schaltete das Licht ein. Die Neonröhre flackerte besorgniserregend, ging aber nicht aus.

»Hier standen die Stiefel«, erklärte Ingrid. »Und hier habe ich die Kassette gefunden.«

Benny begann die Stiefel und Schuhe, die dort standen, nacheinander hochzuheben. Unter ein paar Holzschuhen mit Dalarna-Malerei lag ein Bonbonpapier. Ingrid hob es auf und schüttelte den Staub ab. Es kam von einem Shake-Kaugummi. Lakritzgeschmack.

»Das hat Mattias immer gekaut«, sagte sie, blieb in der Hocke sitzen und betrachtete das Papier. Vielleicht mochte ja Emma, Patriks kleine Schwester, auch Lakritz. Oder Patrik selbst. Trotzdem war das ein seltsamer Zufall.

Benny durchsuchte derweil die Taschen der Jacken, die über den Schuhen an Haken hingen.

»Wonach suchst du?«, fragte sie.

»Keine Ahnung«, erwiderte Benny. »Das weiß ich erst, wenn ich es finde.«

Wie oft hatten sie nicht zusammen auf diese Weise gearbeitet, nach Drogen in Dealer-Wohnungen gesucht oder auf Dachböden nach Diebesgut. Nur hatten sie damals gewusst, wonach sie suchten.

»Rate mal, wen ich auf Hinseberg getroffen habe«, sagte Ingrid.

»Keine Ahnung«, erwiderte Benny und grub tief in den Taschen eines großen Regenmantels.

»Die Messer-Nina. Erinnerst du dich an sie? Die immer im Bellevuepark geschlafen hat.«

»Doch, vielen Dank. Natürlich erinnere ich mich an sie. Die Narbe habe ich auch noch.«

Er zog den Ärmel des T-Shirts hoch und zeigte einen weißen Strich über der Schulter.

»Ich habe sie sofort erkannt, aber sie hat ein bisschen gebraucht, mich einzuordnen«, erzählte Ingrid. »Du hättest ihr Gesicht sehen sollen, als ihr klar wurde, wer ich bin.«

»Das kann ich mir denken«, erwiderte Benny lachend. »Sicherlich die Überraschung des Jahres für sie.«

Ingrid erhob sich und ging in die kleine Waschküche, um weiterzusuchen. Gab es da vielleicht noch etwas, was Mattias gehört hatte oder was auf eine Gewalttat hinweisen konnte?

Sie öffnete den Deckel eines Wäschekorbs aus vergilbtem Plastik. Ganz unten auf dem Boden lagen ein paar Gardinen und ein zerknittertes Tuch, auf dem Ostereier in grellen Farben gedruckt waren. Ansonsten war der Raum, mal abgesehen von ein paar Waschmittelkartons, leer. Hier war nichts, das man noch durchsuchen konnte.

Doch direkt vor der Waschküche stand eine große Kühltruhe.

Wenn wir nun schon mal suchen, dann richtig, dachte Ingrid und öffnete den Deckel mit einem Ruck.

Die Truhe war so gut wie leer. Auf dem Boden lagen lediglich ein paar Tüten Preiselbeeren und ein paar eingeschweißte Päckchen Fisch. Und ein brauner Klumpen.

Ingrid beugt sich vor und hob den kleinen Klumpen auf.

»Schau mal«, sagte sie und hielt ihn hoch, sodass Benny ihn auch sehen konnte.

»Was ist das denn?«, fragte er.

»Ich weiß es nicht. Aber könnte es nicht ein Kaugummi sein, dass jemand gekaut hat?«

Sie schnüffelte daran, doch es roch nicht.

»Jetzt, wo du es sagst. Lag das in der Kühltruhe?«

»In der Diele hängt eine Taschenlampe«, erklärte Ingrid. »Könntest du die holen?«

Benny verschwand die Treppe hinauf, war aber bald wieder zurück. Im starken Schein der Taschenlampe war sie fast sicher, dass es sich um ein Kaugummi handelte.

Sie richteten den Lichtkegel von oben in die Kühltruhe und Benny beugte sich tief über den Rand, um ordentlich sehen zu können.

»Hier sind Haare, und zwar mehrere«, erklärte er. »Hellbraun. Wir müssen die Forensik herholen und sie alles durchsuchen lassen.«

»Mattias hat hier gelegen«, stellte Ingrid fest.

»Ich fürchte, ja, aber wir müssen die technische Untersuchung abwarten, ehe wir sicher sein können«, entgegnete Benny. »Aber wo ist er jetzt?«

Kapitel 74

Ingrid klappte die Tiefkühltruhe, zu und Benny schaltete die Taschenlampe aus.

»Wir dürfen jetzt nichts überstürzen«, sagte er, »sondern müssen methodisch vorgehen.«

Sie setzten sich auf die Veranda, um nachzudenken. Lange sagte keiner der beiden etwas.

»Wir müssen die Leiche finden«, meinte Ingrid. »Sonst haben wir nur Indizien, und damit allein stehen wir schlecht da. Kann sie doch im Fluss sein?«

»Glaube ich nicht«, sagte Benny. »Überall, nur nicht dort. Die Kleider und das Fahrrad sind eine falsche Fährte, und es wäre verrückt, die Leiche an einer Stelle abzulegen, wo die Polizei auf jeden Fall anfangen würde zu suchen.«

Ingrid nickte bedächtig. Da hatte er recht.

»Wenn wir mal davon ausgehen, dass er hier getötet wurde«, sagte Ingrid, »was hättest du denn gemacht, wenn du die Leiche loswerden wolltest?«

Benny schaute sich um.

»Eine Leiche wegzuschaffen, ist komplizierter, als man denkt«, sagte er. »Mattias war zwar nicht sonderlich groß oder schwer, aber trotzdem. Ich hätte wahrscheinlich versucht, ihn in der Nähe zu verstecken. Vielleicht sogar hier auf dem Grundstück.«

Es war immer noch hell genug, um den Hof nach Hinweisen darauf abzusuchen, dass jemand vor nicht allzu langer Zeit eine Grube gegraben hatte.

»Komm«, sagte Ingrid und stand auf.

Gemeinsam suchten sie gründlich Wiese und Blumenbeete ab, aber der Boden sah überall unberührt aus. Auf dem Hof selbst war der Kies so fest verdichtet, dass Benny ihn nicht einmal mit einer Hacke aufkriegte. Mit dem Kartoffelacker war das natürlich anders, aber da standen die Furchen des Vorjahres immer noch – dort konnte die Leiche also nicht sein.

Auch in Patriks Garage gab es nichts, was ihr Interesse weckte.

»Die Leiche muss woandershin gebracht worden sein«, erklärte Ingrid. »Genau wie das Fahrrad. Mattias war doch nicht so groß, den hätte man in jeden Kofferraum bekommen, aber um sein Fahrrad zum Fluss zu bringen, brauchte man mindestens einen Kombi.«

»Was für ein Auto hat Patrik?«

»Einen Ford Taunus. Da hätte das Fahrrad niemals reingepasst.«

»Hatte er den voriges Jahr auch schon?«

»Keine Ahnung, aber das können wir ja rauskriegen.«

Sie teilten sich auf und schlenderten auf dem Hof herum, während langsam die Sonne unterging.

Hinter dem Schuppen stand ein kleiner Anhänger im Gestrüpp geparkt, der mit einer Plane abgedeckt war. Ingrid hatte dem vorher keine Beachtung geschenkt, obwohl er schon bei ihrem Einzug dort gestanden haben musste. Sie rief nach Benny, der hinter dem Vorratshaus zu sehen war.

»Könnte das hier vielleicht etwas sein?«, fragte sie und zeigte auf den Anhänger.

Sie lösten das Seil und zogen die Plane ab, die voller Regenwasser und schwerer war, als erwartet. Aber schließlich gelang es ihnen, auch wenn Ingrid dabei nasse Füße bekam. Im Anhänger lagen Tannennadeln und trockenes Laub, doch in einer Ecke stach etwas aus den braun-grünen Muster hervor. Etwas Rotes.

Ingrid ging um den Wagen herum, um näher ranzukommen.

»Was ist das denn?«, fragte Benny und folgte ihr.

»Eine Wäscheklammer«, antwortete sie. »Genauso eine, wie sie die Mutter von Mattias hat.«

»Bist du sicher?«

»Hundertprozentig«, erwiderte Ingrid. »Mattias hat die bemalt, und Solveig hat zum Muttertag eine ganze Serie in verschiedenen Farben geschenkt bekommen.«

Ingrid nahm die Wäscheklammer, und sie gingen gemeinsam ins Haus und holten die Ermittlungsunterlagen heraus. Sie hatte schon so viel in diesem Konvolut geblättert, dass sie das Bild von Mattias' Fahrrad am Fluss sofort fand.

Genau. Da saß eine Wäscheklammer am Hinterrad. Aber nur eine.

»Siehst du, was ich sehe?«, fragte Ingrid.

Sie setzten sich an den Küchentisch. Zwischen ihnen lagen die Wäscheklammer, die Kassette, die Kopie der Ermittlungsunterlagen und Ingrids Notizbuch.

»Wenn nun die Leiche von Mattias in der Kühltruhe gelegen hat«, begann Ingrid, »und wir glauben, dass es so war, dann hat derjenige, der sie dahin gelegt hat, viel Zeit gehabt, die Leiche hinterher woandershin zu bringen und sie zu verstecken.«

Benny nickte.

»Im Prinzip kann es also so ziemlich jeder gewesen sein«, meinte er.

Ingrid wurde übel. Auch wenn sie davon ausgegangen war, dass Mattias nicht mehr lebte, so war es ihr bisher doch irgendwie gelungen, diesen Gedanken von sich fernzuhalten.

»Kann das eine Person alleine bewältigt haben?«, fragte Ingrid. »Oder müssen es zwei gewesen sein?«

»Ich würde davon ausgehen, dass es zwei waren«, erwiderte Benny. »Oder was meinst du?«

Ingrid dachte nach. Doch. Mattias war nicht groß gewesen, aber einen leblosen Körper in eine Kühltruhe hinein- und wieder herauszuheben, war nicht leicht. Zweifelhaft, dass Patrik das allein geschafft haben konnte.

Aber wer hatte ihm dann geholfen? Gert? Hatte Gert mit dieser

Sache zu tun? Ingrid schauderte es. Nein. Gert, der doch so nett und hilfsbereit war. Aber so dachte man ja immer. Man glaubte niemals, dass Menschen, die man kannte, schreckliche Dinge tun konnten.

»Dann ist es wahrscheinlich naheliegend, dass es ein Freund oder einer der Eltern war«, stellte sie fest.

Das laut auszusprechen, verursachte ihr noch mehr Übelkeit.

»Wie hättest du in einer solchen Situation gedacht?«, fragte sie. »Wenn wir jetzt mal davon ausgehen, dass man nicht panisch nach einem Versteck suchen musste, sondern die Möglichkeit hatte, die Leiche in aller Ruhe an einer günstigen Stelle loszuwerden. Dann könnte sie durchaus in Ketten gewickelt auf dem Meeresboden liegen.«

»Von hier zum Meer ist es ziemlich weit«, gab Benny zu bedenken.

Ingrid lehnte sich an die Spüle und schaute aus dem Fenster, während sie nachdachte.

»Wenn man Zeit hat, spielt das keine Rolle«, entgegnete sie. »Man kann so weit fahren, wie man will, und sie vergraben, wo man möchte.«

Benny brummte skeptisch.

»Mit einer Leiche herumzufahren, ist immer noch sehr riskant«, widersprach er. »Man kann in einen Unfall geraten, von der Polizei angehalten werden, alles Mögliche kann passieren. Außerdem ist es auch keineswegs leicht, eine Leiche im Meer zu versenken. Da braucht man ein Boot. Muss die Leiche zu dem Boot transportieren. Muss sicher sein, dass einen niemand sieht, und in den kleinen Häfen hier funktioniert die Kontrolle doch ziemlich gut. Jeder Weg und jeder Ort birgt die Gefahr, entdeckt zu werden.«

Ingrid dachte nach. Vielleicht hatte Benny recht – es war weit hergeholt, zu glauben, dass Mattias im Meer versenkt worden war. Irgendwo in ihrem Hinterkopf tauchte ein anderer Gedanke auf, den sie nicht richtig greifen konnte.

Dann fiel ihr Blick auf die Blumenbeete vor dem Fenster.

»Ich glaube, ich weiß, wo die Leiche ist«, erklärte sie. »Komm!«

»Wohin gehen wir?«, fragte Benny und folgte ihr in die Diele hinaus.

Ingrid stieg in ein paar Schuhe und zog die Regenjacke über.

»Ich erkläre es dir, wenn wir dort sind. Komm einfach mit.«

Kapitel 75

Wenn Ingrid diesen entschlossenen Blick draufhatte, konnte man ihr nicht widersprechen. Benny jedenfalls hatte das noch nie gekonnt, also ließ er sie vorweglaufen.

Sie eilten durch den älteren Teil des Dorfes, suchten ihren Weg durch eine kleine Waldpartie und kamen auf eine frisch asphaltierte Straße, die von neu gebauten Einfamilienhäusern gesäumt war. Manche Hausbesitzer hatten schon Wege und Garagenauffahrten mit Steinen ausgelegt, doch nicht alle. Die Gärten waren im besten Fall mit schütterem Rasen bedeckt, andere nur mit einer dünnen Schicht geharkter Erde.

»Dahinten wohnt Patriks Familie«, erklärte Ingrid und nickte diskret zu einem der Häuser hin.

Es lag ganz am Ende der Siedlung, und dahinter begann ein kleiner Birkenwald. In ein paar Jahren würde sicher auch das Waldstück bebaut sein, doch bis dahin wucherte das Gestrüpp frei zwischen den Bäumen.

Ingrid schaute sich um, dann machte sie einen Schritt in das Gebüsch zwischen den Birken. Benny folgte ihr, und sie schlichen durch das Gestrüpp und erreichten so unbemerkt das Grundstück von Patriks Eltern.

»Siehst du diesen Hügel da?«, flüsterte Ingrid.

Auf dem Rasen zwischen Garagenauffahrt und Grundstücksgrenze war ein kleiner mit Blumen und Steinen bedeckter Hügel zu sehen.

»Ich glaube, da liegt die Leiche.«

»Wie kommst du darauf?«

»Zum einen haben sie das Haus erst vorigen Sommer gekauft, und da war hier bestimmt ausschließlich Erde, die man sehr leicht umgraben konnte. Zum anderen ist es doch etwas seltsam, dass sich dieser Hügel direkt vor den Bäumen befindet. Den größten Teil des Tages liegt die Stelle im Schatten, nicht gerade optimal für ein Beet. Wenn ich den Ehrgeiz gehabt hätte, einen solchen Hügel anzulegen, dann würde ich ihn an einer Stelle platzieren, wo er sowohl vom Haus aus zu sehen ist als auch am besten mit Licht und Wasser versorgt wird, und nicht hier, wo die Birkenwurzeln reinwachsen und alles kaputt machen werden.«

»Ich wusste gar nicht, dass du dich für Gartenbau interessierst«, sagte Benny.

Während ihrer Jahre in Stockholm hatte sie niemals ein Wort darüber verloren, und in ihrer kleinen Wohnung hatte es, außer ein paar stiefmütterlich behandelter Kakteen, keine Pflanzen gegeben.

»Im Gefängnis lernt man so einiges«, erwiderte sie. »Gutes und Schlechtes.«

Ihr Tonfall war locker, aber Benny wusste, dass hinter dem Witz auch ein Schmerz stand.

»Aber hätten sie denn die Leiche mitten in einem Viertel aus Einfamilienhäusern vergraben?«

»Hier ist man doch vor Blicken gut geschützt«, meinte Ingrid. »Vor allem, wenn ein Auto auf dem Parkplatz steht. Und er konnte zu jeder Tages- oder Nachtzeit arbeiten.«

Sie zeigte beharrlich auf das Haus, und ihr Blick brannte vor Eifer, aber Benny war immer noch nicht ganz überzeugt. Es war trotz allem ein unglaubliches Risiko, das sie hier eingehen würden. Die Nachbarn würden sicherlich reagieren, wenn jemand mitten in der Nacht anfing, im Garten zu arbeiten.

»Stell dir mal vor«, fuhr Ingrid fort, als Benny nichts erwiderte, »Patrik hat die Leiche von Mattias in der Kühltruhe im Keller seiner Großmutter versteckt. Natürlich ist er in Panik, aber er hat dennoch Zeit, nachzudenken und den nächsten Schritt zu planen. Wie du selbst sagst, ist die Gefahr groß, entdeckt zu werden, wenn man eine Leiche loswerden will. Und du weißt ja, wie die Wälder hier aussehen. Der Boden ist voller Steine und dicker Baumwurzeln, und mit einem normalen Spaten ist es unmöglich, darin zu graben. Anstatt also herumzufahren und nach einem Platz zu suchen, wo man die Leiche verstecken könnte, erkennt er, dass der perfekte Ort direkt vor seiner Nase ist: die Erdhügel bei seinem neuen Zuhause. Die sind gut zugänglich, man kann leicht darin graben, und er hat außerdem ein Alibi, denn er ist ja die ganze Zeit zu Hause. Also schleicht er in einer Nacht, als alle anderen im Bett liegen und schlafen, raus und gräbt eine Grube. Dann holt er die Leiche aus dem leeren Haus seine Großmutter. Und wenn der Morgen kommt, ist keine Spur zu sehen, und Patrik kann ganz normal mit seiner Familie frühstücken.«

»Du meinst, er hat seine Eltern überredet, ausgerechnet dort einen spektakulären Blumenhügel anzulegen?«, fragte Benny. »Wie soll das Gespräch denn ausgesehen haben?«

»Oder er hatte wie gesagt schon von Anfang an Hilfe.«

Es blieben immer noch eine Menge ungeklärter Fragen, aber jetzt hatten sie auf jeden Fall schon mal mehr in der Hand als zuvor.

»Komm«, sagte Benny. »Wir fahren jetzt gleich zu Frank und sprechen mit ihm«

Ingrid hatte den großen Ghettoblaster auf dem Schoß, während Benny fuhr.

»Was wird Frank wohl sagen, wenn wir um diese Zeit einfach so aufkreuzen?«, fragte sie.

»Das werden wir ja sehen.«

So viele Jahre waren vergangen, und so viel war passiert, aber hier saßen sie nun wieder im selben Auto, Benny hinter dem Steuer und Ingrid auf dem Beifahrersitz. Er hatte sich nie eingestanden, wie sehr er das vermisst hatte.

»Wie viele hundert Stunden haben wir wohl schon so verbracht?«, fragte er.

»Bestimmt mehrere tausend«, antwortete Ingrid und lächelte ihn an.

Sie kamen zum Älvdalsvägen, er bremste sanft und schaltete herunter.

»Vielleicht ist das jetzt der falsche Moment, es zu sagen«, sagte er und holte Luft, »aber ich finde es sehr schön, wieder mit dir zusammen zu arbeiten. Oder wie auch immer man das hier nennen soll.«

»Obwohl ich meinen moralischen Kompass verloren habe?«, fragte Ingrid und sah ihn verstohlen an.

»Trotzdem. Seltsamerweise.«

Benny fuhr wieder schneller und überholte einen EPA-Traktor, der auf dem Seitenstreifen dahintuckerte.

»Ich arbeite auch gerne mit dir zusammen«, sagte sie. »Und manchmal habe ich tatsächlich darüber nachgedacht, wie es gewesen wäre, wenn wir zusammengeblieben wären. Ich weiß, es bringt nichts, so zu denken, aber manchmal kann ich nicht anders.«

Benny versuchte, sich auf die Straße zu konzentrieren, und drehte mit dem Daumen ein wenig an seinem Verlobungsring.

»Du hast recht, es hat keinen Sinn, über Sachen zu spekulieren, aus denen nie etwas geworden ist«, sagte er schließlich. »Es ist, wie es ist, und was passiert, das passiert.«

Als sie nach Kråkberg kamen, schaltete Benny ein weiteres Mal herunter und bog etwas zu schnell nach Östmor ab, sodass Ingrid zur Seite kippte und den Ghettoblaster fester packte.

»Die Hochzeit ist in ein paar Wochen«, sagte er.

Höchste Zeit, das klarzustellen.

»Aha«, erwiderte Ingrid und lächelte ein wenig zu breit. »Herzlichen Glückwunsch! Wie schön. Das wird sicher ein tolles Fest.«

Zum Glück hatten sie ihr Ziel erreicht, und konnten das Gespräch unterbrechen. Das große Holzhaus von Frank lag fünfzig Meter vor ihnen. Auf einem Kiesweg an der Vorderseite stand ein Wohnwagen, der fast neu aussah.

»Wir sind da«, sagte Benny.

Benny nahm den Kassettenrekorder aus Ingrids Arm, stieg vor ihr die Treppe hoch und klingelte. Es war erst Viertel vor zehn, Frank war also wahrscheinlich noch nicht schlafen gegangen.

Sein Inneres war immer noch in Aufruhr nach dem Gespräch im Auto. Warum hatte sie das nur gesagt?

»Worum geht's?«, fragte Frank kurz angebunden, als er in kurzen Hosen und einem über dem Bauch spannenden T-Shirt die Tür öffnete.

»Wir müssen mit dir reden«, erklärte Benny.

»Wir?«

Frank sah von Benny zu Ingrid und dann zu dem Ghettoblaster und wieder zurück zu Benny.

»Es ist ernst, wir müssen reinkommen«, sagte Benny.

Widerwillig trat Frank beiseite und ließ Benny in die Diele.

»Zuerst musst du eine Aufnahme anhören«, sagte Benny. »Können wir irgendwo ungestört sitzen?«

Frank führte sie ins Wohnzimmer und schloss die beiden Glastüren. Seine Frau – im Bademantel und mit Lockenwicklern im Haar – sah sie erstaunt durch die Scheibe an.

Benny stellte den Kassettenrekorder mitten auf den Tisch und bat Frank, sich auf das Sofa zu setzen. Ingrid ließ sich in einem Sessel nieder.

»Jetzt hör dir das mal an«, sagte er und drückte auf *Play*.

Je mehr Frank hörte, desto weniger skeptisch wurde seine Miene.

»Was zur Hölle ist das?«, fragte er.

»Soweit wir das verstehen, ist es die Vergewaltigung eines minderjährigen Mädchens«, erklärte Benny. »Der Mann, der da spricht, heißt Patrik, und das Mädchen heißt wohl Jasmine und ist dreizehn Jahre alt. Höchstwahrscheinlich hat Mattias Holm das Band aufgenommen. Er hat ja alles und jeden bespitzelt, und es ist jedenfalls seine Kassette.«

»Und was macht *sie* hier?«, fragte Frank und sah zu Ingrid.

»Du kannst direkt mit ihr sprechen«, entgegnete Benny, »das wäre zumindest höflicher. Ingrid hat das Band in dem Haus gefunden, das sie mietet. Sie hat weiter an dem Fall Mattias gearbeitet, und jetzt sind wir ziemlich sicher zu wissen, wo die Leiche liegt und wer ihn getötet hat. Möchtest du es hören?«

Der Polizeichef nickte.

Benny holte tief Luft, dann erzählte er, wie Ingrid mit den Leuten in der Gemeinde gesprochen hatte, von den Haaren und dem Kaugummi in der Tiefkühltruhe und der Wäscheklammer von Solveig, die sie in der Schubkarre gefunden hatten.

»Als wir das Fahrrad von Mattias beim Fluss gefunden haben, steckte so eine Wäscheklammer am Hinterrad«, erklärte er. Da Frank nicht ahnen durfte, dass Ingrid die Ermittlungsunterlagen eingesehen hatte, fügte er hinzu, dass er die Klammer mit den Fotos abgeglichen habe.

Frank hörte zu, sagte aber nichts.

»Ich bin es also nicht, dem die Ehre für diese Sache gebührt, sondern Ingrid. Sie hat das alles herausgefunden«, sagte Benny. »Aber sie hat keine Befugnisse, mehr zu tun. Jetzt sind wir an der Reihe.«

»Ich verstehe«, sagt Frank.

Er sah bleich aus. Und eingeschüchtert.

»Jeder kann mal einen Fehler machen«, fuhr Benny fort. »Auch wir bei der Polizei. Das ist nur menschlich. Aber ihn zu verdecken, um seine eigene Haut zu retten, das wäre mies.«

Frank bekam keinen Laut heraus.

»Wenn du nicht den Staatsanwalt anrufst und dafür sorgst, dass wir bei Ingrid eine Hausdurchsuchung genehmigt bekommen, um die Kühltruhe zu untersuchen und uns Patrik zu greifen, dann mache ich es selbst. Es ist mir scheißegal, ob ich dann gefeuert werde.«

Benny spürte Ingrids Blick auf sich. Jetzt kriegte sie mal seine Zivilcourage zu sehen.

»Okay, sagte Frank. »Wir haben genug. Wir legen los.«

Dann wandte er sich an Ingrid.

»Ich bin beeindruckt, und das passiert nicht oft.«

»Danke«, sagte Ingrid. »Es gibt da noch etwas. Sie müssen ein Blumenbeet im Garten von Patriks Eltern aufgraben. Ich bin ziemlich sicher, dass dort die Leiche von Mattias liegt.«

Kapitel 76

Die Frau, die die Tür zu Patriks Elternhaus öffnete, war klein und hübsch. Sie war barfuß und trug einen glänzenden Trainingsanzug. Die lackierten Zehennägel passten exakt zu der roten Farbe ihrer Kleider. Aus dem Nachbarzimmer flimmerte das Licht eines Fernsehers.

Als sie Benny und Frank erblickte, riss sie die Augen auf.

»Ja?«, sagte sie.

»Wir sind von der Polizei«, erklärte Frank. »Ist Patrik zu Hause?«

Noch ehe Monika antworten konnte, tauchte hinter ihr in der Diele ein Mann auf. Das konnte nicht Patrik sein, sondern war wahrscheinlich ihr Ehemann, Ingrids Vermieter Gert.

»Worum geht es?«, fragte er.

»Wir suchen Patrik«, sagte Frank noch einmal.

»Ja, das habe ich gehört«, erwiderte Gert. »Aber warum denn?«

»Es geht um Mattias Holm«, erklärte Frank. »Wir möchten unten auf dem Revier mit Patrik sprechen.«

Gert schüttelte den Kopf.

»Das muss ein Missverständnis sein«, sagte er. »Patrik hat nichts damit zu tun.«

Gert streckte sich nach der Klinke, um die Tür zu schließen, doch Benny stellte seinen Fuß in den Weg.

»In dem Fall werden wir das auf dem Revier klären«, beharrte Frank. »Ist er zu Hause?«

Monika, die von der Türöffnung zurückgewichen war als ihr Mann auftauchte, war kreideweiß im Gesicht. Keiner der Eltern machte irgendwelche Anstalten, ihren Sohn zu rufen oder zu holen.

»Wären Sie bitte so freundlich, ihn jetzt hierherzurufen«, sagte Frank. »Andernfalls müssen wir reinkommen und es selbst tun.«

Die Frau verschwand, und bald hörte man sie an eine Tür klopfen.

»Ich begreife ja nicht, was Sie sich dabei denken«, sagte Gert und kratzte sich die Bartstoppeln.

Schließlich kam Patrik mit seiner Mutter im Schlepptau in die Diele hinaus. Benny erkannte ihn von einem chaotischen Abend Anfang des Sommers im Morapark. Patrik selbst war nicht in einen Streit verwickelt gewesen, aber die Kameraden, die er im Auto mitgenommen hatte, waren in eine Schlägerei geraten, und Patrik hatte auf Bennys Fragen geantwortet.

»Verstehst du, was hier vor sich geht?«, fragte Gert.

Seine Frau schüttelte den Kopf, sie war immer noch leichenblass. Gert wandte sich an seinen Sohn.

»Du hast doch wohl keine Dummheit gemacht?«, fragte er.

Patrik stieg in seine Holzschuhe und folgte ihnen wortlos zum Auto.

»Ruf an, wenn sie fertig sind«, rief Gert ihm nach, »dann komme ich und hole dich ab.«

* * *

Ingrid wanderte zwischen Küche und Saal hin und her. Obwohl sie todmüde war, arbeitete ihr Kopf immer noch auf Hochtouren, und sie hätte alles dafür getan, mit zum Polizeirevier in Mora fahren und Patrik gemeinsam mit Benny vernehmen zu dürfen.

Um ihre Nerven zu beruhigen, kochte sie sich eine Kanne Tee und setzte sich an den Küchentisch.

Das Ermittlungsmaterial und alle Notizen lagen immer noch in einem Stapel auf dem Tisch, aber sie ließ die Unterlagen in Ruhe. Jetzt konnte sie nichts anderes tun, als warten.

Die Scheinwerfer eines Autos wischten über den Innenhof. Das mussten die Techniker der Polizei sein, die kamen, um die Kühlbox im Keller zu untersuchen.

Doch ehe Ingrid bei der Haustür angekommen war, flog sie schon auf und Gert stürmte in die Diele. Seine empörte Miene ließ Ingrid wie angewurzelt stehen bleiben.

»Was zur Hölle haben Sie sich dabei gedacht?«, schrie er. »Sind Sie nicht richtig im Kopf? Eben hat die Polizei Patrik abgeholt! Glauben Sie, ich kapiere nicht, dass Sie hinter alldem stecken? Aber Sie täuschen sich. Das werden Sie schon noch sehen.«

Ingrid wich rückwärts in die Küche zurück, ohne den Blick von Gert zu wenden. In ihren Händen prickelte es, wie immer, wenn sie richtig Angst hatte.

»Jetzt mal ganz ruhig«, sagte sie, während sie gleichzeitig versuchte, einen Fluchtweg zu finden. Sie kannte diese Sorte wahnsinnigen Blick.

»Ruhig?«, brüllte Gert. »Ich soll ruhig bleiben? Das ist nicht so leicht, wenn das eigene Kind gerade von der Polizei abgeführt wurde.«

Konnte man die Tür zum Saal abschließen? In dem Fall würde sie da reinlaufen und dann aus dem Fenster verschwinden. Aber sie konnte sich nicht erinnern. Die Gedanken froren in ihrem Kopf ein.

»Können Sie mir mal erklären, wie zum Teufel Sie darauf gekommen sind?«, fuhr Gert fort. »Was haben Sie da zusammengelogen?«

Ingrid versuchte etwas zu erwidern, fand aber keine Worte, und auch keine Fluchtmöglichkeit. Sie stand mit dem Rücken zur Wand, und jedes ihrer Beine schien mehrere hundert Kilo zu wiegen.

Gert kam weiter auf sie zu, bis er so nahe war, dass er sie berühren konnte.

»Haben Sie die Sprache verloren?«, schrie er. »Oder sind Sie zu feige, um es mir zu sagen? Hier rumlaufen und schnüffeln ist schön und gut, aber für Ihre Taten einzustehen, das trauen Sie sich nicht.«

Sie kniff die Augen zusammen und versuchte, sich auf ihre Atmung zu konzentrieren.

»Wie erbärmlich«, flüsterte er. Sein Atem stank nach Leberpastete und eingelegten Gurken. »Was für eine miese kleine Ratte du bist.«

Jetzt würde er zuschlagen, das wusste sie.

Plötzlich klopfte es laut an der Eingangstür.

»Hallo?«, rief eine Männerstimme. »Hier ist die Polizei. Was geht hier vor?«

Als Ingrid die Augen öffnete, stand ein Polizist in Uniform in der Diele. Ein weiterer war auf dem Weg herein.

»Schreien *Sie* hier so rum?«, fragte der erste und wandte sich an Gert. »Das hört man bis auf den Hof hinaus. Jetzt reißen Sie sich mal zusammen und beruhigen Sie sich.«

Gert war völlig aus der Spur.

»Alles in Ordnung?«, fragte der Polizist. »Sie sind Ingrid?«

Ingrid nickte.

»Hat er Ihnen etwas getan?«, fragte der Polizist weiter.

Sie schüttelte den Kopf.

»Und wer sind Sie?«, erkundigte sich der Polizist und wandte sich wieder an Gert.

»Das hier ist mein Haus«, erwiderte der.

»Aber ich habe es gemietet«, entgegnete Ingrid, die endlich ihre Stimme wiedergefunden hatte.

»Dann möchte ich, dass Sie jetzt gehen«, sagte der Polizist zu Gert. »Wir werden den Hof absperren und hier eine Hausdurchsuchung durchführen.«

»Eine was?«

»Ich glaube, Sie haben gut verstanden, was ich gesagt habe, seien Sie also bitte so freundlich, das Haus zu verlassen, damit wir mit unserer Arbeit beginnen können.«

Gert pumpte sich ein wenig auf, doch schien er schnell einzusehen, dass er hier nicht weiterkam. Er warf Ingrid einen langen Blick zu und verließ türenknallend das Haus.

* * *

Benny schloss die Tür zu dem fensterlosen Vernehmungsraum. Patrik saß bleich und still auf seinem Stuhl. Die Hände hatte er auf dem Schoß, nur seine Augen bewegten sich. Der Blick flackerte über die leeren Wände, als würde er nach einem Weg hinaus suchen.

»Möchten Sie eine Tasse Kaffee?«, fragte Benny.

Patrik schüttelte kaum merkbar den Kopf.

»Saft?«

Wieder ein kleines Kopfschütteln.

Benny setzte sich ihm gegenüber und bereitete das Aufnahmegerät vor.

»Dann trinken Sie ein bisschen Wasser«, sagte Benny und schob ihm den unberührten Plastikbecher ein Stück näher hin.

Mit zitternder Hand führte Patrik den Becher zum Mund und versuchte zu trinken, doch er verschluckte sich und begann zu husten. Mit Panik im Blick stellte er das Wasser wieder hin und wischte sich mit dem Jackenärmel übers Kinn.

»Sind Sie bereit?«, fragte Benny, als Patrik sich beruhigt hatte.

Dann schaltete er das Aufnahmegerät ein.

»Es ist Mittwoch, der 27. Juli, zehn Minuten nach dreiundzwanzig Uhr. Vernehmung mit Patrik Boström. Vernehmungsleiter bin ich, Benny Jörgensen.«

Patriks Blick flackerte zwischen dem Aufnahmegerät und Benny hin und her.

»Nun«, fuhr Benny fort. »Es geht um den Verdacht des Mordes an dem zwölfjährigen Mattias Holm im vorigen Sommer. Dazu ein Verstoß gegen die Leichenruhe.«

Patrik schluckte und senkte den Blick.

»Was ist Ihre Stellungnahme dazu?«

»Ich habe niemanden ermordet«, sagte Patrik schließlich.

»Haben Sie Mattias Holm so misshandelt, dass er gestorben ist?«

Patrik schüttelte den Kopf.

»Sie müssen laut antworten, damit es auf dem Band zu hören ist«, ermahnte ihn Benny.

»Nein«, sagte Patrik. »Ich … nein.«

Tränen stiegen ihm in die Augen, und er schluckte wieder hart, als säße ihm etwas im Hals fest.

»Ich möchte einen Anwalt«, sagte er.

»Dann kümmern wir uns darum«, erwiderte Benny. »Sie werden heute Nacht hierbleiben, dann machen wir morgen weiter.«

Kapitel 77

Die Sonne war eben aufgegangen, als die Techniker der Polizei vor Gert und Monikas Haus zu arbeiten begannen. Von ihrem Platz zwischen den Birken hatte Ingrid freie Sicht über die Arbeiten.

»Was meinst du?«, sagte Benny von der anderen Seite des Absperrbandes und gähnte.

Er konnte in dieser Nacht auch nicht viel Schlaf bekommen haben.

»Ich glaube, wir werden ihn finden«, erwiderte Ingrid.

Eigentlich müsste sie erleichtert sein, doch sie verspürte nur Verzweiflung. Die Hoffnung stirbt zuletzt, und heute würde Solveig und Esbjörn auch die genommen werden.

Die Techniker hatten die Steine aus Monikas hübschem Gartenarrangement genommen, ohne Rücksicht auf die Blumen zu nehmen, die jetzt platt getrampelt waren. Die würden auch bald wegkommen.

»Was sagt Patrik?«, fragte Ingrid.

»Bisher leugnet er.«

Als die Techniker ihre Spaten in die Erde setzten und anfingen zu graben, ging die Terrassentür auf, und jemand rannte über die Wiese. Ingrid kniff die Augen zusammen, um gegen die niedrigstehende Sonne sehen zu können, wer es war. Erst als die Gestalt auf dem Weg in den Wald hinein war, erkannte sie Monika.

»Sie haut ab«, sagte Ingrid und rannte, ohne Bennys Reaktion abzuwarten, hinter ihr her. Monika wurde schneller und huschte erstaunlich behände durch das Gestrüpp.

»Monika!«, rief Ingrid. »Bleiben Sie stehen.«

Früher, als Ingrid noch bei der Polizei arbeitete, hätte sie kein Problem gehabt, die Frau einzuholen, aber inzwischen hatte ihre

Kondition ganz schön nachgelassen. Den »Strich«, wie die Straße zwischen dem Schloss und den Höfen in Hinseberg so originell genannt worden war, hin- und herzurennen, das war nicht ihre Sache gewesen.

Schon pumpte ihr die Milchsäure in die Beine, und es pfiff in den Lungen.

»Monika!«, rief sie wieder, aber diesmal war sie vor lauter Keuchen kaum zu hören.

Plötzlich stürzte Monika vor ihr, und Ingrid strengte sich ordentlich an, um den Abstand zwischen ihnen zu verringern.

»Monika! Bitte, bleiben Sie doch stehen!«

Als Ingrid endlich ankam, lag Monika noch im Moos.

»Ich wusste, dass es nicht funktionieren würde«, flüsterte sie in den Boden. »Jetzt ist es vorbei. Alles.«

Ingrid setzte sich neben sie und legte ihr eine Hand auf den Rücken. Der ganze kleine Körper zitterte.

»Gert weiß von nichts«, keuchte Monika.

»Was weiß er nicht?«

»Dass ich Patrik geholfen habe, als er mich brauchte.«

Monika lag eine Weile im Moos und rang nach Atem. Ingrid wartete ab, und als sie sich langsam wieder hinkniete, nahm sie es als ein Zeichen, dass Monika jetzt bereit war.

»Was ist passiert?«, fragte Ingrid. »Erzählen Sie es mir von Anfang an.«

»Patrik hat mich angerufen«, sagte Monika leise. »Er hat gebrüllt, er hätte etwas Schreckliches getan. Wir haben immer eine besondere Beziehung gehabt, wir beide. Seit er klein war, habe ich gesagt, dass er sich immer an mich wenden kann, dass ich immer kommen würde, selbst wenn er am anderen Ende der Welt wäre. Und das habe ich auch so gemeint. Aber ich hätte ja nie gedacht, dass ich einmal so etwas tun müsste.«

Monika wollte ihr nicht in die Augen sehen und starrte stur auf den Boden.

»Natürlich hätte ich die Polizei rufen sollen«, sagte sie und schluchzte. »Aber den Gedanken, dass er sein ganzes Leben im Gefängnis sitzen muss, habe ich nicht ausgehalten. Also habe ich ihm geholfen, genau wie ich es ihm immer versprochen hatte.«

Ingrid konnte nicht anders, als ein wenig Sympathie zu empfinden. Sie wusste, wie es war, im Gefängnis zu sitzen. Und wozu die Liebe zum eigenen Kind führen konnte.

»Man fängt an zu lügen, und am Ende glaubt man die Lügen fast selbst, anders kann man ja nicht leben«, fuhr Monika fort. »Das ganze letzte Jahr habe ich versucht, für Solveig und Esbjörn da zu sein, um etwas gutzumachen. Ich bin mit Essen hingefahren, und ich habe ihnen mit Linda geholfen, wo ich konnte. Und natürlich klingt das komisch, das verstehe ich schon, aber der Hügel und die Blumen waren meine Art, den armen Jungen zu würdigen. Ihm ein Grab zu geben.«

Monika legte sich wieder ins Moos und weinte.

Kapitel 78

Solveig saß am Küchentisch und sah auf den Garten hinaus. Über der Wiese hing immer noch ein leichter Nebel, und die Sonne hatte die Baumkronen noch nicht erreicht.

Irgendetwas hatte sie in der frühen Morgendämmerung geweckt. Vielleicht der Laut von einem Tier oder ein Traum, der im selben Augenblick verpuffte, als sie die Augen aufschlug. Ihr Herz hatte heftig gepocht, so als hätte etwas sie erschreckt.

Sie hatte versucht, den Traum zurückzulocken, um herauszufinden, warum sie aufgewacht war, doch ohne Erfolg. Schließlich gab sie auf, ging in die Küche und wärmte sich eine Schale Haferbrei auf.

Ohne den Haferbrei hätte sie die erste Zeit, nach Mattias' Verschwinden, nicht überlebt. Wenn die Angst es unmöglich gemacht hatte, zu kauen und zu schlucken, hatte der warme Brei lindernd und beruhigend gewirkt.

Sie wärmte ihre Hände an der Schale und sah zu, wie der Nebel allmählich vom goldgelben Sonnenlicht vertrieben wurde. Ein Hase kam von der Scheune her quer über die Wiese gehoppelt und hielt direkt vor dem Küchenfester inne.

Lange blieb er regungslos stehen und sah sie an, als wolle er etwas sagen. Doch dann drehten sich die langen Ohren plötzlich Richtung Straße, und im nächsten Augenblick rannte das Tier schnell zurück in den Wald.

Solveig beugte sich zum Fenster vor, um zu sehen, was den Hasen erschreckt hatte.

Ein Polizeiauto, das die Straße hinunterfuhr.

Nein. Komm nicht hierher. Verschwinde von hier.

Doch das Auto bog auf den Hof ein und hielt. Ingrid stieg als Erste aus. Ihre Hose hatte Flecken auf den Knien, und die Haare waren zerzaust.

Dann ging die Fahrertür auf und ein Polizist in Uniform erschien.

Nein, kommt nicht hierher. Kommt nicht hierher.

Als besäße sie magische Kräfte, versuchte Solveig mit aller Macht, den beiden, die über das taufrische Gras gingen, Einhalt zu gebieten.

Die Besucher verschwanden dann auch um die Hausecke, doch bald waren ihre schweren Schritte auf der Treppe zu hören.

Kommt nicht hierher.

Plötzlich hielten die beiden inne, als hätte Solveigs Flehen Wirkung gezeigt. Dann klopfte es vorsichtig an der Tür.

Warum hatte sie Ingrid diesen Auftrag gegeben? War Hoffnung nicht besser als Wahrheit? Hatte sie wirklich geglaubt, dass sie Mattias lebend finden würde?

Als Solveig sich erhob, flimmerte es ihr vor den Augen. In der Diele lehnten sich plötzlich die Wände nach innen, und sie musste sich abstützen.

»Wir haben ihn gefunden«, sagte Ingrid. »Es tut mir so leid.«

Solveig hielt den Türrahmen fest umklammert, doch ihre Beine gaben nach, und hätte der Polizist sie nicht aufgefangen, wäre sie auf der Schwelle zusammengesackt.

Kapitel 79

Benny schenkte sich im Aufenthaltsraum einen großen Becher Kaffee ein und blieb dann am Fenster stehen, das auf den Innenhof hinausging. Der frühe Morgen in Våmhus war feuchtkalt gewesen, und zu sehen, wie der kleine Mensch in einem Plastiksack aus dem Erdhaufen gehoben wurde, gehörte zu den traurigsten Augenblicken seines Berufslebens. Und was dann kam, war fast noch schlimmer. Ein für alle Mal die Hoffnung auslöschen zu müssen, die im letzten Jahr die Mutter des Jungen aufrecht gehalten hatte, und sie auffangen zu müssen, als sie in der Diele zusammenbrach. Benny kniff die Augen zusammen, um die Szene von der Netzhaut zu vertreiben.

Patrik wartete bereits zusammen mit seinem Anwalt im Verhörraum, aber Benny musste sich noch einen Moment sammeln, ehe er hineinging. Er war es nicht gewohnt, Verhöre zu leiten, aber Frank meinte, es sei besser so, denn er würde doch die Umstände am besten. Frank selbst würde nur danebensitzen.

Benny nahm einen Schluck von dem heißen starken Kaffee und bemühte sich, seine Gedanken zu ordnen. Wie sollte er anfangen? Er strengte sich an, hervorzukramen, was er auf der Polizeihochschule über Verhörtechnik gelernt hatte, musste aber einsehen, dass die Theorie nur *eine* Sache war. Aber einen Neunzehnjährigen vor sich zu haben, der ein zwölfjähriges Kind ermordet hatte, war etwas ganz anderes.

»Es ist so weit«, sagte sein Chef von der Tür her.

Benny schüttete den Rest Kaffee weg und ging zum Verhörraum.

Patrik saß mit rotgeweinten Augen und über der Brust fest verschränkten Armen am Tisch und schrak zusammen, als Benny und

Frank reinkamen. Neben ihm saß in Anzug und Seidenschlips der Anwalt, den Benny zwar kannte, an dessen Namen er sich aber nicht erinnerte. An seinem Stuhl lehnte eine große Aktentasche.

Benny gab ihm die Hand und stellte sich vor.

»Dan Rosén«, antwortete der Anwalt.

Benny und Frank setzten sich den beiden gegenüber, und er schaltete das Tonbandgerät ein.

»Donnerstag, der 28. Juli. Es ist halb vier Uhr nachmittags, und wir halten ein zweites Verhör mit Patrik Boström, wegen des Verdachts auf Mord an Mattias Holm. Anwesend sind außerdem Rechtsanwalt Dan Rosén und Kriminalkommissar Frank Olars. Leiter des Verhörs bin ich, Benny Jörgensen.«

Patrik starrte auf den Ghettoblaster, den Frank auf den Tisch stellte.

»Ich schlage vor, dass wir zu Anfang eine Kassette anhören, die Mattias Holm gehört hat«, erklärte Benny und drückte auf *Play*.

»*Es dauert eine Weile, bis man gelernt hat, Bier zu mögen*«, *sagte Patrik.* »*Das ist ein bisschen wie mit Kaffee. Magst du Kaffee?*«

Patrik fuhr zusammen, als er seine eigene Stimme erkannte, und wurde hochrot im Gesicht.

Auf dem Band war eine Weile Musik zu hören, und dann:

»*… bist so unglaublich hübsch. Das finde ich schon, seit ich dich das erste Mal gesehen haben. Wie süß du bist, wenn du so rot wirst wie jetzt grade.*«

Wieder Musik.

Als es das nächste Mal still wurde, waren zuerst keine Stimmen zu hören, doch dann sagte Patrik:

»*Du bist so süß. Was ist denn los?*«

Dann eine Mädchenstimme:

»*Nein, ich will nicht.*«

»*Du kannst nicht so mit mir spielen und dann …*«

»*HÖR AUF!*«

»*Ist doch nicht so schlimm. Nimm das …*«

»*Patrik … bitte … lass mich.*«

Die Aufnahme brach abrupt ab.

Patrik hatte Tränen in den Augen, aber Benny hielt die Spannung noch eine Weile aufrecht. Er holte die Kassette aus dem Apparat und hielt sie hoch.

»Diese Kassette, die Mattias Holm gehört hat, haben wir im Keller Ihrer Großmutter gefunden, und zwar in der Nähe einer Kühltruhe, in der die Leiche von Mattias Holm gelegen hat. Auf dem Band hören wir Ihre Stimme und dass Sie etwas mit einem Mädchen tun, was sie nicht will.«

Patrik liefen Tränen über die Wangen. Benny fuhr fort:

»Über eine Woche lang hat er in der Kühltruhe gelegen, dann haben Sie ihn zusammen mit Ihrer Mutter rausgeholt und in Ihrem Garten vergraben, wo wir ihn jetzt gefunden haben. Ihre Mutter hat bereits gestanden. Auf dem Plastiksack, in dem er gelegen hat, sind sowohl Ihre Fingerabdrücke als auch die Ihrer Mutter gefunden worden.«

Patrik war auf dem Stuhl zu einem Häufchen Elend zusammengesunken, hatte beide Hände vors Gesicht geschlagen und schluchzte. Wie das Kind, das er vor kurzem noch gewesen war.

»Was ist an dem Abend passiert, Patrik?«, fragte Benny.

Patrik zitterte am ganzen Leib und weinte still. Es kam keine Antwort.

»Ich wollte es nicht«, bekam er schließlich heraus. »Alles ist schiefgelaufen. Einfach alles.«

»Erzählen Sie«, sagte Benny.

»Ich war betrunken und hab Panik gekriegt, und …«

Patrik rang nach Luft. Der Anwalt reichte ihm ein Papiertaschentuch aus seiner Aktentasche. Gehorsam nahm er es und schnäuzte sich, als wäre der Anwalt sein Vater.

»Ich wollte bloß mit ihm reden, bin aber nicht zu ihm durchgedrungen. Er hat einfach die ganze Zeit geschrien. Es war ein Unfall. Ich mochte Mattias.«

Patrik begann wieder zu weinen, diesmal das Taschentuch über die Augen gepresst. Frank räusperte sich, sagte aber nichts.

»Er hat uns hinterherspioniert«, fuhr Patrik schließlich mit abgehackter Stimme fort. »Mir und diesem Mädchen. Und als ich ihn erwischt habe, hat er furchtbar Angst gehabt.«

»Verständlich, wenn er Zeuge dessen geworden ist, was wir eben auf dem Band gehört haben«, sagte Benny. »Für mich klingt das so, als hätten Sie etwas gemacht, was ihr überhaupt nicht gefiel.«

»Ich hatte getrunken«, sagte Patrik. »An dem Abend ist alles schiefgelaufen, hab ich doch gesagt. Ich war nicht ich selbst. Oh mein Gott …«

Er verbarg das Gesicht wieder in den Händen.

»Was ist dann passiert?«, fragte Benny.

»Ich wollte mit ihm reden, aber da ist er einfach weggerannt, und als ich hinterher bin, hat er geschrien. Ich hab nicht begriffen, warum er so gebrüllt hat, und hab ihm gesagt, er soll still sein. Ich habe einfach nur gewollt, dass er still ist.«

»Und was haben Sie gemacht?«, fragte Benny.

»Ich habe ihm den Mund zugehalten, aber da hat er mich gebissen und einfach weitergeschrien und getreten und so. Ich kann mich nicht genau erinnern. Es ist alles wie im Nebel.«

»Aber am Ende war er still?«

Patrik nickte, und das Taschentuch war so nass, dass es zu nichts mehr nutzte.

Obwohl Benny todmüde war und wusste, dass Ulrika mit dem Abendessen auf ihn wartete, wollte er doch nicht nach Hause fahren. Das hier war der schlimmste Arbeitstag seines Lebens gewesen, und er musste mit jemandem reden, der zuhören und es vielleicht verstehen könnte. Ulrika wäre von alldem so erschüttert, dass er, um sie zu schonen, gar nicht alles erzählen konnte.

Anstatt nach Hause zu fahren, machte er sich auf nach Kumbelnäs. Ingrid hatte ein Recht darauf, zu erfahren, wie alles ausgegangen war.

In der Küche und im Saal brannte Licht, als Benny ankam, und als hätte sie auf ihn gewartet, öffnete Ingrid die Tür noch ehe er die Treppe hinauf war.

»Wie ist es gelaufen?«, fragte sie, kaum dass er in der Diele stand.

»Er hat gestanden«, erklärte Benny. »Es ist alles so tragisch.«

»Hast du was gegessen? Ich kann ein bisschen Suppe aufwärmen, wenn du möchtest.«

»Gern. Wenn es nicht zu viel Mühe macht.«

Eigentlich sollte er Ulrika zuliebe ablehnen, doch er war so erschöpft und hungrig, dass er nicht nein sagen konnte.

»Setz dich solang aufs Sofa und ruh dich ein wenig aus«, sagte Ingrid.

Benny ging in den Saal, wo der Fernseher lief und die Gardinen zugezogen waren. Er ließ sich nieder und starrte mit leerem Blick auf die Schlagzeilen der Nachrichtensendung. Bald kam Ingrid mit einem Tablett, auf dem ein Teller Suppe stand, dazu ein Käsebrot und ein Glas Milch.

»Bitte sehr«, sagte sie und stellte das Essen vor ihn hin. Sie selbst setzte sich in die andere Sofaecke und zog die Beine hoch. »Jetzt erzähl mal.«

»Es ist so traurig«, sagte Benny. »Er behauptet, er sei betrunken gewesen, und dass es ein Versehen war.«

»Aber was ist denn überhaupt passiert?«

»Wie wir schon gedacht haben: Mattias hat Patrik und Jasmine belauscht, und als Patrik ihn entdeckt hat, ist er in den Schuppen hier vorne gerannt, wo Patrik ihn erwischt hat. Und als Mattias dann so geschrien hat, geriet Patrik in Panik und hat ihn erstickt oder gewürgt, bis er still war.«

Ingrid nickte nachdenklich.

»Patrik hat furchtbar geweint, als er das beschrieben hat, schien aber am Ende fast erleichtert, endlich alles erzählen zu können.«

Benny aß rasch ein paar Löffel Suppe, dann erzählte er weiter:

»Als Patrik begriffen hat, dass Mattias tot war, verfiel er in Panik, hat ihn mit einer Pferdedecke zugedeckt und dann seine Mutter angerufen. Und als die kam, hat sie ihm geholfen, die Leiche in der Kühltruhe zu verstecken.«

Ingrid verzog das Gesicht.

»Und dann, als Gert gearbeitet hat und die Tochter über Nacht bei einer Freundin war, haben sie ihn vergraben.«

»Das ist so makaber, dass man es fast nicht glauben kann«, sagte Ingrid. »Und als sie die Leiche in den Keller getragen haben, ist die Kassette runtergefallen und zwischen den Schuhen gelandet?«

»Wahrscheinlich«, meinte Benny. »Darauf hatte Patrik auch keine Antwort. Er hat erzählt, dass er den Kassettenrekorder mit der Kassette drin auf die Müllhalde geworfen hätte. Er hatte keine Ahnung davon, dass dieses Band, das wir gefunden haben, überhaupt existierte.«

»Da muss er ja ganz schön überrascht gewesen sein«, sagte Ingrid.

»Das kann ich dir sagen. Ich dachte fast, er würde in Ohnmacht fallen, als er Jasmines und seine eigene Stimme hörte.«

Benny aß den Rest vom Käsebrot und trank die Milch aus.

»Was hat denn Frank gesagt?«, fragte Ingrid.

»Der war auch sehr erschüttert. Und er hat tatsächlich zugegeben, dass es ein Fehler war, nicht auf die Eltern zu hören.«

»Dann hat er ja womöglich was gelernt«, meinte Ingrid.

Benny lehnte sich zurück und sah Ingrid an. Sie hatte die Arme um ihre Beine geschlungen, und das Kinn ruhte auf den Knien.

»Auf jeden Fall haben wir das dir zu verdanken«, sagte er. »Du hast phantastische Arbeit geleistet.«

»Danke«, erwiderte Ingrid und senkte zum ersten Mal, seit er zu erzählen angefangen hatte, den Blick. »Abgesehen davon, wenn ich in Scheunen einbreche.«

»Abgesehen davon.«

»Aber ohne deine Hilfe wäre es nicht möglich gewesen. Wir haben das hier zusammen gemacht.«

Die Nachrichten waren schon lange vorbei, und auf dem Fernseher lief jetzt eine französische Serie. Wieder einmal war die Zeit mit Ingrid wie im Flug vergangen. Benny sah auf die Uhr.

»Oje«, sagte er, »ich muss los.«

Ingrid brachte ihn in die Diele und sah zu, wie er die Jacke anzog.

»Das war jetzt wirklich nett von dir, dass du hergekommen bist und mir alles erzählt hast«, sagte sie.

»Ich dachte mir, dass du es wissen willst.«

Er sah sie an und öffnete die Tür.

»Halt mich gern auf dem Laufenden, wie es mit der Ermittlung weitergeht«, sagte Ingrid. »Zumindest, so viel erlaubt ist.«

»Na klar«, sagte Benny. »Ich melde mich. Mach's gut!«

Auf dem Weg zum Auto spürte er Ingrids Blick im Rücken, und als er sich ans Steuer setzte, konnte er ihre Silhouette durch das Küchenfenster erahnen. Er verließ den Hof in dem seltsamen Gefühl, nicht zu wissen, ob er auf dem Weg nach Hause oder von zu Hause weg war.

Kapitel 80

Der Pfarrer legte eine Hand auf Solveigs Arm und führte die beiden in die Sakristei.

»Mein Beileid«, sagte er. »Dass einem das Kind genommen wird, ist das Schlimmste, was passieren kann.«

Er bat sie, sich auf die Sofagruppe vor einem der großen Fenster zu setzen, und ließ sich selbst auf der anderen Seite des Tisches nieder.

»Vielleicht können wir dennoch dankbar dafür sein, dass die Wahrheit ans Licht gekommen ist«, bemerkte er. »Die Ungewissheit hat dem Zusammenhalt hier in Våmhus geschadet. Vielleicht hat es damit jetzt zumindest mal ein Ende.«

»Vielleicht«, sagte Esbjörn, »aber uns ist die letzte Hoffnung genommen.«

»Natürlich, und das tut mir wirklich sehr leid.«

Solveig fiel es schwer, dem Gespräch zu folgen. Sie saß da und dachte daran, wie Ingrid mit ihr zum Grundstück von Gert und Monika gegangen war, um ihr die Grube zu zeigen. Sie hatte es mit eigenen Augen sehen müssen, um es zu glauben. Auf dem Weg nach Hause hatte sie das vergilbte Foto von Mattias von der Pinnwand am Laden genommen. Sie hatte gedacht, das würde sich besser anfühlen, doch so war es nicht.

»Wie kann man lernen, zu verzeihen?«, fragte sie mit tonloser Stimme.

Ein Pfarrer sollte so etwas doch wissen. Sie hatte ein Bibelzitat erwartet, mit dem sie sich trösten könnte, doch Staffan antwortete nicht, sondern schlug nur sein in Leder gebundenes Notizbuch auf und schraubte den Deckel vom Füller ab.

»Erzählen Sie mir von Mattias«, bat er.

Esbjörn erzählte, während ihm die Tränen über die Wangen liefen, von den Elfmetern, die sie geübt hatten, von dem knatternden Fahrrad, auf dem man Mattias schon von weitem kommen hörte, und von dem einen Mal, als er sich beim Anspitzen von Pfeilen für seinen Flitzebogen mit dem Messer in den Zeigefinger geschnitten hatte, was dann mit fünf Stichen genäht werden musste.

»Er war ein Lausejunge«, sagte er.

»Überall hatte er Schürfwunden, und alle Hosen hatten grüne Flecken auf den Knien, die man nicht rauswaschen konnte«, fügte Solveig hinzu und lächelte still.

Der Pfarrer, das Notizbuch auf dem Schoß, hörte zu.

»Unser ganz eigener Lausejunge«, sagte Esbjörn. »Das müssen Sie auf der Beerdigung sagen.«

»Das werde ich tun«, versprach der Pfarrer. »Haben Sie sonst noch irgendwelche Wünsche und Ideen?«

»Ich weiß, dass einige seiner Freunde Musik spielen und Gedichte vorlesen wollen«, sagte Solveig. »Und ich selbst möchte singen.«

Esbjörn sah sie erstaunt an.

»Meinst du, dass du das schaffst?«

»Ich will es auf jeden Fall versuchen.« Wenn die Stimme trug, dann würde sie ein letztes Mal für Mattias »Guten Abend, gute Nacht« singen. Sie wollte nicht länger schweigen.

Als Solveig und Esbjörn die Kirche verließen, um Seite an Seite nach Hause zu gehen, musste Solveig sich anstrengen, nicht zu schnell zu laufen, damit Esbjörn mitkam.

»So traurig das auch ist, bin ich doch dankbar dafür, dass du die Sache geklärt hast, sodass wir das jetzt abschließen können«, sagte er.

»Ja, das denke ich mir.«

»Die Leute haben gedacht, ich hätte meinen eigenen Sohn umgebracht.«

»Ja«, sagte Solveig. »Viele haben das gedacht.«

»Ich wusste überhaupt nicht, wie die Leute mich sehen. Aber ich will versuchen, mich zu bessern. Freundlicher zu werden.«

»Das ist gut«, sagte Solveig.

Aber ich glaube leider, dass es zu spät ist, dachte sie. Auf jeden Fall für uns.

Kapitel 81

Ingrid saß mit ihrem Vormittagskaffee auf der Treppe in der Sonne und schaute über den blühenden Garten, den sie in einer Woche verlassen würde. Als ob alles ihre Schuld wäre, hatte Gert ihr den Mietvertrag mit sofortiger Wirkung kündigen wollen, doch sie hatte ihn angefleht, ihr noch eine kleine Frist zu geben. Menschen reagierten unterschiedlich, wenn sie unter Schock standen, und das hier war seine Art und Weise. Aber wie sollte Anna zu Besuch kommen, wenn sie keine Wohnung hier hatte? Das hatte sie Berit Sundhed noch gar nicht erzählt.

Sie wurde aus ihren Gedanken gerissen, als Benny auf den Hof gefahren kam. Die Autotür schlug mit einem Knall zu.

»Hier sitzt du also«, sagte er, als er zu ihr kam.

»Ja, hier sitze ich. Was verschafft mir die Ehre?«

»Ich kam sowieso gerade vorbei, da dachte ich mir, ich könnte ja kurz reinschauen und dich auf den neuesten Stand bringen.«

»In der Küche steht noch Kaffee, wenn du willst«, sagte Ingrid und hob ihre Tasse hoch. »Hol dir gern welchen.«

Benny nahm die Treppe in zwei großen Schritten und ging weiter in die Küche. Ein Schrank wurde geöffnet und wieder zugemacht, Porzellan klirrte, und schon war er wieder zurück und setzte sich neben sie. Die Tasse verschwand fast in seiner großen Hand.

»Ich bin völlig platt«, sagte sie.

»Kann ich verstehen. Es war auch wirklich viel.«

Ingrid brummte eine Antwort, vermochte aber nicht über ihre privaten Sorgen zu sprechen.

»Hat sich in der Ermittlung noch was ergeben?«, fragte sie.

»Ja, sagte Benny. »Wobei es eigentlich nichts mit dem Mord zu tun hat, aber Kaj ist zusammen mit seinem Vater aufs Revier gekommen und hat die Erpressung zugegeben.«

»Das ist stark von ihm«, sagte Ingrid und sah Benny an.

»Das finde ich auch.«

Er nahm einen Schluck vom Kaffee und fuhr fort:

»Er wollte sogar Beeren pflücken gehen und dem Pfarrer so als eine Art Wiedergutmachung das Geld zurückzahlen. Der Pfarrer will keine Anzeige erstatten, weil das ja bedeuten würde, dass seine Untreue ans Licht käme. Also landet Kaj auch in keinem Register.«

»Das klingt gut. Er weiß, dass er einen Fehler gemacht hat, aber er hat ausreichend gelitten.«

Die Suche nach Mattias hatte so viele Geheimnisse zutage gefördert – Mord, Verschleierung, Betrug, verheimlichte Kinder, Erpressung. Würde die Gemeinde nach diesem Sommer je wieder so sein wie früher?

»Jasmine ist wieder hier und kam gestern vorbei«, sagte Ingrid. »Wir hatten ein langes Gespräch. Sie hat nachgedacht, und es scheint, als würde sie die Vergewaltigung jetzt doch anzeigen wollen. Es dürfte ja kein Problem sein, ihn dafür zu verurteilen.«

»Nein. Die Aufnahme ist ja sehr deutlich.«

»Genau. Und ihren blutverschmierten Rock scheint es auch noch zu geben. Jasmine hat sich in jener Nacht in Eva-Lenas Zelt versteckt und von der Wäscheleine ein Paar ihrer Shorts geklaut. Den Rock hat sie in Rut und Sixtens Scheune versteckt, weil sie nicht wagte, ihn irgendjemandem zu zeigen. Ich habe versprochen, Rut zu erzählen, was passiert ist, und danach zu suchen. Aber das mache ich ein andermal.«

Benny trank ein wenig von seinem Kaffee.

»Bei Janne, dem Trainer, war ich auch zu Hause«, fuhr Ingrid fort. »Er hat zugegeben, die Fotos von den Jungs gemacht zu haben. Er brauchte Geld, und Lars-Gunnar Malm hat gut bezahlt.«

»Glaubst du, die Fotos reichen für eine Anklage aus?«, fragte Benny.

Ingrid schüttelte den Kopf.

»Nein, es muss wohl schlimmer sein als duschende Jungs, um als Kinderpornographie zu gelten.« Sie lachte. »Aber das habe ich Janne nicht erzählt.«

»Frank hat mir einen Job bei der Kripo angeboten«, sagte Benny. »Aber wenn jemand da hinpassen würde, dann du.«

»Aber das können wir ja vergessen.«

»Ja, das fürchte ich auch. Es ist doch schade, dass wir nicht zusammenarbeiten können«, sagte er. »Das hätte ich schön gefunden.«

»Ich auch. Wir sind ein gutes Team, du und ich.«

Ingrid schob den Gedanken beiseite, dass er bald heiraten würde, legte ihren Kopf an seine Schulter und gönnte es sich für einen ganz kleinen Moment, so zu sitzen. Benny ließ sie gewähren, ohne etwas zu sagen.

»Sag mir, dass alles gut wird«, bat sie und schüttete den kalten Kaffee auf den Boden.

»Natürlich wird es das.«

Kapitel 82

Nach der Beerdigung war jeder Tisch im Gemeindehaus voll besetzt. Es schien, als wäre der halbe Ort versammelt. Die Kuchenplatten waren voller süßer Stückchen, die von den Bewohnern gebacken worden waren, und die Pump-Thermoskannen machten die Runde.

Ingrid hatte sich neben Jasmine und Eva-Lena am hinteren Ende des Raumes niedergelassen und saß direkt gegenüber von Rut und Sixten, der aus dem Krankenhaus entlassen worden war. Am selben Tisch saß Kaj zusammen mit seiner Mutter und seinem Vater. Ingrid lächelte ihm über den Tisch hinweg zu.

Ingrid hatte furchtbar weinen müssen, als Eva-Lena in der Kirche ein selbst geschriebenes Gedicht vorgelesen und Kaj danach die Melodie von *Krieg der Sterne* gespielt hatte.

Am anderen Ende des Lokals schlug Solveig mit einem Löffel an ihre Kaffeetasse und erhob sich.

»Das ist heute ein sehr trauriger Tag«, begann sie. »Aber Esbjörn, Linda und ich sind so dankbar, dass so viele von euch hier sind, um ihn mit uns zu teilen.«

Anteilnehmendes Gemurmel war zu hören, und Solveig schaute auf ihren Spickzettel.

»Es gibt einige, denen ich ganz besonders danken möchte. Zuallererst Staffan, der eine so warmherzige Beerdigung gehalten hat.«

Sie schaute durch den Raum, um den Pfarrer zu finden. Auch Ingrid reckte den Hals, um zu sehen, wo er saß, doch offensichtlich war er nicht da.

»Und dann danke an Kaj und Eva-Lena«, fuhr Solveig fort. »Ihr …«

Weiter kam sie nicht, ehe ihre Stimme versagte.

Sie trank ein paar Schlucke Wasser und schaute über den Rand des Glases in die Runde. Dann stellte sie das Glas wieder hin und nahm erneut Anlauf.

»Ich weiß, dass viele von euch mich für verrückt gehalten haben, als ich nicht aufhören wollte, nach Mattias zu suchen, und ich mache euch keinen Vorwurf. Aber ich möchte Ingrid von ganzem Herzen danken. Sie haben an mein Bauchgefühl geglaubt, und zwar so sehr, dass Sie zugesagt haben, uns zu helfen.«

Sie begegnete Ingrids Blick und sah sie lange an.

»Danke«, sagte sie noch einmal. »Und Sie haben nicht aufgegeben. Dass wir hier heute sitzen, ist Ihr Verdienst.«

Rut streichelte Ingrid den Arm und lächelte.

Solveig schaute wieder auf ihren Spickzettel und räusperte sich.

»Unser Mattias wird niemals zu uns zurückkehren. Aber jetzt ist er zumindest nach Hause gekommen.

Ingrid machte einen langen Spaziergang mit Donna. Die Abende wurden langsam dunkler, und die erleuchteten Häuser sahen gemütlich aus. Bei Kaj brannte Licht, und aus Eva-Lenas Fenster tönte die neueste Bowie-Platte. Jasmines Fahrrad stand draußen geparkt.

Gerts Wut gegen sie war in Trauer umgeschlagen, und er hatte sich entschieden, sie das Haus bis auf weiteres mieten zu lassen, was eine große Erleichterung war.

Vielleicht war hier trotz allem ein neues Leben für sie möglich. In nur wenigen Tagen würden Berit und Anna kommen und sie zum ersten Mal besuchen, und sie sehnte sich so, dass es fast wehtat. Hoffentlich würde Berit auch sehen, dass die Gemeinde Våmhus mit all ihren schönen kleinen Dörfern trotz allem, was im Sommer zuvor geschehen war, der perfekte Ort war, um aufzuwachsen.

Als sie nach Hause kam, blinkte der Anrufbeantworter. Sie drückte auf den Knopf und pellte sich gleichzeitig aus dem Strickpullover.

»Ja, hallo.«

Schon der einleitende Gruß ließ sie erstarren.

»Mein Name ist Kjell Wolt, und ich würde Ihr Büro gerne beauftragen, nach einer Person zu suchen, von der ich weiß, dass sie sich irgendwo in Ihrer Gegend aufhält.«

Ingrid stand wie festgefroren da.

Woher konnte er wissen, wo sie war? Wie war das möglich? Wo sie so vorsichtig gewesen war. Hatte er Anna besucht und in ihrem Zimmer den Umschlag mit dem Poststempel gesehen? Das war die einzige Möglichkeit. Wenn nicht Renata oder irgendjemand anders sich verplappert hatte.

Ingrid schlug sich selbst mehrmals auf die Stirn. Wie hatte sie nur so dumm sein können?

»Sie heißt Ingrid Wolt«, fuhr Kjells Stimme fort. »Möglicherweise nennt sie sich heute anders, aber sie ist vierunddreißig Jahre alt, hat blondes Haar und ist normal gebaut.«

Die Erkenntnis kam ihr wie ein Tritt in die Eingeweide.

Kjell wusste längst, wo sie war. Er hatte ihre Stimme auf dem Anrufbeantworter gehört. Die ganze Nachricht war nur eiskaltes Theater, um mit ihr zu spielen.

Instinktiv eilte sie zum Fenster und zog die Gardinen zu.

»Ich bin bereit, sehr gut zu bezahlen«, fuhr Kjell fort. »Sie müssen sie nur finden.«

Dank der Autorin

Dieses Buch zu schreiben, war kniffliger, hat aber auch viel mehr Spaß gemacht, als ich je erwartet hätte, und um das alles beisammenzubekommen, hatte ich eine Menge Hilfe.

Dank an Ulla-Maria Andersson, weil du so großzügig deine Erfahrungen aus Hinseberg mit mir geteilt hast – sowohl in Gesprächen als auch in deinen beiden Büchern *Kära Hinseberg* und *Du sjöng mig hem*.

Dank auch an Katarina Kallings vom Schwedischen Gefängnismuseum in Gävle für Fotos und Filme.

Dank an Lennart Kjellander, weil du dir ein weiteres Mal die Zeit genommen hast, mich in Sachen Polizeiarbeit zu beraten.

Dank an Fredrik Smids, der mir die Polizeizentrale in Mora gezeigt hat.

Was die Beschreibungen der Umgebung von Mora und Våmhus angeht, möchte ich vor allem Ingela Näsén, Elisabeth Bäckström und Mait Arkeberg danken, die mir erzählt haben, wie das Stadtzentrum 1982–1983 aussah, und die mit mir unter Einsatz ihres Autolacks auf winzigen Waldwegen herumgefahren sind, um neben vielem anderen auch den Ort zu entdecken, wo das Fahrrad von Mattias gefunden wurde.

Dank auch an Owe Hållmarker, Bengt Andersson, Anna Lööf-Norrström und Sofia Andersson für das Checken von Fakten und Details in Sachen Mora.

Dass der Text schließlich zu der Geschichte wurde, die Sie gelesen haben, dafür möchte ich meiner Verlegerin Karin Linge Nordh und meiner Lektorin Agnes Cavallin vom Bazar Verlag danken, dazu den Literaturagentinnen Christine Edhäll und Kajsa Palo. Es ist eine Ehre, mit so kompetenten und netten Menschen wie euch arbeiten zu dürfen.

Dank auch an meine Autorenkolleginnen Ann-Helén Laestadius, Christina Wahldén und Johanna Schreiber, die schlaue Ideen beisteuerten.

Und schließlich möchte ich meiner Familie danken: Signe, Sven, Mikael, Mama und meinem vierbeinigen Arbeitskollegen Tage, der mich daran erinnert, wenn es Zeit für eine Pause ist. Ohne euch wäre alles bedeutungslos.

Stockholm, 16. November 2022